Nora Roberts est la plus grande auteure de littérature féminine contemporaine. Ses romans ont reçu de nombreuses récompenses et sont régulièrement classés parmi les meilleures ventes du *New York Times*. Des personnages forts, des intrigues originales, une plume vive et légère... Nora Roberts explore à merveille le champ des passions humaines et ravit le cœur de plus de quatre cents millions de lectrices à travers le monde. Du thriller psychologique à la romance en passant par le roman fantastique, ses livres renouvellent chaque fois des histoires où, toujours, se mêlent suspense et émotions.

SONGES D'IRLANDE

1 • RÉVÉLATIONS

NORA ROBERTS

SONGES D'IRLANDE

1 • RÉVÉLATIONS

Traduit de l'anglais (États-Unis)
par Anaïs Goacolou

J'AI LU

Titre original
THE AWAKENING

Éditeur original
St. Martin's Publishing Group, New York

Pour Colt,
mon lumineux garçon,
qui apporte davantage de lumière
et d'amour dans notre vie.

PREMIÈRE PARTIE

Changements

Un mensonge qui est une demi-vérité
est toujours le plus noir des mensonges.

Lord Alfred TENNYSON

N'imagine pas que je suis l'être que j'ai été.

William SHAKESPEARE

Prologue

Vallée des Fey

La brume argentée se levait sur l'eau verte du lac en langues frémissantes, qui s'entrelaçaient pour atteindre le calme du ciel gris. À l'est, au-dessus des collines, un rose timide patientait, comme un souffle contenu, avant de s'éveiller.

Dans les frimas de l'aube, Keegan O'Broin observait le jour naissant. Un jour de changements et de choix, d'espoir et de pouvoir, il le savait.

Il attendait, comme ce souffle contenu, pour accomplir son devoir, et il espérait être de retour à la ferme avant midi. Il avait du travail et devait encore s'entraîner, bien sûr.

Mais ce serait à la maison.

Au signal, il ôta ses bottes et sa tunique, imité par son frère Harken et presque six cents autres personnes jeunes et moins jeunes, qui venaient non seulement de la vallée, mais de tous les coins de Talamh.

Du Sud, où les Pieux formulaient leurs prières secrètes, du Nord, où les plus farouches des guerriers gardaient la mer des Tempêtes, de la Capitale, à l'est, et de l'Ouest, où ils se trouvaient.

Car leur chef de clan, leur *taoiseach*, venait de donner sa vie pour sauver le monde. Et, comme c'était écrit, raconté et chanté, un nouveau guide allait ainsi s'élever, comme la brume, ce jour-là, à cet endroit.

Keegan ne souhaitait pas plus devenir *taoiseach* que Harken. Ce dernier, garçon joyeux de douze ans – le plus jeune autorisé à participer au rituel – était fermier dans l'âme. Keegan savait que son petit frère considérait cette journée, le rassemblement et le saut dans le lac, comme une bonne occasion de se divertir.

Pour Keegan, ce serait le moment d'honorer le serment qu'il avait prêté à un mourant, un homme qui avait été comme un père depuis que le sien avait rejoint les dieux, un homme qui, au prix de sa vie, avait mené Talamh à la victoire contre ceux qui voulaient réduire ses habitants en esclavage.

Il n'avait aucun désir de brandir le bâton de commandement, ni de ceindre l'épée de meneur du clan. Mais il avait donné sa parole, aussi plongerait-il dans l'eau avec les autres garçons et filles, hommes et femmes.

— Allez, Keegan ! s'écria Harken, dont la tignasse aile de corbeau volait dans la brise fraîche du printemps. On va bien s'amuser ! Si je trouve l'épée, je décréterai une semaine de festins et de danses.

— Si tu trouves l'épée, qui s'occupera des moutons et traira les vaches ?

— Si je suis désigné *taoiseach*, je ferai ça et bien d'autres choses. La bataille est finie et remportée, frangin. Moi aussi, je suis triste qu'il soit mort. (Avec sa gentillesse innée, Harken passa le bras autour des épaules de Keegan.) C'était un héros et il restera dans toutes les mémoires. Et aujourd'hui, comme il le voudrait, comme il se doit, un nouveau chef arrivera. (De ses yeux bleus aussi éclatants que le jour, Harken considéra la foule amassée sur les rives du lac.) Nous lui rendons hommage, ainsi qu'à tous ceux qui étaient là avant lui et ceux qui viendront après.

Harken donna un coup de coude à Keegan.

— Arrête de faire la tête, ce n'est pas comme si l'un de nous deux allait émerger avec Cosantoir à la main. Ce sera plutôt Cara. Comme c'est une sirène, l'eau est son élément. Ou Cullen, il s'entraîne à retenir sa respiration depuis deux semaines.

— M'étonne pas, marmonna Keegan.

Cullen, bien qu'excellent soldat, ne ferait pas un bon chef. Il préférait combattre plutôt que réfléchir.

Keegan, du haut de ses quatorze ans, était lui-même soldat, avait vu du sang, en avait versé et connaissait le pouvoir, le ressentait, comprenait que la réflexion était aussi importante que l'épée, la lance et la magye.

Voire plus importante, en fait.

N'était-ce pas exactement ce que lui avait enseigné son père, puis celui qui l'avait traité comme un fils ? Il était au milieu de tant d'autres avec Harken, tous jacassant comme des pies, quand sa mère s'avança dans la foule.

Il aurait voulu qu'elle plonge dans le lac avec eux. Il ne connaissait personne sachant aussi bien qu'elle régler les disputes, ni gérer dix choses à la fois. Harken avait hérité de sa gentillesse, leur sœur Aisling de sa beauté, et Keegan aimait à penser qu'il avait au moins un peu de son astuce.

Tarryn s'arrêta un instant à côté d'Aisling, qui préférait attendre avec ses amis plutôt que ses frères, qu'elle dédaignait. Keegan regarda sa mère relever le menton de sa sœur, l'embrasser sur les joues, la faire sourire par quelques mots, puis se diriger vers eux.

— Et ici, un renfrogné et un souriant, observa-t-elle en ébouriffant la crinière de Harken avant de tirer sur la tresse de guerrier de Keegan. Souvenez-vous de l'objectif de cette journée : il nous unit et parle à ce que nous sommes, à qui nous sommes. Vous faites là ce que d'autres ont fait avant vous, il y a mille ans et bien avant encore. Le nom de ceux qui sont ressortis du lac avec l'épée était écrit avant même leur naissance.

— Si c'est le destin qui décide de celui qui devient chef, pourquoi on ne peut pas le voir ? bougonna Keegan. Pourquoi toi, qui devines le passé et l'avenir, tu n'y arrives pas ?

— Si je pouvais voir, si vous le pouviez, si n'importe qui en était capable, le choix n'existerait plus.

Comme la mère qu'elle était, elle étreignit Keegan, mais ses yeux, d'un bleu éclatant semblable à celui des yeux de Harken, étaient fixés sur le lac et la brume.

— Vous choisirez d'entrer dans l'eau, n'est-ce pas ? Et celui qui prend l'épée doit choisir de la brandir dans les airs.

— Qui refuserait de le faire ? s'étonna Harken. Il devient *taoiseach*.

— Un chef est respecté mais il porte le fardeau pour nous tous. Il doit donc choisir de le porter en même temps que l'épée. Allez, chut, ordonna-t-elle en embrassant ses deux fils. Voilà Mairghread.

Mairghread O'Ceallaigh, qui avait elle-même été *taoiseach*, mère de celui qui venait d'être enterré, avait abandonné le noir du deuil. Elle était vêtue de blanc, une robe simple sans fioritures, et portait un pendentif dont la pierre était assortie à ses cheveux roux.

Chevelure et pierre semblaient brûler, comme repoussant la brume à mesure que Mairghread y pénétrait. Elle avait les cheveux courts, comme les fées qui s'avançaient dans son sillage.

La foule s'écarta pour lui faire place, les bavardages cessèrent. Le silence était preuve de respect et de fascination.

Pour Keegan, elle était simplement Marg, celle qui vivait dans la chaumière à l'orée des bois avoisinant la ferme. Celle qui était toujours prête à donner à un garçon affamé un gâteau au miel accompagné d'une histoire. Une femme puissante et courageuse, qui avait lutté pour Talamh, apporté la paix en donnant énormément de sa personne.

Il l'avait embrassée quand elle avait pleuré son fils, tenant parole aussi en lui délivrant la nouvelle lui-même… nouvelle qu'elle connaissait déjà.

Il l'avait tenue dans ses bras jusqu'à ce que les voisines viennent la réconforter. Alors, tout homme et soldat qu'il était, il avait eu besoin de s'isoler dans la forêt pour verser, lui aussi, des larmes.

À cet instant, Mairghread était resplendissante, et il éprouva un frisson, gagné par la fascination ambiante.

Elle portait le bâton, symbole ancien de commandement, fait d'un bois noir comme la nuit, et qui étincelait au soleil, à travers le brouillard qui s'éclaircissait.

Les sculptures qui ornaient le bois frémirent. Le pouvoir tourbillonnait dans la pierre du dragon surmontant le bâton.

Quand elle s'exprima, même le vent fit silence.

— Encore une fois, nous avons fait revenir la paix par le sang et les sacrifices. De tout temps, nous avons protégé notre monde, et par là, tous les autres. Nous avons choisi de vivre ainsi que nous le faisons, de la terre, de la mère et des Fey, en leur rendant hommage.

» Encore une fois, nous sommes sereins, encore une fois, nous prospérerons, jusqu'au temps où il faudra de nouveau du sang et des sacrifices. Aujourd'hui, comme il était écrit, raconté et chanté, un nouveau chef adviendra, et tous les présents prêteront serment de loyauté à Talamh, au *taoiseach* qui brandira l'épée du lac de la Vérité et acceptera le bâton de la Justice.

Elle leva le visage vers le ciel, et Keegan se dit que sa voix, si claire et forte, devait atteindre la mer des Tempêtes et porter encore au-delà.

— En ce lieu, en ce jour, nous invoquons la source de nos pouvoirs. Que celui qui sera choisi et qui choisira honore, respecte et garde les Fey. Que la main qui brandira l'épée soit forte, sage et vraie. Voilà tout ce que votre peuple vient vous demander.

L'eau, pâle et verte sous l'effet du pouvoir, se mit à tourbillonner. La brume frissonna.

— C'est le début.

Elle leva haut son bâton, et tous s'élancèrent vers le lac. Parmi les plus jeunes, certains riaient ou criaient triomphalement avant de plonger. Sur la rive, le public les acclamait. Dans ce vacarme, Keegan hésita et regarda son frère s'immerger gaiement. Il pensa à son serment, à la main qui avait serré la sienne pendant les derniers moments de sa vie dans ce monde.

Et il plongea.

Il n'y avait aucun intérêt à pester contre le froid de l'eau. Autour de lui, d'autres ne s'en privaient pas, ou alors ils riaient. Certains tapaient du pied pour remonter à la surface.

Il se ferma aux pensées des trop nombreuses personnes qui l'entouraient.

Il avait juré d'entrer dans le lac et de plonger loin. De saisir l'épée si elle se présentait à sa main. Aussi s'exécuta-t-il, se souvenant des fois où il avait fait exactement la même chose, plus petit, avec son frère et sa sœur. Des enfants à la recherche de galets dans le fond sablonneux du lac un jour d'été.

Il voyait les autres dans l'eau, nageant dans tous les sens. Si l'air venait à leur manquer, le lac les repousserait à la surface, comme il avait été promis.

L'eau se mouvait autour de Keegan, tourbillonnait. Il voyait le fond, à présent, et les galets qu'il venait pêcher, enfant.

C'est alors qu'il vit la jeune femme. Elle flottait, aussi la prit-il d'abord pour une sirène. Leur peuple s'était toujours abstenu d'être présent lors du rituel ; les sirènes régnaient sur les mers, cela leur suffisait.

Il s'aperçut alors qu'il ne voyait que son visage. Des cheveux d'un roux flamboyant comme ceux de Marg, plus longs et déployés dans l'eau. Le gris fumée de ses yeux éveillait chez lui comme un vague souvenir. Pourtant, il ne la connaissait pas. Il avait en tête chaque visage de sa vallée, et elle n'était pas de chez lui.

Pourtant…

Soudain, il l'entendit penser aussi clairement qu'il avait entendu Marg au bord du lac :

— *Il était mien aussi. Mais ceci est à toi. Il le savait, et tu le sais également.*

L'épée bondit quasiment dans la main de Keegan. Il en éprouva le poids, le pouvoir, la brillance.

Il pouvait lâcher l'arme et continuer de nager plus loin. Après tout, c'était son choix, les dieux le disaient, les récits en témoignaient.

Il desserra sa prise sur la garde et laissa ce poids, ce pouvoir et cette aura s'éloigner. Il ne savait pas diriger. Il savait se battre, s'entraîner, monter à cheval, voler dans les airs. Mais il ne savait pas comment mener les autres, ni à la guerre ni à la paix.

L'épée luisait dans des tons argentés où se dessinaient des sculptures et une pierre rouge flamboyante. Quand il la lâcha, l'éclat se ternit, et la lueur vacilla.

Elle l'observait toujours.

— *Il croyait en toi.*

Le choix ? pensa-t-il. *La belle histoire !*

L'honneur ne laissait pas le choix.

Keegan brandit donc l'épée vers la surface, où le soleil dansait, formant mille reflets. Sa vision – car elle n'était rien d'autre – lui sourit.

— *Qui es-tu ?* demanda-t-il.

— *C'est ce que nous allons devoir découvrir tous les deux.*

L'épée le ramena droit à la surface, comme une flèche lancée par un arc.

Elle fendit l'eau, puis l'air. Un rugissement retentit lorsque le soleil toucha la lame, renvoya sa lumière et son pouvoir sur le lac.

Keegan continua vers l'herbe épaisse et humide, puis fit ce qu'il savait être son devoir : il s'agenouilla devant Mairghread.

— Je voudrais te remettre cet objet et tout ce qu'il représente, lui dit-il, comme l'avait fait son fils auparavant. Car personne n'en est plus digne.

— Mon temps est passé, répondit-elle en lui posant la main sur la tête. Et le tien commence.

Elle lui prit la main et le remit debout. Il n'entendait rien, ne voyait rien d'autre qu'elle.

— C'était mon souhait, murmura-t-elle pour lui seul.

— Pourquoi ? Je ne sais pas comment…

Elle le coupa, lui déposant un baiser sur la joue.

— Tu en sais plus que tu ne le penses, dit-elle en lui tendant le bâton. Prends ce qui te revient, Keegan O'Broin.

Quand il saisit l'objet, elle recula d'un pas.

— Et passe à l'étape suivante.

Il se retourna. Tout le monde l'observait. Tant de visages, tant d'yeux sur lui. Il reconnut la peur qui le rongeait et en éprouva de la honte.

L'épée l'avait choisi, il choisissait de la brandir. La crainte n'avait plus sa place.

Il leva le bâton, faisant palpiter le cœur de dragon.

— Cet objet permettra de faire régner la justice pour tous à Talamh.

Puis il brandit l'arme.

— Cet objet permettra de protéger tout le monde. Je suis Keegan O'Broin. De tout mon être présent et futur, je prête serment aux vallées, aux collines, aux forêts et aux plaines, aux coins reculés, à chaque Fey. Je représenterai la lumière. Je vivrai pour Talamh, et selon la volonté des dieux, je mourrai pour Talamh.

Parmi les acclamations qui ponctuèrent son discours, il perçut la voix de Marg :

— C'est bien, mon garçon, c'est très bien.

Alors, ils portèrent en triomphe leur jeune *taoiseach*. Et une nouvelle histoire commença.

I

Philadelphie

Assise dans un bus qui semblait pris de hoquet, Breen Kelly massait ses tempes douloureuses.

Cette horrible journée qui se terminait – enfin ! – venait clôturer une horrible semaine qui mettait fin à un mois horrible.

Ou deux.

Elle résolut de ne pas se laisser abattre. Nous étions vendredi, ce qui impliquait qu'elle avait deux jours entiers avant de se retrouver dans une salle de classe et de s'escrimer à enseigner à des collégiens les subtilités de leur langue.

Bien entendu, une partie de ce week-end serait consacrée à la correction des copies et à la préparation des cours, mais elle ne serait pas au collège, avec tant d'yeux sur elle, endormis, survoltés ou, dans certains cas, pleins d'espoir.

Non, elle n'allait pas se sentir aussi nulle et mal dans sa peau que ses élèves en pleine puberté, qui préféreraient être n'importe où plutôt qu'au collège.

Le métier de professeur était tout de même le plus honorable de tous ! Il était gratifiant, utile, vital.

Quel dommage qu'elle soit une si mauvaise prof.

Dans une nouvelle saccade, le bus stoppa à l'arrêt, où un ballet de personnes descendirent et d'autres montèrent.

Breen observait. C'était une activité pour laquelle elle était douée ; c'était tellement plus facile que de participer.

Une femme en tailleur-pantalon gris, son téléphone à la main, les yeux hagards de fatigue. Une mère célibataire qui rentrait à la maison après le travail et vérifiait que ses enfants allaient bien, supposa Breen. Elle n'avait sûrement jamais imaginé que sa vie serait si difficile.

Deux adolescents en débardeur et short Adidas leur arrivant aux genoux, les écouteurs vissés aux oreilles. Ils allaient retrouver des potes, jouer à des jeux vidéo, commander une pizza et regarder une série. Un âge enviable, où le terme « week-end » était synonyme d'amusement.

L'homme en noir, il… Il la regardait en face, d'un œil pénétrant, si bien que Breen détourna le regard. Il lui rappelait quelqu'un. Pourquoi donc ? Sa crinière de cheveux argentés lui évoquait un professeur de fac.

Non, impossible. Un prof d'université ne lui aurait pas fait tambouriner le cœur, ni asséché la bouche. Elle était terrifiée à l'idée qu'il vienne s'asseoir à côté d'elle.

S'il le faisait, jamais elle ne descendrait du bus. Elle resterait dedans, à aller nulle part, dans un gouffre éternel de néant.

Elle était consciente que c'était dément et elle s'en fichait bien. Elle se releva d'un bond pour se précipiter à l'avant, sa sacoche battant sur sa hanche. Elle n'osa pas regarder l'inconnu mais dut passer tout près de lui pour atteindre la porte. Il s'effaça pour la laisser passer, mais elle n'en eut pas moins la chair de poule.

Ses poumons ne laissaient plus entrer d'air. Ses jambes flageolaient. Quelqu'un lui demanda si elle allait bien quand elle trébucha. Elle avait entendu l'homme lui parler, dans sa tête :

— *Rentre à la maison, Breen Siobhan. Il est temps pour toi de revenir.*

Elle s'agrippa à une barre pour retrouver l'équilibre, faillit tomber dans les marches. Une fois dehors, elle se mit à courir.

Elle sentait les regards étonnés des gens qui tournaient la tête sur son passage, ce qui ne faisait qu'empirer les choses. Elle détestait attirer l'attention sur elle, s'efforçait de se fondre dans la masse, d'être invisible.

Le bus repartit.

Malgré sa respiration sifflante, la pression sur sa poitrine s'atténua. Elle s'intima de ralentir, de marcher comme une personne normale.

Il lui fallut une minute pour y parvenir, puis une deuxième pour savoir où elle était.

Elle n'avait pas connu de crise de panique aussi grave depuis la veille de son premier jour d'enseignement au collège Grady. Marco, son meilleur ami depuis la maternelle, l'avait aidée à se calmer. Un autre accès de panique, un peu moins fort, l'avait prise avant sa première réunion parents-profs.

C'était juste un type qui prenait le bus, se raisonna-t-elle. Il ne représentait aucune menace, voyons ! Et elle ne l'avait pas entendu dans sa tête. Seuls les fous imaginaient des voix.

N'était-ce pas ce que sa mère lui avait inculqué depuis… toujours ?

Et maintenant, à cause d'un moment de folie, elle avait un bon bout de chemin à faire à pied. Mais peu importait. La soirée de printemps était agréable, et Breen, naturellement, était habillée comme il le fallait. Un imper léger, à cause des risques d'averses annoncés, un pull et des chaussures confortables.

Elle aimait marcher et après tout, ce serait autant de pas de plus comptabilisés dans son appli.

Et si cela perturbait un peu son programme, quelle importance ?

Elle était célibataire, avait vingt-six ans et absolument aucun projet en ce vendredi soir du mois de mai.

Comme si cette pensée n'était pas suffisamment déprimante, la panique avait accentué sa migraine.

Elle sortit de sa sacoche une bouteille et une pochette pour y prendre deux cachets, qu'elle avala avec deux gorgées d'eau.

Elle résolut de passer chez sa mère et de trier son courrier, car celle-ci refusait de le laisser à la poste quand elle s'absentait. Elle jetterait les publicités et mettrait les factures, la correspondance et le reste dans les bannettes prévues dans le bureau.

Ouvrir les fenêtres, arroser les plantes intérieures et celles du patio, car finalement, il n'avait pas plu.

Refermer les fenêtres une heure plus tard, enclencher l'alarme, verrouiller les portes. Reprendre le bus pour rentrer chez elle.

Préparer de quoi manger. Vendredi soir, c'était salade avec poulet grillé et, chouette, un verre de vin ! Et elle allait corriger des copies.

Parfois, elle détestait la technologie, parce que le collège exigeait qu'elle mette les notes en ligne, puis gère les protestations des parents.

Tout en marchant, elle cochait mentalement des cases sur sa liste, alors que les gens autour d'elle se dirigeaient vers un apéro entre amis ou un dîner, voire d'autres endroits plus intéressants que sa propre destination.

Elle ne les enviait pas. Pas trop. Elle avait eu un copain, avait couché avec, planifié des dîners, des soirées théâtre ou cinéma. Selon elle, tout se passait bien, tranquillement, exactement comme il le fallait.

Jusqu'à ce qu'il la largue.

Ce n'était pas grave. Elle gérait. Ce n'était pas comme s'ils avaient été fous amoureux. Mais elle l'appréciait, se sentait bien avec lui. Et le sexe, c'était plutôt sympa.

Bien sûr, elle avait dû avouer à sa mère que Grant ne l'accompagnerait pas à la fête de ses quarante-six ans, et quand elle lui avait dit pourquoi, Jennifer Wilcox, directrice de l'agence de publicité Philly Brand, aussi stylée que talentueuse, avait levé les yeux au ciel.

Elle lui avait lancé le fameux « Je te l'avais pourtant dit ».

Ce qui était difficile à contester, car sa mère l'avait effectivement prévenue.

Breen avait quand même eu envie de lui rétorquer violemment : « Tu t'es mariée à dix-neuf ans ! Tu m'as eue à vingt. Et douze ans plus tard, tu l'as poussé obstinément vers la sortie jusqu'à ce qu'il parte. À qui la faute s'il m'a quittée ? Pas seulement la tienne, mais la mienne aussi ? »

Était-elle en cause ? se demanda Breen. N'était-elle pas le dénominateur commun entre une mère qui ne la respectait pas et un père aux yeux duquel elle n'avait pas eu assez d'intérêt pour lui donner envie de rester dans sa vie ?

Alors qu'il avait promis.

De l'histoire ancienne, se répéta-t-elle. *Pense à autre chose.*

Elle passait trop de temps à ruminer, elle fut soulagée d'arriver aux abords de chez sa mère.

C'était une maison de ville dans un joli quartier où les rues étaient bordées d'arbres, peuplé de gens qui réussissaient professionnellement, des couples qui appréciaient la vie urbaine, l'accès facile aux bars et restaurants cotés, à des boutiques de renom.

Tous ces bâtiments de brique rose, les menuiseries délicatement peintes, les vitres étincelantes. Ici, les habitants couraient ou allaient à la salle de sport avant le travail, se promenaient au bord de la rivière, organisaient des dîners élégants, des dégustations de vin, lisaient des livres sérieux.

C'est ce qu'elle s'imaginait, en tout cas.

Ses meilleurs souvenirs remontaient à l'époque où elle vivait dans une toute petite maison où elle avait une chambre mansardée. Une vieille cheminée de brique dans la salle de séjour, pas au gaz ou électrique, non, une cheminée où l'on brûlait des bûches. Un jardin aussi plein d'aventures que les histoires que son père lui racontait le soir, au moment du coucher.

Des histoires magiques contant des lieux magiques.

Les disputes avaient tout gâché. Celles qu'elle entendait à travers les murs, et dans sa tête aussi.

Puis il était parti. Au début, durant une semaine ou deux seulement, puis il était revenu pour ses visites du samedi, il l'emmenait alors au zoo – à l'époque, elle rêvait d'être vétérinaire – ou faire des pique-niques.

Et par la suite, il n'était plus revenu.

Cela faisait plus de quinze ans, et elle espérait encore.

Elle prit dans son porte-monnaie la clé remise par sa mère trois semaines plus tôt avec une liste détaillée d'instructions, quand celle-ci était partie pour l'un de ses voyages d'affaires suivis d'une retraite « spa-méditation » des plus régénérantes.

Le mercredi suivant, Breen laisserait cette clé avec une bouteille de lait frais et les autres courses indiquées sur la liste après avoir relevé le courrier, car sa mère devait revenir le jeudi.

Breen prit les lettres dans la boîte et les coinça sous son bras avant d'ouvrir la porte, puis entra dans le vestibule pour désactiver l'alarme. Elle ferma et rangea sa clé.

Elle se rendit d'abord dans la cuisine, digne des émissions de décoration d'intérieur, une merveille contemporaine d'inox, d'éléments blancs, de carreaux métro, sans oublier l'évier de ferme et les murs couleur mastic.

Elle laissa son sac et le courrier sur l'îlot central, déposa son imperméable sur un tabouret haut. Après avoir programmé un rappel pour une heure plus tard, elle entreprit d'ouvrir les fenêtres.

Celles de la cuisine et de la pièce à vivre au magnifique parquet aux lames larges. Comme les toilettes avaient une fenêtre, elle les aéra aussi.

Il y avait à peine un petit vent, mais la tâche figurait sur sa liste, et Breen suivait les directives. Tâche suivante : emporter le courrier à l'étage. Dans la troisième chambre, que sa mère avait transformée en bureau, elle posa les enveloppes sur le comptoir en forme de L qui servait de poste de travail.

Là, les murs étaient couleur café au lait, et le siège de bureau en cuir dans les tons chocolat. Des étagères à l'organisation sommaire accueillaient des récompenses, car sa mère en avait récolté un certain nombre, ainsi que des livres et des photos encadrées en rapport avec son agence de publicité.

Breen ouvrit le trio de fenêtres qui se trouvait derrière le bureau. Comme toujours, elle se demanda quel était l'intérêt de tourner le dos à une telle vue : les arbres, les bâtiments de brique, le ciel, le monde.

« Pour ne pas se laisser distraire, lui avait répondu Jennifer. Le travail, c'est le travail. » Breen ouvrit également les deux fenêtres latérales, situées de part et d'autre d'un meuble classeur en bois.

Sur les larges rebords de fenêtres blancs, des plantes vertes dans des pots cuivrés s'épanouissaient. Breen allait les arroser, ainsi que toutes les autres. Ensuite, elle trierait le courrier et attendrait la sonnerie de rappel. Elle refermerait partout et aurait terminé.

Elle aéra la chambre d'amis, aussi impeccable qu'accueillante – où elle n'avait jamais dormi –, la salle de bains réservée aux invités, puis celle de la simple mais élégante suite parentale.

Elle se demanda s'il arrivait à sa mère de mettre un homme dans ce joli lit à la couette bleu ciel d'été et aux oreillers bien gonflés.

Et regretta aussitôt de s'être posé cette question.

Breen retourna en bas et, au moment où elle allait ouvrir la porte donnant sur la cour intérieure, son téléphone sonna dans son sac.

Elle consulta l'écran, car elle ne répondait jamais sans savoir de qui provenait l'appel. Elle sourit. Si quelqu'un pouvait améliorer un peu cette journée pourrie, c'était Marco Olsen.

— Coucou.

— Coucou, toi. C'est vendredi, copine.

— À ce qu'il paraît.

Elle gagna la cour occupée par un salon de jardin en inox et encadrée par de grands pots de fleurs de forme allongée.

— Alors ramène tes fesses musclées chez *Sally's*. C'est l'happy hour, ma poule, et la première tournée est offerte.

— Je peux pas, répondit-elle en ouvrant le robinet du tuyau d'arrosage et en s'attaquant au premier pot. Je suis chez ma mère, je m'occupe de sa maison en son absence, et après, j'ai des copies à corriger.

— On est vendredi, répéta-il. Lâche-toi un peu. Je serai au bar jusqu'à deux heures, c'est soirée karaoké.

S'il y avait une activité à laquelle Breen se livrait en public sans angoisse, surtout après un verre et accompagnée de Marco, c'était le chant.

— J'en ai encore pour... quarante-trois minutes ici, répondit Breen en consultant l'horloge. Et les copies ne vont pas se corriger toutes seules.

— Tu feras ça dimanche. Tu n'as pas le moral, Breen, et Grant « Connard » Webber ne le mérite pas.

— Oh, ce n'est pas que ça. Je suis dans une mauvaise passe, c'est tout.

— Tout le monde se fait larguer.

— Pas toi.

— Oh si. Et Harry le Beau Gosse, alors ?

— Vous avez décidé, d'un commun accord, que votre relation était arrivée à son terme, et vous êtes encore amis. C'est pas se faire larguer, ça.

Elle arrosa un autre pot pendant que Marco répliquait :

— Il faut que tu t'amuses. Si tu n'es pas là dans trois heures – je te donne le temps de rentrer te changer et de te faire belle –, je viens te chercher.

— Impossible, tu tiens le bar.

— Sally t'adore, ma poule. Elle viendra avec moi.

Breen le rendait bien à Sally, une drag-queen haute en couleur. Elle aimait beaucoup ce bar, imprégné de l'ambiance gay du quartier, où elle se sentait heureuse. Voilà pourquoi elle vivait dans un appartement situé dans le coin, en colocation avec Marco.

— Je termine chez ma mère, puis je verrai comment je me sens en rentrant. J'ai la migraine depuis deux heures, et je n'invente pas ! J'ai eu une crise de panique débile dans le bus, qui a empiré mon état.

— Je te ramène à la maison.

— Mais non, voyons. J'ai pris des cachets, ils vont faire effet.

— Qu'est-ce qui s'est passé dans le bus ?

— Je te raconterai tout à l'heure. C'était bête. Mais tu as peut-être raison. Un verre pourrait me faire du bien, et te voir aussi. Je verrai ce que ça donne quand je serai à l'appart.

— Envoie-moi un SMS quand tu arrives.

— D'accord ! Maintenant, remets-toi au boulot. Il me reste une plante à arroser dans le patio, puis celles d'intérieur, la tonne de courrier à trier et ces fichues fenêtres à refermer.

— Tu devrais dire non parfois.

— Ce n'est pas si embêtant. J'aurai fini dans moins d'une heure et je prendrai le bus. Je t'enverrai un message. Allez, va servir des verres. Ciao.

Elle rentra en verrouillant bien la porte de la cour avant de remplir l'arrosoir.

Un petit vent se leva, l'incitant à se tenir près de la fenêtre, les yeux clos, pour sentir son souffle.

Peut-être allait-il pleuvoir, finalement. Une bonne pluie printanière bien drue.

Le vent se fit plus fort, ce qui surprit Breen, car le soleil continuait de briller derrière les vitres.

— On va peut-être avoir droit à une tempête.

L'idée ne lui déplaisait pas, d'ailleurs. Une tempête chasserait ce satané mal de tête. Et puisque Marco lui avait accordé trois heures avant de le rejoindre, alors que deux lui auraient suffi, elle pouvait passer une petite heure sur ses copies.

Elle se sentirait moins coupable.

Chargée de l'arrosoir, elle retourna à l'étage, où les rafales faisaient désormais voler les stores.

— Maman, on peut dire que ta maison est bien aérée.

Elle pénétra dans le bureau, où elle trouva tout sens dessus dessous.

Le meuble classeur était ouvert alors qu'elle aurait juré qu'il était fermé à clé. Des papiers volaient dans la pièce comme des oiseaux.

Elle posa l'arrosoir et courut récupérer les documents, qui volaient en tourbillons ou se trouvaient par terre.

Tout à coup, le vent se calma, comme une porte qui claque. Breen se retrouva coite, les mains pleines de papiers.

Sa mère, obsédée par le rangement, serait sérieusement contrariée.

— Bon, je vais tout remettre en ordre, elle n'en saura rien. Adieu, mon heure de rab ! Marco, désolée, je n'irai pas chez *Sally's*, ce soir.

Elle ramassa les dossiers vidés, les papiers en vrac et s'assit derrière le bureau pour entreprendre de les trier.

Elle fut intriguée par l'étiquette du premier dossier.

INVESTISSEMENTS ALLIED-BREEN/2006-2013.

Elle qui remboursait encore son prêt étudiant pour son master et partageait un appartement avec Marco – pas seulement pour avoir de la compagnie, mais pour pouvoir diviser le loyer en deux…

Perplexe, elle saisit un autre dossier.

INVESTISSEMENTS ALLIED-BREEN/2004-2020.

Un autre ajoutait : CORRESPONDANCE.

Sa mère aurait ouvert un compte d'investissement à son nom sans lui en parler ? Pourquoi ?

Elle avait reçu un petit pécule de ses grands-parents maternels pour ses études, et elle leur en avait été reconnaissante, car cela avait financé sa première année. Mais pour la suite, sa mère lui avait bien fait comprendre qu'elle était toute seule.

« Tu dois gagner ta vie, lui avait dit et répété Jennifer. Étudie plus, travaille plus dur si tu veux être un minimum à la hauteur. »

Et, oui, Breen avait mené de front deux petits boulots pour payer ses frais de scolarité. Elle avait ensuite contracté des emprunts, qu'elle allait sans doute rembourser jusqu'à la fin de ses jours.

Et elle avait obtenu son diplôme – se « montrant à la hauteur » –, avait trouvé un emploi de prof, puis creusé sa dette, parce qu'il lui fallait un master pour pouvoir garder son poste.

Et, en parallèle, il y avait des comptes bancaires à son nom ? C'était à dormir debout.

Elle se mit à trier les papiers pour les remettre dans les bonnes chemises.

Elle n'alla pas loin.

Si elle ne pouvait prétendre connaître ni comprendre grand-chose aux investissements, à la Bourse ou aux dividendes, elle était parfaitement capable de lire des chiffres. Et le relevé mensuel de mai 2014, un temps où elle peinait à joindre les deux bouts et mangeait des ramen en jonglant avec deux jobs, faisait valoir un total, en bas de la colonne, de 900 000 dollars. 900 000 dollars !

— Impossible, murmura-t-elle. C'est complètement impossible.

Mais l'argent était bien à son nom, et celui de sa mère y figurait aussi.

Elle feuilleta vite les liasses et découvrit un virement mensuel depuis la Banque d'Irlande.

Elle se releva, se dirigea à l'aveugle vers les fenêtres en arrachant l'élastique qui retenait ses cheveux.

Son père. C'était son père qui avait envoyé de l'argent tous les mois. S'imaginait-il que cela compensait le fait de l'avoir abandonnée ? De ne jamais avoir appelé, ni écrit, de ne jamais être revenu lui rendre visite ?

— Non, ça ne compense rien du tout. Mais…

Sa mère était au courant et ne lui avait rien dit. Elle le savait et avait laissé Breen penser que son père s'était tout bonnement évaporé, ne payait pas de pension et n'avait eu aucun remords.

Or, c'était faux.

Breen dut attendre que ses mains cessent de trembler, que ses yeux ne brûlent plus.

Alors, elle retourna au bureau, organisa les papiers, lut la correspondance de bout en bout, examina le dernier relevé en date.

Rancœur et chagrin fusionnèrent en une fureur blanche.

Elle prit son téléphone et composa le numéro du conseiller en charge du compte.

— Benton Ellsworth, répondit-il.

— Oui, M. Ellsworth, ici Breen Kelly. Je…

— Mademoiselle Kelly ! Quelle surprise. C'est un plaisir de vous parler directement. Votre mère va bien, j'espère.

— Sûrement. M. Ellsworth, je viens de prendre connaissance d'un compte à mon nom chez vous avec des fonds et des investissements qui s'élèvent à 3 853 812,65 dollars. Est-ce exact ?

— Je peux vous donner la valeur exacte de ce jour, mais je ne comprends pas ce que vous voulez dire par « prendre connaissance ».

— Cet argent est à moi ?

— Oui, cela va de soi. Je…

— Pourquoi le nom de ma mère est-il aussi indiqué sur les relevés ?

— Mademoiselle Kelly, dit-il lentement. Le compte a été ouvert lorsque vous étiez mineure, puis vous avez exprimé le souhait de le laisser aux bons soins de votre mère. Je peux vous promettre qu'elle est très scrupuleuse quant à la supervision de vos investissements.

— Et comment ai-je exprimé ce souhait ?

— Mme Wilcox m'a expliqué que vous n'aviez aucune envie de gérer les investissements, et vous n'avez jamais communiqué le désir que le compte vous soit dévolu entièrement.

— Parce que je n'en connaissais pas l'existence.

— Je suis certain qu'il y a un malentendu. Je vous propose un rendez-vous en présence de votre mère pour le régler.

— Ma mère n'est pas à Philadelphie en ce moment, elle fait une retraite dans un lieu où elle n'a accès ni au téléphone ni à Internet.

Ce qui était le fait d'un dieu quelque part qui veillait sur Breen, pensa-t-elle avant d'ajouter :

— Mais je suis prête à régler cela avec vous.

— Tout à fait, bien sûr. Mon assistante n'est plus au bureau, mais je peux vous proposer un rendez-vous lundi.

Ah, non, elle allait perdre courage pendant le week-end, comme c'était toujours le cas.

— Et maintenant ?

— Mademoiselle Kelly, je m'apprêtais à quitter mon bureau quand j'ai décroché.

— Je suis désolée de vous importuner, mais c'est urgent. Je veux vous parler, mieux comprendre la… situation avant de contacter un notaire.

Pendant le silence qui suivit, Breen ferma fort les yeux. *S'il vous plaît, s'il vous plaît, ne me faites pas attendre.*

— Il serait sans doute préférable de se rencontrer maintenant, en effet. Nous allons éclaircir tout cela, et comme je le disais, je suis persuadé qu'il s'agit d'un simple malentendu. Je sais que vous ne conduisez pas, donc…

— Je n'ai pas de voiture parce que je n'en ai pas les moyens, rectifia-t-elle. Mais je suis parfaitement capable de me rendre à votre banque. Je serai là dès que possible.

— Je vous retrouverai dans le hall. Nous sommes une petite agence, mademoiselle Kelly. La plupart des employés seront déjà partis en week-end.

— Très bien, je vous remercie.

Elle raccrocha avant d'avoir pu changer d'avis et s'assit. Elle tremblait de nouveau.

— Allez, un peu de cran, Breen ! Secoue-toi et file.

Elle répartit les papiers triés dans les différents dossiers, laissa là l'arrosoir, ne prit pas le temps de fermer le tiroir à dossiers suspendus et fonça au rez-de-chaussée.

Elle pensa au bus et au temps qu'il lui faudrait pour rallier le quartier des affaires du centre-ville.

Alors, elle fit quelque chose qu'elle ne s'était jamais permis. Elle appela un taxi.

La circulation était démentielle, c'était l'heure de pointe du vendredi soir. La conductrice, une femme de son âge environ, commença à faire la conversation, mais abandonna quand Breen inclina la tête en arrière et ferma les yeux.

Elle aurait voulu relire les papiers, mais elle aurait eu le mal des transports. Ce n'était pas une bonne manière de rencontrer l'homme qui, apparemment, gérait toutes ses finances.

Il lui aurait fallu un plan, or dans son désarroi et sa colère, elle ne réussissait pas à réfléchir. Dans son emploi du temps du week-end figuraient – à l'origine – le règlement de factures et les réflexions sur le budget à resserrer. Cette triste tâche était prévue après son sport. Qu'elle pratiquait chez elle, ne pouvant se payer un abonnement en salle.

Mais aussi parce qu'elle se sentait bête et gênée de faire de la gym devant d'autres personnes.

Quoi qu'il ressorte de ce rendez-vous, elle devrait toujours régler ses factures.

Elle rouvrit les yeux pour découvrir que le pire de la circulation était passé. Le véhicule avait avancé le long de la rivière. À l'ouest, le soleil déclinant rayonnait toujours, faisant briller les ponts et la surface de l'eau.

Il n'allait pas pleuvoir, finalement. Zut, elle avait laissé son imperméable dans la cuisine de sa mère.

Et avait-elle pensé à tout fermer, à réenclencher l'alarme ?

Après un petit temps d'anxiété, elle referma les yeux et refit le chemin dans sa tête.

Oui, elle avait fait tout ça, mais en pilotage automatique.

Quand le taxi s'arrêta devant l'immeuble en brique rouge ombragé par des tours d'acier, elle lui donna un pourboire.

Adieu, la pizza de dimanche.

Quand elle fut à la porte du bâtiment, quelqu'un la lui ouvrit.

Un homme grand et élancé, vêtu d'un costume bleu marine rayé, d'une chemise blanche amidonnée et d'une cravate rouge vif. Étrangement, le gris qui parsemait sa chevelure châtain la mit un peu plus à l'aise.

Il était plutôt âgé. Et semblait expérimenté. Il savait ce qu'il faisait.

Parce qu'elle, c'était l'inverse.

— Madame Kelly, dit-il en lui tendant la main.

— Oui. Bonjour, monsieur Ellsworth.

— Entrez, je vous en prie. Mon bureau est au premier. Ça ne vous dérange pas de prendre l'escalier ?

— Non.

Elle observa le hall silencieux, dont le sol était revêtu de moquette, remarqua le comptoir de réception en bois étincelant, plusieurs imposants fauteuils en cuir et quelques grandes plantes vertes dans des pots en terre cuite.

— Je tiens à vous présenter mes excuses pour le rôle que j'ai pu jouer dans ce malentendu, commença Ellsworth pendant qu'ils montaient à l'étage. Jennifer, votre mère, m'a affirmé que vous ne vous intéressiez pas à la gestion du compte.

— Elle a menti.

Cet éclat de colère ne faisait pas partie du plan, même si elle n'en avait finalement aucun. Pourtant, les mots vinrent tout seuls.

— Si ce que vous me dites est vrai, elle vous a menti, et à moi aussi, par omission. J'ignorais qu'il existait un compte.

— Bien, fit Ellsworth en lui désignant une porte ouverte.

L'espace, plus grand que le salon de Breen, aéré grâce à ses grandes fenêtres, comprenait un vieux bureau en acajou aux finitions somptueuses, une banquette en cuir et deux chaises pour les visiteurs.

Sur un comptoir était disposée une machine à café sophistiquée. Des photos encadrées, manifestement de la famille, couvraient une étagère murale.

— Vous désirez un café ?

— Je veux bien, merci. Du lait, pas de sucre.

— Asseyez-vous, l'invita-t-il tout en se dirigeant vers l'appareil.

— J'ai apporté tous les dossiers, commença-t-elle en s'installant, serrant les genoux parce qu'ils tremblaient. D'après ce que j'ai lu, le compte a été ouvert en 2006. À la séparation de mes parents.

— C'est exact.

— Pouvez-vous me dire si les versements du début correspondaient à une pension alimentaire ?

— Non, ce n'était pas ça. Je vous suggère de vous entretenir avec votre mère à ce sujet, car je ne peux vous parler que de ce compte-ci.

— D'accord. C'est ma mère qui l'a ouvert ?

— C'est Eian Kelly qui l'a ouvert à votre nom et qui a désigné votre mère comme représentante légale. À l'époque, il avait pris ses dispositions pour pouvoir effectuer un virement mensuel depuis la Banque d'Irlande. Pour assurer votre avenir, vos études, votre sécurité financière.

Breen joignit maintenant les mains, qui s'étaient également mises à trembler.

— Vous êtes sûr ?

— Oui.

Il lui tendit son café, puis prit le sien et s'installa, non derrière son beau bureau, mais sur la chaise à côté de la sienne.

— C'est moi qui avais géré le dossier. Eian Kelly était venu ici même pour ouvrir le compte, que je gère depuis lors.

— Est-ce que… Il est en contact avec vous ?

— Pas depuis ce jour-là. Les virements sont effectués. Votre mère supervise le compte de façon très raisonnable, comme je vous l'ai dit. Si vous avez regardé les relevés, vous avez constaté qu'elle n'en a pas retiré un centime. Nous nous voyons tous les trimestres, ou plus s'il y a un détail à discuter. Je n'avais aucune raison de penser que vous n'étiez pas au courant.

— Vous avez beaucoup de clients ? Enfin, je suis votre cliente ?

— Oui, lui confirma-t-il avec un sourire.

— Vous avez beaucoup de clients qui ne s'intéressent pas à un compte s'élevant à presque quatre millions de dollars ? Allied est une banque prestigieuse, et le montant de mes avoirs est sans doute minime à vos yeux, mais ça représente une énorme somme d'argent.

Il mit un moment à répondre, et elle sentit qu'il choisissait ses mots avec soin.

— Dans certaines situations, un parent, un tuteur ou un curateur peut être plus à même de prendre certaines décisions financières.

— Je suis majeure, ma mère n'est pas ma tutrice.

Breen sentit, pressentit, comprit.

— Elle vous a dit que j'étais irresponsable, incapable de gérer de l'argent.

— Madame Kelly. Breen. Je ne veux pas me mêler de vos histoires. Je peux vous affirmer sans hésitation que votre mère s'est toujours souciée de votre bien-être. Avec vos problèmes…

— Quels sont mes problèmes ? (La colère s'empara d'elle de nouveau, bien plus utile que le stress.) Je suis irresponsable ? Et je parie que je n'ai pas la lumière à tous les étages ?

Il rougit un peu.

— Elle n'a jamais rien dit de la sorte directement.

— Elle l'a seulement sous-entendu. Eh bien, faisons connaissance, monsieur Ellsworth. Je suis titulaire d'un master en sciences de l'éducation, que je viens d'obtenir l'hiver dernier, à la dure, et pour lequel je me suis endettée jusqu'au cou.

Elle hocha la tête devant la stupéfaction du conseiller.

— J'enseigne l'anglais au collège Grady depuis que j'ai ma licence, et j'avais déjà contracté des dettes conséquentes malgré deux petits boulots à temps partiel. Je vous donne avec plaisir le nom du principal et d'autres professeurs.

— Non, non. Je pensais que vous ne travailliez pas, ou que vous n'aviez pas d'emploi fixe.

— Je travaille depuis mes seize ans, l'été et les week-ends. J'ai toujours un boulot saisonnier durant la période estivale pour rembourser mes prêts, et je donne des cours particuliers deux soirs par semaine pour la même raison.

Elle avait les yeux embués, mais c'étaient des larmes brûlantes de rage.

— J'achète en soldes ou d'occasion, j'ai un colocataire. Je fais mes comptes au centime près tous les mois. Je…

— Allons, allons, fit Ellsworth en posant une main sur la sienne. Je suis vraiment désolé qu'il y ait eu ce…

— N'appelez pas ça un malentendu, c'était intentionnel. Mon père voulait que je dispose de cet argent. À la place, j'ai été serveuse, j'ai dû emprunter pour financer mes études, alors que l'argent qu'il m'envoyait m'aurait changé la vie. Et le fait de savoir qu'il envoyait quelque chose m'aurait changé la vie.

Elle repoussa son café tout en inspirant fort pour s'efforcer de se reprendre.

— Veuillez m'excuser. C'est la faute de ma mère, pas la vôtre. Vous n'aviez pas de raison de ne pas la croire. Vous avez dit que j'étais votre cliente.

— C'est le cas, et nous allons arranger ça. Quand Jennifer doit-elle revenir ?

— La semaine prochaine, mais je dois savoir quelque chose tout de suite. Est-ce que cet argent m'appartient ?

— Oui.

— Donc, je suis autorisée à le retirer, à le transférer.

— Oui, mais je pense qu'il serait préférable d'attendre le retour de votre mère, afin que nous puissions en discuter tous les trois.

— Je n'y vois aucun intérêt. Je veux transférer des fonds, ouvrir d'autres comptes. À mon nom seulement. Est-ce que j'en ai le droit ?

— Oui, je peux vous ouvrir un compte. Quelle somme voulez-vous y virer ?

— Tout.

— Breen…

— Tout, répéta-t-elle. Ou bien, quand nous nous verrons, vous, ma mère et moi, je viendrai avec un avocat et je la poursuivrai pour… je ne sais pas, détournement de fonds.

— Elle n'a pas touché à l'argent.

— Je suis sûre qu'un avocat saura quel terme utiliser. Je veux mon argent pour que, la prochaine fois que je paie mes factures, je puisse rembourser mes prêts étudiants et respirer de nouveau complètement. Cet argent, c'est mon père qui vous l'a confié pour que vous fassiez ce qui est bien pour moi. Je vous demande donc de faire ce qui est bien pour moi.

— Vous êtes majeure, vous pouvez signer un document permettant de retirer le nom de votre mère du compte.

Il me faudra vos papiers d'identité et vous devrez remplir des formulaires. La présence de l'un de nos notaires et d'un témoin sera nécessaire.

Il posa une nouvelle fois sa main sur la sienne.

— Breen, je vous crois. Mais voulez-vous bien me donner le nom et le numéro du principal de votre collège ? Pour ma tranquillité d'esprit.

— Aucun problème.

2

Lorsque Breen arriva enfin chez *Sally's*, la soirée battait son plein. Des lumières colorées sillonnaient le comptoir bondé et les tables remplies. Le projecteur était braqué sur Cher – ou du moins son incarnation par Sally –, qui s'époumonait sur *If I Could Turn Back Time*.

« Si je pouvais remonter le temps. » C'était très adapté à la situation de Breen.

Elle se fraya un chemin parmi la foule enthousiaste et parvint même à sourire quand quelqu'un la hélait ou lui faisait signe.

Marco – merci à lui – capta son regard et lui envoya un bref salut pendant qu'il préparait des cocktails.

Il portait une chemise à paillettes argentées – chez *Sally's* était un bar très « paillettes » –, un pantalon moulant noir et une boucle à une oreille. Il avait récemment commencé à se faire pousser un petit bouc, et Breen trouvait qu'il lui allait bien, comme les longues tresses qu'il attachait dans son dos. Sa peau couleur cacao était luisante de sueur.

C'était chaud, chez *Sally's*, et à plus d'un titre.

— Geo, laisse ton siège à notre Breen.

— Mais non, ça va.

Geo, petit, mince et resplendissant en rouge, bondit pourtant de son tabouret.

— Assieds-toi, ma poulette. De toute façon, je dois aller servir. (Il l'embrassa sur une joue.) Elle a l'air fatiguée, notre petite.

— C'est vrai, confia-t-elle.

Elle prit place sur le tabouret pendant que Marco servait un client. Ensuite, il lui présenta un verre de vin blanc.

— Tu es en retard et tu ne t'es même pas changée. C'est pas une tenue de fête, ma fille.

Puis il fit les yeux ronds en la voyant descendre son verre presque d'un trait.

— Houla, journée difficile ?

— Difficile, étrange, effrayante, enthousiasmante.

Sur ce, elle fondit en larmes.

— Carlee ! cria aussitôt Marco. Je pars en pause.

Il contourna en vitesse le bar, saisit le bras de Breen et l'entraîna dans les loges.

Deux chanteuses étaient assises devant leur coiffeuse aux miroirs encadrés d'ampoules, façon Hollywood, et échangeaient des potins.

— Mesdames, nous avons besoin de la pièce.

L'une d'elles, déguisée en Lady Gaga, serra Breen dans ses bras.

— Allez, ma puce, ça va s'arranger. Crois-en Jimmy : aucun homme ne mérite que tu pleures pour lui.

Après que Sally lui eut fait un baiser sur la joue, Marco la fit asseoir.

— Qu'est-ce qui s'est passé ? Raconte-moi tout.

— Je… Mon père…

— Il t'a contactée ? demanda son ami en lui serrant plus fort la main.

— Non, mais… Marco, il m'a envoyé de l'argent depuis mes dix ans. Il a ouvert un compte d'investissement chez Allied, et il y a fait un virement chaque mois. Ma mère ne m'a rien dit. Elle a gardé ça dans un tiroir. Et tout ce temps…

Elle regarda ses mains.

— J'ai oublié mon verre.

— Je vais te le chercher.

— Attends. Marco, avec les dividendes et… Il faut encore que je me renseigne sur tout ça, mais à l'heure qu'il est, j'ai 3 878 596,35 dollars.

Il la dévisagea avec stupéfaction.

— Tu as rêvé, c'est ça ? Tu sais que, parfois, tu fais des rêves qui semblent très réels.

— Non. Je reviens d'un rendez-vous avec mon banquier. Je possède presque quatre millions de dollars.

— OK, assieds-toi et ne bouge pas d'ici. Je vais chercher le vin. La bouteille, carrément.

Breen s'installa et surprit son reflet dans le miroir au passage. Elle était toute pâle, les yeux las. Elle avait ôté son élastique, et les efforts qu'elle avait mis dans le lissage de ses cheveux étaient mis à mal. La teinture brune qu'elle utilisait une fois par semaine pour atténuer le roux vif de sa chevelure – qui attirait trop les regards et détournait trop l'attention – avait viré au gris terne.

Mais en fait, ça n'avait aucune importance. Dès qu'elle aurait vidé son sac auprès de Marco, elle rentrerait et s'allongerait. Il lui faudrait attendre d'avoir l'esprit moins embrouillé pour se lancer dans les corrections de copies. Comme elle comptait boire au moins deux nouveaux verres avant de rentrer à pied, ce ne serait pas pour ce soir.

Marco revint avec la bouteille et des verres qu'il remplit avant de s'asseoir.

— On va remonter le fil, un peu. Comment tu as su pour l'argent ?

— C'est trop bizarre.

Et elle lui raconta tout.

— Attends, tu es allée voir ce mec chez Allied toute seule ? Tu es courageuse.

— Je ne savais pas quoi faire d'autre. J'étais trop énervée.

— Et qui te dit tout le temps que tu devrais t'énerver plus souvent ?

— Toi, reconnut-elle avec un petit sourire.

— Je dirais même plus : tu dois rester énervée pour parler avec ta mère.

— Oh, la vache…

Elle prit sa tête entre ses mains, même si elle aurait plutôt voulu l'enfouir entre ses genoux.

— Ne te dégonfle pas.

Marco se retourna quand Sally, en mode Cher, entra d'un pas fluide. Salvador Travino, de son vrai nom, posa une main sur sa hanche couverte d'une robe à sequins Bob Mackie et rejeta en arrière les cheveux de sa perruque, longs jusqu'à la taille.

— Ils sont débordés, au bar. Marco, qu'est-ce que tu fous ?

— Désolé, Sally. Breen…

Sally leva un doigt et posa ses yeux aux faux cils épais sur le visage de la jeune femme.

— Tu es malade, ma chérie ?

— Non, non, excuse-moi, je…

— Tu as l'air, poursuivit-elle en lui prenant le menton, aussi pâle qu'une vierge à sa nuit de noces. C'est l'autre connard, Grant ?

— Non, pas du tout.

— Tant mieux, parce qu'il n'en vaut pas la peine. À quand remonte ton dernier repas ?

— Euh…

— C'est bien ce que je me disais. Marco, ramène notre poulette chez vous et fais-la manger. Vous avez de la viande rouge ?

— M'étonnerait.

D'un air désapprobateur, Sally secoua de nouveau sa chevelure, copie parfaite de celle de Cher, puis fit signe à Marco d'approcher.

— Donne ton téléphone. Dans cette tenue, je ne peux pas aller en chercher.

Elle saisit le téléphone de Marco, composa un numéro et tapa le sol de ses talons aiguilles à paillettes.

— Salut, beau gosse, ici Sally. Oui, je vais mieux que ma mine ne l'indique, et elle est splendide. J'aurais voulu que tu me prépares deux de tes spéciaux *cheese steaks* à emporter. Oui, le grand jeûne, mec. Tu mets ça sur mon ardoise. C'est

Marco qui viendra les chercher. À bientôt, embrasse ta jolie femme et ton beau bébé. Et une bise pour toi.

Après avoir imité le bruit d'un baiser, Sally rendit son téléphone à Marco.

— Passe au *Philly Pride* prendre la commande. Ensuite, Breen, tu te mets en pyjama. Écoute-moi : jette les fringues que tu portes par la fenêtre, elles seront récupérées par une personne sans aucun style.

— Je ne peux pas vous abandonner en plein rush du vendredi soir, protesta Marco, qui se fit foudroyer du regard.

— Tu crois que je ne suis pas capable de faire face à une grosse soirée ? Mon garçon, j'en ai vu, des grosses, et dans tous les sens du terme, alors que tu portais encore des couches ! Et avec mon look, j'espère bien choper de sacrés pourboires. Ramène Breen à la maison.

— Merci, Sally.

Breen vint l'embrasser. La drag-queen avait davantage été une mère pour elle que la sienne au cours des dix dernières années.

— On se revoit bientôt. Et tu m'appelles si tu as besoin de moi. Pas avant dix heures du matin, sauf urgence. Il faut dormir pour être belle.

— Tu parles. Tu es la plus belle personne que je connaisse.

— Allez, filez. J'ai un bar à gérer.

Ils sortirent par la porte de service. D'un geste automatique, Marco entoura de son bras la taille de Breen. De façon tout aussi naturelle, elle posa la tête sur son épaule.

— Je suis crevée. Je ne sais pas si je peux avaler quelque chose.

— Tu vas manger, ou je te dénonce à Sally. Et après, je te mets au lit.

Il la guida dans les rues pavées sous les lampadaires aux couleurs de l'arc-en-ciel.

Les clubs, les restaurants et les cafés étaient tous en effervescence à la faveur de cette belle soirée du mois de mai.

— Mince, j'ai oublié l'arrosoir sur le parquet du bureau chez ma mère. Ça va sûrement laisser une trace.

— Ah.

— C'est un beau parquet, Marco. La pauvre.

— C'est son problème. On n'en serait pas là si elle ne t'avait pas caché tout ça pendant… putain, seize ans. Alors arrête, ou tu vas finir par m'agacer. Dis-moi ce que tu vas faire ensuite ?

— Rembourser mes prêts étudiants. M. Ellsworth m'a dit qu'il allait en parler à quelqu'un. Je ne sais plus qui. Je peux les rembourser en totalité, et c'est ce que je veux : m'en débarrasser.

— OK, je comprends. Mais deux choses : comment vas-tu aborder le sujet avec ta mère et, le plus important, quel est le programme des festivités ?

— Je n'arrive pas à y penser.

— Bien. Je le ferai pour toi.

Au *Philly Pride*, ils furent accueillis par une odeur d'oignons grillés. Breen décida d'arrêter de cogiter le temps que Marco récupère la commande – et flirte gentiment avec Trace, au comptoir.

— Je lui propose de sortir, tu crois ? demanda Marco en quittant le restaurant.

— Trace ? Non, il est trop jeune pour toi.

— Il a notre âge !

— Rien qu'en quelques jours, tu crèverais d'ennui parce que, hormis coucher avec toi, il ne voudrait que jouer aux jeux vidéo. Toi, tu lui proposerais d'aller danser, et il répondrait : « Peut-être quand j'aurai amélioré mon score à *Assassin's Creed.* »

— Oui, tu as raison, et je suis dégoûté parce qu'il est « miamesque ».

— Mais le « miam », que je ne nie pas, ne tiendrait pas la semaine. Tu me parles de lui juste pour me changer les idées.

— Ce qui a d'ailleurs marché.

Elle allait reposer la tête sur son épaule quand elle aperçut, juste en face, l'inconnu. Les cheveux argentés, la silhouette grande et mince, vêtu de noir.

— Tu vois cet homme, Marco ? demanda-t-elle en se tournant pour le lui montrer.

— Quel homme ?

— Mais... Il était juste là. Il a dû tourner à l'angle de la rue. Je l'ai vu dans le bus, aujourd'hui. Il... J'ai une impression bizarre.

Comme Marco savait que les impressions de Breen étaient souvent fondées, il lui agrippa la main et courut regarder à l'angle de la rue.

— Tu le vois ? À quoi il ressemble ? la questionna-t-il.

— Non, il est parti. Ce n'est rien. J'ai un méchant mal de tête et ce sentiment étrange. Et puis, c'était surprenant de le voir aussi près de chez nous. Enfin, si je l'ai bien vu. Je l'ai juste entraperçu du coin de l'œil. Laisse tomber.

Après une petite marche, ils arrivèrent en bas de leur immeuble et montèrent les trois étages jusqu'à l'appartement. Elle adorait ce bâtiment de brique rouge, l'arc-en-ciel peint par le propriétaire du bâtiment sur la porte d'entrée à double battant, la musique qui s'élevait des fenêtres ouvertes par cette joyeuse nuit de printemps.

Cela valait le coup de monter toutes ces marches.

Le propriétaire entretenait bien les communs et les appartements. Les locataires les maintenaient propres et s'entraidaient.

Ils montèrent et entendirent l'agitation de l'habituelle soirée du vendredi qui se déroulait au 101, le bébé agité du 204 et les chants d'opéra du 302.

Une fois chez eux, Marco se dirigea droit vers leur toute petite cuisine en longueur.

— Va te changer, et si tu écoutes les conseils de Sally, ça m'ira très bien aussi.

— Il n'y a rien à reprocher à ce que je porte.

— Ton pantalon est trop ample aux fesses, ton pull beigeasse te rend invisible, et je ne parle pas de tes chaussures.

Un peu renfrognée, Breen alla dans sa chambre. Son lit était fait au carré, son bureau, certes petit, était bien organisé et l'unique fenêtre de la pièce laissait apercevoir le quartier animé.

Elle se débarrassa de ses chaussures, puis les rangea dans son armoire de la taille d'un placard à balais. Elle ôta son pull – qu'elle détestait désormais –, mais le jeta dans le panier à linge sale et non par la fenêtre. Le pantalon le rejoignit.

Il était peut-être un peu lâche aux fesses, mais au moins, il n'éveillait pas de regards déplacés d'élèves ou de collègues, contrairement aux tenues d'Anna Mae, la prof d'histoire.

Elle enfila un pantalon de pyjama en coton et un tee-shirt, jeta un coup d'œil vers son bureau, où elle aurait dû être assise, en train de corriger des copies.

Puis elle retourna dans l'espace qui servait de séjour, de salle à manger et de salle de sport.

Ce n'était pas grand-chose, mais comme Breen avait laissé Marco apporter sa patte, l'appartement avait du caractère.

Ensemble, ils avaient peint les murs d'une teinte chaude et épicée, qui rappelait à la jeune femme celle des piments écrasés, et fixé des étagères sur lesquelles se dressaient des bouteilles colorées de toutes les tailles et formes. Des affiches encadrées apportaient une touche musicale à l'ensemble : Bruce Springsteen, Prince, Mick Jagger, Lady Gaga, Janis Joplin.

Ils avaient recouvert le canapé d'occasion d'un tissu vert foncé et avaient disposé dessus de nombreux coussins de toutes les couleurs. Une ancienne porte – encore une trouvaille faite en dépôt-vente –, à laquelle on avait ajouté des pieds en fer forgé, faisait office de table.

Un de leurs amis, un artiste, avait peint sur la surface un dragon en vol, orange et vert émeraude, en guise de cadeau d'anniversaire pour Breen.

Marco posa les assiettes garnies sur la table et alluma les bougies dans leurs chandeliers métalliques.

— Assieds-toi et mange, ordonna-t-il. Tu n'as plus droit à une goutte de vin avant d'avoir avalé du solide.

— Je ne devrais plus en boire du tout de la soirée.

— Oh, mais tu vas en reboire.

Il alluma leur iPod partagé, mit le son au minimum.

Elle obéit et, malgré son manque d'appétit, saisit le hamburger.

— Tu sais, Marco, je n'arriverais pas à me débrouiller sans toi.

— Et tu n'auras pas à le faire. Mange.

Elle n'avait peut-être pas faim, mais elle sentit que ses nerfs s'apaisaient.

— Je veux démissionner.

À peine eut-elle prononcé ces mots qu'elle laissa tomber son hamburger et se couvrit la bouche de sa main.

— C'est sorti tout seul ! s'exclama-t-elle.

— Tu n'as jamais voulu être prof, de toute façon.

Il continua de manger tranquillement, mais sans se départir d'un petit sourire.

— D'accord, je veux démissionner, mais c'est bête et insensé. Oui, je viens de découvrir un paquet d'argent sorti de nulle part, qui peut me durer longtemps, et même continuer d'augmenter si je fais attention. Mais lâcher un travail stable, pour lequel j'ai étudié, déboursé – ou débourserai bientôt –, ce n'est pas une bonne idée.

— Tu voulais être vétérinaire.

— Oui. Je voulais également être danseuse étoile. Et puis rock star. J. K. Rowling, aussi. Je ne suis rien de tout ça, et je ne le serai jamais.

— Tu écris très bien, je te rappelle.

Elle secoua la tête et se remit à manger.

— C'est un vieux rêve. Je dois penser au présent et au futur.

— Démissionne.

— Marco…

— Tu détestes ton boulot. Tu n'as jamais voulu être prof. C'est ce que souhaitait ta mère, ce qu'elle t'a persuadée de faire. Comme si ç'avait été ta seule possibilité. Rembourse l'emprunt, démissionne et donne-toi du temps pour savoir ce que tu as envie de devenir.

— Je ne peux pas…

— Si, bien sûr. Si ces mots sont sortis de ta bouche, c'est parce qu'ils sont logés dans ton cœur et dans ton esprit. C'est ta chance, Breen. Maintenant.

— Mais je ne sais rien faire d'autre que mon métier.

— Parce que tu n'en as jamais eu l'occasion. Prends le temps de trouver. Tu pourrais écrire, je te le répète. Ou si ce n'est pas ton truc, tu pourrais monter ton entreprise.

— Moi ?

— Oui, toi. Breen, t'es intelligente, organisée. (Contrarié, il leur servit du vin, maintenant qu'elle avait un peu mangé.) Tu pourrais faire du design. Et ne me réponds pas « Moi ? » sur ce ton débile. Je n'ai pas aménagé cet appart tout seul, et il a une sacrée déco. On l'a fait ensemble. Tu as une belle voix, tu joues du piano. Tu pourrais t'y consacrer. Tu as laissé ta mère te mettre dans une case, et tu commences enfin à en sortir. Tu n'as pas intérêt à y rentrer.

— Je… je vais voir la principale lundi et je lui explique que je ne reviendrai pas à l'automne. Je fais comme ça ?

— Oui, tu fais comme ça. Tu te donnes l'été pour réfléchir à ce que tu veux faire, ou essayer de faire.

— C'est plutôt terrifiant.

— Libérateur, je dirais. Cite une chose – importante – que tu as vraiment envie de faire, maintenant que tu le peux. Tu as le temps et l'argent pour. Qu'est-ce qui te tente le plus ? Sans réfléchir. N'essaie pas de trouver l'idée la plus raisonnable. Laisse parler ton cœur, comme quand tu as dit que tu voulais arrêter d'être prof.

— Je veux aller en Irlande. Oh, là, là, j'en reviens pas ! C'est ce que je veux. Découvrir d'où vient mon père, ce qui l'a poussé à y retourner, à s'en aller loin de moi. Je veux essayer de le retrouver et le questionner. Savoir pourquoi il est parti, pourquoi il m'a envoyé cet argent.

— Fais-le. C'est super. Passe l'été en Irlande, accorde-toi ce moment sur place pour réfléchir au reste.

— L'été ?

— Qu'est-ce qui t'en empêche ? Depuis quand tu n'as pas pris de vacances ?

— Depuis qu'on a eu notre diplôme et qu'on a passé une semaine à Jersey Shore.

— C'était super, se souvint-il. Et c'était il y a un bail, Breen.

Elle but une longue gorgée de vin.

— Viens avec moi.

— En Irlande ?

— Toute seule, je n'oserai jamais. Accompagne-moi. Tu as raison, admit-elle en commençant à arpenter la pièce. Qu'est-ce qui m'en empêche ? C'est ce que je veux. Vraiment. Cette fois, on ne sera pas en bus, on prendra l'avion en première classe et on réservera des chambres dans un château. Au moins une nuit. On louera une voiture et on conduira à gauche ; on pourrait… dormir dans un cottage ! Un cottage irlandais au toit de chaume.

— Tu as trop bu.

— Non ! le contredit-elle en riant, une flamme dans les yeux. Viens avec moi, Marco, et partage ce qui me fait envie.

— Je ne peux pas partir tout l'été. Sally et Derrick seraient d'accord, mais je ne peux pas perdre mon boulot en journée.

— Tu détestes bosser au magasin de musique.

— C'est vrai, mais personne ne vient de me donner quatre millions de dollars. Je pourrais t'accompagner deux semaines, juste pour le début. La vache, je n'ai jamais mis les pieds en Europe. Ce serait une claque.

— On s'en prendra plein, des claques. Ça marche ?

Il recula sur sa chaise. Il aimait Breen plus que tout. Et il ne pouvait pas éteindre cette étincelle dans son regard. Mais il était négociateur dans l'âme.

— J'ai des conditions.

— Vas-y, dit-elle en se rasseyant.

— Je ne peux pas me payer de billet en première classe, donc tu m'offriras le mien. Pour le reste, je paierai ma part.

— Je me fiche du prix.

— Ouais, parce que t'es millionnaire, putain.

Rejetant la tête en arrière, elle hurla de rire.

— Je suis millionnaire, putain !

— C'était ma première condition. Les autres sont tout aussi importantes à mon sens. Quand tu auras terminé ton repas, tu vas filer à la salle de bains et te laver les cheveux jusqu'à virer entièrement cette horrible teinture. Pour la dernière fois. Et tu vas dégager ton sèche-cheveux, celui avec lequel tu passes une heure tous les matins à lisser tes magnifiques boucles.

Quand elle ouvrit la bouche pour protester, il secoua la tête.

— Tu vas en Irlande. Je parie que tu ne seras pas la seule rousse, là-bas.

— Ici non plus.

— C'est vrai, mais tu t'es laissé convaincre que tes propres cheveux te donnaient l'air, je sais pas, frivole ? Qu'ils attiraient les regards. Et pourquoi pas ? Merde, Breen.

— Si je récupère ma couleur naturelle, tu viens avec moi au moins deux semaines ! Marché conclu.

— Attends, j'ai une dernière condition.

— Tu marchandes difficilement, Marco Polo.

— Je ne t'oblige à rien. Celle-ci est importante, c'est peut-être la clé de tout. (Il prit un air sérieux.) Demain, on va faire du shopping, parce que ce soir, on met presque tout le contenu de ton armoire dans des sacs-poubelle qu'on apportera à la friperie. Et ensuite, comme tu as la chance de posséder ce dont toute femme rêve, c'est-à-dire un meilleur ami gay, tu vas me laisser t'aider à choisir de nouvelles fringues qui, elles, ne brûleront pas les yeux.

— Ils ne sont pas si nazes que ça, mes vêtements.

— Ils sont tristes et minables. Ce style ne te correspond pas. Tu as cru à tort que tu devais être transparente. Je ne vais pas dire du mal de ta mère, je n'ai pas été élevé comme ça. Mais quand tu lui parleras la semaine prochaine, ton apparence reflétera ce que tu es vraiment : forte, douée, belle et intelligente. Et tant qu'on y est, tu vas acheter du maquillage potable.

— Tu imposes beaucoup de choses.

— Ce sont mes conditions. Je t'adore, Breen.
— Je sais bien. Donc… marché conclu, répéta-t-elle en tendant la main.
— Voilà une réponse satisfaisante !

3

Pour parfaire sa série de « premières fois », Breen prit un jour de congé à l'occasion du retour de vacances de sa mère. Elle avait acheté et rangé les provisions dont elle avait la liste. Après tout, elle s'était engagée à le faire.

Elle avait aéré la maison, arrosé les plantes, trié le courrier.

Elle avait préparé un monologue calme et ferme dans sa tête. En fait, elle avait noté par écrit tout ce qu'elle comptait dire à Jennifer. Elle avait apporté des corrections à son brouillon et s'était relue plusieurs fois. Elle s'était entraînée devant la glace.

Ensuite, elle avait répété sans miroir, car elle ne reconnaissait pas tout à fait le reflet qui lui faisait face.

Son apparence avait radicalement changé, et elle s'en rendait compte grâce aux regards qu'on coulait vers elle et aux compliments qu'on lui faisait au travail ou dans le bus.

Ses cheveux aux boucles flamboyantes, qui lui arrivaient au niveau des épaules – Marco avait mis son veto quant à une éventuelle coupe – annonçaient la couleur. Elle ne savait pas encore laquelle, cela dit.

Elle ne risquait plus de se fondre dans le décor, désormais. D'ici une semaine ou deux, elle saurait si son nouveau look lui était bénéfique.

Mais, pour l'heure, elle aimait sa nouvelle garde-robe, quoique limitée. Quelques couleurs fortes, quelques pastels printaniers. Pas de beige. Des pantalons qui lui seyaient, deux robes simples et jolies. Un tailleur. De nouvelles chaussures – elle avait instauré une limite à trois paires, contre l'avis d'un Marco très enthousiaste. Et, pour le voyage qu'elle avait en tête, elle avait acquis de bonnes chaussures de randonnée.

Elle avait tout acheté en soldes, ce qui ne l'avait pas empêchée de dépenser plus d'argent en une journée de shopping qu'elle n'en dépensait d'habitude en six mois.

Eh oui.

Peut-être l'effervescence l'avait-elle affaiblie au point de se laisser convaincre par Marco de se faire percer les oreilles.

Elle tripota le petit poinçon argenté tout en lisant le SMS de Marco.

`Courage.`

Elle essaya de le prendre au pied de la lettre en voyant le taxi s'arrêter devant la maison.

Elle sortit dans la rue.

Son attention étant concentrée sur sa mère, Breen ne prit pas conscience de la présence de l'homme aux cheveux argentés sur le trottoir d'en face, qui lui jeta un regard.

Jennifer Wilcox, comme toujours, était impeccable en pantalon raccourci gris, veste légère rouge vif et chemise blanc cassé. Ses cheveux, d'un beau châtain avec des reflets obtenus par un expert, encadraient son visage aux traits saillants.

Breen perçut la surprise et la désapprobation de sa mère quand elle s'avança pour l'aider.

— Je prends, dit-elle en saisissant la grosse valise à roulettes.

Jennifer porta le sac et la housse d'ordinateur assortie.

— Je ne m'attendais pas à ce que tu sois là. Pourquoi tu n'es pas au travail ?

— J'ai posé ma journée.

Luttant contre son anxiété, Breen tira la valise jusqu'à l'intérieur.

— Ce n'était vraiment pas nécessaire.

— Pour moi, si.

— Tu es malade ?

— Non. (Breen fit rouler la valise jusqu'au pied de l'escalier, puis s'aperçut qu'elle avait commencé à le monter. Elle s'arrêta.) Je vais très bien. En fait, je suis en grande forme.

— Tu as un nouveau copain, c'est ça ? (Jennifer posa son sac et désigna la coiffure de sa fille.) C'est lié ?

— Non, pas de copain. Je suis rousse, s'entendit-elle déclarer, et j'ai décidé de l'assumer.

— C'est ton choix, évidemment, mais les gens ne vont voir que tes cheveux. Comment veux-tu que tes élèves te prennent au sérieux, avec une telle couleur ?

— Ça ne va pas poser problème longtemps. Je termine l'année scolaire mais j'ai présenté ma démission lundi.

La réaction de Jennifer, qui resta sans voix, emplit Breen d'une noire satisfaction.

— Tu as perdu la tête ? Tu vas revenir sur ta démission immédiatement. Tu ne vas pas jeter à la poubelle tes études, ta sécurité et ton avenir.

— Je n'ai jamais voulu être prof.

— Oh, ne sois pas ridicule ! Et je n'ai pas de temps à consacrer à ces idioties. Je dois déballer mes affaires et appeler le bureau. (Elle consulta sa montre.) Tu as tout le temps de retourner au collège, t'excuser et arranger la situation.

— Non.

Les yeux couleur noisette de sa mère s'étrécirent.

— Je te demande pardon ?

— J'ai dit non, et tu vas bloquer un créneau dans ton planning chargé pour qu'on parle de M. Ellsworth et de mon compte chez Allied. Et de mon père.

Le rouge qui était monté aux joues de Jennifer disparut.

— Comment oses-tu ? Tu as fouillé dans mes papiers ?

— Ce sont mes papiers, et non, je n'ai pas fouillé. Ce n'est pas la question de toute façon. Tu m'as menti, c'est ça le problème. Menti !

— Je ne t'ai pas menti. J'ai fait mon travail de mère et choisi ce qui était le mieux pour toi. J'ai veillé à ton avenir.

— En me rendant malheureuse. Il a viré cet argent pour moi, c'était le mien. Tu m'as laissé croire qu'il était parti et se fichait de moi.

— C'est vrai qu'il est parti, et ces sommes, je les ai investies. Tu étais mineure.

— Je ne le suis plus depuis longtemps.

— Tu n'as jamais montré d'intérêt ni d'aptitude dans la gestion de l'argent.

— Alors là, je ne peux pas accepter ! s'écria Breen, furieuse. C'est des conneries !

— Tu n'emploieras pas ce ton avec moi.

— Je prendrai le ton que je voudrai ! J'ai eu deux boulots, j'ai emprunté plusieurs fois, je me suis débrouillée avec des bouts de ficelle, tout ça pour pouvoir obtenir des diplômes dont je ne voulais pas. Pour pouvoir devenir prof, parce que tu m'as répété que c'était tout ce que j'étais capable de faire. « C'est un métier essentiel, honorable et magnifique, une vocation même, et il faut l'exercer à la perfection. » Combien de fois j'ai entendu ça de ta bouche, maman ?

— Tu n'as aucun autre talent. Et tu ferais mieux de te calmer.

— Le calme est derrière moi. J'aurais pu m'offrir un ou deux semestres de pause pour réfléchir à ce que je voulais devenir. J'aurais pu tenter d'écrire.

— Oh, je t'en prie, ne sois pas aussi puérile !

— Tu as tout décidé à ma place. Jusqu'à comment m'habiller et me coiffer ! Et ce qui représentait ma liberté, tu l'as mis sous clé dans un tiroir.

— Je te protégeais ! J'ai passé ma vie à te protéger.

— De quoi ? De vivre pleinement ? Tu as raconté à M. Ellsworth que je ne m'intéressais pas à l'argent, tu as sous-entendu que j'étais incapable de le gérer.

— Parce que c'est le cas, Breen, répondit Jennifer d'un ton parfaitement irritant tout en rejetant ses cheveux en arrière. Regarde-toi. Tu découvres que tu as des sous sur un compte, et ta première réaction est de démissionner. C'est responsable, peut-être ?

— Tu sais ce qui est irresponsable ? Te rendre jour après jour à un travail que tu détestes. Étouffer ta personnalité parce que ta mère te fait comprendre que tu n'es pas à la hauteur.

— Je n'ai jamais dit ça. C'est injuste.

— Non, tu as raison. Mais c'était limite. Tu ne te trompes peut-être pas, après tout. Si ça se trouve, je suis réellement une ratée. Mais je vais le découvrir par moi-même.

Breen reprit sa respiration. Elle voyait que sa mère ne se sentait pas bien, mais elle ne pouvait plus s'arrêter.

— Tu étais consciente que mes prêts étudiants m'angoissaient beaucoup, tu savais que je devais prendre des petits boulots pour arriver à surnager. Et tu as gardé le secret sur cet argent qui m'aurait permis de sortir la tête de l'eau.

— C'est important d'apprendre à tenir un budget.

Jennifer s'éloigna pour se laisser tomber sur une chaise.

— Ton père était un rêveur, et tu tiens de lui. Tu avais besoin d'expérimenter la réalité des choses. J'ai toujours fait de mon mieux pour toi.

— Où est-il ?

— Je n'en sais rien, répondit sa mère en se massant les yeux. C'est vrai. Il a choisi de ne pas revenir, souviens-t'en au lieu de t'en prendre à moi. Il n'a pas voulu endosser le rôle de père. Je ne l'ai jamais empêché de te voir. Je n'aurais pas fait ça.

Elle laissa retomber ses mains.

— Moi, j'étais là. J'ai pris soin de toi quand tu étais malade, je t'ai aidée à faire tes devoirs, j'ai été une mère tout en m'investissant dans mon travail pour m'assurer que tu aurais un foyer.

— Oui, c'est vrai. Mais tu oublies quelque chose. Tu as consacré beaucoup de temps et d'efforts pour me faire entrer dans un moule qui correspondait à tes critères sans jamais me laisser exprimer ma personnalité.

— Tout ce que j'ai fait, tout, c'était pour ton bien, pour te donner une certaine stabilité, pour que tu vives une vie simple mais productive.

— Une vie de prof de collège malheureuse et anxieuse, qui colorait ses cheveux roux en brun et qui s'habillait en beige pour passer inaperçue.

— Tu es en sécurité, insista Jennifer. En bonne santé. Tu as des diplômes et un métier.

— Ce n'est pas assez. Ça ne t'a pas suffi. Tu as une carrière, tu pars en vacances, en retraite spa.

La colère perça dans le ton de Jennifer :

— J'ai travaillé pour.

— Oui, je ne dis pas le contraire. (Un instant, Breen s'assit en face de sa mère.) Personne ne t'a forcée à devenir la directrice de la communication d'une prestigieuse agence de pub. Tu avais les compétences, la détermination, et tu t'es donné les moyens d'y arriver. Tu as travaillé, et dur. J'admire ce que tu as fait de ta vie, et tu mérites d'être épanouie. J'ai le droit d'essayer de faire la même chose.

Breen se leva.

— J'ai demandé à ce que ton nom soit retiré du compte. M. Ellsworth doit te contacter demain pour te demander si tu veux que tes investissements soient gérés par une autre firme ou un autre conseiller. Les provisions que tu m'as demandées sont rangées. J'ai arrosé les plantes et trié ton courrier. Et comme tu le vois, les fenêtres sont toujours ouvertes. Je te laisse les refermer toi-même. C'est la dernière fois que je fais office de femme de ménage.

Elle hésita, puis décida de partager son ressenti.

— Je suis désolée que tu sois bouleversée, mais tu as été malhonnête, et tes actes m'ont blessée. Tu m'as fait du mal, maman.

— Je n'ai jamais cherché à te faire souffrir.

— Peut-être. Mais comme tu le dis toujours, c'est la réalité. Je dois aller retrouver Marco.

— Qu'est-ce que tu vas faire ?

— Une fois l'école terminée, je m'envole pour l'Irlande avec Marco. Je veux voir d'où vient mon père. J'aimerais le retrouver.

— Tu n'y arriveras pas, dit Jennifer en posant de nouveau les mains sur ses yeux. Tu ne le retrouveras pas.

— Je vais essayer. Dans tous les cas, pour la première fois depuis qu'il est parti, je vais vivre une aventure.

— Ne fais pas ça, Breen. Prends le temps de réfléchir, pas seulement de réagir.

— Je te conseille de fermer les fenêtres. Une tempête arrive.

Breen quitta la maison et continua de marcher, dépassant l'arrêt de bus, tandis que les nuages s'accumulaient à l'horizon.

Derrière elle, l'homme aux cheveux argentés lui emboîtait le pas. Il tenait un parapluie noir, car il savait qu'il allait pleuvoir dans seize minutes.

Il n'avait pas prévu que tout irait si vite et que ce serait si facile. Bien entendu, il y avait encore beaucoup de chemin à parcourir, mais les premières étapes étaient franchies.

Il avait supposé que la jeune femme aurait besoin de plusieurs coups de pouce. Mais un seul avait visiblement suffi. Si elle hésitait au prochain obstacle, il l'aiderait.

Pour l'heure, il pouvait profiter de cette visite de Philadelphie, qu'il trouvait fascinante. La nourriture également. Il appréciait particulièrement les bretzels mous. Toutefois, il trouvait les sucreries baptisées *Irish potatoes* très décevantes.

Il aimait les différents quartiers de la ville, les communautés, le mélange des diverses architectures. Il avait fait des visites guidées et avait été amusé quand il avait été question d'histoire.

Les habitants ignoraient ce qui était vieux et n'avaient pas connaissance de la longue route de l'histoire. Enfin, dans l'ensemble, l'homme trouvait Philadelphie charmante.

C'était là que le pays avait fondé son gouvernement, et le peuple en était très fier. Bien sûr, le gouvernement en question était un désastre, mais ces choses fluctuaient avec le temps. Et le pays était encore tout jeune.

Et têtu, violent, vorace souvent.

Pourtant, le cœur et l'espoir demeuraient. Avec ces deux éléments, on pouvait accomplir beaucoup de choses.

Il pensait que la jeune fille possédait ce qu'il fallait – et elle en aurait besoin –, même si c'était resté enfoui au fond d'elle durant des années, dans ce monde.

Elle avançait sans s'arrêter. Elle avait bien raison. Lui préférait largement la marche au bus. Il aimait les trains, en revanche. Mais si elle continuait, elle allait finir par être trempée.

Elle s'arrêta soudain pour examiner une vitrine. Elle s'apprêtait à poursuivre son chemin quand elle revint sur ses pas et s'arrêta. L'homme allait s'insinuer dans ses pensées mais elle entra dans la boutique, rapide et déterminée.

S'il fit mine de se promener sur le trottoir, il demeura perplexe devant l'enseigne.

Puis il rit en ouvrant son parapluie. Les gouttes se mirent à tomber dru, ponctuelles. Ravi de l'avancée des choses, il partit se trouver à manger. Il avait envie d'un *hoagie* ; ces sandwichs finiraient par lui manquer.

Deux heures plus tard, quand Breen entra dans l'appartement, Marco l'attendait. Il s'approcha d'elle en silence, la serra dans ses bras, la berça doucement.

— C'était horrible.

— Je m'en doute. Vin ou glace ?

— Et pourquoi pas les deux ?

— Vendu. Assieds-toi, tonton Marco s'occupe de tout. (Il lui effleura les cheveux.) Tu t'es fait surprendre par la pluie.

— Un petit peu. (Elle s'assit comme il le lui avait demandé. Maintenant qu'elle était rentrée, la lassitude l'accablait.) Tu ne dois pas aller au travail ?

— Dans une heure, à peu près, lança-t-il depuis la cuisine. Pour le moment, c'est vin, glace et gros craquage. Si je comprends bien, ta mère l'a mal pris.

— Elle a commencé par prétendre que j'avais fouillé dans ses affaires, elle m'a rabaissée plus bas que terre parce que j'avais démissionné, ce qui prouve à ses yeux combien je suis irresponsable et incapable de gérer mon argent. Elle ne m'a jamais parlé des virements pour soi-disant me protéger.

Fidèle à lui-même, Marco apporta deux coupelles de glace goût cookie et deux verres de pinot gris frais sur un plateau en bambou, avec des serviettes en tissu.

— Elle t'a balancé tout ça ?

— Oui, d'après elle je suis bête, irresponsable et inapte à prendre des décisions.

Marco s'assit, prit sa cuillère et énonça, en choisissant ses mots :

— J'adore ta mère.

— Je le sais.

— Je l'aime beaucoup parce qu'elle a toujours été super avec moi. Parce que, quand j'ai fait mon coming out, elle l'a mieux accepté que ma propre famille, et c'est toujours le cas. C'était important à mes yeux.

— J'en suis consciente.

— Toutefois, je peux l'apprécier tout en reconnaissant qu'elle a tort, vraiment. Son comportement envers toi n'est pas excusable, et j'en suis peiné.

— Elle était dans tous ses états et ne simulait pas. Pas seulement parce que j'ai découvert son sale mensonge, qu'elle essaie de minimiser. C'était presque comme si elle était contrariée que je vienne de sceller ma chute.

Marco sourit en mangeant sa glace.

— Tu t'enflammes un peu, non ?

— Peut-être, mais c'est mon sentiment. Elle a dit qu'elle ne savait pas où était mon père, et je la crois. Elle était trop bouleversée pour mentir. On s'est énormément disputées, mais elle a fini par lâcher l'affaire, tu vois ? Elle a jeté l'éponge.

— Tu lui as parlé du voyage en Irlande ?

— Oui, et tout ce qu'elle a dit, c'est qu'on ne le retrouverait pas, répondit Breen en prenant son verre de vin. Pas une fois, pas une seule fois, elle n'a reconnu ses torts ni ne m'a présenté ses excuses. Pourquoi est-ce qu'elle ne pouvait pas simplement dire : « Je suis désolée » ?

Avant que Marco puisse se prononcer, elle enchaîna :

— Parce qu'elle ne se remet pas en question. Tout simplement. Elle ne va pas s'excuser d'avoir raison, hein ? Jennifer Wilcox a toujours raison.

— Pas cette fois.

— Peu importe, soupira Breen en revenant à sa crème glacée. J'ai dit ce que j'avais à dire, et je vais faire ce que je dois faire. Ce que j'ai envie de faire. Je n'ai rien à lui prouver.

Elle surprit le regard qu'il lui lança et poussa un soupir.

— Bon, dans un sens, j'aurais tendance à chercher à le faire, mais ce que je veux surtout, c'est relever ce défi pour moi-même. C'est le plus important. Oh ! ajouta Breen en agitant sa cuillère. Elle n'a pas aimé ma couleur ! J'y ai réfléchi pendant que je rentrais à pied : je tiens mes cheveux roux et frisés de mon père. Alors, forcément, ils le lui rappellent. Mais tu sais quoi ?

— Non ?

— Ce sont mes cheveux, et elle doit m'aimer telle que je suis. Elle n'a qu'à s'y faire.

— Exactement !

Le sourire de Marco s'effaça quand il lui prit la main, inquiet.

— Qu'est-ce que tu t'es fait ? Tu t'es blessée ?

— Pas vraiment…

Elle se hâta de reprendre son verre tandis que Marco lui remontait la manche pour examiner le pansement à son poignet.

— C'est-à-dire ?

— J'étais très énervée. Je suis allée à l'arrêt de bus, puis j'ai marché jusqu'au suivant. Je me remémorais notre dispute, encore et encore. Elle était tellement insultante, tu n'imagines pas. Puis je me suis rappelé que je prenais des cours de danse quand j'étais petite et que j'adorais ça.

— Tu étais toute mignonne en justaucorps et collants.

— Je m'éclatais. Papa m'appelait sa « petite ballerine », et quand il est parti, maman a dit que les leçons étaient devenues trop chères, mais que je n'avais rien à regretter, parce que j'étais moyennement douée. J'avais tiré ce que je pouvais de ces enseignements : les positions, les postures. Elle pouvait continuer de me payer des leçons de piano, mais seulement durant un an.

— Tu ne m'avais jamais raconté ça, ma puce.

— C'était tellement douloureux. Ce n'était pas comme si je m'étais imaginé devenir danseuse étoile – passé mes sept ans, en tout cas. Je n'avais pas énormément de talent mais j'adorais danser et faire partie du petit groupe d'élèves. Bref, ça n'a plus d'importance, ce n'est pas la question. J'y repensais sur le trajet, et à d'autres choses aussi. Et je me suis rappelé que je ne cherchais jamais à lutter ni à me défendre. Et ça m'a énervée.

— Et donc, tu t'es tailladé les veines ?

— Non, je n'ai pas fait ça. J'étais en train de marcher, repensant à toutes les fois où j'avais abandonné, où je ne m'étais pas rebellée, quand j'ai vu une enseigne. Exprim'toi. N'était-ce pas ce dont j'avais besoin ? De m'exprimer ? Alors je suis entrée dans le salon, et…

Elle souffla.

— Merde alors, Breen, je suis sur le cul. Tu t'es fait tatouer !

— C'était l'impulsion du moment. Un coup de sang. Une envie de vengeance, je suppose. Et le temps que je me calme, il était trop tard pour que je fasse machine arrière.

— Qu'est-ce que tu t'es fait faire ? Je veux voir ! Pourquoi tu ne m'as pas demandé de te rejoindre ? On aurait dû en faire un ensemble. C'était le plan.

— On n'a jamais eu ce projet.

— Si tu avais dit que tu en voulais un, on aurait monté un plan. Quel est le motif que tu as choisi ? Quand est-ce que tu pourras enlever le bandage ?

— Ce n'est pas vraiment un pansement, et je peux l'enlever tout de suite. J'ai d'abord pensé au biceps, et puis je me suis dit qu'un tatouage sur le poignet, je pourrais le regarder dès que j'en aurais besoin. Ce qui est encore plus idiot.

Elle ôta la gaze de protection et présenta l'intérieur de son poignet droit.

— Ce sont de belles lettres, comme celles qu'on voit gravées dans les vieilles pierres, et j'aime bien ce vert foncé, presque noir. Mais que veut dire *misneach* ?

— Ça se prononce « misno ». Ça signifie « courage » en gaélique irlandais. J'ai fait des recherches. Et c'est ta faute si j'ai un tatouage à cet endroit.

Il examina le mot, lettre après lettre, de ses grands yeux magnifiques.

— Comment ça, ma faute ?

— C'est le texto que tu m'as envoyé quand ma mère est rentrée : « Courage. » C'était exactement ce dont j'avais besoin et ce à quoi j'ai pensé quand j'ai vu le salon.

— Je veux bien récolter tous les honneurs ! On n'a qu'à y aller demain pour que je m'en fasse faire un aussi. Non, attends. Je le ferai en Irlande. Ce sera encore plus cool. Et tu pourras en choisir un autre.

— Je crois qu'un seul me suffit.

— Tu as eu mal ?

— J'étais trop énervée pour m'en rendre compte. Mais quand je suis sortie de ma bulle, oui, un peu. Et là, il était trop tard. Je suis peut-être irresponsable, en fait.

— Pas du tout. Tu as fait entendre ta voix. J'adore l'idée. Et si tu m'accompagnais au bar pour le montrer à tout le monde ?

— Je vais rester ici et préparer mes cours. Et commencer à rechercher un cottage dans le comté de Galway.

— On va vraiment y aller.

— On va vraiment y aller.

Elle contempla son poignet et pensa : *Courage.*

Breen, qui avait le sens du devoir, alla au collège tous les matins et fit de son mieux. Lors des examens de fin d'année, elle éprouva une certaine satisfaction face aux progrès de plusieurs élèves.

Chaque soir et chaque week-end, elle prépara le voyage de sa vie. Elle avait trouvé le cottage idéal, du moins l'espérait-elle, à seulement quelques kilomètres d'un village. Il était perdu au milieu d'hectares de nature à explorer, non loin de la baie, sur les hauteurs du Connemara.

Que le cottage soit disponible à la suite d'annulations lui parut être un signe de plus – comme le salon de tatouage. Elle le loua aussitôt pour tout l'été, puis elle dut lutter contre l'anxiété d'avoir pris un tel engagement. Avant de trop cogiter – courage ! –, elle s'empressa de réserver trois nuits au château de Dromoland, dans le comté de Clare, puis acheta les billets d'avion.

Terminé.

Elle n'avait plus qu'à attendre que leurs passeports soient prêts et à acheter des cachets contre le mal des transports. Comme elle n'avait jamais pris l'avion, elle ne savait pas si elle en aurait besoin, mais elle préférait parer à toute éventualité.

Elle commanda en ligne des guides de voyage et des cartes routières, loua une voiture… et passa une nuit blanche à s'inquiéter à l'idée de devoir conduire à gauche.

Elle eut deux autres rendez-vous avec Ellsworth, qui lui donna mille dollars en liquide. Mille dollars !

Elle avait la sensation de faire un songe étrange. Même le fait de faire ses bagages lui donnait cette impression.

Quand elle sortit du collège pour la dernière fois, elle eut l'impression de vivre le rêve d'une autre.

Elle se dirigea vers l'arrêt de bus, une dernière fois également. C'était comme refermer une porte et entrer dans une autre pièce.

Non, c'était comme quitter une maison où l'on ne s'était jamais senti à l'aise et espérer que celle dans laquelle on allait emménager serait plus agréable.

Le lendemain, à la même heure, Marco et elle seraient en route pour l'aéroport. Ils voleraient de nuit en direction d'un autre monde. Et pour la première fois depuis longtemps, elle n'aurait de comptes à rendre à personne d'autre qu'à elle-même. Pas d'emploi du temps, pas de cours à donner, pas de réveil le matin.

Mais qu'allait-elle donc faire, toute seule ?

Elle trouverait de quoi s'occuper, se dit-elle en observant son poignet. Avec un peu de cran, elle se débrouillerait.

Son téléphone sonna.

— Bonjour, Sally.

— Breen, mon trésor. J'ai une immense faveur à te demander. Je sais que tu es très occupée.

— Franchement, non, pas vraiment.

— Je me sens moins coupable, alors. Je suis très embêtée. Tu pourrais m'accorder quelques heures ce soir ? Trois de mes serveurs ne viennent pas, ils ont un genre de gastro, du coup je manque de personnel.

— Bien sûr, pas de souci.

— Ah, merci, ma fille. J'ai dû demander de l'aide à Marco aussi. Je suis désolée, mais…

— Ne t'inquiète pas. Ce sera chouette de voir tout le monde avant de partir. À quelle heure tu veux que je vienne ?

— Dix-huit heures, c'est possible ?

— Oui. Là je suis dans le bus pour rentrer. Une fois arrivée, je vérifie pour la trente millième fois ma liste de préparatifs, je me change, puis je pars avec Marco.

— Je vous devrai une sacrée chandelle. Des bises, ma puce.

— Bisous.

Parfait, pensa Breen en descendant du bus. Voilà qui détournerait ses idées de l'avion, la sécurité à l'aéroport, les crashs au-dessus de l'Atlantique, la conduite à gauche et toutes les innombrables inquiétudes qui l'avaient assaillie ces dernières semaines.

Elle travaillerait de dix-huit heures à deux heures du matin, puis se jetterait sous sa couette et, si possible, sombrerait dans un profond sommeil.

Elle serait dans l'avion avant même de s'en apercevoir.

Elle se calma et regarda par la fenêtre.

Il était là. L'homme aux cheveux argentés. Sur le trottoir, à lui sourire. Elle ne savait plus combien de fois elle l'avait vu depuis qu'elle l'avait croisé le tout premier jour.

Au marché, devant chez Allied, chez *Sally's*, une nuit où elle avait aidé à faire le service.

Chaque fois qu'elle avait eu le courage de l'approcher, il s'était évaporé. Pas en un nuage de fumée, bien sûr que non. Il l'avait évitée.

C'était simplement un habitant du quartier. Pourtant, elle l'avait vu au centre-ville aussi.

Peu importait. Elle le laisserait bientôt derrière elle. À des milliers de kilomètres derrière elle.

Plus qu'un jour, songea Breen pendant que le bus roulait. Plus qu'un jour avant que sa vie prenne un nouveau départ.

4

De retour à son appartement, Breen fit exactement ce qu'elle avait prévu. Elle vérifia tout de manière obsessionnelle.

Les valises récemment acquises à moitié prix, peut-être parce qu'elles étaient couleur turquoise, étaient loin d'être pleines, mais Breen aurait de la place pour y caser des souvenirs, des cadeaux ainsi que tout ce qu'elle achèterait au cours de son séjour de presque trois mois. Elle avait décidé d'utiliser son sac à dos comme bagage cabine. Elle le possédait depuis la fac, et bien qu'il soit usé, il serait pratique lors des randonnées. Pour l'instant, il contenait des guides, des cartes routières, des gouttes pour les yeux, des cachets contre le mal des transports et la migraine, des élastiques pour cheveux, sa tablette, son ordinateur, les chargeurs, des stylos, un cahier, deux livres et une trousse de toilette.

Elle porterait en bandoulière une pochette qui contiendrait son passeport, ses billets d'avion, sa carte d'identité, sa carte bancaire et de l'argent liquide.

Quand elle admit qu'il ne lui restait plus rien à vérifier, elle programma l'alarme de son téléphone trente minutes plus tard et s'allongea pour faire une sieste, histoire de tenir jusqu'à deux heures du matin.

Elle dut faire le vide dans son esprit, car ses pensées s'orientaient vers les pires scénarios possibles.

Elle ou Marco contractait une maladie grave ou avait un terrible accident durant la nuit. Ils devaient annuler leur voyage.

Ils apprenaient que tous les vols pour l'Irlande étaient annulés pour une raison ou pour une autre.

Ils arrivaient en Irlande pour y apprendre que leurs passeports n'étaient pas valables. Ils étaient aussitôt renvoyés aux États-Unis.

Les extraterrestres envahissaient la Terre.

The Walking Dead devenait réalité.

Toutes ces catastrophes qu'elle s'imagina perturbèrent sa sieste, qui ne fut – sans surprise – ni paisible ni reposante.

Breen marchait seule dans un épais tapis d'herbe verte, sous des cieux couleur d'étain. Le soleil faisait tout pour que percent sa chaleur et sa lumière derrière les nuages.

L'air humide et frais se répandait entre les arbres, dans un jardin éclatant de couleurs vives, audacieuses.

Breen entendit des chants d'oiseaux et des carillons qui tintaient par dizaines, accrochés aux branches d'un arbre à l'orée des bois.

Elle partit dans cette direction, là où l'herbe dense cédait la place à un chemin de terre en forme de ruban, là où la lumière se muait en un mystérieux vert merveilleux. La mousse touffue tapissait les énormes troncs, habillait les branches incurvées, recouvrait des roches qui émergeaient de la terre.

Tout près, une source jaillissait. Breen crut entendre des murmures et des rires.

C'est l'eau, se dit-elle, *ou les carillons à l'entrée du chemin.*

Elle poursuivit sa route, émerveillée à chaque pas.

Un oiseau vert émeraude vola à côté d'elle à toute vitesse. Puis un autre, rouge rubis, et un troisième, tel un saphir ailé.

Elle n'avait jamais vu d'oiseaux si iridescents, semblables à des pierreries. Elle les suivit.

Sous les ombres et les lumières vertes, elle les entendit. Un chant jeune et plutôt agressif, accompagné par le roulement de l'eau sur les rochers.

La cascade tombait d'une hauteur vertigineuse, au point que le cœur de Breen bondissait.

Une chute d'eau grondante, blanche comme neige, qui se jetait dans l'eau vive et prenait une couleur vert pâle.

Une multitude d'oiseaux tournoyaient autour de la source, offrant une vision spectaculaire. Topaze, cornaline, améthyste, cobalt voltigeaient, plongeaient, dansaient.

L'un d'entre eux piqua vers elle, voletant à quelques centimètres de son visage. Elle remarqua ses ailes rubis aux pointes dorées.

Ce n'était pas un oiseau, pas du tout, mais un dragon – un mâle, elle le sentait – pas plus grand que sa paume.

— Bonjour. Tu t'appelles Lonrach, parce que c'est ce que tu es, « brillant ». (Elle tendit la main, ravie qu'il vienne se poser dessus.) Et tu m'appartiens.

Elle marcha avec lui, attirée par les chutes et les mouvements des petits dragons.

Elle s'aperçut qu'elle pouvait voir à travers l'eau blanche, qui se transformait en verre mouvant et translucide.

Au travers duquel elle découvrit une immense ville grise, des tours et des immeubles élancés qui se dressaient dans un ciel plus violet que bleu. Comme une ecchymose en train de guérir.

La plus grande tour, en verre noir, était positionnée sur une île rocheuse. Un pont étroit et branlant surplombait une mer déchaînée pour la relier à la ville, perchée sur des falaises.

Breen crut entendre des pleurs, des cris de guerre, des hurlements inhumains, des chocs métalliques et un martèlement de sabots.

Malgré son cœur battant, elle s'approcha, vit des tourbillons et des explosions de lumière.

Devait-elle s'y rendre, quitter cet endroit fabuleux pour un lieu où régnaient la crainte et les combats ?

Pourquoi donc ? Qui serait prêt à le faire ?

Toutefois, elle était de plus en plus attirée par la ville. Les cris des dragons étaient devenus assourdissants, et la chute d'eau faisait trembler le sol.

Le dragon s'éloigna pour rejoindre ses congénères. Elle tenta de le rappeler, mais comment pouvait-il l'entendre par-dessus le vacarme ?

Dans le torrent, au milieu des ondes vert pâle, elle aperçut une lueur rouge et dorée. Un instant, elle craignit que le dragon ne soit tombé et ne se soit noyé, mais il décrivait des cercles autour de sa tête, posant sur elle ses yeux brillants.

C'était une pierre, comprit-elle, de la taille d'un poing de bébé, accompagnée de dizaines d'autres, plus petites, qui brillaient sur les maillons dorés d'une chaîne. Le fermoir était un dragon en vol.

Quelqu'un avait dû le perdre. Il était évident que c'était un objet important. Elle décida de descendre dans l'eau pour le récupérer.

À mesure qu'elle avançait sur la berge, l'air se mit à vibrer, à battre comme un cœur. La pierre centrale semblait s'agiter elle aussi.

Les arbres recouverts de mousse oscillaient dans le vent qui se levait. Des éclairs si violents que le monde blanchit un instant. Le tonnerre qui suivit lui coupa le souffle.

Une tempête. Aucune personne raisonnable ne se promenait dans les bois par un temps pareil, ni ne se mettait à l'eau.

Elle y retournerait plus tard. Elle allait rentrer chez elle se mettre au chaud, au sec et en sécurité, et laisser le soin à quelqu'un d'autre de trouver le pendentif. Mais si elle se penchait simplement et tendait la main, elle pourrait attraper la chaîne en or, et…

Elle bascula et tomba dans ce qui lui sembla être une étendue infinie d'eau vert pâle.

Elle essaya de donner un coup de pied pour remonter à la surface, mais sa main rencontra un mur aussi dur que l'acier.

Elle nagea vers la droite et en trouva un autre. À gauche, encore un. Elle était emprisonnée dans une boîte sous l'eau. Elle distinguait la tempête en furie qui éclatait sur la noirceur des cieux et les éclairs.

Elle heurta les murs jusqu'à ce que son sang se mêle à l'eau.

Je ne respire plus, pensa-t-elle. *Laissez-moi sortir. Sortir.*

— C'est toi la clef. Tourne-la. Éveille-toi.

Alors que sa vision s'estompait, elle aperçut un cadenas argenté incrusté de joyaux.

Trop loin, pensa-t-elle en battant des bras.

Son cœur tambourinait, son corps tremblait.

Le réveil de son téléphone sonna, Marco la secouait.

— Putain, Breen, merde. J'ai cru que tu faisais une attaque.

— Je… J'allais me noyer. C'était dans un torrent, mais trop profond, et… Oh, mon Dieu, c'était horrible.

Elle repoussa ses cheveux de son visage pendant qu'il la serrait dans ses bras.

— J'étais dans un endroit fabuleux. C'est flou, mais j'étais dans un lieu magnifique. Ensuite, j'étais dans l'eau. Je voulais y attraper quelque chose mais je me noyais.

— Tu trembles, ma puce. (Frémissant lui-même, il posa les lèvres sur son front.) Expire un bon coup.

— Je vais bien. (Elle souffla, toujours dans les bras de Marco.) Le pire de tous les cauchemars, j'imagine.

— Oh que oui. Tu tremblais, tu étouffais et tu avais les yeux grands ouverts. Tu m'as foutu une de ces trouilles…

— J'ai flippé aussi. (L'épaule de Marco constituait un appui parfait pour sa tête.) Je suis vraiment désolée, c'est ma faute. J'étais angoissée à propos de l'aéroport, du vol, de tout. Je vais arrêter de cogiter, parce que, où que se situe cet endroit merveilleux, c'est là que nous allons.

— Eh ben, je serai content d'arriver. Ne me refais surtout pas ça. (La tenant par les épaules, il la dévisagea longuement.) Tu es encore « sur les rotules », comme aurait dit ma grand-mère. Tu es l'image même de cette expression. Tu veux que j'appelle Sally pour lui dire que tu ne peux pas aller au bar ?

— Hors de question. C'était juste un mauvais songe lié au stress. Le service et l'ambiance chez *Sally's* vont me détourner de mes idées noires.

— Alors, va arranger ta tête.

— Qu'est-ce qu'elle a, ma tête ? Hormis le fait que je suis contrariée ?

— Charbonne-moi ces grands yeux gris, ma poulette. Je t'ai montré comment faire. Je vais mettre un truc sexy, en mode : « Votre barman mérite de gros pourboires. » Va à la salle de bains la première.

Il sortit, puis la rappela depuis sa propre chambre.

— Comment s'est passée la dernière journée de ton ancienne vie ?

— Pas mal. Plutôt bien, même. Je suis prête pour la nouvelle.

Quand ils partirent ensemble pour aller au club, Breen enlaça la taille de Marco.

Il portait un tee-shirt moulant rouge, qui montrait sa constitution mince, ses bras musclés par l'exercice, et qui était assorti à sa ceinture et à ses baskets montantes.

Cette couleur rappela à Breen son rêve, puis elle chassa cette impression.

Elle avait des raisons de penser qu'elle n'était pas la seule à être anxieuse.

— Tu ne veux peut-être pas parler du moment où tu es allé dire au revoir à tes parents ? s'enquit-elle.

— Qu'est-ce que tu veux... On a tous étés polis. Mon père m'a souhaité bon voyage, puis il est redescendu dans son atelier. Ma mère m'a donné un soda, m'a dit qu'il y avait beaucoup d'églises en Irlande et qu'elle espérait que j'y passe du temps. Elle croit encore qu'aller prier peut me rendre hétéro.

— Je suis désolée...

— Bah, ils ont été aimables, c'est déjà ça. Comme je savais qu'avec mon frère ce ne serait pas le cas, je ne suis pas passé le voir. J'ai eu ma sœur au téléphone. Elle était débordée au boulot, mais on a bien discuté.

— Tu peux compter sur Keisha, dit Breen en lui pressant la main tandis qu'ils marchaient. On est les moutons noirs de nos familles, Marco. Je l'assume tout juste, mais toi, tu l'as toujours fait. Et je commence à apprécier cette idée. Demain, quand on montera dans l'avion, personne ne nous connaîtra. On pourra être qui on veut.

— Qui choisis-tu d'être ?

— Je suis agent secret, je ne peux pas en parler.

— Sympa. Moi, je suis un jeune milliardaire philanthrope qui écrit des chansons et fait un malheur. J'entretiens une liaison secrète avec une star très sexy.

— Qui donc ?

— C'est un secret, mais son nom rime avec Moodacris.

— Grâce à mon métier, je peux déchiffrer ton code ingénieux. Sexy, en effet.

Ils arrivèrent au bar, et Marco s'arrêta devant l'écriteau pailleté disposé à côté de la porte d'entrée.

— Sally t'a parlé d'une fête privée ?

— Tiens, non. Enfin, on a toujours de super pourboires durant ce genre de soirées.

Quand ils entrèrent, un club bondé les accueillit dans un cri.

C'était comme si la Saint-Patrick – l'une des célébrations préférées de Sally – battait son plein.

Des trèfles, des arcs-en-ciel, des fées ailées, des leprechauns… Aucun cliché sur l'Irlande ne manquait.

Elle entendit Marco marmonner un juron avant de partir d'un rire nerveux.

Derrick Lacross, le séduisant petit ami de longue date de Sally, se dirigea vers eux, une coupe de champagne dans chaque main. Il portait sur ses impressionnants pectoraux un gilet en cuir vert et, sur sa crinière blonde de surfeur, un tout petit chapeau de leprechaun, d'un ridicule adorable.

— Vous n'imaginiez pas qu'on vous laisserait partir sans fêter cela, quand même ?

Il leur tendit une coupe à chacun, en prit une autre sur un plateau, puis se tourna vers l'assistance.

Quand il leva sa coupe et que tout le monde cria : « *Sláinte!* », Breen se mit à rire.

— Génial, articula-t-elle. C'est tout simplement génial.

— Ce n'est que le début. Buvez, mes enfants.

Les enceintes diffusaient de la musique irlandaise à plein tube. Sally, dont les pointes de cheveux étaient teintes en vert pour l'occasion, s'éloignait d'un pas glissant dans sa grande robe blanche à sequins ornée d'ailes vertes.

— Comme si j'allais vous demander de bosser juste avant votre départ ! s'écria-t-elle avant de les embrasser sur les deux joues. Toi, dit-elle en tendant à Marco un chapeau noir à bande verte brillante, mange, bois et fais-toi plaisir. Et toi, Breen, dit-elle en lui prenant la main, viens avec moi.

— Sally, tu es trop chouette, fit Marco en l'étreignant avec force. Toi et Derrick, vous êtes trop chouettes.

— Ta sœur avait une réunion, mais elle sera là d'ici une heure.

— Non, c'est vrai ? Super ! Vraiment.

— Allez, Marco, va rejoindre Derrick. Breen n'est pas tout à fait prête.

Gardant la main de Breen dans la sienne, Sally fendit la foule.

— Elle revient, mesdames et messieurs.

Elle agita sa main libre, où un esprit bien avisé plaça une coupe de champagne.

— Sally, c'est la meilleure surprise de ma vie. C'était trop gentil.

— Oh, tu me connais, toute excuse est bonne pour s'amuser ! (La drag-queen l'emmena dans les loges à l'arrière de la scène.) Mais toi et Marco êtes très chers à notre cœur. Bon, enchaîna-t-elle en se dirigeant vers l'un des portants de costumes. Il va falloir lancer les festivités.

Elle lui présenta une robe courte, aussi verte que l'étaient les pointes de ses cheveux. Le décolleté en V dans le dos plongeait jusqu'à la taille.

— Elle est très belle, mais…

— Elle est à toi. Derrick, qui a évidemment un goût exquis, l'a choisie pour toi.

— Vous m'avez acheté une robe.

— Une robe de soirée que, malgré la chance qui t'arrive, tu n'as pas acquise. Et des chaussures que j'ai sélectionnées, parce que j'ai, moi aussi, un goût certain.

Elle lui tendit une paire de sandales dorées.

— Très hauts, ces talons.

— Tu t'en tireras. Tu peux te sortir de n'importe quelle situation. Et maintenant, déshabille-toi. La fête a commencé sans nous.

Puisque la musique, les voix et les rires leur parvenaient depuis les loges, Breen ne pouvait contredire Sally.

Elle ôta ses chaussures, son tee-shirt et se tortilla pour retirer son pantalon.

— Dégage ton soutif, ma puce. Il me rend triste.

Breen se retrouva en soutien-gorge blanc tout simple et en culotte en coton blanc.

— Je l'enlève ?

— La robe en a un intégré. Tu as des nénés jeunes et fermes, de toute façon. Et ce soutif misérable mérite un bel enterrement. Montre tes lolos tant que tu en as.

— OK. Encore une première.

Breen obéit et enfila la robe, puis leva le bras pour que Sally puisse remonter la glissière sur le côté.

— Elle me va.

— À la perfection. Assieds-toi. Chaussures.

Elle les mit à ses pieds, lutta un peu pour attacher les lanières.

— Tu as invité les parents de Marco.

— Le contraire aurait été impoli.

— Et ils ont refusé. Comme ma mère.

Sally s'agenouilla pour aider Breen.

— Ils ne savent pas ce qu'ils perdent. Je suis peinée de voir que des parents qui ont la chance d'avoir de merveilleux enfants ne parviennent pas à les accepter pour ce qu'ils sont.

Sally tapota le pied de Breen.

— Ma fille, conseil d'une vieille drag-queen : sois toi-même. Le reste, tu t'en balances.

— Tu n'es pas vielle, contesta Breen, ce qui fit rire Sally.

— Et il te faut une pédicure. Un peu de couleur sur ces jolis orteils.

— J'en ferai une en Irlande.

— Et achète-toi de jolis sous-vêtements. (Avant que Breen puisse protester, Sally attrapa d'un doigt recourbé la bretelle du soutien-gorge abandonné et l'envoya au loin.) Qu'est-ce que tu vas faire quand tu te trouveras un bel Irlandais et qu'il verra ce gâchis ?

— Je ferais mieux de me trouver moi-même avant de penser aux beaux Irlandais.

— Tu as bien raison. Découvrir ce qui te rend heureuse, le reste ensuite.

— Je t'adore, Sally.

— Oh, mon bébé, moi aussi. Allez, relève-toi et admire-toi.

Breen aperçut dans le miroir une femme aux boucles d'un roux vif qui lui tombaient sur les épaules, dans une robe éclatante qui dévoilait ses jambes et dans des chaussures de princesse.

— J'ai l'air… plutôt classe.

— Une tenue droite et sans froufrous, c'est ce qui te va. Tourne-toi.

— Je vais me fouler la cheville.

— Tu as un meilleur équilibre que tu ne le crois.

Breen pivota, apercevant le dos du vêtement dans le miroir.

— Oh, waouh, fit-elle.

— Sexy, ma fille, complimenta Sally en posant les mains sur ses épaules avec un sourire jusqu'aux oreilles. Et voilà, Breen Siobhan Kelly.

— Tu es ma bonne fée, Sally, même quand tu ne portes pas d'ailes.

— C'est l'avantage d'être une drag-queen. Maintenant, reprends ta coupe. Les invités vont pouvoir profiter de ta présence.

Cette nuit-là, Breen dormit du sommeil du juste, sans cauchemars. Ses nouvelles chaussures et sa nouvelle robe étaient rangées dans sa valise.

À son réveil, Breen fut submergée par le stress. Elle vérifia une fois encore toutes ses réservations et le contenu de ses bagages. Elle examina son passeport, à la recherche d'hypothétiques défauts.

Puis elle harcela Marco pour s'assurer que tout était en ordre.

— Tu es sûr d'avoir fait les démarches à la Poste pour qu'on nous garde le courrier ?

— Oui, même si on ne reçoit quasiment rien. Et j'ai apporté toute notre nourriture à Gracie, en face. Même si on n'avait presque rien dans les placards. Et je lui ai laissé une clé pour qu'elle puisse arroser nos plantes et allumer de temps en temps les lumières au cas où quelqu'un envisagerait de cambrioler l'appart.

— Et ton argent est dans un endroit sûr ?

— Mais oui. Y compris les cinq cents dollars que Sally et Derrick m'ont donnés hier soir.

— Quoi ? Ils t'ont donné cinq cents dollars ?

— Ils ne voulaient rien entendre. Je dois en utiliser une partie pour t'emmener dans un bon resto, histoire que tu portes ta nouvelle robe.

— C'est tout eux.

— Et ce n'est pas fini ! Tu as terminé de flipper ? Parce que tu commences à me faire flipper aussi.

— Qu'est-ce qu'il y a d'autre ?

— On va à l'aéroport en limousine.

— Marco, on ne va pas jeter l'argent par les fenêtres.

— Non, c'est la bande à Sally qui a organisé ça. Tu sais que le frère de Reno est chauffeur de limousine, alors ils se sont arrangés. Il sera là dans une heure, donc je vais me doucher et m'habiller en mode « mec qui voyage en première classe ». C'est ce que tu vas mettre pour prendre l'avion ?

Elle baissa les yeux sur son pantalon de yoga noir et son pull noir.

— Durant le vol on va essayer de dormir. C'est confortable et pratique.

— C'est bien. Genre « Je fais ça tout le temps ». Mais échange les chaussures noires contre les Kickers rouges que je t'ai convaincue d'acheter pour apporter un peu de couleur.

— OK.

Après avoir changé de chaussures et vérifié que les bagages étaient bien étiquetés, Breen prit son blouson sombre. Elle avait regardé la météo pour leur arrivée à l'aéroport de Shannon : quinze degrés, nuageux, quarante pour cent de risques d'averses.

Marco, en jean et tee-shirt vert olive, jeta un coup d'œil par la fenêtre.

— Youhou, une limousine noire arrive !

— Oh, là, là, c'est l'heure ! Il faut qu'on descende les sacs.

C'était toute une opération, avec l'escalier. Mais quand ils eurent enfin descendu les trois étages avec l'une des valises de Breen, son sac à dos, la valise de Marco et son sac cabine, le chauffeur en uniforme leur proposa son aide.

Impossible pour Breen de se remémorer le nom du frère de Reno, qui faisait une superbe Tina Turner.

— Je vais porter des affaires. Je suis Frazier. La voiture vous attend.

— Et elle est belle, ajouta Marco.

— C'est sûr.

— Je suis désolée, il y a encore des bagages en haut.

— Pas de souci. On va déjà charger ceux-là. La petite dame va monter en voiture, et nous, on ira chercher le reste, lança Frazier.

Ce fut comme dans un rêve. La limousine, le cuir confortable, un bouton de rose blanche dans un vase transparent. Frazier proposa une bouteille d'eau à Breen. Elle en but une gorgée pour avaler le cachet dont elle ne savait pas si elle aurait ou non besoin.

Quand ils s'éloignèrent en douceur du trottoir et que Marco commença à jouer avec les lumières et la musique, elle regarda par la vitre.

Elle quittait Philadelphie pour trois mois. Ainsi que toutes celles et ceux qu'elle connaissait. Et si elle s'en tenait à son plan, dans deux semaines, Marco reviendrait ici.

Alors elle serait seule, vraiment seule, pour la première fois de sa vie.

Pas de parent pour lui dire quoi faire, pas de meilleur ami à ses côtés, pas de Sally sur qui se reposer. Pas de supérieur, pas de boulot, pas d'emploi du temps.

Si elle avait besoin de s'occuper, elle pourrait trouver un job. Son père avait la nationalité irlandaise au moment de sa naissance, ce qui la rendait elle-même éligible pour obtenir la nationalité. Elle pouvait donc travailler dans le pays si…

— Arrête de cogiter, lui ordonna Marco. Tu te fais du mal.

— Non, j'étais en train d'envisager de prendre un boulot à temps partiel en Irlande. Dans un pub, pour m'imprégner de l'ambiance des lieux. Ou une boutique. Ou une jardinerie. J'aimerais apprendre à planter et à faire pousser des choses. Je crois que mon père a grandi dans une ferme, même si les histoires qu'il me racontait se sont toutes mélangées dans ma tête.

— Ils ne manquent pas de fermes, là-bas.

— Tout ça pour dire que je ne suis pas inquiète. (*Absolument pas*, se jura-t-elle intérieurement.) Je suis nerveuse, ce n'est pas la même chose. Tu n'es pas nerveux, toi ?

— Non. Trop content. Toi et moi, Breen, c'est tout juste si on a quitté un jour Philly. Et regarde où on est aujourd'hui. Je suis vraiment reconnaissant que tu me donnes cette chance.

— Sans toi, je ne pourrais pas me lancer dans ce projet. Jamais je ne monterais dans l'avion.

— Prépare-toi, parce qu'on arrive bientôt.

Machinalement, elle mit la main sur son sac, que Marco l'empêcha d'ouvrir.

— Tout y est, ton passeport aussi. On voyage en limousine. Savoure.

— Tu veux savourer ? (Elle sortit son téléphone et alla s'asseoir à côté de lui.) Selfie dans la limo !

— Tu me l'envoies ? Je vais le mettre sur Insta et Twitter. #BFF, #onsenvole, et aussi…

— Stop ! s'exclama Breen en riant.

— Ce qu'il faut que tu fasses, c'est un blog de voyage. On t'en créera un.

— Je ne sais pas comment ça marche.

— Tu sais écrire. Je sais créer un blog, dit-il en mettant les lunettes Wayfarer qu'il s'était offertes. Il faudra juste lui trouver un nom. Tu devras continuer quand je serai parti, donc… Merde, on est arrivés. Je vais y réfléchir.

Si le trajet en limousine avait été une parenthèse de plaisir, l'aéroport leur promettait un tout autre univers. Tant de voyageurs, de bruit, de panneaux…

Ils prirent leurs cartes d'embarquement, et Breen s'efforça de ne pas paniquer quand elle vit ses valises s'éloigner sur le tapis roulant. Elle ne garda que son petit sac cabine.

Il y avait des files d'attente partout ! Breen se remit à paniquer quand il fallut passer par la sécurité, mais ni elle ni Marco ne furent arrêtés.

Ils suivirent les indications leur permettant de rejoindre le salon d'attente pour les voyageurs de première classe.

— Il y a tellement de gens qui partent ou qui reviennent de différentes destinations.

— Nous aussi, on part.

Souriant, sautillant sur place, Marco lui prit la main.

— On pourrait prendre un verre ou grignoter un truc. On a le temps.

— Si on jetait d'abord un œil au salon, comme on nous l'a recommandé ?

Elle ne savait pas si elle était capable d'avaler quoi que ce soit, mais l'idée d'un endroit calme où s'installer la séduisait.

Elle remarqua alentour des familles avec nourrissons, bambins, grands-parents. Des personnes visiblement en voyage d'affaires, qui marchaient en regardant leur téléphone. Certains sommeillaient sur leur siège devant leur porte d'embarquement. Beaucoup semblaient s'ennuyer.

Comment pouvait-on s'ennuyer quand on s'apprêtait à s'envoler dans les airs ?

Breen vit des gens qui regardaient les écrans de télé, lisaient, consultaient leur tablette. Elle vit…

L'homme aux cheveux argentés.

C'était de l'ordre de l'impossible, pourtant elle l'aperçut en train de faire la queue devant une porte d'embarquement.

— Marco.

— On y est, c'est là.

— Marco, j'ai vu…

Le type avait disparu.

— Rien, marmonna-t-elle.

C'était son imagination, le stress, un trop-plein sensoriel.

Ils passèrent une porte à double battant et furent accueillis par le calme et une senteur d'agrumes. Une hôtesse leur sourit depuis un comptoir rutilant sur lequel était posée une orchidée blanche.

— Bonjour, puis-je voir vos cartes d'embarquement ?

— Je ne sais pas si on est au bon endroit, avoua Breen en les sortant d'un geste maladroit.

— Si, tout à fait. Nous allons annoncer l'embarquement pour la première classe. Vous pouvez entrer.

Ils s'engagèrent dans une grande salle calme, où des voyageurs étaient assis dans des fauteuils ou attablés pour manger, boire ou feuilleter un magazine.

Ne sachant que faire, Breen s'assit et regarda Marco avec de grands yeux. Il faisait la même tête.

— Breen, il y a des gens qui vivent vraiment comme ça. Tu imagines ? Ils mangent des crevettes, t'as vu ? Du cocktail de crevettes ! Je vais en chercher.

Un homme en uniforme s'arrêta à leur hauteur.

— Je peux vous servir quelque chose ?

— Je…

— On peut avoir du champagne ? demanda Marco.

— Bien entendu.

Breen but sa coupe et mangea des crevettes. Elle ne broncha pas quand Marco emporta des pommes dans son bagage cabine ainsi qu'un sachet de chips, un Coca et une bouteille d'eau.

L'aventure commençait. Oui, ce serait bien de tenir un journal de bord. Plus tard, elle voudrait se remémorer ces moments.

Deux flûtes de champagne apaisèrent sa nervosité, et quand ils furent appelés pour embarquer, elle se sentait flotter. Elle comprit qu'être en première classe signifiait grosso modo se faire escorter jusqu'à l'avion.

Dans lequel elle découvrit que leurs sièges étaient des capsules futuristes.

— On a notre propre télé, poulette, et une palanquée de films à disposition ! Regarde un peu, les sièges s'inclinent en mode lit. Et on a des trousses avec plein de trucs. Brosse à dents, brume faciale et masque pour dormir. Et des chaussettes. Coolissime, non ?

— On se croirait dans un rêve.

— Mais c'est la réalité. Allez, selfie !

Au moment où Marco dégainait son téléphone, une hôtesse s'approcha.

— Puis-je vous servir quelque chose avant le décollage ?

— Du champagne, répondit Breen, rayonnante. On sera au champagne pendant tout le vol.

Depuis le terminal, l'homme aux cheveux argentés regarda l'avion s'éloigner et soupira.

Sa mission à Philadelphie étant accomplie, il devait repartir.

Philadelphie lui manquerait, avec ses bretzels, ses couleurs et ses attroupements.

Ce qui ne l'empêchait pas de se réjouir de rentrer chez lui.

Pas tout à fait, cependant. Il devait faire un arrêt en chemin pour accomplir une autre mission.

Il s'avança tranquillement parmi les voyageurs.

Il tourna puis disparut pour réaliser sa dernière tâche.

5

Breen découvrit une chose : elle aimait prendre l'avion. Elle ne s'y attendait pas, elle qui s'était préparée à passer des heures sous cachetons.

En fait, elle trouva cette expérience enthousiasmante. Elle avait de quoi boire, manger, s'occuper, et elle avait Marco. Mieux, elle adorait regarder par le hublot. Il faisait nuit, mais, tout en fendant les airs, elle imaginait l'océan, les bateaux qui affrontaient les vagues, les îles.

Voyager en première classe ne deviendrait pas une habitude – elle était réaliste –, mais elle se sentirait dorénavant plus libre de partir. Peut-être même bien que, une fois par an, elle choisirait une destination, ferait ses valises et s'envolerait.

Ne serait-ce pas géant ?

Si elle ne pensait pas dormir, le champagne, le visionnage d'un film avec Marco et le léger vrombissement des moteurs eurent raison d'elle. Avec dans les oreilles ses écouteurs branchés sur sa playlist de ballades irlandaises – autant se mettre dans l'ambiance –, elle allongea son siège, positionna à son aise l'oreiller et la couverture fournis par la compagnie, puis s'endormit.

Elle rêva de champs verts et de lacs bleus, de forêts denses et de collines. Sur le dos d'un dragon rouge, elle survolait ces paysages. Elle sentit même le vent lui cingler le visage.

Elle vit, à l'orée d'un bois, un cottage de pierre bordé d'une rivière, agrémenté sur le devant d'un jardin luxuriant. Tout près se trouvait une ferme entourée de champs et ceinte de murets de pierre, où un homme creusait des sillons bruns, précédé d'un cheval bai tout en muscles.

Le songe était si réaliste qu'elle perçut la voix du fermier quand il chanta l'amour et le deuil.

Elle vola en compagnie du dragon rouge dans un ciel criblé d'étoiles. Deux lunes, l'une pleine et blanche, l'autre gibbeuse, veillaient sur le monde.

Alors que le soleil se levait sur les vertes collines, diffusant des tons rouges et dorés, elle redescendit et atterrit près du lac et de l'homme. Il se tenait là, l'épée au côté, un bâton surmonté d'une pierre rougeoyante à la main.

Dans l'autre, il serrait les rênes d'un cheval à la robe noire. Les boucles de ses cheveux, aussi sombres que l'était l'animal, retombaient sur le col de sa chemise. Une mince tresse descendait sur le côté gauche. Ses yeux, verts comme les collines, se rivèrent aux siens.

— Rêver, ce n'est pas agir. Éveille-toi ou bien continue de dormir, et montre que son sacrifice ne signifie rien à tes yeux.

Colère et honte nouèrent l'estomac de Breen. Au-dessus d'elle, le soleil levant était splendide. Le vent se déchaînait, cinglant. La foudre déchirait l'obscurité et atterrit tout près des pieds de l'homme.

Ni lui ni son cheval ne tressaillirent.

En revanche, il sourit.

— Éveille-toi, et prouve-moi que j'ai tort. Éveille-toi, Breen Siobhan O'Ceallaigh, et sois toi-même.

Breen se réveilla, étourdie et désorientée, persuadée de sentir l'herbe fraîche. Elle resta étendue dans l'habitacle sombre, essayant de se raccrocher aux détails du songe.

Déterminée à prendre des notes, elle se redressa, alluma une veilleuse, ouvrit son ordinateur. Son cerveau était encore embrumé, mais elle allait écrire tout ce qui lui revenait à l'esprit. Ç'avait été un rêve merveilleux, sympathique. Même l'homme – un soldat, un roi ? – lui avait paru fascinant. Que représentait-il dans son subconscient ?

Le dragon avait grandi depuis son rêve précédent, il volait comme elle le faisait en ce moment même. Quelle liberté ! Et quelle vision idyllique de l'Irlande !

Et qui sait, les deux lunes symbolisaient peut-être le fait que Breen avait quitté un endroit pour un autre ?

Le cottage était celui qu'elle avait réservé dans le comté de Galway. La ferme lui était venue en rêve parce qu'elle avait évoqué son père, qui avait grandi dans un lieu similaire. Quant au fermier… S'agissait-il de son père ? Il avait chanté, et son père lui-même chantait, tel un ténor irlandais, tout comme le fermier. Toutefois, ce n'était pas la voix bien connue de son père, Eian Kelly. En effet, Breen disposait d'enregistrements qu'elle avait réécoutés en l'absence de sa mère.

Mais c'était sûrement symbolique.

Concernant l'homme en colère… Il était grand et musclé mais pas aussi trapu que Derrick. Il avait des yeux d'un vert saisissant, des cheveux noirs, longs et ondulés, avec une tresse sur le côté. Une tenue à la *Game of Thrones* ou façon *Le Roi Arthur*. Le bâton qu'il tenait devait symboliser le pouvoir, son épée, le côté guerrier. Et la pierre ressemblait à celle de son précédent rêve.

La tempête représentait sans doute sa propre colère à l'idée qu'on lui dise toujours quoi faire. Elle ne se laisserait plus dicter ses actes.

Oui, dans l'ensemble, ç'avait été un rêve plutôt chouette, qui méritait d'être retranscrit.

Tout comme le voyage, pensa-t-elle. Si les blogs n'étaient pas son rayon, elle ouvrit toutefois un nouveau document, et, après un temps de réflexion, l'intitula : « Me trouver ».

Elle rédigea des notes pendant presque une heure. Autour d'elle, les voyageurs commençaient à se réveiller, des lumières s'allumaient. Les hôtesses et les stewards se mirent à passer dans les allées en proposant, à voix basse, le café et le petit-déjeuner.

Elle relut les cinq pages qu'elle avait composées – quand même ! – tout en buvant son café.

Elle se rendit aux toilettes et emporta la trousse offerte par la compagnie. À son retour, Marco était de nouveau positionné à la verticale, un café dans les mains, en train de lire son document.

— Coucou.

— Tu l'as laissé ouvert. C'est vraiment bon, Breen.

— Je n'ai pas fini de… le peaufiner.

— C'est réussi, léger et rigolo. Les petits détails sont bien relatés. C'est exactement ce qu'il faut pour un blog. Je t'en crée un.

— Marco…

— Et je nous ai commandé des omelettes, du bacon pour toi, des saucisses pour moi. J'ai envisagé de demander des bloody mary ou des mimosas, mais on va bientôt se retrouver au volant de notre voiture de location. Carla, l'hôtesse, a dit que l'atterrissage était prévu pour dans trois quarts d'heure environ.

Tout en parlant, il pianotait sur l'ordinateur de Breen.

— Qu'est-ce que tu veux, comme nom de domaine ?

— Je ne sais p…

— Restons simples : breensiobhan.com. Pour l'instant, pas de nom de famille. Je paramètre le blog pour que tes données personnelles restent privées et que tu puisses t'auto-héberger. Tu recevras des notifications quand tu auras des commentaires. Concernant l'aspect visuel, quelque chose de simple et classe. Il faut aussi que le site reste facile à utiliser depuis un appareil mobile.

Puisqu'il aimait jouer avec la technologie, elle allait le laisser faire.

— Personne ne le lira.

— Tout le monde chez *Sally's*, pour commencer. Ce sera une super façon pour eux de se tenir informés de notre voyage, pas vrai ? Idem pour moi quand je serai rentré.

Il lui sourit.

— Tu t'occupes d'écrire, je gère l'aspect technique. Je te montrerai comment mettre en ligne tes photos et tes textes.

Si tu en as marre au bout de quelque temps, tu arrêtes. Tu veux choisir une police ?

— Je te fais confiance.

Elle n'allait pas s'inquiéter. Ce projet serait un peu comme une carte postale virtuelle à des amis.

— Parfait. Quand j'aurai fini, j'enverrai un e-mail collectif avec le lien.

Désormais, il était temps de penser à leur arrivée à l'aéroport, de trouver l'agence de location de voitures, puis de conduire. Marco ayant perdu à pierre-feuille-ciseaux, c'est lui qui prendrait le volant le premier.

Breen regarda par le hublot. À travers les nuages, elle aperçut les champs et les collines qu'elle avait vus dans son rêve. Ce vert irréel, ces tons bruns chaleureux et ces dorés somptueux éclairés par un ciel gris pâle créaient un véritable patchwork.

Dans son cœur, une pointe de douceur et de pureté s'éleva, au point que ses yeux la piquèrent.

— Oh, Marco, regarde !

— Oui. (Il avait brandi son téléphone, cherchant les meilleurs angles de vue pour prendre des clichés.) C'est comme sur les photos, mais en vrai. C'est la réalité, Breen.

— J'ai rêvé de tout ce qu'on voit. Je l'ai retranscrit par écrit.

— Ce n'était pas dans le fichier pour le blog.

— Non, c'était un autre texte. Je te le montrerai plus tard. Bon, il faut qu'on se prépare. On doit…

— On est prêts, la rassura-t-il en lui prenant la main.

Ce ne fut pas si compliqué. Suivre les panneaux, montrer son passeport – une fois encore, ils ne furent pas arrêtés –, récupérer les bagages, les porter jusqu'à l'agence de location.

Marco, qui allait conduire, récupéra le véhicule tandis que Breen sortait de l'aéroport avec son chariot pour inspirer sa première goulée d'air irlandais.

Un air doux, tout comme la lumière. Il ne pleuvait pas encore, mais Breen perçut l'humidité ambiante. Les voix, certaines américaines, d'autres dotées du charmant accent irlandais, lui rappelaient son père.

Allait-elle le retrouver ? Serait-il heureux de la voir ? Lui expliquerait-il pourquoi il était resté loin d'elle si longtemps ?

Elle voulait lui pardonner et espérait, un jour, pouvoir également pardonner à sa mère.

Mais aujourd'hui, c'est ma journée. J'ai ouvert une porte, j'ai fait tout ce chemin.

Elle regarda la petite voiture noire arriver doucement et aperçut Marco à travers le pare-brise. On aurait cru qu'il désactivait, avec toutes les précautions du monde, une arme nucléaire.

Mieux vaut que ce soit lui plutôt que moi.

Marco arrêta le véhicule et en sortit.

— Je suis arrivé jusqu'ici. Aucune perte à déplorer.

— C'est flippant ?

— Un peu, oui. Heureusement qu'on n'est pas trop loin du château. Oui, j'ai dit « château », s'esclaffa-t-il en chargeant les bagages. L'employé m'a aidé à programmer le GPS, donc on a l'itinéraire.

— J'ai la carte routière. Et j'avais imprimé les indications.

— On est parés. (Il s'apprêtait à remonter mais se rendit compte qu'il était du mauvais côté.) Hum, c'était pour être galant et t'ouvrir la portière.

— Mais bien sûr, on y croit. (Elle entra dans le véhicule, boucla sa ceinture et prit une grande inspiration.) Roulons lentement.

— Si je me trompe, tu cries. Non, ne crie pas. Dis-moi avec calme : « Marco, cher ami, tu n'es pas du bon côté de la route. Arrête tes conneries. »

— D'accord.

— OK, c'est parti. (Il fit démarrer le moteur et lui lança un grand sourire.) Partons à l'assaut du château !

Il se débrouillait, et même plutôt bien. Breen dut s'empêcher de contempler le paysage pour garder les yeux sur la route, au cas où elle devrait corriger Marco.

Ce n'était pas la peine car il conduisait très bien, y compris dans ces effrayants cercles qu'on appelait « ronds-points » en Europe.

— Je conduis en Irlande !

— Oui. Regarde la route. On y est presque.

— Tu sais, lors du prochain trajet, ce sera ton tour. C'était le deal.

— On a plein de choses à faire au château. On pourrait y rester trois jours sans bouger.

— C'est mort. On va aller dans des pubs, faire du shopping et des visites.

— Il y a des choses à v… ? Oh, c'est le château de Bunratty. Tout près de là où on sera. J'ai lu plein de choses sur la région. Oui, on pourra se balader et faire les boutiques. Mais je ne sais pas s'il y a un pub dans le coin. Tout est magnifique, Marco.

— Je n'avais rien vu de si beau hormis dans les films et les livres.

Il tourna au niveau du panneau indiquant Dromoland. Là, d'immenses et splendides arbres se rejoignaient au-dessus de la route. Leur véhicule passa dessous, puis, de nouveau, de grandes étendues de vert s'offrirent à eux, avec un étang sur le côté, où des canards barbotaient.

Breen retint son souffle. Marco gara la voiture.

— Je dois m'arrêter. Merde, Breen, c'est un vrai château !

Imposante, magnifique, la bâtisse se dressait sur une butte. Elle était majestueuse avec ses pierres grises, ses tours élancées et ses tourelles à créneaux. Des drapeaux flottaient au vent.

— Malgré les photos que j'ai vues et les recherches que j'ai faites, je ne m'attendais pas à ça.

— Ce n'est pas n'importe quelle journée, Breen. C'est le jour J.

— On va arriver trop tôt, mais ils pourront garder nos bagages. Le domaine est immense, on pourra se promener.

La voiture avança doucement.

— Ce serait bien de marcher, oui. Il va sans doute pleuvoir, mais ça ne nous dérangera pas.

— C'est sûr.

Quand ils se garèrent devant le château, un homme en uniforme vint ouvrir la portière de Breen.

— Bienvenue à Dromoland. Vous avez une réservation ?

— C'est ça.

Les choses n'auraient pas pu mieux se passer. Tout le monde était très accueillant. Sa promenade avec Marco fut magique.

Quand la pluie tomba – et quelle pluie ! –, ils entrèrent dans le château, mouillés mais heureux.

Ils y trouvèrent des armures, des feux dans des cheminées en pierre, deux jolies boutiques et des dizaines de brochures sur la région, dont Breen s'empara.

Ils prirent un verre au bar et un déjeuner léger, puis un employé les conduisit à leurs chambres.

Breen les trouva jolies avec leurs grands lits, les couvertures douillettes, les bouteilles de whisky mises à disposition et la vue sur les collines.

— Je suis le roi ! décréta Marco en sautant sur son matelas.

— Bien, Votre Majesté, le plan est de défaire nos valises, puis de dormir une heure. Il faut lutter contre le décalage horaire. Puisqu'on a marché et mangé, on fait notre sieste maintenant. Après on se douche, on se change, et on se retrouve à… dix-sept heures quinze.

— L'heure des cocktails. Donc rendez-vous au bar.

— Parfait, et on planifiera ce qu'on veut faire demain. (Elle se dirigea vers la porte.) Défais tes bagages et mets ton alarme.

— Roger, dit-il avec un salut. Hé, on se fait un remake d'*Une journée en enfer* ? Enlève tes chaussures et serre les orteils.

Elle entra dans sa propre chambre, s'y promena, toucha les tissus, les meubles. Elle défit la valise qu'elle avait prévue pour cette première partie du voyage, puis envisagea de se doucher avant sa sieste mais elle se souvint qu'elle devrait se laver les cheveux.

Elle s'allongea donc, pelotonnée dans le jeté de lit tout doux. Le visage tourné vers la fenêtre, elle se laissa tomber dans les bras de Morphée.

Elle fit des rêves, mais quand son alarme sonna, elle n'en eut qu'un souvenir flou. Elle se redressa ; les conseils donnés pour éviter les méfaits du décalage horaire n'étaient pas toujours efficaces.

Bien que la chambre soit très coquette, son corps avait toujours l'impression que c'était le milieu de la nuit. Elle expérimenta à sa façon la fameuse *Journée en enfer* avant de se traîner sous la douche. Elle rêvait d'un Coca ou d'une quelconque boisson stimulante et pensa au minibar.

Vêtue de la robe de chambre du château – un vrai luxe –, ses cheveux mouillés formant un rideau autour de son visage, elle ouvrit une bouteille et en but la moitié.

Elle se sentait mieux. Franchement mieux.

Il lui fallut un quart d'heure de plus pour se rendre présentable, puis pour trouver le bar. Marco était là, en train de flirter avec le barman aux cheveux blond cendré.

— Et voilà ma copine préférée. Elle n'est pas mignonne, Sean ?

— C'est vrai. Bonsoir, mademoiselle, et bienvenue.

— Merci. Désolée pour le retard.

— Ça valait le coup d'attendre.

— Que désirez-vous ? demanda Sean.

Elle considéra la bière de Marco tout en sachant qu'elle ne pourrait boire une pinte de quoi que ce soit sans s'effondrer.

— Un kir royal, décréta Marco. Breen doit en boire un.

— C'est ce que vous voulez ?

— Je n'en ai jamais goûté.

— Alors vous devez tester, bien sûr. Et Marco me disait que c'est votre première venue en Irlande, même si votre père est né ici.

— Oui. C'est aussi beau qu'il me l'a toujours dit. Il était de Galway.

— Ah, c'est joli, là-bas.

— Sean est d'ici, du comté de Clare, et il m'a donné des idées de lieux à visiter. En attendant, ajouta Marco en prenant son téléphone, tu as vingt-deux commentaires et quatre-vingt-quatre vues sur ton blog.

— Je ne te crois pas.

— Vois par toi-même, dit-il, très content de lui. Breen a commencé un blog sur son voyage et sur la vie en général, expliqua-t-il.

— C'est vrai ? J'aimerais bien le consulter. Vous m'enverrez le lien ?

— Avec plaisir.

Sean posa devant elle une flûte où des framboises nageaient parmi les bulles d'un liquide rouge aux reflets dorés.

— Rien d'original, dit Breen en consultant le blog.

— En effet. Mais il y a des commentaires intéressants et des perspectives.

Tout en lisant, elle prit la flûte et but quelques gorgées avant de relever les yeux.

— J'adore ! Comment ai-je pu passer à côté du kir royal jusqu'à présent ?

— Aujourd'hui est le premier jour du reste de ta vie.

Marco trinqua avec elle.

Après deux kirs, Breen s'en tint à l'eau pour accompagner son *fish and chips*. Puis, avec Marco, ils se promenèrent et s'attardèrent pour regarder une famille originaire de Baltimore jouer au billard.

— Marco, je suis en train de m'éteindre, c'est un miracle que j'aie tenu jusqu'à vingt-deux heures trente.

— On pourrait prendre un dernier verre.

— J'ai bu plus d'alcool durant ces derniers jours qu'en une seule année. Tu peux y retourner seul et flirter avec Sean sans que quiconque tienne la chandelle.

— Oh, il est adorable, mais hétéro de chez hétéro. Je cherchais à l'amadouer pour toi.

— Je ne veux pas d'histoire sans lendemain.

— Tu m'attristes. Pourquoi ?

— Je vais me coucher, dit-elle en étouffant un bâillement. Souviens-toi, petit-déj' à huit heures, puis on file. Le programme de demain est chargé.

— Et c'est toi qui conduis.

— À l'aller. Tu feras le retour.

— Je sais. Je crois que je vais aller au lit, moi aussi.

Sur le chemin de leurs chambres, elle posa la tête sur son épaule.

— Cette première journée a été super.

— Et n'oublie pas de la relater par écrit. Insiste bien sur ma maîtrise exceptionnelle du volant.

— Cela va de soi. Et demain, on conclura la journée par un dîner en musique dans un pub. Qui sait, je trouverai peut-être quelqu'un qui se souvient de mon père. Il chantait dans les pubs.

— Ah, c'est vrai ! C'est comme ça que ta mère l'a rencontré.

— Oui, lors d'un voyage entre amis quand elle était étudiante, dans le comté de Clare. Peut-être qu'il se produit encore dans le coin. Ou à Galway.

— J'espère qu'on le retrouvera, mais quoi qu'il en soit… n'oublie pas le nom de ton texte, lui conseilla-t-il en la laissant devant sa porte.

— « Me trouver ».

— C'est l'objectif premier. À demain matin.

— Bonne nuit, Marco.

Elle se réveilla à quatre heures et demie. Elle quitta son lit d'un pas ensommeillé, contente d'avoir laissé la lumière de la salle de bains allumée pour éviter de trébucher dans le noir.

Elle prit son ordinateur et essaya d'y retranscrire le songe qui s'effaçait déjà de sa mémoire.

J'étais dans un grand bâtiment, une ruine, je pense. Des murs de pierre, des fenêtres sans vitres, dont des meurtrières. Il y avait des gravures sur certains murs et, au-dessus, des ouvertures, des linteaux – c'est bien le nom ? Pas de portes, seulement des ouvertures vers d'autres salles.

Certains murs étaient dotés de niches qui avaient dû servir à exposer des objets. Je voyais le ciel bleu au-dessus et beaucoup de nuages, mais pas menaçants.

Il y avait de l'écho, donc j'entendais mes propres pas. Mais ce n'est pas tout. Il me semblait entendre des voix anciennes résonner dans ces lieux.

Le sol était jalonné de pierres tombales gravées. Je ne les revois plus, mais je sais qu'il y avait des tombes, comme de grands sarcophages.

Je voyais une cour entourée de colonnes, et l'herbe y poussait, haute et verte, semée des petites étoiles blanches, des fleurs sauvages.

Un escalier de pierre formait une courbe.

J'en ai gravi les marches, j'ignore pourquoi. Je n'avais pas peur, mais je sentais l'air vibrer sur ma peau.

Je suis sortie et j'ai aperçu une tour ronde surmontée d'un toit pointu, les collines et les cottages alentour. Je distinguais même la fumée qui s'élevait des cheminées. En contrebas, il y avait des moutons en train de paître, avec leur laine épaisse et leurs têtes noires.

Un cimetière aussi. Et plus loin, derrière la tour ronde, un cercle de pierre, mais bien plus petit que Stonehenge. Plus loin encore, une rivière serpentait vers une baie. Le soleil était assez fort pour y faire danser de la lumière, à l'image des fleurs sauvages blanches en forme d'étoiles.

Tout était magnifique. Le vent gonflait mes cheveux mais il était doux.

Je crois que j'étais heureuse.

Puis j'ai vu une cavalière arriver, portant une grande houppelande sombre et montant un cheval blanc à l'arrière-train pommelé de noir. Elle alla jusqu'au cimetière, puis elle descendit de sa monture. Elle tenait des fleurs, je ne sais plus lesquelles, mais je crois qu'elles étaient blanches.

Elle se dirigea vers l'une des tombes, y posa les fleurs et resta sur place, la tête inclinée.

J'avais l'impression de l'espionner, alors j'ai entrepris de reculer, mais elle a soudain ôté sa capuche et m'a regardée.

Elle me ressemblait, ou du moins elle ressemblait à une Breen plus âgée. Elle portait en pendentif la pierre rouge que j'avais aperçue dans mon rêve de la cascade.

Puis elle s'est adressée à moi. J'aimerais me souvenir distinctement de ses mots. Cela donnait à peu près : « Tu dois chercher pour trouver. Tu dois demander pour obtenir les réponses. Tu dois t'éveiller pour devenir toi-même. »

Breen s'appuya contre la tête de lit pour réfléchir. Enfant, elle avait toujours fait des songes étranges, extrêmement réalistes. Des licornes, des dragons – elle avait toujours eu un faible pour les dragons – dansant dans les airs avec des papillons. Elle rêvait qu'elle montait des chevaux de combat blancs, elle rêvait de fées et de toutes les choses merveilleuses que son père évoquait dans ses histoires.

Puis les songes avaient disparu, et ce bien avant que son père s'en aille. Ses rêveries fantastiques étaient devenues des cauchemars dominés par l'anxiété liée à sa scolarité puis à son métier.

C'était intéressant et même réconfortant qu'elles reviennent l'habiter.

D'ailleurs, elle pourrait s'acheter un livre sur l'interprétation des rêves.

Comme il était bien trop tôt pour petit-déjeuner, elle opta pour un Coca tout en écrivant son billet du jour.

Cela lui plut de raconter sa première journée : l'arrivée à Shannon, le trajet en voiture, le château. Une fois satisfaite de son récit, elle y inséra quelques photos, suivant les conseils de Marco, et mit le tout en ligne.

Par curiosité, elle regarda la page précédente et ouvrit des yeux ronds.

Elle en était maintenant à quarante-six commentaires et deux cent deux vues.

Plus de deux cents personnes avaient lu ce qu'elle avait rédigé, et quarante-six d'entre elles avaient pris le temps de commenter.

C'était l'attrait de la nouveauté, car Sally avait fait passer le mot, rien de plus. Malgré tout, Breen se réjouit.

En une semaine entière de cours, il lui aurait fallu une sacrée chance pour qu'autant de mains se lèvent.

Survoltée, elle revêtit une tenue de sport et choisit l'une de ses vidéos d'entraînement.

Le château disposait d'une salle de fitness, mais elle ne se sentait pas d'y aller.

Une fois habillée et parée pour de nouvelles aventures irlandaises – chaussures de randonnée, jean, tee-shirt blanc et pull à col en V bleu marine –, il lui resta un peu de temps à tuer.

Elle se serait crue un dimanche, mais c'était mieux encore, car elle n'avait aucune corvée à faire. Elle attrapa son téléphone, la clé de sa chambre, sa sacoche et son blouson, puis partit faire un tour aux premières lueurs de l'aube.

Au-dessus des collines, le ciel bleu pâle était parsemé de nuages rouges et roses, chatouillés par les rayons du soleil. Tout lui inspirait la fraîcheur, la nouveauté, le champ des possibles.

Elle suivit l'allée pavée, entourée de verdure, qui débouchait sur un escalier. Des oiseaux chantaient dans les arbres. Elle marcha, appréciant la paix et la solitude, s'arrêtant de temps à autre, tandis que le ciel s'éclairait, pour prendre des photos du château ou d'arbres qui semblaient magiques.

Elle parvint aux écuries, où un cheval marron la regarda approcher. N'ayant pratiqué l'équitation que dans ses rêves d'enfant, elle garda ses distances.

— Bonjour, toi. Tu es superbe.

Elle s'approcha de l'animal, et quand il souffla par les naseaux, elle l'entendit presque lui dire : « Viens me caresser. »

Mais elle estima qu'elle se trouvait bien assez près.

— Peut-être demain, lui dit-elle.

Elle le prit en photo, regarda l'heure, puis revint sur ses pas tout en s'imaginant travailler dans un tel endroit.

C'était possible, après tout. Et si elle déposait sa candidature ? Ou dans un hôtel de charme de Galway ? Après le départ de Marco, elle y réfléchirait.

Avant de rentrer au château, elle décida de faire un tour dans les jardins.

Où son cœur explosa de bonheur.

Accueillie par une treille voûtée, elle admira les parterres débordant de fleurs. Elle en reconnut certaines, mais la plupart lui étaient mystérieuses. Désireuse d'en savoir plus, elle prit note de s'acheter un livre sur les fleurs, en plus d'un ouvrage sur la signification des rêves.

Elle avait plein de choses à apprendre. Comment planter, cultiver, prendre soin des végétaux, embellir des espaces… Tout en observant des papillons voler et des abeilles bourdonner, elle se penchait çà et là pour humer le parfum des plantes.

Elle sentit des odeurs sucrées et musquées, boisées et légères. Elle s'émerveilla des textures, des couleurs et des formes qu'elles prenaient. Elle fut impressionnée par le talent mis en œuvre pour créer un jardin si harmonieux, tout en donnant l'impression qu'aucune main humaine n'y était pour quelque chose.

Elle pouvait apprendre. Étudier, c'était son rayon, elle y avait consacré toute sa vie. Cette fois, elle étudierait un domaine qui lui faisait envie.

Elle s'assit sur un banc pour s'imprégner de l'ambiance des lieux, tandis que des nuages moutonnants se promenaient dans le ciel bleu. Elle rit d'elle-même.

— Un coup, je deviens serveuse dans un château, et deux secondes après, me voilà jardinière.

Breen ne savait pas ce qu'elle voulait faire.

Elle se leva à contrecœur pour aller retrouver Marco, non sans un dernier arrêt pour prendre en gros plan une plate-bande de pétunias violet sombre.

Enchantée, elle les effleura de la main.

Et les sentit vibrer.

Elle recula vivement, imaginant des abeilles énervées ou des serpents glissés parmi les feuilles. On était en Irlande, il n'y avait pas de serpents, se ressaisit-elle.

Pourtant, il y avait bien quelque chose.

Or rien ne bougeait, le massif était immobile.

Prudemment, elle posa la paume sur les fleurs et éprouva une fois encore l'étrange vibration.

Bizarre, non ? C'est comme si je les sentais pousser. Enfin, c'est tout bonnement impossible. Il est vraiment temps que j'aille prendre un café…

Elle s'éloigna en se frottant vigoureusement les mains.

Sans voir que de nouveaux pétunias poussaient parmi les autres, cherchant à atteindre la lumière.

6

Breen aborda la conduite en Irlande de la même façon que des examens oraux : avec terreur et détermination. Certes, elle agrippait le volant comme une bouée de sauvetage en pleine tempête, mais elle avançait résolument sur les étroites routes sinueuses.

Elle n'avait jamais été touriste nulle part, aussi s'en donna-t-elle à cœur joie. Elle établit des listes et des itinéraires. Il y avait des ruines à explorer, les falaises de Moher à admirer, le bout du monde à atteindre à Loop Head, ainsi que de vieilles abbayes et des cimetières à découvrir.

Elle prévoyait de déjeuner dans des pubs proposant des feux de cheminée, du pain de campagne et du beurre fermier.

Si elle ne parvint pas à dénicher un livre sur les rêves, elle en trouva un sur les fleurs à Ennis. Des paniers fleuris étaient suspendus partout dans la ville, et les ruelles ne demandaient qu'à être explorées.

Breen acheta un foulard aux couleurs de l'arc-en-ciel pour Sally et un autre dans les tons vert et ambré pour elle-même. Elle dégusta une glace à la fraise, alluma un cierge dans une magnifique et vieille église qui inspirait la paix.

Lorsque ce fut de nouveau son tour de prendre le volant, elle parvint à conduire jusqu'au petit village de Doolin et son parc.

— Les paysages sont ici encore hallucinants, déclara Marco. Mais avant qu'on parte marcher – pour changer –, je dois te prévenir, Breen, que tu conduis mieux que moi.

— J'ai les mains moites !

— Mais tu maîtrises.

— Tu es un copilote hors pair. Enfin, c'est quand même un soulagement d'être à pied.

— Prépare-toi à souffler.

Une fois hors de la voiture, elle leva la tête pour profiter de la brise marine avant de mettre son sac à dos usé, prête à aller randonner dans les collines. Si elle avait appris quelque chose lors de cette deuxième journée bien remplie, c'était qu'elle n'avait pas le vertige.

Les montagnes se dressaient, impressionnantes, au-dessus des eaux tourmentées de l'Atlantique. En contrebas se trouvait le joli village, plein de charme et tout en couleurs, dominant les champs verts et les fermes.

Breen et Marco parcoururent le chemin à flanc de colline, dans le fracas des vagues.

— Tu t'imagines avoir cette vue tous les jours ? Je suis sûre qu'on ne s'en lasse jamais.

Breen ne cessait de s'émerveiller.

Des mouettes arrivaient, formant une masse blanc et gris fumée. Elles criaient dans le vent. À côté de Marco, Breen monta le chemin caillouteux, puis des marches rudimentaires, et s'arrêta pour admirer le paysage.

— Regarde un peu les fleurs sauvages. Ah, je connais celle-ci, je crois. (Elle faillit prendre son livre dans son sac à dos, puis elle eut un air victorieux en se souvenant du nom.) Un œillet marin.

Elle se baissa pour prendre la plante en photo.

— Ce n'est pas fabuleux de voir qu'elle pousse dans la roche, toute rose et si jolie ? Quand on rentrera à Philadelphie, je me lancerai dans la culture de plantes. De chouettes plantes en pot.

— Tu penses rester dans l'appartement ?

Elle releva la tête d'un coup.

— Mais Marco, qu'est-ce que je ferais sans toi ?

Une fois qu'elle se fut redressée, ils reprirent leur ascension.

— On pourrait trouver un autre logement dans le même quartier, songea-t-elle à voix haute. Avec un petit balcon. Ou un appartement en rez-de-jardin doté d'une petite cour.

— Je me demandais si tu envisageais de partir, d'acheter une maison, peut-être.

— Une maison, répéta-t-elle dans un soupir, car elle n'avait jamais eu des telles ambitions. Je pourrais prendre une maison avec un jardin où je pourrais m'occuper de plantes. Et adopter un chien !

— Voilà, tu commences à vraiment réfléchir.

— C'est ça. Et si j'achète une maison, tu emménages avec moi. Mais pour le moment nous sommes ici, et regarde un peu autour de toi ! Seigneur, ces montagnes ! Dire qu'on était en bas il y a quelques heures encore. On croirait qu'un géant de l'Antiquité a taillé ces pics à la hache. On ressent émotion et violence. Et puis, en regardant de l'autre côté…

Elle tourna le dos à la mer.

— C'est tellement paisible. On croirait voir la peinture colorée d'une scène pastorale.

Elle leva les yeux au ciel ; Marco venait de la photographier. Content de lui, il baissa légèrement ses lunettes de soleil.

— Celle-là, elle sera en bandeau sur le blog.

Ils passèrent à travers champs, gravirent des buttes tout en se délectant du paysage.

Le soleil était si éclatant que Breen ôta sa veste pour la nouer autour de sa taille.

— On voit à des kilomètres à la ronde ! Regarde les îles, là-bas, lui dit Marco.

— Les îles d'Aran. Il paraît que les habitants parlent encore le patois local et que certains labourent à cheval. Je crois que j'en ai rêvé, je te l'avais raconté ?

Elle lui narra le songe qu'elle avait fait ainsi que celui où elle était à dos de dragon tandis qu'ils marchaient à travers bois, puis dans les champs, et passaient pour finir devant des chaumières.

— Pourquoi je ne fais pas des rêves cool comme toi ? Faut que j'y travaille. Enfin, là, on nage en plein rêve justement. Qui aurait cru que toi et moi on serait en train de randonner à la montagne, ici ?

— On va voyager plus et faire davantage de choses. Pas toujours la visite de châteaux ni la côte Atlantique. On va bouger, Marco.

— Je suis pour. Breen et Marco découvrent le monde. Ou au moins la côte Est. Pendant l'été, on pourrait louer une voiture et aller dans le Maine, à Key West ou ailleurs. C'est fini de ne faire que travailler et de ne jamais rien découvrir.

— Fini.

Sur les falaises, au-dessus des vagues qui heurtaient les rochers avec fracas, ils prêtèrent serment en crochetant leurs petits doigts.

Quand ils terminèrent leur boucle et revinrent au village, ils avaient bien parcouru huit kilomètres.

— Tes chaussures tiennent la route ? demanda Marco.

— Nickel. Tu as un problème avec les tiennes ?

Il prit un air penaud.

— Il se pourrait que j'aie des ampoules. Et OK, j'aurais dû utiliser la pommade que tu m'as proposée.

— J'ai des pansements dans mon sac.

— Je n'en doute pas.

Elle lui désigna la voiture.

— Assieds-toi, enlève tes chaussures et tes chaussettes. On va arranger ça.

— Ce n'est rien de méchant. J'ai commencé à les sentir sur la fin.

Et il avait en effet une petite ampoule à chaque pied.

— Voilà de quoi apaiser la douleur.

— Je suis prêt pour le pub, conclut Marco en agitant les orteils avant de remettre ses chaussettes. C'est chouette d'entrer dans un bar quand on n'y travaille pas. Il y aura de la musique, tu penses ?

— Absolument. Et c'est moi qui conduis.

— C'était mon tour.

Elle secoua la tête.

— J'ai les clés.

Elle avait fait des recherches sur les pubs des alentours, avec l'idée qu'ils pourraient faire une tournée des établissements ou bien se poser dans un seul d'entre eux – où elle resterait à l'eau et aux cocktails sans alcool.

Elle voulait découvrir l'atmosphère des lieux, mais aussi tenter l'impossible. Doolin était réputé pour sa musique traditionnelle, et son père vivait de cet art.

N'aurait-il pas pu jouer là ?

Peut-être y était-il encore ?

Quand ils entrèrent dans le pub, Breen eut le sentiment qu'ils avaient parfaitement bien choisi l'endroit. Sur le mur s'entassaient de vieilles photos ainsi que les enseignes des marques Guinness, Harp et Jameson.

L'odeur était exactement celle qu'elle s'était faite du pub irlandais typique, un mélange de feu de tourbe, de bière et de friture.

Une serveuse aux cheveux noirs et raides comme des baguettes coiffés en queue de cheval s'arrêta auprès d'eux avec son plateau.

— C'est pour manger ?

— Oui, s'il vous plaît.

— Asseyez-vous à la table de votre choix, sauf celle du coin, elle est réservée aux musiciens.

Ils s'installèrent à une table pour deux.

— On se croirait dans un film, non ?

Breen ne put que sourire en réponse. Déjeuner dans un pub avait été une superbe expérience, mais alors là, ils clôturaient idéalement la journée.

— C'est tout ce que je voulais.

— Tu dois quand même prendre une bière, insista Marco. Ce serait un sacrilège, sinon. On va manger, écouter de la musique, puis on repartira dans plusieurs heures.

— Un demi, concéda-t-elle. Mon père buvait surtout de la Smithwick's, donc je commanderai celle-là.

La serveuse revint les voir.

— Vous êtes bien installés ?

— On ne peut pas faire mieux, répondit Marco.

— Impeccable. Vous êtes Américains ?

— De Philadelphie.

— Philadelphie, répéta-t-elle, donnant à la ville une intonation exotique. Je n'y suis jamais allée, mais je me suis rendue deux fois aux États-Unis. La première à New York pour rendre visite à des cousins, la seconde dans le Wyoming.

— Le Wyoming ?

— Je voulais voir des cow-boys, alors j'en ai vu. C'est vaste, là-bas. Bref, je suis Kate et je serai votre serveuse pour la soirée, dit la jeune femme en leur tendant les menus. Que souhaitez-vous boire ?

— Je vais prendre une pinte de Guinness et mon amie un demi de Smithwick's, annonça Marco. Je suis barman à Philadelphie.

— Ah, tiens. Eh bien, on vous appellera peut-être pour aider au service, alors. Les Cobblers Three ont du succès, ils vont remplir la salle. Vous avez de la chance d'être là assez tôt pour avoir une place assise. Je reviens avec vos verres.

Fidèle à lui-même, Marco consulta aussitôt le menu.

— Cette rando m'a donné une faim de loup.

— Marco, te lever le matin te donne une faim de loup, releva Breen tout en attrapant l'autre menu. Je vais goûter le *shepherd's pie*.

— Je prends des moules en entrée. On partage ?

— Tu m'as déjà vue manger un coquillage ?

— Ça en fera plus pour moi. Et ils ont des lasagnes irlandaises. Quel est l'ingrédient irlandais ? Il faut que je le sache. Ah, mais je n'ai pas regardé ton blog depuis midi.

Tandis qu'il le consultait, Breen poussa un soupir.

— Breen, tu as seize commentaires de plus sur ton post d'hier, et tu en es à cinquante-huit sur celui d'aujourd'hui.

— Vraiment ? Qu'est-ce qu'ils disent ? s'étonna-t-elle en approchant sa chaise pour lire l'écran. Ils aiment bien, on dirait.

— Tu l'as dit. Attends un peu qu'ils lisent ton billet du jour. Qu'est-ce que tu vas écrire, d'ailleurs ?

— Je… je ne sais pas. La réalité me rattrape.

— Ne commence pas, dit-il en lui envoyant une petite chiquenaude sur le front. Continue, c'est tout. J'aime bien l'idée que ma meilleure pote soit une blogueuse.

— Ce ne sont pas deux posts qui font de moi une blogueuse. On verra ce que ça donne quand j'en serai à deux semaines de gestion du blog.

La serveuse revint avec leurs bières et prit leur commande. Quand Marco lui demanda les lasagnes irlandaises, elle commenta :

— Elles sont délicieuses. C'est la recette de ma mère, concoctée à partir de celles de mes deux grands-mères. L'une venait d'Italie, et la mère de mon père du comté de Clare.

— C'est votre mère qui cuisine ? demanda Marco.

— Oui, avec mon frère Liam. Le pub appartenait à mes grands-parents, voyez-vous, et il a été repris par mes parents. C'est un établissement familial.

— En parlant de famille, le père de Breen jouait dans des pubs comme celui-ci. Et peut-être même ici.

— C'est vrai ?

Breen avait eu l'intention d'y aller progressivement, mais Marco aimait aller droit au but.

— Oui. Il est né à Galway, mais je sais qu'il se produisait dans le Clare, parce que c'est ici qu'il a rencontré ma mère. C'était avant ma naissance, donc ça ne vous dira rien. Mais il se peut qu'il ait joué ici même.

— Mon père s'en souviendrait peut-être.

— Le mien s'appelle Eian Kelly. Je ne connais pas le nom de son groupe.

— Quelqu'un qui jouait dans le Clare venait sûrement à Doolin. Et s'il se produisait à Doolin, il le faisait sûrement chez *Sweeney's*. Je vais transmettre votre commande.

Marco leva sa bière et trinqua avec Breen.

— À la meilleure journée de notre vie.

— Qui refuserait de boire à ça ? fit-elle, buvant une gorgée pour le prouver. Je te raconte quel programme j'ai prévu pour demain ?

Il secoua la tête.

— Je suis encore dans le moment présent, alors tu peux me faire la surprise. Je n'avais jamais pensé venir ici, tu sais. Quand je faisais des listes d'endroits où je me rendrais un jour, c'était Paris, Rome ou Hawaï. Mais en Irlande, je me sens vraiment remué, Breen. Qui l'aurait cru ?

Elle, elle s'était vue venir dans le pays, et ce depuis toute petite.

— Je ne pensais pas pouvoir voyager, je ne m'imaginais pas ailleurs qu'au travail. Je me voyais peut-être trouver quelqu'un un jour, me marier, avoir des enfants, puis partir en vacances tous ensemble, entassés dans la voiture direction Disney World ou la plage, histoire de s'aérer un peu.

Elle regarda autour d'eux les familles attablées, les groupes d'amis au bar, le feu qui crépitait dans la cheminée.

— Si un jour j'ai des enfants, je les emmènerai ici. C'est mon héritage, et je voudrais que ce soit le leur aussi. Je suis contente de récupérer le mien.

Elle releva les yeux sur l'homme bien bâti aux yeux bleus et aux cheveux blond foncé qui s'approchait.

— Bonjour, je suis Tom Sweeney. On m'a dit que vous étiez la fille d'Eian Kelly ?

— Oui. Vous… vous connaissez mon père ?

— Il a joué chez nous avec son groupe. Il s'appelait Sorcery. Et, en effet, dès lors que ces musiciens avaient un instrument dans les mains, c'étaient de véritables sorciers. Je ne sais même plus à quand ça remonte, ajouta-t-il en souriant. Comment va-t-il, alors, votre père ?

— Je ne sais pas, en fait. Lui et ma mère…

— Oh, je suis peiné de l'apprendre. Vous vous êtes perdus de vue ?

— Oui. J'essaie de le retrouver pendant que je suis en Irlande, ou au moins d'en savoir plus en questionnant les gens qui l'ont connu.

— Ma foi, je peux vous raconter une ou deux anecdotes.

— J'aimerais beaucoup.

— Je vous prends une chaise, dit Marco en bondissant.

— Merci. Ma chérie, apporte une pinte à ton vieux père.

— Je m'appelle Marco, et voici Breen.

— Enchanté de vous rencontrer. Je retrouve un peu de lui en vous, dit Tom en s'asseyant sur la chaise apportée par Marco. Les cheveux roux vif, les yeux gris clair. C'est tout Eian Kelly. Vous êtes musicienne ?

— Pas tout à fait.

— Votre père savait jouer de tout ce qui lui passait sous la main. C'était un magicien. Et il avait une belle voix puissante. Je dirais qu'on avait à peu près le même âge. (Il prit la main de sa fille quand elle lui servit sa bière.) Si j'ai eu Kate, ses deux frères et sa sœur, c'est grâce à Eian Kelly.

Marco sourit à Tom, puis à sa fille.

— Je sens que cette histoire va être intéressante.

— Ah, mon père a un tas d'histoires sympas à raconter.

Après l'avoir embrassé, Kate retourna à sa tâche.

— Alors, voilà. À cette époque, j'étais timide. Pas avec tout le monde, mais avec les filles. Devant une jolie nana, j'étais muet. Et il y en avait une pour laquelle j'avais vraiment le béguin. Sarah Marie Nero, avec ses cheveux de jais et ses allures de gitane. Si jamais elle entrait dans le pub ou que je la croisais dans la rue, je me souvenais à peine de mon propre nom, alors j'étais bien incapable de lui parler.

Il marqua une pause, but une gorgée, puis poussa un long soupir.

— Et puis… un soir, elle est venue avec ses amies – Sarah Marie avait beaucoup d'amies. Pour écouter Sorcery. J'ai servi leurs pintes, j'ai écouté son rire et j'ai souffert en la sachant hors de ma portée.

— Ce n'est pas facile d'être timide, le soutint Breen, et de ne pas s'aimer suffisamment soi-même.

— C'est sûr, répondit-il, les yeux brillants. Pendant une pause, Eian Kelly est venu au bar et m'a dit : « Tom, dis-lui que tu trouves son pull très joli. » J'ai fait mine de ne pas voir de qui il parlait, mais il a insisté : « Elle t'aime bien, cette fille. Elle se demande juste pourquoi elle n'arrive pas à t'arracher plus de deux mots. » Alors me voilà à marmonner qu'il ne sait pas de quoi il parle, qu'elle ne connaît même pas mon nom. Il me répond de le croire et m'assure que je ne vais pas le regretter.

— De quelle couleur était son pull ? demanda Marco, ce qui fit rire Tom.

— Bleu, un camaïeu de bleus, du plus clair au plus foncé. La voilà qui arrive au bar et tout ce que j'entends, c'est la voix d'Eian dans ma tête : « Sois pas con ! » Alors les mots sont sortis et elle m'a souri.

» Oh ! poursuivit Tom en se frappant la poitrine. Mon cœur était prêt à exploser. Elle a prononcé quelque chose et j'ai répondu, mais je suis toujours aussi incapable de restituer ces paroles tellement les battements de mon cœur m'assourdissaient. Elle est restée pour écouter le groupe alors que ses copines partaient. Et Eian m'a soufflé à l'oreille de la ramener chez elle. Je le lui ai proposé, et elle a accepté. Huit mois, deux semaines et quatre jours plus tard, je l'épousais. Je suis en couple depuis vingt-huit ans avec l'amour de ma vie parce qu'Eian Kelly m'a dit d'aller lui parler.

— C'est une histoire magnifique.

Breen avait les larmes aux yeux de sentir son père exister de nouveau.

— Il savait y faire, Eian, pas seulement au niveau de la musique, mais avec les gens. Quand il demandait à ce qu'on lui fasse confiance, comme ce soir-là, on le faisait. Peu après, j'ai entendu dire qu'il était retourné à Galway. Il est peut-être aussi allé ailleurs, parce qu'il n'est pas revenu pendant environ un an. Je voulais l'inviter à mon mariage et y faire jouer Sorcery, mais je n'ai pas réussi à le contacter. Puis il est revenu à Doolin, et son groupe a joué au pub. C'est lors de cette soirée qu'il a rencontré ta mère.

— Ici ? s'exclama Breen, sortant de sa rêverie. C'est ici qu'ils se sont rencontrés ?

— Oui, par une nuit d'été orageuse.

— Tu vas arrêter de les saouler, oui ? fit Kate en déposant sur la table les moules commandées par Marco ainsi qu'une corbeille à pain.

— Ah, c'est bien la fille de sa mère ! Je vous laisse manger en paix.

— Non, s'il vous plaît, protesta Breen en lui posant une main sur le bras. J'aimerais vraiment en savoir plus, si vous en avez le temps.

— J'aurai toujours le temps pour la fille d'Eian Kelly. Mangez, et je vous raconte.

Il se rassit devant sa bière.

— Votre mère est arrivée avec quatre ou cinq autres jeunes filles. Des étudiantes en vacances, a priori. Si mes souvenirs sont bons, la soirée était bien avancée, et il ne restait plus aucune table de libre. Elles se sont entassées au bar. Votre père chantait… *Black Velvet Band*. Oui, c'est ça, j'en suis certain. Le vent soufflait, le tonnerre grondait, la pluie battait… et il se trouve, allez savoir pourquoi, que j'ai vu leurs regards se croiser pour la première fois.

— « Sitôt se croisèrent-ils qu'ils se regardèrent. »

— « Sitôt se regardèrent-ils qu'ils s'aimèrent », compléta Breen.

— Shakespeare aurait pu l'écrire pour eux. Un coup de foudre. Pour ma part, j'ai ressenti pour ma femme un désir progressif, tout en prudence. Mais dans le cas de vos parents, c'était une fusée au décollage. Quand Eian est revenu trois jours après pour jouer, elle l'accompagnait. Deux semaines plus tard, même chose. Apparemment, ils se sont mariés dans la région dont Eian était originaire. Je me suis dit qu'ils s'étaient installés là-bas ou qu'ils étaient partis aux États-Unis parce que je n'ai jamais revu votre père.

— On habitait à Philadelphie.

— Et il jouait encore ?

— Oui, ce qui supposait des voyages. C'était sûrement source de tensions entre mes parents. Ils ont divorcé quand j'avais dix ans. Un an après environ, mon père est rentré en Irlande. Il m'a dit qu'il reviendrait, mais…

Tom posa une main sur la sienne.

— Je suis vraiment désolé, et très surpris. C'était un homme bien, je peux le certifier. Et ce qu'il éprouvait pour votre mère, c'était de l'amour. Un homme aussi amoureux que moi repère ce genre de sentiment chez un autre. Pas seulement la passion, mais l'amour véritable. On en avait un peu parlé, Eian et moi. Il m'avait dit qu'il emmenait… j'ai oublié le prénom de votre mère.

— Jennifer.

— Oui, voilà, il l'appelait Jenny. Il l'emmenait dans sa région d'origine pour l'épouser. Nous avions parlé du fait que j'allais bientôt être père, qu'il était impatient d'avoir des enfants, lui aussi, de s'établir et de posséder ses propres terres.

Il tapota la main de Breen.

— J'espère ne pas vous avoir attristée.

— Mais non, monsieur Sweeney.

— Appelez-moi Tom.

— Tom. Vous m'avez donné une image de mon père que je n'avais jamais eue. C'est quelqu'un de bien. Je me souviens qu'il était aimant et patient. Drôle aussi.

— J'espère que vous le retrouverez, et le cas échéant, vous lui direz que Tom Sweeney veut lui payer sa tournée. Voilà notre Kate avec votre plat ! Bon appétit, c'est offert par la maison.

— Oh, mais…

— La fille d'Eian Kelly ne paiera pas ce qu'elle consomme chez moi. Je vais demander à ma femme d'allumer une bougie pour vous assurer un bon voyage, elle maîtrise ce genre de choses.

— Je vous remercie beaucoup.

— Avec plaisir, répondit Tom en se redressant. Le concert va bientôt commencer. Ce n'est pas Sorcery, mais c'est un bon *craic*. Vous vous appelez Marco, c'est ça ?

— Oui, monsieur.
— Veillez bien sur la fille de mon vieil ami.
— C'est entendu.
Breen regardait son assiette sans manger. Marco attendit qu'ils soient seuls pour la questionner :
— Ça va ?
— Oui. Très bien, même. C'est juste… (Quand elle releva les yeux, il comprit que les larmes qui les embuaient n'étaient pas liées au chagrin.)... que ça fait beaucoup. On est à peine arrivés dans cette ville qu'on tombe sur quelqu'un qui connaît tous ces détails merveilleux au sujet de mon père, que j'ignorais totalement. J'ai la certitude que je pourrai le retrouver. Échanger avec quelqu'un qui le connaissait avant ma naissance et qui le considérait comme un ami, c'est déjà énorme.
— Tu sais qu'il a influencé la vie d'un homme. C'est franchement cool.
Elle regarda l'intérieur du pub, imaginant son père et ses amis emplir l'espace de leur musique.
— Il a abandonné tout cela pour elle, pour moi. C'est peut-être exagérer son abnégation, mais entendre qu'il voulait élever ses enfants dans une ferme, j'y crois, parce que je me souviens de son émotion quand il parlait de chez lui. Quand j'étais petite, il me racontait des histoires. Mes parents se sont établis à Philadelphie et n'ont pas réussi à y vivre ensemble, mais je sais qu'ils ont essayé. Bref, oui, je vais très bien, conclut-elle en prenant sa fourchette.
Ils se restaurèrent, écoutèrent le groupe, qui était effectivement bon, jouer. Breen était d'excellente humeur quand Tom revint à la table avec une photo encadrée.
— J'ai oublié qu'on avait ça sur le mur depuis de nombreuses années. C'est votre père et ses amis, à la table juste là-bas.
Breen fut touchée au cœur.
Son père était assis, un violon calé sur l'épaule. Comme il était jeune, avec sa tignasse rousse et ses vieilles bottes ! Plus jeune qu'elle, en fait. Vêtu d'un pull noir et d'un jean à frange, il était mince et beau.

Des pintes étaient disposées sur la table, et les trois autres musiciens jouaient de leurs instruments. Breen n'avait d'yeux que pour le violoniste au regard rêveur et au sourire tranquille.

— Gardez-la, elle est à vous.

Breen serra le cadre contre elle et se leva pour faire ce qui, en temps normal, lui était peu naturel : elle étreignit une personne qu'elle connaissait à peine.

— Ça représente beaucoup pour moi.

— J'espère que vous le retrouverez bientôt. Et si vous revenez par ici, passez nous voir.

— Promis.

Le soir même, elle posa la photo sur sa table de nuit.

Et rêva de ce jeune homme dans un champ verdoyant, qui tenait un bébé roux sur la hanche. Des papillons volaient autour d'eux tel un arc-en-ciel.

— C'est chez nous, ma chérie, disait-il. Nous devons protéger cet endroit et tout ce qu'il contient. Il me revient de t'enseigner comment. C'est une joie et un devoir.

Il la levait bien haut, la faisait tournoyer parmi les papillons, et elle riait de joie.

Quand il la collait contre lui, elle sentait battre son cœur. Elle connaissait l'amour absolu.

7

Levée avant l'aube, Breen rédigea son texte pour le blog. Elle passa un moment agréable à sélectionner les photos qui illustreraient son post et prit note de faire imprimer un album personnalisé qu'elle offrirait à Marco pour Noël.

Pleine d'énergie, elle s'habilla pour la journée et partit faire une nouvelle promenade matinale.

Comme elle avait gagné en confiance, elle opta pour un chemin menant dans les bois, où la douce lumière filtrait à travers les feuilles. L'air était imprégné d'une odeur de terre et de pin.

Elle se sentait seule au pays des merveilles et, tout à son émerveillement, elle poussa plus loin que prévu. Quand elle aperçut à l'horizon une rivière entourée de troncs d'arbres embrumés, elle s'aventura encore.

Une petite barque se trouvait sur la rive. À l'intérieur, les rames étaient disposées en croix. Elle s'imagina ce que ce serait de flotter sur l'eau, où quelques canards glissaient paresseusement. On devait apercevoir le château depuis la courbe de la rivière, un panorama inchangé depuis des siècles.

Elle prit une photo de l'endroit et de la barque. Elle entendit le bruissement des feuilles sur sa gauche.

En se tournant, elle aperçut sur une branche un rapace qui la regardait de ses yeux dorés. Un faucon. Elle n'en était pas certaine, car elle n'en avait jamais vu de près. Elle savait cependant que le château disposait d'une école de fauconnerie.

— Bonjour, toi.

Elle se figea quand le rapace plongea pour se poser à ses pieds. La tête inclinée, il poursuivit son observation.

— Grand et très bel oiseau, murmura-t-elle.

La fascination l'emportant sur l'anxiété, elle s'accroupit.

— Tu viens d'être lâché ? Je n'y connais rien, mais tu parais trop intelligent pour te perdre.

— Oh, il sait très bien où il se trouve.

Surprise par la voix, Breen se redressa d'un bond. Le faucon garda simplement les yeux posés sur elle.

Un rire fusa, et la femme cachée par les arbres émergea sur le chemin. Elle portait un pantalon marron usé, une veste vert foncé et une casquette sur des cheveux blond doré coiffés en une tresse. Sa main gauche était gantée.

— Amish voulait faire un petit tour, et moi aussi. Bonjour.

— Bonjour. Je n'ai pas le droit d'être là ?

— Mais si, vous pouvez aller où bon vous semble. Je crois bien que vous plaisez beaucoup à Amish. Je m'appelle Morena, je l'accompagne.

— Moi, c'est Breen. Il est magnifique.

— Et il le sait. (Sur un geste de Morena, le rapace s'éleva pour se poser sur une branche.) Vous appréciez votre séjour au château ?

— Beaucoup. C'est magique.

Morena sourit brièvement, ses yeux bleus brillant.

— La magye est là où on veut bien la trouver, non ? (Elle tendit un autre gant.) Vous aimeriez jouer aux fauconnières ?

— Vous croyez ? Je peux juste…

Breen s'arrêta pour regarder le rapace sur sa branche.

— Comme je le disais, vous lui plaisez, alors autant que vous vous amusiez tous les deux.

Elle passa elle-même le gant sur la main de Breen.

Leurs yeux se rencontrèrent. Breen éprouva une sorte de déclic, sans toutefois pouvoir le comprendre ni le décrire.

Morena recula, et l'impression s'estompa.

— Longeons un peu la rivière, pour que vous puissiez voir comment Amish s'y prend. Il devrait faire beau aujourd'hui. Hormis quelques averses dans l'après-midi, il y aura beaucoup de soleil.

— La pluie ne me dérange pas.

— C'est une bonne chose, sachant que vous êtes en Irlande. Tenez, prenez ce morceau de poulet et tournez la main comme ceci. Le bras dans cette position et le coude incliné. C'est bien, dit Morena en aidant Breen. Regardez, Amish arrive.

En effet, il arrivait.

Breen en eut le souffle coupé. Le déploiement des ailes aux couleurs chaudes, éclairées par un soudain rayon de soleil… L'oiseau plana, gracieux et puissant, pour se poser en silence sur son bras ganté.

Et ses yeux étaient à présent plongés dans les siens, si près, si lumineux.

— Bien joué, commenta Morena. Et maintenant, présentez votre paume. Il veut sa récompense.

Le faucon la goba et attendit.

— C'est tout simplement incroyable.

— C'est magique, approuva Morena. Remontez légèrement votre bras, et regardez Amish partir.

Deux fois encore, le faucon s'éleva avec majesté et descendit en piqué, glissant de la branche au gant, puis repartit dans les airs.

— Vous vous êtes très bien débrouillée. Notre petit a eu suffisamment à manger, et j'imagine que, de votre côté, vous avez envie de prendre votre petit-déjeuner.

— C'était une expérience extraordinaire. (À regret, Breen regarda le faucon passer de son bras à celui de Morena.) Merci infiniment. Il faut que j'aille payer cette séance à l'école ?

— Oh, mais pas du tout, vous ne me devez rien. C'est un cadeau pour vous et pour mon chouchou.

— C'est plus un trésor qu'un cadeau, à mon sens.

— C'est gentil à vous. Pour rentrer, c'est par là, lui indiqua Morena. Je vous souhaite une belle journée et un heureux voyage.

— Je vous remercie, Morena, pour cette démonstration que je n'oublierai pas.

— Il n'y a vraiment pas de quoi.

La femme repartit derrière les arbres, puis jeta un coup d'œil en arrière.

Le cliquètement se fit une nouvelle fois entendre distinctement, puis disparut.

— Amish et moi vous reverrons quand vous parviendrez aux origines.

— Aux origines ?

Mais Morena et le rapace s'étaient enfoncés dans les profondeurs de la forêt, parmi les ombres et la lumière.

Cette rencontre inattendue ayant prolongé sa promenade, Breen se dépêcha d'aller retrouver Marco.

Elle entra en trombe dans la salle de restaurant, où son ami, déjà attablé devant un café, lisait sur son téléphone.

— Je suis en retard, mais…

Il leva la main pour l'arrêter et pour poursuivre sa lecture. Breen haussa les épaules et se servit du café. Quand le serveur revint à la table, elle commanda du bacon accompagné d'œufs brouillés et du pain complet grillé.

— Je prendrai le petit-déj' irlandais complet avec des œufs miroir, annonça Marco sans cesser de parcourir son écran. Je pourrais manger cela pour le restant de mes jours.

Il reposa enfin son téléphone et regarda Breen.

— Je lisais ton blog.

— Ah bon ? Alors, c'est trop personnel ? J'étais inquiète, j'ai envisagé de supprimer le billet, et…

— Pas question. Bien sûr que c'est personnel, mais… La vache, j'en avais la gorge nouée ! Je me suis revu au pub, j'étais tout remué. Tu as vraiment bien raconté la journée d'hier. La route, les paysages, les falaises, tout. Tu m'y as transporté de nouveau. Mais ce qui m'a tué, c'est la rencontre avec Tom et ce qu'il t'a appris.

— Tué positivement ?

— Oh, arrête ! Tu sais quand quelque chose est bien écrit. Ce qu'il manque à ton post, c'est la photo qu'il t'a donnée. Je vais voir si l'hôtel peut la scanner pour qu'on puisse l'ajouter. Ce serait trop d'espérer que ton père tombe dessus, mais on ne sait jamais, après tout. Quelqu'un qui le connaît pourrait la lui signaler.

— Je n'y avais pas pensé. (Breen se renfonça dans son siège, tout excitée.) Marco, c'est une idée géniale !

Il se tapota la tempe.

— C'est qu'il y en a, là-dedans ! Tu as posté ton article il y a une heure. Qu'est-ce qui t'est arrivé depuis ?

— Oh, que de bonnes choses !

Il écouta son récit, puis l'arrêta :

— Attends, tu avais un rapace sur le bras ?

— Oui, et c'était fantastique. Marco, il m'a regardée, vraiment, dans les yeux.

— T'as pas flippé ? Rien que de t'entendre, moi, je flippe. Les rapaces ont d'énormes griffes…

— Des serres.

— En tout cas, elles sont acérées. Ils ont aussi d'énormes becs et peuvent t'éborgner. Moi, ça me fiche la trouille. Les flamants roses, les gens les trouvent rigolos, mais je parie qu'ils peuvent te lacérer le visage. Tu te souviens du perroquet qui avait été montré en classe, en primaire ?

Il écarta les mains, mimant une envergure deux fois plus large que ne l'était en réalité celle du perroquet gris qu'ils avaient vu.

— Cet oiseau qui nous parlait en nous regardant de travers ! « C'est l'heure de manger ! » « Que la fête commence ! » C'est pas normal, si tu veux mon avis. J'en ai fait des cauchemars.

— Je m'en souviens. Le rapace ne parlait pas, il était majestueux. La fauconnière, Morena, m'a montré comment le faire venir sur le gant et lui donner des morceaux de poulet.

— Tu lui as donné du poulet cru ?

— Je n'ai pas eu le temps de le griller !

— Bon, je suis content que tu aies passé un bon moment et de ne pas y avoir assisté. J'en rêverai peut-être quand même !

— Quand il s'agit d'un moineau, tu cauchemardes, donc là, tu vas te faire un vrai film d'horreur.

— Les piafs sont très bien dans le ciel. Je ne voudrais pas qu'un moineau vienne se poser sur moi non plus, déclara Marco en frissonnant.

Ils entamèrent leur petit-déjeuner en évoquant le programme de la journée.

— Avant d'aller visiter un autre château, je vais prendre la photo de Tom et demander à l'accueil s'ils peuvent la scanner, annonça Marco. Si ce n'est pas possible, je la prendrai avec mon téléphone.

De retour dans sa chambre, Breen retira le cliché de son cadre.

— Regarde, il y a les noms inscrits au dos. Sorcery : Eian Kelly, Kavan Byrne, Flynn McGill et Brian Doherty.

— Génial. Quand je la posterai sur ton blog, je citerai les noms. Ça augmentera les chances qu'un internaute les reconnaisse.

— Oui, fit Breen en effleurant le visage de son père. Mais ça remonte.

— On est dans un château qui a des centaines d'années. Le temps, c'est relatif. Sois positive !

— D'accord. Je viens avec toi. Ensuite, on ira à Bunratty pour nous faire une idée de la vie au Moyen Âge.

Ils commencèrent par visiter le château, une structure de pierre dominant la rivière. Marco et Breen parcoururent les immenses salles à manger, s'imaginant les banquets où les seigneurs et les dames de la cour portaient de beaux atours, le feu crépitant dans l'âtre, les serviteurs qui remplissaient les timbales de bière et d'hydromel ou déposaient de grands plats de viande sur les tables.

La loge située en hauteur dans la salle devait recevoir des musiciens, et des chandelles accrochées aux murs tapissés devaient éclairer d'une lumière dorée les lourdes tables et les chaises.

Un escalier de pierres taillées permettait d'accéder aux chambres à coucher, aux garde-robes, aux salons que les femmes occupaient sûrement pour coudre et filer la laine et où les hommes devaient planifier des batailles.

— Ils devaient se geler en hiver, estima Marco.

— Mais regarde un peu la vue.

— Oui, joli, mais je veux le chauffage central et des toilettes modernes.

— C'est romantique, le sermonna-t-elle en lui assenant un coup de coude.

— Je veux bien de la romance, mais uniquement s'il y a des toilettes avec chasse d'eau. Sérieusement, c'est fou de se dire que des personnes habitaient, travaillaient, couchaient ensemble ici... Qu'ils envoyaient des flèches ou des pierres sur les ennemis qui assiégeaient le château.

— Un clan est une famille. On protège sa famille.

Marco lui passa un bras autour de la taille tandis qu'ils sortaient.

— Sister, je balancerai des pierres sur tout individu qui essaiera de te faire mal.

— Ça me va droit au cœur.

Si Breen avait beaucoup aimé la visite de la forteresse, le musée qu'ils découvrirent ensuite fut un coup de cœur. Les cottages et les boutiques aux toits de chaume, les costumes, la musique, les fermes et les rues du village... À ses yeux, tout prenait vie. On lui expliquait comment les gens, de vraies personnes, vivaient autrefois. Où ils dormaient, comment ils cuisinaient et élevaient leurs enfants.

Elle apprécia les ânes et les oies, le violoniste devant le pub. La vie quotidienne d'un autre monde et d'un autre temps était ainsi recréée.

— J'imagine que tout n'était pas aussi simple et pittoresque qu'on nous le montre aujourd'hui, mais c'est l'impression que j'en ai. Et j'éprouve un sentiment de familiarité. Les livres et les films permettent de donner une idée d'une époque passée, mais ici, ce sont de vrais lieux et de vraies personnes.

C'était comme si elle pouvait intégrer cet univers. Entrer dans une chaumière et prendre place au coin du feu, pénétrer dans un pub et y boire une bière.

— J'ai une étrange impression de déjà-vu.

— Garde-la pour toi, décréta Marco. C'est sympa, mais je préfère Internet, les nachos bien garnis, les matelas ergonomiques et la bière fraîche par une belle soirée d'été. Sans parler des droits LGBTQ, et sans oublier la pénicilline.

— D'un autre côté, pas de nucléaire, à l'époque.

— Faudrait que tu apprennes à traire les vaches. Peut-être même les chèvres.

— Pas de pollution ni de réchauffement climatique.

— Pas d'air conditionné, pas de plancher chauffant.

— On n'a ni l'un ni l'autre, objecta Breen.

— Mais ça existe, non ? Et ma meilleure amie fortunée pourrait se les offrir si elle en avait envie.

Elle rit de bon cœur, et il lui pressa la main.

— Sans doute, reconnut-elle.

Ils firent un tour dans la boutique de souvenirs et, au moment où ils s'apprêtaient à en sortir, elle trouva une broche en forme de faucon.

— Oh, regarde ! Je vais la prendre pour remercier Morena.

— La femme aux piafs ?

— Oui, la fauconnière. C'est parfait, ces ailes qui se déploient à l'intérieur du cercle.

— OK, et ensuite, on va manger un bout. Le petit-déjeuner commence à remonter.

Breen acheta la broche, qu'elle accompagna d'une carte de remerciements.

— Il nous reste deux sites remarquables sur notre to-do list, dont un village où on pourra grignoter et se balader. Je joue les copilotes.

Puis Breen se figea. C'était impossible. Et donc parfaitement terrifiant. Pourtant, elle le voyait clairement : l'homme aux cheveux argentés.

Comme il l'avait fait la toute première fois dans le bus, il la regarda droit dans les yeux.

— C'est lui !

Elle agrippa fort le bras de Marco tandis que l'homme s'éloignait en sautillant. Oui, en sautillant.

— Qui ? Quoi ?

Elle passa sans ménagement la pochette cadeau à Marco et courut. Pas pour fuir le type, cette fois, mais pour le poursuivre. Ce qui eut sur elle un effet libérateur.

Elle sprinta – ou du moins essaya de sprinter – entre les passants qui admiraient le village, prenaient des photos et des vidéos, et les enfants qui se ruaient vers les ânes.

Elle garda l'inconnu en ligne de mire, et quand il tourna, elle n'était qu'à quelques centimètres de lui.

Elle tourna à son tour.

Il avait disparu. Tout simplement.

C'est impossible, pensa-t-elle, essayant de reprendre son souffle. *Impossible.*

— Breen, fit Marco en la rejoignant. Qu'est-ce qui t'a pris, merde ?

— Je l'ai vu, Marco. Je te jure que je l'ai vu.

— Qui ? Je comprends pourquoi j'ai essayé de te pousser à intégrer l'équipe d'athlétisme. Tu cours comme une gazelle !

— L'homme. Celui du bus, de notre rue et de chez *Sally's*. De l'aéroport, aussi. Je viens de le voir.

— Breen…

— Je sais que j'ai l'air folle, Marco, dit-elle, exaspérée. Mais je sais aussi ce que j'ai vu. Il fait au moins un mètre quatre-vingts. Il porte toujours du noir, il a les cheveux argentés. Pas blancs ni gris, mais brillants et denses.

Marco la prit par l'épaule dans un geste protecteur qui n'échappa pas à Breen.

— Mais là, tu ne le vois plus ?

— Je ne suis pas cinglée, je n'ai pas d'hallucinations. Je l'ai poursuivi jusqu'au coin de la rue, il a tourné et…

Il s'est évanoui comme un nuage de fumée.

— Je ne sais pas où il est parti. Il y a beaucoup de monde. Mais je l'ai bel et bien vu, c'est complètement dingue.

— Bon. On va marcher un peu, dit Marco en l'entraînant. Tu trembles.

— Ce n'est pas de l'anxiété. Je suis énervée. Vraiment. C'est comme s'il me provoquait. C'est un comportement très arrogant…

— Si tu le revois, je peux lui lancer des cailloux.

Elle ne rit pas mais posa la tête sur l'épaule de son ami. Puis elle se redressa.

— Tu crois que ma mère pourrait me faire suivre ?

— Je n'y avais pas pensé, murmura Marco en la guidant sur le chemin. Ce serait possible, mais dans quel but ?

— Je ne sais pas, juste pour savoir ce que je fais. C'est ridicule, parce que j'avais vu le type dans le bus avant d'être au courant pour l'argent. Et puis si elle veut savoir où j'en suis, elle peut très bien lire mon blog. Merde, si elle veut savoir, elle peut surtout me contacter !

Marco lui massa le dos dans un geste apaisant.

— Ce serait une sacrée coïncidence, mais tu as dit que tu l'avais vu à l'aéroport.

— Oui.

Ou du moins, elle le pensait.

— Je suis sûr qu'on n'est pas les seules personnes de Philadelphie à être en Irlande, ou ici même à cette heure.

— Il m'a regardée comme s'il me connaissait, ajouta-t-elle avant de secouer la tête. Peut-être qu'il m'a reconnue, lui aussi ? La première fois, dans le bus, j'avais l'impression qu'il me surveillait, mais j'étais sur les nerfs. Je m'étais fait larguer, je détestais mon boulot, ça me saoulait d'être dans les transports pour aller chez ma mère. Enfin, je suppose qu'il a pu me remarquer et se dire que je lui rappelais quelqu'un.

Elle n'y croyait pas une seconde. Malgré tout, c'était réconfortant de prononcer ces mots.

— On peut encore faire un tour pour voir si tu le repères.

— Non, c'est idiot. Allons nous prendre un *fish and chips*.

— Partant !

Marco garda le bras sur son épaule tandis qu'ils retournaient à leur voiture. Et il guetta du coin de l'œil l'homme aux cheveux argentés.

Breen mit cet épisode de côté et, accompagnée d'un Marco ragaillardi par leur repas, elle visita un nouveau château, explora des ruines et des tours rondes, le tout sous une pluie qui disparut aussi vite qu'elle était arrivée.

Elle s'assit sur un muret face à l'Atlantique, le vent dans les cheveux, puis marcha dans les paysages lunaires du Burren. Les amis conclurent leur journée par un nouveau repas au pub, sur fond musical, avant d'emprunter les routes sinueuses pour passer leur ultime nuit au château.

— Il fait encore jour. On n'a qu'à prendre un verre au bar. Tu as mérité que je te paie un kir royal. C'est notre dernier soir ici, insista Marco avant que Breen puisse protester.

— Tu as raison. C'est notre dernier soir, et je le mérite. Je vais juste déposer le cadeau pour Morena et changer de chaussures. À tout de suite.

Breen fit un détour par la réception.

— Bonsoir, madame Kelly, vous avez passé une bonne journée ?

— Fabuleuse. Je me demandais si je pouvais vous laisser ceci pour l'école de fauconnerie ? C'est un présent pour Morena… Je ne connais pas son nom de famille. Elle m'a donné un rapide cours, ce matin, quand je l'ai croisée dans les bois avec Amish, le faucon.

— Quelle gentille attention, répondit la jeune fille brune en prenant la pochette cadeau. Avec plaisir, bien entendu. Passez une belle soirée.

Breen retourna dans sa chambre, ôta ses chaussures de randonnée avec un long soupir tout en se demandant le nombre de kilomètres qu'elle leur avait fait parcourir – ainsi qu'à ses pieds – au cours des deux derniers jours.

Chaque pas en avait valu la peine.

Comme c'était la dernière soirée, elle s'accorda une minute pour se maquiller.

Alors qu'elle évaluait son œuvre, on toqua à la porte.

— C'est bon, Marco, ça fait cinq minutes, marmonna-t-elle. Bon, OK, dix.

Mais c'était la réceptionniste.

— Pardon de vous déranger, j'ai vu avec l'école de fauconnerie, où mon cousin travaille. Il me dit qu'il n'y a personne du nom de Morena, et pas de faucon appelé Amish.

— Je ne comprends pas.

— Vous avez peut-être mal compris. Mon cousin va vérifier demain matin si l'un des fauconniers vous a donné un cours. En attendant de trouver la bonne personne, je voulais vous rendre votre cadeau.

— Bien sûr, je vous remercie.

— Vous n'avez besoin de rien d'autre, madame Kelly ?

— Non, c'est gentil. Désolée pour le dérangement.

— Je vous en prie. Passez une bonne soirée.

Breen n'avait pas mal entendu les noms, elle le savait. Et elle n'avait certainement pas imaginé ce qui s'était produit.

Morena et Amish. Elle avait parfaitement vu et entendu. Elle se souvenait du frisson qu'elle avait ressenti en regardant le faucon s'élancer vers son bras et sa façon de la dévisager.

Morena n'avait pas dit explicitement qu'elle faisait partie de l'école. Était-ce possible qu'elle soit venue faire voler son propre faucon sur le domaine ?

Cela devait être interdit. Elle décida de laisser tomber et glissa la pochette dans sa valise. Elle ne voulait pas causer d'ennuis.

Elle se rappela le dernier regard que lui avait lancé Morena, quand elle lui avait dit qu'elles se reverraient.

Avant de… disparaître parmi les arbres. Tout bonnement.

Comme l'homme aux cheveux argentés.

— Je suis peut-être en train de dérailler. (Sentant la pression dans sa poitrine, elle ferma les yeux et s'obligea à respirer pour se détendre.) J'ai dû tout imaginer.

Elle rouvrit les paupières.

— Non, je n'ai rien inventé. Absolument rien.

Elle allait cesser de se triturer le cerveau et prendre ce verre avec Marco.

D'ailleurs, elle ne voyait pas l'intérêt de lui parler de tout ça.

Cette nuit-là, elle rêva d'elle enfant, à l'âge de deux ou trois ans. Elle pleurait, assise dans une cage vitrée entourée d'une eau vert pâle, qui coulait à flots.

Elle appelait sa mère et son père, mais ils ne venaient pas. Elle appelait une personne du nom de Nan, mais personne ne venait.

Derrière les parois de verre, dans une lumière tremblotante, elle vit une ombre. Elle sut que c'était un homme mais elle ne pouvait le distinguer clairement. Elle ne l'appelait pas parce qu'elle avait peur de lui.

Quand il parla, c'était d'une voix veloutée et musicale. Et fausse, étrangement fausse.

— Allons, mon enfant, fille de mon sang, c'est idiot et faible de pleurer, et personne ne t'entend. Tu as des leçons à apprendre, et à apprendre avec soin. Je te montrerai tout ce que tu peux devenir. Tu auras des jouets, tout beaux, tout neufs, et des bonbons, tous les bonbons que tu désires.

— Je veux ma maman, je veux mon papa ! Je veux ma maman, je veux mon papa ! Je veux…

— Silence !

C'était un grondement de tonnerre et non plus une voix douce.

— Je t'apprendrai à savoir ce que tu dois vouloir. Je te montrerai ce que tu peux obtenir. Je suis ta mère, ton père, tout pour toi désormais. Écoute-moi, ou tu auras des raisons de pleurer. Des leçons que tu dois apprendre, la première est l'obéissance.

Quand l'ombre s'approcha, elle poussa un hurlement. De terreur d'abord, puis d'une rage que seul un enfant peut éprouver.

Le cri et les poings serrés de la fillette firent éclater le verre en mille morceaux.

Breen était dans son lit, dans sa chambre mansardée de la petite maison de Philadelphie. Toujours enfant, un peu plus âgée toutefois, elle s'accrochait à son père qui lui caressait l'épaule, la berçait, la rassurait.

— Ce n'est qu'un rêve, *mo stór*, rien d'autre. Papa est là. Tu vas bien, et je suis là. Il ne peut pas te faire de mal. Il ne s'attaquera plus jamais à toi.

Mais, tout en essayant de fuir ce cauchemar, Breen comprit qu'il le pouvait.

Qu'il allait le faire.

8

Breen décida de ne pas dire un mot à Marco du songe qu'elle avait fait. Il était bien sûr exclu de le relater sur son blog. En revanche, elle en fit le récit dans ce qu'elle considérait à présent comme son journal intime.

La seule explication qu'elle trouva pour justifier la présence de Morena et du faucon dans les bois impliquant une violation de domicile, elle décida de ne pas les mentionner.

Elle écrivit son billet en se concentrant sur les aspects positifs. La rédaction lui permettait de se sentir plus joyeuse encore.

Selon ses habitudes, elle improvisa une petite séance de sport, puis sortit faire sa dernière promenade matinale à Dromoland. Les jardins ceints offraient une paix et une beauté dont elle profita.

Les mauvais rêves n'étaient que des rêves. Elle les subissait depuis l'enfance, aussi n'allait-elle pas s'attarder dessus.

Elle préférait regarder les fleurs, les oiseaux et la douce lumière du soleil qui filtrait derrière les nuages. Il ne lui faudrait que cinq minutes pour terminer ses valises, mais elle s'intima de rentrer afin de mener à bien cette tâche. Puis elle capitula et emprunta un sentier menant dans les bois.

Elle sentait une certaine anxiété l'envahir, et, irritée, elle se força à prendre le même itinéraire que la veille. Cette fois-ci, elle était seule.

Elle rebroussa chemin quand la pluie commença à tomber.

D'après le programme vaguement établi, elle conduirait sur le premier bout du trajet qui les mènerait vers le nord du pays. Une fois la voiture chargée et Marco installé à côté d'elle, elle entreprit de démarrer sous une pluie fine mais persistante.

— On a dormi dans un château, Breen !

— On a dormi dans un château, Marco. Et maintenant, on va rejoindre tranquillement notre charmant cottage tout en admirant les paysages.

— Combien de personnes de notre connaissance peuvent dire la même chose ?

— Absolument aucune.

Ils mirent cap vers le nord, puis vers l'ouest et la côte, parcourant de nombreux kilomètres. Sous la pluie, puis sous un soleil éclatant qui chassa les nuages sombres amassés au-dessus des champs. Enfin, ils s'arrêtèrent.

Ils traversèrent à pied un champ foisonnant de boutons d'or pour aller explorer un domaine en ruine situé derrière une barrière. Une ânesse les observait. Quand Marco vint à sa rencontre, l'animal étira la tête au-dessus de la clôture pour réclamer des caresses.

Marco lui tapota la tête précautionneusement.

— Tu as vu un peu ? Ça lui plaît.

— Retourne-toi, je vais vous prendre en photo. Le citadin rencontre une ânesse.

— Je vais faire mieux.

Au grand étonnement de Breen, Marco sauta par-dessus la barrière.

— Tu devrais éviter…

— Je n'abîme rien, et regarde, elle est contente.

Marco alla jusqu'à passer le bras autour de son encolure. L'ânesse se frotta contre lui comme un chat.

— C'est quelque chose qu'on ne voit pas tous les jours, murmura Breen avant d'immortaliser l'instant.

— Viens ! Elle est toute gentille.

Après un temps d'hésitation, Breen se fit violence et s'approcha. Elle dut se hisser pour franchir la barrière. Et quand l'ânesse tourna la tête vers elle, elle poussa un couinement qui fit rire son ami.

— Allez, Breen, du cran ! Elle ne va pas te dévorer.

— Elle pourrait mordre. Qu'est-ce qu'on en sait, nous ? (Pourtant, elle posa une main hésitante sur la tête de l'ânesse.) Voilà, c'est fait. Maintenant, on retourne sur la route.

— Attends, je veux te prendre en photo aussi. Pense au blog.

— Le blog, c'est vrai, marmonna-t-elle en replaçant sa main sur l'animal.

L'ânesse la regarda d'un air pénétrant, exactement comme l'avait fait le faucon.

— Elle est mignonne, hein ? ajouta-t-elle, la caressant à présent comme un gentil chien. Elle aime avoir de la compagnie. Elle se trouve bien seule quand il n'y a pas de moutons alentour. Pas vrai, Bridget ?

— Breen, tu ne vas pas le croire.

— Quoi ?

Souriant à l'animal et caressant son poil rugueux, elle s'imagina une ferme et un garçon aux cheveux châtains ébouriffés qui venait brosser l'ânesse.

— Tu as un papillon sur l'épaule. Ne bouge pas ! J'ai déjà fait une super photo, mais alors là ! Tourne juste la tête vers la gauche. Doucement.

Le cœur battant, Breen tourna la tête. Le papillon était posé sur elle, les ailes de la même couleur que les boutons d'or dans le champ. Captivée, elle observa les ailes mouchetées de noir battre régulièrement.

Puis le papillon s'envola, telle une fleur délicate s'élevant dans les airs.

— Trop cool. Tiens, regarde les portraits que j'ai pu prendre.

Marco lui tendit son téléphone et fit lentement défiler les images, car il avait pris plusieurs clichés de Breen, le papillon sur l'épaule, souriant à l'ânesse comme si elles étaient de vieilles amies.

Sur la photo où elle regardait l'objectif, elle ne lut pas de surprise sur son visage, mais un pur ravissement.

— Je ne savais pas que les papillons se posaient sur les gens.

— Moi non plus, répondit Breen.

— Je crois que j'aurais flippé, mais toi, tu n'as pas eu peur.

— Un petit peu au fond.

— Ça ne s'est pas vu. Il y a de quoi faire pour ton blog. (Il caressa l'ânesse une dernière fois.) Bridget ? Où tu es allée pêcher ça ?

— Aucune idée. Elle doit avoir une tête à s'appeler Bridget.

— Ce sera son nom. C'était un plaisir, Bridget.

Marco prit la main de Breen quand ils repassèrent par-dessus la barrière.

— C'est à mon tour de conduire.

Ils arrivèrent à Galway et se dirigèrent, non sans stress, vers un parking.

— Tu t'en es très bien tiré, dit Breen en se massant la nuque pour apaiser la tension qu'elle éprouvait.

— On est arrivés entiers. Une pause déjeuner serait la bienvenue. Et toute rue nommée « Shop Street » mérite mon attention.

Breen découvrit bientôt que la rue en question méritait beaucoup d'attention. La foule les surprit, eux qui avaient passé une matinée entière sans voir personne. Marco s'engagea dans la rue sans se poser de questions. Dans son sillage, Breen écuma les boutiques et résista à toutes les tentations jusqu'au moment où elle tomba sur un cadre affichant un motif ogham. Dessous, on lisait : COURAGE.

— Je sens comme une idée me venir, dit Marco.

— C'en est une bonne. L'objet n'est pas gros, donc facile à transporter.

— Je vais faire ça.
— Tu veux acheter quel cadre ?
— Non, je ne veux pas d'œuvre d'art à accrocher au mur, j'en veux une sur moi. Un tatouage. Qu'est-ce que je me fais faire ?
— À toi de voir.
— On en parlera en mangeant. Je meurs de faim.
— Tu pourrais te faire tatouer ça et le regarder plusieurs fois par jour.
— Je me ferais chambrer… Un truc irlandais, dit Marco tandis qu'ils cherchaient un restaurant.
Breen regarda son ami, sa peau d'un brun doré, ses tresses sombres foisonnantes qui lui tombaient sous les épaules, son bouc soigneusement entretenu.
— Tu n'es pas Irlandais.
— Mais je me fais tatouer en Irlande.
Il opta pour une harpe typique du pays. Il était musicien et aimait beaucoup la forme de l'instrument.
— Alors, je me le fais faire où ? Sur moi, je veux dire. Je vais me renseigner sur Internet concernant les salons à Galway.
Breen sourit, elle ne prenait toujours pas son ami au sérieux.
— Tu as de très belles fesses.
— Pas faux, mais seules certaines personnes triées sur le volet auraient le droit de voir mon tatouage. Le biceps, ça paraît banal. Quoique…
Il banda son muscle.
— Oui, Marco, tu as de superbes biceps aussi.
— Je vais opter pour la banalité. C'est viril. Regarde, ce salon a d'excellents commentaires, ajouta-t-il en consultant son écran. Parfait. C'est parti.
Quand il se leva, Breen le considéra, stupéfaite.
— Tu ne plaisantes pas ?
— Tu ne vas pas me devancer, poulette. Tu te tatoues, moi aussi.
— Marco, il faut te mettre sous oxygène quand tu regardes une série médicale et qu'un patient reçoit une piqûre !

— Tu me tiendras la main.

Elle lui tint donc la main… et vit ses yeux s'agrandir au premier contact de l'aiguille.

— Oh, putain. Distrais-moi.

— Je récite mes tables ?

— Non, pas des maths ! Chante.

Elle rit. Rencogné dans le fauteuil capitonné, Marco lui agrippait la main tandis qu'un dénommé Joe, aux bras couverts d'encre colorée et de motifs complexes, traçait méticuleusement les contours d'une harpe sur sa peau.

Elle commença par *Molly Malone*, dont la mélodie lui semblait apaisante. Joe lui décocha un sourire, puis se joignit à elle pour le refrain. Il faisait un bon baryton.

— C'est fini ?

— Non, mon chou.

— Vous tenez très bien le coup, Marco, lui dit Joe.

L'intéressé se contenta de fermer les yeux.

— Chante encore.

Elle choisit *The Wild Rover*, à l'air plus entraînant. Une femme d'une cinquantaine d'années, qui se faisait tatouer une spirale celtique sur l'avant-bras, entonna les paroles avec elle.

Comme il avait entendu cette chanson plusieurs fois et qu'il connaissait les paroles, Marco, sans décoller les paupières, s'y mit aussi.

— C'était très beau ! (La deuxième tatoueuse, âgée de trente ans environ, s'arrêta pour applaudir.) Vous êtes des artistes ?

Breen secoua la tête tout en se demandant si elle recouvrerait un jour le plein usage de sa main.

— Vous devriez, vous avez des voix superbes. Encore une ! Vous connaissez du Lady Gaga ?

— Est-ce qu'on connaît Gaga ? (Marco parvint à sourire – sans toutefois rouvrir les yeux.) Allez, Breen, *Born This Way* !

Elle chanta pendant que la harpe prenait forme, et comme le fait de regarder lui retournait quelque peu l'estomac, elle maintint ses yeux fixés sur Marco. À un moment, il relâcha assez sa poigne pour qu'elle puisse étirer ses doigts douloureux. Mais elle ne se défit pas de son étreinte, parce qu'il en avait besoin.

— Et voilà pour vous, annonça Joe en tapotant l'épaule de Marco. Vous pouvez jeter un coup d'œil, si vous voulez.

— D'accord, je vais commencer par respirer. (Marco ouvrit les yeux, regarda son biceps avec la harpe aux reflets vert vif.) Génial ! Regarde-moi ça, Breen. Je me suis fait tatouer et j'en suis trop content !

— Revenez quand vous voulez pour une séance de chants, dit Joe. J'aime bien le vôtre, mademoiselle.

Breen le remercia.

— Si vous en voulez un autre, n'hésitez pas à venir me voir.

— Je pense qu'un seul suffira.

Il sourit largement.

— C'est ce qu'ils disent tous.

— J'ai un tatouage ! s'exclama Marco quand ils furent dehors. Je me suis fait tatouer en Irlande !

— Youpi. Tu n'as pas l'air dans ton assiette, quand même.

— J'ai encore les jambes en coton, mais je l'ai fait. Tu conduis, là ?

— Bien sûr.

— La prochaine fois, on se fait tatouer ensemble.

— Ben voyons, fit-elle en levant mentalement les yeux au ciel. La prochaine fois.

Quand ils arrivèrent à leur véhicule, Marco la prit dans ses bras et se balança un peu avec elle.

— Je t'adore, Breen. Tu ne me laisses jamais tomber.

— Et ça n'arrivera jamais.

— Quand tu en parleras sur ton blog, ne me fais pas passer pour une poule mouillée.

— Évidemment. (Elle entra et attendit qu'il s'installe.) Il faudra peut-être que tu chantes jusqu'à ce que je sois sortie de la circulation.

— Pas de souci.

Mais ce fut plus facile de ressortir de la ville que d'y entrer.

Sur la route du Connemara, en traversant ou contournant des villages, elle compta davantage de moutons que de voitures.

Et Marco sommeilla, probablement lessivé par le traumatisme de la journée.

Elle apprécia ce calme, cette absence d'urgence, cette certitude qu'elle pouvait s'arrêter où cela lui chantait, sans que personne lui ordonne de faire autrement, d'être ailleurs.

Elle aperçut les panneaux de sites qu'elle souhaitait visiter, mais comme Marco dormait, elle se dit qu'ils pourraient revenir plus tard.

Elle admira le Lough Corrib, se demanda si une balade en bateau lui plairait. Elle pourrait traverser le lac et se retrouver dans le comté de Mayo, découvrir aussi cette partie de l'Irlande. Elle avait des semaines entières pour faire exactement ce qu'elle voudrait, quand elle le voudrait.

La douce et grisante liberté.

Si jamais elle se faisait faire un autre tatouage, ce qui n'était guère probable, elle choisirait ce mot. Liberté.

Elle dépassa des vaches, des moutons, des collines, des plaines et des falaises, qui gravèrent tour à tour leur beauté dans son cœur.

Marco s'agita et se frotta les yeux.

— Dis donc, j'ai plongé un moment. Où on… Waou !

— Ce sont les Twelve Bens, les douze montagnes, dit Breen d'une voix douce, la gorge serrée. On est dans le Connemara. C'est comme si tout s'était figé dans le temps et exactement au bon moment. Tu as loupé le lac, il était magnifique. On y retournera.

— J'ai dormi combien de temps ?

— Je ne sais pas, tout est tellement intemporel ici. Oh, tu vois ?

Il se redressa.

— Le grand trou dans la terre ? Qu'est-ce que c'est, ces briques empilées ?

— De la tourbe en train de sécher. On creuse, on découpe et on fait sécher au vent.

— Sérieux, c'est leur combustible, ça ?

— Oui, mon père m'en avait parlé. J'avais oublié beaucoup de choses qu'il m'avait racontées et tout me revient maintenant, au moment où je vois ces choses. Dans la ferme où il a grandi, ils avaient une tourbière. Elle se trouve peut-être même par ici. Il avait dû me dire où c'était, mais je ne m'en souviens plus.

— Ça te reviendra.

— J'espère, mais ici… je me sens presque chez moi.

— La mémoire sensorielle. J'en ai entendu parler. (Avec son téléphone, il prit des photos par la vitre.) C'est dans ton sang, c'est ça ? Ton père, tes ancêtres, et tout. Donc tu le sens, tu le perçois.

— C'est un peu ça. Hume l'air, Marco !

Elle s'en enivrait presque.

— Les odeurs de tourbe, de pain et de verdure.

— Si tu veux t'en imbiber à fond, je peux conduire.

— Non, ça va. On est quasiment arrivés.

— Tant mieux parce que je…

— … meurs de faim.

— … casserais bien la croûte. Ah, mais attends, ajouta Marco en fouillant dans un sac à ses pieds.

— J'avais préparé un pique-nique pour la route. Un Coca et des chips.

— Ici, on dit des *crisps*, lui rappela-t-elle en en prenant une. Tu as les coordonnées de la propriétaire du cottage ?

— Oui.

— Elle nous avait demandé de la prévenir une demi-heure avant notre arrivée. Tu n'as qu'à lui envoyer un message.

— Il ne faut pas qu'on s'arrête pour faire des courses ?

— Je préférerais qu'on aille d'abord à la location, qu'on regarde l'état des stocks et qu'on fasse une liste. Il y a un village pas loin du cottage.

— Elle est rapide, commenta Marco en recevant la réponse de la propriétaire. Elle sera là pour nous accueillir.

— Parfait. Tout est parfait, conclut Breen en souriant à son ami.

Quand elle emprunta l'étroite route sinueuse encadrée de haies, Marco s'agita un peu.

— Tu es sûre que c'est là ?

— Oui.

— Je croyais que ça donnait sur l'eau, avec vue sur les montagnes.

— Il faut d'abord y arriver.

— D'accord… Je te signale juste que si c'était disponible pour tout l'été, ce n'était peut-être pas un hasard.

— Un peu de confiance !

Peut-être un peu anxieuse elle-même – et pas du tout sûre qu'on puisse se croiser sur cette route minuscule –, Breen se dit qu'ils ne pouvaient aller nulle part, si ce n'est tout droit.

— C'est un peu isolé, précisa-t-elle pour les rassurer tous les deux. Intime. Je ne voulais pas de vis-à-vis.

— Il y a « pas de vis-à-vis » et il y a le trou du cul du monde. Ici, c'est le trou du cul du monde. Et tu avais parlé d'un village.

— Oui, à deux ou trois kilomètres. On peut y aller à pied.

— Les gens qui marchent sur cette route sont suicidaires. Et si j'envoyais un SMS à… Finola McGill, voilà – on dirait un nom inventé –, juste pour m'assurer qu'on n'est pas sur un chemin emprunté par du bétail ?

— Si tu crois… Attends, voilà le carrefour. Il faut tourner à droite et on doit trouver un panneau. Ah, tu vois ? Fey Cottage. C'est bien là.

Elle tourna et le monde commença à s'ouvrir. La route resta étroite, mais un champ s'étendait sur la droite, et des montagnes s'élevaient derrière. Breen aperçut la baie pour la première fois.

— Bizarre, avant le carrefour, on était comme encerclés. Symbolique, non ?

— Maintenant, c'est dégagé.

Le champ laissa la place à la forêt, d'un vert de conte de fées et ombragée. Et là, entre la forêt et la baie, avec la majesté des montagnes qui s'élevaient, se trouvait le cottage.

Des fleurs se pressaient à ses pieds charmants, traversées par des allées blanches qui ondulaient vers les murs massifs de pierre grise. Un étage se nichait sous l'épais toit de chaume et les fenêtres brillaient au soleil.

— Bon, je retire ce que j'ai dit. Ce n'est pas un palais, mais on dirait que ça sort d'un film et, mon Dieu, la vue…

Breen ne répondit pas. Marco s'aperçut qu'elle avait les larmes aux yeux.

— Alors…

— C'est ce que je voulais. Le château… J'avais envie de vivre cette expérience, mais c'est vraiment ça que je voulais : un cottage près des bois, avec de l'eau et des fleurs partout.

— Et c'est ce que tu as. (Il lui prit la main et la posa contre sa joue.) Tu mérites d'avoir ce qui te fait envie.

— C'est grâce à mon père. Je ne l'oublierai pas, quoi qu'il arrive.

— Tu as pu réaliser ce rêve grâce à ton père, et c'est géant. Mais c'est toi qui as fait le grand plongeon. Souviens-t'en.

— D'accord, dit-elle en se passant les mains sur le visage.

À peine fut-elle sortie de la voiture que la porte d'entrée, aussi blanche que les allées, s'ouvrit.

La femme qui sortit portait un pull orange vif et un pantalon marron raccourci sur un corps aux courbes généreuses. Ses cheveux, couleur châtaigne rôtie, encadraient un visage rose et crémeux où des fossettes apparurent brièvement avec son sourire accueillant.

— Vous voilà ! Bienvenue à Fey Cottage. Ah, Breen Kelly.

Elle lui tendit la main, qu'elle serra avec fermeté et assurance, puis posa l'autre sur celle de Breen, avant de se tourner vers Marco.

— Et Marco Olsen. Vous êtes un bien beau garçon. Je suis Finola et je suis on ne peut plus ravie de vous rencontrer ; vous avez fait un long voyage, alors entrez donc. Nous allons vous installer très vite.

— Merci. C'est très joli. Tout est très beau.

— Je suis enchantée de l'entendre. Vous êtes accueillis par une bien belle journée.

Énergique, elle les fit avancer dans la salle à manger, autour d'une cheminée devant laquelle des bûches attendaient. Sur le manteau étincelant de celle-ci, un trio de grosses bougies blanches.

Un tapis décoré d'un triskèle au centre s'étendait sur un plancher du même bois étincelant que le manteau de la cheminée. Les motifs vert foncé rappelaient la couleur du canapé aux coussins généreux, orné d'un jeté crème artistiquement disposé qui semblait aussi moelleux que des nuages.

Des étagères accueillaient des monceaux de livres. Sur les tables, des vases en argile étaient remplis de fleurs. Des éléments décoratifs en verre oscillaient, envoyant des arcs-en-ciel dans la pièce et rejoignant l'éclat des rayons du soleil et la pente verte qui menait au point d'eau.

Une eau d'un bleu estival, si claire qu'elle reflétait les collines vertes.

Tout respirait le confort et la chaleur.

— C'est superbe, murmura Breen. Superbe.

— Il fait un peu chaud pour un feu, par une si belle journée, mais je l'ai préparé pour que vous puissiez en profiter ce soir. Comme vous le voyez, vous avez une cuisine ouverte, donc vous ne serez pas coupés du reste de la maison si vous voulez vous faire à manger.

La cuisine n'était pas son fort, mais Breen s'aventura quand même dans le coin concerné. Un bar couleur ardoise le séparait du reste de la pièce de vie.

Une petite table, déjà mise pour deux avec un goût exquis, se trouvait au centre. Sur les plans de travail, on trouvait une petite cafetière (ouf !), une coupe à fruits, encore des fleurs et un grille-pain.

Une bouilloire rouge vif se tenait sur la gazinière, que Marco considérait déjà en rayonnant.

— C'est le top !

— Vous cuisinez ? lui demanda Finola.

— Oui.

— Aussi doué que beau, alors. Quelle chance vous avez d'avoir un tel ami ! Il y a une jolie arrière-cuisine, je dirais. Et il y a des provisions, tout comme dans le réfrigérateur.

— Oh, mais on ne vous demandait pas de…

Finola balaya d'un geste la surprise de Breen.

— On ne peut pas vous laisser vous embêter avec de telles préoccupations à votre arrivée. Je vous ai apporté un gros pain complet, sorti du four. Dans la boîte à pain, là. Et vous avez des biscuits dans le bocal. Maison aussi, ajouta-t-elle, sentencieuse.

La chaleur de cet accueil était prodigieuse.

— C'est trop gentil… Je vous remercie infiniment.

— Oh, voyons ! Là, vous avez une petite buanderie. Il y a un sèche-linge, mais vous pouvez étendre le linge sur le fil dehors quand il y a du soleil.

» La chambre se trouve ici, et ce que j'aime le plus, c'est qu'elle a une porte extérieure, donc si en vous réveillant, vous avez envie de vous promener, vous n'avez qu'à sortir.

Breen visita la demeure dans un état de choc, émerveillée et ravie. Si elle avait dû inventer un cottage pour son séjour, c'est exactement celui-ci qu'elle aurait imaginé.

Elle pourrait installer son bureau-salle de sport dans la chambre du bas. Quand elle voudrait faire une pause, elle irait faire un tour au jardin ou bien elle partirait dans les bois ou au bord de l'eau.

Elle allait apprendre à cuisiner davantage, et mieux. Marco pourrait l'aider. Et le soir, elle se pelotonnerait au coin du feu avec un livre.

Finola les emmena à l'étage. Des portes étaient ouvertes aux deux extrémités d'un petit couloir. Au milieu, une console aux pieds incurvés présentait des fleurs et des bougies. Breen caressa du bout des doigts la surface en bois sculpté, qui représentait un dragon en vol.

— C'est magnifique. Quel ouvrage !

— N'est-ce pas ? J'ai la fierté de dire que je connais bien l'artiste. Nous sommes mariés depuis quarante-huit ans !

Il l'a fabriquée quand celle qui a bâti le cottage lui a demandé quelque chose de spécial.

— C'est... (Breen, les doigts toujours posés sur les sculptures, se retourna.) Attendez.

— À moi non plus, ça ne m'a pas échappé, approuva Marco. Vous vous êtes mariée avant votre naissance ?

Finola rit et ses joues rosirent.

— Oh, écoutez-vous, un peu ! J'ai une petite-fille de votre âge et trois autres petits-enfants.

Marco, avec son naturel, lui prit les mains.

— Donnez-moi votre secret. Je ferai tout, hormis sacrifier un poulet.

— Allons. Vivre aussi heureux que possible, aimer aussi fort que possible. Faire ce qu'il y a à faire. Et un petit verre de vin le soir.

— Je me sens de taille. Ce sera mon régime quotidien dès aujourd'hui.

— Et voilà un bon rappel, commenta Finola en montrant le tatouage de Breen. Avoir le courage de faire tout ça, parce qu'à part le vin, il faut du courage pour le reste.

— Vous lisez l'irlandais.

— On me l'a appris.

Un peu déstabilisée par les yeux bleus éclatants de Finola qui la fixaient, Breen dégagea doucement sa main.

— Marco s'est fait tatouer aujourd'hui.

Le regard puissant de Finola s'adoucit et se fit aguicheur.

— Ah, voyons ça ! Mais où ?

Il retroussa la manche de son pull.

— Il est encore un peu rouge.

— Une harpe irlandaise ! Et bien réalisée.

Finola encadra le tatouage de ses doigts pour le palper légèrement.

— Impressionnant ! fit-elle avec un petit clin d'œil.

Marco, habituellement stoïque, piqua un fard.

— Et maintenant, vous allez devoir apprendre à jouer de la harpe.

— Marco est musicien.

— Quand je ne sers pas derrière un bar.

— Beau, intelligent et musicien ? Vous rendrez un garçon très heureux. Allez, je vais vous montrer les chambres. Celle-ci, je me suis dit qu'elle était pour Marco, mais si j'ai faux, ne vous en faites pas.

Elle les ramena en haut de l'escalier.

Le lit, bien garni d'oreillers sous une couette moelleuse, était placé face aux fenêtres. Les montants en bois massif étaient sculptés : des flûtes et des violons, des harpes et des clavecins, des *bodhrán* et des dulcimers.

— Waouh, put seulement dire Marco.

— C'est également l'œuvre de votre mari ? demanda Breen en venant là aussi suivre des doigts les sculptures. C'est fabuleux.

— Oui, et merci. Vous aurez une belle vue de la baie, la mer et les montagnes. Un bon fauteuil et une commode en plus du placard. Et votre salle de bains particulière, bien sûr. La couverture… non, on dit un boutis, a été fabriquée par ma plus chère amie. Je trouve qu'elle a toutes ces teintes de gris qui sont plus chaleureuses que sombres.

— Marco, cette vue que tu auras, tous les matins en te levant !

Il se dirigea vers la fenêtre, où il se tint contre Breen.

— On se croirait dans un tableau. Si tu aimes mieux cette chambre, tu peux l'avoir.

— Non, répondit-elle en posant brièvement la tête sur son épaule. Elle te ressemble.

— C'est vraiment charmant de voir une telle amitié, dit Finola. Je connais ça, et je sais ce que ça signifie pour le cœur. Et si je vous montrais la deuxième chambre ? Je pense que vous l'aimerez, Breen.

— Si elle ressemble un peu à celle-ci, je serai en extase ! Est-ce que votre mari travaille dans les environs ? demanda Breen pendant qu'ils traversaient de nouveau le couloir. Si jamais il livre aux États-Unis, j'aimerais beaucoup lui acheter quelque chose. Je suis à la recherche de nouveautés.

— Bien sûr, ce n'est pas difficile. Nous pourrons en parler quand vous serez bien installés.

D'un geste, elle présenta la chambre de Breen.

Sur la tête de lit, des fées dansaient. Des dragons volaient et des fleurs s'épanouissaient. Le boutis mélangeait les tons verts, évoquant tant la forêt profonde que la mer tranquille. Dans un coin, un bureau présentait un bouquet, un vieil encrier et un bol vert foncé muni de petites pierres colorées. Sur les murs, les tableaux poursuivaient le thème des fleurs et des fées. Celui placé au-dessus du lit représentait une femme de dos, devant un lac brumeux, sa longue robe blanche ondoyant au vent, sa chevelure rousse tombant en une cascade de boucles.

Mais Breen ne pouvait que rester bouche bée devant la vue qui s'offrait depuis les fenêtres.

La forêt avec ses secrets magiques. L'eau qui s'étendait à perte de vue. Deux cygnes s'approchaient en douceur du bord.

Et sous un ciel bleu éclatant d'été, les montagnes.

— Je crois qu'elle est contente, glissa Finola à Marco.

— Ah, ça oui ! Tu as ta cheminée, Breen ! Quand on était enfants, on bâtissait des maisons dans notre tête. Breen avait toujours une cheminée dans sa chambre.

Elle était petite et en pierre, avec des bûches prêtes, promettant des nuits agréables.

— J'avais vu des photos en ligne, mais…

— Oh, on a un peu redécoré depuis. Il fallait… remettre au goût du jour, c'est comme ça qu'on dit ? Ça vous convient, Breen ?

— Madame McGill, commença Breen, qui s'était tournée vers elle.

— Oh, c'est Finola maintenant, pour vous et les vôtres.

— J'ai pleuré dans la voiture quand j'ai vu le cottage, raconta Breen, surprise elle-même par son aveu. Parce que ça correspondait tellement à ce que je voulais. Alors, tout ça en plus… C'est énorme. J'en prendrai soin, c'est promis.

Les yeux si captivants et directs de Finola s'adoucirent de nouveau.

— Je n'en doute pas. Vous voulez regarder le jardin, en vitesse ? J'ai un jeu de clés pour vous, bien sûr, ajouta-elle en redescendant. Je vous promets que vous ne rencontrerez pas d'ennuis ici, mais vous pouvez fermer si ça vous rassure. Il y a un petit potager, donc servez-vous, ainsi qu'en fleurs et en herbes aromatiques. Seamus sera là une ou deux fois par semaine pour s'en occuper.

Elle les mena au-dehors par la porte de derrière.

— Les fleurs sont magnifiques, dit Breen.

— Ah, c'est sûr que Seamus a la main verte.

— J'aimerais beaucoup apprendre à jardiner. Ça ne le dérangerait pas que je lui pose des questions ?

— Pensez-vous ! Il vous en parlera à n'en plus finir ! Demandez-lui tout ce que vous voulez. Et maintenant, ce que vous voyez, ce sont les chemins vers les bois et celui qui descend à la baie. Vous pouvez vous promener partout où il vous plaira. Un chemin traverse la forêt pour mener au village. Vous ne manquez pas de bois pour faire du feu, sous le linteau, mais s'il vous en faut encore, dites-le à Seamus et on s'en occupera.

Breen se dit que si elle avait pu avoir n'importe quelle maison au monde avec n'importe quelle vue, ce serait celle-ci qu'elle aurait choisie.

— Bon, vous n'aurez pas toujours des journées comme celle-ci, poursuivit Finola. On est en Irlande, quand même. Mais quand il fera beau, vous pourrez vous asseoir ici, à la petite table, pour profiter du soleil et siroter un thé ou un verre de vin. Ah, mais j'ai failli oublier ! Nous avons Internet. Le mot de passe est « magique ».

Marco sortit son téléphone.

— Merci, on s'en servira. Breen est blogueuse.

— Ah oui ?

— Je débute.

— Je vous enverrai le lien, promit Marco à Finola. Je vous garantis qu'elle parlera du cottage.

— Sympathique ! Bon, y a-t-il autre chose ? Des questions ?

— Je n'en vois aucune. (Breen regarda autour d'elle, s'efforçant de tout absorber.) Pour être honnête, je suis éblouie.

— Dans ce cas, je vais vous laisser vous reposer après votre voyage. Mon neveu a dû monter vos bagages. C'est un bon gars, Declan.

— Oh, ce n'était pas nécessaire !

Finola écarta d'un nouveau geste ces protestations en retournant à l'intérieur. Une bouteille de vin était à présent posée sur le comptoir.

— Passez une bonne soirée. La première d'une longue série.

— Ce sera sans problème, dit Marco. Et si j'ouvrais cette bouteille et que vous preniez un verre avec nous ?

— Je vous remercie, vous êtes mignon. Mais je dois y aller. Non, non, ouvrez-la. Je connais le chemin, inutile de me raccompagner. (Avec un salut, elle se dirigea vers la porte avant d'ajouter :) *Fáilte. Déithe libh.* Bienvenue et bénis soyez-vous.

— Bon, c'est génial. J'avoue que j'avais des doutes sur ton plan cottage, mais maintenant, je suis conquis. Et je vais ouvrir cette bouteille tout de suite.

— Oui, vas-y ! C'est vrai que c'est super, et Finola aussi. Tu as vu la peau qu'elle a ? Elle doit avoir au moins soixante ans, même si elle s'est mariée très jeune, et… je lui en donnais quarante.

— Si elle s'est fait refaire, c'est du super boulot. Et ce piano de cuisine est super lui aussi, je vais nous mitonner un bon petit repas tout à l'heure. Tu pourras écrire tout ce que tu veux sur cet endroit.

— Je ferai ça demain matin, après avoir dormi dans ce super lit. Sers-nous de très grands verres, Marco, qu'on les emporte dehors. Je veux ôter mes chaussures et mettre les pieds dans l'eau.

— On va virer nos chaussures, siffler un grand verre de pinard et danser dans la baie.

— C'est bon pour moi !

9

Breen se réveilla aux premières lueurs du jour qui s'insinuaient, douces, dans la chambre. Elle avait dormi d'un sommeil profond et, lui semblait-il, sans rêves. Elle se demanda si les pierres rose pâle suspendues au-dessus du lit, qu'elle n'avait remarquées qu'au moment où elle s'était couchée, y étaient pour quelque chose.

Elle ne croyait pas aux pouvoirs des pierres, mais elle avait connu une fille à la fac qui ne jurait que par ça.

Sa certitude, en tout cas, était qu'elle se sentait reposée, énergisée et bêtement heureuse. Elle retapa les oreillers et s'assit confortablement pour admirer la vue qui prenait forme à la fenêtre et s'imprégner du fait que pour le reste de l'été, elle était là chez elle.

Comme elle se surprenait à rédiger son texte pour le blog mentalement, elle se leva, enfila un sweat par-dessus son tee-shirt utilisé comme pyjama, mit des chaussettes épaisses et descendit préparer du café.

Elle s'en servit un grand mug blanc qu'elle emporta dans la chambre du rez-de-chaussée, pour s'installer au bureau avec son ordinateur.

Puis elle sirota son café en soupirant d'aise devant l'exubérance des fleurs qu'elle voyait par la porte vitrée.

Ils avaient convenu de passer une journée tranquille au cottage. Marco allait s'offrir une grasse matinée, ça allait sans dire. Ils exploreraient les environs, ensemble ou séparément. Et peut-être Breen prendrait-elle deux heures pour travailler sur ce qu'elle imaginait pouvoir devenir une nouvelle, ou un roman, ou rien du tout.

Mais elle voulait essayer. Le fait de bloguer avait ouvert une porte. Elle soupçonnait d'ailleurs Marco d'avoir eu cette idée en tête.

Elle démarra son ordinateur et prit une profonde inspiration.

Nous avons quitté la magye féerique de Dromoland sous une petite pluie fine, commença-t-elle.

Plus d'une heure et demie après, presque sans pause, elle conclut :

Je me sens davantage chez moi ici, à ce joli bureau donnant sur un magnifique jardin tenu par un dénommé Seamus, que je ne l'ai été ailleurs dans ma vie. Si l'objectif de tout ce voyage est réellement de me trouver, je crois que je suis sur la bonne voie.

Elle se servit un nouveau café avant de se relire, de choisir et d'ajouter des photos. Après s'être torturée pour savoir si elle pouvait et devait produire un meilleur texte, elle se sermonna et le mit en ligne.

De retour à l'étage, elle enfila une tenue de sport et mit à profit le double usage de la chambre pendant trois quarts d'heure non-stop.

En entendant des bruits dans la cuisine, elle alla retrouver Marco qui manipulait la cafetière avec plus ou moins de bonheur.

— Salut !

Il répondit par un grognement.

— J'ai écrit mon billet du jour et fait mon sport. Je vais nous préparer un bon petit-déj', parce que je sais faire, youpi ! Ensuite, j'irai me doucher et me promener. Quels sont tes projets ?

— Boire un café et m'efforcer d'ignorer ma coloc trop dynamique.

— Je déborde d'énergie !

Pour le prouver, elle enchaîna deux pirouettes bien enlevées, ce à quoi il répondit par un regard endormi et venimeux.

— Bon, je file me doucher et me changer d'abord, ça te donnera le temps de te réveiller avant les œufs et le bacon.

— OK. Embarque ton dynamisme avec toi à l'étage. Moi, je vais prendre mon café.

Il termina en désignant vaguement la porte.

— Dehors, compléta Breen.

— Voilà, c'est ça. (Marco se frotta les yeux et parvint à sourire.) C'est hyper saoulant, mais le dynamisme te va bien.

— Et il donne de bonnes sensations. Petit-déj' dans une demi-heure ! lança-t-elle en quittant la pièce d'un pas dansant.

Elle le servit dans la cour, où il faisait un peu frais, mais rien d'insurmontable. Et il ne pleuvait pas. Pour le moment.

— Il est bien, ton billet, déclara Marco en enfournant de grandes bouchées d'œufs comme un malheureux affamé. De mieux en mieux.

— C'est parce que tout est de mieux en mieux.

Breen contempla le lac, d'un bleu doux sous le soleil qui perçait à travers les nuages, les oiseaux qui passaient au-dessus, le bateau rouge vif qui y avançait.

— J'adore cet endroit. Je sais que ça ne fait même pas vingt-quatre heures qu'on est là, mais j'adore.

— Il te convient bien. (Marco la regarda en entamant une tartine de pain complet qu'elle avait fait griller.) Ce que tu as écrit à la fin, je pense que c'est vrai.

— Je l'espère. Je veux vraiment faire cette promenade. Et il me faudra un livre sur les oiseaux en plus de celui sur les fleurs. J'en vois tellement, je veux connaître leur nom. Et c'est un peu flippant, mais aujourd'hui, je veux m'asseoir devant l'ordi et tenter d'écrire. Pas pour le blog, mais une nouvelle. Commencer.

Il leva sa tasse et trinqua avec elle.

— Alors, c'est ce que tu vas faire.

— C'est toi qui m'as dirigée vers ça, vers l'écriture.

— Possible. On peut donner un coup de pouce, mais c'est à la personne concernée de faire le premier pas, tu ne crois pas ? fit-il en souriant. Dans tous les cas, je ne te dérangerai pas, pour que tu puisses te concentrer. J'irai faire un tour au village, je pense. Je pourrais fouiner un peu, chercher des endroits où on pourra aller manger, écouter de la musique.

— Excellente idée. On a beaucoup de choses à voir et on pourra prévoir des itinéraires.

— Mais pas tout de suite. Aujourd'hui, on reste dans le coin.

Pour joindre le geste à la parole, il étendit les jambes et croisa les chevilles.

— Exactement. Tu te souviens de ce qu'on s'est promis quand on a emménagé dans notre appart ?

— Oui. Si aucun de nous ne trouve l'amour de sa vie, on habite ensemble pour toujours.

— C'est encore valable ?

— Carrément, ma jolie.

Elle s'en contenterait, le cas échéant, songea-t-elle en commençant sa promenade. Sur bien des plans, Marco était l'amour de sa vie. Sans le sexe, voilà tout. Et le sexe, ce n'était pas si important. Surtout quand on vivait sans.

Elle longea l'étroite plage, le vent lui faisant gonfler les cheveux, l'écharpe, le blouson. Et elle laissa son esprit voguer vers l'histoire qu'elle avait envie de raconter.

Peut-être ne savait-elle pas tout à fait comment la débuter, mais il était temps d'essayer. Plus que temps, en fait. Malgré des regards pleins d'envie vers les bois, elle repartit en direction du cottage.

Elle n'allait pas se donner d'excuses. Elle avait une maison vide et douillette rien que pour elle, sans distraction, et disposait d'un bon laps de temps. C'était peut-être bien que l'idée d'écrire, d'essayer d'être écrivaine, soit source d'anxiété.

Peut-être écrirait-elle mieux en étant nerveuse.

Elle emporta un pichet d'eau à son bureau et rouvrit son ordinateur.

Elle eut l'impression de passer des heures à fixer l'écran, les doigts sur le clavier.

Et puis ils commencèrent à bouger.

La nuit où le visiteur apparut, une lune bleue s'était levée et la vie de Clara changea pour toujours.

Cette première phrase força un barrage en elle et elle écrivit en continu pendant deux heures.

Lorsqu'elle émergea, elle eut la stupéfaction de constater qu'elle avait rempli huit pages de mots.

Certains d'entre eux – la plupart, sans doute – étaient sûrement très mauvais, ou pire, simplement niais. Mais elle les avait écrits.

Elle engloutit un verre d'eau, se leva, arpenta la pièce, sortit, revint faire les cent pas à l'intérieur. Et elle prit conscience de ce qu'elle venait de faire.

Cette fois-ci, elle prit un Coca pour se donner des forces et fit usage du pic de glycémie pour travailler encore deux heures sur son histoire.

Malgré sa terreur de se relire, elle revint au début. Elle s'interrogea, hésita, envisagea même de tout effacer et de recommencer.

Et puis elle comprit qu'il fallait qu'elle s'arrête et laisse le tout reposer. Elle reprendrait ça le lendemain matin, puis continuerait là où elle s'était arrêtée.

Car c'était enthousiasmant de se laisser entraîner par l'histoire, et elle ne voulait pas lâcher cette sensation.

Éblouie, elle sortit de la pièce pour trouver Marco aux fourneaux, et huma l'air embaumé par un délicieux fumet s'élevant d'une cocotte.

— Je ne t'ai pas entendu rentrer.

— Tu étais complètement immergée. Je nous ai fait un ragoût de pommes de terre au jambon, j'ai allumé le feu, parce qu'il pleut et que l'atmosphère s'est rafraîchie. Et là, je tente un *soda bread*, le pain à l'irlandaise. Ne sois pas trop dure dans ton jugement, c'est ma première fois.

— Je ne t'ai même pas aidé ! Quelle heure est-il ?

— L'heure de l'apéro pour toi.

Elle regarda l'heure.

— Mais la vache ! Je ne m'en suis pas du tout rendu compte. Tu n'étais pas obligé de faire tout ça, Marco. Je m'étais dit qu'on pourrait aller dîner au village.

— Je me suis bien amusé et j'ai repéré deux endroits où on pourrait aller demain soir. (Il avait posé une bouteille de vin sur le comptoir et lui en servit un verre.) Tu sais, j'aime bien me lancer en cuisine quand j'ai le temps, et le petit gars de Philadelphie que tu as devant toi n'avait jamais fait de ragoût de pommes de terre ni de *soda bread*.

Elle dut reconnaître qu'il avait l'air tout heureux en remplissant son propre verre.

— Je suis passé dans un pub où j'ai pris un sandwich de la taille d'un État de chez nous, poursuivit-il. Et j'ai beaucoup papoté. J'ai fait un brin de shopping : je t'ai trouvé un livre sur les oiseaux, et pour moi, un livre de recettes. Et j'ai utilisé le mien pour ce soir.

Quand il lui dévoila le pain rond, creusé d'une profonde croix au centre, elle l'examina.

— Tu as vraiment fait du pain. Avec… de la farine.

— Et du lait caillé, aussi. Je te jure, j'ai acheté du lait caillé ! Ça se présente plutôt bien, tu ne trouves pas ?

— L'apparence et l'odeur sont alléchantes. Pourquoi on ne le mange pas ?

— Parce que le ragoût n'est pas prêt et qu'on va profiter de cette attente pour s'asseoir au coin du feu avec notre verre de vin pendant que tu me racontes ta journée d'écriture.

— En fait, je crois que je suis entrée dans un état second.

Il recouvrit de nouveau le pain et remua le ragoût. Puis il prit Breen par la main, attrapa la bouteille et se dirigea vers le salon.

— Comme je te disais, quand j'ai passé la tête par la porte, tu étais immergée.

— J'ai écrit quinze pages, Marco.

— C'est énorme. Ça paraît énorme. Je peux lire ?

— Je… Pas encore. Je ne les ai pas encore relues. J'ai commencé, et puis… (Imitant son ami, elle posa les pieds sur la table basse.) Je ne sais pas, j'ai préféré m'éloigner pour aujourd'hui, tout laisser… mijoter, comme ton ragoût, je dirais.

— Plutôt futé. Ça te vient naturellement ?

— Je n'en sais rien, mais c'était vraiment agréable, et pour l'instant, ça me suffit. Tout est très agréable.

Le repas dans la cuisine le fut également, tout comme le fait de se blottir au coin du feu avec un livre. Et se réveiller le lendemain pour vivre une nouvelle journée.

Breen écrivit son billet quotidien, ce qu'elle considéra comme un échauffement, puis consacra une heure à son livre. Elle programma une alarme pour ne pas y passer plus de temps. Elle disposerait bientôt de semaines entières de solitude, et elle ne voulait pas gaspiller le temps qu'elle avait avec Marco.

Ils visitèrent des villages, admirèrent de belles vues, puis dînèrent dans un pub à Clifden, où ils purent écouter de la musique et converser avec les habitants.

Breen rencontra deux personnes qui se souvenaient de son père et de ses morceaux, mais pas vraiment de Tom de Doolin.

Une routine s'installa. Breen se levait tôt pour écrire, puis ils avaient la journée pour visiter les environs et savourer un repas et écouter de la musique dans un pub. Certains jours, ils restaient à proximité du cottage et dînaient à la maison, Marco aidant Breen à réaliser des recettes simples.

Elle avait beau vouloir arrêter le temps, les dix jours passèrent à une vitesse folle.

Par une journée pluvieuse à l'image de son humeur, elle conduisit son meilleur ami à l'aéroport de Shannon.

— Je ne sais pas ce que je vais faire sans toi, Marco. Je devrais peut-être…

— Oh, ne commence même pas à dire que tu devrais rentrer à Philadelphie avec moi. Tu viens de m'offrir les deux meilleures semaines de ma vie. Ne gâche pas tout.

— C'est une chose de parler de passer tout l'été ici, sans personne. C'en est une autre de le faire.

— Tu seras très, très bien. Tu crois que je pourrais partir si je n'en étais pas sûr ? Et je vais te dire ce qui va se passer. Tu vas écrire comme une forcenée, continuer d'apprendre à cuisiner. Tu t'en sors bien.

— Parce que tu me guides pour éviter que je me plante.

— Si tu te plantes, tu te fais un sandwich, répondit Marco avec philosophie. Tu vas te promener pendant des heures comme tu aimes tant le faire, m'envoyer des SMS tous les jours sans faute. Et te trouver. Fais ça, Breen, pour me faire plaisir. (Il lui pressa la main.) Tu te trouves et ensuite, tu ramènes tes fesses à la maison, parce que tu vas me manquer, un truc de fou enfermé à l'asile.

— Tu me manques déjà. Je n'aurais rien pu faire de tout ça sans toi.

— C'est réciproque.

Elle sentit son cœur se serrer, se serrer vraiment quand elle tourna en direction de l'aéroport.

— Tu me déposes devant, comme on a dit.

— Je peux me garer et entrer avec toi, et…

— Pas moyen. On pleurerait tous les deux comme des bébés. Je viens de me faire un tatouage viril, je peux pas pleurer comme un bébé.

— Je pleurerai dans tous les cas.

— Sois sympa, Breen.

Reniflant déjà, elle prit la direction des départs.

— Tu le sais bien.

— Prends ton pied. Lâche-toi et fais-toi plaisir. Je veux t'imaginer assise au bureau en train d'écrire et de t'en réjouir. De siroter un verre de vin sur la terrasse, à regarder l'eau. Éventuellement sortir au pub, flirter avec un bel Irlandais et en profiter.

— J'essaierai.

— Sans vouloir me la jouer maître Yoda, il n'y a pas de « j'essaierai » qui tienne. Donc, tu as le numéro de Finola si tu as besoin de quelque chose au cottage, tu sais faire fonctionner le four et la gazinière. N'oublie pas de fermer la porte la nuit.

— Mais non. Ne t'inquiète pas pour moi, Marco.

— Tu parles, bien sûr que je m'inquiète pour toi. Ça fait partie de mon boulot.

Elle s'arrêta le long du trottoir, se souvenant de leur excitation quand ils avaient atterri.

— Tu as ton passeport, les billets, ta…

— J'ai tout ce qu'il faut.

Il alla récupérer ses bagages à l'arrière pendant qu'elle sortait de la voiture en s'efforçant de ne pas se tordre les mains.

— Tu me préviens dès que tu es au sol. À la seconde !

— Oui, et toi, envoie-moi un message pour me confirmer que tu es bien rentrée au cottage. Je serai dans le salon de la première classe, grâce à ma copine préférée. (Il posa son sac pour l'étreindre avec force.) Si tu n'arrives pas à dormir ou que tu stresses, tu m'appelles direct, OK ?

— Promis. Je t'aime. Tu vas me manquer.

— Moi aussi, les deux. Maintenant, je vais y aller avant de commencer à chialer.

Il l'embrassa, la serra encore contre lui, puis reprit ses bagages.

Il se dirigea d'un pas pressé vers l'entrée avant de se retourner.

— T'as intérêt à te faire plaisir, meuf, sinon, je serai vraiment énervé.

Et il partit.

Elle roula sous la pluie et dans les larmes, vers une solitude pour laquelle elle ne savait pas si elle était prête.

Le soleil reparut quelques minutes avant son arrivée au cottage. Et l'arc-en-ciel qui le surplombait en flottant dans le ciel relança ses larmes.

Elle aurait voulu que Marco le voie, aussi sortit-elle de son véhicule pour essayer de le capturer à l'aide de son téléphone. Elle lui envoya aussitôt la photo accompagnée d'un SMS.

Un bon présage pour ton voyage et ma nouvelle phase.

Je t'aime avec l'envergure d'un arc-en-ciel.

Il lui répondit :

```
J'adore. À mettre sur le blog. Là je suis comme un gros riche en train de me taper une bière avec des petits fours ! Va faire une promenade sous l'arc-en-ciel. Bisous.
```

Pourquoi pas, se dit-elle.

Elle attrapa son sac à main et, une fois à l'intérieur, enfila les Wellington mythiques que Marco l'avait convaincue d'acheter.

Après deux pas dans la cuisine, elle poussa un couinement étouffé.

L'homme portait des Wellington comme les siennes, un pantalon marron sans élégance et un bleu de travail. De petits monticules de cheveux blonds striés de gris dépassaient de sa casquette bleue.

Il était plus grand qu'un leprechaun, mais pas de beaucoup, et son visage rond, ses yeux bleus joyeux et son nez écrasé évoquaient l'être des légendes irlandaises.

Il jeta une poignée d'herbes, sans doute mauvaises, dans un conteneur noir, puis toucha sa casquette.

— Bonjour, mademoiselle ! Moi, c'est Seamus, je suis là pour m'occuper du jardin, si vous voulez bien.

— Oui, bien sûr. Finola m'a prévenue que vous passeriez. On ne devait pas être là les autres fois.

Son sourire un peu tordu et charmant rayonnait de chaleur.

— Voilà. Vous vous plaisez, ici ?

— Beaucoup. Je… je viens de déposer mon ami à l'aéroport, il rentre à Philadelphie.

— Ah, et ça vous attriste, bien sûr. L'amitié, c'est ce qui fait tout le charme de la vie, non ? Bien, je lui souhaite bon voyage.

— C'est gentil à vous. Les jardins sont absolument magnifiques.

— Les fleurs sont l'un des dons des dieux, et s'en occuper est un plaisir et un devoir.

— J'essaie de me renseigner sur les fleurs et les plantes, en ce moment.

Encore une fois, il lui adressa un sourire radieux.

— Ah oui ?

— J'ai acheté un livre.

— Les livres sont de belles choses, l'une des plus belles, c'est sûr. Mais mettre la main à la pâte, c'est une bonne façon d'apprendre aussi.

— Si je ne vous dérange pas, je pourrai vous poser des questions ?

— Mais bien sûr, ne vous gênez pas. Le rosier là-bas est à tailler. Je peux vous montrer comment on s'y prend et vous pourrez essayer, si ça vous dit.

Entre Seamus et l'arc-en-ciel, l'humeur de Breen se trouva améliorée.

— Ce serait super.

Il lui consacra une heure, patient, à lui donner les noms des fleurs et autres plantes, à lui expliquer les cycles de croissance, à guider ses mains pour arracher une herbe ou étêter une fleur fanée.

Il lui montra quelles fleurs prélever dans ce qu'il appelait le jardin à cueillette, pour réaliser une jolie décoration intérieure.

Quand Breen lui proposa un thé, il la remercia en disant qu'il devait aller travailler ailleurs. Il toucha de nouveau sa casquette avant de s'éloigner, la laissant avec un bouquet de fleurs et un optimisme revenu.

Elle alla disposer les fleurs à l'intérieur et trouva le résultat réussi. Elle regarda autour d'elle, le cottage était vide. La tristesse voulait revenir, mais elle secoua la tête.

Marco lui avait ordonné de s'amuser et elle avait déjà commencé. Elle pouvait écrire. Il était peut-être tard pour commencer, mais après tout, c'était sa journée. Son temps.

Elle ouvrit donc un Coca qu'elle estima être un carburant pour écrire et s'installa à son bureau.

Elle écrivit – les mots ne jaillissaient pas, mais venaient de manière fluide – jusqu'à ce que la faim se fasse sentir. Contente que Marco ait laissé des restes lui évitant de devoir se mettre tout de suite à la cuisine, elle se réchauffa une assiette. Et pensa à son ami, actuellement au-dessus de l'Atlantique.

Elle espéra qu'il buvait du champagne, regardait des films, et que son vol était le plus tranquille possible.

Elle fit la vaisselle, puis alla enfin se promener sur la baie pour profiter de cette longue soirée d'été.

Quand elle regarda vers le cottage éclairé par les lumières qu'elle avait laissées, elle éprouva un émerveillement et se sentit réconfortée.

— Encore une fois, tu avais raison, Marco. Tout ira bien pour moi. C'est ce que je veux. Ce qu'il me faut. Tu me manques, mais je suis heureuse. Je vais tâcher de le rester.

Elle prit son temps pour cheminer vers la maison pendant que la lune s'élevait au-dessus des collines et de l'eau.

La baie recevait un rayon de lune et la brise murmurait des promesses. Elle entendit une chouette tout juste réveillée faire « hou ». Elle y entendit « *who* ».

— Qui ? répondit-elle. Qui suis-je exactement ? C'est ce que je vais découvrir.

Elle rentra, se rappela un peu tard qu'il fallait verrouiller la porte. Et elle s'apprêta à passer la première nuit de sa vie complètement seule.

Du moins était-ce ce qu'elle croyait.

Dans son sommeil, elle ne vit pas les lumières danser devant ses vitres pour veiller sur elle. Ni la chouette sur sa branche, tout près, pour surveiller la fille d'Eian Kelly.

Elle se réveilla une fois, quand son téléphone, qu'elle avait gardé à la main, lui annonça un SMS de Marco.

Vol tranquille, et ton pote est à Philly. Merci à la meilleure pote au monde pour ce voyage trop bien. Et maintenant, rendors-toi et attends demain pour me répondre.

`Contente que tu sois bien rentré. Embrasse tout le monde pour moi. Je me rendors comme tu me l'as ordonné.`

Déjà presque rendormie, elle posa son téléphone sur la table de nuit pour rêver d'arcs-en-ciel et de lumières dansantes.

10

Breen trouva son rythme.

Lève-tôt depuis toujours, elle se réveillait généralement à l'aube. Sa récompense : une baie embrumée, un ciel d'est chamarré. Carburant au café, elle écrivait son billet quotidien en pyjama, ce qu'elle considérait comme un échauffement pour le roman.

Elle enfilait des vêtements de sport et mettait son corps en mouvement avant de prendre un deuxième café et ce qui se présentait dans le garde-manger pour sa promenade sur la baie.

Elle apprenait à reconnaître les oiseaux, les cygnes, et attendait avec impatience de les revoir glisser sur l'eau et s'élever dans la brume qui s'éclaircissait.

Elle écrivait au calme, n'entendant que la brise et les oiseaux, et elle était toujours stupéfaite que la journée passe aussi vite.

En fin d'après-midi ou le soir venu, elle marchait de nouveau, avec les pies et les fleurs sauvages, dans les bois. Elle gardait son téléphone à portée de main pour d'éventuelles photos et s'épata elle-même en réussissant un cliché bien cadré d'une biche avec son faon, qui la regardaient avec plus de curiosité que de crainte.

En quelques jours, elle comprit qu'être seule ne signifiait pas se sentir seule. Marco lui manquait, mais elle trouvait de la satisfaction dans le défi et la liberté d'être vraiment autonome.

Elle arrivait à se confectionner des repas – surtout quand les repas en question consistaient en une pizza surgelée. Elle ne manquait pas de livres, disposait d'heures entières pour écrire, marcher, et réfléchir à ce qu'elle voulait faire de sa vie.

Pour ce dernier point, elle établit une liste.

Je continuerai d'écrire, que ce soit sur mon blog, un roman ou simplement des histoires pour moi seule. Je n'abandonnerai pas.

Je trouverai un travail que j'aime vraiment, et pour lequel je suis douée.

J'achèterai une maison. Petite, mais assez spacieuse pour moi et Marco, plus un petit bureau pour y écrire. Jardin obligatoire.

Je ferai un potager.

J'adopterai un chien.

J'essaierai toujours de retrouver mon père, et quand ce sera fait, je trouverai une façon de lui pardonner d'être parti.

Je trouverai comment parler à ma mère et une façon de lui pardonner… tout.

Un jour, en principe, elle commencerait à rayer des phrases de cette liste. À mesure qu'elle retirerait des objectifs atteints, elle pourrait en ajouter. Mais pour l'instant, la liste comprenait ce qu'elle désirait le plus, ce qui suffisait.

À la fin de la première semaine, elle alla faire des provisions au village et se souvint qu'elle devait sortir et s'activer de temps en temps. Après une semaine de quasi-silence, elle fut heurtée par autant de voiture, de gens. Il fallait qu'elle le reconnaisse, elle se transformait en ermite.

Pour ne pas se résigner à ce constat, elle traversa le village, fit du lèche-vitrines et, en prenant son temps, elle tomba sur un magasin de musique. Une harpe irlandaise en décorait la vitrine.

Cet instrument l'attira à l'intérieur, où une femme d'à peu près son âge aux courts cheveux noirs jouait du dulcimer derrière un comptoir. Elle s'arrêta et lui sourit.

— Bonjour.

— C'était très beau, ne vous arrêtez pas.

— Oh, je passais le temps, c'est tout. Puis-je vous aider en quelque chose ?

— C'est pour la harpe en vitrine, elle est magnifique.

— Ah, la harpe irlandaise pour enfants. Vous désirez la voir ?

— Oui, je veux bien.

— Vous en jouez, alors ? demanda la vendeuse en se dirigeant vers l'instrument.

— Non, c'est pour un ami musicien.

— Eh bien, vous ne pourriez pas trouver plus beau cadeau.

Elle la posa sur une table, dans une pièce remplie de mandolines, banjos, accordéons, flûtes et tambours.

Breen se demanda comment Marco et elle avaient pu manquer ce magasin lors de leurs précédentes visites. Pour son ami, c'était un paradis.

— Elle est vraiment belle. Le bois, la forme…

— C'est du bois de rose, précisa la femme en passant le doigt sur les cordes pour en tirer un son d'une pureté angélique.

— Elle a été fabriquée en Irlande ?

— Non seulement en Irlande, mais ici même, dans l'arrière-boutique. C'est mon père qui l'a faite.

— Votre père ?

— Oui, il fabrique des instruments et les répare. Pas tout ce qu'on a, hein, précisa-t-elle en souriant. Mais une bonne partie. Vous voulez essayer la harpe, même si vous n'en jouez pas ?

— Je… Oui, en fait, j'aimerais bien.

— Tenez, prenez cette chaise. Je m'appelle Bess, au fait.

— Breen. C'est très gentil à vous.

Breen s'assit, puis Bess lui montra comment poser l'instrument sur son genou.

Breen eut un flash d'une clarté éblouissante. Ses mains sur les cordes d'une harpe, celle de son père qui guidait les siennes.

— Mon père avait une harpe comme celle-là, murmura-t-elle.

— Ah oui ?

— Je me souviens qu'il essayait de me montrer...

Elle posa les doigts sur les cordes, ferma les yeux pour ramener son esprit en arrière. Et joua une mélodie.

— *The Foggy Dew*, reconnut Bess en battant des mains. Et vous vous en souvenez très bien.

Breen ne savait pas pourquoi ou comment elle avait oublié.

— Je voudrais... l'acheter.

— Pour vous ou pour votre ami ?

— Pour mon ami, mais est-ce que votre père aurait une minute ?

— Bien entendu, je vais le chercher. Jouez encore si vous voulez, j'en ai pour un instant.

Breen comptait jouer encore, mais pas là. Au cottage, seule, pour pouvoir laisser sortir ses émotions, toute la joie et la douleur, sans personne pour la voir.

Toutefois, elle caressa le bois du bout des doigts, se rappelant très bien que son père lui avait dit que tout n'était pas dans le jeu, il y avait aussi le soin qu'on y apportait. Un instrument était un jardin, il avait besoin qu'on l'aime et qu'on s'occupe de lui.

L'homme qui entra dans le magasin avait de l'argent parsemé dans ses cheveux noirs. Il portait un tablier de travail marron sur un corps grand et robuste.

— Je suis bien content de voir mon petit chouchou partir avec une personne qui sait ce qu'elle fait. Vous la tenez avec amour.

Comme me l'a appris mon père.

— Elle est superbe et donne des notes très pures. Elle sera choyée.

— Et je vous en remercie.

— J'aurais voulu savoir... Mon père est musicien et il avait une harpe qui ressemblait beaucoup à celle-ci quand j'étais petite. Il venait de Galway. Eian Kelly.

Le père de Bess posa les poings sur ses hanches.

— Vous êtes la fille d'Eian Kelly… Je me demande pourquoi je ne l'ai pas vu tout de suite. Vous êtes son portrait craché.

— Vous le connaissez !

Elle se leva, la harpe au creux des bras.

— Ah, oui. Je lui ai fabriqué une belle box, il y a bien longtemps.

— Une box ?

— Un accordéon irlandais, expliqua-t-il en souriant. Sur mesure, parce qu'il avait des demandes très précises. Et il jouait comme une assemblée d'anges. Ou de démons. Joue-t-il toujours ?

— Je n'en sais rien, mais j'imagine. Lui et ma mère…

— Oh, j'en suis navré. On m'avait dit qu'il était parti pour l'Amérique.

— Oui, mais il est revenu ici. À Galway, je pense.

— Je ne l'ai pas revu depuis… Je ne saurais pas dire combien de temps.

— Il a grandi dans une ferme à Galway. Vous ne sauriez pas où ?

La compassion se peignit sur le visage de son interlocuteur.

— Non, je suis désolé. Je peux essayer de me renseigner.

— Ce serait formidable, merci beaucoup. Je vous donne mon numéro au cas où. Je suis dans le coin pour l'été.

En sortant, portant la harpe dans son étui, elle se dit qu'il trouverait peut-être quelqu'un qui connaissait quelqu'un qui le connaissait.

Elle avait envie de retourner au cottage, mais se força à passer au marché. Puis s'obligea à tout ranger avant de revêtir ses chaussures de randonnée.

Pas d'écriture. Son esprit était trop occupé. Une longue promenade au calme dans les bois l'apaiserait peut-être.

Mais quand elle ressortit, Seamus était dans la courette, avec un grand pot en terre peinte à ses pieds et un déluge de fleurs attendant d'être plantées.

— Comment allez-vous aujourd'hui ?

— Contente de vous voir, répondit-elle. Quel joli pot. Vous allez y mettre les fleurs ?

— Ah, mais je me disais que ce serait vous.

— J'aimerais beaucoup, mais je ne saurais pas par où commencer.

Il lui tendit des gants et une pelle.

— On commence avec de la terre et de bonnes intentions.

Il lui montra comment remplir le fond du pot avec des morceaux de vaisselle cassée pour le drainage, puis comment mélanger de la terre, de la tourbe et du compost bien riche dans la brouette.

En revanche, il refusa de choisir les fleurs.

— Mais si je ne prends pas les bonnes ?

— Il n'y en a aucune de mauvaise ! Elles se plaisent toutes sous notre climat. Et on trouvera une place pour celles qui restent. Il y a toujours une place qui attend d'être remplie.

Il lui donna les noms de celles qu'elle choisissait : des bégonias *dragon wing*, des lantanas, lobélies, molucelles, héliotropes, impatientes et alysses.

— Vous avez l'œil pour les couleurs et les hauteurs, les textures.

Comme son père l'avait fait autrefois sur les cordes de la harpe, Seamus posa ses mains gantées sur les siennes pendant qu'elle disposait une plante.

— Voilà comment on s'y prend, vous y êtes. Et on leur souhaite bonne chance et une longue vie heureuse dans leur nouvelle maison.

— Je peux ajouter celle-là ? J'adore la couleur, le vert est tellement joli.

— C'est de l'herbe aux écus, et il faut la mettre au bord pour qu'elle puisse déborder et montrer ses jupes.

— C'est comme un arc-en-ciel aux couleurs très vives.

— Tout à fait. Vous vous êtes bien débrouillée. Maintenant, on va arroser ça, même s'il va pleuvoir ce soir. Il faut garder la terre humide, mais pas détrempée. Il suffit d'y planter le doigt pour vérifier.

Quand ils eurent terminé, Seamus l'aida à choisir des emplacements pour les fleurs restantes. Elle plongea les mains dans la terre avec une espèce d'allégresse à lui tourner la tête.

— Un jour, je vais me trouver une maison et j'aurai un jardin. Comme celui-ci, beau et où tout a l'air de pousser naturellement.

— Vous vous en tirerez très bien. (Sa voix apaisante était comme un chuchotis dans son cœur.) Tout est relié, voyez-vous, jeune Breen. La terre, l'air, l'eau qui tombe du ciel, le soleil qui apporte lumière et chaleur. Et tout ce qui pousse : les plantes, les animaux, les gens. Les abeilles qui bourdonnent, les oiseaux qui volent, tous sont liés. Il faut leur parler, aux fleurs, leur chanter un air de temps en temps. Elles vous le rendront.

Breen s'assit sur ses talons, souriant devant ses gros gants de jardinage.

— J'étais tristounette quand je suis rentrée à la maison. Plus maintenant.

— Les jardins apportent la joie.

— C'est ce qu'a fait celui-là, en tout cas.

Elle qui se sentait si souvent mal à l'aise avec des inconnus avait l'impression de le connaître depuis toujours.

Des liens, songea-t-elle. *Tous liés.*

— Seamus, vous avez toujours vécu par ici ?

— Non, je ne suis pas de Galway.

Dans ce cas, il ne connaissait pas son père et il était inutile de lui poser des questions.

— Je vais nettoyer avant de partir, annonça-t-il.

— Nous allons nettoyer ensemble, dit-elle en se redressant. Ça fait partie du travail, non ?

Il lui adressa de nouveau son sourire en coin.

— C'est certain.

Une fois la cour balayée, elle lui tendit les gants.

— Mais non, mademoiselle, ils sont pour vous, maintenant. Et la petite pelle aussi. C'est très pratique pour le jardinage.

— Merci beaucoup. Je peux vous offrir du thé ?

— Merci, mais ma femme va bientôt servir à dîner, donc je ferais mieux de rentrer. Je reviendrai dans la semaine, ou avant si besoin. Profitez des fleurs, jeune Breen, comme elles profitent de vous.

— Je n'y manquerai pas.

Elle commencerait d'ailleurs par prendre une photo de sa première composition.

Elle en prit deux, puis eut envie d'en avoir une de Seamus pour le blog. Mais quand elle se retourna, il était déjà parti.

— Il est rapide, murmura-t-elle.

Elle rangea les gants et la pelle dans le sas d'entrée.

Plutôt que d'aller marcher, probablement en boudant, elle se servit un verre de vin et s'assit à la petite table dans la cour.

Et elle admira son œuvre.

Ce soir-là, elle suivit religieusement l'une des recettes simples de Marco : poulet, pommes de terre et brocolis dans une seule poêle. Dans l'ensemble, le résultat fut bon.

Elle prit une photo pour son blog avant de se pelotonner dans un pull, puis de se servir un nouveau verre et de l'emporter dans la cour.

Un souvenir de son père lui était revenu et, maintenant qu'elle s'était calmée, cela la rendait heureuse. Elle avait trouvé le cadeau de Noël parfait pour son meilleur ami. Elle avait planté des fleurs, dans un pot et aussi en terre. Elle avait préparé un repas correct… Bon, à moitié correct.

Sans compter qu'elle avait écrit presque deux heures le matin avant de s'obliger à sortir de la maison.

— C'était une bonne journée, dit-elle aux fleurs. Vraiment une super journée. (Elle leva son verre en direction du jardin, des bois, de la baie.) Qu'il y en ait bien d'autres encore. Je maîtrise. Je crois que je maîtrise vraiment.

Mais dans la nuit, elle rêva d'une tempête qui s'abattait sur les collines et les champs, faisait tourbillonner l'eau en un marécage obscur. Les arbres étaient pliés par le vent violent.

Le cœur battant la chamade, Breen courait dans la tourmente, sous des éclairs de feu bleuté, accompagnée du tonnerre qui grondait avec une fureur menaçante.

Malgré tout, ce n'était pas l'orage qui la poursuivait mais une entité plus sombre, bien plus maléfique. Breen sentait la chose ténébreuse l'agripper, l'entraîner vers elle.

Elle en voulait à son âme. Elle souhaitait s'emparer de tout son être, l'aspirer inexorablement.

— Voilà pour quoi tu as été créée, dit-elle. Je suis ton destin.

Elle sentait l'épée à sa ceinture battre contre sa cuisse. Elle pouvait s'en servir. Elle allait s'en servir. Pour combattre, ou pour mettre fin à ses jours.

Elle préférait mourir plutôt que de se perdre de nouveau.

Lorsque sa main se referma sur l'épée, elle vit une lumière briller au-devant d'elle, de plus en plus grande. Comme une porte qui s'ouvrait pour elle.

Comme pour la sauver.

Au sein de la lumière, une autre voix l'appelait.

— Reviens, Breen Siobhan, fille des O'Ceallaigh, enfant des Fey. Il est temps pour toi de rentrer à la maison. Temps de t'éveiller.

Alors même que les griffes des ténèbres lui lacéraient le dos, elle plongea dans la lumière.

Et se réveilla, couverte de sueur, les draps emmêlés autour d'elle.

Son premier instinct fut d'appeler Marco, aussi attrapa-t-elle son téléphone. Mais, tout doucement, très précautionneusement, elle le reposa sur la table de nuit. Elle n'allait pas déranger son ami à des milliers de kilomètres de là pour qu'il l'appelle à cause d'un simple cauchemar.

Elle allait bien. Elle était réveillée. Il n'y avait pas d'orage et personne ne la poursuivait.

Malgré tout, elle prit sa tablette et y écrivit tout ce dont elle se souvenait.

Peut-être intégrerait-elle cet épisode à son roman. Un mauvais rêve devait avoir une certaine valeur à la lumière du jour.

Mais la lumière du jour n'arriverait que dans plusieurs heures, aussi laissa-t-elle sa lampe allumée à faible intensité plutôt que d'affronter l'obscurité.

Elle accomplit sa petite routine, et avec joie. Elle raconta sa visite au magasin de musique, mais en taisant l'achat de la harpe pour laisser la surprise à Marco. Elle parla de ses plantations, de sa confection de repas, et ce fut un bon début de journée.

Quand elle sortit pour admirer sa composition, elle constata qu'il pleuvait, ainsi que l'avait prévu Seamus. Peut-être y avait-il eu un orage que son subconscient avait transformé en un rêve étrange et effrayant.

Dans tous les cas, après sa promenade, elle allait passer le reste de cette matinée humide et fraîche à écrire. Par habitude, elle se dirigea vers la baie, encore brumeuse et grise sous le soleil qui peinait à percer.

Une série de jappements la fit se tourner vers les bois. Sans les aboiements, elle aurait cru voir un tout petit chevreuil un peu bizarre ou un grand lapin.

Mais quand il s'élança vers elle, elle reconnut un chiot. Tout de même étrange, avec son pelage aux boucles denses comprenant des teintes cuivrées, et une queue dégarnie qui cinglait l'air.

— Oh, mais ça alors…

Breen s'accroupit pour le saluer, ce qui lui attira des bisous de chien en adoration et de petits coups de patte. De belle taille, il avait une face lisse surmontée d'une espèce de tignasse frisée, avec ce qui était une sympathique barbichette aux yeux de Breen. Ses yeux, d'un marron foncé, brillaient d'excitation.

— Oh, mais t'es trop mignon, toi ! Dis donc, ces frisettes ! D'où tu sors, petit chéri ? Tu es perdu ?

Il répondit en décrivant des cercles autour d'elle, sautillant pour lui lécher les mains et le visage.

— Oui, moi aussi, je suis enchantée. Mais tu appartiens à quelqu'un, quelqu'un qui prend bien soin de toi et qui doit se demander où tu es.

Elle prit une photo de lui, réussie après plusieurs clichés flous.

— Je vais envoyer ça à Finola, peut-être qu'elle connaît ton propriétaire.

Pendant qu'elle s'y mettait, il se mit à foncer vers les bois.

— Non, attends, tu vas te perdre !

Elle essaya de le siffler. Il marqua l'arrêt, remuant sa queue glabre.

Puis il se remit à tourner en rond, s'arrêta et la surveilla.

— Bon, d'accord, c'est moi qui viens.

Elle aurait sans doute dû l'emmener chez elle et envoyer le SMS à Finola.

Mais quand elle s'approcha, il fila de nouveau en direction des bois. S'arrêta encore, regardant en arrière comme pour dire : « Allez ! On y va ! »

Décidée, elle remit son téléphone dans sa poche et le suivit.

Il devait vivre près d'ici, se dit-elle, car il n'était visiblement pas errant. Et clairement, il savait où il voulait aller.

— Bon, je voulais me promener, pourquoi pas par là ?

Le chien trottait devant elle, puis rebroussait chemin ou l'attendait, la gardant en vue. Pas dans la direction menant au village, donc il devait venir d'ailleurs.

Une ferme des faubourgs ou un autre cottage qu'elle ne connaissait pas.

Les feuilles et les aiguilles de pin tombaient doucement sur un chemin attendri par la pluie de la nuit. L'air était imprégné de senteurs de terre humide et de verdure. Des tapis de mousse revêtaient l'écorce des arbres et les branches se blottissaient à l'ombre tandis que de faibles rayons de soleil se glissaient çà et là pour moucheter la terre.

L'animal poursuivit un grand écureuil noir qui grimpa à un arbre, d'où il adressa au chien des piaillements outragés.

Comme elle ne s'était jamais aventurée très loin dans cette direction, Breen prit bien soin de faire attention, de prendre des points de repère : une branche tombée, une petite clairière à moitié bordée d'un demi-cercle de fleurs blanches en forme d'étoiles, un amas de pierres grises dont une lui arrivait à la taille.

À mesure qu'elle avançait, elle trouva les arbres plus grands, moins espacés. Le sentier se fit étroit et plus accidenté, comme s'il était peu emprunté.

Mais le chiot jappa joyeusement et elle entendit pour la première fois l'appel du coucou.

Elle pourrait retrouver son chemin, se rassura-t-elle. Avec quelques détours, certes, mais elle avait pris des points de repère et avait les coordonnées du cottage sur le GPS de son téléphone. Elle et son nouvel ami vivaient une petite aventure.

Après tout, elle avait envie de mettre un chien dans son livre. Maintenant, il était là.

Elle évita les ronces qui débordaient sur le chemin, tout comme le chien. Il reniflait toutefois comme s'il était intéressé et s'arrêta aussi pour uriner.

Elle envisagea de le ramener manu militari, mais elle n'était vraiment pas sûre de pouvoir transporter un grand chiot vigoureux jusqu'au cottage.

— On est arrivés jusqu'ici, lui dit-elle. Autant aller au bout.

Ils longèrent un petit ruisseau ondoyant et le chiot s'y jeta.

S'il avait les pieds palmés, ça devait être un chien d'eau. Le niveau n'était pas assez profond pour nager, il montait sur des roches, redescendait, plongeait le nez dans l'eau et s'amusait tellement que Breen reprit des photos.

Elle les montrerait au propriétaire. Elle était sûre qu'incessamment, les bois allaient s'ouvrir sur une ferme ou un cottage.

L'animal ressortit du ruisseau et s'ébroua avec tant d'énergie qu'il fit rebondir ses boucles. Et il se remit à trotter en agitant sa queue maigrelette.

Là, elle le vit et s'arrêta, admirative.

Ce n'était pas une petite ferme ni un cottage, ce n'était pas une clairière ensoleillée.

L'arbre, énorme, avait d'immenses branches qui s'incurvaient d'abord vers le bas, puis remontaient comme un géant aux bras recourbés. Certaines étaient si volumineuses qu'elles effleuraient le sol.

Le tronc, large comme l'envergure de ses bras, s'élevait sur un monticule de rochers gris. Ou alors, les rochers débordaient du tronc, difficile de savoir. Les feuilles, plus grandes que sa main, brillaient d'un vert vif.

Le chien s'assit devant cette merveille avec ce qui ressemblait à de la fierté.

— Oui, je vois pourquoi tu m'as emmenée ici, c'est incroyable. Absolument impressionnant.

Elle cadra, tenta un nouvel angle, puis un autre, pendant que le chiot attendait patiemment.

— Le tronc serait sculpté ?

Elle s'approcha et le chien se redressa pour lui donner des coups de patte sur les jambes en remuant la queue.

— C'est bien sculpté. De l'ogham, je crois. On dirait bien. Et ça, qu'est-ce que c'est ? Des symboles.

Elle dut grimper sur les rochers et poser la main sur l'une des branches pour garder l'équilibre afin de regarder de plus près.

Elle aurait juré que tout vibrait : la roche sous ses pieds, le bois sous sa main.

Elle avait vraiment l'impression de l'entendre fredonner.

— On est tout en effervescence, hein ? dit-elle au chien. On a trouvé un arbre magique dans les bois. Je vais prendre les gravures en photo. Je chercherai leur signification.

Elle étendit les jambes et se campa bien sur ses pieds jusqu'à se sentir assez stable.

Lorsque les rangées de nuages étouffèrent le soleil, elle utilisa le flash. Elle captura les feuilles, se disant qu'elle pourrait les montrer à Seamus, qui saurait sans doute lui donner l'espèce de cet arbre magnifique.

Puis elle s'accroupit pour examiner la base, les rochers.

— C'est comme s'ils ne faisaient qu'un. Je ne vois vraiment pas où la roche commence et où l'arbre finit, ou l'inverse.

Elle regarda le chien, qui avait grimpé sur les rochers derrière elle.

— Et je ne sais vraiment pas comment on peut le contourner, parce qu'il est bien plus large que le sentier. À moins qu'on ne l'escalade et qu'on ne passe derrière. Je ne pense pas que ce soit la meilleure idée.

Il se hissa sur le rocher à côté d'elle.

— Allez, on retourne au cottage. Je pourrai envoyer un SMS à Finola. Je te donnerai de l'eau, ce ne sera sûrement pas de refus. Et je boirai un coup, moi aussi.

Elle caressa sa tête frisée. Avant qu'elle puisse trouver comment le prendre sous son bras pour redescendre avec lui, il lâcha une nouvelle série d'aboiements et bondit en avant.

— Oh, non ! Merde !

Marmonnant des jurons et se traitant d'idiote, elle traversa les branchages pour le suivre. Elle passa la jambe au-dessus d'une des branches pour s'asseoir et prendre des points de repère.

Et elle sentit le monde s'effacer.

DEUXIÈME PARTIE

Découverte

Connais-toi toi-même.

Inscription sur le temple d'Apollon à Delphes

Ce que nous devons apprendre à faire,
nous l'apprenons en le faisant.

ARISTOTE

11

Elle se retrouva à plat dos dans de l'herbe épaisse, sous un ciel au bleu éblouissant. Les quelques nuages bombés qu'elle voyait étaient aussi blancs et rebondis que les moutons à tête noire qui broutaient à quelques mètres seulement.

Le chiot posa ses pattes avant sur la poitrine de Breen et lui lécha vigoureusement le visage.

Était-elle tombée ? S'était-elle heurté la tête ?

Avant, elle était dans les bois, c'était bien ça ? L'arbre, puis…

Elle n'avait aucune idée de ce qui avait pu se passer.

— Bon, bon.

Elle repoussa l'animal et entreprit de se redresser.

La tête lui tourna et son estomac se retourna.

Elle se rallongea et ferma les yeux.

— J'ai dû me cogner la tête. Commotion cérébrale, peut-être. Je sais qu'avant ma chute, il faisait gris et menaçant. Mais combien de temps je suis restée là ?

Lentement, un centimètre après l'autre, elle se hissa sur ses coudes. Elle attendait, se contentant de respirer. Mais elle voyait la ferme qu'elle avait imaginée de l'autre côté d'un sentier. De grosses vaches noir et blanc paissaient derrière un muret de pierre, et derrière une autre poussaient des cultures.

La maison, de pierre aussi, tout comme les dépendances, était en retrait de la route et on voyait de la fumée s'élever des cheminées.

— On doit être chez toi, non ? Je vais bien. Je connais mon nom, la date du jour, l'endroit où je suis. J'ai peut-être une commotion légère.

D'un geste prudent, elle se tâta le crâne à la recherche d'un hématome.

— Ça ne fait pas mal et je n'ai pas de bosse. J'ai juste été choquée. Donc, c'est bon.

Elle se redressa et dut fermer les yeux encore une fois avant de se remettre sur ses jambes flageolantes.

Ses oreilles sifflaient.

Elle devait reconnaître qu'elle était un peu sonnée et avait une petite nausée, mais elle ne pouvait rester allongée dans un pré avec des moutons. Elle devait traverser le chemin pour se rendre à la ferme, boire de l'eau. Oh, là, là, si elle pouvait boire. Et être reconduite en voiture au cottage…

Elle regarda si elle était tombée loin et vit l'arbre sur sa butte, au bout du champ.

À pas plus d'un mètre d'elle. Comment avait-elle réussi à s'assommer en tombant de quelques pieds de haut dans un tapis d'herbe ?

Mais peu importait, c'était arrivé. Elle tituba jusqu'au muret de pierre, que le chien franchit d'un bond.

— Oui, pour toi, c'est facile.

Au vu des circonstances, elle allait devoir fournir un effort. Quand elle arriva à la route, elle partit en diagonale vers la maison.

Un portillon de fer refermait l'ouverture du muret, et c'est l'objectif qu'elle se fixa.

Elle entendit un homme chanter.

Il chantait en marchant derrière un cheval vigoureux tirant une charrue qui sillonnait la riche terre brune.

Il portait des bottes et ses cheveux noirs débordaient de sa casquette.

Elle en avait rêvé une fois, se souvint-elle. Peut-être rêvait-elle de nouveau.

Quand il tourna la tête et la vit, il arrêta le cheval.

Pour Breen, le monde se fit gris, tout gris, et elle glissa doucement dans l'inconscience, au milieu du chemin de terre.

— Oh, c'est pas vrai. Relevez-vous, relevez-vous ! (L'homme s'approcha en courant.) Aisling ! Viens m'aider, il y a une femme qui n'est pas bien ici.

Il ne prit pas la peine d'ouvrir le portillon et sauta par-dessus pour s'agenouiller auprès de Breen, pendant que sa sœur sortait en toute hâte de la maison.

— Quelle femme ? Où ? Oh, mes dieux, elle respire ?

— Elle est juste évanouie. Je la porte.

— J'ouvre le portillon, emmène-la à l'intérieur, la pauvrette.

Quand elle eut ouvert le portillon, Aisling posa la main sur la joue de Breen, puis la retira.

— Harken, elle ressemble à…

— Oui, je vois. Marg avait dit qu'elle viendrait, après tout, donc elle est là. Mais ce n'est pas une façon agréable de lui souhaiter un bon retour.

— Allonge-la sur le divan, lui dit Aisling. Je vais chercher un linge frais, de l'eau.

— Je vais y aller, dit-il en retirant sa casquette et en repoussant son épaisse tignasse pour examiner Breen. Si elle reprend connaissance, elle sera sans doute moins effrayée par une autre femme. Tu vérifies si elle est blessée ou si elle a seulement traversé trop vite et sans préparation ?

— Bien sûr, bien sûr, vas-y.

Elle reposa la main sur la joue de Breen, la passa sur son front, sa gorge, son cœur, sondant l'intérieur de son corps. Satisfaite, elle tira une petite couverture sur les jambes de la jeune femme. Harken revint avec un bol et une tasse.

— Elle va bien, et elle est forte. Elle est simplement secouée par la traversée.

Elle prit le linge dans le bol, l'essora et le posa sur le front de Breen, puis elle prit ses mains dans les siennes pour les frotter.

— Éveille-toi à présent, Breen Siobhan O'Ceallaigh. Doucement, tranquillement. Tu sais quelle infusion préparer, Harken ?

— Un peu que je sais quelle infusion préparer !

— Bien sûr, ne sois pas si narquois et fais-lui-en une tasse pour l'aider à récupérer. Allez, tout doux, tout va bien.

Breen ouvrit les yeux sur le visage le plus parfait qu'elle ait jamais vu. Une peau de porcelaine, une bouche arquée en un sourire avenant, des yeux aussi bleus que le ciel, aux cils épais du même noir ébène que les cheveux qui s'échappaient d'un chignon haut hâtif.

— Et voilà. Buvez un peu d'eau.

Elle redressa Breen, puis avança une tasse en porcelaine de ses lèvres.

— Merci. Je suis désolée, j'avais le vertige. J'en ai renversé, je crois. Il y avait un chien, un petit…

— Celui-ci ? Celui qui vous regarde avec de la tendresse dans les yeux ?

— Oui. C'est le vôtre ?

— Ah, non. Il n'est pas à vous ?

— Non… il… Je ne me suis pas présentée. Breen Kelly.

— C'est un plaisir de vous rencontrer. Je m'appelle Aisling… Hannigan. Et c'est mon frère, Harken Byrne, qui vous a ramassée sur la route.

— Merci, merci à tous les deux.

Il ressemblait à sa sœur, avec une peau aux teintes plus cuivrées et une ombre de barbe.

— Ce n'est rien du tout, répondit Harken. J'ai préparé une infusion qui vous aidera à atténuer vos vertiges.

— Je suis désolée de vous causer autant de problèmes.

Toute gênée, Breen se releva. Quand la pièce se mit à tourner doucement, elle posa la main sur un coussin du divan.

— Vous avez encore des vertiges ? lui demanda Aisling.

— Juste un peu. J'essayais de ramener le chien chez lui. Il m'a emmenée dans les bois, jusqu'à cet arbre magnifique.

Elle ferma les yeux et ne vit donc pas le regard qu'échangeaient frère et sœur.

— J'ai dû perdre l'équilibre.

— Ce sont des choses qui arrivent. Je reviens avec la tisane.

Quand Harken sortit de la salle à manger avec un foyer et un parquet, Breen s'excusa :

— Je devrais repartir. Je ne sais pas quoi faire, pour ce chiot.

— J'ai peut-être une idée, mais pour l'instant, buvez tranquillement. Cette boisson va vous faire du bien, vous avez encore l'estomac dérangé.

— Vous avez raison. Elle est très belle, votre ferme, ajouta Breen au retour de Harken avec une deuxième tasse.

— Nous prenons soin d'elle et elle prend soin de nous, répondit-il.

— Merci, dit-elle, reconnaissante, en prenant le breuvage. Je vous ai vu labourer… avec un cheval.

— C'est bien ça. Je commençais les plantations d'été pour la récolte de l'hiver.

— C'était comme dans un livre ou un film. (Ou un rêve.) Tellement pittoresque. Elle est excellente, cette tisane, qu'est-ce que c'est ?

— Gingembre, menthe, et quelques autres trucs, fit Aisling en souriant.

— C'est efficace. (Se sentant mieux, elle reposa la tasse. Non seulement elle se sentait de nouveau elle-même, mais en plus, elle était énergisée.) Merci, merci pour tout.

— Vous feriez quelques pas avec moi ? proposa Aisling en regardant le chien frisé. Je crois savoir d'où il vient.

— Vraiment ? J'en serais soulagée. Il est tellement mignon, ce serait trop horrible de le savoir perdu ou blessé.

— Aucun risque. On ne partira pas longtemps, Harken. Les enfants devraient dormir jusqu'à mon retour.

— Pas de souci. Breen, je suis vraiment content de vous avoir rencontrée.

— Et j'ai de la chance d'avoir croisé votre chemin.

Cette gentillesse toute simple qui irradiait de lui apaisait sa gêne.

— Merci encore, dit-elle en se dirigeant au-dehors avec Aisling, le chiot sur ses talons. Vous avez des enfants ?

— Ah, oui ! Finian aura bientôt trois ans, Kavan a seize mois. Et il y en a un autre, de plus en plus gaillard.

Elle posa la main sur son ventre, et Breen la félicita aussitôt.

— J'espère bien que ce sera une fille, cette fois-ci. J'en rêve. Mon homme est avec mon autre frère, il s'occupe… d'affaires. Voilà notre cottage, voyez, au creux de la baie. (Breen se protégea les yeux du soleil.) Il est très joli.

Elle avait dû changer de direction dans les bois, car elle aurait vraiment cru que la baie serait sur sa gauche.

— Je séjourne dans un cottage pas loin d'ici.

— Ah oui ?

— Pour l'été. Je m'y plais beaucoup.

— On va tourner ici. Et je vois que le chien connaît le chemin. Nous avons résolu le mystère, je pense.

Elles s'éloignèrent de la route et s'engagèrent dans les bois, sur un chemin bien lisse et brun, bordé d'arbustes croulant sous des fleurs d'un blanc neigeux très pur.

Lorsque le chemin se fit courbe, Breen s'arrêta.

Blottie dans la clairière, une maison aux murs de pierre et au toit de chaume, inondée de fleurs qui débordaient de jardinières en cuivre étincelant. La porte peinte d'un bleu vif était ouverte, comme dans l'attente de visiteurs.

Quelque chose lui serra le cœur, le tordit si violemment que Breen y appuya la main. Sa gorge se serra, lui coupant le souffle.

— Allons, ça va, lui dit doucement Aisling en lui enlaçant la taille. Respirez bien et vous allez vous remettre.

Elle posa une main sur celle de Breen et la pressa.

La tension se relâcha.

— Excusez-moi. J'ai juste eu une énorme impression de déjà-vu. C'est très joli. On se croirait dans un conte de fées. J'ai eu une réaction bête.

— Pas du tout. Entrons, si vous voulez bien, je parie que Marg a déjà mis la bouilloire sur le feu.

La femme vint sur le seuil. Ses cheveux formaient une couronne flamboyante. En chandail couleur prune sauvage, pantalon gris et bottes éraflées, elle avait une posture royale, qu'elle conserva même quand le chiot courut lui planter ses pattes avant sur les jambes. Toujours droite comme un soldat, elle se baissa pour lui caresser la tête d'une main gracieuse.

Breen connaissait ce visage. Comment aurait-il pu en être autrement ? Elle avait l'impression de regarder dans un miroir qui vieillirait mais qui demeurait pourtant parfaitement net.

— Sois la bienvenue ici, dit la femme. Tu es vraiment, vraiment la bienvenue ici.

Breen retrouva sa voix, qui ne trembla pas mais s'enroua.

— Qui êtes-vous ?

— Je suis Mairghread O'Ceallaigh. Kelly, tu dirais. Je suis ta grand-mère. Tu veux bien entrer ? Ça fait très longtemps.

— Je vais vous laisser.

Chamboulée, Breen se tourna vers Aisling.

— Mais…

— Elle vous attendait, et réciproquement, je pense. À bientôt.

— Merci, Aisling, de l'avoir amenée.

— Avec grand plaisir. Elle a été un peu secouée au passage, mais après tout, c'est une O'Ceallaigh. Elle s'en est remise. Et maintenant, Breen, vous pouvez parler à votre mamie.

Après lui avoir brièvement tapoté le dos, Aisling rebroussa chemin.

— Tu as des questions, et à foison. Je vais répondre à celles qui sont à ma portée.

N'était-ce pas ce qu'elle voulait, trouver des réponses ? Se préparant à les recevoir, Breen s'avança.

— Un thé s'impose, je crois. Et toi, ajouta Marg pour le chien, je vais te donner un petit quelque chose, après quoi tu seras sage.

Marg s'effaça pour la laisser passer.

La lumière du soleil envahissait la pièce par les fenêtres ouvertes devant lesquelles voletaient des rideaux en dentelle transparente. Deux chaises vert sapin largement rembourrées étaient tournées vers la cheminée en pierre, éteinte pendant cette chaude journée.

Des bougies, des cristaux et des fleurs décoraient le manteau.

Une banquette du même bleu que la porte accueillait des coussins bien gonflants ornés d'entrelacs au point de croix et un jeté dont les bleus se fondaient dans des verts.

— La cuisine est un endroit familial, dit Marg.

Elle mena la marche au fond de la maison, en passant sous une arche de pierre. Breen découvrit une pièce faisant le double de la taille de la première. Un feu embaumant la tourbe brûlait dans un étrange petit poêle sur lequel chauffait une bouilloire en cuivre.

Des étagères et des placards recevaient des plats bleu vif, des tasses blanches, de la vaisselle reluisante, des petits bocaux emplis de couleurs. Sur les comptoirs de bois lustré se trouvaient encore des fleurs, des herbes en pot et des bocaux.

Les ustensiles de cuisine, poêles, casseroles étaient tous suspendus à des crochets, ainsi qu'un tablier.

Breen connaissait cet endroit. Pourtant, comment était-ce possible, alors qu'elle n'y était jamais venue ?

Parce que son père le lui avait décrit. C'était forcément la raison.

— J'avais dans l'idée de faire du thé, mais tu es un peu pâle et ce n'est pas n'importe quel jour pour nous deux, n'est-ce pas. Un verre de vin, peut-être ? Tu veux bien t'asseoir, *mo stór* ?

Mais Breen resta debout.

— Est-ce que mon père est là ?

— En toi, en moi, il est toujours là. Mais pas de la façon dont tu l'entends. Assieds-toi, s'il te plaît. Personnellement, j'en ai besoin.

Breen prit place à cette petite table carrée, les mains jointes sur ses genoux. Marg préleva quelque chose dans un bocal, leva un doigt en l'air pour le signaler au chien, qui les avait suivies avec espoir.

Il s'assit, se tortillant dans l'attente, et il fila dans un coin grignoter ce que lui avait donné Marg.

Elle prit une carafe et versa un liquide ambré transparent dans des verres qu'elle déposa sur un plateau peint avec une assiette de biscuits.

— Des *shortbreads*. C'est ce que tu préférais quand tu étais petite.

Et c'était encore le cas.

— Comment vous le savez ? demanda-t-elle pendant que Marg posait les verres et l'assiette sur la table. Je ne vous ai jamais vue.

Après avoir rapporté le plateau sur un comptoir, Marg s'assit.

— Ma fille, j'ai aidé ta mère à te mettre au monde. Ce sont mes mains qui t'ont sortie de son ventre. Tu criais, ça oui, tu agitais tes petits poings prêts à en découdre et tu avais sur la tête un duvet roux qui bouclait déjà.

— Vous êtes venue à Philadelphie ?

— Non, tu es née ici, à la ferme.

— Non, c'est faux. Je suis née à Philadelphie. Ma mère... (Mais Breen n'était plus sûre. Peut-être avait-elle extrapolé.) Je croyais... Non, mon acte de naissance dit que je suis née à Philadelphie.

— C'est facile à manipuler comme on veut, les papiers, non ? Pourquoi te mentirais-je sur un tel sujet ?

— Je ne sais pas. Où est mon père ? Est-ce qu'il vit près d'ici ?

Marg prit son verre de vin et le but lentement. Puis elle le reposa et regarda Breen dans les yeux. Y discernant le chagrin, Breen comprit avant qu'elle prononce les mots.

— Non. Non, il n'est pas…

— Tu t'imagines que s'il l'avait pu, il ne serait pas revenu te voir ? Qu'il t'aurait abandonnée, toi, la lumière et le cœur de sa vie ? Il t'aimait de manière démesurée, tu sais que c'est la vérité. Ton cœur à toi le sait.

— Quand ? réussit à articuler Breen d'une voix étranglée avant de se couvrir le visage. Quand ?

— Tu ne voudras pas le réconfort de mes bras maintenant, parce que tu ne te souviens que de bribes pour l'instant. Un jour, j'espère que nous pourrons nous consoler l'une l'autre. Il était mon garçon, ma vie, mon seul enfant.

Au travers d'un voile de larmes, Breen vit la tristesse, profonde.

— Il est revenu, car c'était son devoir, on avait besoin de lui. Il est mort en héros, sache-le, ça a fait quatorze ans l'hiver dernier. Tous ici lui doivent cet honneur.

— Je ne comprends pas. Il n'était pas soldat.

— Oh, si, et bien plus que ça. (La fierté s'ajouta au chagrin.) S'il avait pu faire comme bon lui semblait, il n'aurait été que père, mari, fils et fermier, mais il a été appelé et il a répondu à cet appel.

— Ma mère est au courant ?

— Je n'en sais rien, répondit Marg en reprenant son verre. Je dirais que oui, au plus profond d'elle-même, mais c'est plus facile de penser qu'il est simplement parti. Elle l'aimait, ajouta-t-elle rapidement. Sache-le aussi. Quand ils se sont rencontrés et ont prêté serment, qu'ils t'ont conçue, il y avait de l'amour entre eux, un amour profond et réel.

La mémoire des sens, disait Marco. Elle connaissait cet endroit, cette ferme, cette région. Elle les connaissait dans son cœur.

— Si je suis née ici, quand sont-ils partis ? Et pourquoi ?

— C'est une histoire qui doit attendre un autre jour, mais je peux te dire qu'elle était malheureuse ici, ta mère. Son monde lui manquait. Elle voulait que tu vives dans ce monde-là. Et mon Eian a choisi, comme devrait le faire tout homme, sa femme et son enfant.

— Mais il est revenu ?

— Il revenait souvent, autant qu'il le pouvait. (Marg prit un moment, regarda son verre, puis releva ses yeux d'un bleu brumeux.) Je me languissais de toi, je n'ai pas honte de le dire. Mais il ne t'a jamais ramenée, parce que ta mère voulait que tu restes là-bas. Il espérait que quand tu serais plus grande et qu'il pourrait t'en dire plus, tu l'accompagnerais. Mais ce n'était pas écrit.

— Pourquoi était-elle… Est-elle encore si opposée à ce que je vienne en Irlande ?

Marg jeta un œil sur le verre non entamé de Breen.

— Tu préférerais du thé, finalement.

— Non… (Breen but une gorgée.) Il est bon. Très… rafraîchissant.

— C'est moi qui le fais. (Marg sourit et Breen sentit la lumière s'en nourrir.) C'est du vin de pissenlit. L'été en bouteille, je trouve.

— Oui. Vous n'avez jamais écrit, ni appelé, ni… Il m'a parlé de vous, d'ici. Je ne m'en souviens pas clairement.

— Ça viendra, avec le temps.

Un verre de vin à la table de la cuisine ne comblait pas l'absence de toute une vie.

— Pourquoi vous n'avez pas gardé contact avec moi ? Pourquoi vous ne m'avez pas prévenue quand il est mort ?

— On s'est mis d'accord sur le fait qu'il était préférable que tu oublies ta vie ici, les trois premières années.

— Trois ans ? J'ai vécu ici jusqu'à mes trois ans ?

— Tu étais une enfant tellement gaie. Ta mère… Tu ne dois pas être trop dure dans tes reproches. Je reconnais que moi aussi, j'en ai eu envie, mais elle était en dehors de son élément et elle s'inquiétait pour toi. Tu avais un tel don. Et ensuite, tu as été enlevée.

— Enlevée, comme kidnappée, vous voulez dire ?

— Oui, et elle a été terrifiée. Comme nous tous. Nous t'avons récupérée, saine et sauve, mais c'en était trop pour ta mère.

Née dans une ferme en Irlande et kidnappée à trois ans ? Comment était-ce possible ?

— Personne ne m'a rien dit ? Ce n'est pas normal qu'on ne m'ait parlé de rien.

— Elle avait besoin de tourner la page, de clôturer tout ça.

— Vous m'avez envoyé de l'argent, murmura Breen. Mon père, puis vous, après… son décès.

— En effet. C'était tout ce que je pouvais faire pour toi jusqu'à ce jour, où tu as choisi de venir. Si tu choisissais de rester là où tu étais, eh bien, l'argent pouvait te rendre la vie plus facile. Ton père en avait mis de côté pour toi, et j'ai continué à en expédier après sa mort.

— Elle ne m'en a pas parlé. Elle m'a caché ça comme le reste.

— Je sais.

— Comment vous pouvez le savoir ? s'étonna Breen. Vous lui avez parlé ?

— Non, elle refuserait de m'adresser la parole. Il y a des moyens de savoir et de voir.

— Vous êtes ma grand-mère. Je n'ai aucun autre grand-parent. Elle ne fréquentait plus les siens et ils sont morts il y a des années. Sauf si… J'ai aussi un grand-père ?

— On en parlera plus tard.

Breen se releva, son verre à la main.

— Rien de tout ça n'a de sens, franchement. J'ai vécu ici, vous dites, les trois premières années de ma vie, mais je ne m'en souviens pas.

— Tu en es sûre ? demanda doucement Marg.

Le soleil qui passe à travers les rideaux en dentelle, des odeurs de gâteau au four. De la musique et des rires à la ferme.

Et les mains de son père qui guident les siennes sur les cordes d'une harpe.

— J'ai parfois des images floues, mais elles se mélangent aux histoires que papa me racontait. Et il est mort, et pendant tout ce temps, personne ne me l'a dit. Je l'ai attendu. Je suis venu pour le chercher. Je lui en voulais tellement…

Les larmes qui coulèrent pendant que Breen arpentait la cuisine étaient autant de colère que de chagrin.

— J'ai une grand-mère qui m'envoyait de l'argent – beaucoup d'argent – mais qui n'a jamais appelé ni écrit. Et je suis une femme adulte, donc le prétexte de ce que voulait ma mère, il est minable. Vous ne m'avez jamais dit : « Je suis là, viens me voir, ou je viendrai te rendre visite. »

— Ce n'était pas le moment.

— Le moment ? s'exclama Breen. Pendant vingt et quelques années, ce n'était pas le moment, et d'un coup, ça l'est ?

— Oui, maintenant, c'est le moment. Tu étais malheureuse, coupée de tant de choses qui font partie de toi. J'ai tenu parole auprès de ta mère et maintenant je tiens parole auprès de mon garçon. Ses dernières pensées ont été pour toi. En mourant, mon fils…

Le chagrin se sentit dans l'air et Breen se rassit, ravalant sa propre colère.

— Je suis désolée. C'est difficile pour vous.

— Je voulais tout un tas de bébés et je n'en ai eu qu'un. Mais quel bébé ! Une comète. Et alors que sa flamme s'éteignait, son cœur a demandé au mien de donner du temps à ta mère. Il l'aimait, Breen, et il n'a jamais cessé de l'aimer. Mais son amour pour toi était encore plus fort. Il m'a demandé d'observer et d'attendre, et de prendre les choses en main si je voyais que tu avais besoin de traverser, encore plus que si l'on avait besoin de toi – or on a besoin de toi. Ce que j'ai donc fait.

— Comment ? Je n'étais pas au courant pour l'argent, et si j'ai découvert ça, ce n'est que… par chance. Et j'ai été suffisamment contrariée pour enfin faire quelque chose que je voulais. Je suis venue en Irlande parce que je voulais voir, sentir, connaître cette partie de mon héritage. Et je voulais voir où mon père avait grandi, j'espérais le retrouver. Je ne connaissais même pas votre existence quand j'ai décidé d'aller en Irlande.

— Eh bien, c'est ça le hic. Tu n'es pas en Irlande.

— Vous avez peut-être bu trop de vin, répondit prudemment Breen. Parce que je suis bien là. Je vis depuis deux semaines dans un cottage à deux kilomètres de Galway.

— Oh, le cottage est en Irlande, c'est la vérité. Mais tu as traversé.

— Traversé, c'est-à-dire ? Je suis de l'autre côté du miroir ?

— C'est un beau conte, répondit tranquillement sa grand-mère. Nous aimons les histoires, ici. Tu voulais un chien. (Marg regarda le chiot qui s'était enroulé sur lui-même pour piquer une sieste.) Je t'ai envoyé un chien. Ton père m'avait laissé les deux siens en partant. Oh, ce que tu as pu pleurer en les quittant ! Moi aussi, mais pour les chiens, tu étais inconsolable. Ils sont morts maintenant, passés dans l'autre monde, mais ils ont vécu une bonne et longue vie.

— Will… Will et Lute.

— Ah, tu t'en souviens, sourit Marg. Eian avait baptisé Will d'après William Shakespeare et Lute parce qu'elle aimait hurler et le faisait de façon très musicale.

— Je… (En effet, elle s'en souvenait. Tous les deux étaient grands, gris, hirsutes. Des setters irlandais.) Je me mettais sur le dos de Will, des fois, comme un poney. Je ne devrais pas m'en souvenir. Je n'avais même pas un an.

— Le cœur se souvient.

Se sentant agitée, Breen regarda le chiot endormi, terrain plus sûr.

— Et donc, il est à vous. Comment il s'appelle ?

— Il est à toi. Je te l'offre.

— Je ne peux pas le prendre. Je retourne à Philadelphie à la fin de l'été. Et je vis dans un appartement. Je vais chercher une maison, mais…

— Si tu souhaites le garder, ce n'est pas un souci. Tu voulais un chien. Tu as toujours eu une affinité avec les animaux et les… choses vivantes. Je voulais te donner quelque chose que ton cœur désirait, et la voilà.

Pas plus sûr, ce terrain, finalement.

— C'est ça que tu veux, un terrain sûr ? demanda Marg. C'est vraiment ce que tu veux, alors que tu portes le mot

« courage » sur les pulsations de ton propre cœur ? (Elle pianota du doigt sur le tatouage de Breen.) Sois courageuse, ma fille, et écoute. Tu es le sang de mon sang et j'ai renoncé à la joie de t'avoir auprès de moi pour des raisons que tu apprendras avec le temps. Mais cette période est révolue et les choix t'appartiendront désormais.

— Quels choix ?

— Tant de choix, et tu en as déjà fait certains, ce qui t'a amenée ici. Tu es venue jusqu'à l'arbre de l'Accueil et tu as avancé plutôt que de reculer. Tu as donc franchi le portail. D'un côté, l'Irlande, les États-Unis, tout le reste de ce monde-là, et ici, notre monde. Ton lieu de naissance : Talamh.

Breen repoussa son verre de vin.

— Ça s'appelle Tala, ici ? Je n'en ai jamais entendu parler.

Marg épela le mot, non sans une certaine impatience.

— Mais tu le prononces plutôt bien. C'est un monde, aussi réel et tangible que les autres. Mais nous ne sommes pas issus des autres, ils ne sont pas issus de nous. Certains mondes sont très anciens, d'autres tout jeunes. Certains optent pour la violence, d'autres pour la paix. Certains, comme celui où tu as été élevée la majeure partie de ta vie, veulent des machines et de la technologie, pour construire comme pour détruire. Mais ici, nous avons choisi de rejeter de telles choses et de garder la magye, ses pouvoirs et sa beauté.

Breen ne doutait pas que cette femme soit sa grand-mère. Leur ressemblance était trop forte et le chagrin quand Marg avait parlé de son fils était indéniable.

Mais cela n'empêchait pas que cette grand-mère puisse être un peu dérangée.

— Vous parlez de quoi, là, d'univers parallèles ? C'est un truc de comics.

Marg tapa sur la table, faisant sursauter sa petite-fille.

— Pourquoi tant de personnes sont-elles arrogantes au point non seulement de croire qu'il n'y a qu'elles au monde, mais en plus, de l'affirmer péremptoirement ?

— Parce que… la science ?

— Bah ! La science change d'une génération à l'autre. Autrefois, dans le royaume de la Terre, la science disait que la terre était plate. Et puis ça a changé. La science change, *mo stór*. La magye, elle, est constante.

— Ce n'est pas tant la science qui change que la découverte de nouvelles données qui permet d'ajuster ses trouvailles. La gravité existait déjà bien avant que la fameuse pomme tombe sur la tête de Newton… Mais… je comprends que les choses soient différentes ici et je comprends, jusqu'à un certain point, pourquoi vous ne vous êtes pas sentie en mesure de garder contact avec moi. Je vous suis reconnaissante, très reconnaissante, de m'avoir donné l'argent qui m'a aidée à venir ici. Je reste là tout l'été et je reviendrai vous voir. Je… J'aimerais que vous m'emmeniez... ou me montriez… où mon père est enterré.

— Tu y es déjà allée dans tes rêves. Tu m'as vue et je t'ai vue à l'endroit où les Pieux évoluaient l'autre fois. Tu as entendu le chant des pierres et le murmure des prières.

La panique s'empara de Breen.

— Vous ne pouvez pas savoir ce dont je rêve. Je m'en vais.

Marg se leva et la cloua sur place d'un regard.

— Je suis Mairghread O'Ceallaigh, autrefois *taoiseach* de Talamh. Je suis des Fey, servante des dieux. Je suis jeune fille, mère et vieille. Tu es issue de moi, enfant de mon enfant, et dans ton sang vivent tous les dons reçus.

L'air changea. Il remuait. Il souleva les cheveux de Marg, dont les yeux se firent sombres et caverneux tandis qu'elle élevait les mains, paumes vers le ciel.

Sur les étagères, la vaisselle était secouée. Le chien se réveilla et se dressa avant de pousser un cri qui ressemblait à de la joie.

— Brise les chaînes des restrictions qui se referment sur toi dans l'autre monde. Écoute, ressens, vois la vérité.

Marg lança une main en avant et le feu dans l'étrange petit poêle rugit, des bougies s'allumèrent.

— Et qu'ici l'air cingle, que le feu brûle, que la terre frémisse et que l'eau déborde.

Un jet d'eau jaillit de sa main et miroita à la lumière.

— Tous ces éléments sont tous liés à la magye qui forme un monde. Le nôtre, le tien. Tu es revenue chez toi, fille de Talamh, fille des Fey. Tu vas connaître ton droit de naissance. Et tu choisiras.

Un petit geste et le jet se volatilisa. Les bougies s'éteignirent et tout se fit immobile.

— Vous… vous avez mis quelque chose dans le vin.

Marg leva les yeux au ciel. Elle reprit son verre, qu'elle but à longues gorgées.

— Ne sois pas bête. Tu as vécu avec des mensonges et de la dissimulation trop longtemps. Tu n'auras aucun des deux avec moi. Tu es aimée, Breen. Quels que soient tes choix futurs, tu seras toujours aimée. Mais tu ne peux prendre de réelles décisions avant d'être éveillée.

Marg s'approcha d'elle et lui posa une main sur la joue.

— Tu as encore besoin de temps. Je vais te raccompagner sur une partie du trajet et le chien te ramènera au cottage. Quand tu seras prête, je ferai ce que tu m'as demandé : je te conduirai à l'endroit où nous avons mis au repos celui que nous aimons.

— Je retrouverai mon chemin toute seule. Je ne peux pas prendre le chien. Je n'ai même pas de quoi le nourrir et…

— Tout ce dont il a besoin est là-bas. Il sera un compagnon pour toi, pour l'instant, dirons-nous. Rends-moi un petit service et garde-le avec toi un jour ou deux.

— Bon, très bien. Je dois vraiment y aller, j'ai un long chemin pour rentrer.

— C'est en effet un trajet, que j'espère te voir refaire.

— Je viendrai vous rendre visite.

Elle devait tout de même ça à Marg. Mais avant, elle allait se renseigner sur les hallucinations et l'hypnose.

Marg la raccompagna à la porte, sortit sur le seuil et sourit.

— Je vois que d'autres guides t'attendent.

La fauconnière, avec le magnifique oiseau sur son bras ganté. Avec un aboiement joyeux, le chien courut vers eux.

— Je la connais. Je l'ai rencontrée dans le Clare.

— Oh, bien avant. Tu étais copine avec Morena quand vous étiez bébés, aussi proches que sa grand-mère et moi l'avons été toute notre vie.

— Elle était dans le Clare pour me surveiller ?

— Mon enfant, comme tu es méfiante. Elle était là parce qu'elle est têtue et voulait avoir l'occasion de te revoir. (Marg parla plus fort.) Je laisse Breen avec toi et Amish. Tu la ramèneras en bon état, et sans la harceler ?

— On la ramènera en bon état. Pour le reste, je ne garantis rien.

— Je devrais m'en contenter, alors. (Marg posa les mains sur les épaules de Breen et l'embrassa doucement sur les deux joues.) Ouvre-toi, *mo stór*, vois ce qui se trouve autour de toi et en toi.

La vieille dame recula et rentra dans le cottage.

Et seule dans le silence, elle pleura ce qui aurait pu être et ce qui pourrait être.

12

Comme le harcèlement était exactement le projet de Breen, elle se dirigea droit sur Morena.

— Pourquoi tu m'as dit que tu travaillais pour l'école de fauconnerie ?

— Mais je n'ai rien dit de tel. (Morena dégagea une hanche et posa dessus sa main libre en un geste très sarcastique.) C'est toi qui te l'es imaginé. Tu ne te souvenais pas de moi, et ça a un peu piqué, même si Marg et ma grand-mère m'avaient toutes les deux prévenue.

Elle leva le bras pour laisser partir le faucon. Commençant à marcher, elle se tourna vers Breen.

— Tu viens ou tu restes là ?

— Je viens.

— Tu avais promis de revenir quand tu es partie, mais j'ai arrêté d'y croire, parce que tu n'as jamais essayé.

— Alors là, je ne vais pas te laisser me descendre pour ça. Comment puis-je être en tort, tout à coup, alors que je suis a priori la seule à ne pas avoir menti ? J'avais trois ans, paraît-il, quand j'ai quitté l'Irlande.

— Tu as quitté Talamh.

— C'est pas vrai, pas toi aussi ! (À bout de patience, Breen tourna sur elle-même en levant les bras au ciel.) Il y a un truc dans l'eau, ici ?

— Je pourrais poser la même question sur ton monde, parce que je ne comprends pas comment tu as pu oublier qui tu es, d'où tu viens. Je t'en veux encore.

Le ton de Morena exprimait la même frustration que le geste de Breen.

— On a joué, toi et moi, dans les bois, autour de la chaumière de Marg, et dans la cour de la ferme où tu vivais jusqu'à ce que ton père parte et la transmette aux O'Broin. On jouait à la dînette, on se chuchotait des secrets la nuit alors qu'on aurait dû dormir.

— J'avais trois ans ! Je suis désolée, je ne m'en souviens pas. Mais tu ne m'aides pas en entretenant les illusions de ma grand-mère qui font de cet endroit une espèce de Brigadoon.

Comme si elle s'attendait à être insultée, Morena étrécit les yeux.

— Qu'est-ce que c'est, un Brigadoon ?

— Une histoire fantastique à propos d'un lieu qui n'existe qu'un jour tous les cent ans.

— Oh, ce doit être une histoire intéressante. (Radoucie, Morena caressa le chien qui trottait à côté d'elles.) Mais ce n'est pas ça, parce que nous sommes là tout le temps.

— Elle a drogué mon vin.

— Ne sois pas bête, voyons. Pourquoi ferait-elle ça à sa petite-fille ?

— Du coup, je l'ai vue faire des choses impossibles.

— En fait, il n'y a pas grand-chose d'impossible pour Marg et ses semblables. C'est la sorcière la plus puissante que je connaisse.

Après cette révélation, Breen envisagea sérieusement de s'arracher les cheveux.

— Et maintenant, vous êtes tous des sorciers ? Bon, je comprends que l'Irlande ait son folklore, ses légendes, mais…

— L'Irlande est de l'autre côté et je ne suis pas une sorcière. Je fais partie des Sidhe.

— Je vois que tu es une femme.

— Sidhe, répéta Morena. Je suis du clan des fées.

— Le clan des fées. Mais bien sûr ! J'aurais dû le voir tout de suite.

Pas décontenancée pour deux sous, Morena agita la main vers Harken, qui menait une vache tachetée, sans doute vers une étable.

— Ce sera plus facile pour toi si tu retraverses avec moi. Harken et Aisling m'ont dit que tu avais accusé le coup en venant, et c'est sûrement parce que tu as tout nié en bloc.

Morena sauta par-dessus le muret de pierre. Le faucon décrivait des cercles au-dessus d'elles.

Pour la première fois, Breen distingua des marches dans la butte qui menait à l'arbre.

— Je suis tombée. J'ai perdu l'équilibre et je suis tombée, voilà tout.

— Comme tu veux.

Breen compta sept marches à mesure qu'elle les montait. La pierre grossièrement taillée comprenait du mica qui chatoyait au soleil.

— Je suivais le chien, se défendit-elle. Et j'ai été distraite parce que cet arbre est fascinant.

Elle s'accrocha à l'une des branches recourbées et s'efforça d'y grimper avec autant de grâce et d'aisance que Morena.

Elle se sentit commencer à tomber, comme si le sol s'effaçait sous ses pieds. Morena lui prit la main.

Et elle se retrouva debout sur le chemin, sous une pluie battante.

— Je ne comprends pas comment…

— Je pense que tu ne veux pas comprendre. (Très nettement, la colère de Morena monta et déborda.) Tu ne veux pas récupérer ce qui te revient de droit, par le sang, tu préfères fermer les yeux et faire semblant.

— Je pense que je débloque moins que quelqu'un qui prétend vivre dans une réalité parallèle et être une fée !

— Moins débloquer ? T'as intérêt à rester tranquille, parce que c'est ce qu'on va voir.

Avant que Breen puisse l'éviter, Morena lui passa un bras autour de la taille. Elles s'élevèrent du sol.

— Oh, mon Dieu. Oh, mon Dieu.

— Tiens-toi, je te dis ! T'es pas légère comme une plume.

D'instinct, Breen enlaça à son tour la taille de Morena. Sa main effleura des ailes. De grandes ailes lumineuses, magnifiques, d'un violet bordé d'argent.

— Je rêve. Je suis dans un rêve.

— Tu parles. (Pour éviter des branches, elles plongèrent avant de remonter.) Il fut un temps où tu m'aurais aidée à nous propulser.

Tournant la tête, Morena plongea le regard dans celui, choqué, de Breen.

— Ce n'est pas possible.

— Je devrais te laisser tomber sur la tête pour te remettre du plomb dans la cervelle.

Au lieu de quoi elle fusa du bois, passa au ras de l'herbe humide et du jardin, puis déposa Breen dans la cour arrière.

— Je vais me sécher un peu.

Le chiot suivit Morena à l'intérieur, comme s'ils étaient tous les deux chez eux. Amish se posa sur une branche non loin et replia les ailes pour attendre.

Frissonnante, Breen sentit la pluie s'infiltrer jusqu'à sa peau. Elle semblait réelle, mais comment était-ce possible, alors qu'à l'évidence, elle était encore au lit, en train de faire un rêve très long, très étrange et très lucide ?

Elle rentra. Morena, qui avait suspendu son blouson mouillé à une patère, donna au chien quelque chose sorti d'un bocal sur le comptoir.

— Il le mérite, dit-elle. Je vois que ma grand-mère les a mis là pour lui, avec une gamelle pour sa nourriture et une autre pour l'eau. Dans le sac, ce doit être sa nourriture.

— Ta grand-mère ?

— Oui, Marg a dû lui demander de s'en charger. Tu connais mes grands-parents : Finola et Seamus Mac an Ghaill. McGill. Ma grand-mère t'a installé avec ton ami dans le cottage que Marg avait prévu pour toi, et grand-père te montre comment jardiner à nouveau.

— À nouveau.

— Même quand on était toutes petites, tu étais très douée avec les choses vivantes. Les plantes, les animaux, les gens. (Tout en parlant, Morena évoluait dans la cuisine.) Mais tu n'es plus aussi douée avec les gens, puisque tu n'as toujours pas allumé de feu pour me réchauffer et que tu ne m'as pas proposé quelque chose à boire avant que je reparte.

Breen sentait ses oreilles bourdonner. Elle avait un pic de tension, ce qui n'était guère étonnant. Elle trouva qu'elle répondait avec un calme admirable :

— Tu avais des ailes.

— Et je les ai toujours.

— Comme... la fée Clochette.

— Oh, je connais cette histoire, elle est très bien. Mais ça, c'est une pixie. Une fée des Sidhe, bien sûr, mais pixie. Elles sont toutes petites.

— Je ne dors pas, articula lentement Breen. Mes vêtements dégoulinent sur le sol de la cuisine et j'ai froid.

— Alors allume le feu, enfin !

— Je vais allumer le feu, enfin.

Comme dans un rêve, elle s'avança dans le salon, où elle avait préparé des bûches le matin même.

Il y avait de ça une vie et un monde.

Elle plaça l'allume-feu sous le petit bois et attrapa les allumettes.

— Vraiment, c'est comme ça que tu t'y prends ? commenta Morena, qui vint s'accroupir à côté d'elle, dégageant une odeur de pluie et de forêt. Allumer un feu est le premier pouvoir des Sages, et ainsi un enfant doit apprendre, avec la plus grande prudence, ses pouvoirs, ses dangers et ses avantages.

— Je ne connais pas d'autre façon d'allumer un feu.

— Je suis triste pour toi, répliqua Morena pendant que Breen craquait l'allumette.

Quand l'allume-feu prit, Breen s'assit simplement devant le foyer.

— Je n'arrive pas à réfléchir. Je sais que ça ne peut pas être réel, mais...

— Tu sais bien que si. J'ai vu du vin dans la cuisine, je vais nous en rapporter.

— Je veux savoir comment mon père est mort.

— C'est à Marg de te le raconter, pas à moi, répondit Morena en se relevant. Je peux simplement te dire que je ne connais pas de meilleur homme aux mondes que ton père. Je vais chercher le vin.

Le chiot s'allongea sur les genoux de Breen et elle se sentit un peu réconfortée en caressant ses boucles humides.

— Il est de quelle race ?

— C'est un épagneul d'eau irlandais, et tu peux être sûre qu'il a un grand cœur, et sincère, sinon, Marg ne l'aurait pas choisi.

— Comment il s'appelle ?

— Ma foi, c'est à toi de voir. Mais on l'appelle tous Boulet parce qu'à peine sevré, il se fourrait déjà dans les ennuis sans avoir à les chercher.

Breen étouffa un rire.

— Boulet ?

— Et il a mérité ce nom, même si Marg l'a bien éduqué. Il s'assied où on lui dit de s'asseoir, fait ses besoins dehors et ne grignotera pas tes bottes, même s'il aimait les miennes, à un moment.

Morena s'assit, tendit un verre à Breen et gratouilla la tête du chien.

— Pas vrai, crapule ? Tu as énormément manqué à Marg toutes ces années. Ça, je peux te le dire. Et j'avoue que j'ai désobéi pour aller te voir l'autre jour, dans les bois, près du château.

— Comment tu étais venue jusque-là ? Tu as volé, dit Breen, répondant à sa question toute seule. Avec tes ailes.

— J'ai des amis, de bons amis, mais je n'en ai jamais eu d'aussi cher à mon cœur que toi. Maintenant que les années ont passé, on ne s'aimera peut-être plus autant. (Elle haussa les épaules et but quelques gorgées.) Mais je voulais voir comment tu étais.

— Je t'avais acheté un cadeau.

— Un cadeau ? fit Morena, interdite.

— De remerciement. Je pensais que tu enseignais à l'école, et ensuite, je me suis dit que tu étais venue sans autorisation, parce que personne ne te connaissait. Enfin, voilà.

— C'était quoi ?

— Je vais le chercher.

Breen dut faire descendre le chien.

— Dis-lui de rester là si tu ne veux pas qu'il te suive.

— Reste là, ordonna Breen. Je reviens tout de suite.

Dans le cottage, rien n'avait changé. Tout était normal. Mais elle se demanda en montant si quoi que ce soit pouvait être ou serait de nouveau normal.

Elle prit la pochette cadeau, se releva, puis s'arrêta un temps pour se regarder dans le miroir de la chambre.

Elle était la même. Pas la Breen de Philadelphie avant que sa vie bascule, mais la Breen qui était venue en Irlande.

Même si elle n'était pas sûre du tout d'être la même.

Elle redescendit avec le cadeau.

— Il y a aussi une carte. Je ne sais pas si tu sais lire.

— Bien sûr que je sais lire, ne sois pas idiote. On avait déjà des poètes et des érudits à Talamh quand, dans ce monde, les gens sortaient à peine de leurs grottes.

L'insulte lisible sur son visage s'effaça quand elle lut la carte.

— C'est très sympa. Il paraît que tu es écrivaine, et que tu es douée. (En ouvrant la boîte, elle retint son souffle.) Un faucon… C'est un très beau cadeau, Breen. Je t'en remercie et j'ai un peu l'impression de ne pas l'avoir mérité.

— Pourquoi ?

— Je ne t'ai pas menti, mais je t'ai caché la vérité.

— Tu m'as fait faire mes premiers pas en fauconnerie. Je ne l'oublierai jamais. Je ne savais pas que… les fées avaient des faucons.

— Ils nous appartiennent et on leur appartient, répondit Morena en attachant la broche à son haut. Et il est l'heure que je le ramène à la maison. Maintenant que je ne t'en veux plus autant, je comprends pourquoi Marg veut te laisser du temps. J'ai grandi en sachant, et toi, on t'a fait oublier. Je déteste devoir m'excuser. (Elle se releva.) Et je déteste encore plus présenter des excuses, mais je suis désolée de t'avoir fait peur en te ramenant ici.

— Je n'y comprends rien.

— Je le sais. Je ne voulais pas, mais je sais. Donc je vais te laisser tranquille. Serai-je la bienvenue si je reviens ?

— Bien sûr, dit Breen en se levant. Évidemment.

— C'est suffisant.

Morena retourna à la cuisine pour mettre son blouson.

— Comment… comment les ailes peuvent passer à travers le blouson ?

— Parce que je le veux et qu'elles sont à moi, après tout. N'oublie pas de nourrir le chien.

À travers la vitre, Breen regarda le faucon descendre et décrire des cercles au-dessus de la tête de la jeune femme.

Puis ses ailes lumineuses se déployèrent et, avec le faucon, elle vola sous la pluie pour se diriger vers les bois.

— Je ne suis pas folle. (Breen posa la main sur les bouclettes du chien, qui s'appuyait contre sa jambe.) Je n'hallucine pas. Je sais ce qui est réel. Il est trop tôt pour dîner et j'ai besoin de noter tout ça. Je ne devrais sans doute pas te donner encore un biscuit, mais bon, sacrée journée, hein ?

Quand elle en prit un dans le bocal, il s'assit, les yeux brillants.

— Tu sais donner la patte ? C'est idiot ou non ? (Pour tester, elle tendit la main et il lui donna la patte, la faisant rire. Elle la serra et lui donna la friandise.) Tu es un bon chien, Boulet.

Elle lui mit de l'eau dans sa gamelle, et emporta un Coca dans son bureau.

Elle essaya de reconstituer ce qui s'était produit depuis le moment où elle avait vu le chien dans ce qu'elle considérait comme son journal secret. En notant tout, elle sentit de nouveau l'air humide, la lumière et les ombres pendant que Boulet la guidait – c'était manifeste – jusqu'à l'arbre.

L'arbre de l'Accueil.

Elle ajouta des photos du chien et de l'arbre.

Et regretta de ne pas avoir eu la présence d'esprit d'en prendre de… l'autre côté. À Talamh. Sur Talamh ?

L'air et la lumière avaient changé. Elle devait le reconnaître à présent et l'écrire. Elle parla des quatre personnes rencontrées. Harken, Aisling, sa grand-mère et Morena.

Elle pensa tout à coup qu'elle avait passé un moment dans la maison où son père avait vécu, où elle – selon sa grand-mère – était née.

Elle arrêta d'écrire, sirota son Coca, contempla la pluie au-dehors. Et remarqua que Boulet était venu se blottir tranquillement sur le lit.

— Je ne devrais sans doute pas te laisser faire ça.

Mais il avait l'air tellement bien et lui lançait des regards si mignons qu'elle renonça à le lui interdire.

Son père était parti. Elle ne savait pas comment ni pourquoi, mais elle devait l'accepter également. Il ne l'avait pas abandonnée, ne l'avait pas oubliée. Il était mort.

Il y avait de cela des années et des années, mais ce deuil était tout nouveau pour elle. Et elle ne savait pas quoi faire. Elle avait des photos de lui dans sa chambre, des souvenirs qui allaient et venaient. Mais elle avait besoin de plus.

Elle avait besoin de voir sa tombe et elle demanderait à sa grand-mère un objet lui ayant appartenu, pour avoir un souvenir de lui.

— J'y retournerai, déclara-t-elle. Je devais déjà le savoir, mais je dois prendre mon courage à deux mains.

Elle se remit à l'écriture, décrivit Marg qui faisait tournoyer l'air et rugir le feu, tout en se demandant comment une telle chose était possible. Comment Morena pouvait-elle se faire pousser des ailes et voler dans les airs ? Comment…

Elle s'arrêta encore, se rendant compte que ce qu'elle rédigeait abordait les mêmes thèmes et partait dans les mêmes directions que le roman auquel elle travaillait tous les matins.

Pas exactement, mais c'était très proche.

Parce qu'elle avait toujours su. Même si c'était abscons, même si c'était à l'opposé de sa vie habituelle, quelque part, elle avait toujours su. Les souvenirs étaient peut-être enfermés, mais ils surgissaient petit bout par petit bout quand elle s'ouvrait à l'idée de raconter une histoire.

De faire ce dont elle avait envie.

Ce n'est donc pas la question de savoir qui je suis (question sur laquelle j'ai progressé). Mais ce que je suis. Que suis-je ? Fille de Talamh, fille des Fey, du clan des Sages. Les Femmes-Sages sont des sorcières. Je n'ai pas l'impression d'être une sorcière.

Elle passa à des recherches sur les épagneuls d'eau irlandais. La description correspondait parfaitement à Boulet. Et c'était une bonne chose d'apprendre qu'il ne perdait pas ses poils.

C'étaient des chiens intelligents, énergiques et affectueux. Curieux et un peu clowns. Naturellement, ils adoraient l'eau.

— Selon le folklore irlandais, lut-elle, tu es censé être un descendant du Dobhar-chú. C'est quoi, ce truc ?

Elle lança une autre recherche.

— Moitié chien, moitié loutre ou poisson ? Vraiment ? Ah, et prédateur féroce des océans et des cours d'eau. Tu n'as pas l'air bien féroce, toi.

Il se laissa glisser du lit, s'étira, pattes en avant et fesses en l'air, avant de lui lancer un long regard adorateur.

— Tu as faim ? Moi aussi. Je ne pensais pas écrire aussi longtemps.

Il la suivit dans la cuisine.

Le mot rédigé à la main et accroché au sac en toile lui indiquait quelles quantités lui donner et à quelle fréquence, ajoutait qu'il n'aurait rien contre un œuf cru ou un peu de yaourt dans sa pâtée.

Comme elle avait des œufs, elle opta pour cet ajout et pendant que Boulet mangeait, elle s'en prépara des brouillés avec des lanières de bacon irlandais, du fromage, des tomates et des brocolis.

Elle mangea avec Boulet étendu à ses pieds, essaya de déterminer comment s'en tirer avec son blog. Impossible d'omettre le chien, et elle avait envie d'en parler. Elle pourrait dire que des voisins le lui avaient donné, ce qui n'était pas éloigné de la vérité.

Elle ne pouvait évoquer la mort de son père. Pas encore. Elle n'était pas prête. Elle ne pouvait parler de ce qui s'était passé dans la cuisine de sa grand-mère ni de mondes parallèles…

Elle trouverait quoi écrire, tout comme elle trouverait quoi raconter à Marco.

Elle se leva pour s'occuper de la vaisselle et le chiot se redressa, la fixant sans relâche.

— Tu as envie de sortir. Est-ce que je m'en doute parce que c'est logique, ou est-ce que je le sais parce que… je peux lire en toi ? C'est l'impression que j'ai. Peu importe, hein ? On y va.

Il dansa de joie quand elle prit son blouson et s'élança comme une flèche par la porte qu'elle ouvrit.

Il fonça dans le jardin comme s'il venait de s'évader de prison, puis s'agita encore sur place jusqu'à ce qu'elle le rejoigne.

Là-dessus, il fila comme un éclair très frisé vers la baie. Aboyant comme un enragé, il bondit dans l'eau et se mit à nager, la tête se balançant au gré des flots, les yeux emplis de joie.

— Féroce prédateur des mers, commenta Breen en riant.

Il sortit et retourna à l'eau dans les éclaboussures, faisant fuir les mouettes.

Breen resta là pendant que le soleil d'été qui s'était attardé se fondait dans les nuages à l'ouest pour n'apporter qu'une faible lueur au ciel. Et elle prit conscience d'être absolument, parfaitement satisfaite.

Elle s'était trouvée bien dans sa solitude, mais ce chien – et en effet, elle en avait toujours voulu un – apportait un rayon de soleil.

Comme dans un ciel nuageux.

Un changement dans la routine ne faisait vraiment pas de mal. Voilà ce à quoi songeait Breen en remaniant la sienne pour donner à manger à Boulet le matin et l'emmener en promenade avant de se mettre à son blog.

Il avait dormi au pied du lit, ce qu'elle devrait lui interdire. Sans doute.

Elle envoya un SMS à Marco pour lui donner les dernières nouvelles. Après tout, il était son coloc et le resterait. Il fallait bien qu'il sache qu'ils auraient un chien.

Elle s'assura d'y ajouter la photo la plus adorable possible.

Il répondit :

`Qu'est-ce que t'as fait ?? C'est quoi ce chien tout bizarre ? Et pourquoi il est trognon comme ça ? T'as vu un peu ce que tu fais dès que je suis pas là pendant quelques jours ? Envoie encore des photos.`

Elle passa quelques minutes joyeuses à échanger avec lui avant de se mettre à rédiger son billet du jour, avec prudence.

— Les photos de chiots seront toujours un succès. (Elle chercha du regard Boulet, qui s'était évidemment pelotonné sur son lit.) Je vais travailler à mon livre deux heures et ensuite, on sort. Il va falloir te trouver un collier, une laisse, des jouets… et un panier.

Le collier ne le dérangea pas, mais il n'apprécia pas la laisse. Il ne protesta pas quand elle l'accrocha, mais la regarda avec des yeux immensément tristes.

— Ce n'est pas une question de confiance. (Il lui semblait vraiment que c'était ce qu'il pensait.) Et on n'en aura pas besoin au cottage. Mais on va se promener dans le village et là, on en aura besoin pour certaines visites que je n'ai pas encore faites.

Il sembla moins vexé quand ils se promenèrent et se rengorgea même sous les regards de ceux qui s'arrêtaient pour l'admirer. Il renifla des chaussures, alla câliner des enfants, rencontra d'autres chiens.

Breen se dit qu'elle le poussait à socialiser – comme il était recommandé –, mais elle savait qu'elle l'exhibait.

Elle lui acheta des jouets à mâchouiller, une balle rouge vif et un petit lapin en peluche.

Au retour, il s'assit à l'arrière de la voiture, un os en caoutchouc serré entre les dents et la tête passée par la vitre, si bien que ses boucles gonflaient au vent.

Une fois rentrée, elle le laissa aller courir et nager pendant qu'elle paressait dans la cour avec sa tablette. Comme elle n'avait pas trouvé de panier pour chien, elle en commanda un en ligne. Ainsi que quelques peluches supplémentaires. Et d'autres jouets à mâcher, une étiquette avec son nom et le numéro de téléphone.

— Houla, si un jour j'ai des enfants, je serai toute folle.

Revenu de la baie, Boulet la rejoignit en courant. Elle lui lança la balle et il se contenta d'incliner la tête.

— Tu es censé courir après, l'attraper et me la rapporter pour que je te la relance.

Elle l'entendait presque penser « Quel intérêt ? », mais il trotta vers la balle, la prit dans sa gueule et revint vers elle. Elle la renvoya.

Après les deux premiers lancers, il parut se prendre au jeu et courut davantage.

— OK, tu as compris et j'ai mal au bras.

Quand elle reposa la balle sur la table pour signaler que le jeu était terminé, il trotta vers les bois. Il aboya et regarda vers elle.

— Non, pas là-bas. Je ne suis pas prête. J'ai une lessive à faire et je veux encore écrire. Et… je ne suis pas prête, voilà. On rentre.

Quand il revint, elle lui caressa la tête.

— Demain, peut-être.

Mais le lendemain, elle avait des excuses de prêtes et trouva étonnamment facile d'occuper son temps. Surtout quand elle fit une pause dans son roman pour écrire les aventures d'un chien magique appelé Boulet.

Elle passa le jour suivant à étoffer son histoire, comprenant que ça pourrait être un petit roman pour collégiens.

Après tout, elle avait enseigné à cette classe d'âge et savait ce qu'ils aimaient lire.

Elle passa donc allègrement d'un texte à l'autre et à sa nouvelle routine avec le chien.

Puis, par une journée éclatante d'été, alors qu'elle emportait son travail dans la cour, Boulet s'élança vers les bois, donnant clairement un signal par ses aboiements joyeux.

Elle ne fut pas surprise d'apercevoir sa grand-mère, et Finola avec elle.

13

Elles ressemblaient à des femmes ordinaires, songea Breen en se levant. Ou pas tout à fait ordinaires, car elles paraissaient toutes les deux bien moins âgées qu'elles ne devraient. Mais il était clair qu'elles n'avaient pas l'air, de son point de vue, d'une sorcière et d'une fée.

Marg portait un petit sac et Finola un panier.

Le chien leur fit la fête ; Breen, elle, luttait contre son agitation.

— Quelle belle journée pour s'occuper dehors, déclara Finola d'un ton joyeux. Et nous venons interrompre ça.

— Non, ce n'est pas grave, pas du tout. (Breen referma son ordinateur.) Je voulais revenir plus tôt, mais…

— Tu es très occupée, je sais, puisque tu écris. Et Seamus m'a dit que tu t'es aussi mise au jardinage, et avec succès. Et puis maintenant, tu as ce garnement en plus.

Finola pressa la main de Breen en un geste réfléchi d'apaisement et de réconfort.

— Si ça ne te dérange pas, est-ce que je pourrais passer à la cuisine, nous préparer du thé pour aller avec ces bons gâteaux que j'ai préparés ?

— Je… Ça ne me dérange pas.

Son panier à la main, Finola entra sans une hésitation, le chien lui emboîtant le pas. Avec un petit sourire, Marg la suivit du regard.

— Elle sait que je suis un peu sur les nerfs, donc elle bavarde pour me donner le temps de me calmer.

— Alors on est deux. Je comptais vraiment revenir. Je devais juste trouver le courage de le faire.

— Je ne peux pas t'en vouloir. Tellement de choses te sont tombées dessus en même temps. C'est très joli ici, et ça te rend heureuse.

C'était un sujet bien plus facile à évoquer.

— Oui, c'est vrai. C'est la première fois de ma vie que je suis seule, et que je fais ce que j'ai envie de faire. La première fois, à ma connaissance, que j'ai un chien, et il me rend heureuse aussi. Je te remercie de me l'avoir donné.

— Je t'ai plutôt contrainte à le garder.

— Et j'en suis quand même heureuse. (Et elle devait se montrer reconnaissante et accueillante.) Assieds-toi, je t'en prie.

— Tu étais en train de travailler, tu écrivais.

— Oui. Je crois que je ne suis pas trop mauvaise, et j'espère m'améliorer.

Marg, en pantalon près du corps et fin pull bleu, s'assit et croisa les jambes.

— Tu fais preuve de talent sur ton blog.

— Tu le lis ?

— D'une certaine façon. Ton père aussi était doué avec les mots.

— Il me racontait des histoires. Je n'en avais jamais assez. J'allais revenir, répéta Breen. Et je voulais savoir si je pouvais avoir un petit objet, juste un petit quelque chose de lui, en guise de souvenir. J'ai une photo de lui et son groupe donnée par un tenancier de pub dans le Clare. Ils étaient très populaires.

— La musique, c'était son premier amour, et c'était pour la vie. Je serais très heureuse de voir cette photographie avant de repartir. Il se trouve que je t'ai apporté quelque chose qui représentait beaucoup pour lui.

Marg sortit de son sac une bourse nouée d'un ruban blanc.

— J'ai d'autres objets, bien sûr, et tu pourras choisir ce que tu voudras. Mais je sais qu'il aurait voulu que ça te revienne.

Breen ouvrit la bourse : un anneau d'or. Une bague de *Claddagh*, et elle se rappela qu'il s'agissait de son alliance.

— Il n'a jamais cessé de la porter, l'informa Marg. Même quand ils n'étaient plus mariés.

Breen passa les doigts sur l'anneau.

— Il l'aimait. Il savait qu'ils n'étaient pas amenés à rester ensemble, mais il l'aimait. Ils m'ont conçue.

— Le destin ne les a peut-être mis ensemble que pour cela.

— C'est très important pour moi d'avoir cette bague.

Et elle avait honte parce qu'elle avait eu l'intention de retourner là-bas, mais ne l'avait pas fait.

— Tu es plus gentille avec moi que je ne le mérite.

— Oh, n'importe quoi. Je suis ta mamie, et j'ai plus de vingt ans à rattraper pour te gâter. Tu veux bien me donner cette chance, Breen ?

La voix de Marg restait calme, mais la supplique rayonnait dans ses yeux.

— Tu as bon cœur. Donne-moi cette chance.

— J'ai tant de questions.

Tout en prononçant ces mots, Breen prit la main de Marg.

— Il faudra du temps pour répondre à toutes.

— On le prendra, alors. Je vais chercher la photo. La prochaine fois que je serai dans un endroit où on peut scanner, je t'en ferai une copie.

Elle retourna à l'intérieur, où Finola s'affairait avec une théière et des tasses.

— Tu me connaissais quand j'étais petite.

— Eh oui. Toi et notre petite Morena, vous étiez comme les doigts de la main. Elle vit avec nous maintenant que ses parents, c'est-à-dire notre fils et sa femme, sont à la Capitale.

— La Capitale ?

— En effet. Talamh n'est pas aussi grande que ce monde, mais tu n'en as pas encore beaucoup vu. (Sans détour, elle fixa Breen de ses yeux magnétiques.) Tu voudras le revoir, Breen ?

— Oui.

— Voilà qui rendrait ta mamie très, très heureuse.

— Je monte, je dois lui montrer une photo de mon père.

— Je sors le thé et les gâteaux, alors. C'est une femme qui a beaucoup de force et de pouvoir, ajouta Finola. Elle a profondément souffert et elle est toujours debout. Elle est mon amie, aussi chère à mon cœur qu'une sœur. Peut-être même plus, en fait. Mon grand espoir est que tu tiennes d'elle.

Breen ne savait pas si elle tenait de quiconque, mais comme elle n'avait qu'une grand-mère, elle allait arrêter de fuir.

Elle rapporta la photo à la table où Marg et Finola avaient préparé le thé et sous laquelle Boulet était affalé avec l'un de ses biscuits.

Breen s'arrêta, regardant les petits gâteaux couverts de glaçage posés sur le plat.

— Les roses ont vraiment le goût de la rose.

— C'étaient tes préférés.

Souriant, Finola en déposa deux sur une petite assiette.

— Je t'ai bien dit qu'elle aimait mes petits carrés. Morena préférait les bleus, au goût de ciel d'été.

S'asseyant, Breen tendit la photo encadrée à Marg.

— Oh, mon garçon, comme il est beau là-dessus ! Et ton Flynn est avec lui, Finola.

— Mais oui ! Le papa de Morena, avec la flûte. Et voilà Kavan. C'était un grand ami de ton père, Breen, c'est le père de Harken et Aisling, et aussi de Keegan. Au bodhrán, c'est Brian. Parmi eux, il ne reste que mon Flynn.

— Ils sont… partis ?

— Brian il y a longtemps, et Kavan aussi. Ça fait du bien de les revoir jeunes, vivants, en train de faire ce qu'ils aimaient.

— J'en ferai des copies et je les leur apporterai. Vous voulez bien me dire comment il est mort ? Mon père ?

— Quand tu viendras et que je t'emmènerai à l'endroit où nous l'avons mis à reposer, nous en parlerons. Peut-on réserver cette journée à des pensées plus joyeuses ? proposa Marg. D'autres questions fourmillent dans ton esprit. Choisis-en une à ma portée qui ne recouvre pas de chagrin le thé et les gâteaux.

— Très bien. Tu fais partie des Sages. Ce sont des sorcières, c'est ça ?

— En effet. Il fut un temps où des personnes comme moi – et toi aussi – étaient respectées dans les mondes. Et puis les peurs, les rapacités, les envies et autres ont grandi chez ceux qui n'avaient pas de pouvoirs. Ce n'est pas la même chose à Talamh, où nos dons, nos compétences, notre savoir sont dispensés pour aider, guérir et défendre.

— D'accord. Et toi, Finola ? Tu fais partie des Sidhe ?

— Nous sommes des cultivateurs. De la terre, de l'air, des choses qui poussent.

— C'est tout ? Dans votre monde, je veux dire ? Des sorciers et des fées ?

— Oh, d'autres tribus ? Nous vivons, nous travaillons, nous nous reproduisons, nous défendons, comme Fey et peuple de Talamh, mais nous avons d'autres tribus, comme tu les considérerais. Les elfes. Ils s'occupent aussi des éléments et préfèrent les forêts et les montagnes aux champs et aux basses terres.

— Des elfes. Comme… (Fascinée, Breen tint sa main à un petit mètre du sol.) Des elfes.

— Ce ne sont pas les petits êtres aux oreilles pointues que décrivent les livres de contes de ton monde, précisa Marg. Pas plus que les garous ne sont des créatures de cauchemar qui se métamorphosent à la pleine lune pour attaquer et tuer.

— Les garous ? Comme les loups-garous ?

— Un métamorphe a un animal totem et peut devenir, selon son bon vouloir, loup, faucon, ours, chien, chat, etc.

— Il y a les sirènes, qui vivent dans l'eau, s'en occupent et la protègent, ajouta Finola, qui visiblement était très bien là à grignoter son gâteau. Les trolls dans les mines.

— Et avec tout ça, il y a les capacités, poursuivit Marg. Un troll peut avoir le pouvoir de communiquer avec les animaux, mais ce sera plus courant chez une sorcière, un elfe ou une fée. Un métamorphe peut avoir des visions oniriques. Nous disposons de ce que les dieux nous octroient.

C'était fascinant. Effrayant, impossible, mais fascinant.

— Quels dieux ?

— Ils sont nombreux. Même dans ton monde, vous leur donnez différents noms et fonctions et les associez à plusieurs légendes.

— Ce sont eux qui ont créé l'arbre de l'Accueil ?

— C'était un accord entre les royaumes des humains, des dieux et des Fey, et les choix ont été faits il y a plus de mille ans. Les portails étaient un moyen de voyager d'un monde à l'autre, mais les mondes changent et il a encore fallu faire des choix.

— C'est-à-dire ?

— Dans ce monde, des personnes telles que nous ont commencé à être persécutées, chassées et assassinées.

— La chasse aux sorcières. (C'était un fait historique, se dit Breen. Indéniable.) On a brûlé, pendu, noyé des gens.

Marg hocha la tête.

— Et la plupart de celles qui ont subi ce destin n'avaient aucun pouvoir. Je crois que c'est une espèce de folie qui s'est emparée du royaume des hommes. Nous devions être craintes et damnées. Ensuite, nous avons été relégués au rang d'histoires et de superstitions. Ce monde a suivi un chemin différent. Les machines sont devenues une sorte de dieux, la technologie, une sorcellerie. Et la magye véritable a régressé dans l'ombre. Les Fey de Talamh ont choisi de préserver leur identité, en privilégiant la magye plutôt que ce progrès.

— Mais je suis passée et vous êtes passées dans l'autre sens. Ma mère a vécu à Talamh. Fait-elle partie des Fey ?

— Non, elle est de ce monde.

À l'aise désormais, Marg leur resservit du thé.

— Elle est passée volontairement avec nous, par amour pour ton père. Personne ne peut arriver ici sans son consentement plein et entier. C'est la loi. Et tous à Talamh sont encouragés à aller de l'autre côté, explorer, passer du temps dans un autre monde. Ils peuvent choisir de rester dans ce monde, ce qui est leur droit. Mais ils doivent jurer sur ce qu'il y a de plus sacré de ne jamais utiliser leur pouvoir pour nuire, sauf pour venir en aide à quelqu'un. Et même dans ce cas, il y aura un jugement. Certains, comme ta mère, restent parmi nous. D'autres estiment que ce n'est pas leur place et repartent.

— Ne pourraient-ils pas tout raconter ?

— Qui les croirait ? fit Marg en souriant. Toi-même, qui te souviens de bribes et as vu des bribes, tu as encore du mal à y croire.

Mais croire n'était plus aussi difficile qu'avant, ou que ça devrait l'être.

— J'ai vécu toute ma vie – depuis mes trois ans au moins – dans ce monde. Dans un endroit très différent de là où je suis en ce moment. Et on m'a appris depuis très longtemps que je n'étais pas seulement ordinaire, mais à peine passable.

Une lueur s'alluma dans les yeux de Marg, qui les baissa.

— C'est la peur de ta mère qui est à blâmer. Je suis convaincue qu'elle avait tort, vraiment tort, sans pour autant la descendre en flammes. Tu es loin d'être ordinaire, quel que soit le monde, *mo stór*. Tu es plus brillante, plus forte que tu ne le penses. Ce qui est en toi est en dormance. Permets-moi de t'aider à l'éveiller, juste un peu.

Elle se leva et lui tendit la main. Quand Breen la prit, Marg la mena au jardin.

— Le romarin est une plante tellement utile. Tu veux bien le toucher, penser à lui, à la façon dont il pousse, s'épanouit au soleil, remplit l'air de son parfum ?

Ne voyant pas de mal à l'exercice, Breen effleura les brins des doigts.

— Ses racines s'étendent dans la terre. Quand vient la pluie, il boit. Pense à lui, à ce dont il a besoin, à ce qu'il donne. Pense à ce que tu lui donnes.

Elle y réfléchit. L'odeur… Celle que prenaient ses doigts à leur passage sur les branches. La forme des branches qui se dressaient vers le soleil. Le…

— Il a poussé !

Sous ses yeux ébahis, Breen regarda les branches prendre encore quelques centimètres.

— C'est toi qui l'as fait, dit-elle.

Marg secoua la tête, ses boucles d'oreilles luisant avec son mouvement.

— Ce n'est pas moi. C'est en toi. Je ne te dis peut-être pas tout, pas tout de suite, mais je ne te mentirai pas. C'est en toi, et encore davantage. Tout est uni, tu vois. Lié. L'eau, le feu, la terre, l'air, la magye. Tout est en toi également.

— Tout est en lien, Seamus l'avait dit, murmura Breen. Tout est relié.

— Exactement. Et c'est suffisant pour aujourd'hui. Je veux te demander quelque chose.

Breen se tourna vers Marg, qui lui prit les mains.

— Qu'est-ce que tu veux ?

— Est-ce que tu voudrais bien venir chez moi un jour ou deux ?

— Tu m'emmèneras sur la tombe de mon père.

— Oui.

— Je devrais écrire.

— Ce truc ne fonctionnera pas, la prévint Marg en regardant l'ordinateur. Mais il existe d'autres manières. Je t'aiderai pour que tu puisses faire ce que tu aimes et ce dont tu as besoin. Viens un jour ou deux, ma chérie.

— D'accord. Demain.

— Je te remercie vraiment. On va la laisser tranquille, maintenant, Finola.

— Et ç'a été un agréable moment, dit Finola en prenant son panier et se levant. Bénie sois-tu, mon enfant.

— Merci… et vous aussi.

— À demain, alors. Je te guetterai.

Breen resta là où elle était tandis que les deux amies traversaient la pelouse pour se rendre dans les bois. Boulet fit un bout de chemin avec elles, puis courut la rejoindre.

— Je devrais sans doute préparer quelques affaires. Qu'est-ce qu'on met dans son sac, pour passer deux jours dans un autre monde ?

Elle opta pour un programme matinal réduit. Blog, roman et livre jeunesse eurent tous droit à son attention, même si elle leur consacra moins de temps.

En milieu de matinée, elle endossa son sac à dos et se dirigea, nervosité comprise, vers les bois avec Boulet. Elle sentait l'excitation dont il était saisi à chaque pas, et se demanda s'il pouvait quant à lui sentir son anxiété.

Dans tous les cas, il la guida, comme l'autre fois, dans la lumière dansante et les ombres, tandis que le pouls sous son tatouage battait fort.

Elle pensa à ce qu'allait dire sa mère.

Ne sois pas bête, Breen. Tu n'es pas équipée pour gérer quoi que ce soit de tout ça. Retourne au cottage, réserve un billet et reviens là où est ta place. Suis les règles. Mène une vie discrète. Si tu vas trop haut, ce ne sera que pour mieux tomber ensuite.

Entendre cette litanie dans sa tête la poussa en avant. Elle allongea le pas jusqu'à atteindre l'arbre.

Et voilà, pensa-t-elle. *Étrange, magnifique et terrifiant.* Tout ce qu'il y avait de rationnel chez elle lui répétait qu'un arbre, si fantastique soit-il, ne pouvait être un portail donnant sur un autre monde.

Mais elle y était déjà allée. Et elle avait un chien pour le prouver.

— « Il y a plus de choses sur la terre et dans le ciel, Horatio. » Enfin, Boulet. Donc… c'est parti.

Il prit cette déclaration comme un ordre, grimpa maladroitement aux rochers et aux branches. Se rappelant combien elle avait été secouée l'autre fois, elle le suivit avec davantage de prudence.

Quand elle se sentit tomber une nouvelle fois, elle s'agrippa fort à une branche. Elle plana dans un flot de lumière, dans une petite bourrasque qui agita sa chevelure et fit gonfler son blouson. Elle devait combattre cette partie d'elle – la voix de sa mère – qui mourait d'envie de faire demi-tour.

Mais elle avança.

La tête lui tourna quand deux mondes semblèrent l'entourer : derrière, la forêt dense, devant, les champs verdoyants. Mais elle était debout sur un support solide, et retenait son souffle ; Boulet bondissait déjà à terre pour courir après les moutons.

— C'est réel. Première chose. Tout est réel. À voir pour la suite.

Elle avait certes les jambes un peu flageolantes, mais elle parvint à descendre les marches et à traverser le champ. Le chiot à côté d'elle, elle passa le muret de pierre et s'engagea dans le chemin de terre.

Elle aperçut Harken qui sortait de l'une des dépendances de pierre. Et Aisling arrosait un potager sous les yeux d'une paire de garçons aux cheveux d'un noir de jais assis dans l'herbe. Le plus petit hurlait de rire en entrechoquant deux seaux métalliques. Le plus grand construisait soigneusement une tour avec des cubes en bois.

Un énorme chien-loup gris les surveillait comme une nounou.

Aisling vit Breen et lui fit signe en se penchant sur son tuyau. Ensuite, elle sortit du jardin et prit le petit dans ses bras et l'aîné par la main. Avec le chien de la taille d'un poney à côté d'eux, ils s'avancèrent vers le chemin.

— Tu es revenue ! Bienvenue à toi.

— Je viens rendre visite à ma grand-mère.

Breen arriva au muret de pierre, et Aisling avec sa progéniture de l'autre côté.

— Tu lui as fait une joie, je peux te le dire. Et voici mes garçons. Finian, souhaite la bienvenue à Mlle Kelly.

— Bienvenue.

— Merci. Tu peux m'appeler Breen.

Bien qu'il ait la main pleine de terre et d'herbe, Breen lui tendit la sienne.

— Et ce trublion, c'est notre Kavan.

Celui-ci surprit Breen en éclatant de rire avant de jeter les bras autour d'elle.

— Il est affectueux, mais pas très propre, là, tout de suite.

— Ce n'est pas grave.

Quand Aisling le fit passer de l'autre côté du muret, il enfouit aussi ses mains pas très propres dans la chevelure de Breen et se mit à babiller joyeusement.

— Il aime tes cheveux. Les roux, c'est ce qu'il préfère, pas vrai, mon pirate ? Et enfin, il y a Mab. Elle est toute mignonne, ne t'en fais pas.

Boulet, les pattes avant fermement posées sur la clôture, s'étira pour lui lécher la face, ce que la grande chienne toléra dans un silence digne.

— Nous n'allons pas te retenir, Marg t'attend, mais j'espère que tu passeras nous voir pendant ton séjour ici. Mon homme et mon frère doivent rentrer incessamment. Ils seront ravis de te voir.

— Je viendrai.

— Allez, reviens voir maman, bonhomme, ta nouvelle copine doit partir.

Aisling posa l'enfant contre sa hanche.

— J'ai quelque chose pour toi et ton frère.

— C'est vrai ?

— Oui, ma grand-mère a dit… (Breen défit son sac à dos, dont elle sortit une photo encadrée.) Ton père, avec le mien et d'autres amis.

— Oh ! Mais regardez un peu ça, s'exclama Aisling en déplaçant le bébé. Vous voyez, là, c'est votre papy.

— Comment il est arrivé là-dedans ? demanda Finian.

— C'est une reproduction. Comme un dessin de lui quand il était jeune. Oh, quel cadeau précieux, Breen. Je ne sais pas quoi dire.

— De rien. Je passerai te voir avant… d'y retourner.

— Tu as intérêt, et le bonjour à Marg, d'accord ?

— Bien sûr. Ils sont bien beaux, tes garçons.

Aisling rayonna de plaisir et de fierté.

— J'ai une chance inouïe. Et maintenant, si je pouvais avoir une fille. Juste une. Allez, les gars, on va mettre ce beau cadeau à l'abri.

Pendant qu'Aisling retournait à la ferme, Kavan lança un sourire à Breen par-dessus l'épaule de sa mère. Et elle vit de petites ailes, fières et rouges, se déployer en remuant, comme pour dire au revoir.

— Ce n'est pas quelque chose qu'on voit tous les jours. Si ce n'est ici, peut-être.

Elle continua sur le chemin et tourna vers le cottage en s'enfonçant dans les bois.

Comme l'autre fois, portes et fenêtres étaient ouvertes sur la lumière et de la fumée s'échappait de la cheminée.

Marg cueillait des fleurs dans son jardin luxuriant et les déposait dans le panier à son bras.

— Et te voilà. Mais oui, toi aussi, ajouta-t-elle en voyant Boulet foncer vers elle. Entre, et sois la bienvenue. Je vais te montrer ta chambre tout de suite, en espérant qu'elle te plaira.

Elle était nerveuse, comprit Breen, qui en vit sa propre agitation calmée.

— Comment as-tu vécu le passage, cette fois-ci ?

— Je n'ai pas terminé à plat dos et inconsciente.

— Mieux, alors. C'est par là. Ma chambre est de l'autre côté, donc tu auras de l'intimité. Il y a une salle d'eau. Ce n'est pas ce à quoi tu es habituée. Si tu as des questions, je t'en montrerai le fonctionnement.

— Bien.

Breen entra dans une pièce lumineuse, dont les rideaux de dentelle voletaient, encadrant la vue sur le jardin et les arbres. Le lit à baldaquin, bien solide, drapé de blanc, avait à son pied un coffre sur lequel étaient peints des dragons. Bougies, fleurs et pierres brutes décoraient le manteau de la cheminée.

Un joli petit bureau et une chaise donnaient sur l'une des fenêtres.

— C'est charmant, vraiment. (Elle flâna dans la chambre et posa son cabas sur le coffre. La maison n'avait pas l'air assez grande pour contenir une telle pièce.)

Elle comprit d'un coup et se retourna.

— Parce qu'elle n'y était pas avant.

— J'essaie de me convaincre que je rêve ou que je déraille complètement. Mais je sais, au fond, que ce n'est pas le cas. Et, en réalité, je ne veux pas que ça le soit.

— Elle est là, à présent, et elle sera toujours là pour toi. Je vais mettre la bouilloire sur le feu, si tu veux ranger tes affaires pendant ce temps.

— Je n'ai pas grand-chose, ça peut attendre. En revanche, j'aimerais que tu m'emmènes voir la tombe de mon père. J'ai apporté ça.

Ouvrant son sac à dos, elle sortit une autre photo encadrée.

— C'est pour toi. J'en ai fait faire une pour Finola. J'ai vu Aisling sur la route et je lui en ai donné une. J'en ai une à moi. Je ne savais pas si l'autre ami, celui qui est mort aussi, avait une famille qui serait intéressée.

— Oui, et elle accorderait beaucoup de valeur à ce cadeau. C'est très gentil à toi, Breen.

Marg prit la photo et la pressa contre son cœur.

— Je vais te conduire à la tombe. C'est une longue marche, donc on ira à cheval. J'ai mon Igraine et on empruntera une monture à Harken pour toi.

— Je ne suis jamais montée à cheval.

— Oh, mais si, fit Marg, étonnée. Tu avais ton poney et tu l'appelais Birdie. Et tu montais sur le cheval de ton père avec lui. Ça reviendra, c'est sûr, mais pour aujourd'hui, on va plutôt prendre Igraine avec la carriole.

— Il n'y a vraiment aucune voiture ici ?

— Non, pas de voitures. (Marg reprit le panier de fleurs avant de les mener dehors, vers un cheval qui mâchonnait du foin avec indolence.)

— Voici notre Igraine. Elle est chouette et douce, mais quand il y a besoin de bouger, elle peut bouger. On va l'atteler à la carriole.

C'était la jument qu'elle avait vue en rêve. Blanche, carrée, avec des postérieurs pommelés de noir.

— Je peux t'aider ?

— Pour cette fois-ci, il vaut mieux que tu observes et que tu apprennes.

Marg mena la jument à une carriole à deux roues et Igraine attendit, remuant la queue, pendant que Marg lui fixait une espèce de harnais sur le poitrail. Il passait sous le ventre, le long des flancs, et la façon dont Marg opérait disait bien à Breen qu'elle l'avait fait des milliers de fois auparavant.

Tout ce temps, le cheval resta patient.

— Tout est molletonné, les courroies ne la blessent pas. Et il y a ça pour contrôler sa tête, mais il faut faire attention à ne pas le placer trop haut, pour ne pas obstruer ses voies respiratoires. On sangle tout ça, il y a la selle, qui n'est pas la même que pour monter, et les guêtres. Marg caressa la jument.

— Ensuite, la sangle sous-ventrière, qu'il faut bien serrer. Et voilà le harnais et le mors. Toute prête !

Pendant que Breen s'en mettait plein les yeux, Marg sanglait, bouclait et vérifiait que tout était en place. Elle recula ensuite pour soulever le véhicule.

— Je vais t'aider.

— D'accord. Les traits de chaque côté doivent rentrer dans les porte-traits. Tu vois les boucles, là ? En cuir.

Elle lui expliqua tout, étape par étape – et des étapes, il y en avait beaucoup – et elles purent enfin s'estimer prêtes pour le trajet.

— Tu dois faire tout ça chaque fois que tu veux te déplacer en carriole, dit Breen, songeuse.

— Il faut un peu de temps, mais pourquoi se presser ? Demain viendra bien assez tôt.

Aussi agile qu'une adolescente, Marg monta sur le siège et attendit que Breen fasse de même.

— Toi, à l'arrière, ordonna Marg au chien.

Il bondit, puis posa la tête sur la banquette, entre elles deux.

Avec un petit claquement de langue, Marg fit démarrer l'attelage.

Breen perçut du mouvement du coin de l'œil et se tourna : un chat tout argenté passait le long de la maison.

— Tu as un chat.

— Façon de parler.

14

Cette première expérience en carriole avait été décoiffante, mais Breen était enthousiasmée.

Sur le trajet, en l'absence de bruits autres que celui des roues et le trot énergique de la jument sur la terre meuble, on entendait le chant des oiseaux et les meuglements des vaches.

Breen était assise sous le soleil, caressée par une brise aux senteurs d'herbe fraîche et elle avait le temps de voir les autres fermes et cottages. Un homme portant une canne épaisse souleva sa casquette quand elles le dépassèrent sur la route.

Des enfants jouaient, des vêtements battaient sur des fils à linge, des chevaux s'ébattaient dans les prés.

— C'était un renard, ça ? demanda Breen en apercevant une mince forme rousse filer pour traverser la route.

— Oui. Tu n'en avais jamais vu ?

— Pas vraiment. Il y a une tour ronde, là-bas, qu'est-ce que c'est ?

— Pour que nous nous souvenions. Il y a bien longtemps, les Pieux y sont allés pour se mettre à l'abri, car ils étaient persécutés. Et à leur tour, ils ont persécuté.

— C'est le nom que tu avais donné l'autre fois. Tu as dit que mon père était enterré là.

— C'était un lieu destiné à la prière, aux bonnes œuvres et à la contemplation. Mais il y en a toujours pour croire que ce qu'ils croient est la seule chose qui existe. Et qui feront tout ce qu'il faudra pour obliger tous les autres à adopter leurs croyances. Selon moi, ceux qui tuent, brûlent et réduisent en esclavage au nom d'un dieu, c'est qu'ils n'entendent pas le dieu qu'ils prétendent vénérer. Ou alors, ce dieu est faux et cruel.

Elle fit tourner l'attelage sur une route plus en pente et, au sommet d'une côte, Breen l'aperçut.

L'étendue grise, les tourelles, les remparts. Et l'herbe haute tout autour, des pierres tombales et des moutons qui paissaient.

Sur une autre butte, le cercle de pierres.

— Tu en as rêvé.

— En effet. De cet endroit et aussi de toi, de la jument. Pas de la carriole, tu étais à cheval, et tu portais un manteau marron à capuche. Je ne peux pas m'y habituer, murmura Breen. Je ne sais pas si je m'y ferai.

— Cet endroit est sanctifié, c'est un lieu sacré, comme il était prévu. Tout sang versé ici, tout péché commis, est pardonné depuis longtemps.

— Pourquoi est-il ici et pas plus près de son habitation ?

— Il était *taoiseach* et c'était un honneur pour lui. Quand mon tour viendra, je reposerai ici également.

— Qu'est-ce que ça veut dire, ce mot ? Tisha ?

Marg l'épela.

— Il signifie « chef ». Notre Eian était chef des tribus unifiées. Il a été choisi et il a choisi, comme je l'ai été moi aussi.

— Vous avez été élus ?

— Nous sommes choisis et nous choisissons, répéta Marg. Comme j'ai choisi de passer l'épée et le bâton de *taoiseach* à un autre quand j'ai échoué, quand je me suis laissé utiliser et abuser. Je t'expliquerai, Breen, promis. Ton père n'était qu'un bambin quand j'ai abdiqué, mais à seize ans, il a ceint l'épée et pris le bâton à son tour.

Elle arrêta le cheval.

— Tu veux bien m'attraper les fleurs ?

Le chien sauta de la carriole pour aller examiner moutons et pierres.

En descendant, Breen prit le panier. Marg se saisit des fleurs et traça du doigt un cercle dans l'air. Les tiges se rassemblèrent comme pour s'entortiller.

— Puisque tu es là, j'ai envie de les mettre en terre pour qu'elles poussent et foisonnent.

— Mais ce sont des fleurs coupées, non des plants.

— Elles sont assez fraîches.

Marg prit la main de Breen, marcha avec elle dans l'herbe pour arriver à une pierre où étaient gravés le nom de son père et le symbole d'une épée et d'un bâton croisés.

— Il est vraiment parti. Je ne voulais pas tout à fait y croire…

— Il est en toi comme il est en moi, lui répondit Marg en lui enlaçant la taille. N'oublie jamais ça. Il est avec les dieux maintenant. Seuls ses cendres et nos souvenirs de lui reposent ici.

— Tu… Il a été incinéré ?

— Selon notre tradition, le mort est déposé dans un bateau sur un lit de fleurs. On allume de bougies, et on chante pendant que le bateau part sur l'eau. Et puis le feu restitue. Les cendres reviennent par l'air dans une jarre en pierre, qui est enterrée. Et le mort fait un avec les cinq.

— Les quatre éléments plus la magye ?

— Voilà. Tu veux que je te laisse cinq minutes ?

— Non. Non, il était aussi ton fils.

— Ensuite, nous lui offrirons les fleurs ensemble.

— Je ne sais pas comment faire ce que tu demandes.

— Agenouille-toi avec moi. On va tenir les fleurs toutes les deux, juste sous la pierre. Pense avec ton cœur, ouvre-le.

— En cet endroit de repos et de paix, dit Marg, nous présentons notre offrande à celui qui est tant aimé. Chaque fleur luit et pousse jour et nuit. Pour le père, pour le fils, d'elle, de moi. Tel est notre vouloir, qu'il en soit ainsi.

Breen sentit quelque chose, un changement dans l'air, et sous elle. Les tiges du bouquet s'immiscèrent dans la terre. Et elles s'étendirent jusqu'à former un tapis.

— C'est… magnifique.

— Tu y as contribué. (Les larmes perlèrent aux yeux de Marg, sans tomber. Elles scintillèrent simplement, comme la lumière sur une mer bleue brumeuse.) C'est en toi, *mo stór*. Si tu le décides, je t'apprendrai ce que tu dois savoir. Allez, prends ton temps avec lui. Tu en as besoin, que tu le penses ou non. Il y a d'autres personnes ici que j'ai connues et dont je me suis occupée, et je vais leur présenter mes respects.

— Très bien.

S'asseyant, Breen passa la main sur le tapis de fleurs. Elle ne pensait pas avoir pris la moindre part dans sa création, mais elle ne pouvait nier avoir senti quelque chose tirailler, puis s'ouvrir en elle.

Mais pour l'instant, elle voulait simplement être là.

— Tu me manques tellement. (Ce manque était encore plus aigu que quand elle était jeune, se rendit-elle compte.) J'aurais dû essayer de te retrouver avant. J'aurais dû m'arranger pour m'échapper, et essayer. Tu aurais déjà disparu, mais je l'aurais su. Je serais venue ici.

» C'est très beau, les vieilles ruines, les collines, les champs. Et si calme. Paix et repos, a-t-elle dit : c'est vrai. Je ne sais pas si je crois en une vie après la mort, mais j'espère que c'est ce que tu as maintenant. La paix et le repos. Il y a des milliers de choses dont je dois me souvenir, mais je n'ai jamais oublié ça : je t'aime.

Elle se redressa, cilla et essuya des larmes. La jument poussa un hennissement aigu et, se dressant sur ses jambes arrière, faillit retourner la carriole. Sans réfléchir, Breen se mit à courir pour saisir la bride et essayer de la calmer.

Elle entendit un « vouuu », comme une bourrasque qui balayait les arbres.

Comme elle avait du mal à tenir la jument, elle releva les yeux.

Un homme plongea du ciel, ses cheveux d'or flottant derrière lui, ses ailes noires déployées. Elle n'eut qu'un bref instant pour être impressionnée par cette étrange beauté avant de réaliser qu'il venait droit sur elle.

Et dans ses yeux la lueur était aussi sombre que ses ailes.

Breen se mit à courir, elle zigzagua sur le sol inégal pour éviter les pierres. Elle sentit qu'on lui attrapait les cheveux, puis qu'on la tirait en arrière. Quand un bras s'enroula autour de sa taille, elle donna des coups de pied, se défendit et reprit son souffle pour hurler :

— Nan ! Enfuis-toi ! Cours te cacher !

Un petit rire fusa près de son oreille.

— Fini de se cacher. Tu es attendue par Odran.

Et elle donna des coups de pied quand il la souleva, le sol tournoyant sous elle.

Elle entendit un rugissement et pensa que c'était son cœur en panique qui battait dans sa tête. Puis la chose descendit du ciel, miroitant de couleurs émeraude et or. Son long corps aux lignes sinueuses fendit l'air avec l'homme sur son dos, ses cheveux noirs volant. Le soleil illumina l'épée levée dans sa main.

Breen se sentit relâchée par ce qui la tenait et, en tombant, trop estomaquée pour crier, elle le vit tirer sa propre épée.

Elle heurta le sol, y resta allongée, sonnée, tandis que le choc lame contre lame le faisait trembler sous elle.

— Breen ! s'exclama Marg en s'agenouillant à côté d'elle. Je m'occupe de toi. Montre-moi où tu as mal.

— Un dragon, fit Breen d'une voix essoufflée. C'est un dragon.

— Remercions-en les dieux.

Le dragon se retourna, incurvant son corps et faisant cingler sa queue. Son cavalier abattit son épée et le corps ailé tomba comme une pierre.

Sa tête heurta le chemin de terre avec un bruit sourd, puis roula dans les hautes herbes.

— Oh, mon Dieu. Oh, mon Dieu.

— Allons, tout va bien, maintenant. Tu es en sécurité. Tu as des bleus, mais rien de cassé. Redresse-toi et reprends ton souffle. Tout est fini.

Le dragon descendit en douceur, freinant de ses serres aiguisées sur le chemin. Il examina Breen de ses yeux au doré plus sombre que ses écailles tout en s'allongeant sur le ventre.

Son cavalier passa une jambe au-dessus de son large dos, puis sauta à terre avec autant d'aisance dans une rivière fraîche par une chaude journée. Il rengaina son arme ensanglantée et se dirigea à grands pas vers Marg.

Il ne paraissait pas particulièrement heureux, mais Breen se dit qu'elle ne l'aurait pas été non plus si elle venait de décapiter quelqu'un.

Ses cheveux flottaient derrière lui, noirs comme la nuit, dépassant largement le col de la tunique de cuir qui gonflait au vent quand il marchait. Ses yeux d'un vert sombre intense se posèrent une brève seconde sur la tête coupée.

Elle reconnut ce visage dur et beau vu dans ses rêves.

— Odran n'a pas envoyé sa meilleure recrue. (L'homme accorda à Breen le même regard de léger dédain.) Et elle ?

— Tu as ma reconnaissance, Keegan, donc ne va pas bêtement tout gâcher. Ma petite-fille a eu un choc et elle est tombée, et je suis bien consciente que ç'aurait été pire si tu n'étais pas arrivé au bon moment. Breen, je te présente Keegan O'Broin.

— Tu as un dragon.

— Nous nous avons l'un l'autre. Tu peux te lever ?

Elle n'en était pas bien sûre, mais quand il lui tendit la main, elle se dit qu'elle se sentirait moins idiote sur ses deux pieds qu'assise par terre avec le chien en train de gémir d'inquiétude et de lui lécher le visage.

Il la hissa sur ses jambes, puis adressa à Boulet un regard plus sympathique qu'à elle.

— Et c'est qui, lui ? Il est de la portée de Clancy ?

— Oui, et il est maintenant à Breen.

— Tu as échoué dans ta protection, dit-il, accordant tout de même au chien une rapide caresse machinale. Tu devras être plus au point la prochaine fois. Et elle aussi, ajouta-t-il en regardant Marg.

— Elle n'a pas eu le temps, commença Marg.

— Je suis juste là, lança Breen, mais je peux m'éloigner si vous avez envie de parler dans mon dos cinq minutes.

— Au moins, c'est pas une serpillère, donc on verra. (Ignorant de nouveau Breen, il enchaîna.) Mahon me suit de près, il vous raccompagnera chez vous. Cet attaquant était sans doute un opportuniste, parce qu'Odran n'enverrait pas quelqu'un d'aussi mauvais à l'épée. Je m'occupe de sa dépouille.

— Tu es parti plus de quinze jours. Tu resteras un moment, cette fois-ci ?

— Aussi longtemps que je le pourrai. Ma terre m'a manqué. Voilà Mahon.

— Ah, Aisling et les enfants seront heureux qu'il rentre à la maison.

L'homme fée, avec ses ailes couleur vieil acajou et ses cheveux de la même teinte retenus en dizaines de tresses, descendit en douceur du ciel.

— Tu as besoin d'aide pour la remettre dans la carriole ? demanda Keegan à Marg.

— Oh, mais…

L'insulte fit s'évanouir la peur et l'étonnement restants.

— Boulet ! appela Breen d'une voix sèche.

Elle se dirigea elle-même vers la carriole. Sa cheville la lançait, mais elle refusait de boiter.

— Boulet ? répéta Keegan, un peu amusé.

— C'est le nom du chien, et arrête de la provoquer, Keegan. Ce qui vient d'arriver est ma faute. Uniquement la mienne.

Elle suivit Breen. Mahon atterrit avec légèreté.

— Tu es parti comme une bourrasque, tu as failli m'envoyer dans le décor, se plaignit-il à Keegan. Et en plus, on dirait que j'ai tout loupé. Une fée des ténèbres ?

— D'Odran, et il embarquait la petite-fille de Marg quand je suis arrivé. Et elle, elle gigotait et criait comme une gamine qui fait un caprice.

— Aisling disait dans son message qu'elle était passée à Talamh.

— Et elle a failli en repartir. Raccompagne-les, Mahon, tu veux bien, avant de rentrer chez toi.

— Bien sûr.

Keegan alla ramasser la tête en la tenant par les cheveux et la jeta à côté du corps.

— Cróga ! *Lasair*, dit-il au dragon.

Avec un grand rugissement, Cróga cracha du feu. Sa puissance transforma le cadavre en cendres calcinées. À ce bruit, Breen tourna la tête et il vit à sa pâleur qu'il aurait dû attendre qu'elles soient hors de vue.

Trop tard.

— Tu aurais pu te montrer plus délicat, commenta Mahon avant de se diriger vers la carriole. Gente dame.

Malgré ce ton formel, il embrassa Marg sur la joue.

— Je suis navré que vous ayez rencontré des problèmes, d'autant plus ici, dans un lieu sacré. Et je ne savais pas que tu avais une sœur.

— Inimitable, Mahon. Breen est ma petite-fille et tu le sais très bien. Breen, voici Mahon Hannigan.

— J'ai rencontré votre famille, dit Breen qui, sentant encore la fumée, prit bien soin d'affermir sa voix. Vos enfants sont adorables.

— Et éprouvants. Vous vous sentez assez bien pour voyager, jeune dame ?

— Je vais bien, merci.

— Je vais vous suivre jusqu'à la maison pour m'assurer de votre sécurité, ne vous inquiétez pas.

Il déploya ses ailes et s'éleva. Breen oublia d'être étonnée.

Quand Marg eut appelé le cheval et qu'elles se furent éloignées de la puanteur de la fumée, Breen se tourna vers elle.

— Je veux comprendre.

— Oui, bien sûr. Ce qui s'est produit, c'est ma faute.

— Avant d'en arriver là, je n'arrête pas de penser à ça : cet homme était sur un dragon.

— De telles créatures font partie des légendes dans ton monde, mais elles existent dans celui-ci. J'avais demandé à ce qu'aucun ne s'approche ces jours-ci, pour t'épargner. Tellement de choses te sont tombées dessus, et j'ai cru… Je me suis trompée. Je me suis trompée et tu aurais pu le payer très cher.

— C'est le frère d'Aisling et Harken ? L'homme qui était sur son dos ?

— Oui, et il est le *taoiseach* de Talamh.

— Lui ? Eh bien, pourquoi pas. Mais pourquoi une fée des ténèbres voudrait-elle m'emmener contre ma volonté ? Et qui est donc cet Odran ?

— Je croyais que tu étais encore invisible à Odran, que j'aurais le temps de te préparer, t'expliquer et te montrer. Je ne sais pas si celui que Keegan a tué a été envoyé, ou si c'était un éclaireur ou un espion qui a eu de la chance, avant d'avoir de la malchance, dirons-nous.

— Ce qui ne répond pas à mes questions.

— C'est normal qu'il ait voulu t'emmener. Il y a sûrement une grosse récompense à la clé. Il est sans doute aux ordres d'Odran. Ton grand-père.

— Mon… Pourquoi mon grand-père, dont tu ne m'avais jamais parlé, voudrait que je sois terrorisée et embarquée par… Oh. C'est lui qui m'a enlevée quand j'étais toute petite.

Le visage tendu, Marg incita la jument à accélérer le pas.

— Là aussi, c'était ma faute. Nous sommes pacifiques, dans ce monde. La paix, il faut y travailler, et il y a bien des fois où l'on doit se battre pour elle. Il y a ceux qui vivent pour détruire, qui s'en repaissent, qui aiment prendre, gouverner les gens contre leur volonté. Odran en fait partie.

Tous les mondes étaient pareils, magye ou non, songea Breen.

— Pourquoi veut-il m'emmener ?

— Tu es autant de son sang que du mien. Et tu as bien plus en toi que tu ne le crois, *mo stór*.

Avant qu'elle puisse enchaîner, Breen vit le dragon voler gracieusement avant de virer à l'ouest avec son cavalier.

— Où va-t-il ?

— Normalement, il va emporter les cendres du sorcier ténébreux aux grottes de l'Amertume, les enfouir profondément et saler la terre.

Marg conduisit la carriole en silence un moment.

— Nous serons bientôt rentrées, reprit-elle. Tu peux attendre pour la suite ?

Breen avait envie de protester, mais elle s'aperçut que Marg était aussi pâle qu'elle-même.

— J'ai attendu jusqu'ici.

Elle regarda Mahon s'élever dans les cieux.

— Si Keegan et *taoiseach*, qui est Mahon ?

— Son plus vieil ami, un frère pour lui, même avant qu'il épouse Aisling. C'est un homme bien, en qui on peut avoir confiance. Il est le bras droit de Keegan.

— Il fait partie… des Sidhe, et Aisling, tu as dit, des Sages. Ce qui veut dire, j'imagine, qu'on peut se marier entre différentes tribus.

— Bien entendu. Un cœur aime qui il aime. Harken est épris de Morena et l'a toujours été. Mais il est un peu lent dans ce domaine. Et elle est vraiment têtue, donc ils se tournent encore autour.

Marg bifurqua sur le chemin menant au cottage.

— Quand je me serai occupée d'Igraine, je veux t'examiner de nouveau, ou je pourrais appeler Aisling, parce que c'est une guérisseuse avant tout.

— Je ne suis pas blessée. J'aurai sans doute des bleus, et j'ai mal à la cheville gauche, c'est tout.

— On va regarder et prendre un verre de vin. Je te raconterai ce que tu dois savoir.

— Tout, insista Breen. Pas seulement ce que tu juges que je dois savoir.

— Tout.

Quand elle s'arrêta, Mahon atterrit pour aider Marg à descendre de la carriole.

— Je m'occupe du cheval et de la carriole.

— Mahon, je sais bien que tu as envie de rentrer chez toi.

— Et j'y serai bientôt.

Il l'embrassa encore et caressa le chien.

— Vous êtes vraiment la bienvenue à Talamh, dame Breen.

— Merci.

Sa cheville ayant gonflé pendant le trajet du retour, elle dut faire des efforts pour ne pas claudiquer jusqu'à la porte.

— Assieds-toi là, devant le feu, dit Marg en agitant les doigts pour transformer les braises mourantes en petites flammes. Allez, enlève ta botte et pose ton pied sur un siège.

— Je me suis juste tordu la cheville en tombant. Mes fesses ont amorti le plus gros.

— Des ecchymoses, un petit hématome. Guérir n'est pas ma spécialité, mais je suis capable de réparer ça.

Marg s'assit sur la table basse et prit le pied de sa petite-fille sur ses genoux.

— Il faut simplement mettre de la glace et le surélever, opina Breen.

— Hmm, fit Marg avant de passer en douceur les doigts sur la cheville, traçant des cercles lents, très délicatement. Quand tu as appris à marcher, tu ne voulais que courir. Des bleus et des égratignures, tu t'en es fait ! Tu te relevais et tu recommençais.

— J'aime bien courir. J'ai fait de l'athlétisme à l'école. Un peu.

Les doigts sur sa peau étaient si apaisants et frais qu'elle sentit ses yeux se fermer.

— Allons, assieds-toi et je vais nous chercher du vin. Et pour toi, du baume pour parfaire la guérison.

Quand Marg se leva, Breen rouvrit les yeux. Non seulement elle ne sentait plus ni raideur, ni douleur, mais bleus et enflure avaient disparu.

— C'est un sort ?

— Oh, non. Un talent, si tu veux. Mais si ç'avait été grave, j'aurais fait venir Aisling ou un autre guérisseur. Tu as ce talent. Je me souviens d'une fois où Morena s'était brûlé les doigts sur le fourneau. Tu l'as guérie par des bisous.

— Comment… comment je pouvais savoir ?

— Ton cœur savait. Voilà, tu y es.

Marg apporta le vin, une assiette de cookies et un biscuit pour le chien. Sur le plateau, un petit pot bleu.

— C'est du baume. Les lotions, les potions, les onguents, les sorts et tout ce genre de choses, ça, c'est mon fort.

— Je me sens bien maintenant.

— Avec ça, ta cheville se remettra bien. Tu m'as appelée Nan. (Avec les mêmes mouvements circulaires tout doux, Marg appliqua le baume.) Tu m'as appelée par mon nom de mamie, quand tu m'as dit de courir me cacher.

— Tu ne t'es pas cachée.

— Tu voulais me protéger. Pouvais-je en faire moins pour toi ?

Marg donna le biscuit à Boulet, qui s'étala devant le feu pour le ronger.

— Tu laisses toujours la porte ouverte ?

— Pas toujours, non, mais j'aime avoir de l'air. Tu préférerais que ce soit fermé ?

— Non, c'est chouette, la brise et la cheminée.

L'accueil, pensa-t-elle. Parce qu'une porte ouverte, c'était accueillant.

Marg s'assit et prit son verre de vin. Elle le fit tourner entre ses mains avant de boire une gorgée.

— Je vais te raconter les choses à ma façon, mais ce sera la vérité. Toute la vérité. Et les questions que tu auras, j'y répondrai. Quand le *taoiseach* qui me précédait est mort (il avait eu une longue vie et avait maintenu la paix), je suis allée au lac avec les autres. C'est de cette façon que nous choisissons et que nous sommes choisis. L'épée est restituée au lac. Plonger dans le lac, c'est le premier choix que nous faisons. J'y suis allée. J'avais dix-huit ans et aucune ambition de devenir une meneuse. Je voulais être… une bonne sorcière, et quand j'aurais trouvé l'âme sœur, une bonne mère pour nos nombreux enfants. Tels étaient mes désirs quand je suis entrée dans l'eau. Mais là, dans les profondeurs où les autres cherchaient, j'étais la seule à voir l'épée. Alors j'ai encore choisi, de la prendre et d'accepter ma destinée.

— Comme dans les légendes arthuriennes, avec la Dame du Lac.

— Les légendes ne viennent pas de nulle part, tu sais. Alors j'ai accompli les devoirs qui m'incombaient, j'ai pratiqué mon Art et exercé mon étrange rôle de chef. Plusieurs hommes ont voulu partager cette place avec moi, mais je n'ai voulu d'aucun en retour. Jusqu'au moment où j'ai vu Odran.

Elle s'appuya au dossier de sa chaise et observa le feu, observa le passé.

— Dieux, qu'il était beau avec ses cheveux dorés comme le soleil, ses yeux gris comme un nuage d'orage. Grand, bien bâti, tellement charmant… J'ai eu droit à de belles phrases, de longs regards, des mots doux, des caresses enivrantes. Je le pensais des Sages. Je le croyais de Talamh.

— Et il ne l'était pas ? Ne l'est pas.

Marg secoua la tête.

— Je ne le voyais pas tel qu'il était. J'étais jeune, je débordais d'amour et de désir pour lui. Je ne saurai jamais si ça venait de moi ou de sa faculté à modeler mes sentiments. Je l'ai donc pris dans mon lit. Il n'était pas le premier, mais c'était lui que je voulais. Du moins, je le croyais.

Le chat entra. Il regarda longuement Marg, puis se dirigea vers la cuisine.

— Nous avons formulé nos vœux, d'abord à la Capitale, puis à la ferme où ma famille a travaillé la terre pendant des générations. Et puisque c'était mon souhait le plus cher, nous avons fait un enfant. Comme Odran était attentionné pendant que je portais notre fils ! Il travaillait la terre avec mon père, apportait des fleurs à ma mère. Et puis Eian est né. La joie a encore duré quelques semaines, parce que tu vois, il voulait que le bébé soit bien dodu grâce à mon lait – du lait de sorcière – et qu'il gagne en pouvoir.

— Pourquoi ? Pour quoi fairc ?

— Pour le prendre en lui. Le drainer, morceau par morceau – un enfant qui avait son sang et le mien. Le *taoiseach*. Une nuit, je me suis réveillée après avoir fait un rêve de tempêtes et de sang. Je me sentais mal, sonnée et faible, car il avait trafiqué la tisane qu'il m'avait gentiment apportée pendant que j'allaitais notre enfant. Et je l'ai vu, vu pour ce qu'il était, vu les ténèbres, et perçu son objectif alors qu'il tenait notre fils dans ses bras. Il dormait, et trop profondément. Odran était en train d'attirer à lui ce pouvoir innocent, d'en vider l'enfant que nous avions fait.

— Il… il allait le tuer ? Son propre fils ?

— Non, pas le tuer, mais le vider lentement. De son pouvoir, de son âme. Le boire, si tu veux. Et oui, la mort serait venue quand mon joli bébé n'aurait plus rien eu à donner. C'est avec lui que j'ai trouvé ma colère, ma force. Je l'ai arrêté d'une malédiction lancée d'un cœur déchiré de mère. Je l'ai jeté de la maison, de notre monde. Pour toujours, je croyais. Mais il était plus puissant que je ne le soupçonnais, même à ce moment, et mon inquiétude pour mon bébé me voilait la face. Car il est revenu, avec ses ténèbres et ses démons, et la longue paix a pris fin.

Un instant, Marg posa la tête contre le dossier et ferma les yeux.

— Nous avons livré bataille pendant plus d'un an. Des gens sont morts, des hommes et des femmes bien qui s'opposaient à ces forces. Mon propre père, mes propres frères sont tombés cette année-là. Et la suivante, ma mère a succombé à un cœur amer et brisé. Elle ne m'a jamais pardonné.

— En quoi ça pouvait être ta faute ?

— J'étais *taoiseach*. Avais-je protégé le monde que j'avais juré de protéger ? Non. J'ai cédé à mes propres désirs et envies. Et donc, une fois qu'Odran a été renvoyé à ses ténèbres, une fois que nous avons honoré nos morts et commencé à construire une paix nouvelle, j'ai rendu l'épée au lac pour qu'un autre soit choisi.

— Ce n'était pas mon père. Il était trop jeune, à l'époque.

— Non, c'était quelqu'un d'autre, et elle a bien assuré en son temps. Ensuite, ça a été le tour d'Eian. Seule une mère connaît, je pense, le sentiment d'immense fierté mêlé à celui d'immense frayeur. C'est ce que j'ai ressenti le matin où Eian est ressorti du lac en brandissant fermement l'épée. Mais il a maintenu la paix, mon garçon. Et il a rencontré ta mère lors d'un de ses voyages. Ici, tout le monde est encouragé à aller voir d'autres mondes, apprendre, comprendre que nous ne sommes pas seuls. Donc il l'a ramenée, volontairement, ils ont prononcé leurs vœux et ils t'ont conçue.

Un homme entra, un homme aux cheveux argentés qui se dirigea vers Marg et lui resservit du vin.

— Il te faut encore du vin, et un repas aussi.

— Je mangerai quand je lui aurai raconté la suite. Elle n'est pas aussi en sécurité que je le croyais.

— Je vous ai vu, dit Breen en se levant. Je vous ai vu.

— Seulement parce que j'en avais envie, dit-il en la resservant à son tour. Dans l'espoir d'agiter ce qui avait besoin de l'être.

— Vous m'espionniez ?

— Sedric est mon bon ami et compagnon. C'est moi qui l'ai envoyé en observation. Il y avait des signes que je ne pouvais ignorer. En dehors du fait que je te sentais profondément malheureuse, des signes montraient que le moment était venu. Sedric ne te ferait jamais de mal.

— J'ai cru que je devenais folle.

— Mais des choses se sont agitées, releva-t-il avec un lent sourire avant de quitter tranquillement la pièce.

Il y avait quelque chose dans son sourire, dans ses mouvements…

— C'est… c'est le chat !

— Oui, c'est un chat-garou, et il fait partie des Sages, ainsi que sa mère. Je le chéris autant qu'il me chérit. Et qu'il te chérit toi, toujours toi. Il a l'arrogance de son animal totem, c'est indéniable, mais il donnerait sa vie pour moi comme pour toi.

Tout le puzzle se reconstituait, pièce magyque par pièce magyque.

— C'est pas un simple hasard qui m'a fait découvrir que j'avais de l'argent.

— Tu avais besoin de ton indépendance. Il fallait que tu choisisses, ce que tu as fait. Tu le regrettes ?

— Non, mais je ne sais pas ce que je dois comprendre.

Marg se pencha vers elle et lui prit la main.

— Tu sauras quand tu seras complètement éveillée. Je te demande seulement de me laisser te montrer, t'enseigner des choses pour que tu te sentes forte.

Elle s'en souvenait, elle le voyait.

— Il est venu, cette nuit-là. J'étais... j'étais juste un bébé, franchement. Il a dit... qu'il m'apprendrait à voler, comme les fées et les dragons. Il avait l'apparence d'un petit garçon, mais ce n'en était pas un.

— Nous avions installé des protections autour de toi et il a quand même réussi à s'insinuer comme un serpent dans le noir.

— Il m'avait enfermée dans une cage en verre et je ne pouvais pas en sortir. J'appelais mon papa, j'appelais ma mère, toi aussi.

— Et nous t'avons entendue. Il ne pensait pas qu'on le pouvait. Il se croyait tellement fort, mais son pouvoir s'est effrité contre celui que tu détiens en toi, ainsi que l'amour de ton père, le mien, les larmes de ta mère.

— Il a dit que vous ne m'entendiez pas, que vous n'entendriez jamais. Au début, il essayait de m'apaiser, mais comme je n'arrêtais pas d'appeler et de pleurer, il s'est mis en colère. Je m'en souviens. Je l'entends de nouveau, je le revois.

— Si c'est ce que tu veux, prends ma main, regarde le feu avec moi maintenant. Nos souvenirs se rejoindront. Je verrai ce que tu as vu et toi ce que j'ai vu. Ces réponses sont là si tu le désires. Mais sache que tu sentiras tout, comme si ça se produisait en ce moment même.

L'idée de revivre ce moment la terrifiait, mais elle prit la main de Marg.

— Regarde le feu, la flamme, le cœur du brasier. À travers la fumée et les lueurs, regarde ce qui a été. Je suis avec toi et toi avec moi.

Elle connut la peur et cette peur hurla et fit rage en elle. Elle n'était qu'une petite fille, tapant des poings contre un mur qu'elle ne pouvait voir. Derrière, le monde tournoyait, couleur vert pâle, comme les eaux d'un lac. Profondes, profondes. Le soleil s'y infiltrait à peine pour produire une lumière vaseuse.

— Je veux partir ! Papa !

— Je suis ta mère, ton père, tout pour toi désormais.(La voix, venue de nulle part et de partout, emplissait sa cage.) Ne bouge pas, ne crie pas et je te donnerai des bonbons. Tu seras comme une princesse, avec des jouets dorés et des prunes au sucre.

Ses larmes coulèrent. Elle avait mal aux mains d'avoir tapé sur sa prison.

— Je veux mon papa ! Je veux ma maman ! Je veux Nan ! Je t'aime pas !

— Arrête, ou tu sauras ce que c'est que la douleur.

Elle sentit un pincement fort sur son bras. Sous le choc, elle couina, tomba pour se recroqueviller et pleurer, pleurer.

— Les petites filles sages ont des récompenses. Les vilaines petites filles se font pincer et gifler. Sois sage et grandis. Pendant que tu grandis, ce qui est en toi grandit. Ce qui est en toi est à moi ! Quand ce sera mûr, je le prendrai. Quand je le prendrai, tu vivras dans un palais au ciel.

Même paralysée par la peur, elle entendit le mensonge. Elle appela son père, sa mère, sa grand-mère. Et pendant qu'elle appelait, quelque chose se propagea en elle.

Ce qu'elle avait connu de son pouvoir jusque-là ne lui avait apporté que de petites choses, jolies et drôles. Des papillons qui voletaient jusqu'à sa main, des oiseaux qui venaient chanter sur son épaule.

Mais là, cette chose qui croissait, elle était dure et pointue, comme les couteaux qu'elle n'avait pas le droit de toucher.

Et elle qui n'avait jamais connu la laideur hurla sa vérité :

— Je te déteste ! Mon papa, il va venir et il va te battre ! Il va te faire mal parce que tu m'as fait mal.

Cette fois-ci, elle ne fut pas pincée mais giflée, avec autant de force que s'il s'était agi d'un coup de couteau aiguisé. Personne ne l'avait jamais frappée et le choc, l'insulte s'insinuèrent à travers la peur et trouvèrent la rage.

La joue cuisante, marquée de rouge, Breen se leva. Elle serra les poings sur ses hanches. Ses yeux se firent sombres, sombres comme la nuit, et ce qui s'était accumulé en elle fit éruption.

— Tu ne dois pas taper !

Hurlant, elle lança les mains en avant, et avec, ce qui était en elle.

Quelque chose mugit, de douleur apparemment, et le verre se brisa.

L'eau se déversa sur elle, la ballotta. Elle agita les jambes, les bras, mais sans trouver comment s'en sortir. Elle savait qu'il fallait qu'elle retienne son souffle sous l'eau ; son père lui avait appris à nager. Mais elle n'y arrivait pas, elle n'y arrivait pas.

Des mains la saisirent et, paniquée, elle poussa, lutta, commença à hurler. Elle avala de l'eau, s'étrangla, puis sa tête remonta à la surface.

— Je suis là, *mo stór*. Nan est là. Tiens-toi à moi, tiens-toi à Nan.

Elle recracha de l'eau et s'agrippa tandis que Marg la traînait vers la rive d'une rivière sinueuse.

— Fi, aide-moi !

Finola, ses ailes rose pâle déployées, tendit la main à Marg. Elle les ramena sur le bord et se défit rapidement de sa cape pour en recouvrir une Breen frissonnante.

— Tiens, ma pauvre petite. Tu es en sécurité, maintenant.

— Non. (D'un geste des mains, Marg sécha et réchauffa sa petite-fille.) Ramène-la, Finola, là où elle voudra. Amène-la à sa mère. Ils ont besoin de moi ici. Eian et les autres ont besoin que je sois avec eux.

— Je reviendrai.

— Non, s'il te plaît. Reste avec Breen et Jennifer. Reste auprès d'elles.

Encore trempée à la sortie de la rivière, Marg s'accroupit et serra Breen contre elle.

— Va avec Finola, mon bébé. Ta maman t'attend.

— Viens ! Et papa aussi.

— Je serai là bientôt. Emmène-la, Fi. On a besoin de moi.

— Je la garderai en sécurité.

Prenant l'enfant dans ses bras, Finola s'éleva.

Emballée dans la cape, serrée dans les bras de la fée, Breen regarda en arrière. Elle eut un premier aperçu de la guerre, à la lumière et à l'obscurité terribles. Et les cris montèrent jusqu'à ce qu'elle se bouche les oreilles et que Finola l'emmène.

15

Dans le feu, Breen vit ce qu'avait vu sa grand-mère. Le carnage, la violence. Le sang qui imbibait le sol, se jetait dans la rivière et la rougissait.

Elle vit Finola voler vers une cascade en hauteur, portant l'enfant qu'elle avait été. Et quand la fée passa au travers, quand Marg sut que sa petite-fille était loin, elle retrouva ses esprits.

Le dragon vint quand elle l'appela – éclats émeraude et saphir dans la brume. Elle le monta, brandit épée et baguette. Mêlant son esprit à celui du dragon, elle s'élança dans la bataille.

Une douzaine de gargouilles claquant de leurs dents noires chargèrent à travers les bois épais et la brume vers une ligne de Fey. Marg déboula avec sa baguette, les enflammant tout en pourfendant de son épée les démons ailés.

Glapissements et hurlements résonnèrent ; des tambours roulèrent.

Elle connaissait certains de ceux qui combattaient dans l'air, au sol, enlevés de Talamh et d'autres mondes pour former l'armée d'Odran, réduits en esclavage ou ensorcelés. L'esprit piégé, ils tuaient et mouraient pour son compte.

Elle brisa des sorts et des chaînes quand elle le pouvait, mit fin à des vies quand elle ne le pouvait pas.

Il y eut du tonnerre ; le sol se fendit. Des ténèbres en déferlèrent pour rencontrer épées, griffes, pouvoir et flammes.

Le grondement de la guerre étendait sa violence sur les terres.

Marg conduisit un trio de combattants sur leurs dragons à la cascade.

— Tenez le rang ! Que personne ne passe à part les nôtres.

Elle fila dans l'atmosphère saturée de fumée, plus haut, encore plus haut, jusqu'à trouver de l'air frais. Là, elle attira Eian dans son esprit, son cœur, son sang, et enfin elle le distingua, avec ses aides, abattant sa fureur sur les gardes d'Odran.

Elle monta le vent, faisant confiance aux arrières pour retenir les ténèbres pendant qu'elle allait à sa source.

Sur l'île de pierre, à l'autre bout de la mer sombre par rapport aux hautes falaises déchiquetées, se tenait la forteresse bâtie par la cupidité et le pouvoir d'Odran.

Ses murs noirs luisaient comme du verre et des pierres miroitantes surmontaient ses tourelles, semblables à des lances.

Eian et ses cavaliers dragons combattaient les démons aux ailes de chauve-souris d'Odran pendant que plus bas, d'autres soldats de Talamh plongeaient des lames ensanglantées dans des gargouilles, des chiens démons, des ensorcelés et des damnés.

Le pouvoir électrisa l'air, le choc du noir contre le blanc le consuma, si bien qu'il fuma et trembla.

Enragée, Marg s'y jeta, faisant tourner son dragon sur lui-même afin que sa queue coupe les ailes tranchantes pour envoyer des corps tomber dans la fureur de la mer en contrebas.

Elle lutta côte à côte avec son fils, ses cheveux se soulevant au vent, son pouvoir brûlant telle une fièvre. Elle œuvra avec lui pour éloigner ces maudits gardes, les attirer assez près d'eux pour que les Fey puissent escalader la forteresse.

Aidés de leurs ailes, de leurs griffes, de leurs pouvoirs, de leurs cordes, ils grimpaient.

Ses yeux rencontrèrent ceux d'Eian. Ensemble, ils projetèrent une vague de pouvoir qui tournoya et s'agrandit, blanc aveuglant, puis flamba en un feu blanc qui explosa sur les portes verrouillées du château fort noir.

Les Fey se répandirent à l'intérieur.

— Il va fuir, cria Marg.

— Oui. Il va essayer.

Sur son dragon rouge sang, Eian vola vers la brèche et Marg le suivit.

À l'intérieur du château, ils découvrirent le chaos de la guerre parmi les fragments des joyaux et des trésors volés ou créés par le sang pour les plaisirs d'Odran.

Des esclaves munis de colliers comme du bétail couraient en criant ou se massaient en petits groupes apeurés.

Les fées luttèrent pour se frayer un chemin vers le donjon, dans la puanteur de la fumée et du sang, dans les restes gluants des démons pourfendus.

Il sait où le trouver, pensa Marg. Il sent Odran alors que je ne le peux pas. C'est le sang qui appelle le sang.

— Il veut que tu le trouves. (Terrifiée pour son fils, elle hurlait.) C'est un piège.

Eian, les yeux gris orage et les cheveux comme des flammes, leva haut son épée.

— Ce n'est un piège que quand on est la proie.

Sur son dragon, ses cheveux vifs flottant derrière lui, Eian fila par-dessus les corps calcinés des démons et entra dans le donjon. L'odeur de mort, de chair brûlée, de sang bouillant empestait l'air.

Ses yeux lui piquant à cause de la fumée, Marg protégeait le flanc d'Eian, donnant des coups d'épée et lançant des boules de lumière blanche. Blessées, mises face à la mort et à la défaite, les forces d'Odran s'éparpillèrent, ailes, écailles et serres. Les troupes d'Eian poursuivirent, abattant les démons, les envoyant brûler sur les hautes collines.

Il n'y aurait pas de reddition, impossible, Marg le savait. Le mal qui était né là devait être écrasé. Le moindre individu qui s'échapperait s'insinuerait dans d'autres mondes, rapporterait le récit d'Eian O'Ceallaigh et de ses soldats de Talamh.

Et tremblerait en prononçant son nom.

Ainsi devait-il en être.

Le donjon, labyrinthe de courbes et de richesses spoliées, résonnait des claquements des épées, des cris et des flammes lancées sans merci. Voulant coûte que coûte garder son fils en vue, Marg combattit pour garder le cap. Quand le bord tranchant d'une aile noire lui lacéra le bras, elle la réduisit en cendres.

Dans la salle du trône, il était assis, incroyablement beau, toujours sur son trône orné de têtes de mort et des os de ceux qu'il avait massacrés dans son inépuisable recherche de pouvoir.

Ses cheveux dorés tombaient, brillants, sur ses épaules, sous une couronne de pierreries translucides et de joyaux éclatants. Il était vêtu d'or, tunique et pantalon barrés d'une ceinture également incrustée de bijoux.

Et il arborait le sourire qui avait séduit une jeune femme cherchant l'amour et lui avait permis de briller à partir des pouvoirs de sa victime.

Même à présent, il irradiait le sexe et le charme, presque irrésistible dans la puanteur du sang et de la mort.

— Ah, ma bien-aimée et mon fils. (Sa voix très grave était une drogue dangereuse qui la caressait comme les doigts d'un amant.) Venez, venez. Asseyez-vous à ma droite et à ma gauche, ainsi qu'il a toujours été prévu.

— Lève-toi, ordonna Eian en sautant de son dragon, épée à la main. Lève-toi ou fais face à la mort assis sur ton cul.

— Quels mots cruels, quel prix déjà payé en sang versé par votre peuple. Et tout ça pour une gamine capricieuse que tu as choisi de faire avec une femme faible et sans pouvoir venant d'un monde en deçà de ton rang. Tout ça parce que je voulais un peu d'intimité avec ma petite-fille – qui est comme elle est.

— Elle est plus forte que toi, lança Marg, qui resta juchée sur son dragon, tous ses sens guettant le piège. Plus intelligente, aussi.

— Est-ce ce que tu crois, ma bien-aimée ? fit tranquillement Odran. Elle est mon sang. Elle me revient de droit, ainsi que les misérables pouvoirs dont elle peut éventuellement disposer.

— Elle ne sera jamais à toi.

Odran accorda un regard à Eian.

— Le jour viendra où je boirai chaque goutte de ce qu'elle est.

— Lève-toi, commanda Eian une nouvelle fois.

Ses yeux emplis de pouvoir le dévisageaient, son visage était strié de sang et de suie.

— Tes créatures saignent et brûlent comme celles qui peuvent retourner dans leur enfer. Ton palais de mensonge s'effrite autour de toi. Le jour est venu pour toi de payer pour ce que tu as fait à ma mère, à moi, à mon enfant. Dégaine, Odran le Damné, et affronte-moi comme un homme.

Lentement, délibérément, Odran se leva.

— Mais je ne suis pas un homme. Je suis un dieu.

Il leva les bras. La bourrasque qu'il invoqua déséquilibra Eian et faillit désarçonner Marg. Un instant seulement, elle tourna sur elle-même sans rien pouvoir contrôler.

— Je ne suis pas la proie, lui dit Eian. Tiens-toi prête.

Elle perçut le choc sur le visage d'Odran quand Eian s'élança sur lui. Il suffit d'un moment pour que des démons, des dizaines de démons, s'infiltrent par les murs d'or et les sols d'argent.

Marg cria à son fils de remonter sur le dragon. Des dizaines de combattants de Talamh déferlèrent alors dans la salle du trône.

Puis une épée apparut dans la main d'Odran, noir obsidienne en contraste avec l'argent de celle d'Eian. Le choc fit trembler les colonnes et fendilla le sol façon toiles d'araignée.

— Emmenez-les dehors ! cria Eian. Faites-les tous sortir !

D'une main en l'air, il envoya le toit du donjon valser dans un grondement assourdissant.

Des fées passèrent au travers pour embrocher des démons et éliminer ceux que les forces de Talamh ne pouvaient soulever seuls. Malgré son cœur cognant jusque dans sa gorge, Marg fit comme son fils l'avait ordonné.

Elle mena les autres dans le labyrinthe, projetant de la lumière devant eux pour dégager la voie.

Elle ne vit que des bribes de la bataille, car elle peinait à fondre son esprit dans celui d'Eian. Les yeux d'Odran. Elle les voyait, plus sombres que la fumée, animés d'une haine furibonde.

Quand elle eut mis les troupes en sûreté, renvoyé les blessés chez eux, elle fit faire demi-tour à son dragon.

Avant qu'elle atteigne le donjon, celui-ci implosa. La violence de la déflagration la traversa.

Malgré tout, elle garda le cap avec le dragon.

Et puis elle le vit. Son garçon, son fils. Il s'élevait au-dessus des décombres fumants. Ensanglanté, couvert de suie, mais vivant.

Il plongea vers elle.

— La cascade ! cria-t-il. Passez, tout le monde. Dès que tous seront en sécurité, on bloque le portail. Il faut que tu m'aides à le refermer.

— Je suis avec toi. Tu es blessé. Tu saignes.

— Toi aussi. (Il lui toucha la main.) Je ne pouvais pas prendre le risque de te laisser voir ce qu'il y avait dans mon esprit. Il aurait pu le capter et en voir juste assez pour se défendre.

— C'est toi le *taoiseach*. Et Odran ?

— Je n'ai pas de certitude. Il aurait préféré nous enterrer tous les deux dans ce maudit endroit plutôt que de me voir vivre. Maintenant, c'est lui qui y est enterré. Les dieux veulent qu'il le reste.

— Mais il ne l'a pas été, dit Marg, s'adressant à Breen. Les années ont passé et nous avons donc cru qu'il avait disparu. Nous avons bloqué le portail donnant sur son monde et malgré tout, il a réussi à s'infiltrer. Mais tu es restée en sûreté. Ton père s'en est assuré, aussi longtemps qu'il le pouvait.

— En m'emmenant en dehors du monde qu'il aimait.

— Nous avons jeté des sorts pour ta protection et d'autres pour endormir tes souvenirs afin que la souffrance ne soit pas trop aiguë. Son ami le plus cher a péri dans cette bataille ; Kavan, le père de Keegan, Aisling et Harken. Alors il a donné la ferme à sa veuve et à ses enfants. Elle ne pouvait être entre de meilleures mains et ils auraient un toit au-dessus de leur tête. Il aurait renoncé à son épée et à son bâton, mais après la bataille du Château noir, le peuple a plaidé pour qu'il les conserve. Donc quand il t'a emmenée avec ta mère vers le monde qu'elle connaissait, et qui est devenu le tien, il est resté *taoiseach*. Il revenait souvent, aussi souvent qu'il le pouvait, et il a maintenu la paix aussi longtemps qu'il le pouvait.

— Comment est-il revenu ? Il vivait… Il n'a jamais fait de concerts en dehors de la ville, j'imagine ? Il n'a jamais voyagé pour sa musique. Pour ce premier amour si terrassant.

— Sache ceci. (Encore une fois, Marg prit la main de Breen.) Il t'aimait plus que tout. Il aimait Talamh. Il a donc renoncé à quelque chose qu'il aimait pour être ton père, pour servir son peuple.

— C'était un guerrier. Je l'ai vu comme si j'y étais. Je l'ai vu. Je n'ai jamais connu cette facette de lui.

Un guerrier. Un chef. Un héros.

— Tu n'avais pas besoin de la connaître. Maintenant, si.

— Et j'ai brisé cette cage en verre. J'y suis arrivée.

— Oui, à trois ans seulement, tu y es arrivée.

— Comment ?

— C'était en toi, mais jusque-là, c'était doux, tranquille et innocent. À ce moment-là, quand tu en as eu besoin, tu t'es entièrement éveillée, dans toute ta puissance.

— Je ne sais pas ce que ça signifie. Je ne sais pas ce qui est en moi. J'ai vu, mais… je suis toujours… Des démons, comme dans les livres et les films. Des gargouilles, vivantes et méchantes. Ça existe.

— Dans certains mondes, ça existe, confirma Marg. Il les a fait venir dans l'endroit qu'il revendiquait comme sien.

— Tu étais… terrifiante et magnifique. À dos de dragon, avec une épée et une baguette. Une baguette magyque ?

— On peut dire ça. Une extension de pouvoir. Je suis des Sages, comme toi.

— Et mon père aussi. Ma mère, non.

— Non. Elle est ce qu'elle souhaitait être, ce qu'elle voulait que tu sois. Humaine, rien de plus.

— Je dois… (Breen se leva et tourna en rond dans la jolie pièce cosy où l'âtre crépitait et où les pierres scintillaient.) Et moi, alors, qu'est-ce que je suis ? Mi-humaine, mi-autre chose ? Et Odran, mon grand-père ? Il a prétendu être un dieu. Il est fou en plus d'être méchant,

— Il est beaucoup de choses. Et bien qu'il soit fou de pouvoir, il n'est pas fou tout court. C'est un dieu.

— Attends, attends, je me rassieds. Un dieu ! Comme… Thor ?

Marg lui lança un sourire empreint de lassitude.

— Légendes et folklore, comme je te le disais, prennent racine dans la vérité.

— Mais… j'allais dire que c'est impossible, mais tout l'est. Sans l'être. Si Odran est un dieu, mon père était…

— Un demi-dieu. Né des Sages et des dieux. Et toi, *mo stór*, tu es des Sages, des Sidhe, des dieux et des humains. Personne dans ce monde ni dans celui où tu as vécu n'est comme toi.

— Qu'est-ce que ça fait de moi ? Une bête curieuse ?

— Un trésor.

— Mairghread, intervint Sedric. Ça suffit pour le moment. Elle en a eu assez. Vous avez besoin de manger et de vous reposer.

Breen le reconnut intérieurement. Sa grand-mère était pâle et exténuée. Elle dut ravaler les questions qui se présentaient, avides de réponses.

— Ça fait beaucoup à digérer. Je dois réfléchir. Je sais que tu ne mens pas parce que j'ai vu. Mais j'ai encore du mal.

— En attendant que le ragoût soit cuit, il y a du pain et du fromage, annonça Sedric. Vous allez en prendre.

Impérieux, il se détourna et repartit.

— C'est ton familier ? C'est le terme ?

— C'est mon compagnon. Je ne prêterai plus jamais serment, mais si je le pouvais, je prêterais serment à Sedric.

— Oh. Alors vous êtes… Oh.

Marg se détendit de nouveau, l'expression amusée.

— Ces choses-là ne s'arrêtent pas avec la jeunesse, ma fille. Il s'est battu ce jour-là. Il a versé son sang pour toi. Il donnerait sa vie pour la tienne, le cas échéant. Parce qu'il est à moi et que je suis à lui. Et toi aussi, tu es des siens.

Elles grignotèrent donc du pain et du fromage dans la cuisine bien chaude, la porte ouverte à l'air et au soir qui arrivait.

Et lorsque des questions, tant d'autres questions, titillèrent Breen, le regard ferme de Sedric l'obligea à les retenir.

— Je n'ai pas déballé mes affaires. Je n'avais pas emporté grand-chose, mais il faudrait que je m'installe. Et tu as dit que je pourrais me débrouiller pour écrire. Je commence tôt le matin.

— Je vais te montrer. (Sedric se leva et porta la main de Marg à ses lèvres.) Repose-toi un peu. Tu as passé une journée éprouvante. Le reste peut attendre demain.

— N'en fais pas tout un plat.

— Si j'en faisais tout un plat, tu aurais droit à une potion pour une bonne nuit de sommeil. Allons, Breen, je vais te montrer ce dont tu as besoin.

— Le reste peut attendre demain, confirma Breen à Marg. Tout le monde est fatigué.

— C'est bien, lui dit Sedric en se dirigeant avec elle vers sa chambre. Elle ferait tout pour toi et certaines des choses qu'elle doit faire sont dures pour son cœur.

— Tu as connu mon père.

— Je l'ai connu, admiré, respecté, aimé. Il était comme un fils pour moi.

Un fils pour lui…

— Tu es avec ma grand-mère depuis longtemps ?

— Depuis aussi longtemps qu'elle veut bien de moi. Je me souviens de toi, enfant intelligente et charmante, dotée d'une forte volonté. Qui, apparemment, a été émoussée par le temps que tu as passé dans le monde de la Terre. Mais peu importe, dit-il, tranquille. Il te suffit de l'utiliser pour la faire briller à nouveau. Pour l'instant, ce qu'il te faut pour travailler est là.

Il désigna le bureau. Une grosse liasse de feuilles, un stylo. Elle le souleva. Il était argenté avec une petite pierre rouge sur le capuchon.

— Un stylo-plume ?

— Plus encore. Rappelle-toi où tu es. Tes appareils, comme vous dites, ne vont pas fonctionner ici. Mais ce stylo, apparu spécialement pour toi, ne sera jamais à court d'encre. Il transférera tes pensées à la page et s'adaptera à la façon dont tu utilises ce fameux blog, ainsi qu'à tes autres histoires et communications. C'est un beau don de conteuse que tu as, et ce stylo, ces feuilles te viendront en aide.

— Je ne suis pas certaine de savoir écrire comme ça. Et sur le blog, j'ajoute des photos.

— Tu n'auras qu'à décrire l'image que tu as envie d'utiliser et ce sera fait. Nous avons du monde de l'autre côté du portail. Ils prendront ce que tu écris et le transféreront sur ton appareil.

— Il y a des gens d'ici qui vivent en Irlande ?

— Et plus loin encore. Ils doivent prêter un serment sacré et le respecter s'ils choisissent de s'établir en dehors de Talamh. Pour l'instant, sache que nous vénérons les conteurs ici et que tu es libre de continuer de cette manière pendant ton séjour.

Il s'effaça.

— Nous mangerons quand tu seras prête, mais je te demande de ne pas mettre trop longtemps. Marg se sentira mieux après un bon ragoût.

— J'en ai pour dix minutes.

Sur un hochement de tête, il sortit en fermant la porte.

Une fois seule, Breen secoua la tête devant la pile de feuilles et au stylo dans sa main.

— Bon, ç'aurait carrément pu être une plume.

Elle s'imagina délaisser le blog un jour ou deux, puis, curieuse, elle déboucha le stylo. Toujours debout, elle pointa la mine sur une feuille de papier.

— Si ça convenait…

Elle vit les mots et les suivants apparaître sur la page, comme s'ils étaient tapés dans la police de son choix.

— Si ça convenait à Jane Austen. Oh, la vache ! Comment ça… Stop !

Elle souleva le stylo d'un coup sec.

C'était trop. Trop pour une seule journée.

Elle remit le capuchon et reposa le stylo avec de grandes précautions.

Comme elle n'avait pas emporté beaucoup de vêtements, elle les mit tous dans l'armoire qui sentait le cèdre et la lavande avant d'ouvrir la porte de la salle de bains. Enfin, du cabinet de toilette.

C'était le terme qui convenait. Une grande baignoire métallique dominait la petite pièce. Elle examina non sans anxiété les minuscules toilettes dotées d'une chaîne pour tirer la chasse. Sur une table, une cruche était posée à côté d'une cuvette. L'eau de la cruche était tiède, voire chaude quand elle y trempa un doigt.

L'impossible ne l'étonnait plus.

Sur les étagères, deux serviettes blanches moelleuses, des flacons transparents remplis de liquides, d'huiles, de petites perles qui sentaient les herbes et les fleurs, et un savon sur une coupelle.

De petits chandeliers accueillaient des bougies aussi parfumées que le savon.

Il manquait sans doute une douche et elle restait dubitative sur les toilettes, mais elle ne pouvait nier le charme de la pièce.

Croisant les doigts, elle testa les toilettes et tira sur la chaîne. Elle n'entendit pas l'eau s'écouler, mais quand elle se releva, la cuvette était vide et d'une propreté irréprochable.

— Bon, on va appeler ça de la magye pratique.

Elle se servit de la cruche et de la cuvette pour faire une rapide toilette, puis s'observa dans le miroir au cadre métallique.

— Autant le dire : « Tu n'es plus au Kansas, Dorothée. »

Elle sortit et suivit les odeurs de cuisine.

La table était mise pour trois : assiettes creuses en porcelaine, petites assiettes pour le pain, serviettes en tissu blanc roulées dans des ronds cuivrés. Sedric se tenait à un petit fourneau ; Marg coupait du pain brun sur une planche.

Cette scène d'un quotidien tranquille montrait à Breen qu'ils étaient ensemble – non comme sorcière et compagnon, mais en tant que couple – depuis bien longtemps.

— Quelle odeur délicieuse.

— Sedric est un très bon cuisinier, dit Marg en apportant le pain et une motte de beurre sur la table. Je te promets que tu ne mourras pas de faim. Le pain, je l'ai fait cuire ce matin avant ton arrivée, parce que je me débrouille bien aussi. Et le beurre est de la ferme. Le vin du dîner est l'œuvre de Finola et Seamus, et tu n'en trouveras pas de meilleur à la Capitale.

— Je ne cuisine pas très bien, dit Breen, s'asseyant en même temps que Marg. J'essaie de m'améliorer, parce qu'il n'y a pas de plats à emporter près du cottage, et Marco n'est pas là pour s'en charger. Il est très doué, lui.

— C'est un bon ami pour toi. Finola l'a beaucoup apprécié.

— Elle repère toujours les beaux garçons, commenta Sedric en posant la marmite sur la table avant de servir le ragoût.

— C'est sûr. Il paraît qu'il a un talent pour la musique, comme toi.

— Oh, je ne suis pas comme Marco. Il a ça dans le sang, comme on dit. C'est ce que disait mon père, et il nous a appris à jouer. Du piano, du violon, de la flûte. Mais quand… quand il a dû partir, Marco a continué à prendre des cours. Pas moi…

Comme le tour de la conversation ne lui plaisait pas, elle goûta le ragoût.

— Oh, c'est succulent. Vous faites pousser vos légumes ?

— Le sol se prête au potager. Tu as un talent dans ce domaine également.

— Je crois, oui. J'ai envie de l'explorer, en tout cas. On vit en appartement, donc on n'a pas de jardin, et avant… avec mes boulots et tout le reste, je n'avais pas trop le temps d'avoir un vrai loisir ni même un quelconque centre d'intérêt.

— Maintenant, tu disposes de ton temps, observa Sedric.

— Je suis en train de m'y habituer. Je voulais te demander… Si tu ne veux pas répondre, ça peut attendre, mais… Tu m'as donné beaucoup d'argent. Une fortune pour moi. D'où vient-il ?

— Oh, eh bien l'argent est facile à trouver. Ici, nous n'avons pas de monnaie mais…

— Pas de monnaie ? Du tout ?

— On n'en a aucun besoin. On troque et on échange. Les tribus et les communautés s'occupent de ceux qui sont dans une mauvaise passe. D'autres peuvent faire appel au *taoiseach* et à son Conseil pour avoir de l'aide lors d'un deuil, d'une maladie ou d'un autre malheur.

Breen restait sidérée.

— Pas d'argent ?

— Ce n'est que du métal ou du papier, ou il prend une autre forme qui n'a pas de valeur réelle en dehors de celle assignée par un peuple, observa Sedric avec un haussement d'épaules avant de beurrer son pain.

— Mais vous m'avez donné de l'argent.

— Dans le monde où tu vivais, tu en avais besoin pour être en sécurité, avoir à manger, un toit, un lit. Je suis ta grand-mère. Ton père et moi avions convenu de subvenir à tes besoins. Nous avons des objets de valeur ici qui peuvent être vendus à l'extérieur. Il en a donc été ainsi.

— Je te remercie. Le fait d'avoir cet argent a changé ma vie, il m'a donné une liberté que je n'avais pas avant. Ça paraît superficiel de dire ça ici, mais c'est vrai.

— Chaque monde a ses propres règles, lois et cultures.

— Sedric m'a dit que certains vivent en dehors de Talamh.

— Bien sûr. Certaines personnes de l'extérieur choisissent Talamh et certains habitants d'ici choisissent de vivre ailleurs.

— Mais quand ces personnes choisissent de partir, elles prêtent serment ? C'est ce que tu expliquais ?

— Le plus sacré de tous, confirma Marg. Celui de ne jamais nuire, de ne jamais prendre de vie hormis pour défendre la vie, que ce soit avec ou sans magye. Et même quand c'est fait pour protéger ou défendre la vie, cela doit être jugé. Prendre une vie et faire du mal en toute autre circonstance est puni par le retrait de tout pouvoir et l'exil.

— Ils sont bannis où ?

Sedric posa la main sur l'épaule de Marg et répondit :

— Il y a un monde dont le seul portail ne s'ouvre que de l'extérieur. Ceux qui brisent leur serment et sont jugés sont emmenés là-bas, où ils doivent vivre sans magye.

C'était une sorte de prison, donc.

— Comment savez-vous qu'ils n'ont pas respecté leur serment ?

— Nous avons des Observateurs dont le don est l'empathie. Ils le savent et doivent le signaler au Conseil. Nous sommes un peuple de la terre, nous sommes des artistes et des artisans, des conteurs, mais nous sommes aussi un monde de lois. La plupart ne sont pas sans rappeler les lois que tu connais. Prendre une vie, dérober ce qui n'est pas à toi ou n'est pas donné librement, forcer quelqu'un à coucher avec toi, négliger un enfant ou un animal. Tous ces actes sont nuisibles et notre loi première est de ne pas nuire.

Ces réponses ne faisaient que susciter d'autres questions dans son esprit, mais elle les retint en voyant le regard de Sedric.

Cela suffisait pour la journée, elle devait s'en souvenir.

— Merci beaucoup pour le papier et pour le stylo. Je suis impatiente d'essayer d'écrire avec.

— J'espère que tu aimeras et que tu travailleras bien. Mais prends aussi le temps de visiter Talamh. De me laisser t'enseigner des choses et t'aider à t'éveiller.

— Éveiller les pouvoirs que j'avais quand j'ai brisé la cage ?

— Et d'autres pouvoirs encore.

— J'aimerais en voir et en apprendre davantage, oui. Pour commencer, tu pourrais me montrer comment on fait pour la vaisselle. Je suppose qu'il n'y a pas d'eau courante.

— Nous avons un beau puits, mais tu ne feras pas la vaisselle ce soir. Tu es là en tant qu'invitée en plus d'être de la famille. Tu aimes les promenades et c'est une belle soirée pour se promener.

— Très bien. Et si je veux me servir de la baignoire tout à l'heure, comment je la remplis ?

Marg sourit.

— Le pichet s'en chargera, et l'eau restera à la bonne température jusqu'à ce que tu aies fini.

— De quoi économiser sur les factures de plomberie !

Elle avait bien besoin de marcher, s'aperçut-elle. Besoin de l'air, du soir, du calme pour rassembler ses pensées et les réconcilier avec ce qu'elle avait appris.

— Merci pour le dîner. Tout était… parfait.

Elle hésita, puis laissa parler son instinct et embrassa Marg sur la joue.

— Merci, Nan.

Quand Breen fut sortie, Marg porta la main à son cœur.

— Il y a tant, Sedric, tant encore à lui donner, tant encore à lui demander…

— Un monde lutte toujours contre l'autre en elle.

— Et ça ne s'arrêtera peut-être jamais. Va veiller sur elle. Odran pourrait avoir des espions plus près qu'on ne le croit. Je m'occupe de la vaisselle.

Il se leva, se pencha et l'embrassa doucement sur les lèvres.

Homme, il se retourna. Chat, il sortit de la maison.

16

Breen aperçut le chat qui la suivait le long de la route, tache argentée serpentant au milieu de la verdure. Et elle comprit presque aussitôt qu'elle ne le voyait que parce qu'il le voulait bien.

Elle n'était pas encore certaine de son opinion sur Sedric, mais il était clair que sa grand-mère lui faisait confiance. Et tout aussi clairement, ils s'aimaient.

Breen le tolérerait. En dehors de son lien de parenté, elle était une invitée. Une visiteuse.

Inconnue en terre inconnue, pensa-t-elle.

Le soleil embrasait le ciel à l'ouest. Par automatisme, elle prit son portable, qui était toujours dans sa poche, et appuya sur l'écran pour prendre une photo. Il lui fallut un instant à fixer l'écran noir pour se rappeler.

— Les appareils ne fonctionnent pas ici, marmonna-t-elle. Pas de technologie.

Elle rangea le téléphone et ignora le chat. Elle eut l'impression qu'il se moquait d'elle.

Elle s'appliqua plutôt à admirer le long et lent coucher du soleil, l'étalement incandescent sur l'eau de la baie, les flammes résiduelles sur les collines au loin.

Qu'y avait-il au-delà des collines ? s'interrogea-t-elle. D'autres paysages similaires, champs et fermes, eau et bois ?

Des personnes magyques qui cultivaient et plantaient, préparaient des ragoûts et jouaient de la musique ?

Car elle entendait de la musique, un son léger et entraînant porté par l'air du soir. Un violon, peut-être une harpe, une flûte, qui fusionnaient, vivants et enlevés.

C'était comme un autre genre de rêve. La musique parfaite pour une soirée d'été tardive, avec des moutons et du bétail dans les prés, l'air embaumant l'herbe fraîche et le feu de tourbe.

Et un chat-garou qui la suivait à la trace tel un garde du corps félin.

Comme si un chat pouvait lui être utile au cas où un fou s'abattrait sur elle pour essayer de la kidnapper une nouvelle fois.

À ce souvenir, elle regarda en l'air et se figea.

Le dragon, sans cavalier, filait dans le crépuscule comme un navire doré sur la mer. Rien, rien de ce qu'elle avait vu ou verrait dans cet endroit fantastique ne pourrait être aussi magnifique, aussi somptueux que ce vol silencieux.

Sous le charme, elle le suivit du regard et découvrit ainsi que dans le ciel du soir se trouvaient deux lunes. Toutes deux pâles alors qu'une seule étoile s'éveillait pour briller, l'une croissante, l'autre décroissante.

— Mais… il y a deux lunes.

— Comme il y en a toujours eu.

Prête à fuir, crier, se battre, elle se retourna.

Elle ne l'avait pas vu dans la pénombre. Appuyé contre le montant en pierre du portail, tout de noir vêtu, il se fondait dans la nuit à venir. C'était probablement volontaire.

Le *taoiseach*, le chef, le cavalier du dragon or et émeraude.

— Comment marchent les marées avec deux lunes ?

— Elles fluent et refluent, fluent et refluent. Je veille sur elle, Sedric, dit-il au chat. À moins qu'elle ne compte se balader sans but la moitié de la nuit.

— Je voulais juste me promener avant… (Elle se justifiait. Il fallait qu'elle arrête de se sentir en permanence obligée de se justifier.) Je ne veux pas qu'on veille sur moi.

— Ce que l'on veut et ce dont on a besoin, ce n'est pas la même chose. Et Marg ne s'inquiétera pas si elle sait que tu n'es pas seule.

Cet argument coupa court à ses protestations.

— Je ne t'ai pas vraiment remercié pour ce que tu as fait aujourd'hui.

— Ce n'est pas nécessaire, mais de rien dans tous les cas.

Elle chercha quelque chose de poli à dire, regarda vers la ferme dont toutes les fenêtres étaient éclairées comme des rayons de soleil.

— Il y a une fête, on dirait.

Il se tourna vers la musique et les voix.

— En effet, une espèce de soirée pour me souhaiter un bon retour. Vous étiez invités, toi, Marg et Sedric, ainsi que presque chaque pékin de cette vallée, mais Marg s'est dit que tu préférerais une ambiance moins... survoltée pour ta première nuit. Mais si tu as envie de t'y rendre, n'hésite pas.

— Non, ça me ferait encore bizarre. Je ne connais presque personne... et je ne sais presque rien.

— Eh bien, il va falloir apprendre, tu ne crois pas ?

Sa voix avait beau sonner comme une musique d'un autre genre, avec son accent irlandais chantant, elle se hérissa.

— J'en ai appris assez pour savoir que j'ai pour grand-père un dieu dément qui aimerait m'ôter ce que je ne suis même pas au courant d'avoir. Et il y a cinq minutes encore, je ne croyais même pas aux dieux, merde !

Il parut véritablement intrigué.

— Ah bon, pourquoi ?

— Parce qu'en principe, ce sont des mythes. Comme les mondes à deux lunes où des dragons volent dans le ciel et où l'amant de ma grand-mère se transforme en chat. Et maintenant, j'ai un stylo qui écrit mes pensées, un pichet qui ne manque jamais d'eau chaude, et je ne peux pas utiliser un simple téléphone, mais j'ai regardé dans le feu avec Nan et j'ai vu mon père faire la guerre. Comme si j'y étais.

Il l'observait, toujours adossé au montant, les mains tranquillement dans les poches.

Et une épée au côté.

— Tu y étais, au moins au début, lui rappela-t-il. J'étais trop jeune, mais j'avais supplié mon père de m'emmener quand ils sont partis te chercher.

Et son père était mort, se rappela Breen. Il avait péri dans cet horrible endroit pour la protéger.

— Je suis désolée. Je suis désolée que tu aies perdu ton père, qu'il soit mort en aidant à me sauver.

— Ce n'est pas ta faute, voyons, tu étais presque encore bébé. Et tu t'es battue. Une enfant de trois ans qui envoie son pouvoir contre celui d'un dieu. On a des chants et des récits sur la petite fille qui a brisé les murs du dieu par sa volonté.

Cette idée lui serra la gorge.

— Je ne sais pas comment j'ai fait.

— Il faudra que tu t'en souviennes, dit-il comme s'il n'y avait rien de plus simple, sans cesser de la regarder. Tu as arrêté bien trop tôt la pratique et l'entraînement, mais maintenant que tu es là, nous pouvons y remédier.

D'instinct, elle recula d'un pas.

— Je ne suis pas là. Je suis en visite.

Il se détacha du portail.

— Ce monde est autant le tien que le mien. Tu ne veux rien lui donner ?

— Qu'est-ce que je peux lui donner ? répliqua-t-elle. J'essaie de m'adapter et pour moi, c'est énorme, je commence juste à comprendre ce que je veux faire de ma vie et paf, je découvre qu'en majorité ma vie était, sinon un mensonge, du moins un ensemble de demi-vérités.

— Encore une fois, ce que l'on veut et ce dont on a besoin, ce n'est pas la même chose. Tu as besoin de canaliser tes dons et Marg te montrera comment t'y prendre. Tu auras besoin de t'entraîner, et dommage pour nous deux, c'est moi qui m'en chargerai.

— De m'entraîner à quoi ?

— À te battre, évidemment, pour te protéger et protéger les autres. À être là pour Talamh.

— Me battre ? Avec un truc comme ça ? (Horrifiée, elle désigna l'épée.) Je ne suis pas soldate.

— Tu apprendras, sauf si tu veux qu'on vienne te sauver à tout bout de champ. (La voix musicale prit un accent de léger mépris.) C'est comme ça que vous voyez les choses, dans votre monde ? Une femme comme toi baisse la tête et crie ?

— J'ai pris des cours d'autodéfense, commença-t-elle avant de laisser libre cours à son agacement. Et puis je n'ai pas à me justifier auprès de toi ni de personne. Toute ma vie, des gens comme toi m'ont critiquée, tyrannisée, humiliée. Et c'est fini. Je ne vais plus m'effacer ni m'excuser.

— Parfait. À la place, tu vas devoir t'affirmer. Il va revenir, Breen Siobhan, crois-moi, et je donnerai ma vie pour l'arrêter. Ainsi que chaque homme et chaque femme dans ce monde. Tu es la fille d'Eian O'Ceallaigh, le *taoiseach* qui m'a précédé, celui qui a été un père pour moi quand le mien est tombé au combat. En son nom, j'ai fait le serment de te protéger. Mais par tous les dieux, tu vas apprendre à te battre.

Elle recula encore, mais pas par peur, cette fois-ci.

— Tu l'aimais. Mon père.

— Oui, c'était un grand homme, et quelqu'un de bon. Il m'a appris beaucoup de choses, qui m'ont fait devenir la personne que je suis aujourd'hui. Alors à mon tour, je t'apprendrai. Il n'en attendrait pas moins de moi. Ou de toi.

— Je ne sais pas ce qu'il attendrait de moi.

— Tu le sais, si, tu le sais, ou tu le sauras quand tu arrêteras de faire semblant du contraire. Mais pour l'instant, je te raccompagne. Je veux retrouver mon lit.

— Je peux rentrer toute seule.

— Tu ne seras pas obligée de me parler. J'aime le silence quand je peux en avoir. Mais je te raccompagne à la chaumière, comme le voudrait Marg.

— Une question avant le silence. Est-ce que je te connaissais ? Avant, quand j'ai vécu ici ?

— Bien sûr, tu me connaissais et je te connaissais, même si je ne te calculais pas parce que tu étais une petite fille.

Il sourit, et avec ce vrai sourire, tout en lui dégagea un charme fou.

— Tu aimais appeler les oiseaux, les papillons, toutes ces choses, et chuchoter des secrets à Morena. Moi, je m'intéressais plutôt aux épées en bois et aux batailles à venir, et à la recherche du dragon qui serait le mien.

» Un jour, mais pas aujourd'hui, je te raconterai une autre de nos rencontres et comment ça a scellé mon putain de destin. Et maintenant, le silence.

Elle ne dit mot en marchant, lui à côté d'elle, sous ces deux demi-lunes qui brillaient dans un ciel criblé d'étoiles.

Elle avait beaucoup à penser, ce qu'elle ferait. Mais pour cela, elle souhaitait non seulement le silence, mais aussi la solitude.

Elle ne dit donc rien pendant qu'il attendait au milieu du chemin qu'elle soit arrivée à l'intérieur du cottage. Le feu couvait doucement et le silence était apaisant.

Malgré tout, elle regarda par la fenêtre. Keegan rebroussait chemin.

Elle allait essayer la baignoire, ensuite le stylo et pour finir, le lit. Et pendant qu'elle ferait tout ça, elle réfléchirait à sa première journée à Talamh. Et à ce que le lendemain pourrait apporter.

Elle dormit profondément d'un sommeil sans rêves, comme si elle était dans un cocon. C'était sûrement en partie dû au long bain chaud et parfumé, puis à l'heure entière d'écriture au stylo-plume magyque.

Et on ne pouvait assez vanter les mérites du fait de remplir une immense baignoire en cuivre avec un pichet sans fond.

Comme il était impossible qu'elle fasse figurer cette source d'amusement sur son blog, elle se dit qu'elle avait bien fait d'avoir écrit son billet avant de prendre son bain. Et de l'avoir alimenté, plutôt qu'avec des récits d'activités, avec la description du joli matin brumeux qu'elle avait apprécié avec Boulet et des réflexions sur la recherche de soi : apprendre à vivre avec ce qu'on trouvait.

Puis elle se plongea dans son journal personnel.

Heureuse que son travail de la veille lui laisse le champ libre pour son roman, elle pensa « café ».

En l'absence de cafetière – ce n'était pas au menu –, elle résolut de se préparer un thé bien fort pour activer ses neurones.

En se dirigeant vers la cuisine, elle se demanda si elle devrait trouver comment allumer un feu dans le poêle, mais le trouva chaud dans la cuisine accueillante.

Soit quelqu'un s'était levé avant elle, soit le feu était comme le stylo, toujours prêt à l'emploi.

Dans la pâle lueur de l'aube, elle examina les bocaux. Pas de sachets de thé – évidemment – mais des herbes séchées en vrac. Ne voyant pas d'étiquettes, elle calcula qu'elle allait mettre un certain temps à trouver ce qu'elle cherchait et commença par faire sortir Boulet.

— Je te rejoins dès que j'ai compris comment me faire du thé.

Quand il fut sorti en courant, elle retourna aux bocaux et en huma le contenu. Floral, léger et sucré. Ça n'allait pas la réveiller.

Elle poursuivit méthodiquement. Odeur d'herbe et de bois, un peu citronnée, épicée.

Le suivant dégageait une senteur très similaire au thé noir irlandais qu'elle achetait en sachets. Elle ne pouvait en être certaine, et le breuvage la transformerait peut-être en crapaud.

Au stade où elle en était, elle n'en aurait pas été surprise.

Prête à prendre ce risque, elle saisit ce qui lui sembla être une passoire à thé, qu'elle posa sur une tasse avant d'y verser l'eau de la bouilloire qui avait chauffé sur le poêle.

Breen scruta le liquide d'un marron foncé presque noir. Le renifla. Osa une toute petite gorgée. La boisson avait le goût du thé, version extra-forte. Comme elle ne fut transformée en aucun animal, elle considéra que l'opération était un succès.

En pantalon de pyjama et tee-shirt, pieds nus, elle sortit dans la fraîcheur du matin.

Ce n'était guère différent d'un matin au cottage, estima-t-elle. Elle avait vue sur les bois et le jardin plutôt que sur la baie et le jardin du cottage, mais c'était ce même air doux, les mêmes brumes fines, la même verdure exubérante.

Elle se promit d'aller promener le chien le long de la baie plus tard. Entendant des bruits d'eau, elle contourna les fleurs et les herbes aromatiques qui s'épanouissaient dans un petit périmètre en allant vers les arbres. Elle découvrit le ruisseau qui bouillonnait, et Boulet dedans, qui s'en donnait à cœur joie.

— Ici, c'est bien aussi, conclut-elle.

Elle se retourna pour voir la chaumière de sa grand-mère de ce nouveau point de vue.

Elle repéra un puits en pierre digne d'une carte postale, un arbre aux baies rouge orangé et un autre où poussaient de minuscules fruits verts ressemblant à des pommes.

Aux branches étaient suspendus des morceaux de verre, des pierres et des demi-bouteilles polies par la mer. Lorsqu'elle les toucha, une petite musique emplit l'air.

Une plante blanc et or à la senteur enivrante masquait complètement une treille. Du chèvrefeuille, se dit-elle. À côté, une autre grimpante aux fleurs roses et violettes.

Quant à la chaumière, elle était adaptée au petit bout de terre comme si on l'y avait fait pousser – ce qui était peut-être le cas.

Elle jugea l'ensemble magnifique, voire idyllique, malgré le manque de café.

Elle trouva la gamelle du chien et sa pâtée, à laquelle elle ajouta un œuf. Comme il était mouillé, elle disposa les gamelles dehors.

— Tu me dis si tu veux rentrer. Et ne t'éloigne pas trop.

Après une caresse, elle retourna à l'intérieur.

Dans la maison endormie, elle s'assit au bureau et prit le stylo.

Le chien rompit le charme en entrant en trombe pour venir poser la tête sur ses genoux et lui adresser un long regard plein de dévotion.

— Coucou. Soit tu as réussi à entrer, soit quelqu'un est levé.

— Nous sommes levés, et depuis un moment, dit Marg depuis le seuil de la pièce.

En pantalon vert foncé de coupe masculine, elle portait un chandail couleur crème.

— Tu étais plongée dans ton travail, donc je ne voulais pas que tu sois dérangée. Boulet n'avait pas la même idée sur la question.

— Ce n'est pas grave, j'allais arrêter. (Parce qu'elle était affamée, se rendit-elle compte.) Je ne savais pas si je pourrais écrire de cette façon, mais ça a plutôt bien marché.

— Je suis contente. Un thé et un petit quelque chose à grignoter ?

— Ce serait super. J'ai fait du thé, tôt ce matin, précisa Breen en se levant. Enfin, je crois. Avec ce qu'il y a dans ce bocal.

Marg confirma d'un signe de tête.

— C'est un thé bien fort, énergétique, parfait pour le matin.

— J'ai essayé de deviner ce qu'il y avait dans les bocaux, à l'odeur, surtout. Je pense avoir deviné pour la camomille, il y avait quelque chose avec de la lavande, et un genre de menthe.

— Je te donnerai les détails si tu veux, mais tu ne t'es pas trompée. Assieds-toi, je vais nous faire du thé au jasmin. Un bon choix, léger, pour une belle journée.

— Du jasmin, voilà. Il me semblait reconnaître, mais je ne retrouvais plus le nom. Je ne veux pas que tu te mettes en cuisine pour moi. Si tu m'indiques où se trouvent les ingrédients, je peux me faire un sandwich.

— Tu peux farfouiller autant que tu veux, mais ça me fait plaisir de te préparer quelque chose. Et je te soupçonne de n'avoir pris que du thé pour ton petit-déjeuner.

Marg attrapa une théière bleu cobalt trapue.

— Tu me racontes de quoi parle ton livre ?

— Lequel ? J'en ai deux, en fait. Un roman et un livre pour enfants d'environ dix à treize ans.

— Un livre pour enfants ? Ah, tu adorais qu'on te lise des histoires quand tu étais petite. Tu absorbais tout comme une éponge, et puis tu les racontais toi-même, souvent en changeant les parties qui ne te plaisaient pas.

— C'est vrai ?

— Oh, oui ! Qu'est-ce que tu écris pour les enfants ?

— Les aventures de Boulet. En fait, je crois que j'ai fini. Je ne sais pas ce que ça vaut, mais je me suis bien amusée. C'est juste pour pratiquer, je ne cherche pas à les faire publier. Je suis dans la catégorie amateur.

Marg se détourna de ses préparations. Elle portait aux oreilles de petits triangles ornés chacun d'un trio de pierres vert foncé.

— C'est ta mère qui parle dans ta tête et ça m'attriste de te l'entendre dire.

— C'est possible. Possible, mais il est plus facile d'écrire une histoire que de l'envoyer et d'essuyer des refus.

— Et si tu ne l'envoies pas pour être fixée, elle est déjà refusée, non ? Tu as choisi de porter le mot « courage » sur ton poignet, alors sers-t'en.

— Marco m'a dit la même chose, grosso modo.

— Alors il a du plomb dans la cervelle.

— Je ne lui ai pas fait lire, ni à personne. C'est comme le chat de Schrödinger. Tant qu'il est dans la boîte, il est vivant. Si j'ouvre la boîte, est-ce que tu pourras lire et me donner un avis honnête ? Si on me dit que c'est bien pour ne pas me vexer, ça ne va pas m'aider.

— Je t'ai promis de ne pas te mentir, et c'est valable pour ça aussi.

Elle fit glisser quelque chose de sa poêle dans une assiette qu'elle posa devant Breen.

Du pain complet grillé surmonté de bacon irlandais – ou plutôt talamhéen, se corrigea Breen –, un œuf sur le plat, le tout parsemé de petites herbes.

— Je m'en souviens. Tu m'en faisais, j'appelais ça l'œil du dragon !

— À l'époque, c'était une demi-tranche de pain, et c'était ton plat préféré. Il y a d'autres choses. (Marg s'assit avec son thé.) Tu me permettras de te montrer ? On pourra commencer par le plus simple, comme les tisanes et comment les utiliser, comment les mélanger pour d'autres usages…

— J'aimerais… Oui, ça me plairait. Et on pourrait commencer par là, mais…

— Dis-moi ce que tu veux, mon enfant. Si c'est en mon pouvoir, je veux te le donner.

— Morena m'a dit que le feu, allumer un feu ou une bougie, c'était la première chose qu'on apprenait.

— Souvent, oui. C'est ce que tu voudrais savoir faire à nouveau ?

— Je pense que c'est tellement tangible, tellement indiscutable. (Tellement fascinant, s'avoua Breen.) Ce que j'ai déjà vu et senti, c'est encore presque comme un rêve. Mais si je sentais ça venir de moi, je ne pourrais plus le mettre sous le tapis. Et si tu ne mens pas en prétendant que c'était moi alors que ça venait de toi.

— Oh, non. Et je ne mentirai pas non plus au sujet de ton texte quand tu me le feras lire.

— Il est dans mon ordi. Je l'imprimerai et je te l'apporterai la prochaine fois.

— Oh, on n'aura pas besoin d'attendre. Si j'ai ta permission, je peux me débrouiller.

— D'accord. Oh, là, là, le stress.

— Mange, bois ton thé, et on s'y mettra après. Ce n'est pas une honte de stresser. Ce qui est honteux, c'est de ne pas agir à cause du stress.

Elle le sentait, le stress, parcourant ses nerfs sous sa peau, s'insufflant dans ses veines alors qu'elle était assise dans le calme de la cuisine, le chien sommeillant à ses pieds.

Entre elles deux, la bougie haute d'un blanc crémeux.

— Je fabrique souvent mes bougies, celles dont je me sers pour les cérémonies, les sorts, pour guérir. Pour l'Art, je veux dire, plutôt que pour allumer les ténèbres. Celle-ci, c'est moi qui l'ai faite, et je pourrai t'apprendre aussi, si tu le désires.

— Ce ne serait pas juste modeler de la cire, à ta manière.

— C'est un peu plus complexe, il y a un objectif qui se fond dans la fabrication. Celle-ci est pour les célébrations, et pour moi, ce moment en est une.

— Si je n'y arrive pas…

— Oh, mais sors ta mère de ta tête ! (Après avoir levé une main, Marg inspira.) Je ne veux pas dire de mal de la femme qui t'a mise au monde, mais tu dois écarter les doutes, le manque d'assurance qu'elle t'a insufflés. Sois ouverte, *mo stór*, à ce que tu es, à ce qui est en toi. Voilà la première leçon. Une fois que tu t'es ouverte, tu tends la main et une fois que tu as tendu la main, tu tiens.

— D'accord, fit Breen en pianotant sur son tatouage. Être ouverte.

— Comment tu éteindrais la flamme d'une bougie ?

— Je soufflerais dessus.

Marg s'éclaira, comme si sa petite-fille venait de résoudre une équation retorse.

— Et pour allumer la flamme, il faut simplement apprendre à prendre son souffle. Avec l'objectif en tête. S'ouvrir, laisser le pouvoir monter. Se concentrer, parce que ce qui deviendra naturel nécessite de la concentration pour l'apprendre. À embraser.

Breen essaya encore et encore, mais la mèche resta froide.

— Je suis désolée.

— Il n'y a que toi que tu déçois. Le feu est en toi. Invoque-le, fais-le venir, sens-le picoter à l'intérieur de toi, juste un petit frémissement pour l'instant, il s'allume tout en discrétion. Utilise-le, vois l'objectif : la mèche. Visualise-la qui s'embrase. Prends ton souffle et allume le feu.

Elle le sentit alors. Une montée en puissance, une chaleur, et avant de pouvoir penser que c'était simplement de l'autosuggestion, la mèche s'enflamma avec un petit crépitement.

— Je… C'est toi…

— Non, je te promets, je n'ai rien fait, dit Marg avant de souffler la bougie. Encore. Amène la mèche à la lumière.

Breen tremblait. De peur, d'excitation, et d'un appétit pour aller plus loin, réalisa-t-elle. Trois fois elle alluma la flamme.

— Tu apprends toujours aussi vite. Tu as tellement en toi.

— Qu'est-ce que je suis, Nan ?

— Ma petite-fille, mon sang, mon trésor. Tu es l'enfant des Fey, fille des Sages, par ton père, par moi et les miens. Et de mon côté, en remontant loin, tu as du Sidhe en toi. De l'humain par ta mère. Et tu portes le sang et le pouvoir des dieux.

Marg joignit les mains avec force sur la table.

— C'est pour cela qu'il te veut, plus encore qu'il ne voulait ton père. Eian avait tout ce que tu as sauf l'humain, et Odran désire ton pouvoir avec l'humain. Tu es une passerelle, Breen, entre deux mondes, des mondes qui lui sont fermés. Pour l'instant.

— Tu parles de mon monde ? Celui de ma mère ?

— Il se servirait de toi pour s'en emparer, morceau après morceau, cœur après cœur. Il détruirait, réduirait en esclavage, corromprait, comme il l'a fait avec des mondes plus petits. Tu es la passerelle par laquelle il cherche à voyager, et la passerelle dont on a besoin pour l'arrêter.

— Parce que je suis humaine, ou du moins en partie ?

— Tu es unique. On ne connaît personne d'autre ayant ton héritage. Je ne vois pas. J'ai essayé et d'autres aussi. Je sais seulement qu'Odran cherche à t'utiliser, utiliser ce que tu es, pour détruire Talamh et le monde où tu as grandi. Je sais seulement que nous devons mettre à profit tout ce que nous sommes pour l'arrêter.

— Je ne peux pas… Il m'a fallu une heure pour allumer une bougie.

— Ça commence par une flamme. (Marg leva un doigt, puis étendit les mains.) Tu as le choix. Si tu retournes au-dehors et que tu y restes, il ne pourra pas t'atteindre.

— C'est une certitude absolue ?

Après une hésitation, Marg secoua la tête.

— Aussi sûr qu'on peut l'être de quoi que ce soit. Il n'a toujours pas pu franchir la barrière.

— Mais il peut venir ici ?

— Oui, et il le fera sûrement quand il se sentira prêt. On le combattra. On l'a repoussé d'autres fois et on le refera. Tant qu'on y arrive, l'autre côté est en sécurité, et toi dedans.

— Mais il revient toujours. Comment tue-t-on un dieu ? (Breen soupira.) Avec un autre dieu. C'est ça que vous pensez ? Que je suis capable de l'éliminer ?

— Je ne peux pas le voir. Je ne saurais l'affirmer.

— Mon père a essayé de l'arrêter. Il l'a tué. Je v... Je voudrais avoir des enfants un jour. J'en ai toujours voulu. Mais si j'ai un enfant, cet enfant sera comme moi et... ça ne prendra jamais fin.

— Je peux t'enseigner ce que je sais. D'autres peuvent t'enseigner ce qu'ils savent. Et si au bout du compte tu décides d'y retourner, de rester dans ton monde, nous ferons tout ce qui est en notre pouvoir pour que la barrière reste puissante.

— Je suis là, assise à une table dans une charmante chaumière située dans une campagne pittoresque, et tu me dis que deux mondes, voire plus, dépendent de mes décisions ?

Ce fut encore une fois la tristesse qui s'installa sur le visage de Marg.

— C'est un poids terrible à porter. Je t'ai promis de ne pas te mentir. J'ai senti que je ne pouvais plus esquiver – et c'est tellement proche du mensonge – maintenant que l'étincelle est à nouveau allumée en toi. L'éveil viendra, et c'est pour bientôt, je pense. Tu es ce que tu es, Breen Siobhan. C'est à toi de choisir ce que tu vas faire.

— J'ai besoin d'air. Je vais aller prendre l'air avec le chien. J'ai l'impression de vivre dans mon livre. Peut-être est-ce le cas.

— Si tu veux, porte ça. (Marg se leva et lui tendit un pendentif à la pierre rouge ronde.) Je te l'avais donné après ton enlèvement, pour te protéger. Je n'ai vu qu'après ton départ que ta mère l'avait laissé ici.

— Il est magnifique. Qu'est-ce que c'est ?

— On appelle cette pierre cœur de dragon.

Breen passa la fine chaîne au-dessus de sa tête.

— Je ne suis plus énervée contre ma mère, c'est déjà ça. Et en plus, après toute cette histoire, je n'ai pas fait de grosse crise de panique. Peut-être parce que ça ne semble pas réel.

Elle se dirigea vers la porte, l'ouvrit au chien qui avait bondi.

— Mais c'est réel. Et je dois l'accepter dans ma tête.

— Puis-je commencer à lire ton livre pour enfants pendant que tu te promènes ? Je peux le faire apparaître, si tu me le permets.

— D'accord. (Apprendre qu'elle écrivait comme un pied était actuellement le cadet de ses soucis. Malgré tout, elle hésita.) Je vois bien que ce n'était pas facile pour toi de me le dire. Je pense que tu m'aimes.

Les traits de Marg s'adoucirent.

— Plus que tout aux mondes.

Comme elle la croyait, Breen hocha la tête.

— Je reviendrai. Je veux juste marcher, laisser Boulet se baigner dans la baie. Tu réfléchiras à une autre chose que tu pourrais m'enseigner ? Une chose simple, je crois que je ne suis prête que pour quelque chose de simple. Je serai de retour d'ici une heure, à peu près.

— Je t'attendrai.

Comme Marg l'avait fait plus de vingt longues années.

17

Le vent venait de la mer, soufflant vers l'est des nuages gris sur les pourtours et surplombant de vastes étendues de champs et des promontoires rocheux.

Du moins Breen supposait-elle que c'était vers l'est. Le soleil pouvait très bien se lever au nord dans ce monde. Dans les champs poussaient des céréales dont l'or se balançait au-dessus de la verdure. Elle perçut des mouvements le long de la tour de roche et pensa à des chèvres avant de distinguer nettement des créatures à deux jambes portant casquettes et longs gilets.

Alors qu'elle s'en étonnait, un groupe d'enfants de l'âge approximatif de ses anciens élèves apparut à un tournant de la route. Ils se chahutaient et se poussaient du coude de manière bon enfant.

Elle en compta cinq, deux filles et trois garçons. L'une des filles, peau brune, cheveux assemblés en une masse de tresses aux extrémités bleues, leva la main.

Quand elle la rabaissa d'un geste vif, elle et deux des garçons s'élancèrent à une vitesse impossible pendant que l'autre fille déployait des ailes arc-en-ciel pour fuser dans l'air et que le troisième garçon se mettait à quatre pattes pour se transformer sous ses yeux en jeune cheval qui galopait à leur suite.

— On ne voit pas ça tous les jours, à moins de vivre ici.

Breen regarda à ses pieds pour voir ce que Boulet en pensait, mais il avait déjà mis le cap sur l'eau.

Elle le suivit et, prise de maux de tête, elle s'assit sur le schiste argileux. Elle ferma les yeux.

C'était apaisant, le vent vif, le ressac de l'eau, les jappements et les éclaboussures du chiot.

Elle avait accepté l'impossible comme vérité, et à présent, elle devait décider que faire à partir de là.

Entendant un cri, elle leva les yeux : un faucon.

Et Morena s'assit à côté d'elle.

— Il fait le malin pour t'impressionner.

— Il a le droit, il est tellement beau.

— On t'a vue te balader par là, mais tu avais l'air plongée dans tes pensées.

— Pas faux. J'ai vu des gamins, ils étaient cinq. Si j'ai tout bon, l'une était une fée, l'autre un cheval-garou. Les trois autres étaient rapides, d'une vitesse hallucinante.

— Des elfes. Je les ai vus aussi. Rapides, ce groupe d'amis. En général, il y a une fille de plus, mais elle est punie aujourd'hui parce qu'elle a utilisé un sort pour faire ses corvées.

— Elle fait partie des Sages ?

— Pas si sage si elle pensait pouvoir s'en tirer sans faire ses tâches assignées comme on le lui avait dit.

Règles et discipline pour les enfants. Breen demanda :

— Donc utiliser la magye pour faire la vaisselle, par exemple, ce n'est pas autorisé.

— Tout dépend de la situation, on va dire. Ce n'est pas encouragé, surtout chez les jeunes, de choisir la facilité. On doit apprendre à traire une chèvre, à planter une carotte, à laver son linge, tout. Autrement, on terminera obèses et paresseux, non ? La magye, c'est du sérieux, même si on peut s'amuser avec. Mais ce n'est pas une facilité. Si c'est seulement ça, on cesse de faire honneur à nos pouvoirs.

C'était simple, se dit Breen, et pur à sa façon.

— Moi, je ne sais pas quoi faire de mes pouvoirs. J'ai allumé une bougie tout à l'heure. Il m'a fallu une heure guidée par ma grand-mère, mais je l'ai allumée en prenant mon souffle.

— C'est bien, et la prochaine fois ne va pas tarder.

— Je ne sais pas quoi faire à partir de là. J'ai vu des hommes escalader les falaises comme des chèvres.

— C'étaient des trolls, expliqua tranquillement Morena. Ils devaient sortir des grottes où ils extraient des minerais pour prendre leur repas de midi au soleil.

— Des trolls. Bien sûr. J'aurais dû y penser. Et des enfants qui ont des ailes, des sabots et courent comme des gazelles…

— Les enfants ne courent-ils pas par une belle journée d'été, à l'extérieur ? En été, il n'y a pas d'enseignement, formel en tout cas, alors pourquoi ne pas courir ?

— Vous avez des écoles ?

— Bien sûr qu'on a des écoles ! Tu nous prends pour des ignorants ?

— Non. Les écoles, les enfants qui courent, les gens qui prennent leur déjeuner au soleil, tout ça, c'est très normal. Est-ce que le soleil se lève à l'est ?

— Où d'autre voudrais-tu qu'il se lève ?

— C'est normal. Mais vous avez deux lunes.

— Certains mondes en ont une seule, d'autres deux ou sept. Les astronomes essaient toujours de trouver des nouveautés dans les cieux, non ?

— Vous avez des astronomes. Ne me regarde pas comme ça ! J'essaie de faire la part du normal et du fantastique. Nan vient de me révéler ce que j'étais, ce que j'étais vraiment, et pourquoi Odran veut m'enlever.

Comme le font les amis, Morena tapota la cuisse de Breen.

— C'était à elle de te le dire, et comme elle l'a fait, elle pense que tu dois le savoir et que tu as la force de supporter ce savoir. Mais c'est énorme, je comprends bien.

— Je me rappelle avoir été enlevée, et j'ai tout revu avec ma grand-mère, dans le feu. Ce qu'elle avait vu aussi.

— J'avais eu tellement peur, à l'époque. (Ramenant ses genoux contre sa poitrine, Morena regarda vers l'eau.) Cette nuit-là, l'alarme a sonné. Je ne l'avais jamais entendue avant, mais je savais qu'il y avait lieu d'avoir peur. On nous a expédiés, mes frères et moi, avec les autres enfants, et j'ai entendu dire par ceux qui restaient avec nous pour nous protéger que tu avais été enlevée. Ça m'a paru durer des jours. Des jours et des jours, mais ce n'est que quelques heures après que ma mère t'a ramenée.

— Elle me chantait des chansons. Elle m'a fait passer par le portail sous la cascade et elle me chantait des chansons.

— Tu avais du sang sur toi. Ton propre sang. Et c'est Aisling qui a soigné tes mains avant que personne d'autre puisse s'en occuper. Je ne sais pas si ça te dérangera ou si ça t'aidera de savoir que dans tes yeux, sur ton visage, j'ai vu un pouvoir, une rage, un potentiel immenses. Les femmes t'ont dorlotée, apaisée et t'ont donné une potion pour te calmer, alors ça a disparu. Tu es redevenue simplement ma copine. Ma sœur de cœur, qui avait été ramenée à la maison, saine et sauve.

— Ça devait être une sacrée potion, parce que j'ai passé la majeure partie de ma vie à essayer de passer inaperçue.

— Et maintenant ?

— Je ne sais pas. (Breen préleva d'un geste machinal un morceau de schiste et le lança.) En tout cas, j'ai aimé ce que j'ai ressenti quand j'ai allumé la bougie. J'ai aimé cette sensation de force, et c'était une sensation qui me ressemblait. J'ai besoin de temps pour y réfléchir, mais je dois aussi en apprendre plus.

— Il n'existe pas de meilleur professeur que Marg pour transmettre les savoirs des Sages.

— C'est ce que m'a dit Keegan.

— Alors tu as parlé avec lui ?

— Brièvement. Il était devant la ferme hier soir, quand je suis sortie me promener.

— Ah, tu aurais dû venir, dit Morena avec un petit coup de coude. C'était un chouette *craic*. Il y a tant de gens qui veulent te rencontrer ou te revoir. On est chaleureux, ici.

— Je ne le trouve pas particulièrement chaleureux, lui.

— Ah, ça, c'est Keegan. Il est un peu lugubre. Mais après tout, il a le poids du monde sur ses épaules. Il est de bonne compagnie quand il est de meilleure humeur, et c'est le plus juste des *taoisigh*.

Breen examina le visage de son amie.

— Est-ce que tous les deux…

— Quoi ?

— Vous vous voyez ?

— Bien sûr, on se voit tout le… Oh ! (Son visage s'éclaira.) Tu veux dire, est-ce qu'on couche ensemble ? Sûrement pas ! C'est comme un frère pour moi. Ce n'est pas qu'il ne soit pas bel homme, et j'ai entendu dire qu'il était exceptionnel au lit. Et en plus, je couche avec Harken de temps en temps, et même si ce n'est pas interdit, je trouverais bizarre d'alterner entre deux frères.

Pendant que Breen essayait de trouver une réponse, Boulet rapporta un morceau de bois flotté et remua la queue avec espoir.

Morena se leva d'un bond pour aller le jeter dans l'eau. Saisi d'une joie délirante, le chien courut après.

— Je vais te dire, poursuivit Morena. Il te faut Keegan pour l'entraînement à l'épée et au corps à corps, parce que je ne connais pas meilleur que lui. C'est ton père qui l'avait entraîné, ainsi que Harken et Aisling, après la mort de leur père, donc ça n'a rien d'étonnant.

Boulet rapporta le bâton, que Morena lança encore.

— Je pourrais t'apprendre les rudiments, mais je suis mauvaise prof, je crois. Je manque de patience.

— Tu sais manier une épée ?

— Bien entendu. Être un peuple pacifique, ce n'est pas la même chose qu'être sans défense.

Il y avait trois dragons dans le ciel. Un vol ? Un troupeau ? Il faudrait que Breen se renseigne, mais pour le moment, elle pensait que c'était une famille. Deux grands et un petit, cela ressemblait à des parents et un enfant.

— Tu es déjà montée à dos de dragon ? demanda-t-elle à Morena.

— Oui, et c'est fabuleux. Je n'ai pas créé de lien avec un dragon, mais j'ai monté celui de Harken.

— Harken a un dragon ?

— Harken appartient au dragon et le dragon appartient à Harken, c'est l'idée de se lier. Il pourrait te montrer si tu veux.

— Je crois que je vais garder les pieds sur terre pour l'instant. Je devrais rentrer. Nan… Il y a quelqu'un à l'eau !

Inquiète à l'idée d'une noyade, Breen allait s'élancer, mais Morena la retint.

— C'est juste Ala. Elle est un peu timide, tu vas l'effrayer.

Morena fit un signe de la main et, après un petit temps, un bras s'agita en réponse. La tête qui surnageait avec de longs cheveux blonds dans son sillage disparut sous la surface.

— Une sirène, articula lentement Breen. Une sirène timide.

— Elle n'a même pas dix ans, je crois. Elle est curieuse, mais timide aussi. Elle reviendra sûrement si tu ramènes le chien.

Ce disant, Morena leva le bras. Le faucon fondit du ciel pour se poser dessus.

— Tu ne portes pas de gant.

— J'en portais un quand on s'est revues pour la première fois, parce que ça t'aurait semblé bizarre sans. Mais Amish ne me ferait jamais de mal. On va t'accompagner sur la route, et puis je devrai rentrer. J'ai des choses à faire.

— Je retourne à mon cottage demain, la prévint Breen. Je crois qu'il faut que je passe quelques jours là-bas, à réfléchir à tout ça. Mais je reviendrai.

— Je le sais. Passe le bonjour à Marg et Sedric.

— Je le ferai. De même à tes grands-parents.

— D'accord. Allume le feu, Breen, ajouta Morena en se détournant.

Breen passa le reste de la journée dans les tisanes, plantes, racines et herbes. Comment les identifier, les récolter, les sécher, les préparer et les mélanger.

Elle trouva cette discipline à la fois fascinante et pratique.

— Tu apprends vite.

— J'ai l'habitude. J'ai étudié comme une folle pour un diplôme que je ne voulais pas. Ça, c'est intéressant et sympa. Et on a la sensation d'être productive. Et c'est… naturel.

Elle nourrit le chiot, aida à soigner le cheval et s'efforça de ne pas commettre d'erreur fatidique en contribuant à la confection du dîner par une soirée pluvieuse.

— Tu souffres plutôt d'un manque de confiance que d'un manque de savoir-faire.

— Je pense que c'est les deux.

Mais Breen sentait rôtir les pommes de terre qu'elle avait coupées en quatre, enduites d'huile et d'herbes. Elle s'en était bien tirée sur ce front.

Et le goût était aussi bon que l'odeur, jugea-t-elle ensuite, tout comme le poisson que Sedric avait pêché dans l'après-midi et les petits pois qu'elle avait écossés.

Breen attendit qu'ils aient terminé le repas pour aborder un sujet qu'elle estimait délicat.

— Je dois retourner au cottage demain, expliqua-t-elle. J'ai besoin de temps, et d'un espace à moi. Je ne m'exprime pas bien. Je n'ai jamais vécu seule avant d'être au cottage et j'en ai besoin.

— L'indépendance, c'est précieux.

— Je ne savais pas à quel point c'était important pour moi avant d'en faire l'expérience. Honnêtement, je ne savais pas que j'apprécierais la solitude avant de la connaître. Je sais que je risque de trop me renfermer, donc je dois rester prudente. Marco ne me laisserait pas faire, mais il n'est pas là. Alors je me demandais si après un ou deux jours, je… si on pouvait trouver quelque chose. Pas un planning, c'est trop rigide. Je ne veux pas être rigide.

À court de mots, elle prit son verre de vin, le regarda, le reposa.

— Breen, dis-nous ce que tu veux.

— Si je savais, je le dirais. Pour l'instant, je pense que j'aimerais essayer de vivre au cottage, mais de venir ici. Si je pouvais venir après avoir écrit le matin, tu pourrais m'enseigner encore des choses et je repartirais le soir. Je pourrais rester là avec vous le week-end. Je ne sais même pas si vous avez de week-ends.

— Je comprends ce que tu veux dire.

— Je sais que ça prendra plus de temps pour apprendre, m'entraîner, et tout, mais…

— Tu recherches l'équilibre et c'est un bon choix.

— Je ne sais pas si je peux faire ou être ce que vous espérez, mais si je trouvais le temps, de cette manière, avant le moment où je devrai retourner à Philadelphie, je pense que je pourrais prendre une décision plus… nourrie.

Avec un hochement de tête, Marg vint lui tapoter l'épaule.

— Attends, je reviens.

— Je lui ai fait de la peine, murmura Breen. Je le savais… Je ne suis…

— Tu te trompes, rectifia Sedric en sirotant son vin. Elle ne veut pas te donner d'impulsion ni d'obligation. Ces choses-là faiblissent avec le temps. Pour ma part, j'aurais une moins bonne opinion de toi si tu te laissais guider par l'une ou par l'autre.

De retour, Marg posa un grand livre sur la table. Sur la couverture de cuir était sculpté un dragon.

— Le dragon a toujours été ton animal préféré. Et il maintient la magye à l'intérieur. J'ai fait ce livre pour toi, je l'ai commencé la nuit de ta naissance.

— Il est superbe.

Breen l'ouvrit et vit son nom ainsi que sa date de naissance inscrits d'une belle écriture sur l'épais parchemin.

Elle tourna la page.

— La première partie, c'est ce que tu appellerais des recettes. Comme celles qu'on a pratiquées aujourd'hui.

— Les illustrations sont magnifiques. Elles sont de toi ?

— Certaines, et d'autres sont de Sedric, qui a un talent dans ce domaine.

— Artiste-garou ? lui demanda Breen en se retournant vers lui.

— On peut dire ça, fit-il avec un lent sourire.

— Les dessins aident à identifier les ingrédients, poursuivit Marg, les plantes, les racines, etc., pour préparer des tisanes, des potions, des lotions et des baumes. Ensuite, une partie est consacrée aux pierres et à leur signification, leurs usages. Enfin, tu y trouveras les sorts, en commençant par le tracé de cercle.

» Il est à toi. J'espère que tu t'en serviras pour étudier et apprendre, mais dans tous les cas, il est à toi. Je te demanderai de ne pas tenter de sort ou de cérémonie sans ma supervision.

— Tu peux être tranquille sur ce point. Merci. Je vais l'étudier. Et…

Ce ne fut pas tant une impulsion qu'un désir qui poussa Breen vers la bougie sur le comptoir. Elle prit une inspiration qui la fit s'allumer.

— ... j'apprendrai, conclut-elle.

Au matin, elle prit la route avec le livre dans son sac à dos et le chien à son côté. Elle entendit des sabots s'approcher rapidement et s'écarta. Bon réflexe, car le cheval fondait sur elle.

Quand Keegan l'arrêta, la première pensée de Breen fut qu'évidemment, il ne pouvait que monter un immense cheval d'un noir étincelant – un étalon, sans doute.

Et elle avait vu cette monture avant, tout comme elle avait vu lc cavalier.

En rêve.

Il baissa les yeux sur elle et s'étonna :

— Tu t'en vas ?

— Je reviens d'ici quelques jours.

— Ah oui ?

— Comme je te dis. Écoute, j'ai compris que dans le coin, tu étais le roi, mais tu ne régentes pas ma vie.

— Je ne suis pas un roi. Nous n'en avons pas.

Comme il était visiblement irrité par cette idée, elle haussa les épaules.

— Quel que soit le nom donné, j'ai laissé d'autres personnes diriger ma vie pendant vingt-six ans. C'est à mon tour.

Il prit l'air inquisiteur.

— Et à qui la faute si tu as laissé d'autres personnes diriger ta vie ?

— Les gens comme toi ne peuvent pas comprendre les gens comme moi.

Il descendit d'un bond et l'examina avec curiosité.

— Qui sont les gens comme moi et les gens comme toi ?

Quelle vision avait-il de lui-même ? se demanda-t-elle. Elle savait comment elle le voyait.

Grand, fort, extrêmement beau et absolument sûr de lui.

— Les gens comme toi sont nés avec l'assurance. Ils commandent, ils forcent le respect et éventuellement une saine peur. Des gens comme moi, on leur apprend à respecter les règles, à ne pas avoir trop d'attentes, à ne pas faire de vagues.

— Eh bien, les règles ont leur importance dans un monde civilisé, non ? Mais ne pas avoir trop d'attentes ne signifie pas qu'on vivra pour autant des échecs ou qu'on réussira quoi que ce soit, donc quel intérêt ? Si tu ne fais pas de vagues, tu ne sauras jamais où elles peuvent te porter.

— Tout ça est très vrai et littéral.

Le cheval tourna la tête et vint la mettre au creux de l'épaule de Breen. Sans réfléchir, elle lui caressa la joue.

— Tu dois y aller. Il a soif et il veut sa carotte.

À peine eut-elle prononcé cette réplique qu'elle recula sous le coup de l'étonnement.

Keegan se contenta d'acquiescer, les yeux sur son visage.

— En effet, parce que notre chevauchée a été bien fatigante.

Il se pencha pour caresser Boulet, puis remonta à cheval.

— Bon voyage, Breen Siobhan.

Quand il s'éloigna, elle souffla.

— Le cheval s'appelle Merlin, d'après l'enchanteur. Je le sais aussi bien que je connais mon nom. Allons-y, Boulet. J'ai beaucoup de choses à étudier.

La solitude silencieuse l'apaisait comme un bain chaud, aussi y resta-t-elle immergée deux jours. Elle écrivit, étudia, s'occupa du jardin avec le chien pour seule compagnie.

Elle alluma des bougies avec ses nouveaux pouvoirs et, au prix d'efforts considérables, put lancer un feu dans la cheminée.

— Je suis une sorcière, dit-elle à Boulet en s'asseyant avec lui devant ce feu, les échos du pouvoir vibrant encore en elle. Et ce n'est plus surprenant.

Elle caressa la tête qu'il avait posée sur ses genoux, tira sur sa barbichette.

— Et je ne suis plus surprise non plus d'avoir un chien, même si je ne sais pas ce que je vais faire de toi si je retourne à Philadelphie.

Si. Ce mot-là était surprenant, en revanche. Elle avait dit et pensé « si » plutôt que « quand ».

— Bien sûr que j'y retournerai. Je le dois. Il y a Marco et Sally là-bas, et Derrick. Et ma mère, tout ce que je connais est là-bas. Là, c'est juste…

Une passerelle ?

Comme elle…

— Inutile d'y réfléchir maintenant. On va se récompenser pour cette bonne journée de travail avec une promenade avant qu'il fasse trop sombre.

Une seule lune, songea-t-elle tandis que le chien courait droit vers la baie. Gibbeuse et estompée par les nuages.

Demain, après sa session d'écriture matinale, elle quitterait sa solitude pour un monde à deux lunes.

Même cette perspective ne lui semblait plus étonnante.

Elle partit à midi, le chien devant elle. Elle portait la pierre rouge au cou et avait ajouté la bague de son père à la chaîne. Elle avait enfilé un sweat léger à capuche, de la même couleur que la forêt, avec un tee-shirt et un jean.

Quand ils arrivèrent devant l'arbre, Boulet n'hésita pas. Avec un aboiement joyeux, il monta et traversa. Breen le suivit et se retrouva dans l'enchantement d'une douce bruine que le soleil transformait en un double arc-en-ciel qui surmontait la ferme en une courbe de couleurs miroitantes. Pendant qu'elle descendait les marches, un dragon aussi rouge que la pierre à son cou s'élança dessous.

La solitude, oui, c'était précieux. Mais cette vision-là était un cadeau inestimable.

Le chien sauta la barrière et traversa à toute vitesse la route, puis la clôture de la ferme pour décrire, tout fou, des cercles autour du chien-loup.

Plus loin, dans un enclos, elle aperçut Harken et Mahon devant un cheval bai. Une jument, à l'évidence, car Keegan tenait la bride de son étalon noir, qui la montait.

Les deux bêtes et les trois hommes luisaient de sueur.

Elle n'avait jamais rien vu de tel et trouva l'acte puissant, sensuel et un peu effrayant depuis le bas-côté garni d'herbe du chemin.

Les aboiements alertèrent Harken qui lança :

— Bonjour à toi, Breen ! Nous aidons à concevoir une vie ici. Tu es la bienvenue, si tu veux.

Après avoir pensé « non », elle passa par-dessus la clôture pour s'approcher. Elle sentit le désir, le plaisir, la férocité des animaux dans leur accouplement.

Cette rencontre s'agita dans son ventre, chauffa son sang et l'attira près de l'enclos.

— Notre belle Eryn est dans sa période, lui dit Mahon.

Il avait attaché ses tresses, comme Marco le faisait souvent.

— Merlin est plus qu'heureux de tenter le coup.

— Je vois ça. Vous devez, euh, les aider ? Je croyais que c'était quelque chose qu'ils savaient faire tout seuls.

— Oui, mais on voulait que ces deux-là en particulier procréent, et contrôler la chose les empêche tous les deux de se blesser au cours du processus.

Il fallait de la force, elle le voyait aux muscles contractés de Keegan sous sa chemise trempée de sueur et de pluie.

Et puis elle le sentit, le sentit carrément, le choc de l'apogée, et elle dut s'agripper à la barrière de l'enclos pendant que les chevaux poussaient des hennissements de triomphe.

— Reste là, reste, murmura Keegan à l'étalon. Accorde encore un moment à la dame. Elle te donnera un beau poulain au prochain solstice d'été.

— Comment... (Breen se racla la gorge pour abandonner sa voix sourde et essoufflée.) Comment tu peux être sûr que ça a pris ?

Il lui accorda un regard.

— Les signes indiquaient ce jour, à cette heure, et chacun a mangé une demi-pomme ayant reçu un charme de fertilité avant l'accouplement. Allez, on relâche.

Il consacra de nouveau son attention aux chevaux. L'étalon se retira, posa ses antérieurs au sol. Quand Keegan défit les sangles qu'il avait utilisées pour le contrôler, le cheval secoua la tête et leva les antérieurs en l'air avant d'effectuer ce que Breen considéra comme un galop de victoire autour de l'enclos.

— Il est fier de lui.

Keegan s'essuya les mains sur son pantalon, le tachant de sang.

— Tes mains.

Il haussa les épaules.

— Merlin peut être un peu trop zélé parfois. Si tu es venue pour t'entraîner, je vais devoir te faire attendre une petite heure.

— Non, pas du tout. Je vais chez ma grand-mère.

— Aisling serait très contente de te voir si tu as le temps, dit Mahon sans cesser d'apaiser la jument.

— J'essaierai d'y passer. C'était... intéressant, ajouta Breen en faisant mine de partir.

Harken sourit alors qu'elle s'éloignait.

— Je parie qu'elle ne s'attendait pas à un tel spectacle.

— Il faut qu'elle commence l'entraînement.

— Oh, laisse-la respirer, conseilla Harken avec une bonne tape sur l'épaule de Keegan. Elle est revenue, non ? Tout le monde ne l'aurait pas fait.

— Ce n'est pas suffisant de traverser, loin de là, et ce ne sont pas des rudiments de magye de cuisine qui vont détruire Odran une fois pour toutes.

— Patience, *mo dhearthâir*.

— J'emmerde la patience, lui renvoya Keegan, non sans humour toutefois. J'en ai ma dose chaque fois que je suis coincé à la Capitale. Mais qu'elle reste avec Marg pour l'instant.

La porte de la chaumière était ouverte. Prenant cela comme une invitation, Boulet fila à l'intérieur.

Breen entendit la voix de sa grand-mère lui souhaiter la bienvenue.

Un peu moins sûre d'elle, elle frappa à la porte avant d'entrer à son tour.

— Entre, voyons ! Ah, oui, j'ai un biscuit pour toi, mon petit.

Breen s'avança. Marg sortit un biscuit d'un bocal. Sur le fourneau, la bouilloire fumait.

— Je suis bien contente de te voir, dit-elle tout en levant un doigt pour faire signe au chien de s'asseoir. Je viens de descendre pour prendre un thé et maintenant, j'aurai en plus de la compagnie.

— J'espère que ça te va que je vienne aujourd'hui.

— Tu es la bienvenue tout le temps et tous les jours. Assieds-toi donc. J'ai des biscuits pour nous aussi.

— Je suis en train de lire le livre que tu m'as fait. Je me disais que si tu avais le temps, tu pourrais me montrer comment réaliser l'une des choses qu'il y a dedans. Quelque chose de simple, rappela-t-elle. Je me suis entraînée pour le feu. J'en ai allumé un hier soir. Dans la cheminée, je veux dire.

— Splendide.

— J'ai mis du temps, reconnut Breen, mais ensuite, ça m'a paru naturel. C'est normal ?

— Plutôt, oui.

Après avoir pressé l'épaule de sa petite-fille, Marg posa une assiette de cookies sur la table.

— Sinon, j'ai croisé Keegan l'autre jour en partant, et il dit que je dois m'entraîner. À me battre, à manier l'épée.

Marg répondit par un soupir.

— Il est un peu plus patient qu'avant, ce garçon, mais à peine.

— Alors c'est non. Je serais incapable de me servir d'une épée. Enfin, même si j'apprenais, ce qui est peu probable, je ne pourrais pas m'en servir contre quelqu'un.

— Tu as le temps de t'inquiéter de telles choses, mais je te demande de penser à ce que tu ferais si quelqu'un entrait maintenant, avec l'intention de prendre ta vie, ou la mienne.

— Je… Ma première réaction serait de m'enfuir.

— Elle n'est pas mauvaise. (Souriant, Marg servit le thé.) Mais s'il ne suffit pas de fuir, tu te contenterais de rester sans rien faire ?

Ce fut au tour de Breen de soupirer.

— Dans nos écoles, je devais simuler des alertes intrusion avec les élèves. Ce qu'on devait faire si un intrus venait leur faire du mal. Se cacher. Bloquer les portes et se cacher. Fuir si ça ne marche pas. Et ç'aurait été à moi, en tant que responsable, de me battre s'il n'y avait pas d'autre issue. Je n'ai jamais mis ça à l'essai. Mais je crois, vraiment, que j'aurais fait ce qui était en mon pouvoir pour les protéger.

— Et pour ça, tu t'entraînes ?

— Oui, en tant que prof, on est formé.

— Ce n'est pas très différent. L'épée ne serait pas ta seule arme. Tu as une arme puissante en toi. À utiliser comme une arme seulement pour te protéger.

— Je veux en savoir plus à ce sujet.

— On fera ça. Et pour commencer, j'ai fait de la lecture aussi. Ton livre.

— Oh.

— Puisque tu m'en as donné la permission. (Elle regarda le chien et sourit.) Oh, elle t'a saisi, mon chien, dans les moindres détails. Tu as du talent avec les mots, *mo stór*, et c'est de la magye aussi. Je l'ai lu en entier deux fois, j'ai ri et je me suis enthousiasmée pour les aventures de notre héros. Si courageux et vrai dans l'histoire, comme il l'est en vrai, et au cœur bon même quand il fait des idioties.

Marg tapota la main de Breen.

— C'est la vérité que je t'ai promise, pas simplement l'émotion d'une mamie. Alors, est-ce que tu l'as envoyée à des personnes qui fabriquent les livres ?

— Non, je… (Voyant sa grand-mère hausser les sourcils, Breen hocha la tête.) Tu as raison, ils ne peuvent accepter le roman que s'ils le lisent. J'ai fait des recherches sur les manières de proposer un manuscrit, donc je vais le faire ce soir. Je vais le faire, voilà.

— Voilà une nouvelle étape de franchie. Franchissons-en une aussi. Emporte ta tasse.

— Où tu vas ?

— Dehors, là où je fais davantage que des tisanes et de la magye de cuisine, répondit Marg en se levant. On pourrait dire qu'on va à l'école.

— Genre Poudlard ?

— Oh, ce sont des belles histoires, ça. Mais non, pour ça, il n'y aura que toi et moi.

18

Elles suivirent un chemin qui s'enfonçait dans les bois, dépassant l'appentis où le cheval somnolait pour se diriger là où le ruisseau décrivait une courbe sous un petit pont de pierre en forme d'arche.

Un autre bâtiment de pierre se dressait là, de la moitié de la taille de la chaumière environ. Contrairement à la chaumière, l'épaisse porte entièrement sculptée restait fermée. En revanche, des fleurs débordaient des jardinières placées de part et d'autre.

Elles traversèrent le pont, duquel un Boulet aux anges se jeta dans le ruisseau.

Marg lui envoya un regard indulgent.

— Il sera bien ici.

— C'est comme un atelier ?

— Oui, parce que c'est du travail qu'on effectue dans notre intérieur. Donne-moi la main, mon enfant. (Elle posa la main de Breen sur la porte et sous la sienne.) Et maintenant, la porte s'ouvrira aussi pour toi.

Sans autre manipulation, la porte s'ouvrit silencieusement.

Le soleil pénétrait suffisamment pour que Breen distingue les tables de travail, les étagères couvertes de bocaux, les plantes séchées accrochées à des fils. Quelques chaises et tabourets en bois.

— Allume le feu, demanda Marg en se tapant sur la poitrine. À partir de là.

C'était comme un test, se dit Breen, qui dut lutter contre le stress en s'avançant vers la cheminée. Elle s'était entraînée, voyons. La veille au soir et le matin même.

Elle ferma donc les yeux, visualisa le feu et apaisa son esprit jusqu'à sentir de la chaleur. Elle rassembla cette chaleur, de son ventre à son cœur, de son cœur à son esprit.

Juste une flammèche toute faible au début, mais elle en invoqua davantage, ouvrit les yeux. La tourbe prête dans le foyer reçut une étincelle, hésita, tremblota, puis s'embrasa.

— Bien. Très bien. Maintenant, les bougies. Au-dessus de toi.

Breen regarda en l'air et vit plus d'une douzaine de bougies dans un cercle de fer.

— Elles sont placées plus loin que celles que j'ai déjà allumées jusqu'ici.

— La distance n'a pas d'importance. Allume les bougies.

Elle prit son souffle, fit venir la chaleur et les bougies s'allumèrent.

— Voilà, tu as appris à faire ce que tu connaissais déjà.

— C'est séduisant.

— Oui, et il n'y a pas de mal tant que tu gardes ton objectif et tes promesses.

Maintenant que la lueur des bougies et celle du feu qui crépitait s'étaient adjointes à la douce lumière du soleil, elle vit mieux la pièce avec les poutres au plafond et le plancher brut en différentes sections. Une zone était consacrée aux herbes et fleurs suspendues, aux bols et aux bocaux de racines, poudres, liquides pâles ou vifs ; dans une autre, c'étaient les pierres, en contenants ou en petits monticules ronds ou pointus. Des dizaines de bougies, blanches, noires, de toutes les couleurs qu'elle pouvait nommer, regroupées sur des étagères.

Un tiers de la pièce recevait les outils. Des pots, encore des bols et bocaux non remplis, des spatules et cuillères, des baguettes, des couteaux à la lame droite ou incurvée. Une espèce de cagibi sans porte abritait différents tissus, laines et rubans. Un livre ressemblant à celui que lui avait offert Marg se trouvait au-dessus de la pile.

L'air avait une senteur d'herbes ouvrant au rêve. Cultivées en pot et bien portantes, elles se trouvaient sur le large rebord de la fenêtre faisant face au ruisseau.

— Ce sont des chaudrons ?

— Oui. Tu as étudié la liste d'outils dans ton livre ?

— Chaudrons, bols, cloches, bougies, baguettes, athamés – les couteaux rituels – balais, coupes, épées.

— Il est temps que tu apprennes à t'en servir. Aujourd'hui, nous allons fabriquer des charmes pour calmer les esprits et les cœurs, pour la fertilité, les voyages sans heurts, la bonne fortune et la protection.

Herbes et pierres, rubans et tissus. Et surtout, Breen l'apprit, l'intention. Tout semblait très simple, mais elle comprit vite qu'une pierre ou des herbes mal choisies dans un charme pouvaient attirer le mal plutôt que de le repousser, causer une nuit blanche plutôt que de procurer le repos.

— Garde ça, que tu as fait toi-même.

Breen prit le petit sachet mauve qu'elle venait de remplir et de coudre.

— Pour me protéger. Mais j'ai déjà ça.

Elle toucha la pierre à son cou.

— Et maintenant, tu as un sachet protecteur en plus. Tu te rappelles ce que tu as mis dedans ?

— Oui, je crois. Bétoine, sauge, un morceau d'ambre, un de malachite, un de tourmaline noire. Un petit coquillage et un balai miniature. Et j'ai psalmodié : « Par ma volonté, amène la santé. Protection contre les agressions. »

D'un simple hochement de tête, Marg montra son approbation.

— Très bien. Très, très bien.

— Qu'est-ce que tu feras des autres ?

— Je les donnerai ou les troquerai selon les besoins. Un jeune métamorphe de ma connaissance voudrait avoir un enfant. Je lui donnerai le charme de fertilité. Mais pour l'instant, purifions nos outils et rangeons tout.

— Tu ne peux pas m'enseigner un sort avant ?

Marg éclata de rire.

— *Mo stór*, je l'ai fait. Un charme, c'est un sort en sachet.

— Un sort en sachet. (Trouvant la formulation charmante, Breen le glissa dans sa poche.) On n'a rien fait concernant l'amour. Ça doit être populaire, j'imagine.

— Un charme ou un sort pour attirer l'attention de quelqu'un, c'est courant. Mais un vrai sortilège d'amour ? C'est interdit. S'attacher un cœur par la magye supprime le choix.

— Je comprends. Est-ce qu'ils marchent vraiment ?

— Parfois trop bien, et toujours, toujours à un prix très élevé. Une femme peut abandonner sa famille, un homme abattre un rival. Le charmé peut se retourner contre le charmeur dans une crise de jalousie, déformée par la magye. Un cœur peut devenir fou d'amour, en fin de compte.

Breen pouvait le croire même sans expérience personnelle.

— Il est beaucoup question de guérison, de protection, de réconfort dans tout ce que tu m'as appris jusque-là. Quand j'étais petite, je voulais être vétérinaire. Pas seulement parce que j'adorais les animaux, mais parce qu'ils ont besoin de quelqu'un pour prendre soin d'eux.

— Tu as la guérisseuse en toi. Je peux t'aider à la faire émerger en partie, mais Aisling est plus douée dans ce domaine.

Elles rangèrent tissus, pierres et bougies. Breen regarda Marg immerger les ciseaux et aiguilles qu'elles avaient utilisés dans de l'eau tirée au clair de lune, puis les essuyer avec un torchon blanc.

— Maintenant, tu vas prendre l'air, t'aérer l'esprit. Tu pourrais aller voir Morena ou Aisling. Ensuite, je te montrerai comment fabriquer une baguette.

— Tu les fabriques ?

— Je veux bien t'en donner une, mais le fait de fabriquer la tienne l'imprègne de ta personnalité, de ton cœur, de ton pouvoir. Tu choisiras le bois, les pierres, les gravures. Ta baguette est une extension de la magye en toi.

— Je ne suis pas très manuelle, objecta Breen pendant qu'elles sortaient. En cousant les sachets, j'étais à peu près au maximum de mon talent.

— Et tu t'en es très bien tirée, non ? Ah, je crois que nous avons de la compagnie.

Breen reconnut l'étalon noir, à moins qu'il n'ait un jumeau. À côté de lui, devant l'appentis, se tenait un cheval plus petit. De robe isabelle, se rappela-t-elle, reliquat de sa passion pour les chevaux quand elle était adolescente.

— Cette beauté noire, ce doit être Merlin, celui de Keegan.

— Oui, je l'ai vu engrosser une jument ce matin. Elle avait l'air d'accord.

— Alors il s'est accouplé avec Eryn, celle de Mahon. C'est une bonne chose. Et ce beau hongre est l'un de ceux de Harken. Il s'appelle Boy, pour Good Boy, parce qu'il est gentil. Si leurs propriétaires sont dans la chaumière avec Sedric, il ne va pas nous rester une miette de biscuits.

À l'intérieur, Keegan était au coin du feu avec Sedric… et Boulet. Les deux hommes tenaient chacun un grand mug. Une chope, supposa Breen.

— Et les voilà, annonça Sedric. J'ai soudoyé Keegan avec une bière afin de l'empêcher d'interrompre votre travail.

— Et c'était du beau travail. Il paraît que ton Merlin a bien travaillé aussi ce matin ?

— Oui, et avec succès.

— Ça a pris. Magnifique.

— N'est-il pas trop tôt pour en être sûr ? demanda Breen, s'attirant un coup d'œil de Keegan.

— Harken dit qu'elle porte un petit, on peut lui faire confiance. (Il se leva en terminant sa chope.) J'ai amené Boy, parce qu'elle doit apprendre à monter, et d'après Harken, il serait bien pour ça.

— Une leçon d'équitation, intervint Marg avant que Breen puisse protester, avec douceur et patience, ce serait un bon moyen pour Breen de prendre l'air après avoir été enfermée dans l'atelier.

— Je préférerais marcher.

— La marche ne t'amènera pas aussi loin qu'un bon cheval, dit Keegan en la regardant, inquisiteur. Tu es sûre de ne pas avoir peur de monter en selle ?

— Comme je ne suis jamais montée en selle à ma connaissance, je n'en sais rien.

— Il va falloir qu'on le sache, alors. Merci pour la bière, elle est bonne.

Il sortit, s'arrêtant au passage pour embrasser Marg sur la joue.

— Tu adorais le poney quand tu étais petite, lui dit Marg. C'est en toi.

— Peut-être.

En sortant, elle dut se forcer à se rappeler qu'elle aimait les chevaux. Ce qu'elle n'aimait pas, c'était l'idée de se faire désarçonner ou de perdre le contrôle et de se retrouver sur un cheval qui la ballottait en galopant comme l'éclair.

— Il connaît son boulot, lui assura Keegan. Mais si tu arrives sur lui toute tremblante, tu vas le rendre anxieux.

— Je ne tremble pas.

Peut-être un petit peu. Intérieurement. Néanmoins, elle s'avança.

— Il va falloir que tu montes dessus de l'autre côté, à moins de vouloir te retrouver face à son cul.

Super début, se félicita-t-elle. Elle passa de l'autre côté du cheval.

— Il n'y a pas de pommeau. De machin pour se hisser sur la selle.

— Tu n'es pas au Far West avec un lasso. J'y suis allé. Vaste endroit, et je comprends l'objectif des grosses selles lourdes qu'ils ont là-bas, mais on est dans un monde différent. Tu vas prendre une rêne dans chaque main. Tu tireras sur la gauche pour aller à gauche, sur la droite pour aller à droite, et sur les deux pour t'arrêter. Mets un pied dans l'étrier et passe l'autre jambe par-dessus.

— Sois gentleman, fais-lui la courte échelle, lança Marg depuis la porte.

Mais Breen lança la jambe et parvint à se jucher sur le cheval.

— Rentre l'autre pied. C'est à la bonne longueur pour toi, tout va bien. Une rêne dans chaque main. Tiens-les comme ça.

Il lui montra, et comme il se montrait plutôt patient, elle s'efforça de se détendre.

Keegan posa une tunique sur Merlin, puis le monta et le fit tourner.

— La rêne gauche, tout doux et tranquille pour le faire tourner.

— Juste au pas, Keegan, jusqu'à ce qu'elle trouve son assiette. Et ramène-la avant le repas du soir.

— Ne t'inquiète pas, Marg, tout ira bien pour elle. Talons bien bas, genoux vers l'intérieur.

Elle était en train de monter à cheval, et… ça allait. Ouf !

Quand ils arrivèrent sur la route, elle fit encore tourner sa monture, à droite, cette fois. Cela ne paraissait pas si difficile, pas à cette allure, en tout cas, ce clop-clop tranquille sous un ciel devenu bleu pâle, dans un air qui s'était réchauffé depuis la fin de la pluie.

Elle s'aperçut que Boulet trottait à côté d'elle.

— Le chien nous suit, ce n'est pas grave ?

— Les chevaux n'ont rien contre les chiens, les chiens n'ont rien contre les chevaux.

Il la fit s'arrêter, puis repartir. S'arrêter, faire reculer le cheval, puis avancer. Il quitta la route pour un chemin qui serpentait dans les bois où la lumière était plus douce et l'air plus frais.

Elle vit quelque chose bondir d'un arbre énorme avant de s'éloigner à une vitesse impressionnante.

— Des elfes, des jeunes, qui jouent.

— Mais… Il était dans l'arbre ?

— Év…

Un ours traversa le chemin, puis s'arrêta pour les observer. Breen sentit sa gorge se serrer, si bien que son cri fut réduit à un gargouillis. Puis l'animal s'enfuit plus loin dans les arbres.

— C'était…

— Un métamorphe, et jeune. Ils font les fous dans les bois. Il va falloir que tu t'habitues à voir ces choses-là.

— Comment tu sais si c'est un garou ou un vrai ours qui veut te manger ?

— Les ours, ceux qui sont seulement des animaux, s'intéressent davantage aux baies qu'à toi. Mais si tu en croises un et qu'il décide qu'il ne t'aime pas, tu le sauras très vite.

Il se tourna vers elle, aussi à l'aise sur son étalon qu'il le serait dans un fauteuil.

— C'est pour ça qu'on apprend l'épée, l'arc, le galop, aussi bien que la magye. C'est la survie et c'est le devoir.

— Aujourd'hui, j'ai fabriqué des charmes.

— Des charmes ? Houla, Odran peut aller se rhabiller !

— Ne sois pas méprisant. Du mépris, j'en ai reçu toute ma vie et j'en ai ras le bol. Je suis ici et j'apprends. Et là, je suis assise sur un cheval, purée.

Boy saisit sa chance et mit la tête de côté pour attraper des feuilles appétissantes. L'estomac soulevé par la panique, Breen couina en glissant de selle. Keegan la redressa.

— Contrôle-le, il saisit la moindre occasion pour manger. Il se dit que sur son dos, il n'a pas grande résistance. Montre-lui qu'il se trompe. Tu as les rênes. Sers-t'en.

— Tu aurais pu me prévenir, marmonna-t-elle, s'activant toutefois contre les mouvements de Boy.

Pendant qu'ils continuaient à suivre au pas les méandres du chemin, elle fit de son mieux pour comprendre le cheval et anticiper. Et même si son cœur tambourinait quand le chemin commença à suivre le relief des collines, elle ne couina pas de nouveau.

Lorsque les arbres se firent moins touffus, ils traversèrent un pré où des moutons étaient dispersés. Prenant ce fait comme un signal, Boulet entreprit de leur courir après. Breen aperçut une autre ferme, un autre chemin de terre, d'autres chaumières, avec pour la plupart du linge étendu voletant au vent.

Les gens travaillaient aux champs, dans les jardins, avec les bêtes, s'arrêtant pour lever la main quand ils passaient à côté d'eux.

Parfois, Keegan s'arrêtait pour échanger quelques mots et la présenter. Poliment.

Elle rencontra plus de dix personnes, dont une petite fille qui lui offrit timidement une pâquerette et fut contente de voir Breen la glisser dans ses cheveux.

Ce geste apporta à Breen son premier regard approbateur de Keegan.

— Tu connais le nom de tous ces gens, commenta-t-elle pendant qu'ils continuaient leur route. Tu connais tout le monde ici ?

— Je suis né dans la vallée, répondit-il simplement. Il faut qu'ils te voient bien, ceux qui ne t'avaient pas vue. La fille d'Eian O'Ceallaigh. Et toi, que tu les voies et que tu voies plus de Talamh que la chaumière de Marg.

Boy s'intéressa à un hérisson. Elle le retint et marmonna.

— Ne me fais pas honte. C'est un lac, là-bas ?

Elle distinguait une eau verte étrange caressée par le soleil.

La même couleur que l'eau dans laquelle Odran l'avait emprisonnée il y avait bien longtemps, se rendit-elle compte.

— Le Lough na Fírinne. Ça veut dire vérité. Et c'est là que ceux qui le choisissent plongent au moment du choix du nouveau *taoiseach*.

— Pour trouver l'épée.

— Oui, Cosantoir.

Elle regarda celle qu'il portait à son côté.

— Nan m'a raconté. Tu étais tout jeune.

— J'ai fait mon choix. Tu t'en tires pas mal. On va trotter avant que Merlin s'endorme.

— Je ne suis pas prête à…

— Tu es suffisamment prête. Talons bien bas, genoux vers l'intérieur. Suis l'allure de Boy. Il est doux.

Il poussa Merlin au trot et, Boy suivant le dominant, elle n'eut pas le choix. Ses fesses heurtaient la selle, ses dents claquaient.

— Cale-toi sur son allure, répéta Keegan. Assieds-toi bien droite et soulève-toi, puis descends avec lui, sinon tu vas être couverte de bleus.

Elle devait déjà l'être.

— Je ne sais pas comment...

Mais elle savait. Que ce soit par mémoire musculaire, réflexe d'autodéfense ou chance inouïe, elle se mit à se mouvoir en rythme avec le trot enlevé de sa monture.

— C'est mieux, jugea Keegan. Maintenant, fais-le tourner sur la route qui arrive sur ta droite.

Tourner au trot ?

Et pour couronner le tout, la route montait de nouveau. Mais elle tint le coup, se détendit presque alors qu'ils dépassaient des moutons à tête noire et voyaient des vaches, de grands champs, le balancement des épis au vent.

Tout devenait plus facile, donc elle mit un moment à se rendre compte que son cheval allait plus vite.

— Tranquille, tranquille. Et une bonne fois pour toutes, tiens-toi droite. Tu as une colonne vertébrale dans le dos, sers-t'en !

La vitesse l'inquiétait, et pas qu'un peu, mais ses fesses refusaient de cogner contre le cuir.

Quand il lui dit de revenir au trot, puis au pas, elle s'aperçut qu'ils avaient fait une boucle. Elle vit la ferme, la baie, la chaumière d'Aisling.

Elle avait survécu.

— Ton assiette est à améliorer et tu as encore la main lourde, mais tu t'en es pas mal tirée. Tu y arriveras mieux demain.

— Demain ?

— Et tu apprendras aussi à seller ta monture, ajouta-t-il pendant qu'ils s'engageaient dans l'allée de Marg. Pour descendre, c'est comme pour monter, mais à l'envers.

Le sol paraissait bien trop éloigné, mais Breen ne voulait pas s'attirer de moue moqueuse. Dès qu'elle commença à ramener une jambe au-dessus, elle sentit des tiraillements de partout. Elle retint un gémissement et stabilisa ses genoux tremblants avant de passer les rênes à Keegan.

— Merci pour la leçon, dit-elle, la voix aussi tendue que son dos.

— Tu t'en es pas mal tirée, répéta-t-il avant de mener les deux chevaux au trot en sens inverse.

Elle attendit qu'il soit hors de vue, puis se dirigea en boitant vers la porte ouverte.

Ce soir-là, Breen suivit les instructions de Marg et s'immergea dans un bain chaud à l'eau duquel elle avait mélangé une potion de guérison. Calée dans son lit avec le feu en route et le chien au dodo, elle écrivit son article de blog.

Elle évoqua sa première leçon d'équitation. Et même si son moniteur était plus qu'exigeant et que ses muscles criaient grâce, elle comptait y retourner.

Il faudrait qu'elle se débrouille pour prendre des photos. Les lecteurs de son blog en voudraient. Mais elle réfléchirait au problème une autre fois.

Pendant les quelques jours qui suivirent, elle apprit à tracer un cercle, à fabriquer des bougies rituelles et à faire voler une plume. Elle apprit à seller un cheval, le bouchonner, et vécut son premier galop.

Elle résolut le problème des photos en demandant à Morena de faire traverser le portail à Boy.

Elle confectionna sa baguette. Sous la supervision de Marg, elle choisit du bois venu d'un châtaigner et une pierre polie transparente qui attirait et réverbérait la lumière. Elle purifia et imprégna la pierre à la lueur des lunes. Sur la longueur de la baguette, elle choisit de graver un dragon qui chevauchait vers la lumière. Elle s'émerveilla, même si elle le sentait déjà en elle, quand l'image dans sa tête se grava toute seule en rouge vif dans le bois.

Une fois passée sa première semaine d'apprentissage – mot qu'elle préférait de beaucoup à « entraînement » –, elle monta Boy seule pour la première fois.

Suivant les indications de Marg, elle l'emmena derrière la ferme où Harken, Finian – l'aîné d'Aisling – et un homme qu'elle ne connaissait pas travaillaient avec le chien-loup et un border collie très énergique pour rassembler des moutons dans un enclos.

Comme elle avait la désagréable impression que ces animaux pourraient terminer en ragoût, elle poursuivit sa route. D'autres moutons semaient de petits points les flancs des collines et dans le ciel, des faucons circulaient. Au moment où elle les observait, l'un plongea en piqué, si vite qu'elle ne distingua plus qu'un trait brun doré.

Dans les hautes herbes, un glapissement aigu retentit.

Imaginant un lapin et pensant au dur monde des prédateurs et des proies, elle continua son chemin.

Puis elle fut subjuguée par la beauté.

Si la chaumière de Marg était une chanson, celle de Finola était un opéra. Des fleurs inondaient les pourtours de la chaumière, traversées d'allées de pierre. Sauvages et magnifiques, elles tapissaient le sol, jusque sous les arbustes et les arbres, tous couverts de fleurs eux aussi.

Çà et là, des mangeoires à oiseaux étaient suspendues, et des baignoires de cuivre en forme de fleurs ouvertes étaient disposées à leur intention.

Un colibri étincelant comme un joyau sirotait le pistil orange vif d'un lys. Des papillons se déplaçaient en essaims.

Les senteurs – fortes, subtiles, sucrées, épicées – se mêlaient en une drogue somptueuse.

Les pierres de la chaumière étaient roses, avec des jardinières à chaque fenêtre pour plus de fleurs et de verdure. La porte d'un bleu clair de songe formait une arche.

Éblouie, Breen attacha le cheval comme on le lui avait montré, puis remonta simplement les allées. Ce faisant, elle entendit des voix, qu'elle suivit sur le côté de la maison, passant sous une treille de roses blanches.

La mer de fleurs se poursuivait et échouait dans un jardin d'herbes aromatiques sophistiqué, où les plantes formaient des cercles, puis dans le potager, où Finola, coiffée d'un chapeau de paille à larges bords, arrachait une carotte pour la mettre dans le panier à son bras.

Derrière elle s'étendait un verger. Morena s'éleva pour prélever des citrons pour son panier à elle, puis rejoignit Seamus qui récoltait des oranges sur les branches basses d'un autre arbre.

Comment des citrons et des oranges pouvaient-ils pousser sous ce climat ?

Breen secoua la tête, renonçant à poser encore des questions.

Finola se redressa, posa une main sur ses reins, puis aperçut Breen.

— Ah, bien le bonjour.

— C'est la plus belle maison que j'aie jamais vue.

— Oh, tu exagères ! (Mais son plaisir était visible. Elle se rendit au bout du jardin et rejoignit Breen dans une allée.) Comment vas-tu, ma chère enfant ?

— J'apprends. Je voulais venir avant, mais j'ai eu beaucoup de choses à faire. C'est toi que je souhaitais voir tout particulièrement, pour te remercier de t'être occupée de moi il y a tant d'années, pour m'avoir ramenée à la ferme.

— Mais pas de quoi, n'importe qui aurait fait la même chose.

— Mais ce n'était pas n'importe qui, c'était toi. Bref, je voulais te remercier. Je ne veux pas t'interrompre. Je… Vous avez des citrons et des oranges.

— Oui, en effet. Et des pêches et des prunes, des pommes et des poires, et on fait pousser des bananes sur des herbes très bizarres.

— Des bananes.

— C'est mon Seamus qui a fait pousser le bananier grâce à une bouture rapportée par Morena d'une visite de l'autre côté. Morena et mes garçons, et moi aussi, on se débrouille bien au jardin, mais Seamus, lui, il…

— A des mains magyques ?

Finola éclata de rire.

— Oh, c'est sûr !

Morena redescendit au sol avec son panier de citrons.

— Je vois que tu as attaché Boy devant la maison. Tu montes toute seule, ça y est ?

— Keegan et Mahon devaient s'absenter pour la journée, donc j'en ai profité pour m'offrir une pause.

— Si tu allais chercher Blue, Morena, et que vous faisiez une promenade à cheval ensemble ? Vous repasserez au retour prendre une citronnade.

— Une citronnade ? répéta Breen.

— Et j'en ferai une bouteille à rapporter à Marg, parce qu'elle l'aime beaucoup.

— Je veux bien me promener, et avoir de la compagnie aussi.

— Je vais chercher Blue.

Plutôt que d'emprunter les allées, Morena déploya ses ailes et s'envola au-dessus des fleurs.

— Elle voulait te laisser respirer, que tu aies du temps avec Marg et que tu prennes des leçons avec Keegan, expliqua Finola. À ma connaissance, aucun cavalier, hormis Harken, ne peut égaler Keegan.

— Profite bien de Morena, alors. Et reviens pour la citronnade.

— Je ferai ça.

Elle retourna devant la chaumière et monta en selle. Elle laissa Boy brouter un peu au bord de la route tout en répertoriant les fleurs qu'elle savait identifier.

Morena arriva par l'autre côté de la chaumière sur un cheval gris pâle à trois chaussettes blanches qui avait les yeux d'un bleu cristallin.

— Je vois d'où il tient son nom.

— Il est bien mignon, Blue, mais féroce si besoin. Il est père de cinq poulains.

— C'est un étalon.

— Comment on aurait pu le castrer ? fit Morena d'une voix éclatante d'amour en flattant l'encolure de son cheval. Tu veux aller par où ?

— J'aimerais bien voir le lac. Je ne sais pas prononcer son nom.

— Le Lough na Fírinne, tu veux dire. D'accord. Blue va vouloir galoper, parce que je ne l'ai pas monté depuis deux jours.

— Il paraît que mon assiette laisse à désirer et que j'ai la main trop lourde, mais je sais galoper. À peu près.

— Ah, Keegan, s'amusa Morena en levant les yeux au ciel. Il est sévère, mais il monte comme un dieu. Ne te laisse pas tyranniser pour autant.

Elle fit partir Blue au galop sans transition. Habituée à passer progressivement d'une allure à l'autre, Breen dut s'accrocher quand Boy suivit le mouvement.

C'était encore un peu terrifiant, s'avoua Breen alors qu'ils filaient sur la route. Mais excitant aussi. À peine plus d'une semaine auparavant, elle n'avait jamais posé son séant sur un cheval – dans son souvenir – et à présent, elle galopait presque comme si elle maîtrisait ce qu'elle faisait.

Elle sentit le plaisir que prenait Boy à courir, à avoir de la compagnie, et elle se rangea à son avis.

Morena passa à un trot modéré et lui lança un sourire.

— Tu as bien retenu tes leçons, quoi qu'en dise Keegan.

— J'ai passé les trois premières soirées à infuser dans la baignoire en gémissant. Maintenant, j'arrive à faire passer les courbatures avec du yoga.

— Et les autres leçons ?

Elle était enchantée, se dit Breen. Tout simplement enchantée.

— J'ai fabriqué ma baguette. Je sais que Nan est contente de mes progrès, mais je n'y suis pas encore. Je vois bien qu'elle attend quelque chose de moi, mais je ne sais pas ce que c'est.

— Tu le sauras le moment venu. Où est le chiot ?

— Il a préféré rester avec Marg. Je crois que j'ai vu ton faucon. Il était avec un ami, et ensuite il a plongé. Je crois bien qu'il a tué un lapin.

C'est un chasseur, il a ça dans le sang. Son ami était sûrement une femelle avec qui il flirte, donc il a dû partager son repas avec elle.

Elle désigna le lac devant elles, et Breen vit une famille de cygnes qui glissaient sur l'eau.

— Les cygnes gardent le lac.

— Contre quoi ?

— Toute intention ténébreuse. Il paraît qu'il y a bien longtemps, le lac a été formé par les larmes de la déesse Finnguala – ma grand-mère a été nommée d'après elle. Fille de Lir des Tuatha DéDanann, la déesse a été maudite par sa belle-mère, Aoife, et condamnée à vivre neuf cents ans dans la peau d'un cygne.

— C'est rude.

— On est d'accord.

Elles firent marcher les chevaux autour du lac, se déplacèrent dans les roseaux et la massette. Des libellules iridescentes comme des ailes de fée s'élançaient dans l'eau et en ressortaient à la même allure.

— Qu'est-il arrivé à la déesse ?

— Elle a erré année après année, et on dit que son désespoir a causé le Lough.

Morena leva la main et une libellule aussi bleue que les yeux de son étalon atterrit sur sa paume.

— Quand elle a épousé Lairgren et que la malédiction a enfin été levée, elle est revenue là pour se baigner et se souvenir de cette injustice. C'est ainsi qu'elle a forgé l'épée pour la protection des vrais et le bâton pour la justice et le jugement, afin que personne ne puisse être condamné comme elle l'avait été.

La libellule s'éloigna à tire-d'aile.

— Elle les a jetées dans le Lough pour que le meneur qui en soit digne les trouve, les brandisse, les prenant de sa propre volonté de servir aussi bien que de mener, pour garder le monde comme les cygnes gardent le lac.

— Tu y crois ?

— Pourquoi je n'y croirais pas ? C'est ce qui se passe, non ? Des générations et des générations de *taoisigh* ont trouvé l'épée ici.

— C'est très beau. L'histoire et le lac. L'eau est opaque, non ? Comment est-ce qu'on peut y trouver l'épée ?

— C'est ça, le truc. Quand on est dedans, elle est transparente. Tu peux aller vérifier par toi-même si tu as envie de nager.

— C'est autorisé ?

— Oui, pourquoi ? Si tes intentions relevaient des ténèbres, les cygnes te chasseraient. Ce sont des créatures féroces, malgré leur grâce et leur beauté.

— Une autre fois, peut-être. Ma grand-mère, puis mon père, à peine sortis de l'enfance, sont tous les deux allés dans ce lac et ils en sont ressortis chefs. Je voulais le voir. Tu y as plongé ?

— Bien sûr, avec tous les autres. Je me suis dit que je trouverais cette épée, et que Marg me donnerait le bâton quand je serais devant elle. Et que je serais la *taoiseach* la plus forte, la plus sage, la plus courageuse que Talamh ait jamais eue.

Secouant ses cheveux en arrière, elle rit.

— Je n'ai jamais manqué de confiance en moi.

— J'admire beaucoup ça. Cette certitude d'être capable, forte, intelligente, et… je ne sais pas… digne.

— Tu es tout ça et tu l'as toujours été. (Se tournant sur sa selle, Morena regarda Breen.) Tu ne dois pas laisser des gens t'enlever ça.

— Tu aimerais bien Marco. Il dit la même chose. Pas avec les mêmes mots, mais le sens est le même.

— Tu choisis donc bien tes amis.

— Oui. C'est vrai. Qu'est-ce que tu as ressenti au moment où Keegan a trouvé l'épée et non toi ? De la déception ?

— Par les dieux, non. Dans l'eau, j'ai vu Keegan, l'épée à la main, et à son expression, on aurait dit qu'elle pesait des tonnes. Alors j'ai pensé : « Non, sûrement pas. Non, ce n'est pas un poids que j'ai envie de porter. Mais lui, il le porte, et ce jusqu'à ce qu'arrive le tour du suivant. Et plaise aux dieux que ce ne soit pas avant que mes petits-enfants aient l'âge de plonger dans l'eau. »

19

À la demande de Marg, Breen alla voir Aisling pour prendre des leçons de guérison. En dehors du métier à tisser et des épées en croix au-dessus de la cheminée, elle trouva la chaumière des Hannigan très semblable à n'importe quelle maison abritant des enfants très actifs et un énorme chien.

Chaotique, bruyante, pleine de jouets éparpillés, beaucoup de bagarres.

— Vous n'avez pas plus de manières que des cochons dans leur porcherie. Rangez-moi tout ça et sortez, ordonna Aisling. Oui, avec les mains, précisa-t-elle à son fils aîné. C'est comme ça que tu les as sortis.

— Tu es très occupée, dit Breen, qui sentait l'odeur du pain en train de cuire et aperçut de la laine sur un véritable écheveau. Si tu n'as pas le temps maintenant, ce n'est pas grave.

— Sincèrement, ça me ferait une pause, dit Aisling en redressant sa tignasse brune amassée en chignon. Un peu de calme et quelqu'un âgé de plus de trois ans avec qui papoter.

Elle fit du thé – il y avait toujours quelqu'un qui faisait du thé – pendant que les garçons traînaient pour ranger. Le plus jeune vint montrer à Breen une petite toupie en bois.

Obligeamment, elle s'accroupit pour la faire tourner.

— Mahon et Keegan sont revenus hier soir et qu'a fait Mahon ? Il a encore excité les garçons, à jouer à la bagarre et à les faire sauter en l'air. Résultat, ils se sont couchés tard, ce qui ne les empêche jamais de se lever avec le soleil.

Elle sourit à Breen.

— Conclusion, un petit temps au calme entre femmes est le bienvenu. Va ranger la toupie maintenant, c'est bien, mon chéri. Et mets ta casquette. Kavan, aide ton frère à brosser le poney. Je compte sur toi pour que vous vous laviez bien les mains avant de rentrer.

Quand elle rouvrit la porte, Boulet sortit comme une fusée. Le chien-loup attendit que les garçons soient partis, puis suivit à une allure digne.

— Il n'y a pas de meilleure nounou que Mab, sincèrement. Allons, assieds-toi. Je vais sortir le pain et le mettre à refroidir, ensuite on prendra notre thé.

— Comment tu te sens ?

Aisling lui adressa un regard étonné, puis sourit.

— Ah, le bébé, tu veux dire ? Vraiment très bien. Je ne voudrais pas tenter les dieux, mais ça a été facile pour les deux premiers, et là, tout se présente de la même façon. Je n'ai plus goût à la bière, mais ça ne me dérange pas. Et j'ai une libido au top, ce qui ne dérange pas Mahon.

Elle posa le pain sur une grille, ôta son tablier, puis s'assit avec son thé.

— Et toi, comment ça se passe ?

— J'ai vu et fait des choses que j'aurais crues impossibles il y a un mois. Et je ressens des trucs qui… s'agitent en moi. Comme s'il y avait davantage à venir.

— Marg est contente de tes progrès.

— J'espère.

— Pour elle, c'est un bonheur que tu viennes. Tu viens tous les jours, pas seulement pour apprendre ton Art, mais pour la voir, passer du temps avec elle. Tout le monde ne le ferait pas à ta place.

— Je ne l'ai pas encore trouvée, ma place. Tu as toujours connu la tienne ?

Prenant sa tasse, Aisling regarda autour d'elle. Le pain qui refroidissait, la bouilloire qui sifflait, une caisse en bois contenant des jouets en pagaille. Le rouet près de la fenêtre et un panier à linge à raccommoder qui attendait à côté d'une chaise.

— À un moment, je pensais que je déménagerais à la Capitale. Oh, je ne pensais pas être fermière, non. Je me voyais au Conseil, à dispenser ma sagesse, dîner avec des universitaires, des artistes et compagnie. Et puis bon, Mahon m'a convaincue de rester, et je ne voudrais pas qu'il en soit autrement. On ne termine pas toujours comme on le croit au moment où on commence.

— Ta maison est joyeuse.

— Oui, et merci, parce que c'est ce que je désire plus que tout. C'est ma mère qui est à la tête du Conseil, et Keegan qui est *taoiseach* pendant que Harken et moi, on s'occupe de la maison familiale. On est tous bien là où on est, je trouve. Comme toi. Que tu restes ou que tu partes, c'est ici que tu t'épanouis. Et donc que tu guéris. C'est plutôt inné qu'acquis, mais ce qu'on a en nous peut être ouvert par l'apprentissage.

— D'après Nan, tu es la guérisseuse la plus puissante qu'elle connaisse.

— C'est gentil de sa part. Tous les Fey peuvent trouver ce don en eux. S'ouvrir à la douleur, à la maladie, à la détresse, ça peut être un choix difficile. Tu sens une partie de cette souffrance, de cette détresse au moment où tu œuvres pour l'apaiser, et cette personne peut être un inconnu ou même un ennemi. Mais une fois que tu as accepté le don, tu ne peux plus le renier.

— C'est un serment ? Comme le prêtent les médecins dans mon monde ?

— Ça y ressemble beaucoup, oui. Il paraît que tu es en phase avec les animaux, comme Harken.

— Je me suis toujours dit que c'était… Je ne sais pas. Mais oui, et c'est plus fort depuis que je suis là.

— Que sommes-nous sinon des animaux, après tout ? De chair et de sang, d'os, de cœur et de muscles. Comment sais-tu ce que ton chien ressent ou veut ?

Breen regarda par la fenêtre. Elle entendit Boulet aboyer et sut, tout simplement, que c'était de joie absolue.

— Je ne sais pas trop.

— Tu penses à lui, tu regardes en lui. Crois-moi, c'est plus dur de ne pas regarder et voir que de le faire. Et tu t'ouvres spontanément. Ah, voilà un mignon petit chien, ou un bien beau cheval, ou un pauvre oiseau qui s'est cassé l'aile. Tu réfléchis, tu te préoccupes, tu recherches. Et tu t'ouvres.

Aisling lui prit la main.

— Je peux regarder ?

— Moi ? Ou… en moi ? (Breen eut un moment de stress.) Je… Ça en fait partie ?

— C'est possible.

— Bon. D'accord. Je dois faire quelque chose ?

— Strictement rien.

Et strictement rien ne changea pendant qu'Aisling gardait la main de Breen dans la sienne.

La bouilloire crachotait toujours et le chien n'avait pas cessé d'aboyer.

— Tu es en bonne santé, ce qui est bien. Et en bonne forme physique, aussi. Forte. Plus qu'on ne croirait, c'est pas génial ? Tu as des soucis, bien sûr, mais beaucoup viennent du fait que tu penses que tu n'es pas à la hauteur ou pas assez intelligente. Je te dirais bien que c'est des conneries, mais tu vas devoir l'apprendre toute seule. Nous sommes en phase, maintenant, pas seulement main dans la main. Que vois-tu en moi ?

— Tu es belle.

Aisling éclata de rire.

— Tiens, et comme Marg m'avait dit que tu viendrais, je me suis un peu apprêtée ce matin. La vanité, ce n'est pas bien grave, hein ?

— J'aimerais bien le retenir, ça. Je sais que tu aimes ta famille. Je le vois sans avoir besoin de magye. Et tu dois être habile parce qu'il y a un rouet et un métier à tisser là-bas. Tu dois être bonne mère parce que tes enfants sont heureux, en bonne santé et vraiment charmants. Et…

Elle sursauta.

— Le bébé a bougé ! Je l'ai senti. Comment…

— On est en phase, je me suis ouverte à toi pour t'aider à voir et à sentir.

— C'est hallucinant. Ça te rend tellement heureuse. Et…

— Et ?

— Un peu contente de toi.

Aisling rit encore.

— Ah, c'est vrai. Tu es douée, empathique, c'est pratique. Tous les guérisseurs ne sont pas empathes et tous les empathes ne sont pas guérisseurs. Disposer de chacun des dons renforce l'autre. Si on regardait ce qu'on a là ?

Aisling alla prendre une aiguille dans son panier à repriser. Puis elle se piqua le doigt et tendit l'aiguille en reprenant la main de Breen.

— Regarde le sang, juste une goutte. La peau abîmée. Sens la petite piqûre. Infime. Plonge-toi dans cette sensation, comme tu l'as fait pour la vie qui remue en moi. Éprouve-la, imagine que tu refermes cette toute petite blessure. Ouvre-toi à elle, et c'est la lumière – elle brille, elle est chaude – qui guérit ce qui fait mal.

Breen ne savait pas si c'était dû à son imagination, mais elle sentit une toute petite piqûre sur son doigt. Elle pressa son pouce dessus et Aisling sourit.

— Bravo.

— Mais je n'ai pas…

— Si, je t'ai juste un peu guidée. (Aisling essuya la goutte de sang avant de montrer son doigt, où l'on ne voyait aucune marque.) C'est une petite chose, une première étape.

Malgré les objections horrifiées de Breen, Aisling se brûla ensuite le doigt sur le poêle et s'entailla le bras avec un couteau de cuisine. Et elle conseilla Breen pour guérir ces petites blessures.

— Tu as un talent, comme Marg l'avait dit. C'est plus éprouvant pour de grosses blessures, mais tu y viendras et tu apprendras à combiner ton don avec les bonnes potions, baumes et autres traitements. Et maintenant, je n'aurais rien contre une autre tasse de thé.

Comme elle se levait pour le préparer, Keegan entra dans un flottement de tunique.

— Morena m'a dit qu'elle était là. Parfait, j'ai le temps de commencer son entraînement.

— Elle a un nom, je te rappelle, le tança vertement Aisling en poursuivant ses préparatifs. Breen et moi, on a travaillé ses dons de guérisseuse. Elle s'en est très bien sortie.

— C'est bien, ça lui sera utile pour traiter ses bleus en fin d'entraînement. (Il se tourna vers Breen.) Aujourd'hui, corps à corps de base, pour voir de quel bois tu es faite.

Si elle avait pu se coller les fesses à la chaise, elle l'aurait fait.

— Je n'ai l'intention de me battre contre personne.

— Comme s'il était question d'intention ! Et si Odran t'envoie une créature, tu vas rien faire à part donner des coups de pied en couinant ? Tu vas rester à trembler la prochaine fois qu'il te mettra en cage ? Pourquoi les gens prendraient-ils des risques pour te protéger si tu n'essaies pas de te protéger toi-même ?

— Allez, dehors, grossier personnage ! Elle viendra bien assez vite, le chassa Aisling, les poings sur les hanches. Hors de ma cuisine, ou c'est toi qui vas écoper de bleus.

Keegan haussa les épaules, mais partit.

— Mes excuses pour le mulet de frère que le destin m'a donné. Keegan a tendance à être direct.

— On peut dire ça comme ça.

Avec un sourire, Aisling tendit une tasse de thé à Breen.

— Oh, j'ai employé beaucoup d'autres termes pour le qualifier en ayant affaire à lui toutes ces années. Tous bien mérités, à mon avis, parce que *taoiseach* ou non, c'est mon débile de frangin. Mais… (Elle se rassit.) Il a aussi raison. Tu dois apprendre comme il l'a dit, pour toi et pour les autres. Il n'y a pas une personne dans ce monde qui ne donnerait sa vie pour te protéger.

— Je ne veux pas…

— Que tu le veuilles ou non, c'est ainsi. (Aisling saisit la main de Breen et ses yeux, si clairs, si bleus, plongèrent dans les siens.) Je me rappelle quand tu as été enlevée, enfant. Je me souviens des tambours de guerre. Je me souviens de ceux qui ont été envoyés aux dieux et ont perdu la vie pour aider à te ramener chez toi saine et sauve. Mon père en faisait partie.

— Je suis vraiment désolée, réagit Breen, tenaillée par la culpabilité. Tellement désolée.

— Tu n'as pas à l'être. (Forts et apaisants, les doigts d'Aisling lui pressèrent la main.) Tu étais une enfant. Et tu t'es battue, tu t'es battue de tout ton possible. Mais le bouclier autour de toi ne sera pas éternel et d'ailleurs, il a déjà été rompu une fois. Keegan était là, et c'est pour ça que tu es en face de moi.

— Il n'est pas du genre patient, et il use toute sa patience à s'occuper du Conseil, des jugements, de la politique, c'est le poids de son rang. Son approche sur le sujet est limitée, je sais. Mais pas erronée pour autant.

Assise dans la cuisine qui embaumait le pain frais et le thé, Breen se souvint de la bataille qu'elle avait vue par les yeux de Marg et de tous ceux qui avaient risqué leur vie pour elle.

— D'accord. Il ne va vraiment pas être content quand il verra que je ne vaux rien au combat.

— Ça reste à voir. Et personne n'est mieux placé pour te donner des cours que Keegan. Il a été entraîné par notre père, ensuite par le tien, et il te transmettra, à sa façon, ce qu'ils lui ont transmis.

Breen voyait donc deux choix se présenter à elle. Refuser et assumer la culpabilité. Et se sentir lâche. Ou affronter les coups – littéralement.

Elle préférait avoir des bleus sur le corps qu'à son ego encore peu assuré. Elle alla retrouver Keegan qui galopait à cru dans l'enclos sur un cheval bai sombre avec les deux garçons : le plus jeune devant lui, le plus grand derrière.

Si sa première réaction fut de penser qu'il allait trop vite, elle ne pouvait nier la joie absolue qui faisait rayonner les enfants.

En la voyant, il ralentit. Les supplications fusèrent de l'avant comme de l'arrière quand il arrêta le cheval.

— Plus tard, dit-il. Vas-y, Fin.

Avec une réticence visible, Finian passa la barrière de l'enclos. Keegan descendit de selle, puis prit le plus jeune et le fit sauter dans les airs une seule fois, rapidement.

— Allez embêter votre mère.

Après leur avoir caressé les cheveux, il fit passer Kavan au-dessus de la barrière, puis se hissa lui-même par-dessus.

Il avait l'air fort, se dit-elle, pensant aux coups.

— Serre le poing.

Elle savait comment faire, Marco lui avait montré. Le pouce à l'extérieur.

Il prit son poing et l'agaça souverainement en prenant son biceps de l'autre main.

— Tu n'es pas toute faible, mais tu te trouveras parfois face aux plus grands et aux plus forts. Tu dois apprendre à utiliser ce dont tu disposes pour te défendre, pour te servir de ce qu'ils ont – leur force et leur taille – contre eux.

— J'ai pris des cours. Je connais PPEN.

Il la regarda fixement.

— Pen ? Et à quoi va te servir un stylo contre un poing qui se dirige sur ton visage ?

— Non, ça veut dire plexus-pied-entrejambe-nez. PPEN.

Un peu plus intéressé, il dit :

— D'accord, montre.

— Bon, si par exemple on était dans un parking et que tu étais un agresseur ou un violeur qui arrivait par-derrière…

Elle se tourna. Keegan lui faucha les jambes.

Elle fut d'abord abasourdie. Personne ne l'avait jamais mise à terre. Cette stupeur fut vite suivie par la rancune.

— Tu m'as dit de te montrer !

— J'attends encore, et je me demande aussi pourquoi tu tournerais le dos à un ennemi.

Elle se releva.

— Pour la démonstration.

— Et si j'arrive face à face.

Quand il s'élança, elle recula d'un pas hésitant et il la mit de nouveau à terre.

— Un stylo serait peut-être plus utile, conclut-il avant de la relever.

Elle lui mit un coup de poing dans le plexus, rencontrant un mur solide, et atterrit encore une fois sur les fesses.

— Tu as plus de muscle que ça.

— Je ne voyais pas l'intérêt de te faire mal.

C'était avant. Quand elle se redressa, elle donna un nouveau coup, avec l'intention de lui faire mal ; mais quand elle voulut abattre son pied sur le sien, il s'écarta et l'aplatit encore.

Elle devait reconnaître que l'enchaînement se déroulait mieux en cours.

— Tes stylos ont du mérite, mais pas si tu manques de vitesse et de puissance. Réessaie.

Elle donna un coup de poing assez fort pour sentir sa main la lancer, puis brûla les étapes du milieu et lança le genou vers son entrejambe. Même si elle avait envie de terminer son geste, elle s'arrêta là.

Il lui adressa un grand sourire.

— Là, il y a du potentiel ! Et si...

Il la fit pivoter et passa un bras autour de sa gorge. Elle se défendit d'un coup de coude, mais manqua son pied, car il avait écarté les jambes.

— Arrête de lutter. Fais-toi toute molle. Utilise ta ruse. Tu es une femme. Faible. Fais croire à ton ennemi que tu es plus faible que lui. Amollis-toi.

Elle était de fait plus faible, et la réalité de la force infiniment supérieure de Keegan ne la rassurait pas du tout.

Il pouvait lui faire mal et elle ne saurait pas l'arrêter.

Elle s'affaissa.

— Dans ta tête, pense aux étapes suivantes. Celui qui t'a attaquée pense avoir gagné. Le coude, maintenant. Voilà, pas mal. Plus fort la prochaine fois, et il desserre sa prise. Profites-en.

Elle glissa, parvint à se retourner et, de nouveau, donna quasiment un coup de genou.

— Pas si pitoyable. Et je…

Il lança un poing vers son visage, s'arrêta tout juste devant son nez. Secouant la tête, il regarda ses yeux choqués.

— Tu serais finie, et sûrement dans les pommes. Allez, bloque.

Il leva le bras pour dégager son propre poing.

— Bien ferme ! Et tape en retour. Vite !

Elle passa une grande partie de l'heure qui suivit à terre, avant qu'il la relâche avec un vague compliment :

— Tu feras mieux demain.

Elle rappela le chien et dut se retenir pour que sa voix ne trahisse pas ses gémissements intérieurs. Elle qui avait cru que l'apprentissage de l'équitation serait douloureux, ce n'était rien en comparaison avec les mille maux qu'elle endurait maintenant. Elle attendit d'être dans l'allée de Marg, d'être sûre que personne ne la voyait, puis elle s'assit par terre, releva les genoux et y posa la tête.

Boulet la lécha, poussant la version canine des gémissements qu'elle avait réprimés.

Elle n'avait jamais connu de violence physique, ni n'avait été délibérément frappée par quelqu'un. Ni connu le terrible désir de frapper quelqu'un d'autre.

Était-ce là le prix du pouvoir ? De soi ?

Elle pensa à sa vie d'avant, si ordinaire, si plate. Confinée, oui, mais…

Elle releva la tête et s'essuya les yeux.

— La liberté a un prix, dit-elle au chien. Je ne sais pas quel montant je suis prête à payer.

Mais elle se redressa et se servit des enseignements d'Aisling pour apaiser ses bleus.

De son côté, Keegan entra dans la maison de sa sœur et se servit un whisky. Aisling lui jeta des regards tout en découpant du chou pour faire du *colcannon*.

— C'était un peu tôt, je trouve.

— Pas de mon point de vue.

— Comment elle s'en est sortie ? Je ne pouvais pas te regarder la mettre par terre encore une fois sans avoir envie de sortir pour te boxer les oreilles jusqu'à ce qu'elles sifflent.

— Elle a de la force et elle est rapide quand elle arrête de réfléchir autant. Elle est plus dans sa tête que dans son corps, c'est une plaie. (Il descendit son verre.) Elle apprend, en revanche.

Il releva sa tunique pour examiner le nuage de bleus sur ses côtes.

— Elle t'a eu plus d'une fois. Fais voir.

— Non, je m'en occuperai, dit-il en laissant retomber le tissu. Elle culpabilise et ça freine ses capacités. Elle aurait pu me mettre un genou dans les burnes plus d'une fois, mais elle se retient, elle s'en veut de faire du mal avant même que ça se produise.

— Ce n'est pas notre cas à tous, si on va par là ?

Il avait envie de nier, mais c'était impossible. Il vivait avec des regrets chaque jour de sa putain de vie.

Mais pourtant…

— Les regrets sont à mettre de côté pour garder les mondes entiers et en sûreté. Mais il y a un verrou en elle, je ne sais pas si elle l'ouvrira. Et elle garde bien précieusement ses doutes à l'intérieur. Comme une femme avec son bijou préféré.

— Elle a besoin de temps.

— Comme tout le monde. Ça ne veut pas dire qu'on en aura.

Quand il alla regarder par la fenêtre, elle arrêta ses préparations pour le rejoindre et passer un bras autour de lui.

— Tout ne repose pas sur ses épaules, Keegan. On est tous concernés. Tous les Fey, et tous ceux qui sont avec nous.

— Je sais, mais j'ai juré à Eian, je lui ai juré que je la protégerais, que je l'aiderais à s'éveiller. Je ne sais pas comment tenir ma promesse autrement.

Il sentit la chaleur sur ses côtes et soupira.

— J'allais m'en occuper.

— Et maintenant, c'est fait. (Comme elle l'aimait, elle ponctua sa guérison d'un baiser sur la joue.) Tu dînes avec nous ?

— C'est gentil, mais non. Harken et moi, on va se débrouiller, et je dois envoyer un faucon à maman. Si je peux la tenir au courant, je n'aurai pas besoin de retourner à la Capitale pour l'instant. J'ai l'impression qu'on a plus besoin de moi ici que là-bas.

— Tu enverras des bisous avec l'oiseau ? lui demanda-t-elle avant de se remettre à hacher ses légumes.

Comme elle avait réussi à soulager son corps, Breen soulagea son esprit et son cœur par une conversation avec Marco en visio, de retour au cottage.

— Mais comme t'es belle ! Ta frimousse… Elle me manque.

— On a fait un FaceTime la semaine dernière.

— Ta frimousse me manque quand même.

— C'est pareil pour moi. Il y avait beaucoup de monde chez *Sally's*, ce soir ?

— C'était plein à craquer. Tu manques à tout le monde et ils lisent tous ton blog. Et maintenant, raconte-moi tout ce que tu n'écris pas sur le blog.

Si seulement elle avait pu…

— J'ai à peu près tout dit. J'écris, je me promène, je passe du temps avec Boulet, j'apprends l'équitation.

— J'arrive pas à croire que tu sois montée sur un cheval.

— J'aime beaucoup.

— Des chiens et des chevaux. Si tu continues, c'est les annonces pour des fermes que tu vas devoir regarder. (Il plissa les yeux.) Il se passe quelque chose. Dis-moi ce qui se passe.

— J'essaie encore de le savoir, Marco. Il y a beaucoup de choses que j'essaie de savoir.

— Tu ne sors pas assez. Comment ça se fait que tu ne parles pas de soirées dans des pubs à chanter et flirter avec un bel Irlandais ?

— Le flirt n'est pas au programme du jour, surtout avec mon aide de camp à des milliers de kilomètres. Et toi ? Un nouveau mec ?

— J'en ai testé un ou deux. Pas d'étincelle. Je suis dans un creux, ma belle. Mais tu sais, je te connais. Je vois bien qu'il y a quelque chose. Tu as le mal du pays, ma puce ?

— Tu me manques, Sally et Derrick aussi. Et peut-être que quelque part, j'espérais que ma mère me contacte, mais rien. Et ça me convient. Ça ne me plaît pas que ça me convienne.

— Il y a autre chose.

En effet, il la connaissait, et elle devait lui révéler au moins une petite partie de ce qui lui arrivait. Ne pouvant parler de Talamh, elle pensa à une autre nouveauté.

— Je suis un peu anxieuse et je ne voulais pas évoquer ça sur le blog, pour éviter que les gens qui lisent n'en fassent tout un plat.

— De quoi ?

— Tu sais, le livre jeunesse que j'ai écrit ?

— Oui, sur le chien. Je vais continuer à te harceler jusqu'à ce que tu me l'envoies.

— Ce que j'ai fait, c'est… Je l'ai proposé à une agente.

— Qu… quoi ?

Marco bondit de son siège, ne lui donnant à voir pendant un instant que son débardeur blanc qui couvrait un torse mince.

— Et tu ne me le dis même pas, que je puisse t'envoyer plein de bonnes ondes ?

— Je me disais que si jamais j'obtenais une réponse, ce serait : « Ne revenez jamais nous solliciter avec votre bouse. »

— Arrête ! la semonça-t-il. Et envoie-moi le texte tout de suite.

— Demain matin. Si je t'envoie l'e-mail maintenant, tu vas rester debout pour le lire, parce que tu m'adores, et tu ne vas pas dormir. Je te l'enverrai demain. Promis.

— Je suis fier de toi, tu sais. Tu as écrit un livre, c'est pas rien ! Et tu as parlé à une agente.

— En fait, j'ai juste envoyé un e-mail pour l'instant.

— C'est pareil.

— Pas loin, on va dire. Et maintenant, parle-moi d'autre chose, parce que ça me rend nerveuse. Dis-moi ce que tout le monde devient. Balance tout.

Et comme il avait toujours beaucoup à balancer, ils conversèrent presque une demi-heure avant qu'elle referme la tablette.

Et elle se sentit effectivement mieux.

Elle adorait le temps qu'elle passait avec sa grand-mère. Plus elle la connaissait, plus elle l'admirait. Elle apprenait davantage que les sorts, les joies et les responsabilités du pouvoir. Elle en connaissait davantage sur son héritage, sur cette partie d'elle-même restée si longtemps enfermée, comme si elle était honteuse.

Le lendemain, les deux femmes troquèrent l'atelier pour le petit bosquet, où Breen devait apprendre à tracer son premier cercle en extérieur.

— Comment tu fais ? lui demanda-t-elle. Comment tu arrives à te défaire de la colère, du ressentiment envers ma mère ?

— En me rappelant qu'elle a aimé mon fils. En sachant tout ce qui vit dans le cœur d'une mère. En comprenant que mon monde n'a jamais vraiment été le sien. (Marg déposa les outils emportés sur le dolmen de pierre qu'elle utilisait comme autel.) Et malgré tout, en vérité, je dois y travailler le plus souvent possible.

— J'ai essayé. Peut-être pas beaucoup, mais un peu. Je n'arrive pas à dépasser les mensonges. Pas seulement au sujet de l'argent, Nan, même si sans ça, je n'aurais jamais pu venir en Irlande, puis ici. Tout ce temps perdu…

— Pas perdu, non. Jamais perdu. Chaque jour est un cadeau, chaque jour permet d'apprendre. Comment savoir si tu aurais trouvé ce que tu as trouvé ici, sans la vie que tu as menée dans l'autre ?

— Elle me dénigrait. C'est ça, l'essentiel. Elle m'a toujours amoindrie.

Pour la réconforter, lui témoigner son amour, Marg lui posa une main sur la joue.

— Maintenant que tu as trouvé ce qui te faisait défaut, tu le respectes peut-être davantage que tu ne l'aurais fait, qui sait.

— Mais est-ce que j'aurais eu autant de doutes sur moi-même, sur ce que je suis capable de faire, sur ce que je devrais faire, parce qu'elle me disait – pas seulement en paroles, mais aussi par les regards, par l'action – que je ne valais rien. Et je la croyais, et je me suis contentée de ce rien.

— Tu as l'occasion et le choix d'être ce que tu es. (Plus ferme, Marg posa l'autre main sur la joue de Breen.) Saisis-les, construis sur ces fondations, attrape ce qui arrive ensuite. Si tu échoues, dis-toi que les premiers échecs te rendent plus forte. Et maintenant, *mo stór*, dit-elle en reculant d'un pas, libère ton esprit et trace ton cercle.

Comme elle l'avait appris, Breen balaya pour chasser le négatif, faisant un effort déterminé pour éloigner le sien au passage.

À l'extrémité est du cercle, elle plaça une bougie jaune et de l'encens. Au sud, une bougie rouge et une pierre cœur-de-dragon. Puis à l'ouest, une bougie bleue et un coquillage. Une bougie verte et un petit fagot d'herbes au nord.

Sous le regard de Marg, elle fit trois fois le tour du cercle.

— Ce cercle de protection sera un bouclier contre le mal futur et passé. Avec amour cet anneau je fais luire en promettant de ne pas nuire.

Au dernier tour, elle invoqua sa lumière, des entrailles au ventre, du ventre au cœur, du cœur à la couronne, et elle alluma les bougies : air, feu, eau, terre.

Cette fois, le stress ne vint pas et la lumière resta forte en elle. Elle prit l'athamé sur l'autel et se tourna vers l'est.

— J'en appelle à ceux qui m'accordent le pouvoir, les dieux du soleil levant. Qu'ils entendent mon invocation, ici et maintenant. Je suis votre servante, je suis votre enfant.

Elle répéta son invocation au sud, à l'ouest et au nord.

À mesure qu'elle parlait, l'air frissonna. Les flammes des bougies grandirent.

Elle se dirigea vers l'autel pour effectuer le sort simple que Marg avait choisi, destiné à répandre la lucidité.

Elle ajouta les herbes et les pierres dans le chaudron posé sur l'autel, puis y versa l'eau contenue dans la tasse. Frappant trois fois le chaudron de sa baguette, elle alluma un feu sous celui-ci avant de s'enduire le troisième œil d'huile.

— Fumée, élève-toi et la vision amène-moi. Donne la vue à mon cœur. À mon esprit donne la lueur. Permets-moi de voir au sein du brouillard. Tel est ton vouloir, qu'il en soit ainsi.

La fumée s'éleva en une mince et blanche spirale.

Au travers, elle entendit un écho, sourd au début, comme étouffé par le brouillard. Quand il se fit plus clair, elle reconnut le bruit des vagues qui s'écrasent sur des rochers et bientôt elle vit les falaises, l'île rocheuse, le relief accidenté des rochers noirs au-dessus de la mer déchaînée.

Elle vit le rituel sur les falaises. Le cercle, désagréablement différent de celui qu'elle avait tracé. Un anneau de bougies noires à la flamme rouge sang, le cercle de démons à l'intérieur. Au centre, une pierre plate en guise d'autel, d'un noir luisant.

Le garçon qui y était attaché luttait. Ses cris traversaient la fumée, déchirants pour Breen. Une silhouette en houppelande noire s'avança vers l'autel.

Une psalmodie grossière dans une langue qu'elle ne connaissait pas tambourinait comme des percussions.

La silhouette encapuchonnée leva une main vers le ciel, qui se mit à tempêter. De l'autre, elle leva un long couteau incurvé. Quand la personne trancha la gorge du garçon, des éclairs explosèrent, des bombes de lumière violente. Le tonnerre gronda, gronda, pendant qu'elle prélevait le flot de sang dans un calice d'or.

Elle distingua le visage de son grand-père quand il leva bien haut le récipient, qui fut frappé par la foudre. Et que, baigné par sa lumière, il le but à longues gorgées.

Une fois la vision dissipée, grâce aux cieux, Breen tomba à genoux. Alors seulement, Marg vint la retrouver.

— Tu dois finir. Présenter tes remerciements et refermer le cercle. Je vais t'aider, mais tu dois finir. Après, je te donnerai une potion, parce que tu es toute pâle, et tu me raconteras.

— C'était lui. Odran.

— Oui, je n'en suis pas étonnée.

20

Comme l'atelier était plus près que la chaumière, c'est là que Marg fit asseoir Breen devant un feu. Elle ajouta de la potion à un verre de vin et fut contente de l'avoir fait pour elle aussi quand Breen eut terminé son récit.

— L'éclair frappait le calice et... De la lumière jaillissait, même s'il faisait sombre. Ensuite, Odran buvait, buvait... Oh, ce pauvre garçon, Nan. Pas plus de douze ans. Une fois que l'autre a bu, les démons... ils l'ont dévoré. Ils lui sont tombés dessus, tout simplement, et...

Elle frissonna et but une nouvelle gorgée.

— C'était horrible, plus qu'horrible. Ça devait être il y a des années, parce qu'Odran faisait jeune.

— Il peut paraître l'âge qu'il veut quand il le désire. Je ne peux pas te dire quand c'était, seulement que pour un sacrifice de sang, il devait avoir un but. Il n'y a pas plus grand crime, pas plus grand péché.

Marg marchait en parlant, incapable de retrouver son calme pour le moment.

— Pour cela, c'est écrit, les dieux l'ont exclu de leur royaume. Tu dis que le château noir était en ruine.

— Oui, c'est ça. Donc ça doit être après mon enlèvement.

— Voilà. (Marg se rassit, prit la main de Breen en la regardant attentivement.) Tu es moins pâle. Je suis fière de toi, Breen, d'avoir réussi à refermer le cercle après une vision aussi violente. Ce n'était pas le sort qu'on avait écrit.

— Je sais. Je ne sais pas d'où c'est venu.

— De toi. Tu as demandé à voir. Il y a un objectif là-dessous aussi. Ce n'est pas forcément clair, mais il y a un objectif. Je demanderai à Sedric de faire passer le mot à Keegan pour que tu ne t'entraînes pas aujourd'hui.

— Non. Crois-moi, je préférerais aller chez le dentiste, mais si je manque l'entraînement aujourd'hui, il me rendra les choses deux fois plus difficiles demain.

Avec un sourire, Marg lui pressa la main.

— Bien. Tu as appris à le connaître, c'est de la clairvoyance aussi. Mais si je lui disais que tu ne te sens pas bien, il me croirait.

— J'ai encore les visions… souffla Breen. Me faire défoncer, ça me fera penser à autre chose. Je préfère m'entraîner aujourd'hui que de subir le pire demain. Hier, il a apporté des épées. Elles sont modifiées pour ne pas faire couler le sang, mais je peux t'assurer qu'elles font des bleus. J'y vais.

Elle se leva.

— Je suppose qu'on ne peut pas lancer de sort pour que j'aie les capacités de le faire tomber sur le cul, pour changer ?

— Mieux vaut éviter de jouer avec ça. Tu veux que je vienne avec toi ?

— C'est assez humiliant sans avoir de public, merci. (Elle embrassa Marg sur la joue.) Je reviens demain après-midi.

— Tu prendras la tisane pour un sommeil réparateur.

— Oui, oui.

— Bois-en avant d'aller au lit. Et qu'est-ce que tu mettras sous ton oreiller ?

— Du romarin et de l'améthyste ou une tourmaline noire.

— Tu apprends bien.

Elle aurait aimé apprendre aussi bien le combat, se dit-elle en retournant vers la ferme. Ou plutôt non, et c'était au moins une partie du problème.

Elle aurait facilement pu passer le reste de sa vie sans avoir envie de mettre un coup de poing à quelqu'un, et encore moins leur planter une épée dans le corps.

Sauf si…

Elle repensa au garçon qui se débattait et hurlait.

N'aurait-elle pas essayé de le protéger, et par n'importe quels moyens ?

Elle regarda les prés pendant que Boulet courait sur la route, puis revenait vers elle. Tout était si vert, si luxuriant, si paisible, avec la courbe de l'eau bleue au premier plan.

C'était douloureux, physiquement douloureux de savoir qu'un tel mal existait alors que le monde offrait une beauté aussi simple.

Le pauvre. Venait-il de ce monde ? De celui de Breen ? D'un autre ? Impossible de le savoir. En tout cas, il était terrifié et malgré tout, il avait essayé de lutter. Jusqu'au dernier moment.

Elle ne pouvait pas faire moins.

Elle aperçut le faucon avant Morena. Amish atterrit en douceur sur l'une des colonnes de pierre qui flanquaient le portail de la ferme. Boulet – comme il grandissait vite ! – courut planter les pattes avant sur la colonne et aboya.

— Il est bien trop digne pour jouer avec toi, le prévint Morena de loin.

Ses cheveux, sans leur tresse habituelle, bouclaient, solaires, jusqu'à ses reins.

Elle arriva au portail avant Breen et s'accroupit pour caresser le chien, qui s'affala pour lui montrer son ventre.

— Mais pas moi, ajouta-t-elle, offrant à Boulet une rapide bagarre qui les amusa tous deux. Alors, prête à affronter Keegan ?

— Jamais prête.

— Ah, mais Harken m'a dit que tu progressais.

— Comment il le sait ?

— Il a regardé une fois ou deux, de loin.

— Oh, la honte…

Malgré tout, Breen ouvrit le portail.

— Je vais voir par moi-même.

— Ah, non, c'est suffisamment mortifiant comme ça. Il me met à terre régulièrement et il ajoute l'insulte à la blessure. Apparemment, je patauge dans la semoule, j'ai l'équilibre d'un ivrogne unijambiste et les mains d'une grand-mère à trois doigts.

— Raison de plus pour avoir quelqu'un qui t'encourage.

Morena passa un bras volontaire autour des épaules de son amie. Elle sentait le jardin : douceur, épices et terre à la fois.

— Je parie que tu es meilleure que tu ne le crois.

— Ne parie pas, tu perdrais de l'argent. Oh, merde, il a sorti les épées. Hier, j'avais le bras en caoutchouc après la séance.

— Le caoutchouc, c'est la matière qui rebondit, non ? Alors tu vas rebondir. Et le voilà, tout féroce avec ses yeux d'acier.

Keegan lui sourit.

— Et la voilà, venue torturer mon frère encore une fois.

— Ça n'a pas l'air de le déranger. (Morena souleva une épée avec un style que Breen lui envia.) Tu les as ensorcelées.

— Quand même ! Je ne veux pas lui couper quelque chose.

Morena passa la lame sur sa paume et hocha la tête.

— Mais toi, ça ne t'embête pas de sentir quand ça pique.

— Si on ne sent rien, on n'apprend rien. Harken est à l'écurie. Il y a une jument qui refuse de manger.

— J'irai le voir tout à l'heure, dit la jeune femme en lui repassant l'épée. Je veux vous regarder un peu.

— Prends bien garde de rester en dehors.

Il se tourna vers Breen, à qui il lança l'arme. Elle bondit en arrière et l'épée atterrit par terre.

Et Keegan leva les yeux au ciel.

— Et voilà ce que me donnent les dieux pour travailler. Ramasse. Je te fais confiance, tu sauras par quel bout ?

— On les frappe avec le bout pointu.

Il alla jusqu'à sourire.

— J'ai lu cette histoire. Arya n'était qu'une enfant et elle a appris vite et bien. Tu es une adulte. Allez, frappe-moi avec le bout pointu.

Elle essaya. Il para sans même bouger d'un pouce et elle sentit le coup dans son ventre.

— Réessaie.

Cette fois, elle fut piquée à l'épaule, ce qui lui signala qu'elle aurait perdu un bras.

— Équilibre bien ton poids, lança Morena, juchée sur la barrière de l'enclos.

Elle était assise à côté de la tunique de Keegan.

— Pas un mot, toi, fit-il en pointant son épée sur Morena avant de se retourner vers Breen. Encore.

— Mais p'tain, Keegan, elle commence juste ! Détends-toi, un peu.

— Elle commence juste et elle est déjà morte deux fois. Encore.

Ainsi cela continua-t-il. Une blessure mortelle après l'autre, jusqu'à ce que son corps entier lui pique.

— Mais quel tyran ! Breen, engage l'épaule ! Bloque-le, ce salopard.

Elle essaya. La sueur lui coulait dans les yeux, ruisselait dans son dos malmené, mais elle essaya. Elle parvint à parer, un coup qui l'aurait décapitée, sentit le plat d'une lame remonter le long de son bras.

— Je crois…

— Pare ! s'énerva-t-il. Si tu n'arrives à rien faire d'autre, bloque mes attaques.

Mais elle laissa son épée glisser contre la sienne, faiblement, et il la tua encore une fois.

Se dressant fièrement contre elle, pas essoufflé le moins du monde alors qu'elle entendait sa trachée siffler, il lui agrippa le poignet.

— Tu vas la tenir, cette épée ? Tu as les muscles pour. Et sers-toi de tes pieds, nom de nom. Et de ta tête, avant qu'elle valse ! Je cherche à te tuer, t'as pas à réfléchir plus loin. Je veux ta mort. (Il lui assena encore et encore des coups d'épée.) Bats-toi pour me prendre mon arme.

Il l'accula, jusqu'à ce qu'elle ait besoin de prendre son épée à deux mains.

— Frappe !

Elle donna une estocade et la parade de Keegan envoya l'épée de Breen tournoyer loin de ses mains transpirantes. Elle avait les jambes en compote et il l'acheva en la poussant.

— Ce n'est pas de l'entraînement, c'est du harcèlement ! cria Morena qui, furieuse, alla ramasser l'épée de Breen en tapant des pieds. Tu ne combats pas à la loyale et tu le sais.

Il se plaça face à Morena de façon qu'ils se retrouvent tous deux armés, orteils contre orteils, écumants de rage.

— Dans une bataille, il n'y a pas de combat à la loyale et tu le sais. Tu veux qu'elle meure ou qu'elle reste en vie ? Morte, c'est ce qu'elle sera si elle ne peut pas faire mieux. Avec une épée, elle est nulle et avec les poings, c'est pas beaucoup mieux.

Il arracha l'épée à Morena et la jeta devant Breen.

— Ramasse, relève-toi et réessaie.

— Je ne suis pas nulle.

— Alors prouve-le, si t'es de taille. Reprends l'épée et bats-toi, ou meurs.

Elle avait mal partout, mais ce n'était rien en regard de la colère qui l'envahissait.

Elle n'était pas nulle.

— Dans ce cas, meurs, dit-il.

Il s'avança vers elle, l'épée en place pour donner un coup mortel.

Elle leva une main et expédia sa rage avec ce geste. Cette rage était comme une chaleur qui brûlait en elle et explosa.

Keegan fut envoyé en l'air, puis à trois bons mètres avant de heurter la barrière de l'enclos, fendant le bois.

Un instant, Morena se figea, les yeux écarquillés.

— Arrête. Arrête tout de suite, Breen, dit-elle avant de courir vers Keegan.

Il se redressa sur son séant et lui fit signe que c'était inutile. Et il regarda vers Breen avec une espèce de sombre satisfaction.

— Eh bien, eh bien, en voilà une qui s'éveille enfin.

Breen posa par terre sa main tremblante. La stupéfiante envolée de pouvoir vibrait encore en elle.

— Je ne voulais pas…

— Tu devrais, répliqua-t-il en se relevant. Tu devrais vouloir tout ce qu'il faut pour terrasser ton ennemi plutôt que toi-même.

— Tu saignes du nez.

D'un geste insouciant, il essuya de la main le sang qui coulait de son nez.

— C'est déjà arrivé et ça se reproduira. Ramasse ton épée et relève-toi.

— Elle est encore secouée, Keegan. Dieux, moi aussi. Laisse-la tranquille.

— C'est encore en elle. Je le vois.

S'accroupissant à côté de Breen, il lui prit le menton.

— Et tu le sens. Tu vas t'en servir. On va travailler pour que tu le canalises, que tu le contrôles, pour qu'il vienne et reparte selon ta volonté.

Ses yeux, si intenses, brillèrent face à ceux de Breen. Elle y discerna plaisir et approbation.

— C'est ce que tu recherchais, comprit-elle.

— Oui, c'est ce qu'il faut. Morena, va retenir Harken, il accourt depuis l'écurie comme si elle était en feu. Et dis-lui de rassurer Aisling et Mahon aussi.

— Debout. (Il attrapa le bras de Breen et la releva.) Le véritable entraînement commence.

Horrifiée, par lui, par elle-même, par tout, elle tenta de le repousser.

— Tu l'as fait exprès, tu m'as provoquée, tu m'as frappée.

— Et ça a mis bien trop longtemps pour obtenir des résultats. Tu mets du temps au démarrage, Breen Siobhan, mais quand ça s'allume enfin, tu as le feu de l'enfer. Maintenant, on va l'utiliser.

— Je ne veux pas…

C'était faux, prit-elle conscience, alors qu'il attendait devant elle, sa poigne de fer sur son bras. Si terrifiant que ce soit, elle voulait effectivement de ce qui avait explosé en elle, hors d'elle. Parce que ç'avait également été extraordinaire.

— Je n'ai pas fait exprès. Je ne l'ai pas contrôlé et j'aurais pu causer pire qu'un saignement de nez.

— C'est vrai, donc je t'aiderai. Je t'aiderai, répéta-t-il, et pour la première fois, ses paroles n'avaient ni mordant, ni piquant. J'ai un peu de ce pouvoir en moi, je suis des Sages, mais je n'ai pas de sang divin, donc tu en as plus. Ton père était comme toi, et quand le mien est mort, il a repris mon entraînement et il m'a soutenu comme l'aurait fait un père.

Il regarda autour de lui, les prés, les enclos, la maison de pierre solide.

— Cette ferme te revient par ta naissance.

— Non. Jamais je ne…

Il lui adressa un regard torve.

— Je n'ai pas dit, et je n'irai pas dire que tu veux la revendiquer. Eian l'a donnée à ma famille parce qu'il savait qu'on en prendrait soin comme il l'aurait fait, et c'est ce qui se passe. Mais ce que je fais avec toi, c'est pour lui ; pour Talamh. Pour la lumière. Est-ce que tu en feras moins ? Est-ce que tu seras moins ?

— Je ne sais pas ce que je ferai. Je ne sais pas ce que je serai. Mais ce ne sera pas moins. Je ne retournerai jamais vers la médiocrité.

— Alors reprends ton épée. Le temps file.

Elle ramassa l'arme.

— Ne m'énerve plus comme ça.

Il se contenta d'un grand sourire.

— J'ai moi aussi mes défenses. Je ne t'y ai pas encore fait goûter.

Il lui en donna un petit aperçu, et même si elle n'en aima pas le goût, elle apprit, au moins un peu. Quand un ennemi avait le pouvoir de faire tourner le vent, il fallait tourner avec, utiliser l'élan pour prendre de la vitesse et rendre les coups.

Quand on tombait, il fallait se relever, et vite fait, avant de se faire embrocher.

Elle n'avait pas à aimer les leçons qu'elle apprenait.

— Il faut que j'arrête. Je dois y aller, c'est presque le soir.

— Les batailles ne s'arrêtent pas quand le soleil se couche.

Il ne se fatiguait donc jamais ? se demanda-t-elle.

— Je dois retraverser. Je ne veux pas marcher plus d'un kilomètre dans les bois en pleine obscurité.

— Les pixies t'éclaireront le chemin si tu le leur demandes, mais tu en as les moyens en toi.

— Je n'ai pas pensé à emporter une lampe de poche venue de l'autre côté. (Ce n'était pas une mauvaise idée, d'ailleurs.) Et je ne vais pas m'aventurer dans les bois sans bougie ou lanterne.

— Emporte ta lumière.

— Quelle lumière ?

Le son de son épée qu'il rengainait semblait trahir son impatience.

— Donne-moi ta main.

— Pourquoi ?

— Ah, les femmes... (Il la prit et la tourna, paume vers le ciel.) Tu sais comment amener le feu.

— Oui, mais...

— Le feu, ce n'est pas que la flamme, et il peut être aussi bien froid que chaud. Comme tu le souhaites. Le feu, c'est la lumière. Tout comme tu peux amener le feu, tu peux amener la lumière. Fais-la venir. Les racines sont en toi ; tire, depuis les racines, la lumière, froide et brillante. Fais-la monter, visualise-la, une sphère, une boule, un globe, dans la paume de ta main.

Il y avait de l'ambre dans les yeux de Keegan, réalisa Breen. Comme une lumière. Des paillettes de lumière dans une mer de vert.

— Je n'ai jamais...

— Concentre-toi sur la lumière, à l'intérieur, à l'extérieur. Vois-la, sens-la, connais-la. La fraîcheur dans ta main, blanche, pure, un globe formé par ta lumière, par ta volonté.

La lueur clignota. Breen perdit presque sa concentration sous le coup de la joie et de la surprise, mais les doigts de Keegan se resserrèrent sur son poignet.

— Tiens-la, renforce-la. Amène-la.

Et c'est ce qu'elle fit. Elle tint une boule de lumière blanche, les doigts de Keegan entourant son poignet. Elle releva les yeux vers lui, la lumière brillant dans sa main, dans son cœur, dans ses yeux.

— C'est magnifique.

— C'est suffisant pour éclairer ton chemin.

Il lui lâcha le poignet et recula.

— Ta concentration est lente et propice à la dissipation. Tu vas y travailler. Reviens demain.

Il prit l'épée qu'elle avait utilisée, ramassa sa tunique sur la barrière, et se dirigea vers la maison.

— Merci.

Se retournant, il la regarda simplement un temps, épée au côté, une autre à la main, baigné par la lueur adoucie du soleil.

— Mais de rien.

Elle appela le chien, passa le portail en admirant la lumière dans sa main.

Morena la rattrapa.

— J'allais t'éclairer pour le retour, parce que dans les bois, il fait déjà plus sombre.

— Exactement. Et regarde ce que j'ai fait !

— Très joli. Je vais marcher un petit bout avec toi, sinon Harken va m'embaucher pour la traite du soir.

— Accompagne-moi jusqu'au cottage et on prendra un verre de vin pour célébrer le fait que j'aie encore survécu.

— Ce sera avec plaisir, mais tu as fait plus que survivre aujourd'hui.

— Je me suis fait hyper peur.

Boulet monta les marches d'un pas bondissant, puis passa à travers l'arbre devant elles. Dans les bois, de l'autre côté, la lumière brillait.

— Et à moi aussi. Tu avais l'air tellement agressive, tellement furieuse, et l'éclair de pouvoir m'a fait siffler les oreilles. La vache, il a fait un sacré vol plané ! (Morena rit et agita la main, envoyant de jolies petites étincelles.) Un oiseau pris dans une bourrasque. Je l'adore comme un frère, et j'ai eu peur pour lui un instant. Mais comme il n'a eu qu'un saignement de nez, je vais te dire : il l'a bien mérité.

— Ça m'a fait peur, répéta Breen. J'ai senti la lumière fuser de moi.

— C'était ce qu'il recherchait. Oh, la puissance l'a peut-être pris par surprise, sinon, il l'aurait au moins un peu bloqué. Il a été dur avec toi, je sais, et je n'ai pas aimé ça. Mais maintenant, j'ai vu ses méthodes et ses intentions. Tu auras quelques bleus, je dirais.

— Tu gagnerais ton pari, mais je ne suis pas mauvaise pour les guérir.

— Aisling m'a dit, oui.

Agitant les deux mains, Morena répandit plus de lumière.

— Tu te la joues. Je n'ai pas à me demander comment tu t'éclaireras pour le retour.

— Non, même si je suis impatiente de retourner à la ferme après le petit verre. (Morena secoua ses kilomètres de cheveux magnifiques.) Et de retrouver Harken dans son lit.

— Tu te la joues, répéta Breen, ce qui la fit rire.

— Personne ne t'attend dans ton lit, à Philadelphie ?

— Non. Ça fait un moment.

— Tu as un bel esprit, un beau cœur et un beau physique. Les hommes de Philadelphie doivent être à genoux.

— Là-bas, je n'étais pas pareille. Ici, je suis une autre.

— Les candidats ne manquent pas pour te faire passer un bon moment si tu en as envie. On devrait tenir un *ceilidh* pour que tu puisses voir les choix que tu as.

— Je crois qu'entre l'écriture, les cours de Nan, ceux d'Aisling, ceux de Keegan – et me remettre de ceux de Keegan – je n'ai pas beaucoup de temps à consacrer à un « bon moment ».

— Bah, oui, mais il y a toujours du temps pour ça. (Secouant la tête, Morena répandit encore de la lumière tandis qu'elles arrivaient à la lisière du bois.) Si tu penses autrement, c'est que les hommes, ou les femmes, de Philadelphie ne sont pas très doués pour la chose.

— Tu as peut-être raison, au moins pour les hommes avec qui je l'ai faite. (Quand elles arrivèrent au cottage, Breen regarda la lumière dans sa main.) Il ne m'a pas dit comment l'éteindre.

— Souhaite qu'elle disparaisse, dit tranquillement Morena.

— Souhaiter qu'elle disparaisse…

Cela mit un moment, mais Breen vit la boule ternir, rétrécir, puis disparaître.

— Et voilà ! Le vin. Tu nous le sers, je nourris le chien.

— Vendu.

Breen jeta un regard en arrière pendant qu'elles entraient.

— Je ne suis pas attirée par les femmes, sexuellement.

— Moi non plus, donc je n'avais pas l'intention de te draguer.

Avec un rire, Breen secoua la tête.

— Mais je m'aperçois que je n'avais pas d'amies filles proches à Philadelphie.

— Elles ont toutes un problème ou quoi ?

— Non, c'était moi, le problème. (Aveu étrange et humiliant.) J'ai Marco, depuis toujours. Et Sally, Derrick, ceux qui travaillent au bar.

— Sally, c'est un prénom de fille.

— C'est le diminutif de Salvador. Et je me rends compte que les trois personnes dont je suis la plus proche à Philadelphie sont des hommes gays.

— Les gens heureux rendent la vie plus heureuse ?

— Ils sont plutôt joyeux mais je voulais dire… Ils sont tous attirés par les hommes. Sally et Derrick sont mariés.

— Ah, oui, c'est l'un des sens du mot, de ce côté. À Talamh, gay veut dire gai. Et il n'y a pas de mot particulier pour exprimer ça côté amour et sexe, parce que, ben, c'est juste de l'amour et du sexe.

— C'est tellement… logique.

Breen remplit les gamelles du chien pendant que Morena s'occupait du vin.

— C'est chouette de me lier à nouveau avec toi. C'est sympa de prendre un verre de vin avec une autre femme en fin de journée.

— C'est vrai, approuva Morena. Du coup, on va en prendre deux.

Elles en prirent deux et, après le départ de Morena, Breen s'entraîna à amener la lumière et à la faire disparaître.

Quand elle emmena Boulet pour sa dernière sortie de la soirée, elle se tint sur le bord de la baie pendant qu'il s'ébattait dans l'eau. Curieuse, elle lança la lumière au-dessus de l'eau, la regarda voler, puis la ramena à elle.

Les premières fois furent chaotiques, mais elle s'améliora. Lumière à la main, elle regarda la lune.

Elle était en Irlande, et tenait encore la lumière et le pouvoir dans sa main.

Non, elle ne serait plus jamais médiocre.

À Talamh, dans un ciel à deux lunes, Keegan volait sur son dragon. Il avait eu l'intention de se mettre au lit et de lire jusqu'à se libérer de sa journée. Mais il sentait, peu importe à quel point il bloquait son don, les étreintes de Harken et de Morena. Et ces deux-là, il avait toutes les raisons de penser qu'ils pouvaient continuer à se donner du plaisir jusqu'à l'aube s'ils étaient d'humeur.

Il les avait donc laissés à leurs ébats et s'était envolé pour la Capitale. Pas pour des questions de politique, de réunions ou de jugements. Sa mère avait tout ça bien en main pour le moment.

Il avait besoin d'une femme et il savait où la trouver.

Pour éviter les questions et les conversations, il fit passer Cróga au-dessus du balcon du donjon. Il sauta avec légèreté. Cróga repartirait, et il reviendrait lorsque Keegan aurait besoin de rentrer.

À travers les volutes des voilages, il la vit assise devant sa coiffeuse, passant lentement une brosse dans ses longs cheveux lisses.

Elle portait du blanc, comme souvent, aussi fin que les rideaux.

Shana, dont le père était au Conseil, dont le frère avait combattu aux côtés de Keegan, croisa son regard dans le miroir quand il ouvrit les rideaux.

— Bonsoir, *taoiseach*. Nous ne vous attendions pas. (Habitante de la Capitale depuis toujours, elle avait l'accent de l'Est et de la ville. Et les manières snob des deux.) Ta mère sera contente de te revoir.

Elle se leva et la lueur du feu tremblota à travers la mince chemise de nuit, et ils savaient tous les deux que c'était son intention.

— Ce n'est pas ma mère que je suis venu voir.

— Alors c'est moi. (Son sourire s'épanouit lentement, ses yeux fauves comme ceux d'un chat.) Je suis flattée. Tu prendras du vin ?

— Je veux bien, je te remercie.

Elle se déplaçait comme une danseuse. Son sang elfe lui permettait de bouger rapidement, mais elle prit son temps pour qu'il puisse se rincer l'œil.

— Et comment ça se passe dans l'Ouest ? demanda-t-elle en versant du vin couleur rubis dans deux coupes en verre.

— Pas trop mal. La paix tient.

— Nous en sommes heureux. Mais je voulais dire avec la petite-fille de Mairghread. Tu l'entraînes personnellement, paraît-il.

— Oui, et Marg lui enseigne l'Art. Elle en a besoin.

Shana lui tendit son verre.

— On m'a dit qu'elle était d'une grande beauté. Les cheveux de feu de sa grand-mère et les yeux d'orage de son grand-père.

— Elle ne manque pas de beauté. (Il attrapa une mèche des cheveux qui bouclaient jusqu'à la taille de Shana. Comme sa peau, ils sentaient le jasmin en fleurs cette nuit-là.) Mais pas de celles qui attirent le regard.

C'était un mensonge, et il détestait devoir le reconnaître. Il revoyait encore le moment où elle l'avait regardé, le globe de lumière dans la main, la joie et le pouvoir vivants sur son visage.

— Mais tu penses à elle.

Avec une moue, Shana fit courir les doigts sur les lacets de la chemise de Keegan.

— Je suis obligé, dit-il en lui relevant le visage. Mais c'est toi que je suis venu voir.

— En t'attendant à ce que je t'ouvre mes bras et mon lit. J'aurais très bien pu les partager avec un autre.

— Heureusement, tu ne l'as pas fait.

Elle rit et but quelques gorgées avant de reposer son verre.

— Heureusement. Je te les ouvrirai toujours, Keegan, mais une femme aime bien être un peu courtisée avant.

— J'ai volé dans la nuit pour venir te retrouver, Shana. Si ce n'est pas assez te courtiser…

Comme il la connaissait et faisait cas d'elle, il fit apparaître une rose blanche.

— Ah, mais est-ce qu'il existe une femme qui pourrait te résister ? (Elle effleura sa joue avec la fleur tout en lui lançant un regard aguicheur.) Je n'ai jamais réussi, moi.

Elle lui posa une main sur la joue.

— Allez, enlève ton épée, tes bottes et tout le reste, et viens dans mes bras, viens dans mon lit. Nous laisserons l'Ouest derrière.

Il pouvait retirer son épée, ce qu'il fit. Il pouvait retirer ses bottes et le reste. Mais il ne put laisser l'Ouest derrière.

Comme il la connaissait, il acceptait qu'elle n'en comprenne pas les raisons.

Alors il se glissa dans ses bras, dans son lit et se donna à la peau soyeuse et parfumée, aux lèvres chaudes, aux mains habiles d'une femme qui connaissait ses besoins et son corps autant qu'il connaissait les siens.

Il ferma son esprit, quelques instants seulement, à tout le reste. Ici, il avait une poitrine généreuse pour remplir ses mains, sa bouche, et les soupirs et halètements d'une femme pour lui échauffer les sens. Elle avait le pouls qui s'accélérait pour lui. Ses cheveux tombèrent comme un rideau parfumé autour de lui quand elle le chevaucha.

— Tu m'as manqué, *taoiseach,* dit-elle, renversant la tête en arrière avec un gémissement tout en l'accueillant en elle. Ça m'a manqué.

Ses hanches basculaient en un lent plaisir confinant à la torture. Il les empoigna pour se caler sur son rythme, avec douceur pour ne pas marquer la douce peau blanche.

Il contempla son visage, d'une étourdissante beauté, vit dans ses yeux le moment où elle se renferma sur elle-même. Il la laissa mener la danse, ferma les yeux pour se concentrer uniquement sur ça, uniquement sur elle, rejeter les images qui voulaient s'imposer.

Quand elle jouit, il souleva le bassin pour venir à sa rencontre. Il noua les jambes autour d'elle, s'amenant au bout.

Quand elle chuchota son nom, il se maudit de désirer quelqu'un d'autre.

Il resta avec elle encore une heure. Il lui apporta du vin, l'écouta cancaner d'un ton fatigué, lui caressa les cheveux jusqu'au moment où il la sentit s'endormir.

Il se leva pour se rhabiller, éprouva un peu de regret de laisser là une femme nue à la peau tiède dans un doux lit de plume. Et de la culpabilité – ce qui ne lui convenait pas du tout – de penser à une autre.

— Tu ne restes pas ? murmura-t-elle en se redressant sur un coude, ses cheveux s'étalant sur son sein quand elle tendit la main. Dors avec moi, réveille-toi avec moi.

— J'ai des obligations.

— Tu en as ici aussi.

— Je ne les oublie pas. (Culpabilité ou regret, il l'ignorait, mais il fit apparaître une deuxième rose qu'il posa à côté d'elle.) Je reviendrai quand je le pourrai.

Elle lui lança ce regard narquois qui l'attirait toujours.

— Je serai peut-être occupée.

Il lui déposa un baiser sur la main.

— C'est pratique que tu sois au deuxième étage du château, afin que je puisse jeter du balcon celui qui t'occuperait. Allez, dors.

Il repassa derrière les rideaux. Comme il avait déjà appelé Cróga dans sa tête, celui-ci volait au-dessus de la cour. Lorsqu'il se posa, Keegan monta sur la rampe du balcon et s'installa sur son dos.

Shana alla ouvrir les rideaux et l'observa s'éloigner.

Un jour, il ne repartirait plus à tire-d'aile. Un jour, il ne retournerait pas dans l'Ouest, avec ses étendues sans fin de champs et de moutons.

Un jour, il resterait auprès d'elle.

TROISIÈME PARTIE

Le choix

La difficulté dans la vie, c'est le choix.

George MOORE

Croire seulement aux possibilités,
ce n'est pas de la foi,
c'est simplement de la philosophie.

Sir Thomas BROWNE

21

Boulet fila comme à l'accoutumée pour renifler, explorer, aller et revenir, tandis que Breen marchait dans les bois en direction du portail.

La matinée rayonnante l'avait attirée dans la cour pour écrire en profitant de la brise tiède et de la lumière forte qui vivifiait toutes les couleurs.

Elle avait bien failli faire l'impasse sur sa visite quotidienne à Talamh pour le simple luxe de se prélasser au cours de ce qui promettait d'être un après-midi splendide.

Mais elle avait promis.

Dans tous les cas, elle adorait son apprentissage et espérait aller plus loin que jeter des sorts. Elle avait même rédigé le sien, le premier. Une petite modification à un sort d'illumination qui faisait apparaître et flotter sept boules de lumière.

Avec l'approbation de Marg, elle pourrait l'essayer.

Elle ne voulait pas passer ses deux dernières heures à Talamh à manier une saleté d'épée ou à donner des coups de poing et de pied ; elle travaillerait avec Keegan, mais elle voulait que ce temps d'entraînement soit consacré à la magye. Cette concentration dont il n'arrêtait pas de lui parler.

Concentration et maîtrise. Elle devait simplement se convaincre que s'entraîner dans ce domaine serait plus naturel que de faire s'entrechoquer deux épées ensorcelées.

Comme toujours, Boulet bondit devant elle à travers le portail. Et si les enfants ou les chiens étaient dehors à la ferme, elle savait qu'il foncerait là-bas directement.

Ou s'il les apercevait, il tournerait un moment avec ce qu'elle considérait comme le « Gang des six ». Le groupe d'ados de différentes tribus qui faisait la course sur les routes et écumait les bois.

L'elfe à la peau sombre, Mina – clairement la meneuse – venait souvent voir Breen avec des questions sur l'autre côté. Un enfant ne pouvait franchir les portails sans accompagnateur avant d'avoir seize ans, mais Mina avait déjà pour projet de parcourir les mondes.

C'étaient des jeunes intelligents et curieux… mais encore tout jeunes, estima Breen, même s'ils volaient, fondaient dans des arbres ou se transformaient en cheval.

Si eux ou les garçons d'Aisling étaient dans les parages, Boulet se rendrait à la chaumière après avoir joué avec eux.

Elle monta dans les épaisses branches recourbées, escalada les gros rochers. Quitta la lumière du soleil pour une brume très fraîche et des cieux ruisselants.

Avec des regrets sincères pour le changement de temps, elle ramena la capuche de sa veste sur sa tête et remonta la fermeture éclair. Elle fit attention en descendant la pente, puis avança dans l'herbe détrempée.

La ferme était tapissée par la brume et Breen distinguait à peine les contours du muret de pierre ou la route qui se trouvait derrière. C'était vraiment un jour à rester à l'intérieur, jugea-t-elle en escaladant le mur.

Et au coin du feu, parce que l'humidité rendait l'air glacial.

Elle appela le chien et resta au bord de la route. Pas de voitures, bien sûr, mais quelqu'un pouvait arriver au galop, et dans les volutes de brume, elle y voyait à peine à cinquante centimètres.

Breen forma une boule de lumière, ravie par la vitesse à laquelle elle apparut dans sa main. Elle ne faisait pas grand-chose d'autre que buter contre les rideaux de brume changeants, mais c'était une petite aide.

Les rideaux en question étouffaient également les sons, ajoutant pour Breen une attrayante étrangeté à ce qui était devenu une promenade familière.

C'était comme être dans un nuage, se dit-elle, seule et en silence. Avec du feu et une boisson chaude en prime à l'arrivée.

Elle lança la boule et la rattrapa pour s'occuper et elle chanta une chanson lui semblant appropriée, *The Long and Winding Road*.

— Tu as une bien jolie voix.

La femme émergea de la brume comme si elle en faisait partie. Elle portait une longue houppelande grise à la capuche remontée sur ses cheveux de la même couleur. Quand Breen sursauta et faillit laisser échapper la boule de lumière, elle sourit.

— Ah, je t'ai fait peur. Mes excuses. Quel brouillard, aujourd'hui. Tu dois être la fille de celui qui était *taoiseach*, la petite-fille de Mairghread. Breen, c'est bien ça ? Je suis Yseult, ravie de te rencontrer, même par une telle journée.

— Oui, je suis Breen.

La femme portait un panier dont débordaient des fanes de carottes en plumeaux. Ses yeux, gris comme ses cheveux, avaient en eux un sourire tranquille.

— Vous vivez près d'ici ?

— Oh, j'ai encore un bout de route à faire. J'ai troqué quelques fournitures contre ces carottes à la ferme O'Broin. Celle qui a été à toi un jour. Je n'ai jamais réussi à les faire pousser.

— J'allais juste voir ma grand-mère.

— Je suis sûre qu'elle est heureuse de t'avoir près d'elle après si longtemps. (Dans l'air frais, Yseult resserra sa houppelande sur elle.) Puis-je marcher avec toi, pour profiter de ta jolie lumière dans cette ambiance lugubre ? J'aimerais m'arrêter dire bonjour à ma vieille amie.

— Bien sûr. Vous connaissez ma grand-mère ? commença Breen alors qu'elles se mettaient à marcher.

— Oh, tout le monde connaît Mairghread, et on s'est croisées, si tu veux. Et je connaissais ton père depuis qu'il portait des couches. Tu leur ressembles, aux O'Ceallaigh. Sauf les yeux. Tu as ceux de ton père et du sien avant lui.

— Oui, il paraît.

— Tu as passé bien des années au-dehors, dit la vieille dame avant de désigner la boule du doigt. Tu avais appris l'Art de ton père, alors ?

— Non. Je viens de commencer en arrivant ici.

— Ah, c'est dommage, dis donc. Ton père avait un grand pouvoir, des O'Ceallaigh et du dieu. Il aurait pu beaucoup t'apprendre. Le pouvoir est en toi aussi, ainsi que le sang du dieu.

— Ma grand-mère m'apprend.

— À faire apparaître de petites billes de lumière.

Breen lui jeta un regard en entendant ce ton méprisant. Le sourire tranquille était toujours là, en contraste. Les yeux, s'aperçut-elle, n'étaient pas gris mais presque noirs.

Sombres et profonds.

— La lumière est le noyau, le cœur, la fondation.

— C'est ce que tu penses ? Alors que la lumière s'éteint si facilement ?

Elle attrapa la boule et referma la main dessus. Quand elle la rouvrit, la lumière avait disparu.

— Faiblarde, franchement, et facilement éliminée. Le noir étouffera toujours le blanc, ma pauvre enfant. Les ténèbres l'emporteront toujours sur la lumière. Apprends bien cette leçon, car il en sera toujours ainsi.

Ce n'était pas du gris, réalisa Breen, sentant la tête lui tourner un peu. Elle vit la couleur venir aux cheveux sous la capuche. Ils étaient rouges. Pas roux flamboyant, mais rouge sombre. Comme le sang venant du cœur. La houppelande, elle, vira au noir.

Ce qu'il y avait dans le panier se mit à grouiller et siffler.
— Qui êtes-vous ?
— Yseult, je t'ai dit. Quelqu'un qui connaît bien ta grand-mère. Je suis le pendant ténébreux de sa lumière. J'ai aidé Odran à envoyer ton père, ce moins-que-rien de fils, à la mort. Viens, viens regarder, mon enfant, pendant que je fais la même chose à la femme qui l'a porté. Ensuite, je t'emmènerai voir ton grand-père. Il attend de te revêtir de capes d'or et de te montrer le vrai pouvoir qui réside dans ton sang.
Prise de vertige, Breen recula d'un pas mal assuré. La beauté du visage d'Yseult, un visage qui avait été agréable, ou même ordinaire, devint terrifiante.
Elle diffusait une lumière noire pendant que les serpents à deux têtes commençaient à déborder du panier fait non de jonc, mais d'or.
— Non. Je ne vous suivrai nulle part. Vous n'approcherez pas ma grand-mère.
Un sourire étincela, brillant d'assurance.
— Tellement jeune, tellement bête, tellement faible. Et pour m'arrêter, tu produiras encore une jolie petite bille de lumière ?
Quand elle agrippa le bras de Breen, la chaleur qui lui brûla la peau la fit presque chanceler. Elle bondit en arrière et l'un des serpents frappa. Cette douleur la terrassa.
Malgré tout, elle lutta pour amener la lumière, le pouvoir, trouver un bouclier, une arme.
Elle fila de ses doigts et frappa la houppelande d'Yseult. Fumée.
Surprise, celle-ci recula et son sourire revint.
— Alors tu en as un peu plus dans le ventre que je ne le croyais. Mais ce n'est pas assez, petite fleur. Pas assez.
Breen croisa les mains au-dessus de sa tête. Cette fois, les petits éclairs de lumière tombèrent au sol sans rien produire.
— Tu en veux davantage. Je sens ton désir. Je peux t'en donner davantage. Ton grand-père peut te donner bien plus que ce que ton esprit faible peut imaginer.
— Je ne veux rien de vous ni de lui.

— Mais tu vas l'avoir. Et on le prendra.

Alors qu'Yseult s'avançait, Breen se prépara à combattre avec le peu de forces qu'il lui restait. Puis le dragon rugit dans la brume.

Il encercla la taille de Breen de sa queue et Keegan en descendit d'un bond.

L'épée déjà dégainée, il chargea Yseult, qui renversa le panier et envoya les serpents sur lui tout en tournoyant dans le brouillard.

— Elle sera ta mort, *taoiseach*, lança-t-elle. Et elle prendra sa place dans la tour noire pendant qu'Odran dirigera pour toujours.

— Je serai la tienne.

Les serpents hurlèrent quand il les frappa de sa lumière. Au moment où ils se changèrent en cendres, le brouillard se dissipa. Yseult avait disparu.

Keegan rengaina son épée.

— Je serai la tienne, répéta-t-il.

Il se tourna vers Breen et fit signe au dragon de dérouler sa queue. Secouant la tête, il lui dit :

— Comment veux-tu te battre, si tu restes le cul par terre ?

Après un pas vers elle, sa colère se mua en choc et il courut s'agenouiller à son côté.

— Tu as été mordue ?

— Au bras.

Il lui remonta la manche à la hâte et poussa un juron. Sans défense, tout à la douleur lancinante, elle cria.

— Je suis désolé, vraiment. Non, non, ne t'endors pas ! (Comme elle dodelinait de la tête, il lui agrippa le menton, assez rudement pour lui faire un bleu.) Tu dois rester éveillée. Tu dois brûler le poison avant qu'il t'emporte dans le Sommeil, et on n'a pas le temps de te conduire à Aisling. On va faire ça ensemble.

— Je ne sais pas comment faire. Je suis tellement fatiguée…

— Regarde-moi. Joins-toi à moi. Éclaire avec moi, embrase avec moi, crée le pouvoir avec moi, deux pour ne faire qu'un. Vois les ténèbres qui remuent dans ton sang, purifie-les avec du feu blanc jusqu'à ce qu'il n'en reste rien. Dis-le avec moi.

Tout se brouillait, ses yeux, son esprit, ses oreilles.

— Quoi ?

— Merde, Breen, ne t'endors pas ! Regarde-moi. Mes yeux sont tes yeux, mon esprit est ton esprit, ma volonté est ta volonté. Prononce ces mots avec moi et invoque le feu. Joins-toi à moi, répéta-t-il.

Et elle balbutia avec lui.

Quand ils eurent terminé la première incantation, la douleur revint d'un coup, lui arrachant des gémissements haletants.

— Je sais que tu as mal. Utilise la douleur. Tu es déjà plus forte. On va le redire maintenant. On reste ensemble. Il faut faire l'incantation trois fois, donc il en reste encore deux.

Ce n'était pas de la douleur. C'était au-delà. Elle avait été flambée de l'intérieur. Quand elle hurla, quand elle sanglota, il attendit.

— Encore une fois, juste une fois et c'est fini. Je te le promets. (Il lui serra la main plus fort.) Je suis là avec toi. Encore une fois.

Elle dut reprendre son souffle, supporter l'idée que cette souffrance ineffable la déchire une troisième fois.

Elle garda les yeux fixés sur ceux de Keegan, les paillettes dorées qui nageaient dans le vert.

— Joins-toi à moi, dit-elle.

Le reste, sans honte, elle le dit en pleurant.

— Voilà, c'est ça, voilà, tu es courageuse. Laisse-moi voir. Ne ferme pas les yeux, ne dors pas, pas encore.

Doucement, tout doucement, il écarta ses cheveux de son visage transpirant.

— Ah, elle t'a bien brûlée, cette harpie. Ça, je peux te le soigner, et ça ne fera pas aussi mal. Tu vois l'endroit où il y avait les morsures ? Il n'est plus chaud ni enflé. C'est parti.

Le poison a brûlé. C'est la seule marque qu'elle t'ait laissée. Je vais m'en charger.

Elle laissa sa tête retomber en arrière sans avoir la force de trouver étrange qu'elle repose contre la jambe d'un dragon.

— On est où ? Ce n'est pas la route… à côté de la ferme et de la chaumière…

— Elle t'a attirée ailleurs.

— J'entends… la cascade.

— Oui. Odran ne peut pas passer, mais elle va et vient à sa guise, apparemment. Elle comptait t'emmener par le portail de la cascade à l'aide de sa magye noire.

— Je…

Elle soupira, immensément soulagée de sentir son bras rafraîchir et les dernières douleurs s'évanouir.

— Voilà, c'est fait. (Il lui passa une main légère sur la joue.) Tu t'en es bien tirée. Tu as fait le plus dur et tu l'as bien fait. (Il se rassit.) Et maintenant, tu m'expliques ce qui t'est passé par le crâne, pour te barrer avec quelqu'un comme Yseult ?

— Je ne savais pas qui c'était, j'allais juste chez ma grand-mère. Elle m'a demandé si elle pouvait venir avec moi, en disant qu'elles étaient amies. Ou en le sous-entendant. Et puis tout a changé. Elle a pris la lumière. J'avais une boule de lumière et elle l'a anéantie.

Il lui tenait encore la main, et elle ne l'oublierait pas. Il lui tenait la main parce qu'elle tremblait.

— Pourquoi tu avais une boule de lumière en plein après-midi ensoleillé ?

— Il y avait du brouillard, de la pluie et du brouillard, et…

— Comme quand je suis arrivé ?

— Oui, comme ça.

— Ce n'était dû qu'à ses maléfices.

— Il n'y avait pas de brouillard ?

— Une illusion qui t'était destinée.

— Mais… Comment elle m'a attirée ici ? On n'a marché que quelques minutes. Et comment tu m'as trouvée ? Comment tu as su ?

— Elle t'a mise en transe. Tu chantais. Je t'entendais chanter, mais je ne te voyais nulle part. Elle est puissante, Yseult, et elle avait bien préparé son coup.

Il évalua d'un coup d'œil la distance jusqu'à la cascade.

— Mais pas assez bien. J'ai vu ta lumière, j'ai entendu ta voix. Et quand les deux ont disparu, j'ai suivi la lumière qui est là, expliqua-t-il, tapotant du doigt juste au-dessus du cœur de Breen.

Il se leva et prit une gourde en cuir sur sa selle.

— C'est de l'eau. Tu en as besoin, après la purification. Marg aura de quoi te rétablir complètement, donc ne dors pas avant.

— Je me sens… un peu saoule…

— Pas étonnant. Ce sort, c'était une première pour tous les deux.

La sensation de l'eau dans sa gorge fut merveilleuse… jusqu'à ce qu'elle manque de s'étrangler.

— Tu ne l'avais jamais pratiqué avant ? Comment tu savais qu'il fonctionnerait ?

— Il a fonctionné, non ? Allez, debout.

Il prit la gourde, puis passa simplement un bras autour d'elle pour la relever. Quand elle tituba, il resserra son étreinte.

— Vertige, parvint-elle à dire avant de poser la tête sur son épaule. Il me faut un moment. Je crois que je ne peux pas encore marcher.

— Tu ne vas pas marcher.

Encore toute molle quand il la prit dans ses bras, elle devint rigide en atterrissant sur la selle.

— Oh non, je ne crois pas…

Il monta derrière elle.

— Je ne te laisserai pas tomber.

Et le dragon s'éleva simplement dans les airs. Comme le faucon, il se faufila entre les arbres.

Le vent lui cingla les cheveux et le visage.

— Tu… Il n'y a pas de rênes.

— On sait où on va. La selle, c'est pour le confort du cavalier et pour emporter des affaires.

Elle avait envie de fermer les yeux jusqu'au moment où elle pourrait de nouveau sentir ses pieds sur le sol. Mais quelque chose en elle en désirait davantage. Alors elle regarda. Le ciel bleu, blanc et or. Les collines et les champs, les rivières et les chaumières. De la verdure et encore de la verdure, du brun et encore du doré, la baie bleue, l'écume blanche. La montée soudaine d'une queue iridescente.

Elle avait cru qu'elle commençait à comprendre la magye, et même à la ressentir. Mais jusqu'à ce moment, elle n'en avait pas eu conscience.

Elle tendit la main vers l'arrière pour prendre celle de Keegan.

— Je t'ai dit que je ne te laisserais pas tomber, et on est presque arrivés.

— Ce n'est pas ça. Tout est si… incroyable. Merveilleux. C'est tellement magnifique.

Sous le charme, elle retira sa main et caressa doucement le dos du dragon.

— Il fait presque poli, comme des bijoux. Il m'a protégée.

— C'est sa nature. C'est son cœur.

Elle aperçut la ferme en dessous et s'étonna de regretter que son premier vol – et peut-être le seul – à dos de dragon ait été aussi court.

— Merci beaucoup, à tous les deux. Je serais morte si vous n'étiez pas arrivés.

— Ils ne te veulent pas morte. Pour l'instant.

Sur ce, ils atterrirent et Marg accourut, laissant derrière elle un Boulet qui geignait.

— Où était-elle ? Que s'est-il passé ?

— Yseult. (Keegan descendit d'un bond avant de soulever Breen de la selle.) Elle va s'en remettre, dit-il au chien, dressé contre ses jambes pour essayer d'atteindre Breen.

Plutôt que de la reposer, il la porta jusqu'à la maison.

— Je peux marcher, maintenant.

— Pas très bien, je parie. Elle avait des serpents à sommeil, et Breen a été mordue.

— Combien de temps ?

— Emmène-la à l'intérieur, dit Aisling en se précipitant. On va purificr.

— Déjà fait.

— Tu y es arrivé ?

— On l'a fait tous les deux. (Il marqua une pause, puis reprit, la voix pleine de frustration.) Je ne peux pas l'emmener à l'intérieur si tu es juste devant moi, si ?

— Laisse-moi voir. (Aisling posa une main sur le cœur de Breen, l'autre sur sa tête.) Il n'y a plus rien, Marg, ne t'inquiète pas. Bravo, Keegan.

— Il lui faudra de la potion reconstituante. Ma pauvre enfant.

— Mahon, chéri, emmène les enfants derrière. Breen a besoin de silence. Harken, la potion reconstituante, s'il te plaît.

— Yseult, dit simplement Keegan aux hommes.

Mahon proféra une insanité qui lui attira des yeux écarquillés de ses fils et un regard mauvais de sa femme. Keegan porta Breen à l'intérieur et la déposa sur la chaise longue. Boulet posa les pattes sur sa poitrine et lui lécha le visage avec vigueur.

— Il faudrait que Mahon reconnaisse les environs avec moi. Comme on allait le faire avant que ça se produise.

— Vérifie que Mab est avec les enfants, alors. Allez, Boulet, dit Aisling en le repoussant avec une caresse. Il faut que tu nous la laisses un peu. Va avec les garçons.

— Va dehors. (Pour le rassurer, Breen lui déposa un baiser sur le nez.) Je vais bien.

Keegan hocha la tête, observa Breen.

— On s'entraînera demain, et plus dur. Ce n'était pas un amateur qui tentait sa chance, c'était planifié. Odran sait que tu es là. Il sait que tu es éveillée. On s'entraînera plus dur.

Harken revint avec une tasse pendant que Keegan sortait.

— Bois, ordonna Aisling. Chaque goutte. Ensuite, on pourra te proposer du ragoût. C'est exténuant, la purification.

— Oui. Je me sens totalement vidée.

— J'aurais dû m'en douter. (Assise à côté de sa petite-fille, Marg lui prit la main et la pressa contre sa joue.) J'aurais dû m'y attendre, y être préparée.

— Ce n'est pas ta faute. Et tu m'y préparais. Keegan m'y préparait. Ça me tue qu'il ait raison. Je dois travailler plus dur. J'ai été faible et bête. C'est vrai, insista-t-elle quand Marg protesta. Je ne le serai pas la prochaine fois.

— Tu vas manger un peu, décréta Aisling. Et tu vas tout nous raconter, du début à la fin. On verra ce qu'il convient de faire. Marg, elle est de ton sang, et ni faible ni bête. Mais Yseult est rusée et puissante, avec ses sales serpents. On va écouter et on décidera.

Quand Breen eut terminé, avec l'impression d'être de nouveau elle-même, Harken quitta la fenêtre d'où il gardait un œil sur les enfants et vint faire une bise à Breen.

— Piégée dans une brume ensorcelée avec une puissante sorcière noire, marquée par elle, mordue par un serpent à sommeil, et tu avais encore en toi assez de lumière et de force pour guider Keegan à toi. Tu es bien la fille de ton père.

Elle n'avait vu l'épisode que du point de vue de l'échec.

— J'espère. Je ne comprends pas, pour le sommeil. Keegan m'a dit qu'ils ne me voulaient pas morte.

— Ce n'est pas la mort, lui expliqua Aisling, mais ça l'imite.

— Tu connais le conte de la Belle au bois dormant ? demanda Harken. Là, ce n'est pas un baiser qui t'aurait réveillée. Une personne qui a été mordue par une telle créature tombera dans un profond et sombre sommeil et ne sera réveillée que par la volonté de celui qui commande le serpent.

— On aurait brisé le sort, dit Marg en prenant la main de Breen. Mais c'est difficile et dangereux pour tout le monde. C'est bien que toi et Keegan ayez éliminé le poison avant qu'il atteigne ton cœur et ta tête.

— Elle allait me faire traverser le portail de la cascade. Comment ?

— Je n'ai pas entendu parler d'elle à Talamh depuis qu'on l'a condamnée. Elle a sûrement mis des années à trouver un sort, répondit Marg. Elle vient d'ici, donc ça aide. Il existe d'autres portails, bien sûr, gardés de près. Des éclaireurs parviennent quand même à se glisser au travers, comme celui que Keegan a tué le jour où on est allées sur la tombe d'Eian.

— Elle est venue seule, dit Harken. Si elle est passée par la cascade, j'en conclus qu'elle n'a pas pu emmener de soldates. Je pars là-bas, voir si je peux combler l'endroit qu'elle a réussi à fissurer.

— N'y va pas seul. Non, insista Aisling.

— Quel manque de confiance.

— Je dirais la même chose à n'importe qui, idiot. Allez-y à trois personnes.

— Le sorcier part avec une fée et un garou, intervint Breen. Un elfe et un troll viendront dans le bois vert. Et avec bois, pierre, lumière et magye, tous les cinq refermeront la porte.

Breen s'affaissa et regarda les visages autour d'elles.

— Qu'est-ce que c'était ? Je voyais la scène. Toi et Morena, avec un homme qui se transforme en ours. Une femme qui sort d'un arbre et un troll armé d'une hache en pierre.

— Une vision, répondit Marg avec un sourire.

— Je n'ai pas de visions. Enfin, j'ai des rêves et il arrive qu'ils soient lucides. Et j'ai des flashs, comme tout le monde, mais…

— Pas du tout comme tout le monde.

— C'est sûrement le fait d'avoir joint ton pouvoir à celui de Keegan qui t'a boostée. Encore un peu de tisane ? proposa Aisling.

— Non, c'est bon, merci. C'était comme y être et regarder, mais à travers un rideau tout fin.

— Le rideau se relèvera avec le temps, lui dit Marg. Et maintenant, je pense que tu as besoin de repos. Tu as vécu une épreuve.

— Pas de repos. De pratique. Je dois en apprendre plus et devenir meilleure dans ce que j'apprends.

— D'accord. (Marg se leva.) On pratiquera.

Quand elles furent parties, Aisling posa la main sur le bras de Harken.

— Comment elle se sent ? Tu as regardé si son esprit était propre et clair, par sollicitude, je sais bien, comme moi, je devais m'assurer que son corps était rétabli. Mais tu as vu ce que tu as vu.

— Oui, répondit-il, ceignant une épée qu'il prenait rarement. Et il était bien propre et clair, mais elle est partagée entre la peur et la fascination, tout comme elle l'est entre Talamh et le monde qu'elle a connu. Ses amours, ses loyautés, ses besoins, ses doutes, s'enchevêtrent en elle comme des lianes.

Il mit sa casquette et son blouson.

— Nous n'y pouvons rien, Aisling. Elle fera ses choix le moment venu.

— Rien que pour ta patience, je pourrais te démonter la tête.

— Et ça n'y changerait toujours rien, lui signala-t-il en l'embrassant. Maintenant, je vais seller un cheval, aller chercher Morena, et ce devait être Sean dans sa vision. Si Mahon et Keegan ne reviennent pas, reste dîner.

— Le préparer, tu veux dire.

— Oui, évidemment, approuva-t-il, joyeux. Mais j'aime bien ta compagnie et celle des enfants en plus du repas.

Elle lui administra une tape pendant qu'il sortait.

— Et quand est-ce que tu vas enfin demander à Morena de t'épouser ? Elle te préparera ton dîner.

— Elle est très mauvaise cuisinière, tu le sais bien. Et je lui demanderai quand elle sera prête à accepter, pas avant.

— Si on lui donnait une petite impulsion ?

Il referma la porte. Elle soupira.

— Béni sois-tu, mon frère.

Et elle alla à la fenêtre surveiller les enfants.

Elle serait prête à tuer pour eux, à mourir pour eux, se dit-elle en posant les mains sur la vie qui croissait en elle. Maintenant, elle n'avait plus qu'à espérer que Breen combattrait pour eux et tous les enfants de tous les mondes.

22

Elle travailla et s'entraîna jusqu'au lever de la lune. Elle mangea, et avec gratitude, le rôti de bœuf et les légumes préparés par Sedric. Bien que Marg l'ait pressée de rester, elle persista à vouloir retourner à son cottage.

Elle voulait cet espace à elle, ce silence, et elle voulait se consacrer à écrire les moindres détails de ce qui était arrivé.

Les noter l'aiderait à se rappeler les détails pour, espérait-elle, ne pas commettre de nouveau les mêmes erreurs.

Quand elle se mit au lit, Boulet pelotonné devant la cheminée, où elle pouvait désormais allumer un feu d'une simple pensée – quel progrès ! –, elle commença par déposer du romarin sous son oreiller.

Puis, repensant à la vision dans la cuisine de la ferme, elle le mit de côté. Peut-être était-ce le moment d'accueillir les rêves, quoi qu'ils renferment.

Alors elle rêva encore du château noir avec ses murs semblables à du verre, de l'île rocheuse sur laquelle il s'élevait et de la mer démontée sous les falaises abruptes.

Le dieu se dressait sur un large balcon de la plus haute tour. Sa houppelande noire voltigeait pendant qu'il lançait de noirs éclairs vers le ciel, qu'il faisait bouillonner.

Ses yeux brillaient de rage et son visage était un masque de fureur.

De ce ciel bouillonnant tombait une pluie aussi acérée que des pointes de flèches. Au sol et sur les falaises, ceux qui servaient le dieu hurlaient, s'égaillaient et cherchaient à s'abriter de cette tempête fatale.

Certaines des flèches percèrent leur chair et la brûlèrent comme de l'acide. Une partie était soulevée par le vent et projetée dans la mer déchaînée.

Sur les falaises, les constructions qui avaient commencé à s'élever des décombres de la forteresse d'Odran vacillèrent avant de s'effondrer.

Et l'ire du dieu ne faiblit pas.

Yseult sortit du château. La bourrasque faisait voler ses cheveux roux et sa robe de la même couleur. Dans son rêve, Breen percevait la peur dans ses yeux, bien qu'elle essaie de la masquer.

— Mon roi, mon suzerain, vous qui êtes tout pour moi.

Il se retourna et serra les mains sur sa gorge. Il la souleva sans rencontrer de résistance de sa part, malgré la frayeur qui crût brutalement.

— Tu as échoué ! Tu devais me l'amener. Quelle raison ai-je de ne pas te jeter à la mer ? Quelle raison ai-je de ne pas voir ton corps se briser sur les rochers ?

Au lieu de quoi il la jeta sur le sol du balcon. Breen vit la douleur se mêler à la peur, mais Yseult se reprit pour s'agenouiller aux pieds d'Odran.

— Tout le pouvoir que je possède est à vos ordres. Je me jetterais moi-même sur les rochers si vous me le commandiez. Elle était plus puissante qu'on ne le croyait, il y a davantage de pouvoir en train de grandir en elle qu'on ne le soupçonnait. Mais, mon roi, mon seigneur, ce savoir est à votre bénéfice.

— Il me bénéficierait si tu avais rempli ton devoir.

— Elle est plus éveillée qu'avant. Lorsque vous l'aurez, vous n'aurez pas à attendre longtemps pour aspirer ses pouvoirs. Elle deviendra elle-même bien plus tôt qu'on ne se l'imaginait. Et quand vous l'aurez bue jusqu'à la dernière goutte, aucune porte ne vous sera fermée, aucun monde ne vous résistera. Ce sera un jour de splendeur.

Elle inclina la tête.

— Mon roi, mon suzerain, vous qui êtes tout pour moi, je ne suis loyale qu'à vous. J'ai délaissé tous mes serments hormis celui que je vous ai prêté. Avec la magye noire, je me suis jointe à vous ; avec le sang de sept vierges, j'ai aidé à reconstruire votre château. Et je serai fidèle à ma parole de vous aider à rebâtir votre superbe cité, d'aider à élever votre trône au-dessus de ceux de tous les autres dieux et de réduire en poussière ceux qui s'opposeront à vous.

Elle releva la tête.

— Je vous supplie, Odran l'Incomparable, de ne pas mettre fin à ma vie sous le coup de la colère. Si vous devez causer ma mort, que ce soit de sang-froid, et sur l'autel du sacrifice, afin que ma mort vous rende service au-delà de ma vie.

Il examina Yseult, le calcul dans ses yeux gris semblables à ceux de Breen et ceux d'Eian.

— Tu serais prête à aller à l'autel, sorcière.

— Vous pouvez disposer de ma vie, en faire ce que vous voulez. Comme toujours depuis que je vous ai prêté serment par le sang et la fumée.

— Relève-toi. (Il agita légèrement la main vers elle et se détourna. La pluie meurtrière avait cessé et le vent mourut. Il se leva, ses cheveux d'or tombant sur ses épaules.) Ce n'est pas de ta loyauté que je doute, mais de tes capacités. Tu me déçois, Yseult.

— Et je le regrette amèrement.

— Envoie-moi un esclave avec du vin. Du bon. Et fais en sorte que le bazar en bas soit remis en ordre.

— Comme vous voudrez.

Elle retourna discrètement à l'intérieur.

Odran s'avança vers le mur pour contempler la mer.

Pendant un instant, un instant terrible, ses yeux semblèrent se fixer sur ceux de Breen. Elle y discerna quelque chose. Une brève surprise, une amère satisfaction.

Et elle se réveilla tremblante comme si on l'avait plongée dans de la glace.

Elle attrapa sa tablette et nota tout.

Et là, elle plaça le romarin sous son oreiller.

Le lendemain matin, elle parvint à rédiger son billet quotidien en se focalisant sur le jardin. Le tout lumineux, gai et plein de jolies photos.

Elle se remit à son livre, sur lequel elle ne progressa guère, parce qu'elle y faisait apparaître une méchante sorcière qui portait un pendentif magyque en forme de serpents à deux têtes.

Plus tard, elle introduirait les serpents vivants, mais elle n'était pas encore prête. Dans tous les cas, elle ne pouvait pas continuer à écrire son histoire alors que son esprit voulait retourner dans son rêve, ou dans le brouillard, ou encore se fondre de nouveau dans l'intensité du regard de Keegan quand il l'avait aidée à guérir.

Il avait lui aussi senti sa douleur, comprit-elle. Cette douleur insoutenable, inhumaine. Et malgré tout, il ne l'avait pas lâchée.

— *Misneach*, murmura-t-elle en posant la main sur son poignet. Il avait du courage.

Un temps seule, se dit-elle. Elle en avait besoin pour juger si elle avait plus que le mot sur son pouls.

Pour s'éclaircir les idées, elle décida d'arrêter tôt et de s'occuper des quelques tâches ménagères négligées.

Elle commença par faire la lessive avant se rendre au marché du village en voiture. Elle s'était tellement habituée aux façons de Talamh que le village irlandais semblait appartenir à une autre dimension.

Une fois la lessive faite, les courses rangées et le jardin désherbé, elle consulta ses e-mails avant de partir pour son après-midi avec les Fey.

— Oh, la vache !

Elle lut le message et se redressa. Elle arpenta la pièce sans relâche, ce qui rendit Boulet frénétique.

Elle relut, se releva.

— Oh, la vache. Doucement, doucement. Il ne faut pas que je m'excite trop. C'est juste l'étape qui suit. Oh, et puis merde. Je suis trop contente !

Quand Boulet sauta en l'air pour s'appuyer contre elle, elle lui attrapa les pattes avant pour danser.

— L'agente veut voir le manuscrit entier ! Elle ne m'a pas dit : « Ne me recontactez surtout pas, vous écrivez avec les pieds. » Non, non, elle a dit qu'elle avait adoré le premier chapitre et le résumé, et qu'elle voulait lire le reste !

Elle eut besoin de sortir, respirer, puis faire danser le chien une nouvelle fois.

Ensuite, elle s'obligea à s'asseoir et à rédiger une réponse qu'elle relut trois fois pour s'assurer qu'elle était professionnelle.

— Bon, c'est parti !

Elle ajouta le manuscrit en pièce jointe. Resta sans rien faire.

— Mais tu vas appuyer sur « Envoyer », oui ! Appuie !

Elle regarda le chien, qui avait posé la tête avec amour sur sa cuisse.

— J'aimerais que tu puisses le faire. Mais tu ne peux pas. Alors...

Elle appuya et respira de nouveau.

— OK, on va sortir d'ici, sinon je vais rester là, obnubilée, toute la journée.

Elle resta obnubilée par cette perspective en marchant, puis la repoussa fermement au fond de son esprit. Si elle y pensait, elle finirait par en parler. Et elle ne voulait en informer personne pour l'instant.

Pas même Marco.

Elle se rendit droit chez sa grand-mère. Elle n'évoqua pas tout de suite le rêve, parce qu'il la distrairait du travail qu'elle souhaitait faire.

Elle devait s'améliorer, être plus rapide.

Elle passa deux heures à lancer des sorts, y compris celui qu'elle avait écrit elle-même.

Après avoir lavé le chaudron et les outils et mis les pierres à recharger, elle s'assit avec Marg devant un thé et les biscuits sortis du four que Sedric déposa sur une assiette.

— Ils ont une odeur divine.

— Biscuits au citron, dit Sedric. Finola nous en a envoyé des tout frais.

— Et ils sont divins au goût aussi. Je n'ai jamais fait de biscuits.

— Comment est-ce possible ? s'étonna Marg. On en fait pour Yule – pour Noël. C'est la tradition. Et on en garde dans le bocal, pour les enfants qui viennent.

— Ma mère ne fait pas de pâtisserie et elle n'aimait pas que je mange du sucre. On allait à la boulangerie en cachette, des fois, se rappela Breen. Papa m'emmenait à la boulangerie. Je me demandais pourquoi il la laissait autant décider. Je comprends mieux, maintenant.

Elle pensa à son excitation et à sa joie en lisant l'e-mail de l'agente. À la magye qu'elle avait pratiquée dans l'après-midi. Au rêve de tempêtes et de dieux ténébreux.

— Il vivait dans deux mondes et se sentait coupable. Il ne pouvait pas lui donner, et à moi non plus, tout de lui-même, parce qu'il avait un devoir envers Talamh. Et qu'il devait me protéger.

Elle alla prendre les papiers qu'elle avait pliés dans la poche de son blouson.

— Cette nuit, j'ai fait un rêve. Ou c'était une vision. J'ai tout noté. Je pense que ce sera plus clair si tu lis plutôt que si j'essaie de raconter.

En se rasseyant, elle dit à Sedric :

— Tu peux le lire avec Nan. Je comprends ce que vous représentez l'un pour l'autre. Je n'en ai pas le souvenir, mais j'ai comme l'impression que ce ne sont pas les premiers biscuits au citron que tu m'as faits.

— Tu les as toujours adorés.

Sedric s'assit à côté de Marg, une main sur son épaule.

Quand ils eurent fini de lire, Marg replia les mains sur les pages.

— Elle est rusée, Yseult, de s'offrir en sacrifice. Elle savait que quand il se serait calmé, il comprendrait qu'il a besoin de ses talents et de son pouvoir à elle. Mais à l'arrivée, ils se trahiront encore plus l'un l'autre. C'est leur nature. Elle a trahi son peuple, ses serments, comme lui. Ni l'un ni l'autre ne connaissent la loyauté.

— Elle avait peur de lui. Je le sentais.

— Avec raison. Et elle se surestime. Ça, plus sa soif de pouvoir, ça signera sa chute. Comme pour lui. Ils sont de la même trempe, dit Marg.

— Il m'a vue, juste avant que je me réveille. Comment c'est possible ?

— Vous êtes liés par le sang. Tu t'es ouverte en cherchant à voir, et par conséquent, tu lui as donné l'occasion de voir en retour. Mais le pouvoir et le contrôle t'appartenaient. Tu dois faire attention à les garder.

— Il te veut, dit Sedric, choisissant ses mots avec soin. Pour ce que tu es, le mélange qui lui offre l'unique et la puissance, encore plus que ton père.

— Parce que ma mère est humaine et vient d'ailleurs. Je sais que vous me pensez seule dans mon cas, mais il peut y avoir d'autres personnes qui…

— Il n'existe personne d'autre ayant du sang de l'extérieur, des Fey, à la fois des Sages et des Sidhe, et des dieux. Tu es unique dans tous les mondes connus, expliqua Sedric. Et tu es la seule à avoir ce sang en toi. Tu lui offres le moyen de diriger ou de détruire Talamh ainsi que le monde de ta mère. Et d'autres encore.

— En me vidant de mon sang. Comme pour une transfusion.

— De ton pouvoir, de ta lumière, de ta vie.

— Il ne t'aura jamais. *Mo stór*, depuis ta naissance, nous te protégeons. Nous n'arrêterons jamais.

— Mon père, le père de Keegan, combien de personnes sont mortes pour me protéger ? Vous m'avez fait venir ici, vous m'avez donné les moyens de vous trouver pour que j'apprenne à me protéger moi-même.

— Et tu te débrouilles bien, commença Marg.

— Avec la magye, plutôt bien. Parce que ça me plaît. Avec le reste, pas tant que ça, sincèrement, parce que je n'aime pas. Il faut que ça change.

Et ça changerait, se promit-elle. À compter de maintenant.

Keegan apporta les épées dans le pré qu'il avait désigné comme terrain d'entraînement. Il vit arriver Breen depuis la route venant de chez Marg. Si on pouvait dire une chose d'elle, c'était qu'elle était ponctuelle.

Maladroite à l'épée, elle l'était et il craignait qu'elle ne le reste. Lamentablement facile à faire tomber dans un combat physique. Mais elle était d'une ponctualité exemplaire.

Elle avait retenu ses cheveux en queue de cheval, même si elle en avait tout simplement trop pour les contenir entièrement. Elle portait un pantalon qui lui moulait les jambes et les hanches, et lui permettrait de bouger aisément, ainsi qu'un blouson ouvert, même si la journée était chaude et ensoleillée.

Pourquoi une femme qui marchait avec une véritable grâce athlétique voyait-elle ses pieds se transformer en plomb quand il s'agissait de croiser le fer ?

Mystère, se dit-il. Elle en recelait beaucoup d'autres.

Le chien arriva le premier, ravi comme toujours de recevoir une caresse, avant d'aller embêter les moutons et les chevaux.

Keegan se mit à parler, mais Breen lui tendit des papiers.

— Lis d'abord ça.

Là-dessus, elle partit regarder les chevaux dans l'enclos.

Elle avait raconté le rêve d'une façon qui le transporta dedans. Il sentait l'odeur de la chair brûlée des courtisans et esclaves d'Odran.

Le soufre dans l'air, le fracas des vagues.

Le fait de presque pouvoir goûter la peur d'Yseult apporta à Keegan une immense satisfaction.

Repliant les papiers, il se dirigea vers Breen.

— Tu l'as laissé te voir.

— Pas exprès.

— C'est toi qui avais les rênes.

Contrairement à sa grand-mère, se dit-elle, Keegan n'arrondirait jamais les angles. Elle lui avait fait lire son rêve parce qu'elle avait besoin qu'il lui montre les angles aigus.

— Je comprends maintenant, mais avant, je ne savais pas. Et j'ai pensé... Je crois que je comprenais ce qu'il voulait de moi et pourquoi. Mais en fait, non, pas vraiment. Pas suffisamment. Maintenant, je comprends. Et je comprends qu'après ma naissance, mon père a été un obstacle plus qu'une récompense pour lui. Alors il l'a tué. Mon père est mort pour me protéger. Le tien aussi. Et tant d'autres. Je le comprenais dans ma tête, mais ça ne m'a prise aux tripes que maintenant. Ça fait beaucoup à encaisser, juste en un été.

Elle reprit les feuilles et les remit dans sa poche de blouson.

— Sedric m'a dit que j'étais unique. Misère, moi qui ai toujours souhaité avoir quelque chose de particulier. Maintenant, si c'est bien le cas, le chemin n'est pas semé de pétales de roses. C'est un poids et une responsabilité.

Se tournant vers lui, elle ajouta :

— Les responsabilités, je gère plutôt bien. Faire des choses qui ne me font pas vraiment envie parce que c'est ce qu'on attend de moi. Ça devrait être une fondation correcte pour tout ça.

Elle posa son blouson sur la barrière et se retrouva en tee-shirt noir qui montrait ses bras musclés.

— Alors tu dois me pousser plus. Au combat. En défensif comme en offensif. Et apprends-moi comment concentrer et canaliser mon pouvoir. Il ne peut pas venir juste quand je suis énervée. Ça m'aurait aidée hier avec Yseult.

— Tu avais été mordue.

— Oui, mais avant.

Il n'aimait pas inventer d'excuses à qui que ce soit, mais en l'occurrence, il trouvait qu'elle les méritait.

— Elle avait ensorcelé le brouillard, c'était comme une drogue.

— Alors j'aurais dû m'en rendre compte et trouver un moyen de me battre.

— C'est vrai, tu aurais dû et tu le dois. Tu tiens mal ton épée.

— C'est ton boulot de m'apprendre à bien la tenir. (Elle alla prendre son arme.) Alors fais ton boulot !

Il essaya sans succès de transformer son sourire en rictus tout en récupérant sa propre épée.

— Et maintenant, c'est sur moi que retombe la faute.

— J'ai été une mauvaise prof, donc c'est facile d'en reconnaître un autre.

Il pencha la tête, car il se savait considéré comme l'un des meilleurs entraîneurs de Talamh. Mais apparemment, pas quand c'était Breen. Alors il essaierait d'une autre manière.

— Quand tu marches, tu as de l'assurance et de la grâce. Tu as de la force dans ton corps, des membres solides. Puis tu prends une épée et tu deviens maladroite.

— Ce n'est pas naturel. Ce n'est pas moi.

— Ce n'est pas toi, mais ça doit être une extension de toi, sinon, c'est toi que tu bats et non ton ennemi. Tu as fait de la danse.

— Euh, oui, j'ai pris des cours de danse classique, mais jusqu'à mes douze ans seulement.

— Pourquoi tu as arrêté ?

— J'étais... Ma mère disait que je ne serais jamais que moyenne, au mieux, et qu'elle ne pouvait pas y consacrer tout ce temps ou cet argent, comme elle m'élevait toute seule.

Il pensa à sa propre mère, qui n'aurait jamais rabaissé ainsi ses enfants. Et qui aurait plutôt rabaissé toute personne cherchant à le faire. Il passa outre sa compassion.

— À cet âge-là, ce que tu as appris reste dans ta mémoire musculaire. Alors utilise-le. Est-ce que tu peux... ?

Il fit tourner un doigt en l'air.

— Faire une pirouette ? Mais pourquoi ?

— Je suis ton prof. Si tu contestes, on perd du temps. Montre-moi.

Il refit son geste du doigt.

Elle se sentait déjà bête, mais entreprit de reposer l'épée et d'obéir.

— Non, avec l'épée.

Elle allait sans doute trébucher et s'empaler, mais elle se lança et tourna.

— Ton corps sait le faire. Encore. C'est bien. Tu connais d'autres figures. Montre-moi.

Elle les retrouva. Un petit jeté, une arabesque, et même quelques fouettés. Les bottes ne valaient pas des chaussons de danse.

— Donc aujourd'hui, le combat est une danse. (Et il se mit en place.) On va danser.

Il la fit travailler dur, mais cette fois-ci, elle estima que les bleus et meurtrissures étaient des insignes d'honneur. Une fois, elle le surprit et se surprit en ajoutant une pirouette à un coup d'épée, puis un coup de pied qui porta et arriva – sans beaucoup de force – sur le ventre de Keegan.

— Tu laisses ton corps penser. C'est mieux. Mais maintenant…

Il lui lança suffisamment de pouvoir pour la faire reculer.

— Qu'est-ce que tu fais ?

— Je ne sais p…

— Pare !

Il recommença.

— Arrête. Je ne sais pas ce qui est trop ou pas assez.

— Pare, insista-t-il.

Il lui envoya une décharge électrique des pieds au sommet du crâne.

Ce ne fut plus tant une réponse qu'une réaction. Elle leva la main. Leurs pouvoirs se rencontrèrent et se heurtèrent. La lumière éclata entre eux, formant des pluies d'étincelles et vrillant l'air.

— Pousse, maintenant. Tiens le coup. Ça vient de toi. C'est toi. Pousse.

Le pouvoir monta. Il courait en elle, courait hors d'elle, plus chaud, plus fort. Keegan l'égala et le repoussa jusqu'à ce que Breen tremble sous l'effort de tenir ainsi, force contre force.

— J'ai une épée à la main, lança-t-il par-dessus le son de leurs pouvoirs qui s'affrontaient. Je veux te tuer avec. Prends-la-moi.

— Comment ? Je suis un peu occupée, je te signale !

— Prends-la ou meurs.

De sa main libre, il brandit l'épée.

Elle y mit le feu, entièrement. Les pouvoirs qui s'affrontaient disparurent quand l'épée chuta à terre à grand bruit. Harken, venu regarder, s'élança, puis s'arrêta quand Breen bondit pour prendre le poignet de Keegan.

— Oh, c'est pas vrai. Oh, mon Dieu.

La marque de la garde était imprimée dans sa chair. Malgré son estomac qui se retournait, elle posa la main sur la sienne.

— Je suis désolée, vraiment, excuse-moi. Je…

Avant qu'il puisse dégager sa main, elle haleta et pâlit. Elle sentit la brûlure lui meurtrir la paume.

— Arrête. Pas si vite, pas aussi profondément. Regarde-moi. Regarde. (Il lui prit le menton, doucement, cette fois, pour accrocher son regard.) Retire-toi doucement. Lentement. La lumière guérit, mais pas en un éclair. Il faut y aller doucement, sinon tu risques trop, tu en prends trop.

Les yeux dans les siens, elle hocha la tête. Au début, elle ne fit que percevoir la différence, puis elle la sentit. Rafraîchissement, soulagement, relâche.

— Montre, murmura-t-elle en examinant sa paume. Elle est guérie. J'ai mis le feu à l'épée.

— Et c'est une belle façon de désarmer un adversaire. Mais c'est une bonne épée, donc éteins le feu.

Ce n'était pas très différent d'allumer un feu dans un foyer et de l'éteindre de la même façon.

— J'ai besoin de faire une pause.

— Tu m'as dit de te faire bosser dur, lui rappela-t-il. On a encore du temps avant que tu rentres.

— J'ai besoin de faire une pause, répéta-t-elle. Cinq minutes, merde ! Je t'ai fait mal, et c'est la deuxième fois. Ça n'a peut-être pas d'importance pour toi, dans ton monde macho à base de « Je suis le grand *taoiseach* », mais pour moi, c'est important. Et si c'était à toi que j'avais mis le feu ? Je ne peux pas faire ça avant d'apprendre à contrôler mon pouvoir.

Comme elle voulait ses cinq minutes, merde, elle s'assit par terre. Keegan s'accroupit devant elle.

Elle s'était bien débrouillée, mieux qu'il ne l'avait cru. Et il l'avait mal jugée.

— Je ne pensais pas que tu pouvais y arriver, donc la faute me revient autant qu'à toi.

— Tu te retiens parce que tu sais comment faire, du coup j'ai des bleus, mais rien d'autre.

— Ce n'est pas un plaisir pour moi de te laisser des marques.

— Ah, j'aurais pu y croire. Bref. Je ne peux pas y arriver si j'ai peur de mes pouvoirs. Si j'ai peur de commettre quelque chose d'irréparable.

— Je ne suis pas si facile à tuer. Mais on peut trouver un moyen. (Avec un haussement d'épaules, il s'assit en tailleur.) Je peux t'entraîner à être plus compétente à l'épée et avec ton corps.

Elle lui lança un regard sévère.

— « Compétente », c'est ton mot pour « moyenne » ?

— Avant aujourd'hui, tu étais au mieux moyenne. Tu t'es améliorée là-dessus, et tu progresseras encore, parce que je ne suis pas un mauvais prof comme tu le prétends. Tu dois acquérir ces compétences, mais ce ne sont pas tes vraies armes. Elles sont en toi, et tu le sais, ce qui te fait peur. C'est bien, car ce que tu as, comme moi, c'est grand. Si les mondes étaient comme nous le souhaitons, la lumière ne servirait qu'à la joie et à la beauté, à aider et à guérir. Mais les mondes ne sont pas tels que nous le souhaitons. Alors nous utilisons cette lumière pour protéger et combattre les ténèbres, et même tuer. Ils nous souffleraient comme la flamme d'une bougie. Est-ce qu'on devrait les laisser faire ?

— Non. J'ai vu… Dans une autre vision, j'ai vu ce qu'il faisait. Un garçon, rien qu'un jeune garçon, attaché à un autel. J'ai vu. On ne peut pas les laisser faire. Mais on ne donne pas une arme à un enfant. C'est ce que je suis encore. Une enfant avec une arme.

— Alors là, suffit ! s'écria-t-il. Tu as laissé trop de gens te persuader que tu n'étais pas prête ou pas capable. C'est un défaut que tu as. (Il se leva, puis lui agrippa la main pour la relever.) Mais on peut s'arranger avec l'inquiétude et la peur pour l'instant.

— Comment ?

— Avec un autre ennemi. Un adversaire que tu ne craindras pas de blesser.

— Je ne veux blesser personne.

— Attends.

Il étendit les mains avant de les lever, puis de les rabaisser. Encore. Encore. Dans le vent, il commença une invocation, les cheveux secoués. Breen sentit le sol trembler sous ses pieds.

— Ici je remue terre et cieux. Cinq gouttes d'eau seront pour eux. Et avec cette image je forme un adversaire. Feu, viens frapper pour sceller le sort jusqu'à ce que le spectre retourne en enfer.

Il lança les doigts en avant et en effet, le feu frappa. La fumée suivit. Et quand elle fut dissipée, un homme était là, épée à la main.

— D'où vient-il ? On ne peut pas fabriquer une personne.

— C'est un spectre. Suffisamment réel, mais pas vivant. Je lui ai donné le visage d'un ennemi pour… t'inspirer.

— Un ennemi ? Je n'ai… C'est celui qui m'a attaquée à côté de la tombe de mon père. Tu l'as tué,

— Tu as des oreilles ? C'est une image, un spectre, pas quelqu'un de vivant. Mais il peut bouger de la même façon qu'avant. Il peut combattre. Si tu ne le détruis pas avant, il disparaîtra au coucher du soleil, mais il constituera un outil d'entraînement de choix pour toi. Tu as peur de lui faire mal ?

— Non, mais…

— Alors bats-toi.

Keegan claqua des doigts. Le spectre bondit.

Il la tua trois fois avant qu'elle commence à trouver la moindre défense.

Puis il passa un bras autour d'elle, les ailes déployées, et la souleva de terre. Elle oublia que ce n'était pas réel et, dans son effroi, elle frappa. Son pouvoir atteignit le spectre comme une hache. Il s'évanouit en fumée et elle tomba, à bout de souffle, sur l'herbe.

— Et voilà ! dit Keegan en la relevant. Encore.

Et sur un geste de lui, le spectre se reforma.

— Comment tu as fait, sans sort ?

— Il s'est déjà matérialisé. Encore.

— Je veux que tu m'apprennes à faire ça.

— Plus tard.

En réponse, elle fendit l'air de sa main, transformant l'adversaire en fumée.

— Maintenant.

Ébahi, Keegan répondit :

— Eh bien, voilà du répondant. Tue-le encore deux fois – au combat – et tu auras l'ascendant. Je te montrerai comment refermer le sort.

— Et demain, tu me montreras comment faire apparaître un spectre.

— Entendu.

Il observa le combat. Elle ne brillerait jamais à l'épée, mais elle se débrouillerait. Oui, elle se débrouillerait. Et maintenant qu'elle ne retenait plus rien, elle faisait preuve d'une assurance qui lui avait manqué, d'une grâce qui lui allait bien. Vraiment, elle était presque intimidante, à sa façon étrange et intéressante.

La concentration, le contrôle, ils les travailleraient, voilà tout. Et pour Talamh, pour les Fey, et en l'honneur de son père, il l'amènerait à être vraiment intimidante et encore plus.

23

Pendant trois jours, Breen travailla de l'aube au lever de la lune, commençant de plus en plus tôt sa séance d'écriture pour consacrer davantage de temps à Talamh.

Il aurait été plus facile de dormir chez sa grand-mère, mais elle avait opté pour le plus dur, pour les moments seule et au loin. Pour passer du temps dans les deux mondes.

Son père avait fait ce choix aussi et à présent, elle comprenait à quel point ç'avait dû être atroce pour lui. Il avait renoncé à tant de choses pour elle, et malgré tout, il avait honoré ses devoirs envers les Fey.

Elle n'en ferait pas moins. Elle ne serait pas nulle.

Et si elle plaçait du romarin et un sachet ensorcelé supplémentaire sous son oreiller afin d'éviter rêves et visions, elle considérait que c'était par esprit pratique.

Sans un sommeil correct, elle ne pourrait assumer la charge de travail qu'elle avait choisi de s'imposer.

Elle dormait donc profondément quand son téléphone sonna à minuit moins le quart. Elle tâtonna pour le trouver, pensant à un appel de Marco.

— Oui, salut.

— Breen Kelly ?

Ce n'était pas lui. Le cœur battant, elle chercha la lumière. Quelqu'un était blessé ; quelque chose n'allait pas.

— Oui.

— Ici Carlee Maybrook, de l'agence Sylvan. Il est tard, j'espère que je ne vous dérange pas.

— Non. Pas du tout. Bonjour. (Elle ne savait pas du tout comment enchaîner.) C'est gentil à vous d'appeler.

— Je sors de réunion et je voulais vous contacter tout de suite. J'aurais très envie, ainsi que toute l'agence, de vous représenter auprès des éditeurs.

— Vous dites ? (Son estomac fit la voltige. Sa peau picotait.) Vous voulez ?

— J'ai adoré *Les Aventures magiques de Boulet* et je pense pouvoir le placer facilement auprès de la bonne maison d'édition. J'espère que vous en avez d'autres derrière. Vous tenez une série, Breen, et l'âge cible de votre texte adore les séries.

Elle entendait un mot sur deux environ à travers le bourdonnement dans ses oreilles. Boulet, réveillé par sa voix, se leva, s'étira et vint planter les pattes sur le bord du lit et regarder Breen avec adoration.

— Je… Vous voudriez être mon agente ?

— De mon côté, c'est l'idée. Je peux vous envoyer une liste de nos clients et répondre à toutes vos questions.

Des questions ? Elle aurait dû avoir une liste de questions, mais elle se souvenait à peine de son propre nom.

— Est-ce que je peux juste accepter directement et vous remercier ?

— Ça me va très bien, répondit son interlocutrice en riant. Je vais vous envoyer un contrat par e-mail. Lisez-le et rappelez-moi ou envoyez-moi un e-mail si vous avez un doute ou une question. Quand vous en serez satisfaite, signez-le et renvoyez-le-moi, et on commencera. Si vous écrivez autre chose, j'aimerais beaucoup le voir.

— J'ai commencé une deuxième aventure de Boulet, mais c'est seulement le début d'un premier jet, parce que… je suis sur un roman pour adultes, en fantasy. Ce n'est pas…

— Vous pouvez m'envoyer les premiers chapitres ?

Un cœur pouvait-il exploser ? Était-ce physiquement possible ?

— Vous voulez le voir ? Vraiment ?

— Oui, tout à fait. Vous avez beaucoup de talent, Breen. Vous avez une plume vive et sympathique, et ce Boulet est une pépite.

— Oui, murmura Breen en lui caressant la tête. C'est vrai.

— Je souhaite vous aider à construire votre carrière. On va faire des plans sur la comète, deux minutes. Je pense facilement pouvoir placer votre série jeunesse avec un premier contrat pour trois livres. Si votre roman adulte montre la même voix fraîche et la même approche de l'histoire et de la construction d'un monde, je ferai tout mon possible pour vous trouver le bon éditeur.

— Merci. Je ne m'attendais vraiment pas à aller aussi loin.

— Oh, je peux vous assurer que ce n'est que le début. Je vais tout détailler dans une lettre explicative pour que vous ayez tout par écrit, et j'y joindrai le contrat. N'hésitez pas si vous avez la moindre question. Et envoyez-moi vos chapitres.

— D'accord.

— Passez une bonne soirée, et à très bientôt.

— Oui. Merci. Au revoir.

Breen fixa le téléphone.

— Je ne rêve pas. Ça vient d'arriver. Ça vient d'arriver. (Elle sortit du lit pour étreindre le chien, tout joyeux.) Regarde ce que tu m'as donné ! (Submergée d'émotion, elle enfouit le visage dans le pelage bouclé.) Tu es une pépite. Ma pépite magyque. Mon amulette. Impossible de dormir, maintenant ! On va descendre, tu vas avoir droit à une friandise et je vais envoyer les chapitres. Faut que j'appelle Marco !

Elle sauta sur place.

— Non, non, je ne veux pas me porter malheur. Je ne le dis à personne. Pour l'instant, toi et moi sommes les seuls à être au courant, ma muse canine.

Elle lut le contrat, et dans son océan de joie, trouva chaque mot enthousiasmant. Tout en rédigeant l'e-mail d'accompagnement, elle but un verre de vin, autant pour son endormissement que pour fêter l'événement. Elle renvoya le contrat signé et, avec un stress mêlé d'espoir, joignit les deux premiers chapitres de son roman.

Elle devrait faire un tour au village pour pouvoir renvoyer le contrat imprimé, mais pour l'heure, elle sortit avec son verre de vin et le chien.

Elle goûta l'air frais de la nuit sur son visage et son avenir qui se déployait devant elle comme la mer.

Elle crut d'abord que les petits points clignotants dans le noir étaient des lucioles, puis comprit qu'il s'agissait de pixies. Venaient-elles tous les soirs, une fois qu'elle s'était endormie ? Faisaient-elles partie de sa garde, de sa protection ?

Elle était là, et à un kilomètre seulement, d'autres dansaient dans la nuit, dormaient dans leur lit ou berçaient un bébé agité.

Deux mondes, qui étaient le sien tous les deux. Comment arriverait-elle à jongler entre les deux ?

— Je dois trouver un moyen. Mais je ne vais pas le trouver ce soir. Allez, Boulet. Faut essayer de dormir.

Comme elle ne parvint qu'à sommeiller quatre heures et que ça se voyait, elle tenta son premier maquillage – non par vanité, mais pour éviter questions et inquiétudes.

Elle passa la matinée dans le monde à une lune, dans le monde où la magye restait invisible, puis partit pour la terre des Fey.

— Tu es distraite.

Avec Marg, Breen se tenait dans le cercle qu'elle venait de tracer. Elle avait allumé le feu sous le chaudron et sélectionné les ingrédients. Avec l'aide de Sedric – car elle était à peine capable de dessiner un bonhomme bâton –, elle avait réalisé l'image de l'athamé qu'elle allait se créer.

Certains outils, lui dit Marg, pouvaient et devaient passer de main en main pour être donnés. D'autres devaient être fabriqués par celui qui allait l'utiliser.

— J'ai commis une erreur ?

— Pas du tout, mais je vois ton esprit partir ailleurs. Tu as dit que tu n'avais pas rêvé.

— Non. Mais je n'ai pas dormi longtemps. J'ai écrit tard.

Ce n'était pas un mensonge, puisqu'elle avait écrit la lettre d'accompagnement et un bref synopsis pour aller avec les deux chapitres de son roman.

— Tu es exigeante avec toi même.

— Tu trouves ?

— Ma chérie, reprit Marg en lui caressant le bras. Tu as tes livres, et c'est du travail. Tu me demandes de te faire travailler plus dur et je le fais. Tu demandes à Keegan de t'entraîner plus dur et il le fait. Je le sais, parce que Morena regarde souvent.

— C'est ma pom-pom girl.

— Et elle m'a dit que tu avais bien progressé dans ce domaine, mais non sans mal. Tu devrais t'octroyer une journée de joie.

— Ça me donne de la joie, ça. Ce que tu m'enseignes. Je ne peux pas prétendre retirer de la joie de mes séances avec Keegan, mais de la satisfaction, oui. Hier, j'ai détruit deux spectres de démons. Un par un, mais je les ai eus.

Elle hésita, puis exprima sa pensée.

— Cet aspect-là, le fait de se battre, c'est encore irréel pour moi. Comme jouer à la bagarre un peu fort, et je n'aime pas y participer. Mais ce que je fais là, avec toi, c'est aussi naturel que de respirer.

— Alors respire, *mo stór*, et lance le sort.

Il était complexe, l'avait avertie Marg, exigeant précision et concentration.

Chassant tout le reste, elle tranquillisa son esprit, ouvrit son cœur. Et ce fut naturel, comme la pluie, comme le soleil. Et elle y attachait de l'importance.

— D'abord l'argent extrait par les trolls qui vont là où dorment les dragons, dit-elle en glissant sept billes du métal dans le chaudron. Et de sept en ressortira un.

» Pour la lumière et la force, des pierres rechargées à la lueur des lunes, et pour la sagesse, trois runes. Mêlez-vous maintenant dans mon chaudron. Une plume de colombe, symbole de la paix, et pour la beauté, de la bruyère de la lande. Que ce que j'ai commencé bouillonne et tournoie.

Elle recula pour attraper l'athamé de sa grand-mère.

Elle se sentait sortie d'elle-même, au-delà d'elle-même, et pourtant plus centrée sur son être qu'elle ne l'avait jamais été.

— Fumée, élève-toi, blanche, pour porter mes mots dans la lumière. Une seule goutte de mon sang pour sceller ce sort, et trois fois je sonne la cloche. Et enfin, cette image désirée, je la jette dans le feu sacré. Brûlé vif dans la lumière, et mon sort est terminé.

» Ce qui vient, j'en userai fidèlement. Tel est mon vouloir, qu'il en soit ainsi.

Elle fit trois fois le tour du chaudron avant d'éteindre le feu.

— Tu resplendis. (Les larmes de fierté et d'amour troublaient la voix de Marg.) À cause du pouvoir, mais aussi à cause de la joie. Prends ce qui te revient, enfant de mon enfant, enfant des Fey, sang de mon sang. Et sache que tu as fait tes preuves aujourd'hui.

Breen tendit la main et sortit le poignard du chaudron. L'inscription en ogham sur la lame disait « courage ». Sur la garde, dans le cercle central du quintuple symbole, une pierre cœur de dragon brillait, rouge et unique.

— Il est magnifique. Je n'avais jamais pensé qu'un poignard pouvait être magnifique, mais il l'est. Je sens qu'il m'appartient.

— C'est le cas.

Encore sous l'effet du sort, Breen retourna l'athamé dans sa main.

— Nan, il y a un dragon gravé au dos de la lame. On n'avait pas dessiné ça. C'est toi qui l'as ajouté ?

— Ah, non. (Marg posa la main sur le poignet de Breen et examina le dragon en vol.) C'est un cadeau des dieux. Tu t'es très bien débrouillée. Allez, referme le cercle. Tu vas manger avant d'aller retrouver Keegan.

Et sa grand-mère la serra dans ses bras. Breen se sentit non seulement recentrée, mais aussi aimée.

Du sublime au douloureux, se dit-elle plus tard en se dirigeant vers la ferme. Elle fit une pause, une main sur la tête de Boulet, pour regarder le faucon qui s'élevait dans les airs.

Elle sentait Boulet vibrer sous sa main, l'entendait penser : « Ne t'arrête pas. Allons-y. Chien, enfants, youpi. »

— Vas-y, dit-elle en le caressant. Je te rattraperai.

Deux dragons planaient, l'un couleur argent poli, l'autre d'un vert tendre. Tous deux portaient un cavalier. Elle les envia tout en étant satisfaite d'avoir les deux pieds sur terre.

Pendant qu'elle regardait, Morena vint à sa rencontre.

— Ils sont incroyablement beaux.

— Et courageux, avec ça. Ils sont en reconnaissance. Je crois que c'est Deaglan et Bria Mac Aodha – Magee, si tu veux. Ils sont jumeaux. Tu ne dois pas les avoir déjà vus parce qu'ils vivent plus près de la Capitale que d'ici. Comment ça s'est passé avec ta grand-mère, aujourd'hui ? demanda-t-elle alors qu'elles se mettaient à marcher.

— C'était génial, surtout à la fin. J'ai fabriqué un athamé, raconta Breen en le dégainant. J'allais le laisser à l'atelier, mais Mamie m'a conseillé de le porter à ma ceinture une journée. Pour créer un lien.

— Bien sûr. Tu as vraiment créé ça ?

— Il y a une heure environ. Je suis encore en plein pic d'adrénaline.

Morena secoua la tête quand Breen le lui tendit.

— Aujourd'hui, il ne doit connaître que ta main. Il est brillamment réalisé, c'est la vérité. La plupart des sorciers n'atteignent pas ce niveau d'alchimie avant des années d'étude et de pratique.

Elle couva Breen d'un regard scrutateur.

— Tu peux être très fière de toi, tout comme doit l'être Marg.

— Je suis plutôt très heureuse. J'ai passé une super journée. Et maintenant, tu peux venir me regarder, je vais me faire rabattre le caquet plusieurs fois.

— Pas si sûr, parce que tu as du répondant. Mais je ne peux pas venir te voir aujourd'hui. Déjà, j'ai vu Keegan seller les chevaux, donc vous allez sûrement quelque part. Et j'ai aussi promis à Harken de l'aider à tondre la prochaine série de moutons. Au secours. Ne jamais rien promettre à un homme quand on est encore sous lui, tout amollie, chaude et pleine de sensations.

— Je retiens, si jamais il m'arrivait de nouveau de me retrouver dans une telle situation.

Morena lui assena un coup de coude.

— Je t'ai dit, tu n'as que l'embarras du choix.

— Tous les soirs, quand Keegan en a terminé avec moi, je n'ai plus l'énergie pour les sensations. Bon courage pour les moutons.

— Pff !

Elles se séparèrent, Morena partant vers les champs, Breen vers l'écurie. Elle n'eut pas à aller loin avant de trouver Keegan, qui se dirigeait vers elle avec les deux chevaux.

— Tu as besoin de plus de pratique en équitation.

— Bonjour à toi aussi, et je serai ravie de monter à cheval. (Elle caressa son hongre habituel pendant que Boulet les rejoignait.) Ça m'a manqué.

— On verra si tu dis la même chose tout à l'heure, répondit-il en lui tendant une ceinture avec une épée. Tu vas devoir apprendre à te battre et à te défendre à cheval.

— Oh.

Le plaisir anticipé décrut considérablement, mais elle entreprit d'enfiler la ceinture.

— Qu'est-ce que c'est ? demanda Keegan en désignant son fourreau.

— La raison pour laquelle tu ne pourras pas me gâcher la journée. Cet après-midi, j'ai forgé mon athamé.

Il lui fit signe de le lui montrer et elle le dégaina. Comme Morena, il s'abstint de le toucher, mais prit le poignet de Breen pour le retourner et l'examiner sous tous les angles.

— Tu as fait le sort toi-même ?

— Pas le dessin. Je suis nulle, donc c'est surtout Sedric qui l'a fait, mais le reste, oui. Hormis le dragon. Il n'était pas sur le dessin, mais il apparaît sur la lame.

— Alors il n'y est pas par hasard. (Il releva les yeux sur son visage.) C'est du bon travail. Mieux que bon. Tu as bien choisi tes symboles.

Il se mit en selle, attendit qu'elle rengaine et l'imite.

— Si tu n'as pas de destination précise en tête, est-ce qu'on pourrait aller aux ruines ? Les Pieux ? demanda Breen. Je ne suis pas retournée sur la tombe de mon père depuis le premier jour.

— C'est une chevauchée comme une autre.

— Si on doit travailler avec un spectre, j'aimerais essayer d'en faire apparaître un moi-même. Je suis sur ma lancée, là.

— On verra.

— J'ai vu des dragons avec leurs cavaliers continua-t-elle pendant qu'ils amenaient les chevaux sur la route. Morena a dit que c'étaient des éclaireurs.

— Oui.

Il leur avait parlé avant qu'ils partent pour l'Est. Sous peu, il devrait faire la même chose, et avec Mahon.

Non seulement cela éloignait le partenaire d'Aisling, le père de leurs enfants, alors qu'elle en portait encore un, mais cela laissait sur ses épaules et celles de Harken tout le travail de la ferme.

Il en était très ennuyé, comme il l'était et le serait toujours.

— Morena aide Harken à tondre les moutons. Est-ce que…

— On va parler moins et chevaucher plus.

Merlin s'élança dans un galop.

Breen leva les yeux au ciel, mais elle le suivit.

C'était très différent de se faire secouer dans une carriole derrière un cheval de trait. La vitesse gardait son charme, mais ne lui donnait pas le temps de profiter du paysage, et elle s'inquiétait que Boulet prenne trop de retard sur eux.

— Il faut qu'on ralentisse, on va trop vite pour le chien.

— Dis-lui où on va.

— Je ne me souviens pas de l'itinéraire.

— Mais merde, à la fin ! (Il ralentit, mais ne passa qu'à un petit galop.) Mets-lui l'image dans la tête. Il y est allé avec Marg, il trouvera son chemin.

— Je ne vois pas comment tu veux que je fasse tout ça en même temps.

Mettant le chien et son bien-être avant le reste, elle passa au pas. Quand il la rattrapa, elle fit surgir le souvenir du cimetière, de la grande ruine en pierre, du champ rempli de moutons, tout ce qu'elle pouvait se rappeler, pour les pousser vers Boulet.

Il remua sa mince queue et partit devant, à sa manière toute joyeuse.

— Ce sera peut-être une trop longue marche pour lui. J'aurais dû le laisser chez Nan.

— Mais par tous les dieux, il descend de chiens démons ! Il n'y a aucun besoin de le dorloter. Et tu vois, il gagne du temps et de la distance en quittant la route. Il n'est pas idiot. Maintenant, sers-toi de tes genoux, prends les rênes dans une main et dégaine ton épée.

Quand Keegan brandit la sienne, Breen s'approcha dangereusement de l'une des crises de panique qui la prenaient auparavant.

— Non, attends.

— Un ennemi n'attend pas, il cherche les faiblesses. Et c'est ce que tu montres. Défends-toi !

Il la tua avant qu'elle ait sorti son arme.

— Les rênes à gauche, l'épée dans la main droite. Encore.

Elle dégaina son épée, mais lâcha les rênes. Keegan les lui remit en main à distance.

— Je veux apprendre à faire ça. Comment tu t'y es pris pour les relever ?

— Par la volonté. Arrête de parler et défends-toi. Utilise tes genoux pour guider le cheval.

Elle essaya, parvint même à parer faiblement, mais le coup perturba son équilibre et la fit tomber de selle. Elle sentit alors une poussée d'air, comme une main, qui la remettait d'aplomb. Elle avait envie de lui demander comment il avait fait, mais elle ne pouvait reprendre son souffle. Et il la tua encore une fois.

Elle s'assit, hors d'haleine, sous un joli ciel d'été, essayant de dégager ses cheveux qui lui tombaient dans les yeux, sous le regard noir de Keegan.

— Lamentable. Ton assiette, ton bras, ta concentration. Ton cheval est une arme aussi, mais tu ne t'en sers pas. Bon, puisqu'on a laissé de l'avance au chien, allons-y.

Rengainant son épée, il fit tourner son cheval, puis la laissa dans la poussière qu'il soulevait.

Elle allait se plaindre. Elle avait appris à monter sur un cheval seulement quelques semaines auparavant. Et elle avait tenu une épée pour la première fois plus tard encore.

Mais cela lui rappela que le temps venait à lui manquer. L'été n'allait pas durer pour toujours.

Outragée, elle fit repartir sa monture au galop. Elle n'aurait jamais rattrapé l'étalon, mais Keegan avait juste assez ralenti l'allure.

On va voir si ça te plaît.

Elle rassembla les rênes et prit l'épée.

— Défends-toi ! cria-t-elle.

Plus tard, elle reconnaîtrait qu'elle l'avait complètement pris au dépourvu, et malgré tout, son épée sembla voler. Les rênes en main, Breen attaqua – mais avec son pouvoir.

L'assaut fit reculer l'épée de Keegan juste assez pour qu'elle suive avec la sienne.

Pour un homme mort, il avait un sourire gigantesque, songea-t-elle, souhaitant le maudire de lui donner envie de lui sourire en retour.

Elle aimait le fait d'être énervée.

— Beaucoup moins lamentable, commenta-t-il.

Loin d'être radoucie, elle rangea son épée et partit devant.

— Il fallait tourner ! lança-t-il, un rire dans la voix.

— Boulet, t'exagères, merde, marmonna-t-elle.

Sa sortie étant compromise, elle rebroussa chemin et suivit Keegan.

Elle mourut encore trois fois lors du voyage, dont une sous les joyeux applaudissements d'un bambin blond qui s'agitait sur la hanche de sa mère.

Elle fut touchée de trouver le chien allongé à côté du massif qu'elle avait contribué à planter sur la tombe de son père. Il se redressa à leur approche, mais resta en place.

— J'emmène les chevaux boire. Ils ont soif, et tu voudras un moment seule avec ton père.

D'abord le sourire, et maintenant une simple gentillesse. Tout espoir de faire revenir sa colère s'était évanoui.

— Merci.

Elle descendit de monture et remit les rênes à Keegan.

— Cette zone est bien surveillée maintenant, donc tu ne devrais pas avoir de souci.

— Bien.

— Mais ne sois pas lamentable. Allez, le chien, viens, dit-il en claquant des doigts. Tu pourras te baigner dans le ruisseau.

Il la laissa donc face à la tombe aux fleurs épanouies, joli tapis devant la pierre.

Pendant un moment, elle resta dans la douce brise, se recentrant et rassemblant ses pensées.

— J'en sais davantage sur ce que tu as fait et pourquoi. Beaucoup plus. Nan m'apprend des choses et je ne renoncerai plus jamais à cette partie de moi. La partie que tu m'as transmise. J'aimerais pouvoir te parler, te parler vraiment comme avant. Je comprends les raisons pour lesquelles tu ne m'as rien dit, mais maintenant que je sais…

S'accroupissant, elle passa les doigts sur le nom de son père.

— Ton cœur était dans deux mondes à la fois. Je crois… non, je sais que c'est la même chose pour moi maintenant. Et le devoir, des deux côtés.

Se redressant, elle regarda en l'air : les pierres dans l'herbe, les collines alentour. Elle entendait le vent murmurer dans la verdure, se faufiler dans les ruines où, autrefois, les Pieux marchaient.

Des moutons bêlaient et Boulet aboyait joyeusement.

— Tu n'aurais jamais quitté Talamh si ce n'était pas pour moi. Ton cœur n'a jamais été de l'autre côté, mais moi, je l'étais. Mon Dieu, je ne veux pas te laisser tomber. Je vais essayer de tout mon être de ne pas te décevoir.

» Je t'aime, chuchota-t-elle. Tu me manques. Je ne suis pas la seule à qui tu manques, ajouta-t-elle.

Elle regarda vers le ruisseau où Keegan, dos à elle, faisait boire les chevaux. Elle fit le tour des tombes et dépassa la ruine qui la faisait frissonner.

Elle jeta un coup d'œil au vieux bâtiment et à son ouverture. Large, nota-t-elle, imaginant les deux portes massives qui avaient dû la fermer.

Enfermer ce qui marchait à l'intérieur.

Quelque chose y marchait encore. Elle le sentait dans ses os.

Elle garda ses distances en allant retrouver Keegan.

— Je m'occupe des chevaux. Tu dois vouloir un moment, toi aussi.

Au début il ne dit rien, la regardant juste à sa manière bien à lui, directe et inquisitrice.

— En effet. Je te remercie.

Il lui tendit les rênes.

— Il y a un cerf, un grand de douze cors, derrière les arbres là-bas, un peu au sud. Il bougera peut-être assez pour que tu le repères. Il est magnifique.

Il connaissait le picotement à l'échine près de la ruine, car il l'avait ressenti bien des fois auparavant. Il connaissait tout autant les murmures qui résonnaient entre les arches, le long de la courbe des marches.

Il connaissait le pouls ressemblant à celui d'un cœur, dans l'air.

Et parfois, il tremblait quand à travers ce pouls lui parvenaient les cris des torturés et les suppliques sans réponse pour être épargné.

Un autre jour, il y serait entré, et avec Breen pour savoir ce qu'elle ressentait, ce qu'elle entendait.

Mais ce ne serait pas pour aujourd'hui.

Il vit que malgré le ciel toujours dégagé, les nuages et la grisaille s'amassaient au nord. Une tempête allait se déclencher dans la nuit.

Cela ne le dérangerait pas.

Il soupira en regardant la tombe d'Eian.

— Elle s'en tire mieux que je ne le pensais. Elle a encore beaucoup à faire, c'est une certitude, mais elle se débrouille mieux. Et encore mieux quand elle se souvient qu'elle a une fierté et du courage. Je me souviens de sa mère, mais je crois que celle qui l'a élevée de l'autre côté a changé. J'en suis désolé. Pour toi, pour Breen, mais c'est ainsi, non ?

» Par les dieux, Eian, je donnerais un bras pour recevoir tes conseils. Cette saleté de politique pourrait rendre marteau un homme sain d'esprit. Je dois amener ta fille à la Capitale quand elle sera prête. Et ce qu'ils penseront d'elles, je n'en sais rien.

Il la regarda ; elle se tenait comme lui avant, dos au cimetière.

— Elle est pleine de surprises, ta fille. Je trouve son pouvoir mûr à un moment, et le suivant il est comme neuf. Mais je peux t'assurer qu'elle ne s'arrête pas. Une fois qu'elle s'est décidée, elle continue, c'est déjà bien.

Comme Breen, il se baissa pour passer le doigt sur les lettres.

— Je ne peux pas te faire défaut. C'est ma plus grande peur, te faire défaut. Je te fais le serment, d'un *taoiseach* à un autre, d'un homme à un autre, de Fey à Fey, que je donnerai ma vie pour la protéger. Pas seulement parce qu'elle est la clé, mais parce qu'elle est de ton sang.

Se relevant, Keegan mit ses mains dans ses poches.

— Elle est très belle. J'ai essayé de ne pas le remarquer, mais j'ai des yeux pour voir. Quand ce courage apparaît, elle est la plus belle femme que j'aie vue. Voilà. Sois en paix.

Il retourna voir Breen.

— J'ai vu le cerf, l'informa-t-elle sans se retourner. Il est splendide. Je me suis demandé comment on reconnaît que c'est un cerf ou un cerf-garou.

— Les Fey reconnaissent les Fey, et personne n'encocherait une flèche avant d'avoir vérifié. Ceux de l'extérieur qui vivent parmi nous ne chassent qu'avec quelqu'un des Fey parmi eux. C'est la loi.

— Et c'est toi qui la fais.

— Les lois sont édictées par le Conseil, dont le *taoiseach* fait partie. Une telle loi perdure depuis un millier d'années, et perdurera mille ans de plus. Mais nous ne sommes pas là pour parler politique et législation. Nous sommes là pour que tu t'entraînes. Le champ d'en face sera très bien.

Quand il prit les rênes pour mener les chevaux, elle lui emboîta le pas.

— Si je ne connais pas les lois, je pourrais en enfreindre.

Il tourna la tête, et elle discerna dans son expression plus d'amusement que d'impatience. Peut-être.

— Tu as l'intention de tuer quelqu'un qui n'est pas ennemi de la lumière ? De prendre ce qui n'est pas à toi ? De nuire délibérément à quelqu'un ou à ce qu'il possède ? De violer quelqu'un ? De maltraiter un animal ?

— Rien de tout ça ne figure dans mes projets actuels. C'est tout ?

Il posa des pierres sur les rênes, laissant les animaux libres de paître au bord de la route qu'ils venaient de traverser.

— Certaines lois des tribus sont reconnues par tous. Jeter un sort, utiliser la magye pour faire du mal, pour voler, etc.

— Quelles sont les condamnations ?

— Elles doivent être adaptées au crime.

— Mais comment en décidez-vous ?

Il évita de soupirer ou de jurer, comme il aurait sans doute aimé le faire. Parce qu'elle avait raison. Elle devait savoir.

— Pour les petits délits… les disputes entre voisins, artisans, amants… une audience se tient avec moi, ou ma mère à ma place, et nous rendons un jugement.

— Et pour des choses graves ? Le viol, le meurtre ?

— Nous sommes pacifiques. (Il regarda les champs alentour, vit un jeune garçon et son chien qui gardaient des moutons.) Les crimes sont rares. Si rares que je n'ai jamais tenu d'audience ni rendu de jugement dans de tels cas. Et j'en remercie les dieux, car ils sont punis par l'exil. Si je juge l'accusé coupable, il est envoyé dans le monde de l'obscurité. Certains affirment que la mort est plus clémente, et il se pourrait qu'ils aient raison.

— Mon père a-t-il déjà banni quelqu'un ?

L'impatience commença à se manifester.

— Pourquoi tu ne le sais pas ?

— Parce que personne ne m'en parle, répondit-elle en gardant les yeux dans les siens. Est-ce que toi, tu peux me le dire ?

Keegan désigna le muret, où ils s'assirent. Il regarda le garçon. Le chien. Les moutons. La brise portait le chant du garçon, doux et clair.

— Voilà qui nous sommes, dit-il avec un geste vers le garçon. Nous nous occupons de la terre, des animaux, les uns des autres. Nous honorons nos dons et épousons la lumière. Mais certains ont les ténèbres en eux. Quand tu as été enlevée, puis ramenée, nous avons su qu'Odran avait reçu de l'aide. Yseult et trois autres personnes. Deux ont essayé de se cacher au grand jour. Tu sais ce que ça signifie ?

— Oui.

— Lorsque leur complicité a été découverte, ils ont été gardés prisonniers pendant que ton père et les compagnons de son choix poursuivaient les autres. Yseult et le troisième se sont échappés. Elle a réussi à partir, mais le troisième, Eian l'a retrouvé.

— Il… il l'a tué ?

Keegan la regarda, inclina la tête en entendant l'horreur que trahissait nettement sa voix.

— Je ne doute pas que la tentation ait été grande. Mais il était *taoiseach*, il représentait la loi. On dit que l'homme s'est rendu. Ultan, il s'appelait, et tu ne trouveras plus personne qui porte ce prénom. Il est possible, voire probable, que personne n'en aurait voulu au *taoiseach* s'il avait mis fin aux jours du coupable, mais Eian O'Ceallaigh représentait la loi.

Comme c'était étrange et merveilleux, se dit Breen, d'être assise là, sur un muret de pierre, au soleil et à la brise estivale, avec un homme qui portait une épée comme d'autres une mallette. D'entendre sa voix, si tranchante souvent, passer à la musique du conte.

Et l'histoire qu'il lui racontait était la sienne. La sienne et celle de son père.

— Qu'a-t-il fait ? Mon père ?

— Il a ramené Ultan à la Capitale, où a eu lieu le procès des trois capturés. Comme mon père avait été tué et qu'ils étaient complices, ma mère nous y a emmenés pour nous montrer le fonctionnement de la justice et des lois.

Veuve avec trois jeunes enfants, pensa Breen. En plein deuil, forcément.

— Ça a dû être très dur pour elle. Horrible.

— Ma mère est forte. Et avisée. C'était plus facile de voir le *taoiseach* occuper le fauteuil de la Justice, d'entendre la sentence, de voir les lois fonctionner.

— Deux des coupables ont supplié, pleuré, prétendu qu'ils avaient été ensorcelés. Mais il existe des manières de connaître la vérité là-dessus, et ils avaient menti. Ultan, croyant de l'aile radicale des Pieux, restait défiant. Odran était un dieu, et en tant que dieu, il était un vrai dirigeant, détenait la vraie loi. Et il pouvait faire de l'enfant – toi – ce que bon lui semblait. Tu étais une aberration, un mélange, ni pure ni naturelle.

— C'est leur façon de penser ? Aux Pieux ?

— C'est ainsi que beaucoup en sont venus à penser. (Il regarda la ruine derrière eux.) Et ceux qui ne croyaient pas à la même chose qu'eux étaient tués, torturés, réduits en esclavage, le tout au nom des dieux – celui qui faisait l'affaire. C'est une marque sanglante et honteuse sur notre histoire. La plupart ont disparu depuis des centaines d'années. C'est une histoire qui attendra un autre jour.

— D'accord. Est-ce que ma mère est allée au procès ?

— Eian l'avait emmenée ainsi que toi à la Capitale pour votre sécurité, mais elle est restée confinée dans les chambres avec toi.

— Contrairement à ta mère.

— Je ne connais personne comme elle.

Dans le léger sourire qui accompagna ses propos, Breen vit l'amour.

— Le procès a duré une semaine entière, parce que les crimes et le châtiment étaient corsés. Nous avions des chambres dans le château, nous aussi. Un jour, ton père t'a emmenée et tu es restée avec nous. Pour te sortir un peu, je pense, mais aussi pour nous montrer pour qui notre père était mort.

— Tu avais quel âge ?

— J'étais assez vieux pour remarquer que tu t'accrochais beaucoup à Eian. Mais quand ta mère t'a tendu les bras, tu es allée vers elle. Tu lui as caressé les cheveux, comme pour la réconforter. Et je m'en souviens bien, parce que tu l'as effectivement consolée.

— Certaines choses me reviennent par flashs et bribes floues. Mais ça, je n'en ai aucun souvenir.

— Nous, si, dit-il simplement. Le jour du jugement, ton père nous a dit à tous que les trois accusés avaient apporté les ténèbres à Talamh. Ils avaient conspiré avec un dieu déchu et condamné pour voler le bien le plus précieux qui existe : une enfant. Conspiré pour lui faire du mal, et même la tuer, alors que nous sommes tenus, par tous les moyens possibles, de tout faire pour assurer la sécurité de nos enfants, prendre soin d'eux, leur apprendre ce qui est bien et ce qui ne l'est pas, et leur donner amour et joie.

» Par ce péché ultime, ils avaient envoyé à la mort des femmes et des hommes bons, et endeuillé des familles. En disant cela, il m'a regardé non avec colère, mais avec chagrin.

Keegan s'interrompit un instant.

— Je me souviens de ce regard. Dedans, j'ai vu que notre deuil était le sien et, en plus, la tristesse de la sentence qu'il devait rendre par devoir. Les trois personnes ont donc été bannies, et quand le *taoiseach* a abattu son bâton pour confirmer le jugement et mettre fin au procès, il n'y a eu aucun son, pas un mot.

Le petit berger atteignit le haut de la colline et disparut de leur vue.

— Je croyais que j'aurais un sentiment de triomphe. Mon père était vengé et j'aurais dû avoir un sentiment de triomphe. En fait, j'ai ressenti une sorte de soulagement et, en regardant Eian, j'ai pensé que c'était dur de diriger, d'être celui qui juge. Et même si le jugement était bon et juste, j'ai appris ce jour-là que souvent, il n'y a pas de joie dans le bon et le juste. Que je ne voudrais jamais m'asseoir dans ce fauteuil et tenir le bâton.

— Et maintenant, c'est ce que tu fais.

— Ce paradoxe ne m'a jamais échappé, répondit-il avant de se lever. Maintenant, tu sais, je t'ai raconté l'histoire aussi bien que je le pouvais.

— J'apprécie beaucoup que tu l'aies fait, dit-elle, quittant elle aussi le muret. Tu m'as aidée à le voir, ici. J'ai de petites réminiscences de lui à Talamh. Il me porte dans un champ à la ferme, il joue d'un instrument au coin du feu. Mais de manière générale, je me souviens de lui de l'autre côté.

— De rien. Et maintenant…

Il commença à faire apparaître un spectre.

— Attends. (Pas même une minute pour calmer ses émotions !) Je veux en faire apparaître un.

Il continua de former une gargouille aux dents et aux serres effilées.

— Tue d'abord celui-ci.

24

Le temps passant, Breen consacra toute son énergie à l'amélioration de ses savoirs, l'apprentissage de la sorcellerie, la focalisation de son pouvoir. Jour après jour, dans l'épuisement.

Elle passa quelques agréables heures d'une journée pluvieuse dans l'atelier de Marg à fabriquer des amulettes, des potions et des baumes. Le feu crépitait, rouge et or, l'air était chargé de parfums et elle sentait son pouvoir battre comme un pouls, naturel et régulier.

Elle imagina qu'avec le déluge Keegan allait soit annuler leur séance, soit la faire se tenir en intérieur.

En fait, il l'attendait, trempé et sans capuche, à l'endroit habituel.

— Tu es en retard.

— Il pleut.

— Ah oui ? Envoie le chien chez Aisling, les enfants seront contents.

Elle regarda Boulet, qui lui lécha la main avant de détaler.

— Comment tu lui as dit ? demanda-t-il.

— J'ai pensé.

— Bien.

Il se détourna et, soigneusement, fit apparaître trois spectres.

— Trois à la fois ? Je ne peux pas…

D'un doigt levé, il lui demanda le silence.

— Arrête de parler. Ils vont rester tels quels pendant que tu apprends. Pour l'un, le pouvoir, pour le suivant, l'épée, pour le troisième, les pieds et les poings. Choisis, et choisis bien.

Résignée à dire adieu à une journée libre et une visite à Morena et ses grands-parents, elle ramassa son épée.

Elle avait face à elle une femme, plutôt dodue, au visage agréable, un chien démon et, lui sembla-t-il, un elfe.

Le chien étant celui qui l'inquiétait le plus, elle lui envoya une énorme dose de pouvoir tout en chargeant l'elfe, qu'elle élimina à l'épée. Mais quand elle se retourna pour donner des coups à la femme, celle-ci se transforma en ourse, aux longues griffes acérées et aux dents pointues.

— Oh, merde !

Elle donna un coup de poing en visant le milieu du corps pour éviter les attributs tranchants. Et ce fut comme taper dans un mur : le mur ne sentait rien, mais sa main lui fit un mal de chien.

— Mauvais choix.

Ses cheveux tombèrent sur son visage en un amas mouillé et désordonné. Dégoûtée, sur la défensive, elle les repoussa.

— Je me suis d'abord occupée de la plus grosse menace et de l'elfe presque simultanément, parce qu'il allait être rapide. C'est avisé. Et elle avait l'air d'une laitière d'âge mûr.

— Tu crois que les choses sont toujours comme elles le paraissent ? fit-il en donnant de petits coups sur la tête de Breen. Tu es Fey, mais tu n'as pas regardé.

— Je ne sais pas comment on fait.

— N'importe quoi. Tu as su pour l'elfe.

— Oui… J'ai senti, plutôt.

— Tu l'as reconnue. Alors.

Il évacua les trois spectres pour en faire apparaître trois autres, d'apparence ordinaire. Deux femmes, l'une aux cheveux gris portant un panier de pommes, une jeune en robe rose et tablier blanc, ainsi qu'un homme au sourire charmeur et à l'opulente chevelure brun doré.

— Regarde. Vois. Agis.

— Je…

— Vite !

Sa voix coupante la fit réagir et cette secousse libéra peut-être quelque chose, mais elle regarda, vit et agit.

— Sorcière, dit-elle en frappant la vieille femme de son pouvoir. Garou, poursuivit-elle en éliminant d'un coup d'épée l'immense cerf qui avait remplacé l'homme, avant de projeter la jeune femme d'un pied dans le torse. Fée.

— Bien.

Il les fit disparaître et en matérialisa d'autres, encore et encore, comme s'il disposait d'une réserve sans fin.

— Bien, conclut-il en dissolvant le dernier trio. Demain, l'un d'eux bougera.

Essoufflée, dégoulinante, elle se pencha pour s'arc-bouter à quatre pattes.

— Un seulement ?

— Pour l'instant.

Elle s'en préoccuperait le moment venu. De toute façon, tenter de contester Keegan, c'était gaspiller de la salive et du souffle – ce dont elle manquait actuellement.

— D'accord.

Elle allait reposer son épée, mais il prit la sienne.

— Et là, c'est moi qui bouge.

Trempée jusqu'aux os, elle le dévisagea.

— Tu n'as pas envie d'une bière au coin du feu ?

— Si, et j'en prendrai une. Quand on aura fini. Défends-toi.

Elle para. C'était surtout parce qu'il n'y allait pas fort, elle en avait conscience. Et elle savait aussi que cette petite courtoisie ne serait pas éternelle.

Elle essaya d'ajouter un coup de pouvoir en douce, mais il le bloqua et lui lança une décharge à son tour.

Comme ç'aurait été un coup mortel, elle recula pour le reconnaître.

— Je me bats sous des trombes d'eau depuis presque une heure, se plaignit-elle. Et toi, tu arrives tout frais.

— Comme un ennemi pourrait le faire.

Elle se battit. Elle n'avait jamais vaincu Keegan. Elle avait réussi à placer des coups, quand il n'essayait pas vraiment, ou la fois où elle l'avait pris par surprise à cheval.

Mais en gros, son objectif avec lui était de rester vivante et debout aussi longtemps que possible.

Ce serait agréable, vraiment, de réussir à l'abattre. Avec du savoir-faire, de la ruse, du pouvoir.

Elle commença par la ruse, feignant plus de lassitude qu'elle n'en ressentait. Progressivement, il retint davantage ses coups. Parant faiblement, soufflant plus fort qu'elle n'en avait besoin, elle rechercha une faille.

Elle lança alors pouvoir et épée en avant au même moment, et vit qu'elle avait perturbé son équilibre. Quand elle s'approcha pour donner le coup mortel, il frappa en retour, mais elle para.

Et, ravie, elle tourna trop vite et glissa sur le sol boueux. Un juron aux lèvres, elle heurta Keegan.

Ils tombèrent tous les deux à terre.

Il la retint pour pouvoir amortir sa chute. Avant qu'elle puisse lui en être reconnaissante, il la retourna et porta l'épée à sa gorge.

— Encore une fois, tu es morte.

— Et trempée, et boueuse. J'ai dérapé.

— Tu t'imagines que les combats n'ont lieu que par des journées ensoleillées sur un sol sec ?

— Je n'ai jamais fait de combat. Je n'avais pas d'ennemis, avant.

— Tout change. (Il ôta son épée, mais pas son corps. Et prit bien son temps pour l'examiner.) Tu as fait mine de faiblir pour que j'y aille moins fort.

— Et ça a marché jusqu'au moment où j'ai glissé.

— Si tu as glissé, c'est parce que tu ne pensais plus à tes pieds. Mais c'était une bonne tactique.

— Je suis quand même morte. Et trempée. Et boueuse.

— Tu es meilleure qu'au début. Ce n'est pas comme si tu pouvais devenir mauvaise, mais t'améliorer, c'est ce qu'il y a de mieux.

— Je ne sais pas à quel moment tu penses que je vais prendre ça comme un compliment.

— Les compliments, c'est bon pour les salles de bal et les rendez-vous au clair de lune. Mais s'il y en a un que je peux te faire, c'est que, sans avoir les compétences ni l'esprit d'un guerrier, tu en as le corps. Tu as la force et l'endurance. Tu avais déjà les deux quand on a commencé, et elles n'ont fait que se développer.

Et des cheveux que la pluie avait changés en longues torsades rousses détrempées. Des yeux du gris d'un ciel maussade et des lèvres pleines comme un cœur en joie.

Elle était belle. Pas de la beauté époustouflante de Shana, mais d'une beauté plus intéressante à ses yeux. Elle avait un visage fait pour être contemplé et gardé en mémoire.

Il la contemplait maintenant, et elle le regardait en retour sans fléchir. Mais même si elle ne fléchissait pas, la chaleur lui monta aux joues, les empourprant comme des fleurs dans un jardin. La malédiction d'une rousse.

Elle la sentait. Elle sentait cette chaleur qui tremblait entre eux. Elle se posait autant de questions que lui.

— Je suis de nouveau en vie ? demanda-t-elle.

— On dirait bien.

Il baissa la tête vers elle, s'arrêta à un souffle de goûter ces lèvres charnues.

Et le choc lui scia les côtes.

Les lèvres charnues s'incurvèrent.

— Et maintenant tu es mort, trempé et boueux.

— Futé, marmonna-t-il, partagé entre la frustration et l'admiration. Une femme devrait toujours user de ses charmes, qui sont une arme plus efficace que bien des lames.

— Tu serais bien le premier à dire que j'en dispose.

— Oh, tu n'en manques pas. (Il se sépara d'elle, puis se leva et lui prit le bras pour l'aider à se relever.) Avec la pluie, il fait nuit tôt. Des éclaireurs ennemis ont essayé de briser la ligne au sud.

— Ah bon.

Cela rendait de nouveau les menaces réelles. Bien trop réelles.

— Il n'y a pas d'inquiétude à avoir. Nous les avons tenus en respect et repoussés, et nous avons consolidé les défenses. Mais je vais quand même te raccompagner. Marg trouvera que c'est la moindre des choses, dit-il avant qu'elle puisse protester. Tout comme ma mère. Et en récompense, tu m'offriras cette bière au coin du feu.

— Je n'en ai pas.

Sincèrement étonné, il la dévisagea.

— C'est bien triste.

— J'ai du vin.

— Il faudra bien que ça fasse l'affaire. Tu rappelles ton chien ?

Elle regarda au loin, et à travers la pluie et la pénombre, distingua les lumières dans la chaumière d'Aisling.

— Je ne l'ai jamais fait d'aussi loin.

— La distance n'a aucune importance. C'est le lien qui fait tout.

Elle se tendit vers le chien, d'un esprit à l'autre, d'un cœur à un autre.

— *Il est temps de rentrer, Boulet. Reviens, mon chou.*

Elle sentit le déclic, celui du lien. En moins d'une minute, le joyeux aboiement familier se faisait entendre.

— Il t'aime. (Regardant le chien courir sous la pluie, Keegan repoussa vigoureusement ses cheveux dégoulinants.) Il t'entendra toujours, il reviendra toujours à toi.

Boulet bondit vers elle pour la lécher et remuer la queue, et administra généreusement le même traitement à Keegan avant qu'ils se dirigent vers la route.

— Il fut un temps où je n'aurais jamais été surprise par la pluie sans parapluie. Toujours prête, fit Breen en secouant la tête. Il y avait des nuages quand je suis partie ce matin, et il pleuvait sûrement de l'autre côté, mais je n'y ai même pas pensé.

— Tu n'en mourras pas.

Quand Boulet franchit d'un saut le muret, Keegan prit Breen par la taille et la souleva.

— L'histoire de la méchante sorcière au visage vert…

— *Le Magicien d'Oz.*

— Oui, voilà. L'eau du seau ne l'aurait pas fait fondre, mais c'était quand même une bonne histoire. Attention à tes pieds.

— Tu as un livre préféré ?

— Pourquoi avoir un livre préféré alors qu'il en existe tant, et que je ne les ai pas tous lus ?

D'un geste tournoyant de la main, il fit apparaître des globes de lumière dans l'obscurité des bois.

Pas très sûre d'elle, elle chercha des sujets de conversation légers.

— Alors, autre chose. Tu as parcouru ce monde.

— Oui.

— Qu'est-ce que tu as aimé ?

— J'ai aimé les montagnes et les vastes espaces de votre Montana, les forêts et les grandes montagnes blanches plus à l'ouest. Ici, en Irlande, j'aime le vert familier et le calme des collines.

— Et d'un point de vue matériel ?

— Matériel ? (À sa manière fluide, il se baissa pour ramasser un bâton, qu'il lança au chien.) Alors, tous les livres. La musique, il y en a tellement à écouter. La télévision, certaines choses. La pizza, ça, c'est très bon. J'ai goûté la meilleure en terre d'Italie, je crois, et là-bas, ils ont des œuvres d'art qui ouvrent le cœur ou le tordent.

Dans les bois, la pluie battait faiblement. Elle aimait entendre la voix de Keegan s'y mêler.

— J'adore la pizza, mais sur toute la nourriture qui existe, rien d'autre ?

— Les glaces, en cornet. Et les burritos. (Il haussa les épaules.) Il y a beaucoup de bons plats dans ce monde, et beaucoup de choses d'importance. Vous avez construit de grandes villes qui ont leur charme propre, mais quel bruit... Un vacarme constant. Vous avez de magnifiques œuvres d'art, mais de nombreuses personnes les convoitent et les veulent seulement pour eux. Et des gens qui ont de la gentillesse et de la générosité, qui aiment leurs enfants, qui aident leurs voisins. Mais tant qui ont de la colère, de l'avarice, de la jalousie. Certains, une haine qui bout comme du poison dans leur sang. Ceux qui usent de violence sans raison. Les guerres, tant au même moment. Des dirigeants qui s'accrochent au pouvoir, mais pas au bien général. Rien de tout ça ne correspond à nos usages.

— Non, mais des personnes venues de Talamh choisissent de vivre ici.

— En effet. J'ai un cousin qui habite à Paris. Il y tient une boulangerie et il est heureux. Il a une famille et sa vie est là-bas.

Ils sortirent des bois.

— Son choix lui convient.

Elle le mena vers la maison.

— Il faut juste que je donne à manger à Boulet.

— Vérifie d'abord qu'il en a besoin.

Après avoir ôté sa tunique, il la suspendit à une patère. Et en un geste de gentleman inattendu, il tendit la main pour qu'elle lui passe son blouson.

— Il était avec ma sœur et les enfants, expliqua-t-il.

— C'est vrai, dit-elle en regardant le chien et constatant qu'il était bien nourri. Alors une petite friandise, parce que c'est un bon chien. Je vais chercher ça, et aussi le vin, si tu veux bien allumer le feu.

Il l'alluma d'où il était et la suivit dans la cuisine.

— Marg s'est bien débrouillée. (Il regarda tout autour avec intérêt, attentif.) C'est agréable, il y a une belle vue et c'est bien protégé.

— Les pixies viennent la nuit.

— Oui. Tu es protégée ici, mais surveillée. Si tu avais besoin de nous, Marg ou moi en serions avertis. Tu cuisines là-dessus ? demanda-t-il en tapotant la cuisinière.

— Pas vraiment, soupira-t-elle en donnant son biscuit à Boulet. Et mal, quand ça m'arrive. Je devais apprendre à mieux cuisiner cet été, mais…

— Tout change.

Elle prit le vin et le servit.

— C'est sûr. Pourquoi tu es sec ? s'étonna-t-elle soudain. Même tes cheveux.

Il s'avança vers elle, posa les mains sur ses épaules, et, sans la quitter du regard, les passa, très lentement, le long de ses flancs, de ses hanches.

Elle sentit la chaleur de ses mains à plusieurs niveaux.

— C'est mieux ?

— Hum.

Le téléphone qu'elle avait laissé à charger sur le comptoir sonna. Avec un petit souffle d'agacement, elle se détourna.

— Excuse-moi.

Elle vit le nom de son agente. Son agente !

— Je dois vraiment répondre.

Avec un nouveau haussement d'épaules, il s'avança dans le séjour pour s'approcher du feu et boire son verre.

Jamais il ne ferait figurer les téléphones, surtout ceux que les gens emportaient partout avec eux, sur la liste des choses qu'il aimait. Ni l'odeur et le son des voitures. Il ne pouvait comprendre pourquoi les gens choisissaient de voler enfermés dans une machine. Ou de vivre dans des boîtes les uns sur les autres.

Comment les gens pouvaient-ils trouver la moindre paix dans leur esprit ?

Un cottage comme celui-ci, il comprenait. Il offrait espace, calme et confort. Savait-elle que beaucoup d'objets à l'intérieur avaient été fabriqués à Talamh et envoyés ici ?

Il but son vin, et quand il décida qu'elle l'avait suffisamment fait attendre, retourna à la cuisine.

Elle était assise, la tête baissée vers la table, et elle pleurait, le chien sur ses genoux.

C'était comme si elle lui avait transpercé le cœur d'un coup de poignard.

— Mais non, mais non, allons. (Il fit partir le chien avec douceur et se baissa pour caresser les cheveux de Breen.) Qu'est-ce que tu as ? Une mauvaise nouvelle ?

Les larmes coulant à flots, elle leva la tête pour lui faire signe que non.

Décontenancé, il la souleva de sa chaise et la porta auprès du feu.

— Dis-moi ce qui te fait du mal et on trouvera un moyen de l'arranger.

Pleurant encore, elle pressa le visage contre son épaule.

— Mon livre. J'ai vendu mon livre.

— Bon, ne t'en fais pas. On va le récupérer.

— Non… Je veux dire… J'ai écrit un roman, quelqu'un a acheté les droits pour en faire un livre. Et il va être lu.

Il lui releva le menton.

— C'est ce que tu veux ?

— Plus que tout.

— Ah, d'accord. Des larmes qui débordent d'un cœur plein, dit-il en en essuyant une. Assieds-toi, verse-les si tu le dois. Je vais te chercher ton verre de vin.

Quand il revint, elle était assise, les mains serrées sur les genoux.

— Je n'aurais pas dû t'en parler.

— Pourquoi ?

— Je me disais que si jamais il se produisait vraiment quelque chose, j'en parlerais d'abord à Marco. Mon meilleur ami, mon ami de toujours. Et je veux lui dire en personne.

— C'est l'homme qui est venu avec toi et avec qui tu habitais à Philadelphie.

— Oui. C'est à lui que j'aurais dû l'annoncer en premier.

— Il sera le premier à qui tu en parleras de ce côté-ci. Ce serait dommage que tu le caches à Marg, qui pourra éprouver de la fierté et de la joie. Et il serait quand même le premier de ce monde-ci.

— Oui, dit-elle en chassant une larme. C'est lui qui m'a poussée à écrire quand j'en avais envie, mais que je ne m'en croyais pas capable. Et maintenant…

Elle se couvrit la bouche de la main.

— J'ai vendu un livre. Ou plutôt trois, mais je n'ai pas encore écrit les deux autres.

Curieux et soulagé après avoir pleuré, il s'assit sur l'accoudoir du canapé.

— Comment fais-tu pour vendre ce que tu n'as pas ?

— On fait une promesse. Et je... (Elle respira longuement.) Bon, autant tout te raconter. J'écris un autre livre, pour les adultes. Celui que j'ai vendu est destiné aux enfants. Mon agente – c'est elle qui me représente – a vendu le livre. Elle a demandé à voir un échantillon et elle a aimé. Ce n'est pas fini, peut-être même pas à moitié, mais elle a aimé.

Elle bondit et virevolta dans le séjour.

— Tout a changé dans ma vie. Tout. L'année dernière, au même moment, j'étais bloquée. Ou je croyais l'être. Tellement malheureuse. Tellement terne.

— Terne ?

— Terne, confirma-t-elle. Crois-moi. Et maintenant, je suis... (Elle lança une main en l'air et alluma toutes les bougies de la pièce.) Magye ! Je suis une sorcière. Une écrivaine. Et l'année prochaine, à la même période, je serai une autrice publiée, et personne ne pourra jamais me l'enlever.

Perplexe, il lui demanda :

— Pourquoi tu dis ça ?

— Tu ne connais pas ma mère. Tout a changé. J'ai changé. (Elle dégageait autant de lumière que les bougies quand elle se remit à tournoyer.) On va manger une pizza !

Il ne sut pas bien comment il parvint à s'exprimer malgré tout ce qu'elle éveillait en lui.

— Tu as de la pizza ?

— Elle ne sera pas aussi bonne que celles que tu as mangées en Italie, mais c'est de la pizza. Pizza et encore du vin.

Elle courut à la cuisine et voulut ouvrir le congélateur.

Et se retrouva retournée, dos au réfrigérateur, les mains de Keegan crispées sur ses hanches.

Le moment, sa signification, s'imposa à elle.

— Oh.

— Vite, dit-il, son corps pressant le sien, et pas si doucement. Oui ou non.

— Oui ou…

Sa bouche s'abattit sur la sienne, dure et affamée. Breen sentit chaque parcelle de son corps s'embraser en une réaction en chaîne de plaisir, de panique et de passion si longtemps réprimée.

Il recula, mais garda les mains sur elle.

— J'ai entendu oui.

— Je n'ai pas vraiment… Oui, se reprit-elle en ramenant la bouche de Keegan vers la sienne. Tu as entendu oui.

Elle ne toucha plus terre, au propre comme au figuré : il l'avait prise dans ses bras.

— Montre-moi ta chambre, visualise-la.

— Oh, c'est…

Elle fit un geste vague en montant l'escalier mentalement et en tournant vers sa chambre.

Personne ne l'avait jamais portée dans son lit. Personne ne l'avait jamais embrassée dans la cuisine à lui faire perdre la raison. Personne ne l'avait jamais regardée comme si le désir qu'elle provoquait allait transformer l'air en feu.

Elle allait lui dire qu'elle n'était pas très douée dans ce domaine, et rouillée de surcroît. Mais elle s'en empêcha et s'autorisa à profiter du moment.

Oh, oui, oui, oui. Elle avait changé.

Il s'en rendrait compte par lui-même, mais elle allait vivre ce moment. Pleine d'espoirs, elle pressa les lèvres dans son cou pour goûter sa peau, pour aspirer sa senteur.

Il avait une odeur de pluie et de cuir, d'herbe verte et de terre riche.

Il sentait Talamh, prit-elle conscience. Il sentait la magye.

Arrivé dans la chambre, il regarda vers la cheminée, qui s'embrasa. Il la posa sur ses pieds à côté du lit.

— Tu as un esprit ordonné, nota-t-il. Chaque chose à sa place.

Les bougies sur la cheminée, celles sur les tables de chevet et les autres s'allumèrent.

— Sans doute.
— J'apprécie l'ordre.
La fenêtre s'entrouvrit et un petit vent s'introduisit avec la nuit.
— Tu n'auras pas froid, lui dit-il.
Il lui caressa les flancs, les seins, les cheveux, le dos.
Les vagues de plaisir retardèrent le moment où elle se rendit compte qu'elle était désormais nue.
— Tu n'es pas une guerrière, dit-il en prenant la main qu'elle avait instinctivement levée pour se cacher. Mais tu en as le corps. Un corps que je désire. Un corps que tu vas m'offrir.
Sa main libre effleura son sein, paume rugueuse sur chair tendre.
— Tu veux rapide ou lent, *mo bandia* ?
— Peu importe. (Tant qu'il la touchait.) Peu importe.
Elle noua les bras autour de son cou et joignit sa bouche à la sienne.
Elle souhaita que ses habits disparaissent, l'entendit rire quand son épée tomba au sol à grand bruit.
— Tu as oublié les bottes.
Il s'en occupa lui-même et allongea Breen sur le lit.
— Mon premier déshabillage magyque.
Elle passa les mains sur son dos aux muscles d'acier. Le corps d'un guerrier. Un guerrier. Un homme qui la désirait.
Puis elle ne pensa plus : il promenait ses mains sur elle.
Il trouva une peau douce, des muscles fermes, de jolies courbes, des angles fascinants. Il sentit le pouls de Breen battre follement pendant qu'il découvrait son corps. C'était si facile, s'aperçut-il, de savoir ce qui lui plaisait, ce qui l'excitait.
Il s'était demandé sans fin quel effet ça lui ferait de l'avoir sous ses mains, comment son corps bougerait sous le sien, et maintenant il le savait et il voulait être avec elle des heures, des jours, des nuits.
Comme elle avait la bouche avide de la sienne. Comme elle avait des mains voraces en l'explorant.

Il sut qu'elle allait avoir le souffle coupé un instant avant que cela se produise. Son soupir léger résonna dans son esprit avant qu'elle le libère. Quand il la fit trembler par ses doigts, par ses lèvres, il s'attarda jusqu'à ce que le tremblement devienne frisson.

Elle se donnait si volontairement, sans faux-semblants. Elle lui montrait si ouvertement qu'elle le voulait, avec des mains de plus en plus exigeantes, des hanches qui pressaient son centre contre le sien, jusqu'à ce qu'il ne veuille plus rien d'autre que tout lui donner et plus encore.

Cela faisait si longtemps qu'elle n'avait pas été touchée, et jamais, jamais ainsi. Des mains rudes qui la malmenaient mais la faisaient se sentir précieuse. Une barbe de quelques jours qui en se déplaçant sur sa peau allumait d'incroyables petits incendies en elle.

Elle avait oublié toute timidité, tout manque d'assurance, dans sa soif merveilleuse et dévastatrice d'en avoir plus.

Il n'y avait rien chez lui de lisse, de choyé ou de policé. Et tout chez lui l'excitait. Quand sa main s'attarda sur son intimité, une intense décharge d'électricité la traversa, la pénétra jusqu'à ce que son corps en soit secoué.

Elle cria son plaisir insoutenable, et malgré tout, il n'arrêta pas. Sans défense, elle s'accrocha à lui, s'accrocha, s'accrocha.

Le relâcha.

— Oh, mon Dieu. Keegan. Attends.

— Tu es forte, murmura-t-il. (Sa voix râpeuse, essoufflée, lui fit rouvrir des yeux égarés.) Reçois encore. Reçois-moi.

Il se glissa en elle, lentement, presque doucement au début.

Elle vit des lumières tourner dans la pièce, les vit réfléchies dans les yeux de Keegan.

— Forte, répéta-t-il. Douce. Et quelle chaleur, mes dieux.

Il commença à se mouvoir et elle jouit de nouveau, un orgasme éclair qui l'arqua et lui fit attraper l'épaule de Keegan.

— Ne t'arrête pas. Ne t'arrête pas.

— Tous les dieux ne pourraient pas m'arrêter. Avec moi, maintenant. Avec moi.

Elle s'élança avec lui à une vitesse folle, vertigineuse, effrénée. La lumière battait, plus vite, toujours plus vite, tandis que le lit bougeait sous leur empressement.

Tout devint flou sauf lui, quand, dans un moment merveilleux, son visage, si près du sien, se précisa soudain.

Et toutes les lumières se fondirent en une, en elle, en lui.

Il s'effondra sur elle et enfouit le visage dans ses cheveux. Elle était plus que douce désormais, comme de la cire qui aurait fondu au soleil, mais les battements de son cœur faisaient écho au tonnerre du sien.

Dans la chambre redevenue calme, il entendit le crépitement de l'âtre, la tranquille musique du vent et le soupir prolongé de Breen.

— Je suis lourd, grommela-t-il sans intention de se déplacer dans l'immédiat. Mais tu es forte.

Elle lui passa la main dans les cheveux, caressa sa tresse tribale.

— Je ne m'attendais pas à ça.

— C'est que tu ne faisais pas attention, alors. Un défaut à corriger chez toi.

Elle soupira encore.

— Je pensais que tu ne m'aimais pas particulièrement. Vu la fréquence à laquelle tu me tues, tu m'insultes ou me maudis.

— Je ne t'aime pas à l'entraînement parce que c'est à moi de t'entraîner, donc je te tue, t'insulte et te maudis parce que tu en as besoin. (Il souleva la tête, la regarda – une profusion de boucles en feu sur l'oreiller.) Sinon, je t'aime bien.

— C'est fair-play, alors, parce que je ne t'aime pas non plus à l'entraînement, t'es une peau de vache. Sinon, je t'aime bien.

Elle regarda vers la cheminée. Boulet était pelotonné dans son panier et dormait.

— Boulet a dormi tout le long.

— Il a bien fait, car ça ne le regarde pas.

Elle sourit et regarda de nouveau Keegan.

— Je ne suis pas habituée.

— À quoi ?

— À coucher avec un chef, pour commencer.

— Tu couches avec un homme qui te désire. Pourquoi le reste aurait-il de l'importance ?

— Je pourrais aussi dire que je ne suis pas habituée à être nue avec quelqu'un d'aussi… taillé. Musclé, précisa-t-elle. Dur.

Elle l'amusait et l'attirait. Une combinaison aussi unique qu'elle l'était elle-même, songea-t-il.

— Tu choisissais pour amants des hommes mous et faibles ?

— En comparaison, oui. (Pour le plaisir, elle posa la main sur son torse. Oui, très dur.) Quelle journée étrange et merveilleuse. Une lune rousse.

— J'aime bien le roux, apparemment. (Il enroula une boucle autour de son doigt, puis la défit.) Et donc, on peut encore manger une pizza ?

Elle rit, puis l'étreignit de manière si naturelle et affectueuse qu'il sentit son cœur se gonfler.

— Absolument, parce que je suis affamée.

25

Il n'en avait pas eu l'intention, mais il passa la nuit avec elle. Quand on restait dormir après l'amour, on prenait des risques, mais il resta.

Et au matin, avant que le soleil vienne rompre la nuit, ils couchèrent encore ensemble. Ensuite, il eut droit à du café. Il n'en avait bu que lors de ses rares visites de l'autre côté.

Elle fit des œufs brouillés qu'elle empila sur des tranches de pain grillé et il les trouva plus que bons, pris à la table de dehors dans la faible lumière avec le chien qui s'ébrouait joyeusement dans la baie.

Il ne se plaignit pas de retourner dans son monde, à ses obligations, pendant qu'elle se consacrait aux siennes pour la matinée.

Il continua à l'entraîner dur. Sa vie pouvait en dépendre, après tout. Et il résista à l'envie de rejoindre son lit les deux nuits suivantes, s'ordonnant de garder de la distance et utilisant comme prétexte la patrouille de nuit à laquelle il devait participer.

La troisième nuit, il traça un cercle. Il se servit d'un sort qu'il avait mis au point pour voir à travers le portail, à travers les verrous qu'il avait contribué à créer. Les éclaireurs et espions d'Odran continuaient de pousser dans les failles et certains, il le savait, avaient réussi à passer.

S'il pouvait voir jusqu'au château noir, s'il pouvait s'immiscer juste assez pour connaître les plans du dieu noir, il pourrait mieux défendre Talamh, et tout ce qui s'y trouvait.

Mais malgré la puissance du sort, telle qu'il brûlait presque, il ne put discerner que des ombres qui se mouvaient dans l'obscurité, entendre seulement des murmures et, une fois, l'horrible cri des torturés et des damnés.

Ce cri lui pesa pendant qu'il défaisait le sort et refermait le cercle.

S'il ne pouvait pénétrer l'obscurité, si cela restait hors de sa portée, il devrait prendre le risque d'envoyer plus d'espions de son côté.

Or tous ne revenaient pas.

Il appela son dragon dans l'intention de survoler l'eau et effacer les bribes du sort qui résonnaient encore en lui.

En fait, il passa à travers le portail et s'éleva au-dessus des arbres pour trouver le cottage et Breen.

Assez de distance, pensa-t-il. Il se soulagerait de la fatigue du sort et de son échec auprès d'elle et dormirait.

Seule une petite lumière brûlait à la fenêtre, sous sa chambre, quand il atterrit. Il se dit qu'il pouvait la laisser tranquille, se reposer. Mais il passa au milieu des pixies qui voletaient, ouvrit les verrous et la porte d'un geste de la main.

Il passa et lança un regard à Cróga.

— Va te reposer où tu le veux, *mo dhearthháir*. Je rentrerai par mes propres moyens.

À l'instant où il referma la porte, il la sentit.

Elle dormait, oui, mais ses visions lui apportaient peur et douleur.

Éclairant son passage, il courut dans l'escalier. Il la trouva en train de frissonner dans son lit, les yeux grands ouverts et voilés. Le chien à côté d'elle geignait, désemparé, en lui léchant le visage.

— Je m'occupe d'elle, copain. Je m'occupe d'elle. Mais sacredieu, elle doit terminer. Les visions ne viennent pas par hasard.

Il s'agenouilla sur le lit à côté d'elle et lui lissa les cheveux.

— Mais tu n'es plus seule, *mo bandia*.

Il lui prit la main pour qu'elle trouve du réconfort quand elle se réveillerait.

Et se trouva emporté dans la vision avec elle.

Le monde, son monde à lui, la touchante verdure des collines et des prés étaient noircis, de la fumée s'élevant, si épaisse, qu'elle masquait le soleil et le ciel.

Gris, tout gris, et une puanteur ressemblant à la mort.

Des éclairs d'un noir d'encre déchiraient la fumée pour transformer en une ruine fumante la ferme qui avait été confiée à sa famille et à lui.

À travers les éclats de lumière et les rugissements, il entendait les hurlements des mourants, les mugissements saisissants des endeuillés. Des corps – hommes, femmes, enfants, animaux – recouvraient le sol, des flaques de leur sang s'infiltrant dans la terre calcinée.

Il en eut le cœur brisé en morceaux qui jamais, jamais ne se répareraient.

Il prit son épée, rassembla son pouvoir, un pouvoir à présent tellement nourri par la rage et le chagrin que, dans sa main, le métal rougissait. Il pourfendit un chien démon qui s'était arrêté pour se repaître des restes d'une jeune fée.

Se dirigeant à travers la fumée, il en découpa une douzaine de sa lame, de son feu et de sa colère. Et il en venait toujours. Il lutta pour arriver à la maison de sa sœur, où sa dernière lueur d'espoir mourut. Il ne restait rien d'autre qu'un amas de pierres noircies.

Debout, homme de pouvoir, homme de devoir, il hurla une fureur qui jamais ne s'apaiserait, un chagrin qui jamais ne s'atténuerait.

Il sentit encore de faibles éclats de lumière, car d'autres se battaient avec les forces qui leur restaient. Il appela Cróga, mais il savait qu'il ne reviendrait plus.

Le lien sectionné représentait une douleur de plus, une colère de plus.

Cróga n'était plus là. La ferme n'était plus là.

Sans cheval ni dragon, il n'atteindrait jamais la Capitale et sa mère à temps pour organiser une défense. Dans l'hypothèse où la Capitale existait toujours.

Il fit demi-tour. Si Marg était en vie, s'il pouvait trouver Breen, ils pourraient joindre leurs pouvoirs et trouver une manière, il devait y en avoir une, de sauver ce qui restait.

Il trébucha presque sur un vieux couple d'elfes grièvement blessés, blottis dans les bras l'un de l'autre.

Il essaya d'abord de guérir la femme, mais au moment où il étendait sa lumière en elle, il vit ses yeux se fermer pour toujours. Quand il se tourna vers l'homme, le vieil elfe secoua la tête pour refuser.

— Non. La compagne de ma vie est partie rejoindre les dieux. Je choisis de partir avec elle. Ils sont arrivés tellement vite, et les ténèbres avec eux. Va, va et combats, *taoiseach*. Sauve-nous.

Il courut, l'épée pourfendant l'air, le pouvoir balayant l'espace.

Et l'espoir vacillant renaquit. Les jardins avaient viré au noir, mais la chaumière de Mairghread était toujours là.

— Breen ! cria-t-il en courant vers la maison.

Elle émergea de la fumée en trébuchant. Du sang lui recouvrait les mains et lui coulait sur le visage.

— Non ! (Elle lui jeta une vague de pouvoir à la tête, faiblement, si faiblement.) Je t'ai vu tomber, je t'ai vu mourir. C'est encore un piège. Toi, mamie, Morena, tout le monde est mort. Ils ont tué Boulet. Ils ont tout tué.

— Ce n'est pas un piège. Je suis là.

Pendant qu'il s'approchait de Breen, Odran se posa derrière elle. Il l'entoura de ses bras et sourit à Keegan.

— Tu as perdu, mon garçon. Le monde m'appartient, désormais. Elle m'appartient, désormais.

— Jamais. Ni elle, ni Talamh. Éloigne-toi de lui, Breen.

Il ne pouvait l'attaquer, ni avec le pouvoir, ni avec son épée, sans la toucher elle aussi.

— Je n'ai pas réussi à les arrêter.

Odran parlait à son oreille.

— Tu n'es pas à la hauteur. Tu ne le seras jamais.

— Je n'ai pas été à la hauteur, dit-elle d'un ton morne. Je n'ai jamais été à la hauteur.

— Ce sont des mensonges. (Et tout cela était un mensonge, s'aperçut Keegan. Transformé en visions par le dieu noir.) Retourne à ton enfer. Ton illusion est terminée.

— Bientôt, elle sera réalité.

— Réveille-toi, ordonna Keegan.

Odran avait infiltré assez de lui dans cette vision pour lui brûler la peau, mais Keegan prit la main de Breen.

— Viens avec moi et réveille-toi.

Il la ramena, les ramena tous les deux.

— Mort. Tout le monde est mort.

Voyant sa tête dodeliner, il la secoua.

— Non, c'était une tromperie, une illusion. Défais-t'en.

— Il t'a abattu sous mes yeux. J'avais ton sang sur mes mains. Je n'ai pas été assez forte pour l'arrêter.

— C'est un mensonge. Je suis bien là, non ? (Il la secoua encore une fois.) Regarde.

Quand elle y parvint, les tremblements commencèrent.

— Est-ce que c'est vrai ? Est-ce que tu es vrai ?

— Oui, c'est réel et je suis réel. Le reste était une illusion.

— Ils sont venus tellement vite, ils étaient tellement nombreux. Les cris, les feux, la fumée. Je ne pouvais pas l'arrêter. Je n'ai pas été à la hauteur.

— Encore des mensonges. Tu l'as laissé trouver ta faiblesse, qu'il a utilisée pour alimenter la vision. La mienne aussi, reconnut-il. Quand je t'ai rejointe ici, j'y ai cru. Et voilà, tu as fait peur au chien.

— Boulet ! (Elle bougea pour prendre le chien dans ses bras et pleura.) Il l'a tué. Il a juste fait un mouvement des doigts et Boulet a pris feu. Je n'ai pas pu le sauver. Je n'ai pu sauver personne.

— Arrête, dit Keegan en la ramenant contre lui. Il veut que tu sois faible, effrayée, pleine de doutes. Tu ne vas pas lui donner ce qu'il souhaite si facilement ?

— Ça semblait réel, tout. Et si c'était une vision de ce qui va arriver ?

Il ne savait pas, ne pouvait savoir, mais il lui offrit ce dont elle avait besoin.

— Non, et quand j'ai compris le mensonge, son pouvoir s'est brisé. Mais tu l'emmènes avec toi maintenant, ce que tu ne dois pas faire. Il te faut une potion. Où est-ce que tu les gardes ?

— Non. Je dois voir.

Elle se dégagea de son étreinte et courut à la fenêtre, qu'elle ouvrit en grand.

— Alors, tu vois ? dit-il. La lune, les pixies, l'ombre des collines, les arbres qui bougent et chuchotent dans la nuit ?

Elle hocha la tête et, quand il se plaça derrière elle pour la faire pivoter, elle s'appuya contre lui.

— Il a dit que tout le monde mourrait si je ne venais pas avec lui. Il a dit qu'il ferait de moi une reine et que je pourrais choisir le monde que je voudrais diriger.

— Encore des mensonges.

Il lui caressa les cheveux, mais pensa aux pixies qui n'avaient envoyé aucun signal.

— Il a trouvé une manière de l'enfermer. Je n'ai rien senti de ses ténèbres avant d'arriver à l'intérieur. Il a trouvé un moyen, donc nous en trouverons un de le contrer.

— Je n'avais pas mis d'amulette ni de romarin. Je me disais que si j'avais une vision, un rêve, un truc, j'apprendrais peut-être quelque chose.

C'était courageux. Un peu bêta, peut-être, mais courageux.

— Et en effet, tu as appris et moi aussi. Il te craint.

Si elle avait encore eu la faculté de rire, elle en aurait ri.

— Ce n'est pas ce que j'ai appris.

— Alors encore une fois, tu ne fais pas attention. Il a utilisé ses pouvoirs pour que tu te sentes faible et que tu t'en veuilles. S'il le fait, c'est parce qu'il sait que tu es forte, mais que tu doutes. Ta mère t'a fait subir à peu près la même chose presque toute ta vie parce qu'elle te craint.

— Elle… Quoi ?

— Réfléchis. (Pour qu'elle le regarde, voie la vérité telle qu'il la voyait, il claqua des doigts.) Elle a peur de ce que tu es, de ton don. Sa peur de toi provient peut-être de l'inquiétude qu'elle a pour toi. Je ne sais pas ce qui est dans son cœur. Mais elle utilise le même stratagème, faire en sorte que tu te sentes faible, amoindrie par rapport à ce que tu es, et pourrais être, pour que tu oublies le pouvoir qu'elle redoute, pour qu'il soit enfoui si profondément que tu ne puisses pas le trouver et t'en servir. Odran le fait pour t'affaiblir et amoindrir ta niaque.

Après l'avoir relâchée, il marcha un peu pour se calmer.

— Si tu refuses la potion, tu veux bien un verre de vin ?

Elle refusa de la tête.

— Eh bien moi, je vais en prendre un.

Il amena son esprit à l'endroit où elle avait pris la bouteille et les verres, et parce qu'il ne voulait pas la laisser seule, matérialisa un verre de vin dans sa main.

— Je veux bien de l'eau.

Il haussa un sourcil. Cela ne l'aiderait pas de la dorloter.

— Vois-le, désire-le, apporte-le.

Elle soupira et ferma les yeux. Inutile de lui dire que sa tête était lancinante comme une rage de dents. Il lui dirait simplement d'y remédier.

Quand elle rouvrit les yeux, elle tenait un verre. Vide.

— J'ai eu moitié bon.

Elle devait avoir une tête à l'image de ce qu'elle ressentait, parce qu'il leva une main, l'abaissa et remplit le verre d'eau.

— Juste de l'eau ?

— Juste de l'eau.

Il marcha en buvant du vin tandis qu'elle restait assise, prenant de l'eau à petites gorgées.

— Pas à travers la protection, marmonna-t-il. Pas à travers les pixies ou les amulettes. À travers toi.

Il s'arrêta et l'observa.

— C'était uniquement là, à l'intérieur. Oui, voilà comment il s'y prend. Tu dis qu'il t'a sentie, qu'il t'a peut-être vue quand tu as eu la vision du château noir. Et évidemment, oh, oui, il a mis au point son sort – Yseult – et il attend que tu t'ouvres assez pour le laisser entrer en même temps.

— Comment je l'en empêche ? Est-ce que j'utilise simplement des charmes pour bloquer les rêves et les visions ?

— Possible, mais non. (Il faudrait là plus de calcul.) Tu laisseras une fenêtre ouverte pendant ton sommeil, et à chaque fois que tu seras seule, en fait. Ça n'arrêtera pas les visions, mais il y aura un avertissement. Quant au reste, lui refuser le contrôle, j'ai mon idée là-dessus. Je vais y travailler.

— Nous allons y travailler, s'il te plaît.

— Bien, approuva-t-il. Tu en as le droit. Mais maintenant, tu es épuisée, donc au lit.

Elle ne protesta pas, avec son mal de tête et son corps vidé.

Quand il ôta son épée, elle eut de nouveau envie de pleurer, mais de soulagement.

— Tu restes là ?

— Pas pour coucher. Pour dormir. Tu t'imagines que je pourrais te laisser seule alors que tu viens de vivre un tel moment ?

Évitant le simple oui qui lui venait, elle se mit au lit.

— Je suis trop fatiguée pour penser tout court.

— Alors dors. (Dès l'instant où sa tête fut sur l'oreiller, il l'endormit.) Pour une nuit reposante, dit-il avant d'apaiser son esprit. Ah, merde, pourquoi tu ne m'as pas dit que tu avais mal ?

Il atténua la migraine, puis s'assit pour ôter ses bottes.

— Elle est un mystère pour moi, copain, dit-il au chien qui observait et attendait. Les femmes sont souvent un mystère pour les hommes, mais elle est plus mystérieuse que bien d'autres, selon moi.

Il ne se dévêtit pas, mais s'allongea pour regarder le plafond et réfléchir au meilleur moyen de l'aider à contrôler ses visions.

Au coin du feu, le chien fit trois fois le tour de son panier, puis s'installa pour dormir.

Un long temps passa avant que Keegan trouve à son tour le sommeil.

Ils travaillèrent à un sort du soir pour aider Breen à reconnaître et repousser les rêves d'illusion. Qu'il pleuve ou qu'il vente, de jour comme de nuit, elle laisserait une fenêtre ouverte.

Elle ne jugea pas que c'était la malédiction du manque de confiance en elle qui lui soufflait qu'elle avait atteint son maximum à l'épée. Elle estimait que dans ce domaine, elle serait largement au-dessus de la moyenne dans la plupart des cas. Mais si jamais on en venait à un vrai combat, elle savait qu'elle devrait faire bien des efforts pour atteindre la moyenne.

Elle ne pensa pas que c'était prendre ses rêves pour des réalités que d'estimer qu'elle avait progressé, et beaucoup, dans les sorts et les autres domaines magyques, ou dans la concentration et le contrôle.

Et elle en vint à prendre conscience qu'elle était plus douée au lit que ses deux précédents amants ne lui avaient fait croire. Mais il fallait reconnaître qu'aucun des deux n'était Keegan. Sans conteste, avoir un partenaire exceptionnel faisait la différence.

Quand elle écrivait, elle gagnait parfois en confiance, et à d'autres moments, elle perdait ses moyens. Mais la joie ne l'abandonnait jamais.

Quand elle arrêta d'écrire après une matinée productive, elle soupira, satisfaite. Elle pouvait voir la fin du roman. Elle en avait encore pour des semaines, mais elle pouvait la voir. Et la prochaine aventure de Boulet avait commencé à prendre forme.

Quelle chance elle avait, se dit-elle, d'être capable de passer d'une histoire à l'autre, d'un monde à l'autre. D'une vie à l'autre, pour tout dire.

Quand elle commença à se lever et à se préparer pour l'autre monde, sa tablette lui signala un FaceTime.

Ce n'était pas leur heure habituelle, mais elle accepta la demande de Marco.

— Coucou ! Tu arrives juste à m'avoir avant que… je parte faire un tour.

— C'est ce que j'espérais. Dis donc, t'as l'air bien comme tout ! s'exclama-t-il avec le sourire.

— Je me sens bien, oui. Ça fait très tôt pour toi. (Si tôt, remarqua-t-elle, qu'il portait le tee-shirt Spider-Man qu'il mettait souvent pour dormir.) Qu'est-ce que tu fais debout ?

— J'étais trop impatient, Breen. Je crois que j'ai trouvé la maison.

— La maison ?

— Tu voulais un terrain pour pouvoir avoir un jardin. Et maintenant, tu as un chien. Je cherche un peu depuis un moment, pas beaucoup, mais celle-ci s'est un peu imposée. Il y a quatre chambres, donc tu aurais un endroit où écrire, et on pourrait peut-être avoir une salle de musique. La cuisine est très bien, ouverte, comme ça se fait maintenant. Ce n'est pas en plein centre-ville comme notre appartement actuel, mais bon, y a du terrain. Tu veux toujours un jardin, tout ça, non ?

Elle dut lutter contre le tremblement dans sa voix.

— Oui.

— Je peux prendre les transports pour aller au boulot, *no problemo*. C'est dans un beau quartier, en plus. Pas gay, mais il n'y en a qu'un. Pas un lotissement non plus. La meilleure amie de la cousine de Derrick est dans l'immobilier, elle me l'a proposée avant qu'elle soit sur le marché. Il y avait une offre, mais ça n'a pas abouti, donc ils refont je ne sais pas quoi et ils la remettent en vente dans quelques jours.

» Je vais t'envoyer un lien pour que tu voies l'annonce et les photos, que tu y réfléchisses, et peut-être que tu en parles à ton banquier. Tu rentres dans une semaine, donc je me disais, putain de merde, on dirait que c'est le destin.

— Une semaine.

Elle le savait, dans sa tête, mais ne l'avait pas dit à voix haute. Elle n'avait pas rendu ça réel.

— Jette un œil. Je me plante peut-être, mais je pense que je vais taper dans le mille. (Il fronça les sourcils.) Tu veux toujours une maison ?

— Oui, oui, je veux acheter une maison.

Mais où ?

— Je te piège un peu, j'imagine. C'est juste que je me suis vraiment monté la tête dessus. Je sais que tu t'éclates là-bas, mais tu me manques comme pas possible.

— Toi aussi, tu me manques. (Là, elle pouvait s'exprimer en toute honnêteté.) Vraiment beaucoup. Et Sally, Derrick, tout le monde au bar.

— Ne va pas tomber amoureuse là-bas, hein.

Trop tard. Elle était tombée amoureuse de tout un monde.

— Mais tu devrais t'offrir une bonne séance de sexe version celtique.

— En fait...

— Quoi ? (Il agita les mains.) Raconte tout à ton Marco.

— À mon retour.

Certaines choses, comme le sexe et le fait de vendre un livre, devaient attendre le face-à-face.

— Allez, un tout petit détail. Je te connais, donc c'est juste un seul mec. Il est beau gosse ?

— Hallucinant.

— Oh, purée ! Envoie une photo.

— Je n'en ai pas.

— Mais prends-en, nom de nom !

— On verra. (Il fallait qu'elle arrête, ou elle en dirait trop.) Je dois sortir le chien.

— Vas-y. Je t'envoie le lien. Sept jours, copine !

— Sept jours. Je t'adore, Marco.

— Moi aussi, au carré. N'oublie pas de m'envoyer des messages.

Elle termina l'appel et se rassit plus confortablement.

Sept jours.

Elle travailla plus dur, étudia plus longtemps, s'entraîna de manière obsessionnelle. Avec Keegan et sa grand-mère, elle mit au point un sort pour l'aider à contrôler ses visions et ses rêves. Comme il fallait une potion, une amulette et une incantation, elle s'inquiétait de sa complexité.

— Tu luttes pour conserver les rênes face à un dieu, *mo stór*, lui rappela Marg. Il te faut davantage que du pouvoir et du savoir-faire. Tu as besoin de foi, en la lumière et en toi-même.

Elles étaient seules, assises dans l'atelier de Marg, et Breen pensa que cela lui manquerait quand elle retournerait à Philadelphie. Être avec sa grand-mère par un après-midi calme, faisant ce qu'elle considérait comme de la magye élémentaire.

Elle prépara avec soin une potion pour ses nerfs pendant que Marg terminait un baume pour les articulations douloureuses. L'air sentait les herbes aromatiques et la cire.

Et la paix, pensa aussi Breen. Si la paix avait une senteur, c'était ici qu'elle la trouvait.

— Je crois en la lumière. J'en ai trop vu et fait cet été pour ne pas y croire.

— Et en toi ?

— Plus que je n'y ai cru, plus que je n'aurais jamais pensé y croire. Je connais les raisons, je les comprends, même, mais je regrette toujours de ne pas t'avoir connue avant cet été. Je ne me connaissais pas moi-même, je ne connaissais pas Morena, Talamh, tous et tout. Je ne savais pas qui était mon père, ce qu'il faisait, ce qu'il avait fait pour moi.

Marg referma le pot de baume et l'étiqueta.

— Et maintenant ?

— Je suis tiraillée entre deux directions, deux mondes.

Avec un hochement de tête, Marg se leva. Elle posa le baume sur une étagère, puis se dirigea vers la cuisinière pour se préparer un thé. Ce qui signalait, Breen le savait, que le moment de parler était venu.

— Tu es des deux mondes et tu as des loyautés envers les deux. Ce simple fait te rend déjà unique. Et troublée.

Elle portait une robe ce jour-là, longue et d'un bleu très pâle, recouverte d'un tablier blanc. Avec ses magnifiques cheveux en couronne bouclée, elle ressemblait à une image de livre d'histoire. Une femme en dehors du temps.

Mais elle ne manquait pas de temps, contrairement à Breen.

— Donc, poursuivit Marg, tu veux bien me parler, maintenant ? Ces derniers jours, tu as enfoui tes problèmes sous le travail et l'entraînement, mais je le sens. Tu es de mon sang, dit-elle en apportant le thé sur la table de travail. Et je sens ton cœur et ton esprit troublés.

— Nan…

Breen secoua la tête et regarda son thé.

— L'été touche à sa fin. Bientôt, la lumière changera, les couleurs de l'automne s'éveilleront et les récoltes commenceront. La roue tourne comme il se doit.

— Quoi que je fasse, je ferai du mal aux gens à qui je tiens.

— Ceux qui tiennent à toi honoreront tes choix.

L'anxiété perçait dans sa voix et lui inondait les yeux.

— Je dois y retourner. Je ne peux pas laisser autant de choses en suspens. Si je suis des deux mondes, je dois trouver une façon de faire qui convienne aux deux.

— Mais qu'est-ce qui convient à Breen ?

Ça lui ressemblait bien de poser cette question, se dit Breen. C'est ce qu'elle pensait et souhaitait.

C'était l'amour.

— Je ne sais pas pour l'instant. Je dois le découvrir, et il y a tellement… J'ai vendu mon livre. Celui de Boulet.

— Oh ! (Le visage de Marg s'éclaira et les larmes qui lui vinrent aux yeux brillaient de fierté.) *Mo chroí!* (Elle serra les mains de Breen dans les siennes.) C'est la plus belle des nouvelles. Je suis tellement fière.

— Tu y as contribué. C'est toi qui m'as imposé ce chien.

Marg eut un rire ravi.

— C'est vrai, mais le reste vient de toi. De ton cœur, de ton esprit, de ton talent et de ton courage. Quand le jour viendra, nous aurons ton livre dans la grande bibliothèque de la Capitale, et j'en aurai un exemplaire ici. Le jeune Boulet sera célèbre dans deux mondes.

— C'est ce que je veux. Écrire, être lue, avoir mon livre… mes livres dans des bibliothèques, des maisons, des écoles. Je le veux davantage maintenant que quand j'ai commencé à écrire. Pour ça, il me faut l'autre monde. Il y a des gens que j'aime de l'autre côté, Nan, et je ne peux pas les éjecter de ma vie. Je dois y aller, finir ce que j'ai laissé en suspens. Et je dois y aller pour être sûre.

Elle pressa encore les mains de sa grand-mère.

— Mais je te promets, je te jure que je reviendrai. Vers toi, vers mes amis d'ici, vers Talamh. Je reviendrai par amour et par devoir.

— Ton père m'avait juré la même chose et il a été fidèle à son serment. Je ne doute pas que tu feras de même.

— Je le ferai. J'ai deux faveurs à te demander.

— Que ne donnerais-je pas à l'enfant de mon enfant ?

— Est-ce que tu peux garder Boulet jusqu'à mon retour ? Je ne veux pas l'emmener loin d'ici. Il est heureux ici, il est libre. Et ce ne serait pas pratique du tout de le prendre avec moi.

— Mais bien sûr. Tu lui manqueras beaucoup. Comme à moi. Comme à tout le monde.

Un poids s'envola des épaules de Breen.

— Merci. Je ne pouvais vraiment pas le garder dans notre appartement, en ville. Marco regarde des maisons… L'une des choses que j'ai laissées en attente. Est-ce que tu peux me garder le cottage, pour mon retour ? Je ne sais pas exactement quand ce sera, mais…

— Ma chérie, le cottage est à toi. Je l'ai fait pour toi. Il sera toujours à toi. Ton chien, ton cottage, et tout Talamh attendront que tu aies fait ton choix. Et je te promets que je ne m'y opposerai jamais.

Marg se leva.

— J'ai un cadeau pour toi.

— Tu m'as déjà tant donné. Tu as fait une telle différence dans ma vie.

— C'est un cadeau pour moi aussi.

Elle apporta un miroir au dos argenté avec en son centre une pierre cœur-de-dragon.

— Un miroir à double vue qui appartenait à ton arrière-grand-mère. Quand tu auras besoin de moi, que tu voudras me parler, me voir, tu n'auras qu'à m'appeler depuis ce miroir.

FaceTime version magyque, pensa Breen.

— Il est magnifique. Et oui, j'ai besoin de toi, mamie. (Elle se leva et serra Marg dans ses bras.) Et je ne vais pas te laisser tomber. Je trouverai un moyen.

— Maintenant, tu dois trouver un moyen de dire aux autres personnes qui tiennent à toi ce que tu m'as dit à moi.

Breen répondit par un soupir. Elle ne pensait pas que les autres seraient aussi compréhensifs que sa grand-mère.

Elle s'attendait à ce qu'Aisling ne soit pas loin… Et elle se trompait.

— Tu fais ce que tu veux, lança celle-ci d'un ton sec en transportant un seau d'eau du puits vers la cuisine. Mon père est mort pour que tu sois libre de faire ce que tu veux.

— Aisling…

— Le père de mes enfants combat et parcourt Talamh pour la protéger, poursuivit-elle, véhémente, en versant de l'eau dans une casserole. Et un jour, pendant que tu vivras de l'autre côté, où tu as de l'eau en tournant une manette et où tu montes dans des voitures qui rendent l'air mauvais, mes enfants devront faire la même chose.

— Je n'y retourne pas pour les voitures ou pour l'eau du robinet. J'ai des obligations là-bas aussi.

— Des obligations qui sont question de vie ou de mort ? Lumière ou ténèbres, esclavage ou liberté ?

— Non. Je ne suis pas importante, là-bas. Je reviendrai. Je l'ai promis à ma grand-mère, je te le promets, mais il me reste des…

Elle s'arrêta quand Harken entra.

— Elle s'en va, lança Aisling d'un ton coupant avant de se mettre à peler une carotte avec hargne.

— Ah, bon.

Il ôta sa casquette et resta à regarder Breen.

— Je vais revenir, je le jure. Mais je dois… (*Et puis mince*, pensa-t-elle avant de lui prendre la main.) Lis-moi, regarde dans mon esprit et dans mon cœur. Je ne pars pas par envie, mais parce que j'essaie de faire ce qui est juste. Je reviendrai pour essayer de faire ce qui est juste.

— Ça te fait mal. Tu es tellement tiraillée entre amour et devoir des deux côtés que tu souffres. (Il jeta un coup d'œil vers sa sœur.) Mahon éprouve souvent ce tiraillement quand il doit quitter sa famille pour accomplir son devoir. Je te souhaite un bon voyage, Breen Siobhan, et un bon retour.

Il lui déposa un baiser sur le front.

— Morena est restée dehors pour parler avec les enfants. Keegan se prépare à l'entraînement d'aujourd'hui. Tu dois leur en parler à tous les deux.

— Je sais, et je vais le faire. Je suis désolée, Aisling.

— Elle laisse ici l'essentiel de son cœur, affirma Harken quand elle sortit.

— L'essentiel de son cœur, ça ne suffira pas pour lutter contre Odran.

Il alla prendre Aisling dans ses bras. Elle se raidit, fit mine de le repousser, puis se reposa contre son frère.

— Tu ne peux pas ouvrir ou fermer un verrou sans clé, Harken.

— Elle sera plus forte à son retour.

Par la fenêtre, Aisling regardait Breen parler à Morena.

— Si elle revient.

26

C'était comme pour prendre un médicament : mieux valait s'en débarrasser au plus vite.

Mais elle attendit que Morena ait replacé le bras de Kavan pour qu'il puisse appeler le faucon sur le gant.

Quel vol magnifique, se dit Breen, quelle envergure majestueuse, lors de son vol depuis une haute branche jusqu'au bras du petit garçon.

Il supporta ensuite, stoïque, les couinements joyeux du garçon en question.

— Vous ferez de bons fauconniers un jour. On fera une autre leçon la prochaine fois que je viendrai, mais pour l'instant, Amish veut chasser.

— Papa dit que si j'apprends bien, je pourrai avoir un faucon pour mon anniversaire.

Morena sourit à Finian.

— Si c'est ce qui arrive, je t'aiderai avec plaisir à en dresser un. Allez, Kavan, laisse-le partir.

— Au revoir ! Au revoir ! Au revoir ! dit Kavan en levant le bras, comme il avait appris à le faire.

— Bien, bravo tous les deux. (Elle les aida à retirer les petits gants qu'elle avait fabriqués à leur intention.) Et maintenant, rangez les gants comme il faut.

Ils coururent vers la maison. Finian était encore radieux quand ils arrivèrent devant Breen. Et Kavan, comme toujours, ouvrit les bras. En le prenant, Breen se rendit compte qu'ils allaient lui manquer au-delà de l'imaginable.

— Morena nous a fait des gants à nous, lui raconta Finian. On a fait voler le faucon. À tour de rôle. Et puis je vais avoir un faucon pour mon anniversaire.

— C'est quand, ton anniversaire ?

— Au moment de Samhain. Maman dit que j'ai choisi ce jour pour que mon âme et celle de mon grand-père puissent se rencontrer quand le voile s'amincit. Viens, Kavan, on doit ranger les gants.

— Au revoir ! cria-t-il quand Breen le reposa. Au revoir ! Au revoir !

— Ce sont de chouettes garçons, commenta Morena. Je sais qu'Aisling rêve d'une fille, mais elle et Mahon font de beaux garçons.

— C'est sûr, et tu es tellement douée avec eux.

— Oh, c'est plutôt facile. Et c'est un bon entraînement pour quand je déciderai de laisser Harken m'en faire un.

— Oh.

— J'aime plutôt l'idée des bébés que de la ferme pour l'instant. Et lui, il voudra les deux, bien sûr. Donc il y a encore le temps de voir dans quel sens le vent me pousse. Et toi, tu es prête pour l'entraînement du jour ?

— J'ai le choix ?

— Pas selon Keegan. Malgré tout, tu y travailles comme une folle ces derniers temps, donc soit tu en es venue à aimer ça, soit tu veux seulement faire des bleus à son beau derrière.

— Je n'en suis pas venue à aimer ça, non. Ni l'épée, ni les poings, en tout cas. Je… Tu veux bien marcher avec moi ? J'ai à te parler.

— Bien sûr, je comptais venir te regarder un peu. Et balancer des insultes à l'entraîneur, dans tous les cas. De quoi dois-tu me parler ?

— Nous sommes amies. Tu as été ma première amie, et même si c'est encore flou dans l'ensemble, je le sens.

— Tu es tracassée, et je peux le sentir sans avoir le don de Harken.

— J'ai des amis de l'autre côté. J'en ai un qui est comme une mère pour moi, qui m'a offert gentillesse, compréhension et soutien quand la mienne ne m'en donnait pas ou ne pouvait pas m'en donner. J'ai Marco.

— Celui que ma mère a rencontré. Beau, avec un bon cœur et du charme.

— Ça lui correspond bien. Il a été une constante dans ma vie. Un ami, un frère, un mur des lamentations, un encouragement d'aussi loin que je me souvienne. C'est dur de ne pas partager tout ça avec lui, de ne pas lui dire la vérité. De savoir que je ne peux pas lui dire la vérité.

— Je le sais. (Compatissante, Morena posa le bras sur les épaules de Breen.) Ç'a été dur pour moi quand j'allais de l'autre côté, de ne pas venir te voir. Mais la véritable amitié est souvent mise en difficulté, hein ?

— Non, et je ne choisis pas la facilité maintenant. Morena, je dois repartir.

— Repartir ? Repartir là… Mais on a besoin de toi ici, et tu es heureuse. Tu t'es éveillée.

— Oui. Mais il y a tant de raisons qui font que je dois y aller. Des choses que je dois faire, dire et résoudre. Je ne peux pas simplement me détourner des gens à qui je tiens et qui tiennent à moi.

Le visage sans expression, Morena retira son bras.

— Mais avec ceux d'ici, tu le peux ?

— Non. C'est pour ça que je vais revenir. J'ai d'abord besoin de temps. Je dois débrouiller des choses que j'ai laissées en plan. Tout revoir en sachant que Talamh existe, en sachant tout ce que j'ai appris.

— Tu as passé presque toute ta vie là-bas avant de venir. Tu devrais savoir où est ton chez-toi.

— J'ai besoin de temps, répéta Breen. Je reviendrai. Par amitié, pour tout ce qui m'appelle ici, pour ma grand-mère et pour le devoir.

— Quand ? Quand t'en vas-tu ?

— Dans trois jours. Deux encore après aujourd'hui, plutôt.

— Et quand reviendras-tu ?

— Je ne sais pas précisément, mais je reviendrai.

— La dernière fois que tu as dit ça, il s'est écoulé plus de vingt ans avant que tu reviennes.

— Ce ne sera pas pareil. Cette fois-ci, c'est moi qui choisis, je ne suis plus une enfant.

Morena regarda vers la ferme, puis fit face à Breen.

— Tu ne le sais peut-être pas encore, mais moi, si. C'est ici que tu es vraiment chez toi. Donc tu reviendras. Attention, Breen, ne pars pas trop longtemps. Tu en as parlé à Marg.

— Oui. Aussi à Aisling et à Harken, puisqu'il est entré à ce moment-là.

Morena hocha la tête.

— Donc tu réserves Keegan en dernier. Comme tu es mon amie, je te souhaite bonne chance, et je le pense vraiment. Mais il vaut mieux que je te laisse seule pour le faire.

— D'accord.

— On se reverra avant ton départ.

Breen voulut encore parler, mais Morena se détourna et reprit la direction de chez Aisling.

Alors quand Boulet revint vers elle en courant, Breen continua jusqu'au terrain d'entraînement, où Keegan était assis, en train de polir l'une des épées méthodiquement.

— Tu es une fois de plus en retard, et tu as bien pris ton temps. J'ai connu des femmes dans plus d'un monde qui aiment penser qu'un homme n'a rien d'autre à faire que de les attendre. Elles se trompent toutes.

— Je ne pense pas ça et je ne l'ai jamais pensé, mais j'avais des choses à régler aujourd'hui. J'en ai encore.

Elle s'assit sur l'un des montoirs qu'il avait laissés là pour de brèves pauses – ou comme éléments d'un parcours d'obstacles dément qu'il avait mis au point qu'il l'avait obligée à faire plus d'une fois.

— Je devais parler à Nan et… à d'autres. Il y a encore des personnes à qui je dois parler. Toi.

Il la regarda droit dans les yeux.

— Alors tu y retournes.

— Oui, mais…

— Dans quelques jours, deux, maintenant, donc quelques heures.

— Oui, dit-elle encore une fois, surprise qu'il le sache.

— Tu croyais que je ne saurais pas quand le temps que tu avais prévu de passer ici toucherait à sa fin ? Et pourtant, tu ne disais rien. Plus facile pour toi de me laisser, de tous nous laisser croire que tu comptais rester et être là pour toujours.

— Non, ce n'était pas plus facile. Peut-être que c'était plus facile dans un premier temps de ne pas y penser du tout, donc je n'y ai pas pensé, tout simplement. Et ensuite, je n'ai rien dit parce que je ne savais pas comment en parler.

— Voilà, tu l'as dit. (Il se releva.) Donc il n'y a aucun intérêt à ce que je perde mon temps à t'entraîner alors que tu choisis de retourner là-bas.

— C'est injuste, dit-elle en se redressant d'un bond. Injuste. Pourquoi ai-je cru que tu serais juste ou que tu écouterais ce que j'ai à dire ?

— Tu t'en vas, donc c'est dit. Tous dans mon monde regardent vers moi pour tenir la défense contre Odran, pour éviter à cette vision de mort et de destruction que nous avons partagée de devenir réalité. J'ai pris l'épée dans le lac parce que tu m'as dit que je le devais.

— J'ai… ? Comment ? Jamais… Je n'étais même pas là.

— J'ai vu l'épée dans l'eau et pensé que non, ce n'était pas pour moi, je n'en voulais pas. Je ne voulais pas diriger. Mais tu es venue, et dans l'eau, tu m'as parlé. Alors je l'ai soulevée avec tous les fardeaux qu'elle représente. Et toi, née avec le pouvoir de sauvegarder les mondes, tu rejettes ton fardeau.

— Non. Ce n'est pas ce que je compte faire. Je reviendrai. Tu ne sais pas qui j'étais avant de venir ici. (Se passant la main dans les cheveux, elle se retourna.) Tu n'aurais pas aimé la personne que j'étais. Moi, je ne l'aime pas. Je dois y retourner telle que je suis maintenant.

— Dans quel but ?

— Pour prouver que je peux être qui je suis maintenant. Pour prouver que je suis ce que je veux être. Pour choisir en connaissance de cause. Merde, Keegan, toi et tous à Talamh, vous voyagez au-dehors, on vous encourage à partir, à passer du temps ailleurs, à voir et sentir. Et ensuite, à faire votre choix. Mais moi, je n'en ai pas le droit ?

— Tu as vécu là-bas.

— Ce n'était pas moi. (Elle se retourna, la main sur le cœur.) C'était une femme qui faisait tout ce qu'elle pouvait pour ne pas être remarquée. Qui suivait les règles que quelqu'un d'autre établissait pour elle. Une femme qui pensait que son propre père ne l'aimait pas assez pour rester. Mais ce n'est pas la personne qui y retourne. Je n'ai pas parlé à ma mère depuis des mois, et pas une fois elle n'a essayé de me contacter. Mais la femme qui y retourne va avoir une sacrée conversation avec elle.

— Donc tu y retournes pour montrer à ta mère que tu es forte ?

— En partie, oui. Quel mal y a-t-il à ça ? Tu ne m'entraînes pas pour que je sois forte ? Toutes ces semaines, ce n'est pas ce que tu as fait ?

Elle fit volte-face et attrapa une épée.

— Elle m'a entraînée à être faible. (Elle pourfendit l'air. La lame créa une lumière chaude qui grésilla et claqua.) Je te dis que je vais lui montrer que je ne le suis pas. Il y a des gens qui m'aiment là-bas, et j'ai besoin de les voir, d'arriver à leur dire que je ne vais pas rester, que je retourne en Irlande, puisque je ne peux pas parler d'ici. Je peux leur expliquer que je retourne en Irlande pour terminer mon livre, ça marchera et ce n'est pas un mensonge intégral.

Elle soupira et reposa l'arme.

— Mais c'est suffisamment mentir pour que ça me dérange. Et ils vont en souffrir. Mon ami Marco et moi, on allait se prendre une maison. Il en a repéré une, exactement comme je voulais avant… avant que tout change. Je dois le décevoir parce que je ne peux pas faire ça avant… je ne sais pas quand.

— Donc tu penses à des maisons et à ta fierté. Tu oublies ta vision, les hurlements et la fumée ?

Les yeux durs, sombres et durs, elle releva le visage.

— Je ne l'oublierai jamais.

— Odran sait que tu es éveillée, tu en as conscience ? Il continuera d'essayer de forcer les portails, d'envoyer démons et éclaireurs. Il fera tout ce qu'il pourra pour s'imposer dans tes rêves.

— J'ai le sort…

— Mais personne pour t'aider s'il devait échouer.

— Alors il faudra que je sois à la hauteur.

— Si tu ne l'es pas et qu'il peut utiliser ce dont tu disposes, Talamh est perdue. Et quand elle sera perdue, ton monde le sera aussi, car tu es la passerelle.

— Je devrais être à la hauteur, répéta-t-elle. Avant que je vienne ici, une poignée de gens (ou moins) estimaient que j'étais à la hauteur, et je n'en faisais pas partie.

Et c'était extrêmement douloureux de se rendre compte qu'il n'était pas de ceux-là non plus.

— C'est plus difficile de partir que de rester. Tu ne comprendras pas, mais c'est moi qui choisis. D'y aller, de faire ce que je dois faire, puis de revenir et de donner ce que j'ai aux Fey.

— Dans ce cas, je ne vais pas gaspiller mon temps ni ma salive. Et comme il n'y a pas d'utilité à t'entraîner maintenant, je vais mettre les deux là où ils auront plus d'utilité.

— J'ai encore aujourd'hui, demain et…

— Il y a peu de chances que tu aies besoin d'une épée dans ta Philadelphie, non ? (Il rengaina la sienne avec un bruit sec décisif et ramassa l'autre.) Alors va, Breen Siobhan, et fais ce qui te semble être ton devoir, car on dirait que l'humain en toi brûle plus fort que le Fey.

Il s'éloigna d'elle et bientôt, elle vit son dragon descendre du ciel. Il le monta et, sans un regard en arrière, s'éleva pour disparaître parmi les nuages.

Elle ne retourna pas à la ferme. Doutant d'y être bien accueillie, elle passa le gros de son temps restant avec sa grand-mère et Sedric. Elle rendit visite à Morena et à ses grands-parents, regarda les jeunes Fey faire la course sur les routes et dans les bois.

Le soir précédant son départ, elle laissa Boulet avec Marg.

Il se plaignit et ce son l'accompagna alors qu'elle s'éloignait de la chaumière, des jardins et arrivait à la route.

Elle avait prolongé son temps jusqu'au crépuscule, quand la lumière prenait de doux tons gris perle et les lointaines collines se revêtaient d'ombres.

Le moment où, elle le savait, Talamh plongeait dans le calme, une fois la journée de travail achevée et le repas du soir terminé. Le moment idéal pour lire au coin du feu ou bavarder pendant que les enfants dormaient. Le moment idéal pour faire de la musique, et elle entendait les accents tristes et beaux d'un violon en provenance de la ferme.

On aurait dit des larmes, ce qui n'aurait pu être mieux adapté à son humeur.

Les lumières brillaient aux fenêtres de la maison où elle était née, et son père avant elle. Son cœur se serra quand elle passa à côté, suivie par l'air mélancolique comme par un fantôme.

Devant l'arbre de l'Accueil, Morena était assise, et elle se leva du muret quand Breen s'approcha.

— Je voulais te dire au revoir une dernière fois.

Sans rien dire, Breen l'étreignit longuement.

— Tu souffres de partir. N'importe qui peut le voir, donc ce besoin d'y aller doit être énorme.

— Il l'est, même si je ne peux pas l'expliquer.

— Tes explications m'ont suffi. (Lui pressant une dernière fois les épaules, Morena recula et regarda vers la ferme.) Même si elles n'ont pas suffi à tout le monde.

— Harken joue comme un ange. Un ange en deuil.

— Harken joue, et mieux que bien, mais là, c'est Keegan.

— Keegan ? Je ne savais pas qu'il était musicien.

— C'est ton père qui lui a appris, et à Harken et Aisling aussi. Je suppose qu'il n'a pas évoqué le sujet quand vous étiez au lit tous les deux.

Elle était au courant. Évidemment. Tout le monde devait l'être.

— Non, c'est vrai. Et maintenant, il m'en veut trop pour évoquer quoi que ce soit.

— Il a des mondes sur les épaules, dans son cœur et entre ses mains aussi.

— Je comprends, vraiment. C'est pour ça que je ne peux pas être en colère contre lui, alors que ce serait bien plus facile.

— Tu répareras tout à ton retour.

— Je reviendrai, mais réparer, c'est une autre paire de manches. (Elle tenta de hausser les épaules et de sourire.) Je suis peut-être la seule femme dans l'histoire à m'être fait larguer dans deux mondes.

— Les hommes sont des créatures fragiles, voilà pourquoi.

— Ah bon ? fit Breen, mélancolique.

— Crois-moi. Et maintenant, tu m'as donné un cadeau en arrivant, donc j'en ai un pour toi maintenant que tu pars.

Elle tendit à Breen une petite boîte en bois gravée de symboles magyques.

— Elle est magnifique.

— Oh, l'emballage n'est pas mal, mais c'est à l'intérieur que se trouve le vrai présent.

En l'ouvrant son amie alluma quelques lumières de fées pour que Breen distingue bien ce qu'elle tenait dans la paume de sa main.

— La chaumière. C'est une miniature parfaite de la chaumière de Nan, avec le jardin devant et la porte ouverte comme elle aime.

— J'avais d'abord pensé faire le cottage de l'autre côté, là où tu habitais.

— C'est toi qui l'as fabriquée ? C'est incroyable.

— Je suis contente. J'ai aussi pensé à la ferme, parce que tu y as des attaches très fortes. Mais finalement, pour le côté sentimental, j'ai choisi la chaumière de Marg pour que tu l'emportes dans ton voyage.

— J'adore, et je t'adore d'avoir su ce que ça représenterait pour moi. Oh, Morena, tu vas me manquer.

— Pas trop longtemps, alors. Je serai ici quand tu reviendras.

Soigneusement, Breen déposa la miniature dans le velours de l'écrin.

— Tu iras voir si Nan et Boulet vont bien.

— Bien entendu.

— Je dois y aller.

— Je sais. Bon voyage à toi.

Breen traversa le pré, monta les petites marches, puis se retourna vers Morena.

— Je crois que je suis la seule femme à avoir la crème des meilleurs amis dans deux mondes.

Et, la boîte pressée contre son cœur, elle passa d'un monde à l'autre.

La journée entière de voyage s'écoula comme dans un rêve. Charger la voiture, regarder une dernière fois le cottage, puis le paysage, par une petite pluie qui faisait briller la verdure comme des émeraudes sous l'eau.

Quand enfin elle arriva à l'aéroport, le bruit, la foule, le mouvement la frappèrent comme un choc culturel violent qui la réveilla presque. Mais elle se concentra sur le fait de passer une à une les étapes nécessaires. Quand elle se retrouva dans le calme relatif du salon pour attendre son avion, elle ne but que de l'eau. Elle se sentait déjà en dehors de son corps et avait les mains qui tremblaient un peu en prenant son verre.

À l'embarquement, elle pensa qu'elle avait déjà été à dos de dragon, et que c'était vrai. Ensuite, elle répondit au SMS plein d'entrain de Marco pour essayer de se raccrocher à ce qui était réel à présent.

Quand l'avion s'éleva, elle ne regarda pas par le hublot. Elle ne pouvait supporter de regarder ce qu'elle laissait derrière elle. Elle ne voulait pas lire de livre ou regarder de film, mai essaya de se plonger dans l'écriture un moment.

Cela eut sa petite efficacité, et quand son histoire lui échappa, elle alla aux toilettes pour prendre la potion, prononcer le sort et, l'amulette en poche, dormir ensuite pour passer le temps.

Étape par étape, se rappela-t-elle à l'atterrissage. Et elle les franchit toutes, jusqu'au moment où elle tira ses valises dans un monde bruyant et empressé qui lui donna des sifflements aux oreilles et des soubresauts à l'estomac.

Elle aurait pu faire demi-tour aussitôt pour chercher un moyen de fuir, mais Marco était là, agitant les mains. Marco, le sourire jusqu'aux oreilles, Marco, qui l'étreignit en la soulevant de terre.

— Et la voilà !

— Et te voilà, murmura-t-elle, riant et pleurant en même temps, le visage contre son épaule.

— Laisse-moi te regarder, un peu. (Il la fit reculer et cligna des yeux.) Ma jolie, tu étais bien bâtie quand je suis parti, mais putain, là, tu es taillée. Qu'est-ce que t'as fait ?

— Ah bon ? J'ai fait beaucoup de sport.

Épée, combat, équitation, marche.

— Ça te va super bien. Et où est ton chien ? On doit aller le chercher où ?

— Je ne pouvais pas l'emmener pour l'instant. (Et elle se mit à pleurer.) Je l'ai laissé à... Je t'expliquerai.

— C'est bon, ma puce. Nul, cet appartement.

— Je veux vraiment en partir, Marco.

— Tu m'étonnes. Tiens, je vais pousser cette petite montagne, dit-il en se plaçant derrière le chariot. J'ai emprunté le minivan de mon cousin. Une honte pour la famille, mais ça marche bien. Tu m'attendras sur le trottoir, et je passerai te prendre.

— Merci.

— Tu dois être épuisée.

— Sans doute. Tout est bizarre. Sauf toi.

Elle lui prit le bras pendant qu'il poussait le chariot vers la sortie.

— J'ai souffert du décalage horaire pendant des jours en rentrant. Ça va, toi ?

— Oui, tout va bien.

Non, pensa-t-elle en le voyant s'éloigner. *Non, rien ne va plus. L'air n'a pas la bonne odeur, le ciel n'est pas comme il faut. Il y a trop de monde qui parle en même temps. Trop de gens et de véhicules partout. Le vacarme des avions qui décollent et atterrissent.*

Il s'arrêta devant elle dans un minivan rouge cerise, dont il bondit pour ouvrir la grande porte.

— Tiens, assieds-toi et reprends ton souffle. Je charge.

— Non, ça va, j'ai besoin de bouger après ce long vol.

Quand elle se glissa sur le siège passager, elle avait la tête en compote.

— Je parie que ça va te faire bizarre d'être à droite sur la route, dit-il en démarrant. Je ne travaille pas cette nuit, donc je vais te faire un repas aux petits oignons. Je sais que tu aimes bien que tout soit en ordre, mais tu pourras attendre demain pour défaire tes bagages. Détends-toi.

— Peut-être. J'ai tant de choses à te dire.

— Et je veux tout entendre. Surtout sur l'Irlandais sexy que tu as mis dans ton lit.

— C'est fini.

— Bah, il viendra peut-être te voir ici.

Elle secoua la tête.

— Je devais partir, il devait rester.

— N'oublie pas Sandy et Danny. Un amour d'été, ça peut durer.

Devant son expression vide, il leva les yeux au ciel.

— *Grease is the word*, voyons !

Et il la fit rire.

Elle fit de son mieux pour se fermer à tout sauf à son ami pendant leur trajet en pleine ville. Elle connaissait tout cela, tout était si familier… et désormais aussi distant que les deux lunes.

Ils montèrent tous les bagages dans l'appartement.

— Je dois rendre le minivan. Ne bouge pas, détends-toi, je suis de retour dans une demi-heure. Relax, tu m'entends ?

— Oui.

Il l'étreignit encore une fois avec force.

— Bienvenue chez toi, Breen.

Quand il fut parti, elle regarda autour d'elle. Tout était familier là aussi.

Mais ce n'était plus chez elle. Peu importait combien de celle qu'elle avait été restait là, peu importait combien de Marco, ce ne serait plus jamais chez elle.

Elle déballa ses affaires, faisant passer les cadeaux rapportés dans sa petite armoire. Sur la commode, elle posa l'écrin en bois, la miniature et le miroir. Non sans culpabilité, elle rangea sa baguette, les pierres, les potions et le livre de sorts dans des tiroirs.

Elle n'avait pas pris le risque d'emporter l'athamé dans l'avion et l'avait laissé à sa grand-mère.

En entendant Marco revenir, elle sortit de sa chambre. Le poing sur la hanche, il lui demanda :

— Tu as défait tes valises, c'est ça ?

— Je n'ai pas pu m'en empêcher…

— Breen… fit-il avec un soupir exagéré. Assieds-toi donc. Je vais nous servir un verre pour les grands, et ensuite on va se raconter plein de choses avant que je nous fasse mon célèbre poulet au riz.

— Ta cuisine m'a manqué.

— Ton blog a clairement laissé comprendre que tu n'en faisais pas beaucoup.

— Je suis nulle.

Il vint s'asseoir avec deux verres de vin.

— Heureusement que tu m'as. Et maintenant, raconte-moi tout.

— Je ne sais pas par où commencer.

— Choisis.

— Il y a beaucoup de choses que je n'ai pas mises sur le blog parce que c'était trop personnel. Et je ne t'en ai pas parlé quand on était au téléphone ou par SMS parce que ce n'était pas assez personnel. Je vais commencer par mon père.

— Oh, mon Dieu. Tu l'as trouvé ?

— Il est mort, Marco, il y a des années. Il serait revenu mais…

— Oh, ma puce… (Il la prit dans ses bras.) Je suis navré, Breen, vraiment navré. J'aurais voulu être là avec toi. Tu n'aurais pas dû affronter ça toute seule.

— Je ne l'étais pas. J'ai retrouvé ma grand-mère. Sa mère.

Il écarquilla les yeux.

— Où ça, comment ?

— Je… Un jour, je me suis perdue et je me suis retrouvée dans une ferme magnifique. C'est là que je suis née, Marco.

— Tu… Quoi ?

— Je ne l'ai jamais su, mais je ne suis pas née à Philadelphie. Et les gens de la ferme connaissaient mon père. La maison de ma grand-mère est tout près. J'ai passé beaucoup de temps avec elle. Elle te plairait, vraiment.

— Breen, ça ressemble au destin, non ?

— C'est ça. (*C'était aussi simple que ça*, pensa-t-elle.) Le destin.

Elle lui raconta ce qu'elle pouvait, instillant un peu de Talamh en Irlande.

— Et comme elle m'a donné le chien, je le lui ai laissé jusqu'à…

— Ton père ne t'avait rien dit ?

— Un peu, dans ses histoires, je crois. Mais je pensais que c'étaient des contes. Et ma mère, bon, elle a écrasé tout ça.

— Tout est… (Il posa les mains sur sa tête et imita un bruit d'explosion.) Tu pourrais écrire un livre.

— À ce sujet… Tu sais, celui que j'ai fait sur Boulet ?

— Je sais, je l'ai lu et j'ai adoré.

— Je travaille à un deuxième et aussi à mon roman pour adultes. Et j'ai une agente.

— Non ! Mais quelle performance ! C'est top, ma Breen !

— Et tu ne sais pas le meilleur. J'ai vendu le livre sur Boulet et signé pour deux autres à venir.

— Qu'est-ce que tu viens de dire, là ?

— J'ai une éditrice. J'ai une maison d'édition. Boulet va être publié à l'été prochain.

Marco reposa son verre, se leva et arpenta la pièce.

Le cœur serré, elle se mit à parler à un rythme soutenu :

— Je ne voulais pas t'en parler avant de pouvoir te le dire en face. Je voulais…

— Tais-toi. Tais-toi.

Il la souleva de sa chaise et la fit tournoyer deux fois, puis posa le visage dans ses cheveux.

— Je suis tellement fier de toi. Tellement heureux. Tellement fier.

Quand il lui déposa de gros baisers sur les joues, elle essuya les larmes de son ami. Son cœur débordait.

— C'est grâce à toi, murmura-t-elle.

— Breen, c'est grâce à toi.

Elle lui prit la main et la passa sur le tatouage à son poignet.

— C'est toi qui m'as aidée à trouver le courage. Et demain, je vais m'en servir pour aller parler à ma mère.

— Avant, tu trempais juste l'orteil, maintenant, tu plonges. Tu veux que je t'accompagne ?

— Non merci. (Elle posa la tête sur son épaule et trouva, dans ce qui était désormais un monde étranger, qu'elle était encore chez elle avec lui.) Je vais m'en sortir.

27

Aux petites heures du matin, elle utilisa le miroir.

Pensant aux murs tout fins de l'appartement et à Marco, elle ne conversa avec Marg que brièvement et à voix basse. Cela n'empêcha pas Boulet de l'entendre, et avec trois aboiements joyeux, il se fit voir, remuant la queue.

Puis, réveillée et agitée, elle écrivit. Comme le monde qu'elle imaginait la ramenait à Talamh, elle trouva sa propre joie. Longtemps après que le soleil eut percé par la petite fenêtre de sa chambre, elle entendit Marco commencer à bouger.

Elle laissa là son travail pour aller faire du café.

— Ah, ça m'a manqué que tu lances le café le matin, fit-il en l'étreignant d'un bras tout en buvant. Tu as déjà posté un billet de blog. À trois heures et demie du matin, putain.

— Horloge interne.

— Fais la sieste, ma puce.

— Peut-être.

Mais le sommeil ne faisait pas partie de ses projets.

— Après le magasin de musique, j'irai directement chez *Sally's*. Tu me retrouves là-bas ? Tu as de grandes nouvelles à diffuser, et si tu ne les diffuses pas bientôt, je vais éclater et elles vont sortir de moi.

— D'accord. Je veux voir Sally, Derrick et tout le monde.

Elle en aurait bien besoin, après avoir affronté sa mère.
— Tu vas chez ta mère.
— Tu as lu dans mes pensées.
Il lui tapota la tempe.
— Je sais ce qui se passe là-dedans.
— Elle devrait être chez elle à dix-huit heures si elle n'est pas en déplacement. Je viendrai au bar après lui avoir parlé.
— Un verre t'attendra. Et si tu as besoin de moi, tu m'envoies un SMS. Je dois filer, j'ai une leçon dans un quart d'heure. Et fais donc cette sieste.
Il courut pour aller au travail, comme toujours le matin, parce qu'il ne prévoyait jamais large.
Breen se mit à la fenêtre.
Elle avait toujours adoré ce quartier et elle vit ce qu'elle avait adoré : les petites boutiques, les restaurants, cette géniale boulangerie. Elle et Marco faisaient des orgies de leurs petits pains caramélisés le dimanche.
Elle adorait les rues pavées et le petit bout de rivière qu'elle pouvait voir si elle plissait les yeux. Elle adorait le fait de pouvoir entrer dans n'importe quelle boutique ou restaurant de leur portion de rue et qu'on l'appelle par son prénom.
Elle était connue, même si elle avait essayé de disparaître. Peut-être à cause de ça, même, de cette proximité.
Elle envisagea une promenade, mais se rendit compte que ça n'aurait plus le même charme qu'avant. Plus de prés verts s'étendant jusqu'aux collines de la même couleur. Plus de baie reflétant le ciel argenté.
Pas de Boulet en train de courir devant, chassant un mouton ou un écureuil.
Elle se dit qu'elle ne s'était pas réhabituée pour l'instant… et qu'elle n'y parviendrait pas.
Elle avait des choses à résoudre. Tant qu'il en resterait, elle demeurerait prise entre deux mondes, entre deux amours, entre deux obligations.
Elle allait se remettre au travail, mais d'abord, elle devait passer quelques coups de fil.

En fin de journée, par habitude, elle prit le bus. La panique n'étant pas loin, elle mit une main dans sa poche pour poser les doigts sur l'amulette qu'elle s'était fabriquée pour la détermination.

Elle s'imagina parcourir les routes sinueuses de l'Irlande, monter le charmant hongre dans les prés et les bois de Talamh.

Cela l'aida lors du trajet dans un bus bondé à l'heure de pointe. Elle pouvait presque ignorer les klaxons, ou les sons métalliques étouffés de hip-hop qui s'échappaient des écouteurs du passager devant elle.

Les freins à air s'actionnaient, la porte s'ouvrait et se refermait en couinant. Les gens se serraient pour entrer ou sortir.

Quand elle arriva à son arrêt, elle regretta de ne pas avoir écouté Marco pour la sieste.

La marche l'aida à clarifier son esprit. Même à cette heure-là, le quartier de sa mère était assez calme. Les étroites pelouses devant les maisons avaient gardé leur vert et les arbres offraient de l'ombre. Les jardins étaient tenus de façon moins méticuleuse que ce à quoi elle s'était accoutumée, mais ils restaient colorés.

Ce n'était pas ce qu'elle désirait, bien sûr. Si le moment se présentait, quand il se présenterait, elle voudrait davantage d'espace. De solitude. Et oui, de simplicité.

Elle emprunta l'allée de chez sa mère. À la porte, elle prit encore une inspiration pour se calmer, puis sonna.

En ouvrant, Jennifer ne montra aucune expression, pas la moindre réaction de surprise. Elle avait dû regarder l'écran de sécurité avant de répondre.

— Breen. Te revoilà.

— Oui. Je voudrais entrer.

— Bien sûr.

Sa mère avait une nouvelle coiffure, des mèches plus claires pour l'été, poussées en un chignon roulé. Elle portait un pantacourt et un débardeur, ce qui signifiait qu'elle n'avait plus sa tenue de travail.

Et elle avait à la main un cocktail. Pas du vin, mais un gin-tonic, signalant qu'elle avait eu une journée difficile.

Qui était loin d'être terminée…

— Assieds-toi, dit-elle en entrant dans le salon. Tu veux quelque chose à boire ?

— Non merci.

Rien n'avait changé, remarqua Breen. Tout était parfait.

— J'imagine que tu as apprécié tes vacances prolongées et que tu es prête à revenir à la réalité. Étant donné les circonstances, tu devras te contenter de remplacements avant de…

— Je ne vais pas me remettre à enseigner.

Sirotant lentement sa boisson, Jennifer examina Breen avec une désapprobation si intense qu'elle en aurait presque brisé le verre.

— Quelques millions de dollars, ça te paraît peut-être inépuisable, mais ils ne dureront pas, vu la manière dont tu as choisi de les dépenser. Des voyages en Europe, une nouvelle garde-robe, pas d'autres revenus.

— J'ai d'autres revenus. J'écris.

C'était mesquin, oui, mais le son dédaigneux émis pas sa mère lui apporta une énorme satisfaction. Car elle allait devoir le ravaler.

— J'ai vendu mon premier livre. En fait, mon éditeur m'a fait un contrat pour trois livres.

Jennifer se contenta de soupirer, comme un adulte devant des rêves d'enfant.

— Breen, il y a des charlatans partout sur Internet qui prétendent être des éditeurs, justement pour piéger des gens comme toi.

— Mon agente travaille pour la Sylvan Agency, fondée il y a trois cent trente-deux ans. Mon éditeur est McNeal Day Publishing. Il se peut que tu en aies entendu parler, ajouta-t-elle avec morgue, quand enfin, elle discerna la réaction de surprise. Sinon, tu pourras chercher.

» J'ai rendez-vous la semaine prochaine à New York avec mon agente, mon éditrice, etc. Ces gens pensent vraiment que j'ai du talent. Ils pensent que je peux faire carrière dans l'écriture. Alors non, je ne vais pas reprendre un métier pour lequel je n'ai jamais eu de vrai talent.

— Les écrivains gagnent rarement de quoi vivre.

— Alors quelle chance j'ai d'avoir de quoi essayer ! Et je trouve que dans une relation mère-fille normale, tu serais heureuse pour moi. Peut-être même un peu fière. Mais on n'a jamais eu une relation normale, hein.

— N'importe quoi, c'est insultant. J'ai veillé au grain pour toi, je t'ai guidée, je t'ai aidée à éviter les chausse-trappes toute ta vie. Si tu considères que c'est normal d'être dorlotée, c'est un manquement de ton côté.

Il y avait tant de choses là-dedans que Breen n'avait jamais vues. Et tant de choses d'ailleurs qu'elle avait acceptées.

C'était fini.

— Tu as veillé à ce que je ne sorte pas du moule, tu m'as écartée de force de ce que tu estimais être des chausse-trappes et qui auraient pu être des choses sympas ou de bonnes opportunités. Eh bien voilà, je suis sortie du moule et j'aime ça. Je ne redeviendrai jamais celle que j'étais, celle que tu m'as poussée à être. Tu dois l'accepter. Ou non. Dans tous les cas, je ne reviendrai jamais en arrière.

— Quand tu seras à court d'argent…

— Tu sais, j'ai appris qu'une bonne vie ne dépend pas que de l'argent. J'espère gagner la mienne en faisant ce que j'aime, sans dépendre de la générosité des autres. Mais si je n'y arrive pas, je trouverai un autre moyen. J'ai appris qu'une bonne vie, c'est de l'amour, c'est se battre pour soi-même et les autres, c'est cette fameuse générosité, c'est rendre aux autres. Pour ça, j'ai de bonnes bases, pas grâce à toi, mais grâce à Sally, Marco et Derrick.

— Est-ce qu'ils t'ont donné à manger, mis un toit au-dessus de la tête ?

Jennifer était-elle blessée ? se demanda Breen. Juste un peu, sous la partie scandalisée ?

— Non, et c'est à toi que je le dois. C'est pour ça que je suis là. Je comprends un peu mieux pourquoi tu m'as fait me sentir inférieure. Parce que tu savais que j'avais davantage en moi, et ça te faisait peur.

— Arrête, tu deviens ridicule. Tu ne te sens plus, d'avoir vendu un simple livre.

— Le livre n'y est pour rien, même si c'est un beau corollaire. Je n'aurais peut-être jamais trouvé le courage d'écrire sans avoir de l'argent de côté. Je n'aurais peut-être jamais trouvé le courage d'aller en Irlande. Et si je n'étais pas allée en Irlande, je n'aurais jamais trouvé Talamh.

— Je ne vois pas de quoi tu parles.

Ce n'était plus de la surprise, à présent, mais une pâleur de cire. Le corps raidi, la main tenant son verre affaiblie, Jennifer se redressa.

— J'ai du travail.

— Tu sais exactement de quoi je parle. J'ai rencontré ma grand-mère. J'ai passé le plus gros de mon été à apprendre à la connaître, ainsi que mon lieu de naissance et mon droit de naissance.

— La mère d'Eian était, et elle est sûrement encore instable, et voilà pourquoi je l'ai empêchée de te voir. Malgré tout, elle est assez bizarre pour t'avoir entraînée dans son monde de chimères. Tu dois…

— Ne me dis pas ce que je dois faire. (Ulcérée, Breen se leva à son tour.) Elle n'a jamais dit de mal de toi. Pas une fois. Et le premier mot que tu prononces à son sujet, au sujet de quelqu'un dont tu ne m'as même pas fait connaître l'existence, c'est qu'elle invente et qu'elle est instable. Un monde de chimères ? Tu as passé quatre ans chez les Fey !

— Tu délires. Tu vas devoir partir.

— Je délire ? (D'un tour de main, Breen présenta une boule de lumière blanche froide.) Ce n'est pas du délire, ça. Ce n'est pas une chimère. C'est du pouvoir. Le pouvoir que toute ma vie, tu as essayé d'étouffer.

— Stop ! Tu n'amèneras pas cette aberration chez moi.

— Aberration ? (*Le mot utilisé par Ultan lors du procès*, pensa-t-elle.) C'est ce que ça représente pour toi ? C'est ce que je suis pour toi ?

— Pas de ça chez moi ! Ici, c'est le monde où nous vivons, tu comprends ? J'ai dit à ton père…

— Il est mort.

Sous l'effet de la colère et peut-être de la peur, Jennifer avait beaucoup rougi et une lueur un peu folle s'était installée dans ses yeux. Ceux-ci ternirent et son visage vira au gris. Le verre qu'elle tenait tomba à terre et se brisa.

— Tu ne savais pas. Tu n'étais vraiment pas au courant. Nan avait sans doute raison. Tu l'aimais vraiment. Vous vous aimiez.

— Il est parti. Il est parti il y a longtemps. Je dois nettoyer, ça va tacher le sol.

— Maintenant, c'est moi qui dis stop.

D'un geste de la main, Breen fit disparaître le verre cassé et le liquide répandu.

— Tu n'apporteras pas ça sous mon toit, ou tu n'y seras pas la bienvenue.

— Est-ce ce que tu lui as dit, à lui ? Est-ce l'ultimatum que tu as lancé à mon père ? Il a quitté sa terre pour toi.

— Et il y retournait tout le temps.

— Il avait des obligations. Il était *taoiseach*.

— Des merdes tribales ! (Sa voix se brisant, Jennifer se détourna.) Nous étions sa famille.

— Il avait de la famille là-bas aussi. Un monde à protéger.

— Mais il ne t'a pas protégée ! Tu as été enlevée dans ton lit au milieu de la nuit.

— Il m'a protégée. Il s'est battu pour moi. Je suis rentrée saine et sauve.

— Tant de fois il les a choisis plutôt que moi. Une épée et un bâton, quelle idiotie. Il aurait pu les renvoyer dans ce satané lac, mais il refusait. Il aurait pu vivre ici, avec moi, avec toi, comme un homme normal, un mari et un père normal.

— Mais il n'était pas normal comme tu l'entends. Mince, tu as essayé d'étouffer la lumière en lui comme tu as essayé de le faire avec moi.

— Si je l'avais fait, il serait en vie.

Du chagrin, oui, Breen en percevait chez sa mère. Mais elle ne pouvait se laisser adoucir, pas maintenant.

— Et il aurait sûrement été malheureux, comme je l'ai été la majeure partie de ma vie. Odran m'avait mise en cage, mais toi aussi.

— Comment oses-tu me dire ça ? Je t'ai gardée en sécurité.

— En sécurité selon tes critères. Toujours selon les tiens. Tu m'as enfermée dans une boîte. Et quand il est parti et qu'il n'est pas revenu, tu m'as fait croire qu'il m'avait abandonnée parce que je n'avais pas d'importance pour lui, alors qu'il est mort quelques semaines après m'avoir protégée, ainsi que toi, son monde et celui-ci.

— Je n'ai jamais dit qu'il t'avait abandonnée.

— De mille façons, si, et tu le sais. Tu as divorcé, et malgré tout il est revenu dans ce monde, encore et encore. Parce qu'il nous aimait. Maintenant, il n'est plus là, et on ne sait pas comment se réconforter l'une l'autre.

— S'il nous avait aimées, il aurait renoncé au reste.

Noir et blanc, comprit Breen. Comme ça devait être triste de vivre dans un monde en noir et blanc.

— C'est triste que tu y croies. Ça me fait de la peine pour toi. J'ai de la peine que tu refuses de le voir, ou que tu sois simplement incapable de voir la joie et la beauté pour lesquelles il luttait. Mais moi, je le vois, je le sais. Je suis éveillée. Je fais partie des Fey. Il te faudra l'accepter.

— Tu ne feras pas entrer ces choses contre nature dans cette maison.

— C'est compris. Tu sais comment me contacter si tu en as envie.

— Tu vas rester là. Tu n'y retourneras pas.

— Bien sûr que si. J'y retournerai. Je suis la fille de mon père, rappela Breen avant de sortir.

Et elle parcourut plus de deux kilomètres à pied avant de se défaire du gros de sa colère et de son chagrin.

Elle pensa appeler un taxi, mais alla jusqu'à un arrêt de bus. Peu après, Sedric apparut sur le banc où elle était assise.

— Que… Qu'est-ce que tu fais là ?

— Marg m'a dit que tu comptais parler à ta mère ce soir. Sachant que ce serait un moment difficile, nous avons pensé que tu aurais besoin qu'on s'occupe un peu de toi. Elle a créé un portail temporaire, juste pour garder un œil sur toi pendant la soirée. Mais tu avais l'air d'avoir besoin d'un peu de compagnie. Tu as beaucoup marché. J'aime aussi marcher longtemps quand je suis tracassé.

— Elle… elle croit que ce que nous sommes, mon père et moi, c'est contre nature. Une aberration. Et pourtant, quand je lui ai annoncé la mort de mon père, j'ai bien vu son visage. Elle l'aimait. Nan avait raison. Mais elle lui en veut de ne pas avoir renoncé à Talamh, de ne pas avoir fait semblant d'être ce qu'il n'était pas. Je n'ai pas été gentille avec elle.

Breen fut surprise quand Sedric l'étreignit d'un bras. Et encore plus surprise quand elle posa la tête sur son épaule.

— J'ai eu des propos durs. Je les pensais. J'avais besoin de les dire. Je devais revenir pour ça. Pas seulement, mais c'est quelque chose que je devais faire.

— Et maintenant, c'est fait, et tu te sentiras mieux.

Nauséeuse et triste, elle secoua la tête.

— Tu crois ?

— Oui, tu te sentiras mieux. Quand tu gardes quelque chose en travers de la gorge, tu ne peux pas te sentir forte et stable.

— Je n'y suis pas encore. Je lui ai dit que j'avais vendu un livre et elle a essayé de faire comme si ça ne représentait rien. Ou même comme si c'était mal.

Il tourna la tête et effleura ses cheveux d'un baiser.

— Peu importe, marmonna-t-elle.

— Absolument. Et maintenant, dis-moi comment Marco a réagi quand tu le lui as annoncé.

— Il a un peu pleuré. Il était tellement heureux pour moi.

— Et c'est ça qui importe, non ? Voilà le bus. Je te raccompagne chez toi ?

— Je vais chez *Sally's*.

— Ah, quel bel endroit. Un bon *craic*.

— Tu veux venir ?

Visiblement touché, il sourit.

— Peut-être une prochaine fois si je suis disponible, mais, là, je vais rentrer et dire à ta grand-mère que tu es avec des amis.

— Merci, Sedric. (Elle se leva et se dirigea vers la porte du bus.) Tes biscuits au citron me manquent.

— Je t'en préparerai quand tu rentreras à la maison.

Elle monta dans le bus et trouva un siège. Elle allait lever la main pour lui faire signe, mais n'aurait pas dû être surprise de le trouver volatilisé.

Quand elle entra dans le bar, elle s'attendait à se sentir agressée par le bruit et le monde, mais en fait, ce fut l'inverse.

Elle eut le sentiment étrange et familier d'être chez elle, ce qui la réconforta.

Il était trop tôt pour le premier concert officiel et la foule, mais elle reconnut Larue en Judy Garland sur scène, en train d'interpréter *Over the Rainbow*.

C'est ce qu'elle avait fait. Elle était passée de l'autre côté de l'arc-en-ciel.

Elle chercha Sally et Derrick du regard et, ne les trouvant pas, alla droit au bar pour voir Marco, qui posa devant elle une flûte de champagne.

— Du champagne ?

— Sally m'a dit de l'ouvrir pour fêter ton livre.

— Mon livre ? répéta-t-elle avec un regard meurtrier.

Il tenta de paraître honteux, sans toutefois y parvenir.

— Je suis faible, je n'ai pas pu m'en empêcher. Je commande des nachos bien chargés, parce que je suis certain que tu n'as pas avalé une miette. Plein de protéines qui t'arrivent sous des dehors alléchants.

— Dans ce cas, tu es pardonné, parce que j'ai un petit peu faim.

Elle allait prendre son verre, mais son tabouret fut retourné et elle en fut soulevée.

Sally, déguisé en Cher dans une combinaison blanche plaisant aux foules avec une longue perruque noire, la prenait dans ses bras.

— Et la voilà, mesdames et messieurs, la grande baroudeuse, l'autrice best-seller, la belle de tous les bals, Breen Siobhan Kelly !

Riant, elle l'étreignit en retour.

— Le livre n'est même pas encore publié.

— Je ne me plante jamais en disant la bonne aventure, et je vais faire un numéro spécial pour toi.

— Tu m'as manqué, tout m'a manqué chez toi.

— Alors attention, tout revient.

— Hé, c'est mon tour !

Derrick lui passa un bras autour des épaules avant de lui donner un baiser bruyant accompagné d'une douzaine de roses blanches.

— Oh, elles sont magnifiques, merci ! Je suis traitée comme une princesse.

— Tu es de la famille.

Sally s'assit sur le tabouret d'à côté, ramena ses cheveux en arrière en un geste qui rappelait vraiment Cher, et lança un clin d'œil à Derrick.

— Chéri, si tu trouvais de l'eau pour ces splendeurs afin qu'elles restent fraîches pour notre princesse ?

— Ça marche.

— Et Marco, sers-moi un verre de bulles et écarte-toi un peu. Breen et moi, on doit parler entre filles.

Quand Marco fut parti, Sally prit sa flûte.

— Parlons peu, parlons bien. Comment ça s'est passé avec ta mère ?

— Aussi bien qu'on pouvait l'espérer, je crois.

— Mal à ce point ?

— Peut-être encore pire. Mais… (Breen leva son verre comme pour proposer un toast.) C'est fait. Et puis je suis avec ma vraie mère maintenant.

— Ma chérie, tu vas me tirer des larmes alors que mon maquillage est au top. Bon, je dois maintenant te dire que j'ai beaucoup de peine au sujet de ton père. Tu as été là pour moi quand j'ai perdu mon papa il y a deux ans. J'aurais voulu qu'on puisse être là pour toi.

— D'une façon, vous l'étiez. Et même si ce n'est pas drôle, je sais qu'il m'aimait. Il serait revenu. Il m'a toujours aimée.

— Et tu as rencontré ta grand-mère ?

— Elle est merveilleuse, Sally, tu l'adorerais.

— J'espère la rencontrer un jour.

Breen prit une gorgée pour éviter de soupirer.

— Ce serait génial.

— Et tu as adopté ce chien trop mignon – encore un que je suis impatiente de rencontrer. Tu as appris à monter à cheval. Tu as écrit un bouquin entier et tu as trouvé un éditeur. Heureusement que je n'étais pas au maquillage quand Marco nous l'a annoncé. J'ai un peu chialé. Des larmes de fierté et de joie. Mon bébé, tu as bien employé ton temps à trouver ce qui te plaît dans la vie.

— C'est tout à fait vrai.

— Avec Derrick, on lit ton blog tous les matins. On reste au lit avec le café, la tablette, et on lit, et je peux te dire qu'on avait l'impression d'être avec toi et de tout voir.

Sally agita un doigt au bout rouge.

— Mais tu as omis quelque chose.

— Quelque chose ?

Tant de choses.

— Un certain dieu celte.

— Un… Quoi ?

La panique la gagnait de nouveau, mais Sally agita ensuite les sourcils d'un air suggestif.

— Ah, tu veux dire… C'était juste… Il était seulement… (Et là, elle soupira.) Magnifique.

Sally s'approcha, enthousiaste.

— Je veux un portrait.

Alors elle le lui fit.

Les jours suivants, Breen suivit strictement son programme. Écrire tôt, s'octroyer une pause pour faire du sport.

Et, porte fermée, rideaux tirés, faire apparaître un spectre pour poursuivre son entraînement.

La semaine suivante, elle embarqua dans le train pour New York.

Elle mit à profit le temps de trajet pour observer ce monde et y réfléchir. Les maisons et les entreprises, les fermes et les usines. Tous les gens qui vivaient et travaillaient là. Elle y avait pensé avant, bien évidemment, mais elle se considérait à l'époque comme un petit maillon sans importance de la chaîne. Ses décisions au quotidien importaient peu. Marcher ou prendre le bus, préparer des œufs brouillés ou se faire livrer des plats chinois, commander des chaussures ou faire avec les actuelles.

Rien dans ses actes ne faisait une réelle différence.

Et à présent, si. Chaque décision qu'elle prenait ou ne prenait pas avait de l'importance.

Elle devait donc être sûre qu'elle faisait le bon choix.

Aller à New York, et voyager seule, c'était un choix personnel important qu'elle n'aurait pas fait six mois auparavant.

Si elle n'avait pas le courage de prendre à bras-le-corps quelque chose d'aussi important pour elle, quelque chose dont elle avait rêvé et pour quoi elle avait travaillé, comment le trouverait-elle pour se battre pour un monde, utiliser ses dons, son pouvoir de représenter la lumière contre les ténèbres ?

Armée des indications détaillées de son agente, Breen prit le métro vers le centre-ville depuis la gare. Tout lui semblait immense, et pourtant trop petit pour contenir tout ce monde.

Même si Marco avait sélectionné ses tenues pour les deux journées de rendez-vous, elle s'inquiéta d'être trop habillée ou pas assez, ou d'avoir simplement l'air de ce qu'elle était : un poisson hors de l'eau.

Elle était debout dans un tramway bondé, s'accrochant à son petit bagage et au joli sac d'ordinateur anthracite offert par Sally et Derrick pour la féliciter.

Elle vit une femme portant un très joli foulard sur la tête bercer un enfant dans son écharpe. Un homme d'affaires en costume lire sur son téléphone d'un air renfrogné. Une femme en tailleur rouge et tennis à semelles hautes, un énorme sac à main sur les genoux, qui avait l'air de s'ennuyer ferme.

À chaque arrêt marqué dans les grincements, des gens venaient s'entasser, tandis que certains se frayaient un chemin vers la sortie. Des sacs de courses, des mallettes, des téléphones, des écouteurs. L'odeur du café brûlé d'une personne, le parfum trop fort d'une autre.

Pour repousser le stress, elle se concentra sur l'étape suivante.

Elle descendit à l'arrêt suivant, traça son chemin dans le tunnel avec un flot d'autres personnes. Soulagée d'avoir voyagé à peu près léger, elle prit l'escalier avec son sac de voyage et pénétra dans ce tourbillon qu'était New York.

Elle ne s'était pas attendue à aimer, pas même un petit peu, mais elle fut fascinée. La ville dégageait une telle énergie. Elle la sentait picoter sur sa peau, la voyait presque en couleurs miroitantes dans la circulation qui avançait dans la rue, dans les gens qui évitaient et faisaient leur chemin sur le trottoir.

Elle rejoignit la cacophonie de klaxons si énervés et impatients, la mer de voix aux langues et accents différents et, sous un soleil éclatant, commença à marcher.

Elle se fichait bien de ressembler à une touriste : elle regarda avec ébahissement, se dévissa le cou pour voir les immenses bâtiments. Personne ne faisait attention.

Et cela faisait partie de la beauté. Personne ne faisait attention ; personne ne la connaissait, ne la remarquait, ne la regardait. Elle pouvait s'insérer dans la foule. Sans y disparaître comme elle l'avait fait auparavant, mais simplement être elle-même.

Sur une impulsion, elle s'arrêta pour acheter un bouquet de lys à un petit étal de rue et les huma pendant sa courte marche jusqu'à l'hôtel recommandé par son agente Carlee.

Elle qui souhaitait petit et tranquille, elle sut en entrant que Carlee ne l'avait pas déçue. Ce n'était ni grand ni animé, mais charmant, avec des canapés un peu trop rembourrés et des sols en marbre poli.

Il était trop tôt pour avoir sa chambre, mais elle laissa ses bagages et retourna à sa randonnée urbaine sur trois tronçons de rue jusqu'à l'agence.

Son agence.

Elle avait vu des photos sur leur site, mais ne se trouva absolument pas idiote d'en prendre une de leurs deux maisons de ville accolées, en brique crème et aux portes de bois sombre.

Les lys au creux du bras, elle monta les marches du perron de gauche, comme on le lui avait dit, et sonna à l'interphone. On lui ouvrit quelques instants plus tard.

Elle entra dans ce qui avait été un rêve.

En attendant à la réception de style contemporain sans prétention, elle s'efforça de se convaincre que c'était la réalité. Puis Carlee arriva avec un grand sourire et une main tendue.

— Je suis très contente de vous rencontrer enfin. Votre voyage s'est bien passé ?

— C'était rapide, et l'hôtel correspondait exactement à ce que je voulais, donc je vous remercie. Et merci pour... tout.

Elle lui donna les fleurs.

— Comme c'est gentil à vous, elles sont magnifiques. Venez, je vous emmène dans mon bureau. Je suis ravie que vous ayez pu venir tôt pour que nous ayons le temps de parler avant de retrouver Adrian pour le déjeuner.

Elle s'exprimait vite, avait des mouvements rapides. Elle guida Breen vers un escalier, qu'elle gravit dans ses talons bas noirs, son pantalon slim noir et son chemisier blanc impeccable.

Elle avait des cheveux blonds en carré dégradé plus long devant. D'après leurs conversations, Breen savait qu'elle avait deux enfants, l'un à l'université, l'autre au lycée. Pourtant, elle se déplaçait comme une ado pleine d'énergie.

Au passage, elle s'arrêta un instant dans les couloirs tapissés de livres, devant les bureaux, passa brièvement dans une salle de réunion pour présenter Breen à d'autres agents et assistants, un groupe divers d'hommes et femmes de différents âges et teintes de peau.

Le temps qu'elles arrivent jusqu'au bureau de Carlee, au deuxième étage, les noms et les visages s'étaient effacés.

— Et voici Lee, mon ange gardien, mon assistante, et mon bras droit.

— Je suis très heureuse de vous rencontrer. Je suis une grande fan de votre blog.

— Merci.

Lee était une toute petite Asiatique qui avait l'air d'avoir seize ans tout au plus.

— C'est Lee qui filtre les demandes et les manuscrits. Elle m'avait mis le vôtre en haut de la pile avec l'instruction de le lire dès que possible.

— Un grand merci.

— J'adore Boulet. Que voulez-vous boire ? Dites-moi, et on l'aura sûrement.

— Ah, euh… un Coca.

— C'est parti. Carlee, une eau pétillante ?

— Tu me connais. Tu veux bien mettre ces belles fleurs dans un vase ?

— Je fais ça tout de suite, elles sont splendides, dit Lee avant de sortir d'un pas pressé.

— Asseyez-vous, Breen. (Carlee alla à son bureau et ouvrit un tiroir. Elle en tira une enveloppe qu'elle tendit à Breen avant de s'asseoir, croisant les jambes.) Votre à-valoir à signature est arrivé, la compta s'en est occupée ce matin. Je suis très contente de vous le remettre en personne.

— C'est réel, murmura Breen.

— Un peu, que c'est réel. Maintenant, on va bavarder, et, au déjeuner, vous ferez connaissance avec Adrian. Comme je vous l'ai dit, je la connais depuis des années. Elle est intelligente, très attentive et elle a du flair. Je pense que c'est la bonne éditrice pour vous. Demain, vous aurez l'occasion de vous rendre dans les locaux de McNeal Day Publishing et de rencontrer les personnes qui vont travailler sur vos livres.

Lee revint avec les verres.

— Je vous rappellerai quand vous devrez partir déjeuner, si jamais vous perdez la notion du temps.

— Elle sait que c'est ce qui m'arrive, expliqua Carlee alors que Lee repartait. Donc mettez votre premier versement à signature – le premier des nombreux à venir – bien au chaud dans votre sac et parlons d'avenir.

28

Cette nuit-là, après une journée enthousiasmante, Breen se mit au lit.

Et dans ce lit qui n'était pas le sien, dans cette ville qui n'était pas la sienne, elle eut sa première vision depuis le rêve qu'elle avait partagé avec Keegan.

Elle retourna dans le bois vert, près de la rivière aux eaux vertes et de la cascade.

Elle entendit les trombes d'eau et les chants des oiseaux par-dessus ce fracas. Elle vit un daim s'arrêter dans les ombres vertes pour l'observer et une course entre écureuils sur une écorce recouverte de mousse.

Tout respirait la paix, la sécurité, tout était d'une beauté tranquille et secrète.

Mais Breen savait, même si le paysage essayait de la tromper, qu'elle était du mauvais côté.

Du côté d'Odran.

Sans surprise, sous son regard, des crocs poussèrent sur le daim et ses yeux placides se firent d'un noir huileux. Le sang imbiba la mousse et l'un des écureuils bondit vers elle, griffes en avant.

Elle le dégagea d'un éclat de pouvoir.

— Je n'ai pas peur des illusions.

— Qu'as-tu à craindre ?

Odran s'avança vers elle, sa robe noire virevoltant dans la brume qui se répandait au sol.

— Je suis ton grand-père. Nous sommes du même sang.

— Tu es un monstre.

Elle leva la main, envoyant du pouvoir pour l'arrêter. Il le repoussa d'un revers de main, comme elle l'avait fait pour l'écureuil. Mais il sourit et laissa cette courte distance entre eux.

— Tu as tué mon père. Ton propre fils.

— Il ne m'a pas laissé le choix. Je lui aurais donné tous les mondes, mais il m'a défié. Il m'a attaqué. Je l'ai fait pour le pouvoir, tout comme il t'a faite.

— Il m'a faite par amour.

Il riait à présent, produisant un son d'un charme inquiétant.

— C'est ce que tu crois ? Comme c'est mignon ! Il t'a laissée parce que tu n'étais pas ce qu'il espérait quand il s'est accouplé avec cette humaine.

Se contrôler, se rappela-t-elle. Elle garderait le contrôle.

— Tu mens.

— Pourquoi te mentirais-je, mon enfant ?

Il posa une main sur son cœur puis la lui tendit.

— Pourquoi choisir de croire le tissu de mensonges des gens de l'autre côté ? Ils t'accueillent à bras ouverts avec de grands sourires, mais ils ne cherchent qu'à se servir de toi.

— Ils m'ont montré la vérité, le contredit-elle. Ils m'ont rendu ce qui m'appartient.

— C'est ce que tu crois ? (Il secoua la tête en un simulacre de tristesse.) Ils t'éveillent, te racontent de jolis mensonges pour t'attirer. Pour utiliser ce que tu es pour me détruire. Et ensuite, ils comptent te détruire, toi. Toi qui es de mon sang, ils te brûleront dans le feu rituel, que tu réussisses ou que tu échoues. Comment peuvent-ils prendre ce risque ? Risquer ton pouvoir ?

— Jamais ils ne me feraient de mal. Jamais ils ne se retourneraient contre moi.

— N'est-ce pas déjà ce qu'ils ont fait ? Tu as donné ton corps à leur *taoiseach*, mais il t'a tourné le dos – comme l'avait fait ton père – quand tu n'as plus été ce qu'il désirait. Leur seul souhait est de protéger ce qu'ils ont, et quand tu ne serviras plus à rien, tu seras éliminée... Alors qu'avec moi...

Il s'était approché, juste d'un pas, mais elle sentait son énergie sombre, mortelle, une damnation, une drogue.

— Je t'aiderai à devenir la déesse que tu es, tu pourras choisir les mondes que tu dirigeras. Je te draperai de pouvoir comme de soie noire. Tout ce que je te demande, c'est de joindre ton pouvoir au mien. De m'accorder quelques gorgées.

Il s'était encore approché, assez près pour la toucher à présent s'il tendait la main. Elle leva les bras et lança encore du pouvoir.

— Non.

En une grimace, son visage se défit de tout son charme.

— Alors je te viderai et te laisserai vide et folle. Tu seras faible, perdue, seule, comme tu l'as toujours été. C'est à prendre ou à laisser. Tels sont tes choix.

Elle serra les poings, rassembla son pouvoir et s'arracha au rêve. Au même moment, elle sentit les doigts d'Odran lui griffer la joue.

Hors d'haleine, elle se redressa, passant une main sur son visage en préparant une boule de lumière de l'autre.

Pas de sang. Toutefois, elle courut à la salle de bains pour se regarder dans le miroir.

Pas de marque, pas de sang, pas de griffure.

Mais elle sentait encore le froid et l'écho de la douleur qui l'accompagnait.

— C'était une illusion.

Elle retourna boire la moitié de la bouteille d'eau qu'elle avait sur sa table de nuit.

— Mais je l'ai contrôlée. J'ai pris les rênes.

Malgré tout, elle regretta de ne pas avoir emporté le miroir pour pouvoir parler à sa grand-mère. Parce que, contrôle ou non, les paroles d'Odran pesaient lourdement sur son esprit.

Pour la première fois depuis la maternelle, Breen ne passa pas le mois de septembre dans une salle de classe. Deux fois, elle se réveilla et alla par automatisme se doucher et se préparer pour aller en classe.

Son visage dans le miroir, ses cheveux roux flamboyants et non ternes comme auparavant, l'avaient ramenée à la réalité.

Et deux fois, elle avait un peu dansé dans la salle de bains.

La liberté lui faisait toujours le même effet que la première gorgée de café du matin, qu'un bon verre de vin, qu'une très, très bonne séance de sexe.

Oui, elle portait une énorme responsabilité, elle avait des décisions difficiles à prendre, mais elle n'avait pas à exercer un métier qui ne lui convenait pas, ou auquel elle ne convenait pas.

Elle pensait qu'une génération entière de collégiens en serait mieux lotie.

La liberté lui laissait du temps pour écrire, pour voir les gens qu'elle aimait, du temps pour réfléchir, du temps pour planifier.

Elle attendit, espérant pouvoir parler sérieusement avec Marco à son retour du magasin de musique et avant son rendez-vous avec un professeur de fitness qu'il fréquentait depuis deux ou trois semaines.

Mais quand il rentra, il s'affala sur le canapé et se débarrassa de ses vieilles Nike.

— On commande des pizzas ?

— Je croyais que tu sortais avec M. Top-Sex. Un dîner et un vernissage.

Marco leva le pouce, puis le retourna vers le bas.

— Oh. Pourquoi ?

— Je ne suis pas assez fun.

— C'est quoi, ce délire ? (Vexée pour lui, Breen posa des poings rageurs sur ses hanches.) Tu es hyper fun. Presque trop fun !

— J'ai deux boulots, il faut « caser », selon ses termes, du temps pour ma musique, et je ne suis partant pour sortir et faire la fête qu'une ou deux fois par semaine maxi. Bref, fit

Marco en haussant les épaules. Le vernissage, c'était moi. Lui, il veut surtout sortir en boîte, et moi, après cinq ou six nuits sur sept chez *Sally's*, j'ai envie d'autres ambiances.

— Oui, ben il est superficiel et bête.

— Oui, dit Marco, le sourire lui revenant. Je le savais déjà. En gros, j'en avais surtout après son corps, mais merde, tu as vu ce corps, un peu ?

— Je n'ai pas pu faire autrement, j'étais là. Mon corps ne t'intéresse pas, mais je t'emmènerais avec plaisir dîner et assister à un vernissage.

Il la regarda, puis se tapota les genoux. Elle vint se blottir contre lui.

— Tu es la meilleure, murmura-t-il. Mon numéro un. On n'a qu'à rester à la maison, manger des pizzas et trouver une série à regarder.

— Pas de zombies ni de vampires.

— Froussarde.

— Oui. Tu veux une bière ?

— Tu sais, on pourrait se marier et juste coucher avec d'autres gens.

— OK. Si dans vingt ans on est encore célibataires, on fait ça.

Ils prêtèrent serment en crochetant leurs petits doigts.

— Voilà. Et maintenant, va me chercher ma bière, femme.

Elle leur prit une bière à tous les deux, puis s'assit à côté de lui sur le canapé affaissé.

— Puisqu'on a du temps, il y a des choses dont j'aimerais parler avec toi.

— Ah oui ? Je vais aimer ?

— J'espère. Donc, je t'ai raconté mes aventures à New York.

— La prochaine fois, je viens avec toi et on va voir un spectacle à Broadway.

— Carrément. Il y a beaucoup de choses dont on m'a parlé, que je ne t'ai pas encore racontées, qui sortent du champ de l'écriture. Et j'adore l'écriture, Marco.

— C'est clair, ma puce.

— Je veux vraiment continuer à me concentrer là-dessus, limiter mes sources de distractions, surtout que je commence juste. Mais comme je suis justement une débutante, ce sera à moi que reviendront la promotion et tout le reste. Surtout les réseaux sociaux. En dehors du blog, que j'adore alimenter aussi, je dois avoir un site bien, à jour, sur lequel on navigue facilement. Il faut que je sois présente sur les réseaux, comme… oh, là, là, Twitter. Et tu sais que je préférerais être dévorée par un requin plutôt que d'aller sur Twitter. On m'a suggéré Instagram, peut-être Facebook.

Il la salua en levant sa bière.

— Qu'est-ce que je te disais ?

— Oui, oui, tu m'as déjà dit tout ça. Je n'en ai pas en envie, Marco, mais si je ne le fais pas, ça limitera mes chances d'atteindre mes lecteurs et de construire ma carrière.

— Je t'aiderai.

Nous y voilà, pensa-t-elle avant de prendre une inspiration.

— Je ne veux pas que tu m'aides. Je voudrais que tu le fasses. Je voudrais t'engager comme community manager, ou chargé des relations publiques, ou webmaster, peu importe le titre.

— Breen, je ferai tout ce qu'il faut pour lancer tout ça, mais je n'accepterai pas que tu me donnes de l'argent.

— Attends, écoute-moi, s'il te plaît.

— J'accepterai pas d'argent, marmonna-t-il encore.

— Écoute. Déjà, c'est un vrai boulot. Je ne pourrai pas te donner de prime ni rien, mais c'est un vrai travail. Tu devras te coordonner avec mon éditeur pour que je n'aie pas à le faire. Il faudra que tu ailles à New York et que tu rencontres l'équipe du marketing et de la communication. Il faudra que tu conçoives le site Web et que tu le mettes à jour, toujours dans le but de me décharger. Et puis il y a tout l'aspect réseaux sociaux. Tu les gérerais sous ta propre identité, il ne s'agit pas de mentir. Mais tu t'exprimerais en mon nom et tu ferais la promotion de mes livres.

» Ce n'est pas fini. J'ai pris des notes, parce qu'il y a beaucoup de choses à prévoir. Beaucoup de choses dont je n'ai pas envie de me charger pour plus d'une raison. Je ne serais pas très douée, ça me prendrait beaucoup de temps, du temps que je n'ai pas envie de prendre. Si tu refuses, je devrai engager quelqu'un d'autre. Quelqu'un que je ne connais pas et qui ne me connaît pas.

— Je n'ai pas dit que je refusais, Breen. Je ne veux pas de ton argent pour le faire, c'est tout.

— Je n'ai pas fini ! (Elle lui assena un long regard dominateur, auquel il répondit de la même façon.) J'ai pris un comptable.

— Oh, oh, mais t'es vraiment la grande dame, maintenant ! Depuis quand ?

— Il y a deux jours, j'avais rendez-vous avec Ellsworth. Tu te souviens, le banquier d'affaires ? Il m'a recommandé deux agences, donc j'ai rencontré un comptable dans les deux. Je n'aime pas les rendez-vous, mais je dois faire les choses comme il faut, tu comprends.

— T'es au top, dit-il en entrechoquant sa bouteille avec la sienne.

— Mon premier paiement n'est pas énorme, mais c'est substantiel. Bien plus que je ne pensais gagner en exerçant ce métier. Sur leurs conseils, j'ai ouvert un compte professionnel, et le banquier comme le comptable m'ont suggéré d'engager quelqu'un pour faire ce que je n'ai pas envie de faire. C'est préférable d'un point de vue professionnel comme fiscal. Ils m'ont tous les deux proposé de m'aider à recruter quelqu'un, mais j'ai dit que je savais qui engager. C'est une dépense pro, et qui est avantageuse pour moi. Tout ce que je t'ai dit jusqu'ici, c'est avantageux pour moi.

Elle but quelques gorgées de bière et sut au silence de Marco qu'au moins il y réfléchissait.

— Pour toi aussi, ce serait un avantage. Pas seulement en termes de salaire, dont on conviendrait. Tu adores travailler chez *Sally's*, donc ça n'aurait pas besoin de changer. Mais ton boulot au magasin, tu ne t'y éclates pas. Je ne te demande pas de faire trois boulots, mais de travailler avec moi plutôt qu'au magasin de musique, qui est juste un moyen de payer les factures pour toi. Tu aimes enseigner, mais pour le reste, c'est seulement un gagne-pain. Tu pourrais très bien recevoir des élèves ici. Ou leur donner des cours à domicile. La guitare, le piano, le violon, mais ici ou chez eux.

Elle prit la main de son ami.

— Je n'ai pas envie d'engager quelqu'un que je ne connais pas, qui ne me comprend pas et à qui je devrais tout expliquer. Toi, tu n'as pas envie de continuer à vendre des trompettes et des partitions en ayant à peine le temps de composer ta musique. On s'aiderait l'un l'autre, comme toujours. On serait gagnants tous les deux.

— Ça ne me paraît pas réglo.

— Parce que tu me considères comme une amie et pas comme une relation pro. Maintenant, je suis les deux.

Il la tapota du doigt.

— Joli ! Tu n'étais pas si douée en argumentation, avant.

Elle ne bougea pas tandis qu'il se levait pour faire les cent pas.

— Et je t'ai convaincu ?

— Bon, je te propose de créer un site sans le mettre en ligne. Si tu l'aimes et que tes éditeurs aussi, on lance toute l'affaire.

Elle hocha la tête, sobre, puis reposa sa bière et se leva pour marcher avec lui.

— Je n'ai qu'une chose à dire.

— Et c'est quoi ?

— Youpi ! cria-t-elle en le prenant dans ses bras et en sautillant. Oh, génial ! Je suis débarrassée du poids d'Internet et des réseaux sociaux ! Tu n'imagines pas comme je suis soulagée.

— Voyons déjà si ça marche.

— Oh, ça va marcher. Marco, on aura tous les deux démissionné de boulots qu'on n'aimait pas dans la même année. (Elle ferma les yeux.) Comme si c'était le destin.

Et le destin était justement l'entrée suivante sur sa liste de choses à gérer.

Keegan se préoccupait de son propre destin quand il entra à cheval dans la Capitale avec Mahon. Ils avaient passé plus de deux semaines à parcourir Talamh à dos de cheval ou de dragon pour s'assurer qu'il n'y avait pas de danger. Ils avaient laissé un petit groupe de soldats sur leur passage pour assurer la sécurité, aider là où c'était nécessaire aux récoltes à venir, aux réparations, ou aux tâches du quotidien.

Ce qu'il avait vu dans les collines, les vallées, sur les côtes, dans les villages et les fermes, c'était la paix et l'abondance. Mais il avait ressenti une légère anxiété.

Les problèmes couvaient et l'air de Talamh portait les inquiétudes.

Quand Keegan franchit les portes avec Mahon, à cheval, il vit les boutiques animées qui faisaient le troc de biens et de savoir-faire. Les herboristes, les alchimistes, les guérisseurs, les tisserands et tous ceux qui choisissaient d'offrir leurs services, vivant et travaillant ainsi à l'ombre du château sur la butte.

La musique s'élevait des bars. Keegan sentit l'odeur du ragoût en train de mijoter, les épices des tourtes à la viande, la levure de la bière qui s'échappait des fenêtres ouvertes sous les toits de chaume des maisons trop proches les unes des autres pour que ce soit confortable à son goût.

Et il y trouvait du réconfort.

La route, sèche car il n'avait pas plu, était droite. Et comme on n'y trouvait pas de déjections animales, il en conclut que le comité d'entretien demeurait vigilant.

Un chaumier et son apprenti s'arrêtèrent dans leurs réparations pour soulever leur casquette. Quelques personnes sortirent des boutiques pour faire de même.

Autour de l'un des cinq puits qui desservaient la Capitale, il aperçut un groupe de gens avec seaux et cruches. Un garçon d'une dizaine d'années posa son seau pour courir vers Keegan.

— Tu as emmené ton dragon, *taoiseach* ?

Il s'appelait Bran, c'était l'un des neveux de Morena. Keegan désigna simplement le ciel.

Le visage de Bran s'éclaira quand il vit Cróga planer au-dessus d'eux. Et il déploya ses ailes à lui pour aller l'observer de plus près.

Des rues partaient de la gauche comme de la droite et donnaient sur des échoppes d'ébénistes, de maréchaux-ferrants, des écuries, des maisons, des pigeonniers, des poulaillers, un second puits, une école de chaque côté, puis gravissaient la butte.

La verdure montait également, avec les jardins entretenus par les habitants qui, en retour, y prélèveraient ce dont ils avaient besoin. Des bêtes paissaient, et derrière elles le blé ondoyait, doré, dans l'attente d'être récolté et emporté au moulin.

Dominant le tout, le château s'étendait, construit avec des pierres de cent nuances différentes de gris, érodées par le temps, la pluie et le soleil. Ses créneaux se suivaient, ses tours et tourelles s'élançaient dans un ciel d'un bleu à briser le cœur, où son dragon volait.

En haut de la plus haute tour, un autre dragon sur la bannière, rouge sur fond blanc, une épée dans une serre et un bâton dans l'autre.

Château et dragons n'étaient pas menaçants mais veillaient sur ceux qui vivaient et travaillaient au-dessous, sur tout Talamh.

Ainsi que le devait Keegan aussi.

Ils passèrent les portes suivantes – une défense qu'il espérait ne jamais avoir à utiliser – et franchirent un pont de pierre qui enjambait la rivière.

Là, une fontaine, pour la beauté et les fleurs qui l'encerclaient. Au nord, les bois profonds pour le gibier, les rituels, les rendez-vous amoureux et les jeux d'enfants.

Ils se dirigèrent vers l'écurie, la fauconnerie et le mur faisant face aux falaises donnant sur la grande mer.

Un homme qu'il connaissait se tenait devant l'écurie, casquette à la main en signe de respect.

— On a su que vous arriviez. Je vais m'occuper des chevaux.

— Avec mes remerciements, Devlin, car celui-ci est monté depuis l'aube, dit Mahon en descendant de selle. Et mes fesses le sentent bien.

— Et maintenant, tu vas prendre une bière, lui rappela Keegan en donnant les rênes à Devlin. Comment se porte ton épouse ? demanda-t-il. Elle ne doit pas être loin.

— C'était il y a une semaine, et nous avons une fille. Toutes les deux vont bien, dieux merci.

— Bénie soit ta fille, ainsi que sa mère et toi, Devlin. Comment l'avez-vous appelée ?

— Cara, *taoiseach*, car elle nous est chère.

— Beau prénom. Attends. (Dans son sac de selle, Keegan prit le béryl qu'il avait ramassé lors de sa visite dans les mines des trolls la veille.) Un petit cadeau pour la nouvelle vie que vous avez amenée à Talamh.

— Merci. Elle le chérira.

Keegan prit son sac de selle sur son épaule.

— Qui aurait pensé que pendant que nous courions les prés et les bois, ce jour-là, tu aurais une fille, et celui-ci, deux fils et une petite qui les suit ?

— Qui aurait cru, dit Mahon avec la facilité de l'amitié, que quand nous trois et tant d'autres ont plongé dans le lac, celui-ci en ressortirait *taoiseach* ?

— Je préfère avoir femme et enfants, déclara Devlin avec un sourire malicieux.

— Comme moi, approuva Mahon.

Il prit à son tour son sac, puis tapa sur l'épaule de Keegan pendant qu'ils empruntaient le chemin menant au château.

— Je veux bien boire cette bière et un coup d'eau. J'imagine que tu as envie de la même chose. Et ma femme est trop loin, mais toi, tu seras dans les bras accueillants de Shana.

— Non, je ne pense pas. J'ai autre chose à faire.

— Parce que tu penses à la sorcière rousse ?

— Parce que je n'ai pas le temps de me laisser distraire.

— Nous sommes trop amis pour ça.

Keegan s'arrêta tant qu'ils étaient hors de portée d'oreille.

— Je me rends compte que j'ignorais, ou plutôt que je faisais semblant d'ignorer que Shana en attend plus de moi que je ne voudrais lui donner. Son père est quelqu'un de bien, il est au Conseil. Peut-être souhaite-t-il la même chose. Il est temps qu'elle tourne ses regards vers quelqu'un d'autre.

— Elle couche avec d'autres, tout comme toi, fit remarquer Mahon. Je pensais que vous partagiez votre lit, rien de plus.

— C'était si facile de faire mine de l'ignorer. Et c'est vrai, Mahon, il y a trop à faire pour se laisser distraire. Comme tu le dis, elle couche avec d'autres. Ses nuits ne seront pas solitaires.

Keegan choisit une porte latérale, espérant échapper au flot de saluts. Il connaissait les escaliers et passages pour éviter la grande salle et les espaces publics où les gens pouvaient se rassembler.

Mais à peine était-il entré dans la fraîcheur bienvenue que sa mère vint l'accueillir.

Elle était en bleu, un bleu doux et estival qui lui allait bien, et ses cheveux aux tons de miel étaient tressés, révélant ses boucles d'oreilles. Elle portait également en pendentif une simple pierre transparente non montée : il savait que c'était son père qui le lui avait offert le jour de sa naissance.

— Bienvenue, voyageurs.

Elle tendit les bras.

— Je ne vais pas t'embrasser, nous arrivons de la route, et nous sommes couverts de poussière.

— N'importe quoi. (Elle alla étreindre Mahon, puis son fils.) Et comment vont ma fille et mes petits-enfants ?

— En pleine forme, répondit Mahon. Et ils veulent savoir quand tu viendras leur rendre visite.

— Bientôt, j'espère, parce qu'ils me manquent. Et ton frère ? demanda Tarryn à Keegan.

— Il va bien aussi.

— Alors je suis contente. Mahon, j'ai fait envoyer une chope dans ta chambre, on est en train de te préparer un bain.

— J'ai la meilleure des belles-mères, s'exclama-t-il en lui déposant un baiser sur la main. Et avec ta permission, je vais aller faire bon usage des deux. Ce garçon pourrait te faire monter à cheval jusqu'à ce que mort s'ensuive.

— Il a toujours été comme ça. À tout à l'heure pour le repas du soir : banquet et bal pour vous souhaiter un bon retour. J'espère bien que tu me parleras de mes petits-fils.

— Je ne manque pas de choses à raconter.

Mahon emprunta l'escalier en colimaçon que Keegan avait visé, et Tarryn prit son bras.

— Je monte avec toi. Je voudrais te parler en personne plutôt que par faucon ou miroir interposé.

— Il y a des problèmes ?

— Pas pour l'instant. Seulement des signes de problèmes à venir.

Elle l'emmena dans ce qu'ils appelaient un petit vestibule, et il prit conscience qu'elle avait donné l'ordre de lui laisser le temps de s'installer : les gens le saluaient, mais personne ne les approcha alors qu'ils prenaient l'escalier, passaient à côté des tapisseries qui ornaient les murs de pierre et les fenêtres à petits carreaux.

Étage après étage, ils montèrent, jusqu'à arriver aux appartements réservés au *taoiseach* dans la tour.

— Tu devrais vraiment venir vivre ici, maman.

— Ce n'est pas moi le *taoiseach*.

Elle ouvrit la porte et le laissa entrer le premier.

Dans le salon, un petit feu était allumé. Un plateau de fruits, de fromages et de viandes froides accompagné de pain l'attendait sur la table, avec une chope de bière et une carafe de vin.

Connaissant la préférence de sa mère, il lui servit du vin.

— Tu veux quelque chose à manger ?

Elle répondit par la négative et s'assit pendant qu'il prenait la chope et buvait en arpentant la pièce.

Toujours en mouvement, pensa-t-elle.

Elle avait elle-même fait le ménage dans la pièce le matin, apporté fleurs et herbes fraîches, changé les draps. Elle avait fabriqué des nouvelles bougies pour le manteau de la cheminée – ici et dans la chambre à coucher – en pensant à lui.

Qu'il soit *taoiseach* ou non, elle serait toujours sa mère et essaierait toujours d'apaiser cet esprit sans repos.

Elle n'y était pas encore parvenue, mais elle essaierait toujours.

— Nous avons une réunion du Conseil au complet demain matin. Tu dois être là.

— Je sais. C'est pour ça que je suis venu, entre autres.

— Tu siégeras dans la chaise de la Justice, ensuite ? Les gens savent que tu es là, Keegan, et c'est ce qu'ils attendront.

— Oui.

— Et tu danseras ce soir sur la musique qui t'accueillera ?

— Avec toi, maman, toujours, répondit-il avec le sourire.

— Moi seulement ?

— Je ne suis pas venu danser. Il y a des signes, comme tu l'as dit, et ils se montrent partout dans Talamh. (Il s'assit, s'inclinant vers elle, la chope entre les jambes.) Le monde est épanoui, maman, je le vois, et pourtant je sens la tempête arriver. Odran nous réduirait en cendres.

— Tu l'arrêteras. Nous l'arrêterons. Je n'ai pas seulement foi en toi parce que tu es mon fils ou que tu es *taoiseach*. J'ai foi en toi parce que je connais l'homme que j'ai élevé. Et quid de la fille d'Eian ?

Il haussa les épaules. Tiens, pensa Tarryn, elle connaissait cette mine renfrognée.

— Elle est retournée dans son monde.

— C'est son monde ici aussi.

— Elle a fait son choix. Nous honorons le choix.

— Oui, car personne n'a le droit d'imposer sa volonté à quelqu'un d'autre. Mais d'après mes autres enfants et Marg, elle a fait le serment de revenir.

Il tourna les yeux vers le feu et son cœur rouge. Mais comme chaque fois depuis le départ de Breen, il résista à l'envie d'y regarder.

— Les serments ne sont pas toujours honorés.

— Tu ne le crois pas ? Tu ne lui fais pas confiance ? (Tarryn but son vin en l'observant.) Il paraît que tu as partagé son lit, et ce plus d'une fois.

— C'est une autre histoire.

— Ah oui ? (Elle commença par sourire, puis s'arrêta.) Il y avait du sang sur les lunes la nuit dernière.

— J'ai vu.

— On a besoin d'elle ici, Keegan.

— Et elle a très bien reçu le message. Qu'y puis-je ?

— Le message devrait être clair pour toi aussi, si tu ne boudais pas. Je sais très bien quand tu boudes, mon garçon, ajouta-t-elle avant qu'il puisse protester. Et il est clair que toi, *taoiseach*, tu dois y aller et lui rappeler son serment. Et la convaincre de revenir, pas par la force de la volonté, mais par la persuasion et la diplomatie.

— Et combien de fois m'as-tu dit que la diplomatie était un point faible chez moi ?

— Un million. Fais mieux cette fois-ci. Tu pourrais peut-être y ajouter une touche d'humilité. Oh, quelle idée de ma part ! Je dois devenir vieille et faible d'esprit.

— Haha. J'ai des devoirs ici.

— Oui, tu en as. Et ensuite, tu iras lui parler, de l'autre côté, et tu feras ton devoir là-bas. Tu n'as jamais failli à ton devoir.

Elle reposa son verre vide et se leva avant de l'embrasser sur les joues.

— Tu ne failliras jamais. Je te laisse à ta toilette.

29

Shana avait de nombreuses raisons d'être amie avec Kiara. Certes, son bavardage joyeux pouvait parfois lasser, mais personne à la Capitale n'était plus au courant des potins. Elle possédait également une nature douce et une oreille compatissante – ainsi qu'un talent inné pour la coiffure.

En ce moment, elle jacassait tout en torsadant patiemment les longs cheveux argentés de Shana en innombrables tresses.

Elles s'étaient liées d'amitié pendant leurs années d'école, partageant un manque d'intérêt pour les cours. En guise de contribution à Talamh, Kiara mettait à disposition son talent pour la coiffure, très admiré et recherché, ainsi que son amour et sa patience inégalée avec les enfants.

Shana consacrait son temps aux jardins, fleurs et herbes, mais s'intéressait de près aux affaires du Conseil, où elle espérait siéger un jour à la suite de son père.

Kiara, malgré tous les ragots, lui transmettait souvent des informations plus détaillées que celles du père de Shana.

Le fait que la mère de Shana soit la plus proche amie et confidente de Tarryn permettait parfois d'avoir quelques petits aperçus des opinions de la mère du *taoiseach*.

Les parents de Kiara s'étaient rencontrés quand son père, jeune homme, avait visité le monde de Largus, où il avait connu Minga. Kiara tenait peut-être son côté romantique de leur histoire : l'elfe et la belle non magyque de la province déserte étaient tombés amoureux, et Minga avait quitté ses sables dorés pour Og et les vertes collines de Talamh.

Og avait transmis à ses cinq enfants son sang elfique et ses talents. Kiara ne pouvait prétendre à la beauté de sa mère – et peu le pouvaient –, mais sa peau avait les tons dorés du monde de Largus, ainsi que les cheveux ébène et les yeux marron profond aux longues paupières.

Les deux amies appréciaient le contraste entre elles, et le petit plus qu'apportaient leurs couleurs extrêmement différentes.

Toutes jeunes, elles avaient fait le serment de ne jamais entrer en concurrence ou de tomber amoureuse du même homme. Elles l'avaient tenu, aussi leur amitié restait-elle forte.

— Je veux participer à toutes les danses ce soir. (Avec ses doigts agiles, Kiara accrocha une petite clochette au bout d'une tresse.) Aiden O'Brian est revenu avec le *taoiseach* et il est temps qu'il arrête de faire mine de ne pas me remarquer.

— Il fait mal semblant.

— J'ai une robe neuve. J'ai coiffé Daryn, ses sœurs, et je me suis occupée des deux enfants de Maeve pendant qu'elle faisait son tissage. En échange, Daryn m'a cousu une robe. Tu vas voir, un peu.

— Moi, je porterai du bleu. Bleu glacier. Dis-moi que tu ne vas pas porter la même couleur.

— La mienne est bronze. Daryn dit que dedans, ma peau sera éclatante. Le bleu te va très bien, mais tout te va de toute façon. Le pauvre Loren Mac Niadh va enrager parce que le *taoiseach* est de retour et qu'il t'accaparera toute la soirée.

— Peut-être. (Shana n'était pas convaincue par les tresses et les clochettes, mais elle avait l'esprit ailleurs.) Il est là depuis des heures et il n'a pas daigné m'accorder un moment.

— Ah, il vient d'arriver, il avait des réunions. Et il paraît que sa mère est restée longtemps en conciliabule avec lui.

— Il trouve bien du temps pour partager mon lit, non ?

— Et il ne couche avec personne d'autre ici depuis deux ans ou plus. Sinon, je le saurais et je t'en parlerais.

Shana pressa la main de Kiara.

— Je sais que tu le ferais, même si en réaction, je te jetterais quelque chose à la tête.

Avec un rire, Kiara termina une autre tresse.

— J'ai bien cru que tu allais le faire quand je t'ai parlé des rumeurs sur lui et la petite-fille de Marg.

— Les gens lancent n'importe quoi, comme rumeurs. (D'un geste sec, Shana reposa la bouteille de parfum qu'elle tenait dans ses mains.) Tu m'as aussi dit qu'il l'entraînait comme ses guerriers et qu'il la faisait le plus souvent tomber dans la boue.

— Tu connais Ywain, je crois, c'est le frère de Birgit qui vit dans l'Ouest. Il dit qu'il a vu ça de ses yeux. Et c'est de notoriété publique dans l'Ouest aussi qu'ils ont partagé un lit en plus du terrain d'entraînement.

Elle entama la dernière tresse.

— Mais comme tu l'as dit toi-même, quelle importance, qui il va chatouiller à l'ouest, au nord ou au sud, du moment que c'est toi qu'il vient voir à l'est ?

Mais connaissant bien son amie, Kiara sentit le changement dans son ton et entreprit de l'apaiser.

— Elle n'est plus là de toute façon, je te l'ai dit, non ? Elle est repartie dans son monde. Je pense qu'il a couché avec elle pour la convaincre de rester, parce qu'on a besoin d'elle. C'est ce que tout le monde pense.

Elle rassembla les tresses pour en faire une torsade.

— Elle a les cheveux roux, tu dis.

— Oui, roux vif, mais pas de beauté exceptionnelle pour les accompagner. Peut-être qu'il pense à elle, Shana, mais pour les besoins de Talamh. Concernant les siens, quel homme pourrait te regarder et penser à une autre ?

Shana se dit qu'elle avait eu tort au sujet des tresses et des clochettes. Elles formaient une espèce de couronne, puis tombaient en cascade dans son dos.

— Il serait temps qu'il prenne un engagement auprès de moi, Kiara.

Kiara baissa la tête, posa la joue contre celle de son amie, or sur crème, noir sur argent.

— Peut-être ce soir.

Shana porta la robe bleu glacier, les tresses, les clochettes, et sut aux regards admiratifs et envieux qu'elle était belle. Elle avait appris que la beauté et le sexe pouvaient être des armes autant que des dons. Et des atouts, pensait-elle, pour avoir le *taoiseach* comme partenaire de vie.

Elle avait un esprit bien tourné pour la politique, avait été élevée depuis sa naissance dans l'art de la diplomatie. Et elle croyait de tout son cœur qu'elle faisait le meilleur choix pour Keegan et pour Talamh en choisissant d'être à ses côtés.

Cette position et cet honneur, ce droit, avaient été assez longtemps détenus par sa mère.

Elle salua tout de même Tarryn d'un baiser, ainsi que la mère de Kiara.

— Tu es radieuse, la félicita Minga.

— C'est grâce à ta fille, répondit Shana avec un petit signe de tête pour faire tinter les clochettes. Je pensais être très en retard. (*Exprès*, pensa-t-elle en se tournant vers Tarryn.) Mais je vois que Keegan l'est encore plus.

— Nous n'avons pas à l'attendre, comme tu vois. (Resplendissante en rouge, les cheveux en une couronne de torsades, Tarryn désigna les gens qui festoyaient déjà dans la salle de banquet.) Il a eu du retard, mais il se joindra à nous quand il le pourra.

Loren se dirigea vers elle, vêtu d'argent doublé d'un bleu de la teinte de la robe de Shana, car il avait troqué avec Daryn pour créer sa tenue.

Sorcier, guerrier, amant occasionnel de Shana, il savait qu'ils formaient un couple parfait quand il baisa la main de la jeune femme et lui offrit du vin.

— Tu brilles plus que toutes les lumières de la pièce. Viens, on t'a réservé une place.

— Va avec tes amis, avec les jeunes, lui dit Tarryn, qui les regarda, l'elfe en bleu très froid, le sorcier en argent, et se dit qu'ils étaient très bien assortis.

— Ils formeraient un couple parfait, dit-elle, à tous les niveaux. Elle se tournera vers lui, je pense, quand elle comprendra que Keegan ne la choisira jamais. Et ne la rendrait jamais vraiment heureuse s'il le faisait.

— Pourtant, c'est sur lui que se porte son choix.

— Les choix peuvent changer. Les nuages se forment, Minga. Talamh a besoin de l'épée et du courage pour la soulever, pas du tintement des clochettes.

— Voyons, Tarryn, c'est fête.

— Tu as raison, et je suis trop dure envers elle. Je sais que tu l'aimes bien, comme moi. Allons rejoindre ta famille et profitons de ce que nous avons.

Shana était consciente d'avoir Loren à sa disposition si elle le souhaitait, dans son lit quand elle le voulait. Elle jouait de son charme, assise à une longue table avec Kiara et d'autres, assez près de l'un des feux pour profiter de ses reflets avantageux.

Elle mangeait peu, mais flirtait beaucoup, souriait, et percevait son succès dans les yeux de Loren.

Il avait les yeux verts, mais d'une teinte plus pâle que ceux de Keegan. Il ne portait pas de tresse de guerrier dans ses cheveux châtain foncé, mais se battait avec son pouvoir, l'épée et l'arc.

Comme Shana, il excellait à l'arc. Il était bien bâti, mais moins large d'épaules que Keegan. Elle connaissait bien leurs deux corps.

Comme Loren préférait préparer des potions et pratiquer l'alchimie, il avait les mains douces. Elles ne lui apportaient pas les mêmes frissons que celles de Keegan.

Et quand Keegan entra, en noir sans ornements, elle sentit son cœur bondir dans sa poitrine. Elle ne vit pas Loren s'assombrir et ne s'en serait pas souciée de toute façon.

Elle prit son verre de vin et se retourna vers Loren avec un rire léger, décidée à ce que Keegan vienne à elle.

Au lieu de quoi il évolua dans la salle, s'arrêtant ici et là pour échanger avec quelqu'un, toucher une épaule, faire la bise. Il créait des contacts tout en se dirigeant vers sa mère.

Là, il salua Minga et Og avec une chaleur tranquille, ainsi que les trois enfants restés avec eux et les autres personnes attablées, avant de s'asseoir parmi eux.

Elle surprit quelques regards, évidemment, et des murmures étouffés. Le *taoiseach* n'était pas venu la voir, il n'avait pas tenu compte de sa présence.

C'était insupportable et ça ne serait pas supporté.

Quand la danse commença, elle prit la main de Loren et se joignit à sa ligne pour être sa partenaire.

Elle fit les pas, tourna quand il le fallait, bien consciente qu'elle était douée. Elle dansa avec son père, avec un garou qui en pinçait pour elle, avec une demi-douzaine d'autres hommes avant que Keegan vienne la voir.

— Tu es très belle, comme toujours.

— Ah oui ? (Elle agita les cheveux et lui lança un regard velouté, la poussière des fées dûment appliquée sur ses cils.) Tu avais l'air bien trop occupé pour le remarquer.

— Occupé, je l'ai été, mais jamais trop pour ne pas remarquer la beauté.

— Et pas trop pour venir prendre l'air, j'espère. Il fait bien trop chaud ici, je trouve.

— Un petit moment, bien sûr.

Ils sortirent dans les jardins du château, dans l'air frais charriant des senteurs automnales, sous la lune qui inondait les fleurs de sa lueur argentée. Shana se tourna vers Keegan.

— Oh, comme tu m'as manqué. (Lui prenant le visage, elle s'empara de sa bouche.) Viens, viens avec moi tout de suite. Emmène-moi dans ton lit.

Il n'avait jamais partagé son lit, le lit du *taoiseach*, avec elle, et ils savaient tous les deux qu'elle ne demandait pas là que du sexe.

Il la fit reculer doucement.

— J'ai des obligations ici, Shana.

— Tu as dansé. Pas avec moi, mais tu as dansé. Tu as parlé avec presque tout le monde, mais pas avec moi jusqu'à maintenant. Tu as passé plus d'une heure dans la salle avant de me prendre la main, et je suis la risée de l'assistance.

— N'importe quoi, ce sont des sottises.

— Non, répliqua-t-elle froidement, se détournant dans un tournoiement des multiples couches de sa jupe. Je veux montrer à ceux qui parlent de moi dans mon dos ce que je suis pour toi. J'ai attendu presque tout l'été, Keegan, et je n'en peux plus.

Espérant la calmer, il lui reprit la main.

— Je ne t'ai jamais vue te préoccuper de l'opinion des autres, et ça me désole que tu le fasses. Je suis désolé également de t'avoir contrariée.

— Alors rattrape-toi.

L'humeur passa à la séduction très vite. Trop vite, jugea-t-il, notant le calcul.

— Le vin coule à flots, murmura-t-elle, lui caressant la joue. La soirée bat son plein. Personne ne te cherchera si nous faisons maintenant ce dont nous avons envie, ce dont nous avons besoin. Et s'ils te cherchent, quelle importance ? C'est toi le *taoiseach*.

— C'est moi. (Et il savait qu'elle y pensait plus en termes de statut que de devoir.) Et j'ai donc des obligations envers ceux qui donnent de leur temps pour servir le vin et jouer de la musique : venir passer un moment ici ce soir et parler un peu.

— Ne suis-je pas une citoyenne de Talamh ? Je veux un moment. Je veux que tu me dises ce que tu ne m'as toujours pas dit. Je veux que tu me donnes ce que tu as le devoir de me donner.

Il lui prit alors les deux mains, la maintenant à bonne distance.

— Je te dois ma protection et le jugement que je rends avec le bâton et l'épée. Je te donne mon affection et mon amitié librement, sans obligation.

— Affection ? Amitié ? Tu rejoins mon lit dès que tu en as l'envie.

— Et j'y ai été le bienvenu, encouragé par tes propres paroles comme par tes actes, sans obligation d'aucun côté. Maintenant, je vois que j'ai mal interprété ces paroles et ces actes, et que je te fais mal. Ça, je le regrette, profondément.

— Je ne veux pas de tes regrets. (Elle noua encore une fois les bras autour de son cou.) Viens au lit, dans mon lit, si tu préfères. Fais ton devoir ici si tu le dois, puis viens avec moi.

Lui prenant les poignets, il éloigna ses bras.

— Je suis navré, plus que je ne saurais dire. J'étais attaché à toi, je le suis toujours. Il n'y aura jamais plus ni moins que ça.

Quand elle le gifla, il ne dit rien. Il le méritait, et plus encore de n'avoir pas vu ce qu'elle avait dans la tête et le cœur.

— Alors tu m'écartes d'un revers de main, comme si j'avais toujours été insignifiante. Et pour qui ? Une sorcière à moitié talamhéenne qui est partie ? Elle t'a quitté, elle t'a tourné le dos. Comme l'avait fait son père. Tu l'aimeras aveuglément comme tu l'aimes, lui ?

— Il ne m'a jamais tourné le dos, pas à moi, ni à ma famille, ni à Talamh.

Malgré un ton doux, les mots de Keegan avaient du mordant, et c'était volontaire.

— Eian O'Ceallaigh a donné sa vie pour toi, pour moi, pour ma famille, pour chaque être vivant de Talamh. Et pour son enfant cachée de l'autre côté. Ne piétine jamais devant moi son nom ou son sacrifice.

— Il est parti ! Elle aussi ! Je suis là, prête à être à tes côtés, à partager ton lit, à te réconforter, à te donner des enfants. Je t'aime.

— Je ne peux pas te donner en retour ce que tu m'offres. J'en suis désolé, mais je ne peux pas te donner ce que tu veux.

— Alors tu me fais souffrir, tu m'humilies et tu en es désolé. Eh bien, *taoiseach*, crois-moi : tu le regretteras, oui. De m'avoir repoussée ainsi. D'autres ne me repousseront pas.

— Je le sais.

— Pense à moi dans les bras de celui que je choisirai, et désole-toi.

Elle commença à retourner vers la grande salle en courant, mais s'obligea à s'arrêter. Elle refoula ses larmes et tout signe de fureur. Elle revint d'un pas majestueux vers Loren.

La bouche contre son oreille, elle murmura :

— Le *taoiseach* voulait s'inviter dans mon lit, mais je lui ai dit que je pensais à quelqu'un d'autre.

Elle lui mordilla le lobe de l'oreille avant de lui prendre la main. Il ne la crut pas mais la suivit sans difficulté.

La musique et les danses se poursuivirent quand Keegan eut rempli ses obligations. De retour dans ses appartements, une bière à la main, il relata avec lassitude sa confrontation à Mahon.

— Et tu n'as pas l'air surpris le moins du monde, conclut-il.

— Je l'aurais été, mais après l'avoir vue une fois, Aisling m'a dit que c'étaient les intentions de Shana, et je ne remets jamais en doute son instinct. C'était au printemps dernier, quand Shana est partie dans l'Ouest avec ses parents.

— Elle aurait pu me faire part de son satané instinct.

— Tu l'aurais écoutée ?

Keegan resta face au feu, maussade, puis haussa les épaules.

— Sans doute pas, parce que Shana était vraiment convaincante. Bon, ce n'est pas entièrement vrai. J'avais commencé à voir, ou plutôt à sentir, qu'elle attendait plus de moi, et j'avais pour projet de m'éloigner. Mais j'aurais mieux agi, je pense.

— Est-ce que ça t'aide de savoir qu'Aisling avait vu que Shana avait des sentiments forts pour toi, mais encore plus forts pour le *taoiseach* ?

— C'est aussi ce que j'ai vu, ou plutôt, senti. Élevée à la Capitale, avec son père au Conseil, et très dévoué, comment peut-elle ne pas comprendre ce que c'est de diriger ? Enfin, les candidats au poste vacant ne manqueront pas.

— Mais aucun n'a ton statut.

Keegan regarda longuement Mahon.

— Tu ne l'aimais pas du tout, en fait ?

— Ce n'est pas vrai. Ou plutôt, pas entièrement. C'est une charmeuse, et de ce que j'ai vu ou entendu, c'est une bonne citoyenne, une bonne fille pour ses parents. Mais comme ça arrive à certains, elle accorde plus d'importance à son apparence ou aux colifichets qu'au devoir ou au travail qu'il exige. Sur ces points, elle n'aurait jamais été la bonne personne pour toi.

Mahon se leva et s'étira.

— Je suis bon pour le lit. Ne reste pas trop longtemps là à bouder.

— Je ne peux pas. Je dois prendre mon petit-déjeuner au village, visiter des boutiques et des ateliers, etc., avant de revenir siéger à la chaise de la Justice.

— Tu veux de la compagnie pour la première partie ?

— Oh, que oui !

— J'irai avec toi. *Le Chat rieur* a un bon petit-déjeuner.

— Alors nous y prendrons le nôtre.

Keegan passa la matinée au village, puis le restant de la journée à écouter les plaintes, les chamailleries mesquines, les demandes d'aide. De petites choses – et c'était tant mieux – mais ce n'étaient pas des broutilles pour les personnes impliquées.

Un homme affirmait que le chien de son voisin avait hurlé toute la nuit ; le voisin disait quant à lui qu'il avait enterré son chien bien-aimé, qui était âgé, deux jours avant les hurlements.

Un couple rapportait avoir retrouvé un mouton brûlé et éventré.

Ça n'avait rien d'anecdotique. Il remplaça le chien par un chiot récemment né et le mouton par l'un de ceux du château. Mais il reconnut les signes.

Les ténèbres s'approchaient insidieusement.

Le temps qu'il passa avec des devins ne fit que confirmer ce qu'il savait déjà. Il ne pouvait plus attendre.

À la lisière de la forêt, dans l'ombre éclairée par les étoiles, il embrassa sa mère.

— Je vais la persuader de revenir, comme elle l'avait promis.
— Dis à ton dragon de prendre par l'ouest.
— Pourquoi ?
— Tu la ramèneras en passant par là-bas, pour qu'elle puisse reconnaître des choses familières. Les endroits, les gens, sa grand-mère. Pas directement ici, Keegan. C'est suffisamment de chamboulement, non ?
— Bon, tu as raison.
— Mahon prendra ton cheval. Je viendrai moi aussi, pour Samhain ou avant. Il est temps que je revoie le reste de ma famille. Tu as été parfaite, mon cœur.
Il lui rendit le bâton.
— Tiens, jusqu'à mon retour.
— Jusqu'à ton retour. Sois béni, Keegan.
— Sois bénie, maman.

Breen éteignit son ordinateur en entendant Marco rentrer. Après un coup d'œil dans la chambre, elle referma la porte.
— Comment ça s'est passé ? lui demanda-t-elle.
— Mon dernier jour dans la vente. J'espère que c'est fini pour de bon.
— Pas de regrets ?
— C'est officiel, je travaille pour les personnes que j'aime le plus au monde : toi et Sally. C'est drôle, mais positif. Je vais aller poser mes belles fesses au café pour mon boulot – le tien –, comme ça, tu auras l'appartement à toi toute seule pour écrire.
— Tu n'es pas obligé. On peut…
— Ce sera mieux pour nous deux. (Il alla à la fenêtre.) Et puis c'est juste à côté.
— Tu es déçu. Marco, tout le monde a adoré ta proposition de site. Ils avaient quelques suggestions, mais…
— Et des bonnes. Ça me va, Breen. C'est une grosse étape pour moi. Et l'accès facile aux instruments va me manquer. J'ai mon clavier et ma guitare, mais je ne pourrai plus prendre un saxo ou un banjo juste pour essayer, tu vois ?

— Attends.

Elle fila dans sa chambre et sortit la harpe de son armoire.

— Je comptais te l'offrir à Noël, mais…

Elle ne savait pas où elle serait à Noël. Ni même si elle serait encore là.

— Mais je suis trop impatiente, reprit-elle. Et le moment est tout indiqué.

— Qu'est-ce que c'est ?

— Assieds-toi et ouvre l'étui.

Quand ce fut fait, il regarda simplement la harpe, les yeux fixes.

— Dès que je l'ai vue, elle m'a dit : « Je suis pour Marco. » C'est une boutique dans le village, une entreprise familiale. Le père fabrique les instruments, certains d'entre eux. Comme cette harpe. Il avait fait un accordéon à mon père.

Marco releva enfin des yeux brillants de larmes.

— Je ne sais pas quoi dire.

— Ne dis rien. Je sais que le boulot au magasin de musique n'était pas ton rêve, mais ça reste un gros changement, et c'est pour moi que tu l'acceptes.

Il pinça des cordes et les notes s'élevèrent, pures.

— Écoute un peu la voix de cette harpe. Il faut que j'apprenne à en jouer. Tu m'as donné l'impulsion, Breen, et j'en avais besoin. Je ne serai jamais une star du rock ou du hip-hop, ni une star tout court.

— Tu as un tel talent.

— Beaucoup de gens en ont. (Alors même qu'il haussait les épaules, ses doigts trouvèrent une mélodie dans les cordes.) Je dois gagner ma vie. Ça ne veut pas dire que je renonce à jouer, à composer, mais en l'état, j'aurais continué à bosser au magasin juste pour payer le loyer. Maintenant, je vais travailler dans un domaine où je suis doué, avoir du temps pour jouer, et peut-être oui, essayer d'enseigner un peu. Ici, comme tu disais.

» Je vais pouvoir le faire, dit-il, les yeux toujours humides posés sur les siens, parce que tu retournes en Irlande.

— Marco…

— Ma puce, qui te connaît mieux que moi ?

— Personne, murmura-t-elle. Personne.

— Tu penses à y retourner depuis que tu es rentrée. Tu ne parles plus d'acheter une maison. C'était un gros indice. Et tu n'es plus pareille. Pas en mal, tu es juste… plus complète. Et parmi ces nouveautés, ton esprit est là-bas.

Elle ne dit rien et il s'essuya les yeux du revers de la main.

— Je me trompe ?

— Non. Je suis désolée.

— Ne sois pas désolée, voyons. Tu as ta grand-mère là-bas. Un chien, même. Tu as eu un déclic, je l'ai vu quand on est arrivés là-bas. Non, ne t'excuse pas, pas auprès de moi.

— Je dois terminer ce que j'ai commencé là-bas.

Que pouvait-elle lui dire de plus ?

— Oui. (Il passa ses doigts sur les cordes.) Tu penses repartir quand ?

— Je… Quand tu es arrivé, je regardais les vols. La semaine prochaine, je me disais.

— La semaine prochaine ? (Il se figea.) Mais tu n'es ici que depuis quinze jours.

— Ça va faire un mois, Marco. J'aurais dû t'en parler avant. Je ne savais pas comment faire, et je voulais régler tellement de choses avant de repartir… Je ne sais pas encore combien de temps j'y resterai. Quelques semaines, ou quelques mois, ou…

— Pour toujours ?

— Je ne vois rien de définitif. Terminer ce que j'ai commencé, voilà mon objectif. Quand j'aurai fait ça, ce sera la clé.

— Je ne vais pas te dire de ne pas y aller, mais je voudrais savoir à quel point le mec que tu as rencontré là-bas est impliqué.

— Ce n'est pas pour ça, dit-elle aussitôt. Pas du tout. Je n'y retourne absolument pas à cause d'une relation… de ce type.

— OK, parce que crois-moi, le sexe, ça peut émousser le jugement. Et si tu penses que c'est plus que du sexe, c'est encore pire. Les gens sont vraiment débiles quand ils sont amoureux.

— Je te promets que mon jugement n'est pas émoussé. Je savais en partant que j'y retournerais, mais je ne t'ai rien dit. J'aurais dû.

— Tu en as parlé à quelqu'un d'autre ?

— J'ai promis à ma grand-mère de revenir et… Mais ici, non, je n'ai rien dit.

— Il va falloir assumer. Je me change pour aller au bar. Tu devrais venir, pour l'annoncer à tout le monde.

— OK.

Il se leva et la mit debout pour l'étreindre.

— Cette harpe, c'est le meilleur cadeau que j'aie reçu de ma vie. Et si ça te rend heureuse d'y retourner, je serai heureux aussi. Ça me prendra un peu de temps, mais je le serai.

Keegan attendit minuit pour tracer un cercle dans l'obscurité des bois. Il voulait profiter du pouvoir du jour finissant et du début du suivant pour ce qui serait un rituel long et complexe.

Rouvrir le portail vers l'autre côté serait moins difficile grâce à ce qu'il mettait dans ce sort. Mais comme sa mère le lui avait demandé, il devrait le rouvrir non ici, mais dans l'Ouest.

Il devrait se montrer précis et devait donc étudier sa cible. Pas simplement le pays, la ville, mais l'appartement. Ce serait comme mettre dans le mille en visualisant sa cible dans sa tête uniquement.

Puis tout déplacer de nouveau pour que l'ouverture se fasse bien à l'ouest de leur position.

Il envisagea d'aller voir Marg pour qu'elle l'aide dans le rituel, car le sang partagé avec Breen lui aurait simplifié la tâche.

Mais c'était lui qui était responsable. Et si ses mots durs à son encontre l'avaient poussée à rester au loin, il devrait en trouver de plus agréables – quelque part en lui – pour la persuader de revenir.

Il traça donc le cercle, répandant la lumière dans l'obscurité. Il invoqua les dieux pour bénir ses efforts au nom de cette lumière. Il but le vin et versa le reste dans la coupe au sol, et pendant que la terre l'absorbait, il amena le feu. Ses paroles résonnant dans la nuit, il le fit monter haut et s'élargir. Lentement, avec peine, il fit venir l'air et sous l'effort de le contenir et de le concentrer, la sueur ruissela dans son dos.

Le feu brûla, rouge, puis bleu, et enfin blanc et brillant en se comprimant pour former une porte entre deux mondes.

— Et avec les mots que j'ai prononcés, je demande aux verrous de se briser et à la porte de s'ouvrir. Ouvrez-moi un passage cette nuit, avec mon serment de porter la lumière d'un monde à un autre pour sauvegarder leur liberté. Tel est mon vouloir, qu'il en soit ainsi.

Avec foi, il esquissa un pas dans la lumière tourbillonnante et les flammes. Et se jeta d'un monde dans l'autre.

Un éclair, une vague de chaleur et le portail se referma dans son dos.

Il se retrouva dans une pièce plongée dans la pénombre. Il y avait du bruit à la fenêtre, mais aucun son venu de l'intérieur.

Il fit venir la lumière au bout de ses doigts et observa. C'était coloré et bien rangé. Et vide. Le sol craquant sous ses bottes, il se tourna vers une petite table et vit une cuisine à sa droite.

Il en avait déjà vu de telles lors de ses voyages et dans des livres, même si celle-ci était toute petite et dégageait une senteur pas déplaisante de citron artificiel.

Il entendit une porte claquer, des voix, mais ce n'était pas au même endroit.

C'était donc un appartement, mais il ne pouvait pas encore être sûr d'être dans le bon.

Il parcourut un couloir étroit, regarda la pièce à sa gauche. Un lit bien fait, encore des couleurs, une guitare sur son présentoir, des photos de gens qui jouaient des instruments de musique accrochées au mur.

Ni visuellement, ni olfactivement, ça ne ressemblait à Breen. Il se tourna vers la pièce à sa droite.

Voilà où elle était. Ou du moins son odeur, son impression.

La machine qu'elle utilisait pour écrire ses histoires était sur un bureau, ainsi qu'une photo de leurs deux pères avec leurs amis, comme celle qu'elle avait donnée à Marg et à sa famille.

Par terre, une valise contenait quelques affaires, comme si elle venait de les y disposer ou devait encore les en sortir.

Mais où était-elle ?

— Fait chier.

Reconnaissant le miroir à double vue, il s'en saisit. En des circonstances normales, il n'aurait jamais utilisé l'outil magyque de quelqu'un d'autre sans sa permission, mais il n'avait pas le temps pour les ronds de jambe.

— Montre-moi.

Le verre s'obscurcit, puis redevint clair.

Il la vit, assise à un comptoir avec un verre de vin. Ses lèvres bougeaient, car elle parlait à quelqu'un qu'il ne pouvait voir. Elle avait l'air de pleurer un peu, ce qui dérangea Keegan.

Puis elle embrassa quelqu'un, une femme aux cheveux blond platine tombant sur ses épaules nues.

Elles s'écartèrent pour parler de nouveau. Non, ce n'était pas une autre femme. Un homme habillé en femme, et bien.

Sally, comprit-il. Elle avait souvent parlé de cet endroit et de la patronne.

Il reposa le miroir pour prendre une pierre de divination dans sa poche.

— Montre-moi où c'est.

Il allait sortir quand il se rappela qu'il avait son épée. Dans ce monde, on regarderait de travers un homme qui en portait une. Il s'en défit.

Il garda la pierre dans sa main en quittant l'appartement et en descendant les étages. Les portes s'ouvraient et se refermaient, laissaient passer des éclats de voix et des odeurs de nourriture. Quelqu'un jouait d'une espèce de cor, et vraiment mal.

Au-dehors, l'air était plus frais, mais chargé de la puanteur des voitures et du carburant qu'elles brûlaient. Encore une fois, il fut frappé par les couleurs. Pas seulement dans les vêtements ou les nombreuses teintes de peau, mais dans la ville elle-même.

C'était comme des arcs-en-ciel, nota-t-il, ce qui était appréciable.

Quelqu'un joua encore d'un instrument à vent, mais vraiment bien. Les lampes faisaient des cercles lumineux sur les trottoirs et beaucoup marchaient comme s'ils n'étaient pas particulièrement pressés. Deux hommes se rapprochèrent, des sourires dans les yeux, puis s'embrassèrent au moment où il passait à côté d'eux.

Il tourna comme l'indiquait la pierre et se retrouva devant un bâtiment affichant encore des arcs-en-ciel , et des lumières colorées formaient le nom SALLY'S.

Keegan entra et fut accueilli par chaleur, musique et couleurs, mais ne vit pas Breen au bar, où elle se tenait quand il l'avait vue dans le miroir.

Irrité à l'idée de devoir la traquer dans la ville, il trouva tout de même matière à se réjouir.

Trois femmes – non, là encore, c'étaient des hommes – se tenaient sur scène, dans des costumes qui brillaient comme des étoiles, et chantaient en une harmonie exceptionnelle.

L'air était aussi joyeux que leurs voix.

Il s'arrêta pour prendre la mesure de ce qui avait incité Breen à revenir dans cet endroit et réfléchir à ce qu'il devrait faire pour l'en tirer de nouveau.

30

Occupé à préparer le martini parfait, Marco remarqua Keegan à l'instant même où il entrait.

Certaines personnes, d'après son expérience, disposaient de ce pouvoir d'attirer l'attention à eux en un claquement de doigts. Ce n'était pas seulement le physique – même si le nouveau venu en possédait un avantageux. C'était la présence.

Ça ne s'inventait pas. On l'avait ou on ne l'avait pas.

Marco versa le martini dans un verre et ajouta trois olives tout en regardant l'apparition découvrir le bar.

Il appréciait visiblement la musique, ce qui était normal, car les Supremes ne rataient jamais leur coup. Et tout aussi visiblement, il cherchait quelqu'un.

Ce quelqu'un avait bien de la chance.

Grand et taillé, constata Marco tandis que l'apparition s'avançait vers le comptoir. Habillé sans prétention. Pull bleu marine, pantalon marron, boots sensuellement éraflées. Un visage anguleux doté d'une barbe de trois jours qui ne semblait pas travaillée.

Le genre de cheveux noirs épais où n'importe qui aurait envie de plonger les mains. Avec la touche d'originalité de la petite tresse sur le côté gauche.

Marco fut pris d'un pressentiment. L'apparition, qui venait de s'installer au bar, le regarda droit dans les yeux.

Marco n'eut aucune honte à reconnaître que son cerveau avait pataugé dans le désir une seconde.

— Bienvenue chez *Sally's*, beau grand ténébreux. Qu'est-ce que je vous sers ?

— Je recherche Breen Kelly. Vous la connaissez ?

L'accent irlandais était une tuerie… et complétait le pressentiment.

— Le dieu irlandais.

Keegan haussa les sourcils.

— Pas du tout, non. C'est une femme, rousse.

— Je parlais de toi. Je suis Marco, Marco Olsen, dit-il en tendant la main.

— Ah, Marco ? Elle parle de toi avec beaucoup d'affection, donc je suis enchanté. Breen serait par là ?

— Elle est en coulisses pour le moment. Elle va revenir.

Pendant ce temps, je vais te soutirer des infos.

— Un verre en attendant ? C'est offert par la maison, d'un ami de Breen à un autre.

— C'est gentil à toi. (Et bien commode, se dit Keegan, qui n'avait pas pensé à se munir de monnaie locale. Il regarda les robinets à pression.) Ce sera une pinte de Guinness, merci beaucoup.

— Ça marche. Et donc… (Marco posa la pinte sous le robinet et commença à servir la Guinness.) Tu vis près de chez la grand-mère de Breen.

— Oui.

— Breen est très contente d'avoir retrouvé sa grand-mère. C'est très important pour elle, d'autant plus maintenant qu'elle sait que son père est décédé. Tu l'as connu ?

— Oui, et je n'ai jamais rencontré d'homme aussi bon en dehors de mon père.

Pendant que les couches de Guinness reposaient, Marco prépara une commande de Moscow mule, cosmo et verres de rouge maison.

— Breen ne m'a pas prévenu que tu venais.

— C'est normal, je ne l'ai pas avertie.

— Quelle surprise ! Tu es là pour combien de temps ?

— Pas longtemps, je pense. Tu sais ce que tu fais, commenta-t-il en regardant Marco s'affairer. Un barman compétent, c'est précieux.

— Formé sur le tas. (Ayant remis les verres, Marco déposa la Guinness devant Keegan.) Breen est plus qu'une amie pour moi. Plus qu'une sœur. Plus que ça même.

— Et réciproquement, je le sais grâce à ce qu'elle m'a dit sur toi.

— Je suis sûr que tu pourrais me mettre par terre et me défoncer en levant à peine le petit doigt, mais si tu lui fais du mal, je viendrai quand même te demander des comptes.

Keegan garda les yeux sur Marco en goûtant sa Guinness.

— Un véritable ami, qui te soutient en toutes circonstances, c'est précieux. Ce n'est pas dans mes intentions de lui faire du mal.

— Elle se fait facilement des bleus. Là.

Marco se tapa plusieurs fois le cœur.

— J'ai rencontré une femme forte et volontaire, dotée d'une détermination féroce. Et je ne souhaite toujours pas lui faire des bleus au cœur, ni que son précieux ami vienne me demander des comptes.

— Oh, mais qui est notre visiteur ?

Sally, tout en noir à paillettes moulant, cuissardes et perruque platine, vint s'imposer juste à côté de Keegan.

— C'est… un ami de Breen qui vient d'Irlande, lui dit Marco. Excuse-moi, tu ne m'as pas donné ton nom.

— Keegan Byrne.

— Oooh, les accents, c'est toujours tellement séduisant ! (Si Sally passa un doigt sur le bras de Keegan en mode flirt, ses yeux restèrent évaluateurs.) Une vraie pochette-surprise ! Je suis Sally.

— Sally ? La mère de cœur de Breen.

Les yeux évaluateurs s'adoucirent.

— C'est une manière très mignonne de présenter les choses.

— Son discours était suffisamment clair. J'aime beaucoup votre bar. Et les chanteuses ont de belles voix.

— Attends un peu de voir Sally en Lady Gaga, lui signala Marco tout en préparant une commande de cocktails.

— Vous vous produisez aussi ?

— Mon chou, je suis née pour la scène, mais je n'en suis pas encore à crever le plafond. Marco, une eau plate. Keegan, on va s'asseoir à une table et papoter. Hettie nous apportera les verres.

Sally prit Keegan par les épaules pour le diriger vers une table au fond de la salle.

— Toi aussi, tu viendrais t'expliquer avec moi ?

Homme, mais habillé en femme : Keegan lui tira sa chaise.

Amusée, Sally s'assit.

— Il le faudra ?

— J'ai déjà reçu l'avertissement de Marco à ce sujet, et j'attends le même de toi. Vous êtes sa famille, après tout. (Il remercia la serveuse qui leur apportait leurs boissons.) Mon ami, un deuxième frère pour moi, avait l'œil sur ma sœur, et c'était réciproque. Et même si ma sœur est plus âgée que moi, et que Mahon est l'homme le plus sincère que je connaisse, je lui ai dit la même chose.

— Et ça s'est bien passé ?

Keegan leva sa bière.

— Eh bien, on n'en est pas arrivés aux mains, ce qui est une chance pour nous deux, car Aisling nous aurait corrigés. Et ils attendent leur troisième enfant.

— Aux fins heureuses, dit Sally en levant son verre d'eau. Et c'est ce que tu recherches avec Breen ? Une fin heureuse, des enfants ?

— Quoi ?

Le choc sincère de Keegan fit de nouveau réprimer un sourire à Sally.

— C'était seulement un exemple de ma vision de la famille. Ce que je veux, c'est avoir une conversation, rien de plus, dans l'espoir qu'elle revienne en Irlande avec moi. Là-bas aussi, elle a une famille. Et on a besoin d'elle. Une place pour elle.

— Par rapport à sa grand-mère ? Dont elle ne connaissait pas l'existence avant l'été dernier.

Diplomatie, se rappela Keegan.

— Marg a gardé le silence, et ça lui a énormément coûté, par respect pour la mère de Breen, et pour donner aussi à Breen elle-même la possibilité d'effectuer ses propres choix le moment venu. Ce n'est pas à moi de vous le raconter, donc je dirai simplement que quand Eian a emmené Breen ici, à la demande de sa mère, il a fait de son mieux pour protéger sa famille ici, de même que celle qu'il laissait derrière lui.

» Personne ne dira de mal de Mairghread ou d'Eian Kelly pendant que je serai à portée d'oreille.

— Bien, je vais simplement dire que j'aurais préféré que sa grand-mère fasse connaître son existence avant, et laisse moins de temps à Jennifer pour pourrir la vie de Breen.

— Je comprends bien ce que tu veux dire et la vérité qui y réside. Mais le temps des choix vient quand il vient. Et elle vous avait, vous, pas vrai ? Toi, Marco, ce bar.

Keegan regarda encore autour de lui. Les applaudissements suivaient le trio qui quittait la scène.

— C'est bien, ici, je le disais. Un havre d'amour et de protection, en plus du côté sympa.

Avec un soupir résigné, Sally s'adossa à son siège.

— Comment je peux te presser comme un citron quand tu me dis un truc pareil ?

Il sourit.

— C'est ce que je vois et ce que je ressens moi-même maintenant que je suis là, et c'était facile de le comprendre grâce à ce que Breen disait de toi, de Marco, d'ici, de… Derrick, c'est bien ça ?

— Oui. L'amour de ma vie.

— Alors ce doit être un homme bien, car tu n'as aucune raison de te contenter de moins.

— Merde alors. Le charme, le physique, l'accent… (Sally fit valser ses boucles platine.) Que peut faire une mère pour le bien-être de son enfant ?

— La laisser repartir avec moi si elle le choisit.

— Je ne pourrais pas l'arrêter et je n'essaierais pas de l'en empêcher si c'est ce qu'elle veut. Elle n'a jamais eu le cœur brisé. Elle a reçu des coups à l'ego, à l'estime d'elle-même, qui sont toujours chancelants, mais pas à son cœur. (Elle se pencha en avant.) Ne sois pas le premier à le faire.

— Je ne… Il n'y a pas d'enjeu romantique dans ma venue.

D'une main manucurée en rose vif, Sally tapota celle de Keegan.

— Je te crois sur parole, beau gosse. Sur ce… Bon spectacle.

Il était difficile de ne pas apprécier Sally, en effet, même avec l'impatience grandissante qu'il éprouvait. Quand allait-elle revenir ?

Les applaudissements fusèrent et Sally débarqua.

Keegan admirait les bêtes de scène, et constata vite que Sally n'avait pas menti : elle était née pour ça.

Elle était présence, mouvement, assurance, chantant une romance qui avait tourné court avec les nombreux clients qui l'accompagnaient sur le refrain comme on l'aurait fait pour une chanson de pub en Irlande.

Et même s'il aimait ce qu'il voyait, il eut aussitôt conscience de l'arrivée de Breen. Juste une pointe de pouvoir dans l'air. Il était toujours étonné que personne dans ce monde ne la sente.

Il tourna la tête et la vit en même temps qu'elle l'apercevait.

Quand elle s'avança vers lui, il se redressa.

— Qu'est-ce que tu fais là ?

— Nous devons parler. Si tu veux bien retourner avec moi dans ton pays d'origine.

Elle s'assit.

— On peut parler ici.

— C'est une conversation que je préférerais avoir sans public.

— Personne ne nous entend.

Son assurance n'apparaissait pas aussi « chancelante » que l'estimait sa mère de cœur.

Il commençait à se pencher vers elle, mais la serveuse arriva et posa un verre de vin devant Breen.

— De la part de Marco. Une autre bière ?

— C'est très bien comme ça, merci.

— Faites signe si vous avez besoin de quelque chose. (Hettie regarda Breen d'un air entendu.) N'importe quoi.

— Comme si j'allais t'embarquer en te traînant par les cheveux, marmonna Keegan.

— On est protecteurs les uns envers les autres, ici.

— Nous aussi, lui rappela-t-il. Tu avais dit que tu reviendrais, mais ça fait plus d'un mois.

— Pas tout à fait. Et je parle à ma grand-mère tous les jours.

— Elle ne dit rien qui te compromette. Dans tous les cas, je suis allé à la Capitale ces derniers jours. Il faut que tu reviennes. Les signes se multiplient.

— Quels signes ?

— Des ténèbres qui arrivent. Tu as promis de revenir quand on aurait besoin de toi. On a besoin de toi.

— Je ne pensais pas que tu me prendrais au mot.

— Merde, j'étais énervé, d'accord ? Il ne s'agit pas de tes sentiments ni des miens, mais de devoir.

La musique donnait. Sally passa à *Born This Way*. La piste de danse se remplit. Les projecteurs clignotèrent.

Tout dans ce moment était si familier, si rassurant, si normal qu'elle en avait besoin comme de respirer.

— Dis la vérité. Si je vais à Talamh, je peux y mourir.

— Par tout ce que j'ai, par tout ce que je suis, je me battrai pour te protéger.

Elle le regarda. Elle but une gorgée.

— Je te crois. Mais je pourrais mourir.

Il serra le poing, mais ne l'abattit pas sur la table.

— Comme moi, comme nous tous. Et si nous échouons, comme tout ici à long terme. Odran ne s'arrêtera pas à Talamh.

— Je vois la terre qui brûle. Je sens la fumée et le sang. J'entends les cris.

Breen reposa son verre. Il posa la main sur la sienne.

— Tu vas laisser tout ça se produire sans rien faire ?

— Non.

Elle se releva, regarda Sally sur scène, Marco au bar. Après avoir pressé la main sur son cœur, elle se dirigea vers la porte.

— J'ai un billet pour la semaine prochaine, dit-elle à Keegan, qui la suivait. J'ai dit à tous ceux qui comptent pour moi que je retournais en Irlande. (Dehors, elle hâta le pas.) Je devais leur dire au revoir. Maintenant, c'est fait, donc je vais essayer de trouver un vol plus tôt.

— Tu allais revenir.

Elle se retourna.

— Je te l'avais dit.

— Mes excuses. (Alors qu'elle se remettait à marcher, il lui prit le bras.) Vraiment, je suis désolé.

— Peu importe.

— Si, ça importe. J'ai mis en doute ta parole, c'est insultant et tu en es blessée. Je suis désolé. Et trois fois désolé, donc ça devrait suffire à n'importe qui.

— J'ai peur, dit-elle en regardant droit devant elle. Ici, j'ai tous mes repères, et avec l'écriture, j'ai quelque chose que j'ai toujours voulu avoir. C'est comme si j'avais enfin l'occasion d'être heureuse, vraiment heureuse, de trouver ma place.

» Mais ce n'est pas ma place, du moins pas ma seule place, poursuivit-elle. Quand je pense au cottage en Irlande, à la sensation de l'air sur ma peau à Talamh… Ce que c'est que de regarder Morena déployer ses ailes, de humer les odeurs dans l'atelier de ma grand-mère, dans sa cuisine… Sa porte toujours ouverte.

Elle soupira, ferma les yeux.

— Et ça me manque comme de respirer. Ma place là-bas me manque. À Talamh, je fais partie de quelque chose, ce qui ne m'est jamais arrivé ici. Je veux la magye, je veux éprouver cette joie en moi.

» Et j'ai peur.

— Tu serais folle de ne pas avoir peur.

Elle s'arrêta devant la porte de son immeuble.

— Alors je ne suis pas folle.

Elle entra et commença à gravir les marches.

— J'ai Marco, Sally, Derrick, les amis de chez *Sally's*, et ils comptent énormément. Mais je ne suis pas à ma place ici pour l'instant. Et j'ai peur de ne plus la retrouver si je veux ou dois y revenir. En admettant que je survive à ce qui se présente.

Elle déverrouilla la porte.

— Dois-je dire adieu à ce que j'aime ici ?

Il avait envie de la toucher, de la rassurer. Mais il ne fit ni l'un ni l'autre.

— Je ne connais pas la réponse.

— Moi non plus. Assieds-toi, je t'en prie. Je vais essayer de réserver un billet sur ton vol. C'est quelle compagnie aérienne ?

— Tu crois que je suis venu en avion ? Et pourquoi irais-je prendre une de ces horreurs ailées ? J'ai ouvert un portail temporaire. En le rouvrant d'ici, avec toi cette fois-ci, ce sera beaucoup plus simple.

Tout en parlant, il prit son épée et l'accrocha.

— Comment ton épée est arrivée… Ici ? comprit Breen. Tu as ouvert un portail depuis Talamh jusqu'à mon appartement ?

— C'était le lieu qui me paraissait le plus indiqué.

— Et si Marco avait été là ?

— Il n'était pas là.

— Si j'avais eu quelqu'un avec moi ? Si j'avais été en plein milieu d'une orgie ?

— Ce n'était pas le cas, rétorqua-t-il. Et comme tu avais évoqué une vie simple ici, je n'ai pas envisagé la possibilité d'une orgie. Tu en organises souvent ?

— Il est d'usage de frapper avant d'entrer chez quelqu'un.

Il s'évertua à faire preuve de patience et sentit qu'il la perdait avant même d'avoir commencé.

— Au vu des circonstances, j'ai laissé de côté les bonnes manières. Tu pourras me le reprocher une fois que nous serons de retour. Tu as dit au revoir, donc agissons et partons.

— Je dois préparer mes affaires.

— Sacrebleu de sacredieu, il y a des vêtements à Talamh !

— Je vais préparer mes affaires. Je ne pars pas sans prendre ce dont j'ai besoin. Si tu es si pressé, tu n'as qu'à y aller, et je prendrai l'horreur ailée quand je serai prête.

Elle partit dans sa chambre d'un pas majestueux. Par ordre de priorité, elle commença par son ordinateur, ses cahiers et ses notes.

— Je dois emporter mon travail en cours, se défendit-elle aussitôt, parce qu'il l'avait suivie. Ce n'est peut-être pas important à tes yeux, mais ça l'est pour moi.

— Je n'ai jamais rien dit de tel.

— C'est tout comme. « Dépêche-toi, Breen, n'importune pas quelqu'un d'autre. »

Il la regarda emballer dans un chemisier la photo de leurs pères respectifs, dans un autre le miroir de poche. Elle les mit dans son sac, avec le livre de sortilèges écrit par Marg.

Elle sortait des vêtements de l'armoire, des tiroirs, avec des gestes brusques. Ce n'était plus de la colère, non, c'était une émotion relevant plutôt de la fragilité.

Il sentit son chagrin en s'y ouvrant.

Et comment un homme comme lui, qui pensait comprendre plutôt bien les femmes, avait-il pu se planter autant avec deux d'entre elles dans la même semaine ?

— J'ai le droit de porter mes propres fringues, pas juste les vieilleries de quelqu'un d'autre. Et si je veux la tasse grenouille que Marco m'avait faite au collège, je l'embarque.

Elle fourra des stylos et des crayons dans la valise, puis emballa ce qui était probablement une grenouille rose souriante.

— Et je vais prendre ma brosse à dents, si ce n'est pas trop dérangeant.

Il entendit les larmes dans sa voix tandis qu'elle empruntait le couloir et plongeait à toute vitesse des objets dans une trousse.

— Mes affaires à moi, même si ça semble frivole. Parce que je me servirai de ce qui est à moi aussi longtemps que je le pourrai. Je ne sais pas quand je rentrerai ni même si je rentrerai, si je reverrai Marco ou Sally ou une seule des personnes à qui je tiens. Et mon devoir, putain, je le ferai une fois que j'aurai pris tout ça.

Elle s'engagea de nouveau dans le couloir, mais il lui barra la route.

— Arrête tout de suite.

— Je n'ai pas fini !

— Je me débrouillerai autrement. (Il posa les mains sur ses deux épaules tremblantes.) Ce n'est pas bien. Je me suis planté. Je me débrouillerai, c'est à moi de trouver comment. C'est à moi qu'incombe le devoir, même avant que je prenne le bâton et l'épée. Je l'ai su toute ma vie et tu n'as eu que quelques semaines. Je suis chargé de déterminer ce qui est bien ou mal, de trouver la façon juste de procéder. Et là, il n'y a rien de juste.

Il posa un instant son front contre celui de Breen. Ce poids était pour lui, se dit-il, il avait toujours été pour lui.

— Tu vas rester ici, dans le monde que tu connais, celui que tu aimes. Je trouverai un autre moyen de protéger Talamh.

Ses jambes ne la soutenant plus, la jeune femme glissa à terre, faisant tomber ce qu'elle venait de mettre dans la trousse de toilette.

Il se baissa avec elle et s'accroupit pendant qu'elle s'asseyait, dos au mur.

— Tu me dis que je ne suis pas obligée d'y aller. Ne me répète pas que c'est un choix.

— Pourtant, c'est bien un choix, mais nous ne t'en avons pas beaucoup laissé… Et sans nul doute, si tu étais revenue, je t'aurais coachée aussi durement, et même plus, que je ne l'ai déjà fait. C'est comme ça que ça marche. Que je marche. Mais ce n'est pas ainsi que ton monde fonctionne.

— Mon père…

— … est mort pour Talamh. Je l'aimais comme le mien. Je ne pense pas qu'il me remercierait d'entraîner sa fille à risquer sa vie. C'est à moi de régler ça.

Il se redressa et lui tendit la main pour l'aider à se relever.

C'est à ce moment-là que la porte s'ouvrit.

Marco vit Breen à terre, en larmes, et Keegan penché au-dessus d'elle, la main en avant.

— Dégage de là, connard !

Poing brandi, il fonça sur Keegan. Breen entendit le craquement des doigts sur l'os avant de s'extirper de sa stupeur et de bondir.

— Arrête, Marco ! Keegan, ne lui fais pas mal !

Elle se jeta sur son ami pour empêcher les choses de s'envenimer.

— Écarte-toi, Breen. Jamais quelqu'un ne te traitera comme ça. Tu crois que t'as le droit de mettre une femme à terre, enfoiré ?

— Il n'a rien fait ! protesta Breen en tenant Marco plus fermement. Il ne m'a pas jetée par terre ni frappée. C'est l'inverse. Je m'effondrais un peu et il essayait de m'aider.

— Ce n'est pas ce que j'ai vu. Et j'ai aussi vu ta tête tout à l'heure. Tu étais toute chamboulée. Et tu l'es encore. C'est pour ça que je suis venu.

— Oui, je suis chamboulée, mais ce n'est pas la faute de Keegan. Je t'assure. Va fermer la porte, tu veux bien, avant que les voisins appellent la police ?

Après un nouveau regard méfiant à l'adresse de Keegan, Marco alla claquer la porte de mauvaise grâce.

— Je veux savoir ce qui se passe.

— Je faisais ma valise. (Breen se pencha pour ramasser ce qu'elle avait renversé, ce qui lui permit d'éviter de croiser son regard.) Et je me suis effondrée. Keegan a dit des choses… gentilles, et j'ai pleuré encore plus. Il ne m'a pas fait mal, il ne m'a pas menacée, rien de ce genre.

— Bon, fit Marco, l'œil n'en demeurant pas moins méfiant. Si ce n'est pas ce à quoi ça ressemblait vachement, je suis désolé de t'avoir frappé.

— Pas de souci. Les amis, c'est fait pour se défendre l'un l'autre. Et c'était un bon direct, bien assené.

— Mouais, je crois bien que ton visage m'a cassé les doigts, dit Marco avant de regarder Breen. Et tu ne me racontes pas tout. Qu'est-ce qui se passe, merde ? N'essaie pas de m'embobiner, je te connais.

— C'est sûr, murmura-t-elle en se relevant. Je retourne là-bas.

— Je sais. On en a parlé.

— Maintenant, en fait.

— Maintenant ? Tu devais partir la semaine prochaine.

— Je sais.

Elle regarda le sac dans sa main, rempli d'objets qui lui semblaient si importants quelques minutes auparavant.

À présent, ce terme s'appliquait aux deux hommes présents dans la pièce et aux deux mondes dont ils étaient originaires. Elle alla poser la trousse dans sa chambre.

— Si on sortait du couloir, un peu ?

Elle passa dans le séjour, se tournant d'abord vers Keegan.

— Je ne partirai pas avant d'avoir fait mes bagages et dit la vérité à Marco.

Keegan se contenta de secouer la tête et se dirigea vers la fenêtre.

— Attends, c'est une épée ? Pourquoi il a une épée ?

— On va s'asseoir une petite minute. (Après avoir ordonné à Marco de prendre un fauteuil, elle se jucha sur l'accoudoir d'un autre.) Je ne suis pas seulement allée en Irlande cet été. Ça a commencé là. Ou plutôt, non, ça a commencé ici, quand j'ai vu Sedric dans le bus. L'homme aux cheveux argentés, tu te rappelles ?

— Breen…

— Mais c'est en Irlande que j'ai commencé à en ressentir davantage. Morena, la femme au faucon. Les liens si rapides que je nouais. Et au cottage, c'était de plus en plus intense. J'ai suivi Boulet dans les bois et il m'a emmenée jusqu'à un arbre. Je suis allée avec lui à Talamh. C'est de là que venait mon père. Là qu'il s'est marié avec ma mère. Que je suis née. J'ai rencontré ma grand-mère.

— Je croyais qu'elle t'avait donné le chien. Ta grand-mère.

— Oui, mais je ne l'ai su que quand elle me l'a dit. J'en ai appris tellement en passant du temps avec elle. J'apprenais et je sentais que tout était lié. Il y a un pouvoir, à deux faces. Les ténèbres et la lumière, qui relie tout et tous.

— Genre, la Force ?

— Non, Marco, pas… Euh, un peu, se corrigea Breen. Et il y a des mondes. Tu te souviens quand tu voulais être astronome ? Tu disais qu'on ne pouvait pas être seuls dans l'univers parce qu'on était trop petits pour être les seuls. Tu avais raison.

— Et donc, tu vas m'annoncer qu'il vient de la planète Tulipe et que vous traversez le continuum spatio-temporel ?

— Pour une conteuse, tu te foires bien, jugea Keegan sans regarder vers eux.

— Je sais. Pense univers parallèles. Il n'y a pas qu'un monde. Il y a celui-ci, et un autre : Talamh. Il existe des portails qui relient certains d'entre eux, comme l'arbre relie ce monde à Talamh. Attends. J'ai tout noté.

Marco se releva lentement pendant qu'elle courait dans sa chambre.

— Tu lui as démonté la tête. Qu'est-ce que tu lui as fait prendre ?

— Elle a trouvé son droit de naissance, son lieu de naissance. Elle a trouvé son histoire, son destin. (Keegan jeta un coup d'œil vers Breen, qui revenait avec sa sacoche d'ordinateur et une clé USB.) Tu as dit que tu ne partirais pas sans lui révéler la vérité, c'est que tu comptes partir. Mais tu le laisses encore plus perplexe et en colère.

— Lis ça, dit-elle à Marco en lui mettant dans la main la clé. J'ai tout écrit au fur et à mesure. Mes pensées, mes sentiments. Tout y est. Tout sur Talamh et les Fey. Leur choix de la magye plutôt que de la technologie.

— OK, génial, donc, maintenant, c'est quoi, un sorcier ? Harry Potter avec une épée ?

— Il suffit. Je suis des Fey, tout comme elle. Je suis des Sages, tout comme elle. Breen Siobhan O'Ceallaigh, moi, *taoiseach* de Talamh, te libère de ta promesse d'y retourner. Ton choix se fait ici et maintenant. Fais-le.

— J'y retourne.

— Breen, ce mec est soit un taré, soit un charlatan qui essaie de te soutirer ton fric. J'appelle la police.

— Stop ! (Breen lança les mains en avant et toutes les bougies de la pièce s'allumèrent.) Voilà qui je suis, dit-elle alors que Marco se laissait retomber dans le fauteuil. Fille des Fey, sorcière qui porte en elle le sang des Sidhe et la malédiction d'un dieu des ténèbres.

Elle claqua des doigts et une boule de lumière bleutée apparut dans sa main. Quand elle agita l'autre, un léger vent se leva.

— Voici ce qui m'a été occulté toute ma vie. Ce pouvoir, ce don, ce devoir.

— OK, OK, est-ce qu'on a tous pris beaucoup de substances bizarres ?

— Tu sais bien que non. C'est ce que je suis, Marco. Qui je suis vraiment. Et si tu as peur de moi maintenant, je crois que ça me brisera le cœur.

Le souffle court comme s'il venait de faire un cent mètres, les jambes tremblantes, il se leva malgré tout et la prit dans ses bras.

— Tu… fais un petit peu peur, articula-t-il. Et je suis flippé à mort. Mais t'es toujours Breen. Toujours ma sœur de cœur.

Elle fit disparaître la boule avant de le serrer fort elle aussi.

— Je t'aime tellement. (Elle s'écarta.) Tout ça me vient de mon père. Il y a trop de choses à expliquer. Lis ce que j'ai écrit, je dois partir. Je prends mes affaires, Keegan.

Quand elle alla en hâte dans sa chambre, Marco se tourna vers le sorcier.

— Je sais ce que je viens de voir. Je ne le comprends pas, mais je sais ce que j'ai vu. Je ne te fais toujours pas confiance.

— Tu n'as aucune raison de le faire, à ma connaissance. Je te dirais bien que je ne lui veux aucun mal. Au contraire, je suis prêt à donner ma vie pour la protéger. Comme toi.

— Est-ce que tu l'aimes ?

Pour toute réponse, Keegan déclara :

— Elle est la clé d'une serrure. Une serrure permettant de verrouiller les ténèbres. Des ténèbres qui consumeraient mon monde et le tien.

— Tu ne lui veux peut-être pas de mal. Peut-être. Mais quelqu'un en a après elle. Je connais ma Breen. Elle a peur. Je veux savoir pourquoi.

— Lis le document, lui dit Breen en faisant rouler sa valise faite à la va-vite. Il y a tout. J'ai oublié des trucs. J'en suis sûre. Je n'arrive pas à réfléchir correctement.

— Sedric pourra venir chercher ce qu'il te faut, mais nous devons y aller. Donne. (Impatient, Keegan saisit la valise et prit la sacoche en bandoulière.) À deux, le portail s'ouvre plus vite, plus facilement.

— On emmerde les portails. Breen…

— Je t'appellerai du cottage dès que j'y serai. Le cottage est dans notre monde. On parlera. (Elle étreignit encore une fois Marco.) Je répondrai à tes questions. Mais je dois faire ça.

Elle se détourna.

— Je ne sais pas ouvrir un portail.

— Moi, si, dit Keegan en lui prenant la main. Avec moi.

Il se concentra, puisa en elle aussi et se mit à ouvrir ce qu'il avait déjà fait apparaître.

Derrière eux, Marco vit de la lumière, une minuscule lueur, grossir jusqu'à faire la taille d'une balle, puis grossir, grossir encore. Derrière il y avait de l'obscurité, mais une obscurité parsemée d'étoiles, une paire de lunes qui luisaient sur des collines plongées dans l'ombre.

— Putain de merde !

Breen tourna la tête vers lui.

— Je t'aime, Marco.

Elle s'avança.

Marco ne réfléchit pas. Il se fia à son instinct.

Il bondit en avant et, prenant la main de Breen, tournoya dans la lumière et l'obscurité avec elle.

— Oh, non, Marco ! Keegan, arrête, retiens-le !

Pris dans l'intensité de la lumière et les vents qui tourbillonnaient entre les mondes, Marco s'accrocha encore plus à Breen.

— Si tu y vas, j'y vais.

— Trop tard pour s'arrêter. (Risquant un mouvement, Keegan lança un éclat de pouvoir qui, espérait-il, amortirait la chute de Marco.) Accroche-toi, frère.

Et sans en avoir le choix, Breen agrippa la main de l'ami qui la retenait dans un monde et la main de l'homme qui l'attirait dans l'autre.

DE LA MÊME AUTEURE AUX ÉDITIONS J'AI LU

Les illusionnistes (n° 3608)
Un secret trop précieux (n° 3932)
Ennemies (n° 4080)
L'impossible mensonge (n° 4275)
Meurtres au Montana (n° 4374)
Question de choix (n° 5053)
La rivale (n° 5438)
Ce soir et à jamais (n° 5532)
Comme une ombre dans la nuit (n° 6224)
La villa (n° 6449)
Par une nuit sans mémoire (n° 6640)
La fortune des Sullivan (n° 6664)
Bayou (n° 7394)
Un dangereux secret (n° 7808)
Les diamants du passé (n° 8058)
Les lumières du Nord (n° 8162)
Coup de cœur (n° 8332)
Douce revanche (n° 8638)
Les feux de la vengeance (n° 8822)
Le refuge de l'ange (n° 9067)
Si tu m'abandonnes (n° 9136)
La maison aux souvenirs (n° 9497)
Les collines de la chance (n° 9595)
Si je te retrouvais (n° 9966)
Un cœur en flammes (n° 10363)
Une femme dans la tourmente (n° 10381)
Maléfice (n° 10399)
L'ultime refuge (n° 10464)
Et vos péchés seront pardonnés (n° 10579)
Une femme sous la menace (n° 10745)
Le cercle brisé (n° 10856)
L'emprise du vice (n° 10978)
Un cœur naufragé (n° 11126)
Le collectionneur (n° 11500)
Le menteur (n° 11823)
Obsession (n° 12192)
Un cœur à l'abri (n° 12672)
Fêlures (n° 13259)

LIEUTENANT EVE DALLAS
Lieutenant Eve Dallas (n° 4428)
Crimes pour l'exemple (n° 4454)
Au bénéfice du crime (n° 4481)
Crimes en cascade (n° 4711)
Cérémonie du crime (n° 4756)
Au cœur du crime (n° 4918)
Les bijoux du crime (n° 5981)
Conspiration du crime (n° 6027)
Candidat au crime (n° 6855)
Témoin du crime (n° 7323)
La loi du crime (n° 7334)
Au nom du crime (n° 7393)
Fascination du crime (n° 7575)
Réunion du crime (n° 7606)
Pureté du crime (n° 7797)
Portrait du crime (n° 7953)
Imitation du crime (n° 8024)
Division du crime (n° 8128)
Visions du crime (n° 8172)
Sauvée du crime (n° 8259)
Aux sources du crime (n° 8441)
Souvenir du crime (n° 8471)
Naissance du crime (n° 8583)
Candeur du crime (n° 8685)
L'art du crime (n° 8871)
Scandale du crime (n° 9037)
L'autel du crime (n° 9183)
Promesses du crime (n° 9370)
Filiation du crime (n° 9496)
Fantaisie du crime (n° 9703)
Addiction au crime (n° 9853)
Perfidie du crime (n° 10096)
Crimes de New York à Dallas (n° 10271)
Célébrité du crime (n° 10489)
Démence du crime (n° 10687)
Préméditation du crime (n° 10838)
Insolence du crime (n° 11041)
De crime en crime (n° 11217)
Crime en fête (n° 11429)
Obsession du crime (n° 11546)
Crimes par trois (n° 11614)

Crimes sans fin (n° 11615)
Pour l'amour du crime (n° 11672)
Confusion du crime (n° 11888)
Crimes et chaos (n° 11983)
Crimes sous silence (n° 12064)
Les noces du crime (n° 12266)
Le crime est une œuvre (n° 12724)
Crime et complot (n° 12879)
Les dessous du crime (n° 13062)
Crimes pour vendetta (n° 13108)
Crime en lettres d'or (n° 13225)

Crime de minuit (numérique)
Interlude du crime (numérique)
Hanté par le crime (numérique)
L'éternité du crime (numérique)
Crime rituel (numérique)
Mémoire du crime (numérique)
L'ombre du crime (numérique)
Dans l'enfer du crime (numérique)
Crimes pour vengeance (numérique)

LES TROIS SŒURS
Maggie la rebelle (n° 4102)
Douce Brianna (n° 4147)
Shannon apprivoisée (n° 4371)

TROIS RÊVES
Orgueilleuse Margo (n° 4560)
Kate l'indomptable (n° 4584)
La blessure de Laura (n° 4585)

LES FRÈRES QUINN
Dans l'océan de tes yeux (n° 5106)
Sables mouvants (n° 5215)
À l'abri des tempêtes (n° 5306)
Les rivages de l'amour (n° 6444)

MAGIE IRLANDAISE
Les joyaux du soleil (n° 6144)
Les larmes de la lune (n° 6232)
Le cœur de la mer (n° 6357)

L'ÎLE DES TROIS SŒURS
Nell (n° 6533)
Ripley (n° 6654)
Mia (n° 8693)

LES TROIS CLÉS
La quête de Malory (n° 7535)
La quête de Dana (n° 7617)
La quête de Zoé (n° 7855)

LE SECRET DES FLEURS
Le dahlia bleu (n° 8388)
La rose noire (n° 8389)
Le lys pourpre (n° 8390)

LE CERCLE BLANC
La croix de Morrigan (n° 8905)
La danse des dieux (n° 8980)
La vallée du silence (n° 9014)

LE CYCLE DES SEPT
Le serment (n° 9211)
Le rituel (n° 9270)
La pierre païenne (n° 9317)

QUATRE SAISONS DE FIANÇAILLES
Rêves en blanc (n° 10095)
Rêves en bleu (n° 10173)
Rêves en rose (n° 10211)
Rêves dorés (n° 10296)

L'HÔTEL DES SOUVENIRS
Un parfum de chèvrefeuille (n° 10958)
Comme par magie (n° 11051)
Sous le charme (n° 11209)

LES HÉRITIERS DE SORCHA
À l'aube du grand amour (n° 11109)
À l'heure où les cœurs s'éveillent (n° 11406)
Au crépuscule des amants (n° 11562)

LES ÉTOILES DE LA FORTUNE
Sasha (n° 11738)
Annika (n° 11967)
Riley (n° 12073)

EN GRAND FORMAT

ABÎMES ET TÉNÈBRES
L'éclipse
La prophétie
L'élue

INTÉGRALES

Affaires de cœurs
L'île des trois sœurs
L'hôtel des souvenirs
Le cercle blanc
Le cycle des sept
Le secret des fleurs
Les étoiles de la fortune
Les frères Quinn
Les héritiers de Sorcha
Les trois sœurs
Les trois clés
Magie irlandaise
Trois rêves
Quatre saisons de fiançailles

Composition
NORD COMPO

Achevé d'imprimer en Espagne
par CPI Black Print
le 10 octobre 2021

Dépôt légal : novembre 2021
EAN 9782290259450
OTP L21EDDN001106N001

ÉDITIONS J'AI LU
87, quai Panhard-et-Levassor, 75013 Paris

Diffusion France et étranger : Flammarion